长安

CHANG AN

安

阿莹 著

作家出版社

目　录

第一章

一

谁也没想到，忽大年居然在绝密工程竣工典礼前醒过来了。

这家龟缩在城墙脚下的医院，从昨晚月上树梢就不停点地拥来了一拨又一拨人，先是市上的头头脑脑坐着吉普疯了般冲进小院，低呼高叫，抓紧抢救，不惜代价也要让总指挥睁开眼睛，这人看着脑瓜子灵光，还吹嘘从枪林弹雨里闯过来的，咋就没点防范意识呢？后有工程上大大小小的人物，衣襟上还溅着米粒菜渣就骑着自行车赶来窥望，却一个个盯着白惨惨的窗口一筹莫展，嘴里只会嘟囔咋回事呀？似乎满院人脸上都挂着焦灼，心里都期望总指挥能从病房走出来，能在已经矗起的炮弹厂房前亮起胶东大葱味的嗓音。

黄老虎一手叉腰，一手托着下巴，定定地站在院里一个灰暗的角落，咬牙切齿地盯着靠近医院的人，似乎看谁都有嫌疑，都想抓起来审问一番。好在两个警卫铁面无私，不但铁塔般立在急救室门外，还凶神恶煞般瞪着四只眼睛，连医护人员进出都要检查胸牌，谁想扒住门缝朝里瞅瞅，都会被铁杠般的胳膊一把推开，有人差点被推个大跟头，反过身暴跳如雷想撸袖子吵架，却见四道利剑般的目光刺过来，直要把胸膛刺透了似的，只好不情愿地咽口唾沫停止了吼叫。

当然，这些警戒部署，在那位戴蓝帽的副市长面前失去了效用，人家像一只挨了砖的狗，从吉普车里跳下来，一步就扑到警卫身边，两步就冲进了急救室大门，再出来就手点着黄老虎的鼻子，劈头盖脸一顿臭骂，没人见过精瘦的保卫组长会这般可怜，任凭唾沫星子砸到脸上纹丝不动：我说老黄啊，你们的警惕性都到哪儿去了？现在和解放前可不一样，我们在明处，敌人在暗处，你们可不能把忽大年看成一般的师级干部，就配这么一个小警卫？你应该知道，他负责的这个工程连蒋介石和美国佬都瞪着牛眼盯着，真要有个三长两短，你小子可吃不了兜着走！

其实，保卫组长何曾轻视过总指挥的警戒呢？

黄老虎脑袋里每根神经都绷直了，在每个进院人的脸上做着阴谋的判断，似乎看谁都感觉有些怪异，手脚都有些不自然。终于等到总指挥呼吸平顺了，估计怎么也要躺上几天了，他才心事重重地骑上自行车，顶着孤寂的星光朝着八号工地蹬去了。

此刻，宁静的大地似乎正在苏醒，已能隐约看到波浪般起伏的秦岭了，听说正是这道浩瀚的山梁梁，把大地分成了南方和北方，也把各色草木汇聚到坡崖上，尤其那一个个神秘的峪口还能溢出一道道清冽的河水，吸引了各路神仙隐居过来，还吸引几朝皇上把帝都搁到了山脚下，现在那昂扬的轮廓好像就藏匿着多少钩沉似的若隐若现。他转业到西安已经一年多了，已经习惯了这里的油泼辣子和捞面了，但他不喜欢这个地方，到处都是残垣断壁，稍一打听，砖缝里就会钻出握剑抱笏的人物，会煞有介事地摆弄上一段唏嘘往事，让谁听了都会瞪大眼睛。其实，那要弄刀剑的年月，城墙还有点防御作用，使用枪炮弹药的今天，城墙就成了显赫的靶子了。不过，盘踞在这片黄土地上的王朝，演绎过一幕又一幕风声鹤唳的大剧，走在这片尘埃厚重的土地上，每脚踏下都能听到远古的钟鸣和朝堂的嘈杂，似乎也把历史一下拉到眼前了。如今，颓败的废墟与崛起的新区正好遥相呼应，尽管都是灰砖覆面，却昭示了不同年代的欲望。

保卫组长毫不犹豫地骑进了一条抄近的小道。这儿应该算是风水宝地了，紧依着从秦岭涌出来的浐河，以前河岸上只有两片局促的村庄，悄悄躲在一座寺庙的两边，倒是一个被称为韩信坟的大冢，统领着上千个大大小小的坟丘，把剩余的空旷挤得满满登登的。于是，一条条清明烧纸踩出的小路，像蜘蛛网一样爬向八方，坟上路上疯长着东一簇西一簇的蒿草，稍有风吹就会扭成团团摇头摆尾，像是朝人作揖，又像欲拔腿逃窜，一旦脚脖子被缠上就会觉得晦气，即使多绕几里也不愿走进这片凄凉地。但是，那些被称作老毛子的专家却没有这些顾忌，围着西安城转了七天，就把刻着红杠杠的坐标杆立到这里，一根接一根地把寂寥的旷野围了起来。

黄老虎盯着那高高低低的坟丘，脑海突然闪过一道锈迹斑斑的光亮来。

该不是那些眼放贼光的文物贩子，为盗挖文物袭击了总指挥？那帮家伙一个个看着穿得窝窝囊囊，即使到了五月天还光身套着肥厚的棉衣棉裤，但等夜幕降临，他们的动作就像猴子，一旦盯准哪个地方会埋宝贝，东瞅瞅，西望望，脚后跟在地上狠跺两下，一个洛阳铲嗵嗵嗵扎下去，就探到谁家祖宗的头上了，就会有或多或少的收获，就可能把一辈子的荣华富贵扛回家了。的确，脚下这块乱坟场就是历朝亡故人的汇聚地，商周的，秦汉的，唐宋的，一层压着一层，可见千百年来人们对风水的追求始终不渝，都喜欢升天后挤到这个地方入土为安。

唉，为清理这些密匝匝的古墓，指挥部跟那帮文物人没少吵架，甚至动过粗打过架。那些闻讯赶来清理墓室的人也真够难缠的，一个个手攥炒菜的锅铲，腰别一把毛刷，本来就是半天的活，他们能磨蹭上十天半个月。那忽大年头顶总指挥的头衔，当然火急火燎了，那天把他拉到万寿寺外悄悄交代，以后碰到古墓马上挖开，掏出陪葬物连夜埋实了。可是，他们策划的战术刚刚演进了一个礼拜，便有穿长袍马褂的长髯老人扑进工地，从土堆里扒拉出几块烂瓷片，竟顿足捶胸号啕大哭，好像偷挖了他家的祖坟。无奈之下，指挥部只好拉了一道铁丝网，隔上几米就挂上牌子：

军事要地，非请莫入。

但是绝密工程损毁文物的名声还是传出去了，有人把告状信写给了天安门旁的国务院，似乎北京也对这些长袍马褂礼让三分，不断传来一个个如雷贯耳的名字发来的批示。忽大年只好请人用洛阳铲把地基齐齐探了一遍，又象征性清理了两座唐代大墓，掏出的瓷瓶瓦罐陶人怪兽整整装了两卡车，围观的大人小孩都嚷嚷会有金元宝出土，其实挖到最后也没见一星金银，却把眼冒绿光的盗墓贼气得嗷嗷直叫，这么多的地下宝物，可以让他们倒腾七八年了。更有些长袍马褂像从地底下钻出来的，信誓旦旦地给工地人下指令，这儿能挖，那儿不能挖。其实，该为古人操心，还是为今人担忧？人们是不知道，眼下这个工程实在太重要了，多少人流血牺牲打下的江山，要想法子守住才算本事啊！现在好了，埋藏在地下的牵挂，总算磕磕绊绊处理完了，即使有遗憾也成了夯实的残迹了。

苍天在上，祖宗在上，真有人肯为沉寂的纠结向总指挥伸出毒手吗？

黄老虎对自己这个念头自嘲地撇撇嘴，脚下的轮子又蹬转起来，这个被冠以八号的工程，与周边此起彼伏的夯地，都是苏联老大哥设计的绝密项目。人们都知道部队刚刚从朝鲜撤回国内，蒋介石又在海岛上张牙舞爪，广播里隔几天就会报道擒获泅渡特务的消息，看样子一场大战在所难免。所以，这也让那些在硝烟里浸泡透了的转业军人，像听到了重返前线的号角，动不动就转到工地来说几句重要的废话，却又磕磕绊绊不知该说什么，只好闷着头挖两锨土以示关心。当然，所有在这片土地上忙碌的人，都清楚手中的一锨一镢都是国家秘密，当他们签下那张油印的马粪纸保密书，喉咙会咕隆一声涌起一股热流，一个个好像陡然穿上了军装，英姿飒爽地等待着将军检阅似的。

所以，自从那一杆杆呼啦啦的彩旗插到乱坟滩里，挖地基的，砌墙柱的，拉电线的，你来我往，穿梭交错，铲平了古墓新坟，修筑了围墙马路，用日新月异来形容毫不为过。好像那砸夯声刚刚停歇，一排排厂房就在人迹罕抵的韩信坟下生长出来，从此游荡在这里的鬼魅再也不知了去向，连夜间冤魂的呼号也消失得无影无踪了。可想而知，对这样一个可以左右战场胜负的工程，蜗居海岛的国民党绝不会等闲视之的。

难道总指挥真的是被潜伏在阴暗角落的特务袭击的？

黄老虎的思绪总在这个疑问上纠缠不已，他在一座寺庙前撑住脚，这就是那个被严密警戒的工程指挥部，设在工地的西北角上，高阔的门楣可见"万寿寺"三个斑驳的漆字。传说这处寺院还是唐朝起的墙，那年慈禧逃难西安进去燃了三炷香，没多久就起驾回宫了。这件事一经渲染，香火便旺盛了，香客们自是络绎不绝，挂单僧人一伙接着一伙，谁都想进来磕个头讨个吉祥。可自打抗战烽烟燃起，这里便开始萧条了，临解放时，寺院只剩下三五个和尚了，只有夜半钟声依旧那么悠长，三进院落依旧那么挺阔，四大天王依旧横眉冷对不怒自威，也使烧香人踏过门槛心生静穆。

黄老虎沿寺庙墙脚悄悄走了一圈，竭力想搜寻些蛛丝马迹来。

中间的大雄宝殿，以前供奉着释迦牟尼和两位弟子，雍容华贵，慈眉善目，言说是典型的唐代风格，可是一个个开裂的泥胎却尽显凋零了。后边的大殿，以前端立着悲悯的观音菩萨，都言是灵验的送子娘娘，总有些求子心切的人到这来烧香磕头。但是，那些神塑后来都被一一扳倒，堆到寺庙库房里了，连那些守在佛堂念经的居士也不见了踪迹，只有工程上的人进进出出，使得古老的寺院充斥着与佛经完全不相干的声音，而且寺庙四角都放了岗哨，进出山门都要查看证件，可谓戒备森严呢！

然而，这么严密的保安措施，还会发生总指挥被袭的尴尬，这让那些穿着花格衬衣的苏联人怒吼起来，这样低劣的安保环境，怎么保障工程顺利完成？这些人对工程的苛刻令人烦恼，动不动就会坐着轰轰喘气的吉普钻进工地嚷叫，尽管谁也听不懂，却总有些人要停下手中的忙碌竖起耳朵。

不过他们的发火总会中断，总要歪着脑袋瞅着一位身穿蓝色长裙的姑娘说话，似乎在漂亮女人面前，哪个国家的男人都会变得和颜悦色。那位姑娘魔力般的小手一摆，专家的嘴唇就停止了斥责，脆脆的清泉声叮咚叮咚，就把专家的话翻译出来。但等专家的吉普车进城去了，这里便会召开这样那样的会议讨论落实，过上几天花格衬衣们又转回来，脸上便露出了笑容。好多人半真半假地说，八号工程能够顺利竣工，蓝裙姑娘立下了不朽功勋。有人把这话嬉笑着告诉了小翻译，好像姑娘也是这样认为，一对酒窝马上浮出来，两根麻花辫左摇右摆，脚下也腾云驾雾般飘浮起来了。

我说月月啊，你就不能谦虚一点吗？

忽大年每每听到这些话，必会这样扭头狠刺一句，让说话的人和听话的人顿生无趣：这个工程可是国家项目，最大的功臣是北京，你们凭什么在这儿评功论赏，小心我把你们都挂到二梁上晒太阳。蓝裙姑娘好像对总指挥不那么礼貌，总会下巴朝上一顶说：啥叫二梁啊？挂到二梁上晒太阳有啥不好啊？总指挥的眼睛瞪得像铜铃了：你要不信，挂你两天试试？姑娘只好噘嘴摆裙走了，边走还边嘟囔：咋就不能让人高兴一会儿呢？

是啊，那位姑娘能说几句苏联话就功劳不朽了，那些吃睡在工地的干活人该怎么算呢？噢，噢，该不是那些对忽小月垂涎欲滴的毛头小子们，看见心爱的姑娘惨遭训斥，就乘着夜色报复了总指挥？可是……可是没见小翻译跟哪个小伙子眉来眼去，那些暗恋她的人吃了豹子胆，敢对总指挥偷下黑手，不怕被首长身边的警卫员一枪崩了？

是啊，哪个暗恋者愿为甜蜜的幻想去冒生命危险呢？

他后悔没把那个警卫员叫来了，可以仔细模拟一下昨晚的惊险。其实总指挥也太显眼了，尽管没戴领章帽徽，可一看就是个大官，那身黄呢军装板板正正，连胳肘窝都没褶皱，四个带盖衣兜总塞着机密，平时他喜欢窝在寺院厢房里，就像一只饿急了的猎犬，总是焦躁地围着桌子转来转去。一到日暮时分，又会看见黄军装围着寺庙转圈，而且，他从不让警卫跟屁虫似的贴近自己，好几次小伙子都被他臭骂回去了：我在自己工地上，就像在自己的阵地上，还怕有人跑来谋害我？确凿，伴随着总指挥的脚步，绝密工程终于完成了厂房建设，顶天立地矗立到古城东郊了，三天后就会响起庆祝竣工的鞭炮了。

可是，那个警卫员昨晚像做了一场噩梦，工地上昏黄的灯泡刚刚放亮，总指挥吃过夹着猪油辣子的馒头，迈着工地人熟悉的脚步，走过万寿寺咚咚响，走到石料堆也是咚咚响，好像整个工地都陷入了昂扬的节奏里……但是，走进刚刚卸了脚手架的崭新厂房，木料堆里蓦地闪出一道黑影，似乎只晃荡了一下，头顶军帽就飞出了一道弧线，军装便噗地滑落到了地上……两个黑影眼看着并到了一起，似乎只僵持了一秒钟，总指挥便像一根木桩般倒下了。等警卫员呼啸着冲过去，黑影已消失在灰霭里了，只见总指挥仰面倒地，直挺挺的，口眼紧闭，竟然像被施了魔法昏厥过去了。

这就奇怪了，如果是台湾派遣来的特务袭击，为什么放倒了没舍得补上一枪？如果有仇人寻衅报复，为什么没有跟上去捅一个血窟窿？灰蒙蒙的夜色可以遮挡人的眉眼，也可以淹没一切罪恶的，实在难以判断这神鬼不觉的袭击，咋这么温良恭俭让呢？

绝密工程上的人立刻陷入了焦虑，这个划时代的项目就要举行典礼了，卸下的脚手架已经搭成了主席台，看上去比乡下戏台要盛大许多，只是没有出将入相的台口。可在这个揪心揪肺的时刻，工程总指挥却突然遇袭倒下了，现在谁来主持这个已经启动的典礼？谁又知晓他想邀请上头哪些嘉宾呢？

这下子八号工地上的人就像热锅上的蚂蚁哄然乱套了……

二

这西安的夏天咋来得这么快呀？屋檐下的雪好像还没化净呢？忽大年感觉眼皮像被缝上了，瞅什么都是蒙蒙眬眬的，昨天那老槐树才露出嫩芽，地角的向日葵也才冒出鹅黄，今天怎么乱乱的花草就你拥我牵地盛开了？那一溜一溜金灿灿的什么花，叶面还挂了一层闪闪的水珠，该不是为那将要举行的典礼采买的吧？这也太浪费了，只为个半天的庆典要这么挥霍，想想也仅仅是为了讨领导的巧。可领导的脾气也太难伺候，弄不好不咸不淡撂下一句半句刺耳话，半个月的筹备就算白忙活了。昏迷中的总指挥铆足了劲，眼皮才挣开两道细缝，浓浓的来苏水夹杂着肥皂味，便钻进鼻孔放纵开了。

噢，四周墙壁咋白得令人窒息？这不会是梦里夜游吧？想起来了，窗框上那团黄澄澄的花儿叫连翘，似乎争先恐后想爬进来陪伴陌生的主人。忽大年挤了挤眼，终于看清自己是躺在铁架床上，一只倒挂的药水瓶，伸出一根黄细的胶管连到手背上，横七竖八的白胶布遮盖了粗壮的针管。

怎么会躺在医院里呢？头顶上这颗灯泡刺得人眼疼，忽大年使劲转动脑袋，使劲揉揉眼皮，又使劲扭动手背，针头一下刺到血管，疼痛放射到胸口，使得他愈发清醒起来。昨天下午他去省府邀请领导来参加典礼，意外地在门房遇见了一位游击队时的老战友，老战友把他硬拉进路边一家小饭馆，喝了八两老白干，两人喝得话匣子都打开了，回味太行山上一日三餐嚼野菜，叹息一七〇师怎么会在朝鲜败得那么惨，多少杯也止不住的，还是警卫员上来夺走酒瓶才停下来。

不过，即便是老战友他也没有透露自己当下的身份，好像进入了地下状态，他的身份也变得模糊了。而且，即使回来晚了也要到工地上转转，不转心里就空落落的睡不着，走到卸完脚手架的墙边摸了一把，粗粝得像石头，这也就让人放心了。这一排厂房总算立起来，意味着工程形象就出来了，这也是里程碑似的功绩，将来从这里源源不断运出去的炮弹，会一发发落到敌人的壕沟里，砸到蒋介石的楼阁上，谁敢说将来的功勋章上没有他的功劳呢？

突然，他感觉背后一股凛冽的冷风袭来，还没等回头自己就被砍倒了。

他倒得那么快，那么果断，好像世界一下子离他远了，他飘向了一个雾蒙蒙的陌生地方，好像又被一块翱翔的毯子托住了，慢慢悠荡起来，向着光灿灿的山坳飞去，一望无际的红高粱，山脚下的小村庄，跑出来那么多的人，大家都张开了双臂，想接住落下来的毯子。可是那毯子飘过了人群，飘向了一处黑黝黝的深渊，他竭尽全力想爬起来，人们却一个个扑棱棱翻滚下来……难道天下依旧不太平吗？难道真有人敢袭击军事工程的总指挥吗？

忽然，病房门没敲就开了，小护士手里提着一只替换的药瓶，看见他的眼睛睁开了，吃惊地啊了一声：忽总指挥，你醒了？

小护士没等忽大年回应，反身拉开房门，冲着走廊惊喜喊叫：总指挥醒了！醒了！马上有人要冲进来，却都被门口的警卫挺身挡住了：谁也不能进！有人讥讽：那几个人怎么长驱直入，你连屁都不放一个？警卫反讥：他们是医生，有胸牌，你们有吗？走廊里稍稍静了一会儿，就有东北口音蹿上来：兄弟啊，你俩知道的，我们跟总指挥整天在一起，你们防谁也不能防我们，不信你进去问问嘛！此刻，忽大年尽管看不到警卫的脸颊，但他知道两位小警卫挺难堪的，大家都是一个工程上的，谁跟谁都认识，让谁进谁不进呢？只听警卫斩钉截铁地说：不行，不行！你们就别为难我俩了，黄组长知道了，鹰眼瞪成了猫眼，你不怕我还怕呢！可是，随之有甜甜的女声飘进来：那不让男的进，让我们女的进吗？警卫员显然急了，声音带着委屈：黄组长也没说女的可以进嘛！

什么什么？我是他妹他亲妹也不能进吗？

那……那就你进吧。

病房门只开了一条缝，蓝裙姑娘就闪了进来，一看见忽大年睁着眼睛就喊：哥呀，你吓死我了，你咋了？咋倒在脚手架下了？妹妹冲过去搂住他胳膊，可怜的小酒窝一浮一没，上次车站重逢也没这么感伤，两眼就像两口山泉，一股股泪水喷涌出来，竟然把哥哥肩头洇湿了。

忽大年看着妹妹喜极而泣没吭声，他陷入了一种难堪的回味，也不知该怎样回答，茫然地看着天花板上刚刚织就的蛛网。那蜘蛛却不见了踪影，昨晚倒地前似乎没有一点点异样，当时天际还没黑尽，西边城墙也刚刚挡住落日，等他走到脚手架旁，四周像拉上了一道灰纱暗下来，也没发觉任何阴谋的蛛丝马迹。但是，袭击就那样神鬼不觉地发生了，利索得像闪电，绝对是一个高手所为。天哪，难道自己真的被特务盯上了？俗话说不怕贼偷就怕贼惦记，也许自己真的被什么人惦记了？他心里在不停地发出疑问，又不停地打着寒噤，既不愿搭理妹妹虚张声势的担忧，也不愿回答医生和保卫组长千篇一律的询问。

真不知道是怎么搞的，自己忽然就倒下了，睁开眼就躺在医院了。忽大年脑海翻腾着昨晚遇袭的种种可能，不断闪现出来又不断地否定……很快，那段尘封的往事冲破繁杂的阻拦浮现出来，他心里竟然惶恐起来了，画面在过去和现实间来回穿梭，那颗封死在冰层里的种子，似乎突然适应了寒冷，绷开了粗糙的裂纹，露出了诱人的雪白，使得他不由得想避开犀利的追询了。

但是，他看出定定杵在面前的保卫组长似不甘心，看着实在问不出个子丑寅卯，就把自以为是的分析一五一十和盘托出，以示他依旧像在八路军时一样，以首长的安全为己任，那声音带着一股久违的焦虑：政委啊，看清没？谁下的手？胆子也太大了！我从昨晚到现在，一分钟都没合眼，记了一本子没头没尾的线索。哎呀呀，公安已经得到内线情报，潜伏特务想暗害的首要目标，就是像你这样肩负重任的人。可我怎么都想不通，那个特务应该算是得手了，为啥没敢下黑手呢？忽大年听了有些不高兴：怎么？你希望再补上一刀？黄老虎急忙申辩：政委的气场大，把狗日的给镇住了……

忽大年咧开嘴矜持地笑了：有这么严重？都解放五六年了，哪有那么多特务？可黄老虎依旧执拗地阐述：必须加强你的警卫，必须配两个，政委你要明白，你的身体不属于你个人，是属于共和国的。你没见那位管公安的钱市长，出事以后整个人就变了，把我好一顿训哪，都能把人吃了。忽大年不想跟部下再叨叨了，如是潜伏特务袭击似乎不可思议，敌人真有这般胆量，敢明目张胆袭击一个项目总指挥？不知道像他这种人配备有安防警力？一个人偷偷摸摸上来不是送死吗？

忽大年不由得又想到了那个遥远的人，这个人扭动着腰肢走进了脑际，又被他自己扯出了思绪边沿，这么多年他一直在枪林弹雨里闯荡，跟黑家庄已没有任何联系了，也没人知道他在大西北安下家来，何况这西安和胶东有上千里路途，那人怎可能跑到茫茫大西北来耍疯张？不过……那种被袭击的感觉似曾相识，难道真的遇见鬼了？

忽大年倒吸了一口气，感觉心头和肩上的双重担子快压得他喘不过气了。

解放那年，部队正在贵阳大山剿匪，他突然接到命令火速赶到西安参加培训，他以为部队要接手什么新式装备，就兴冲冲骑马坐车赶去了。谁知是培训什么工业知识，跟部队使唤的枪炮八竿子打不上，他估计自己八成被人盯上要转业了，心里是一百个不愿意，好多人看着数字堆砌的作业本满脸哭丧，一个个半道就打退堂鼓了，但他却完成了头皮发麻的考试，尽管成绩差五分才算及格，但培训人还是看上了胶东汉子，一纸巴掌大的调令，让他脱了没穿几天的黄呢军装，戴上了八号工程总指挥的帽子。

随后，去北京参加的动员会让他感到了震惊，会场在以前皇帝办公的怀仁堂，古香古色的挑檐建筑，浓得见不到底的绿荫，胶东汉子堂而皇之地进去了，进门时哨兵审贼似的，把介绍信看了半天才放行。他进去后左顾右盼，一个京腔同行人见他踟蹰，便过来神神秘秘地说：当年皇上搬出紫禁城的时候，把不少奇珍异宝扔进了太液池。忽大年一撇嘴笑了：你咋知道？同行人抓住他袖子就往湖边跑：我姓叶叫京生，北京城里的传说，哪个我不知道？可是，他俩很快停住了脚步，这里不可能让他们深入一步，每个路口都站有哨兵，于是他们只好心有不甘地进了礼堂。

真没想到，那么多耳熟能详的领导都到了会场，端坐在主席台上一脸严肃，就像准备发起一次命运攸关的战略攻势。他发现又黑又瘦的成司令竟然坐在主席台的角落，脸上绷得紧紧的，衣扣也系得一丝不苟，像背负了难以承受的重任，一副豁出命去的样子。

一个江南口音讲过几句话，就让他恍然大悟了，国家准备开发一批项目，有军用的，有民用的，参会人都是项目负责人，原来报上喊叫的一穷二白，是货真价实的现状：现在，不光打仗的枪炮是外国造的，就是螺钉、灯泡、三轮车，咱们也生产不了。如果不能改变这种局面，建立起自己的工业体系，咱们用鲜血打下的江山就会拱手让出，甚至会被地球人开除球籍！这，确凿让一个老兵感到了震惊，街上带洋字的货品，居然与国家安危相联系，他一天天风里来雨里去的，可从没想过这个问题。后来，忽大年听到了一个崭新的词语：第一个五年计划。

不过，他对领导的讲话多少有点怀疑，解放军当年就不生产一枪一炮，不是照样把江山打下了吗？难道如今掌了权还能让洋钉、洋布、洋火给推翻了？但是，当他终于明白自己将要指挥的工程，居然是苏联援建的一个装备项目，老大哥一把支援了一百五十六个，而这些项目大都是为军队准备的，军令如山，他再也不敢嘟囔了。

授予任命书的时候，他腰板挺得笔直，敬了个标准的军礼，那位江南人拍拍他的手背微微笑着说：争气啊！声音沉沉的，却像闷雷般炸响了，浑身的细胞倏地涌进了神圣的味道，竟激得他每个毛孔都渗出细汗来。会议结束时，江南人又走下主席台，与各个项目的总指挥一一握手，叶京生激动得话都说不顺溜了，当首长握住他的手时，尽管没说话，却在他手心抠了两下。哎哟，这恐怕是江南人最为深沉的托付了，深沉得让他走出怀仁堂，还伸出自己的手掌端详，好像首长在他手心刻下了什么。

为此，他不但失去了领章帽徽，也失掉了率领一七〇师抗美援朝的悲壮征程。

三

总指挥啊，我们可想死你了！

黄老虎一转眼，看着胖胖的哈运来操着小鸡炖蘑菇的口音，领着一帮人拥进了病房，不过仅仅隔了一夜，就像过五关斩六将战场重逢，激动得扑上去就抓住肩膀又摇又晃，跟进的技术员还虚头巴脑地鼓起掌，把个小小病房快要闹塌了。他讨厌地挺身而出，做了个双手下压的动作，以示八号工程的掌门人还在康复，有啥好激动的？况且袭击人至今还没线索，危险依然藏在哪个角落，没准过一会儿就会蹿出来，到时候想哭都没眼泪哪！

这个保卫组长和总指挥一样，也舍不得脱掉戎马生涯的披挂，喜欢四季穿着摘去了领章帽徽的军装，尽管两人的质地不同，却都沾染着硝烟的痕迹，现在他满脑子紧绷绷的敌情，再没听他们讨论典礼的婆婆妈妈。他想，厂房竣工就竣工了，就像打了一场胜仗，大伙聚在一块喝顿酒，加上两个肉菜，再美美睡上一觉就过去了，这样兴师动众招来一河滩的人，最麻烦的就是保卫工作了，人多眼杂，犹如庙会，正好给了特务下手的机会，一旦出了恶性事故，挨板子的就会是他们了。

然而，缜密的保卫组长走出医院大院，愈发感到从未有过地沮丧，他把所有疑点汇集起来也找不到破案线索，把所有疑点都拆开来仍判断不出破案方向，恰似一只蒙住眼睛的狼狗在篱笆大院东扑西撞，跑不出去只能嗷嗷狂吠。他告诫公安绝不能放过任何蛛丝马迹，否则就可能陷入敌人设置的迷魂阵。前年他刚从东北来到西安，经常见一个货郎担殷勤地推销大重九香烟，后来这家伙蹩脚的关中口音露了破绽，抓住一审讯才知晓，一个台湾派来刺探情报的少校特务早就盯上这儿了。显然，敌人能派一个特务来，就不能派两个三个来吗？那些个躲藏在街巷角落的敌特分子，被抓住的倒霉蛋只是少数，想一网打尽永远是一个美好的愿望啊！

苦苦思索的黄老虎倏然闪过一个恐怖的念头。他定了定神，三步并两步往脚手架搭起的典礼台去了，远远看到一道道缠裹木桩的铁丝闪着白刺刺的光，好像宏大的台架隐藏着密匝匝的刺刀。黄老虎跑近典礼台纵身一跃，登上一米多高的台面，脚踩在寸厚的木板上有些颤悠，脚下一道道缝隙有宽有窄，可以瞥见漏在地下的块块光斑。他略一思索，从台后敞口钻了进去。里边只能低头蹲着，可他定睛一转，心里不由一惊。这么大的地方，挤进一个排也是绰绰有余的。工地人都说黄老虎应该叫黄老鹰，他有鹰一般刁钻的眼睛，看见什么都会反复寻思，若盯住人家的脸，会死死盯住眼仁的波动，让人心里一阵阵发悚，没一会儿内心隐秘就会一行一行从眼里挤出来。他还有狗一样灵敏的鼻子，什么气味都能辨出来，能从几种混合的烟雾中，嗅出烧大葱的辣味儿，还能从一班人衬衣里找出某个人的汗臭。等他从台下钻出来，就想典礼日台下要蹲上暗哨，否则哪个特务不小心猫进去，点燃一包烈性炸药，就会是一场惊天动地的事件。

老虎组长，你在这儿检查啥呢？

那讨厌的连福忽然开着一辆厂房间转运物料的电瓶车，本来这种平板车是不允许出厂房的，现在却像鱼一样从典礼台右侧悄没声地游过来。这就是让他最不放心的那个家伙，那鸭舌帽下的半张笑脸，就像背后藏着数不清的鬼点子。真他妈的讨厌，这老虎是你叫的吗？黄老虎刚想回赠一句乡下脏话，叫这小子两天回不过神来，可是他瞥见忽小月晃着马尾辫，在后车帮上幸福着，溜到嘴边的话就咽回去了。

老黄组长，你琢磨啥呢？说出来让咱也分享一下嘛！那电瓶车滑到他面前，吱一声停住，马尾辫便跟着嬉笑起来。这女人平时喜穿长长的蓝裙子，今天却是一身工作蓝，还炫耀地翘起一只白球鞋，像被人偷了还以为捡了便宜。

黄老虎一听心里更不高兴了，我老我老吗？我刚刚过了三十岁，人还没老都让你给喊老了，但他没有在脸上流露出不愉快，这位马尾辫能听懂老毛子的话，整天跟在人家屁股后边转悠，动不动就喜欢指手画脚，好像她成了工地上的主宰似的。他觉得这个姑娘尽管模样俊俏，可举手投足不够稳重，又仗着是总指挥的妹妹，见谁都敢开玩笑，即使人家话里藏着风骚，她也能配合地咯咯笑出声来。

但黄老虎从不跟她开玩笑，这里当然有个不能言说的缘故。那年他跟随忽大年在黄河边突遭空袭，情急之下他端起机枪冲那敌机一阵咆哮，飞机是没打着，却再也没敢回来。忽大年夜里查哨不停地感叹白天的危险：应该好好感谢你这个保卫干事。黄老虎听见政委夸奖甩了一句：首长不能光说不练啊。没想到政委竟笑说：将来，我把妹子嫁你当婆娘吧。两人嘻嘻哈哈奉送着廉价的许诺，后来他入朝回国被分配到大西北，没承想政委妹妹居然也会分配在这里，人还格外水灵，不光嘴巴会撇洋腔，眼睛鼻子也会说话，根本就不是他梦里揣摸过的憨厚婆娘。而且，她只要现身工地就特别招眼，那身刻意瘦腰的工衣裹在身上，尽显小屁股浑圆了，还有意翻出一道白领子，工地人当面称她忽翻译，背后就酸溜溜地称她小白领。

正是这个缘故，黄老虎啥时见到她都不敢正眼细瞅，心里暗忖多亏是两个男人间的玩笑，这么骚的女人谁敢要啊？何况这女人近来更让黄老虎看不惯了，那沈阳来的连福整天苍蝇似的围着她嗡嗡，就是在万寿寺里排队吃晚饭，也能见他凑到姑娘身边递上一瓶腌黄瓜。这女人似乎就情愿有人献殷勤，不管不顾地嘻嘻哈哈，一根接一根地叼着不怀好意的咸菜条。今天，这女人就更缺少成色了，刚刚见到哥哥在病床躺着，还一把鼻涕一把泪的，转眼就坐上人家的电瓶车转悠开来，都不怕老天爷呸一口吐到脸上？

不过，他俩为啥要围着典礼台来回转悠呢？

明天这里就会是一片人海……黄老虎瞥见忽小月脚边露出一盘花线，很像典礼台下那种黑、白、蓝的三色电线。蓦地，他瞥见连福嘴角似闪过一缕嘲弄，绝对不怀好意哟。对呀，这个日本人豢养的走狗，像在挑战他的侦查能力，一个不祥的念头蹿上来。于是，等那电瓶车鬼魅般地游走了，他又反身钻到典礼台下，刚刚移动了两步，竟发现真有一截电线从台面穿下来，似隐非隐地藏在一根木桩背后，那花色与电瓶车上的一模一样，这难道会是什么巧合吗？

尽管镇压反革命已经过去二四年了，老蒋特务比刚解放乖巧多了，街面看上去也似乎平静了，上班的上班，赶集的赶集，也没听说有什么凶杀案爆炸案，可是自从黄老虎挑上了保卫组长的担子，上级一月通报一次敌情，一次比一次邪乎，台湾那边不停点地派人偷渡过来骚扰，潜伏内地的爪牙也遥相呼应窜动捣乱。好在他黄老虎只是一个工程的保卫组长，不用操心社会上杂七杂八的动向，但他的神经一点不比公安轻松，连睡觉都竖着耳朵，稍有风吹草动就会一骨碌翻下床，判断哪个地方冒出了敌情。黄老虎把那截电线一截一截拉下来，发觉是没有与电源连接的孤线，但他还是不放心，如果是特务有意预留的引爆线，肯定可以插到雷管上的。

这两天也着实令人难堪，他已经谨小慎微地在工地上度过了两个春秋，偏偏厂房竣工典礼前老政委被人袭击了，作为一个做了十年保卫的老部下，真真是难以言说的耻辱啊！现在压倒一切的任务，是要确保明天的典礼万无一失，他估计总指挥已经出院回到了办公室，便想赶过去汇报典礼的安保方案，这些隐蔽事项只有让上司事前知晓才有价值，事后去说就寡淡如水了。

可是等他走近万寿寺，老鹰眼忽然看见一件黑布衫缩头缩脑擦身而过，那是一件司空见惯的大襟布衫，似有一双怨恨的眼睛随风飘过。这个人究竟想在山门外窥视什么呢？天哪，袭击者完全可以伪装成憨笨农妇的，这种人街头巷尾成团成絮，我怎么就没想到呢？一个可怕的念头骤然钻进脑海，他不由得打了个寒噤，转身又匆匆跑回了医院。

忽大年对直愣愣杵在面前的黄老虎有种天然的信任。

这不光是他们之间有过枪林弹雨的情谊，还有老部下那狗一样敏锐的嗅觉呢。现在可以说大敌当前，保卫组长当然要使出浑身解数，翻腾起那一套自以为是的分析来：咱们指挥部，现有管理人员二十九个，技术人员五十一个，工勤人员六个，我把每个人的情况筛查了一遍，你别说，问题还真不少呢，特别是从东北来的这拨人，你看那位胖得发肿的总工程师，明面上说是东北的地下党，可他档案里尽是日本人给他晋级加薪的记录，一月就领十五块大洋，这算啥地下党，有吃有喝有钱花呢？忽大年手点着他脑门喊：你个猪脑子呀，地下党还能让人家看出来？哪个人没有掩护身份能活下来？

老部下又狡黠地摇摇头说：你看那个戴鸭舌帽的连福，小伙子看着挺机灵，可我发现他见人说人话，见鬼说鬼话。忽大年拦住话头：小伙子挺好嘛，他上次把冲压机位置挪了八米，避开了一座唐代大墓，伊万诺夫在论证会上只给他鼓了掌。黄老虎却盯着首长帽檐说：这个人档案里有个可怕的记载，他在沈阳日伪兵工厂搞过革新，受到过小日本嘉奖。你想，日本人那么器重，他心里能不留念想？反正我看他一脸怪笑，就感觉不像好人，今天我可要提醒你了，你那个宝贝妹妹最近被他黏住了，可别出啥事！

能出啥事？你说嘛！忽大年心里顿生反感，嘴上连声反问。黄老虎也不正面回答，继续说：再有，就是建筑公司那五百个泥瓦工，每个人都仔细做过政审，不会有大的问题，我不放心的就是东北来的这帮人，一个个不知道有多大本事，牛皮烘烘的，咋看都像肚里藏着坏水水，我已经命令警卫员，以后你去技术口开会巡查，他俩必须一步不离。

忽大年没想到老部下会把问题看得这么复杂，说：老虎啊，你不能把事情搞复杂了，要不是他们这些人没白没黑地干，靠咱俩能把这一排厂房矗起来？能把那一车皮一车皮的机器装到生产线上？你别以为这个工程是苏联人设计的，我可告诉你，厂房落成只是万里长征走完了第一步，下一步安装好设备，生产出合格炮弹，才是我们的主攻任务，这个过程没有他们行吗？黄老虎明显不服气地说：不是我瞎猜，是不能放过任何疑点，我们保卫人员要对工程负责，也要对你负责！

老部下竟然这么执拗，后边的分析也越来越离谱，忽大年不由得牙齿咬得咯吱响：老虎同志，我要告诉你，这个事情是发生在我身上，我知道该怎么处理，你要是把指挥部搅得鸡飞狗跳，看我怎么收拾你！

四

天上怎么变得灰蒙蒙了？刚刚还是红日高照的天空。

忽大年手搭凉棚仰望着，不由得蹙起眉头，雨滴果然没有征兆地渐渐沥沥砸下来，砸到干燥的土地上，腾起一圈圈黄黄的土球，一会儿工夫雨滴便密集起来，细细的黄土便汇成泥汤了。这露天集会最怕下雨了，若浇成落汤鸡便一点兴致没有了，广播电台不是预报一连三天晴转多云吗？怎么刚刚还晴空万里，没多大工夫就变脸了？

显然，这雨可能浇毁明天的典礼，也飘下来一丝轻松。昨天他在医院拔掉吊针，直奔万寿寺给成司令打电话，想请他发一封贺电来，也是给没黑没明苦战两年的工地人一点鼓励。可是怪了，第一次接通了，忽大年说了两句，电话就断了，再呼再叫，接线员总是回应联系不上，打到最后他感觉接线员想说对不起，就砰地把电话压了，这要是在战场上不知道会毁掉多少机会。

指挥部主人感觉自己仅仅在病房躺了一个晚上，工地上的事情就乱成一团麻了，那个总工程师曾建议给他配个秘书，有什么念头随时记下来，底下人执行起来不至于抓瞎。可忽大年冷笑着没理睬，这些人是没上过战场，打仗时甭管多激烈，也只有一个警卫员跟随伺候。现在他似感觉到头绪烦乱，他给毛巾浇点热水擦擦脸，发烫的柔软抹过眼皮，不经意间透过窗棂瞥见，机要员骑着挎斗摩托冲进院子，把机要簿扔进一个窗口，脚下一轰便一溜烟不见了。

忽然，一张红红的脸颊在寺庙山门外被警卫挡住了，他正欲眯眼细瞅，那脸颊又被推到一边了。这是一张好熟悉的面孔啊！红花般的容颜调动了忽大年的记忆，乌溜的眼睛，一咬一瞪，难忘的凶相马上凝到了脸上。噢，难道她真的来了？看来，那个袭击人就是她了？可她怎么会找到古城来？还能找到本已荒凉的万寿寺？真是邪门门了！她那点野功夫不至于演变得能掐会算吧？唉，心虚什么？兵来将挡，水来土掩，既然找上门来，就要毫不畏惧迎上去，不是说狭路相逢勇者胜吗？

可他脚下沉甸甸的，一步一步走到庙门外，那个神秘的人影又不见了。呵呵，这是黑家庄人习惯的行为，让你看得见摸不着，当年这些小伎俩没少让小鬼子瞎琢磨，难道现在又用到古城来了？忽大年踅回办公室陡然缺失了情绪，皮鞋蹚了泥水，也不想去擦了，懊丧地瘫到木椅上，陷入了茫茫的困惑之中，看见哈运来推门进来，询问北京的贺信能不能来，他居然都没翻动一下眼皮。

后来他听到喊叫总工程师恍然醒悟，老首长对这个工程比谁都着急的，恨不得蹲在工地上，瞅着厂房呼里哗啦一个晚上冒出来，今天人家不愿接电话，就是在传递一个信号啊，现在仅仅是盖好了厂房，机器还行进在西伯利亚驶来的火车上，闹闹哄哄地开什么庆典会？这不是撅屁股让敌特分子当靶子打吗？忽大年的心咚咚跳起来，但是请柬已经发出去了，能否想个法子把明天的典礼推掉？其实，也不能嗔怪老首长动脾气，是那个钱市长好像有什么诡秘，催命似的要展示阶段性成就，就像参加淮海战役，主力渡过了长江，也该让战士们吃顿热饭……看来还是老天爷掌握着工程人的心思，雨点越下越大了，一袋烟工夫就把寺院外边平整出的广场泡成泽淖了。

这也不能怪咱，是老天爷要作对……

总指挥，你不是说，气可鼓，不可泄吗？

明天……明天就是水漫到脚脖子也要开！

忽大年本来想着怎么就势打个退堂鼓，可是话到嘴边又拐了弯，让人听着猛地打个激灵。总指挥陡然意识到，绝不能让刚刚闪过的那个黑影破坏了情绪，管她来者善与不善，临战失魄还怎么打仗？何况从技术员到民工都知道明天要开庆功会，不能因为一个莫名其妙的影子动摇了军心。何况，他已经让人核对了参与建设的人数，五百六十七人，五百六十七只搪瓷杯，红漆拓印了"国家八号工程厂房竣工纪念"，若是典礼冷不丁取消了，那搪瓷杯上的红漆可是擦不掉的。

突然忽大年瞥见黄老虎又在门外闪晃，大喊：我说老虎，你别在门口隐蔽了，有话快说，有屁快放！

黄老虎扶扶军帽进来：明天典礼，内紧外松，你还是要多加小心。

忽大年脸色严肃：你别光盯我，明天的典礼，你不能掉链子！

老部下其实是想汇报明天的安保方案，见首长情绪激动想转身退去，却被总指挥一把按住肩头坐下了。忽大年隐约想到，大战在即，不能耍脾气，他提起暖水瓶倒了满满一杯开水。

你这些臭杯子，谁来都喝，要喝我喝你的。黄老虎毫不客气，伸手端起桌上的茶杯咕嘟了一大口。

这句话这个动作，就把两人的关系交代了。当年忽大年率领一个连冲进晋北一座小山城，打扫战场时看见黄老虎躲在树窝里踌躇，便让他背起鬼子尸体上的三八大盖跟上部队，可他上去踢了一脚，鬼子竟挺身想跑，被他一个猛子扑倒了。忽大年欣赏这小子的机敏，便提拔他当了营部的保卫干事，后来这支活跃在鲁豫大地上的游击队，组合成了八路军一七〇师，他升任了二团政委，黄老虎为此拎来一瓶汾酒，两人就着几根大葱，喝得昏天黑地，都嚷嚷胜利了要找个漂亮媳妇。随后跟老蒋的军队作战，二团能征善战就没吃过败仗，只是攻打南京城时，他率领的一个连最先冲进市府，却忘记去拔掉楼顶的旗子，失掉了一个可以传世的瞬间。

不过正因为忽大年这次成功的穿插，天安门升起五星红旗的第二天，他戴上了师政委的头衔。这可是他梦寐以求的，一旦戴上师职帽子，就可以带上靳子在城市安家了。没承想部队入朝作战前夕，他突然被抽调去学习，后来分配到八号工程上，尽管这项任务也跟打仗有关，却闻不见硝烟味了。所以，他眼睁睁看着一七〇师雄赳赳跨过了鸭绿江，又明明白白听说全师将士梦断汉江，这便成了他平日最为忌讳的话题，好像他能活下来就是一个罪过，一有闲暇满脑子胡思乱想直掉泪蛋子。

而且他曾小心问过成司令究竟为什么是那么个结果，却碰到了两道冷峻的目光，似乎总部人都在回避那个曾经响亮的番号，等终于见到了黄老虎才知晓了战斗的惨烈。所以他面对老部下，喉咙常常有热流涌过，总是想要是自己也像别人，学上几天就临"课"逃脱，他就可能毫不畏惧地冲到汉江边，就可能提醒师长小心美军的回马枪。

老虎啊，要是我率领咱们师追击美国鬼子，会不会把部队带回来？忽大年动不动就喜欢这样假设。

那也不一定，美国佬是清一色的钢铁装甲，咱们才一人一杆枪、八颗手榴弹。黄老虎每次应对都是这句话。

等咱们的炮弹造出来，我要亲自送到海防前线，让美国佬也尝尝挨打的滋味！忽大年突然一拳砸到墙上。

黄老虎依然哪壶不开提哪壶，又问：政委啊，你能回忆起来不？昨晚到底是谁袭击的？

告诉你，没有谁袭击，是我自己绊倒的！忽大年脑海又闪过山门外的红脸庞。

五

在保卫组长绞尽脑汁搜寻袭击者的时候，那个戴着鸭舌帽的连福，鬼魅般地猫在万寿寺外，瞅见小翻译出来，一闪身把她拉到粗壮的大槐树后，嘴里叽里呱啦的，也听不清说什么，后来他一把握住了她手腕上的黄珠子。忽小月眨眨眼笑了：怎么了？我刚戴了一天，你就后悔了？连福嘴里一个劲儿嘟囔：我的事，你真的不管啊？说着便故意耷拉下脸，装出生气要走的样子，忽小月看他变脸了，冲他后背狠捶了一拳，转身跑进了寺院山门。

连福知道忽小月是一定会去找她哥哥讲情的，那些地下挖出来的泥人瓷马，本来就没人愿意正眼打量，都是他猫在土坑底下一件一件扒拉出来的，开始用报纸卷了塞到床下，后来越塞越多，满屋子土腥味，谁都觉得古墓的东西晦气。后来，农舍主人像遇上了灾星，手握镰刀逼他赶紧滚蛋，还是小和尚给他解了围，告诉他万寿寺后院有一间密室可藏宝物。他当即跑去看了，所谓的密室在僧房的顶头，外间是盛粮食的仓库，如今放置了铁锨、锄头、镰刀类农具。从这里踏上梯子翻过去，会看到一间四壁无门的夹墙，只有一辆架子车大小，几片空麻袋，几星玉米粒，显然是年馑时和尚们的藏粮处，如今倒让技术员派上用场了。

于是，连福每天去指挥部上班就悄悄捎上两件，没多久小小密室就堆得只剩人站的地方了。他又用木板沿墙钉了个方格架，分门别类，一一摆好，俨然变成了一个隐蔽的多宝橱。那面直径有半尺的铜镜，上面的纹路细腻得像钢针雕刻的，青龙戏白虎，朱雀迎玄武，一角对应一个，形象灵动，欲飞欲舞，肯定是头模浇铸的，他锯了截枯枝做了个支架，端端正正摆在阁架中央；那尊浅绿色的耀瓷梅瓶，通体布满首尾相接的缠枝莲纹，底部还有几个看不懂的小篆，这可是一字千金啊，想必是哪位朝臣喜欢把玩的什物；还有一堆唐三彩生动得让人咂舌，有的骑马抚琴，有的坐驼吹笛，有个胖姑娘头顶花簪比脸都大，别人可能不明白，连福清楚这就是人见人爱的唐代肥婆哟。

呵呵，自己是不是发了呢？连福在沈阳的兵工厂上班时，每天要从古玩街上穿过，耳濡目染晓得这些物件价值了得，看来西安这座周秦汉唐的帝都，宝物比关外要上几个档次的，只可惜现在捣腾古物的人突然间消失了，他期待有一天能把这些物件运回沈阳，肯定能发一笔大财的，没准一件就值一院房呢，他激动得几次想仰脖喊上一嗓子。

可真是应了那句老话了，大意失荆州啊！

中午，连福驾驶电瓶车拉着忽小月在典礼台兜圈，就像开着敞篷吉普招摇过市，等把她放到寺庙外大槐树下，自己便悄悄钻进了农具库房，不一会儿便拿回来一副手链。他不稀罕指挥部奖励的搪瓷缸子，对竣工典礼也没什么兴趣，只是想取出汉罐里藏着的蜜蜡佛珠，好作为心上人的生日礼物，这密室里的东西都是从坟地里刨出来的，姑娘可能会有忌惮，但对地上阳物应该不会拒绝。那次以前万寿寺的小和尚满仓在工地捡到一颗黄珠子让他看，像是老住持日夜不离身的佛珠，摩挲了上百年，润得像一粒油脂球。说者无意，听者有心，连福下班后就把那片土堆齐齐过了遍筛子，别人问他找什么，他乱编瞎话想研究这种土质对炮弹的腐蚀，最后居然筛出了十九颗珠子，用袖子一擦像腌过的鸭蛋黄。满仓满脸狐疑老和尚的念珠怎么被人扔进土里，收齐应该是一百零八颗的，他想留下作为对师父的念想，可连福用细皮筋穿成了一副手链，说要送给女神传递爱意。

小翻译戴到手腕上说：等我闲了，给珠子刻个小猴子。

连福连连摆手说：万万使不得，那就把宝珠毁了。

聪明的技术员马上想到小美人属猴，又反身跑回僧房去了。他曾在东家炕头发现过一对小石猴，手掌大小，抓耳挠腮，他奇怪农户炕头都摆的小石狮，这家人怎么摆的石猴？东家说是在崖下刨出来的，他慷慨地给了五块钱，塞到了密室角落，不承想现在要派上用场了。可是，当他怀揣石猴，刚刚从梯子上蹦下来，就听见门闩咣当咣当响，等他慌里慌张把梯子放倒，门竟被哗啦一声摇开了，黄老虎一个箭步冲了进来。

好你个连福，你躲在这儿干啥呢？

我来找把镰刀，上树割点槐花……

少废话，你把梯子扶起来！

唉，一切的一切，在那一瞬间都改变了，黄老虎箭一样的目光把沈阳人的五脏刺穿了，连福标志性的坏笑没能收回便僵住了，黄老虎噌噌噌爬梯上去，老鹰眼一扫就发现了秘密，不但马上喊人过来清理，还扭住连福胳膊关进了保卫组禁闭室。连福气得大喊大叫：这都是你们要砸碎的封建余孽，我捡回来有啥罪过？老鹰眼却阴沉地说：你就别耍花招了，你偷窃文物是一，想破坏明天的典礼是二，你的真实面目马上就会水落石出！

连福始终蒙在鼓里，人家仅仅跟踪了一天半，他的狐狸尾巴就露出来了。随后，他被关进了万寿寺外一院租用的农舍里。然而，黄老虎百密一疏，那看守竟是连福曾经的徒弟张大谝。这小子干活拖沓还没记性，学了一年多没有丁点长进，只练就了嘴皮上的功夫，竟然吹嘘老爹结婚自己藏进板柜偷吃核桃，连福听说保卫科缺人当即就给推荐走了，不承想两人现在尴尬地碰面了。

师傅咋进这地儿了？你可是这儿关的第一个人。

大水冲了龙王庙，误会，纯粹是误会。

真的？

真的。

师傅，你当初推荐我来当保卫，是不是嫌我笨呀？

什么呀？师傅是看当保卫是干部才推荐的。

师傅骗人吧？我现在一月口粮三十斤，少了八斤呢。

那你……还想跟师傅学招手艺不？

当然了，一招鲜，吃遍天，师傅在日本人手上就吃得开，在国民党手上也吃得香，现在共产党也把你当香饽饽……

那你把师傅放出去一小会儿，赶明儿师傅教你两手绝活，保证让你一辈子饿不着。

那我咋敢呀？黄老虎还不把我吃了？

说你傻，你还真是傻，他不要你了，我要啊！

连福居然凭着三寸不烂之舌把徒弟给说动了，张大谝悄悄把门打开，千叮万嘱快去快回。果然，一个小时以后，连福手攥鸭舌帽，小肩膀歪抖着，晃晃悠悠回来了，远远瞥见有人站在窗下鹰眼盯瞄，竟故意冲着徒弟嚣张地喊叫：今晚怕要熬夜了，劳驾你去买瓶老白干吧？这个机灵鬼琢磨着总指挥为了妹妹，也会出手搭救的。

六

忽大年现在憋着一肚子的烦恼，压根听不进妹妹娇嗔的诉求。

那声音都变娇酥了，目光仍一眨不眨，明显是想逼他应承下来，真真风声雨声人声，搅得他心烦意乱，直想骂两句战场上的脏话。可现在，在他面前唠叨的人是自己的妹妹，他本来就在妹妹面前说不起硬话，这会儿就更难摆谱了。终于他听明白了，是那个叫连福的私藏文物，被黄老虎一把抓了个现行，看样子妹妹真的对那家伙上心了，他想劝妹妹与男人交往要小心，却又不知从哪儿说起，直到妹妹被敷衍激怒甩辫子走了，才呡了口浓茶咕噜咽下去，苦涩也伴着烦恼进了腹腔，直感这应是黄老虎调查袭击事件的副产品，这家伙可能很快会将调查矛头指向山门外那张红脸庞了。

那张红脸庞怎么会在西安城出现呢？为啥还没搭话就要使出铁砂掌呢？唉，这是一个他从没想过的麻烦，这个难以启齿的麻烦，也许会毁掉他坦荡的前程。那年成司令喝酒时讲过，一个人年少时做过的任何事情，都会在以后的岁月里顽强地表现出来，或者能成全你的欲望，或者会毁掉你的努力。他当时就想首长是不是听到了什么呢？后来忙于打仗也就淡忘了，这两天脑袋稍有空闲就会窜出来，搅得他坐立不安了。

是啊，那片种满红高粱的土地怎么会被人称为半岛呢？那里一年四季都闻不到海腥味，也从未听到海浪的咆哮，当然也见不到大海的温柔。当时村里的壮年人都被鬼子拉去修炮楼了，只剩下半大小子躲在黑家大院舞刀弄棍。小大年自从父母被黄狗子秘密抓走，就背起妹妹跟着疤眼叔回了黑家庄。那黑大爷发现小大年居然认识墙上的标语，就把他从驼背叔叔家接到大院，让他给习武的孩子念诵《三字经》。

只是别的孩子都挺乖的，他怎么念就怎么读，可黑大爷的女儿黑妞儿却怎么也拢不住，刚教过的字都能认错，引得满院子一阵阵嘻哈。这妞儿头发剪得像个男孩子，黑衣黑裤，脸庞红润，撩人的是她一去井台挑水，圆鼓鼓的屁股蛋便扭起来，扭得村里的小伙子心里都瘙痒了。大年曾张扬地跟伙伴们说，要是他将来娶了黑妹子，每天都要在她屁股蛋咬上一口，不能让她扭来扭去招惹是非。小伙伴们嘲笑起来，那样的话，用不了半月两瓣屁股就肿了，还咋给你生娃呀？当然他们只是过过嘴瘾，没料想黑妞儿就在屋里纳鞋底，听见这些荤话火冒三丈，一只纳了半边的鞋底嗖地飞出来，正砸到了吹牛人头上，顿时鼓起了一个硬包，痛得他哎哟叫着差点掉下泪来。

不过，后来的事情让忽大年对她刮目相看了，那天疤眼叔领着游击队员来了，黑大爷叫他跟黑妞儿去捡点柴火，出门上山就看到一棵死树，他双手抓住枯枝折摇，却始终不见断开。黑妞儿在旁冷笑一声，忽然跨前一步，猛砍一掌，咔嚓一声，枯枝断成两截，惊得大年拉住她的手掌直瞅。

这么厉害呀？

没啥，小试牛刀。

你是咋练的？

祖传的秘密，不告诉你。

教教俺呗。

俺这是童子功，你都十六了。

终于，在一个月黑风高的晚上，他没有赶回叔叔家去嚼高粱饼，躲到嘎子家喝了碗高粱粥，就溜到黑家大院墙外的山坡上，一猫腰爬上了一棵老槐树，又哧溜一下滑到院里，想偷窥黑家姑娘练功的情形。可屋里油灯突然亮了，窗纸映出一个姑娘的剪影，听见一阵噼噼啪啪的击打声，却怎么也看不见动作，猴急的他用舌头舔湿窗纸，指头轻轻一捅，出现了一个圆圆的小洞。

嘿嘿……炕沿上一溜三个木盒，一盒沙子，一盒黑石，一盒白石。嘿，这黑妞儿人姓黑，身上却白皙如葱，怪不得喜欢晒太阳，是想把脸晒黑，却越晒越红，脱去外衣穿着肚兜，就像一个小瓷人，那脖梗，那肩膀，浑浑圆圆的，像河里的水波一样柔顺，好像能发散一种魔力，一下子就把忽大年的心抻紧了。只见黑妞儿面对沙盒，弓腿挺腰，手起沙落，胸前竟腾起一团沙雾。一阵击打之后，又移步黑石盒，如剁肉般手起掌落，咔啦咔啦，恨不能把那黑石击碎成沙。大年惊得大气不敢出，眼看着黑妞儿脸上汗珠如雨，顺脖子流下来，连系肚兜的红带子都湿了。

终于，黑妞儿直起身扭扭屁股，把墙角铜盆端到炕沿，手在背后一拉，肚兜哗地滑下去，胸前蓦地闪出一对奶子，白如馒头，一颤一耸，好像两只魔球在大年面前舞动，一个懵懂小伙子的心顿时扯到嗓子眼，脑瓜子一下空白了，额上冒出一层细汗，呼吸也变得急促起来。

他像村里小伙子一样对姑娘高挺的胸脯充满好奇，隐约记得妹妹咬住妈妈的奶是那么甜美，妈妈说他也是吃这口奶长大的，但他却没有自己吃奶的记忆，想不到今天这一对白嘟嘟的奶突现面前，会是这么诱人，让他浑身燥热，情不自禁啊了一声，屋里的油灯便噗地灭了。大年正犹豫要不要离开，突然感觉背后窸窣，似有一股凌风袭来，还没等回头，脖颈就被击中了。

等他醒来，天仍旧漆黑着，黑大爷一家人围站着，个个板着脸一言不发，都在拿眼珠子瞪他，好像他头上突然长出了犄角，只听有女声在旁嘤嘤哭泣……这……这是咋了？大年怯怯地问道。黑柱儿一把揪住他衣领恶狠狠地说：你装啥洋蒜，你信不信，俺今天就废了你，叫你一辈子找不成女人？

可是，那哭泣的黑妞儿突然箭步上前，冲着哥哥吼道：俺叫你废他了吗？

回到家，大年不由得放声大哭，叔婶站在门外怯怯地问：哭啥呀？

一连七八天忽大年都没去黑家大院，就在透风的破窑里闷闷地躺着，他心里实在憋屈啊，本想学点武艺的，却瞧见了女人擦身子，自己真是猪狗不如了！可他想找疤眼叔回城去，又不好意思找黑大爷开口。后来黑大爷自己却上门来了，这让忽大年暗暗吃惊，以为是来找麻烦的。但黑大爷屁股一挨炕沿，径直把话挑明了。天哪，老人家居然是来提亲的，直言"倒插门"，入赘黑家去。原来，那黑妞儿在家一直闹腾，愣说古戏里有话，谁瞅见她的身子，她就是谁的女人。

天哪，这怎么行呢？昨天还把人往死里打，今天又来提亲了？大年摸摸头顶的疙瘩，这个女人真要做了媳妇，那双从小练就的铁砂掌，隔三差五抡一下，还不把自己小命要了？忽大年吞吞吐吐把忧虑倒出来。黑大爷摸摸下巴，呵呵笑了：练那铁砂掌是防身用的，哪能给自己老汉用？再说，现在小日本动不动就过来"扫荡"，谁都保不了能活到明早上，你娶个媳妇生了娃，就是给忽家添了后，祖上几辈辈都会念你好呢。大年嘟嘟囔囔问：为啥非要让我去你黑家？十里八乡最让人瞧不起的就是上门女婿，都是有女无儿的庄户没办法的办法。黑大爷却反问：那你看黑妞儿到你这烂窑里能过吗？

正说着，院里老母鸡咯哒哒叫唤起来，婶婶刚把一个热乎乎的鸡蛋从窝里掏出来，驼背叔一把抢去塞进嘴里，满脸黏稠的蛋黄，婶婶气得一屁股坐在地上哭了，黑大爷出去拉她起来，哭声却寻死觅活的，像被狼叼去了孩子，谁听了心里都颤悠悠地发酸。忽大年忽然想起了妹妹，小妹跟上戏班走了两年了，也不知道捎个信，将来见了爹娘可怎么交代呀？也许能给他们抱个孙子也算是个安慰吧？

挨到收麦时节，大年被伙伴们簇拥着，背起黑妞儿在村头转过，便满脸羞红冲进了黑家大院。七八张小方桌，几十个村人，一碗熬白菜，一碗熬萝卜，自酿高粱酒，猜拳行令，好不热闹。叔叔婶婶也不说话埋头吃菜，回去时怀里藏了个菜包子，就算把大侄子撂给黑家了。大年直到那一刻，才觉得"倒插门"也太不值钱了，他跑进厨房从笼屉拣了四个包子，堆到一碗白菜上，追上叔婶一把塞过去，满院人都说还是一家人向着一家人哪！

等到傍晚入了洞房，他才想起这还是他偷窥过的小屋，只是四角挂了几条红布，正墙贴了个囍字，炕上放了两床土布被子，俨然成了有点奢侈的新房了。但大年没空琢磨这些，只盼天黑能按住黑妞儿报了一掌之仇。

果然熄了灯，一切都变得朦胧了。黑妞儿麻利地钻进了被子，露出了雪白的脖梗、雪白的小脚丫，眼睛好像怯怯地乜着他，似乎挺害羞地背过身去了。大年顿时浑身燥热，一把掀开被子，拉下女人腰上的花裤衩，照准那雪白的屁股结结实实咬下去。黑妞儿痛得啊的一声惨叫，一个鲤鱼打挺，扬手就朝新郎的脖子砍过来。

大年一定是被那声惨叫吓坏了，嘴张眼瞪，盯着新娘手掌，一下子变呆傻了。天哪，这只恐怖的手掌，他已经领教过，砍过来不昏也伤，上次可能是在后院，让她的凶狠没能施展，现在你跑到人家炕头上，怎么收拾都是小菜一碟了。咳，你还想咬人家屁股，不撕碎你就算客气了！然而，那恐怖的手掌在快落下时突然停住了，女人居然被丈夫惊悚的模样逗笑了，不知羞耻地一阵咯咯咯，窗外顿时哄起一阵夸张的嬉闹声。

大年仰面躺倒在炕上又恼又羞，再也没心思咬屁股报仇了。难道洞房花烛夜要这么度过吗？新郎眼睁睁到了后半夜，不甘心地蹲在炕上，瞅着似睡非睡的新娘，竭力酝酿着一股一股的激奋，怎么着她也是我媳妇了，不让咬还不让动吗？蓦地，他翻身坐起，又掀开被褥，那黑妞儿居然手还捂着屁股，似乎就在等待饿虎扑食呢。但是新郎气鼓鼓地想抖起雄风，却感觉胯下软塌塌的，不见了入夜时的威猛……这是咋回事？他站在炕上，手捏裆下，摇晃几下，又转身对准脚下的女人，却是怎么折腾也不见雄风耸起了。

第一天晚上是这样……

第二天晚上还是这样……

第三天晚上，新郎看到新娘进了黑大爷的房子，隐约听到了女人的啜泣声。

这可是奇耻大辱，大年羞愧到了极点，看来新娘把他这两天的疲软给黑大爷说了，明天或是今天晚上，老人家就会走进新房来教训他了，该不会让人家以为自己在用这种方式报复"倒插门"吧？唉，村里老老少少也可能很快就会知道，会把这段床上羞耻当成饭后的笑料，会添油加醋编派出许多难堪来，搞不好他也会沦落到汉奸崽子的地步，出门就会有一群小孩跟上扔石子吐唾沫。唉，这两天，他怎么看黑家人都像挂着一脸埋怨，即使村人笑面相迎也像是嘲弄，连那些贼头贼脑的猫呀狗呀，也像在摇头摆尾地羞辱人呢。是啊，这样死皮赖脸待在黑家还有啥意思呢？人家凭啥管你吃管你喝？何况……长此下去整不出个娃来，迟早会被黑家人赶出门的，那可就把人丢尽了！

他一骨碌从床上爬起来，小心翼翼把墙上囍字撕下一角，捏着毛笔哆哆嗦嗦在红纸背面写了几个字，悄悄塞到了黑妞儿枕下。然后躲躲闪闪出了黑家庄，一直向北，越过了八条河，翻过了十道梁，终于磕磕绊绊到了绿树葱茏的太行山下……

七

离开那个黑妞儿以后，忽大年遇上了另一个女人。

他直到那年深秋才找到太行山游击队，摆弄了两年三八大盖，还负过一次令人惊悚的轻伤。那次队伍反"围剿"被鬼子打散了，他扒了身黄狗子衣服穿上，混过白区跑回山里的宿营地，隐蔽的暗哨以为敌人来偷袭，扬手就是一枪，军帽腾地掀掉了，头皮灼了一道烧痕，从此什么时候都要戴着帽子了。后来他从一名小战士干到小队长被派往延安去学习，一路上穿烂了三双布鞋，湿透了厚实的褡裢，终于赤脚站到了宝塔山下，头埋进清冽冽的延河里喝了两口，便径直走进了抗大的校门。

后来的成司令也在抗大学习，发现忽大年读过《孙子兵法》，便像发现了一个宝贝，几经折腾把他带到麾下，还提醒他把做游击队内应的经历填到自传上。忽大年果然不负众望，在晋北接连打了十三场伏击，紧急关头表现出的冷静让人吃惊。那次鬼子不知从哪儿得到情报，把忽大年率领的二连围在一片陡峭的山坡上，他迅速把全连带进一处废弃的煤窑，本来队伍可以顺矿洞跑掉的，可他发现矿洞在半山腰上易守难攻，便像钉子扎在那里守了一天一夜，吸引兄弟部队把追击的鬼子反围在山崖下，打了一场漂亮的反围歼战。从此成师长见人就夸他是块当将军的料，一觉醒来就成了团政委，刚刚二十五岁就有了勤务兵，讲话走路便带着一股风。

后来日本人投降了，在攻打太原的战役中，为阻止国民党两个师突围逃窜，忽大年率领两个连守在岔路口，整整三天三夜，机枪管子打红了，手一碰烫掉一层皮，急得机枪手团团转。忽大年趴在战壕里想出了个歪点子：有尿的都憋住，都浇到枪管上！没想到这个降温法还挺管用，机关枪哒哒哒欢实起来。可勤务兵见人撒尿就扭过脸去，忽大年见敌人反扑过来，一顿臭骂：你装个屁文明，快过来，浇一泡！靳小子迟疑说：我……我没尿呀！忽大年急喊：他妈的，有尿没尿挣着尿，没见枪管打红了？

当时子弹就在头顶嗖嗖乱窜，机枪要是哑了，就只能等着拼刺刀了。忽大年随手把一根刚卸下的枪管扔过去。靳小子看出这当口尿比子弹重要，抱住发烫的枪管就往后边枣林里滚，只见军衣马上燃着了，咝啦啦冒着青烟。忽大年眼看又一根枪管打红了，回头未见靳小子火冒三丈，这小子关键时刻掉链子？他急忙滚进了枣树林，想让他去通知预备排也压上来。我的妈呀，靳小子撅着屁股，半蹲半就，一股细泉正嗞嗞浇在枪管上，冒起一股尿骚味，见人滚来像被针扎了，腾的一下提起裤子，也忘了隐蔽，挺直了身子。忽大年陡然意识到勤务兵是个女人，不由得瞪着慌乱的眼珠惊叫：我的妈，你咋没把啊？

突然，一串炮弹携着哨音砸到阵地上，等他爬起来抖掉浮土，枣树不见了，靳小子倒在泥土里，他上去拼命摇拽，竟然一动不动。他以为勤务兵一定死了，只是没想到人家还是个女的，可在一个女人面前，自己吃喝拉撒没一点样子，他越想越羞愧，越想越难受，不由得搂住勤务兵一阵哽咽。随后，忽大年连续换了三个勤务兵却没一个顺眼的，后来他听说靳小子抬下火线后，居然在担架上睁开了眼睛，便兴冲冲跑到野战医院去探望了。

呵呵，病房里四个女伤兵，见他进来都一瘸一拐出去了。忽大年走到床边习惯地想揭被子察看伤口，却被靳小子死死捂住，脸蛋也腾地红了，红得像初春的桃花，一双黑眸闪着从没见过的羞涩。政委倏然发觉这个勤务兵虽不像城里唱戏的会撩拨，也不像村姑那么腼腆，若扎上小辫还是挺姑娘的，心里便像有窝蚂蚁爬过来，好一会儿都不知该说什么了。

你咋不早说，早说就不让你去尿了。

那……那我是尿错了？

你伤好后，还给我当勤务兵。

我……我当然可以……

不过，靳小子伤口痊愈后，不再给他当勤务兵了。她那天轻轻敲开忽大年房门，戴着黄军帽，穿着黄军装，露出齐耳的男娃头。咦，以前咋没发现这双眼眸这么动人，像两潭泉水，清清亮亮的，好像能一下子看到泉底。忽大年愣怔一下，本能地想上去拥抱，却被人家一闪身躲开了，他这才意识到靳小子已不再是小子了，已经还原女儿身了，但他还梦想着她能继续做勤务兵，说：我这儿的活还得你干，谁干我都看不上。靳小子左手攥着右手拇指，羞赧地低下头没吭声。

忽大年扭身就去了师部，正巧师长和政委在讨论部队休整，见到忽大年便问兵员补充情况，可他答非所问：我们团靳小子归队了，我打算还让她做勤务兵。师长哈哈大笑：你小子想得也太美了，找个大姑娘给你当勤务兵，别把部队都搞成大肚子了？忽大年急忙辩解：她以前就是我的勤务兵。师长一针扎到了要害：以前她是女扮男装，现在，谁都知道她是个没把的娘儿们。

你要是想让她暖被窝，干脆就把她娶了吧？

那……咋能行？

正好利用部队休整，给你们把事办了。

那不好吧？整天打仗……

有啥不好？你今年二十七，她今年二十六。

靳小子能不能答应，忽大年心里没底，但他回去把师长的话摞出来，勤务兵头趴到膝上久久不见吭声，他看问不出啥话便说：你不吭声，就是同意了，明天师长给咱们张罗婚事。靳小子头埋到膝盖下说：医生说我伤得不是地方，可能要不成娃了。忽大年不假思索地说：部队整天打打杀杀的，没有娃正好，省得操心你挺个大肚子东跑西颠。靳小子又提出个难题：结婚是终身大事，该不该给我爹娘说说呀？忽大年不由得一愣：老人家现在在哪儿？靳小子说：我家在保定的白洋淀，那年他们捞鱼回来被鬼子刺刀挑了，我躲进芦苇荡才逃过一难，我娘临咽气说过，将来我嫁人记着告诉爹娘……忽大年这才放下心来：这事好办，你爹娘在天之灵就在你头顶上，你朝老人家坟头方向喊一声，磕上三个头就算告诉了。

两天后，忽大年和勤务兵结婚了。晚上吃饭时，师长和政委带了两瓶泥坛汾酒，三个人喝得昏天黑地。师长最后硬着舌头说，他也要把老婆接过来，政委听了落下泪说，他也想老婆了，可不知道老婆现在哪儿。忽大年更是喝到了八成，等两位首长摇摇晃晃出了院子，一把将门掩上，却扑倒在靳小子身上号哭起来：

靳子啊，我该死，我骗了你呀！

你咋骗我了，是我自愿的。

我……我不行……不行……

啥不行？

以后……你还做你的勤务，晚上咱俩各睡各的。

你尽胡说，师部人都知道咱俩成婚了，明天我又成了勤务兵，别人会咋说？

可我……我真的不行……

然而，这绝对算是一个传奇了。连忽大年自己都感觉惊讶，他手搭靳小子额头轻轻摩挲着，感觉姑娘像感冒了热得发烫，肚子热得可以暖鸡蛋了。他东一榔头西一棒子说，只要两人在一起互相照应就是个家了，有家啥都会有的，有没有孩子无所谓的。靳小子翻身摸着他头上的疤痕问：你到底咋不行吗？你可说清呀？说着她的手就伸过去，没想到裆下那上不了台面的宝贝竟然昂扬起来，一下子就把男人的桀骜坦露到女人面前了。

那天晚上，忽大年疯狂了，就像一头饿极了的野兽重重地扑上去，一路突进，冲锋陷阵，第一次尝到了颠鸾倒凤的滋味，也让新媳妇尝到了被蹂躏的快慰。呵呵，就像是取得了一次绝对的战场胜利，新郎官陶醉得忘乎所以了，连他自己都没想到，他竟然有这般强大的本事，从月上树梢，到东方透白，始终处于亢奋之中，好像这些年受到的压抑，一朝释放便势不可挡了，直把所有的怨气和渴望毫不掩饰地宣泄出来，让他在女人面前丧失的雄风又呼啦啦起来了。

当他终于完成了男人原始的任务，蹲坐炕头点燃了一支烟卷，看着蜷曲在棉被里头发凌乱的靳小子，好像自己成了一场胜利的指挥员，在欣赏鏖战之后的战利品，心情是那般惬意释然，这场几乎酝酿了快十年的战斗终于有了结果，终于可以扬眉吐气地向黑家庄人炫耀了！

天亮后新来的勤务兵眼露诧异，把洗脸水端进屋就说：政委，你不能欺负靳嫂了，她晚上咋哭得那么惨，我都怕院子外边谁听见。忽大年没听完脖子就红到根了，晚上他捂住媳妇嘴没敢让她再出声，还不知不觉把对媳妇的称呼也简化了。

以后就叫你靳子吧？也就是金子。

金子？可我是个穷命人呀？

然而，就是那些天疯狂的劳作，靳子婚后三个月就呕吐了，想吃酸枣了。忽大年不由得发蒙，问：你不是不能怀孕吗？怎么卫生员说你怀孕了？靳子抑制不住喜悦：我咋知道？可能是我瞒着你，给村头送子娘娘烧了三炷香，讨了一把红枣……尽管忽大年的头直摇晃，心里还是乐开了花，行军打仗一有空闲就过来嘘寒问暖，今天拿个烤红薯，明天揣来半块烧饼，想不到这靳子还是块肥沃的土壤，随便撒下种子就能生根发芽。

第一个孩子出生了，取名忽子鹿。

第二个孩子又出生了，取名忽子鱼。

等忽大年转业到八号工程的时候，忽子鱼马上三岁，忽子鹿已经五岁了。

八

那天，夜空的星星一定看见连福跑出去找小翻译密谋了什么。

可谓峰回路转，天还没放亮，连福躺在脏兮兮的禁闭室尚未睁眼，就被徒弟摇醒了，听黄老虎训了几句就晃晃悠悠走了。然而，他牵肠挂肚的瓶瓶罐罐却没人回应，这让收藏人好生懊恼，显然他的心上人仅仅发挥了一半作用。于是，这位技术员又躺到农家炕上，望着窗口眨眼的星星放开了思维，忽然他诡异地想到了那个女人，那个穿着臃肿的胶东女人有那般神秘的身世，此时不用要待何时呢？

于是，他夹了一卷图纸做伪装，闯进了总指挥办公室，没想到人家正手背支着下巴，双目怔怔地盯着门扉，有人进来表情也不见变化，好像一夜未眠在思索什么。当他鼓足勇气把遇见胶东女人的细节磕磕绊绊透露出来，人家到底上过战场，连眼皮都没眨巴。

哎哟，遇上这般难堪，还能这般镇静，该有多深的城府呀？工地人都知道总指挥的媳妇是保管资料的靳子，家里还拖着两个没上学的孩子，如今咋又冒出个土腥女人？这个女人如果真的跟他拜过堂，那堂堂总指挥可就摊上大事了，一夫一妻是解放后最得民心的政策，他一个高级干部更应模范遵守，倘若两个老婆在工地上对打起来，整不好会把人抓进监狱，那就别想再耀武扬威，训了这个训那个了。

那位大嫂肯定是来找你的，她知道你的名字，还说跟你是一个……一个村的。连福小心翼翼地选择词汇。

忽大年停顿一下突然抬头问：这么说，是你把她引到指挥部门外的？

我？我没有呀……连福马上意识到，今天难以达到预料的效果了。

你到底想说啥？你他妈的，你到底想说啥？忽大年眼冒凶光，手点着他的额头。

我就是……我就是……

就是个屁！

连福彻底蒙了，那个女人身上一定藏着什么秘密，他本想跟总指挥做个交易，我替你保住这个隐秘，你让我把藏品拿回去，公平合理，都不吃亏。可这个胶东人没他想象的那么脆弱，也没他想象的那么好对付，人家像有充足准备，连福刚刚挑了个话头就引来勃然大怒，一把将帽子摔到桌上，头上一道疤痕光亮亮的，惊得他颤巍巍地不知说什么好了……

忽大年以为自他离开黑家大院，就与怀揣铁砂掌的女人没有关系了。

当他任连长以后，曾经托人打听过叔婶的生活，也问过黑大爷和黑妞儿的境况，好像日本人撤退后，黑家庄平静得不见了波澜，所有的对峙与残暴似乎都沉入了潭底，村里祥和得空气都是甜腻的，只要天气暖和，叔婶就裹着棉袄蹲在破院里晒太阳。他托人捎去了三块银元三块洋布，叔婶把银元拿到手上激动得在衣襟上擦得锃亮，不知道后来是怎么花的。当然，他给黑大爷捎礼还是鼓了劲的，当年能够收留他兄妹该是多大的恩泽啊，可他担心会引起误会，以为他浪子回头想与黑妞儿重修旧好，那就把弥合的伤疤又揭开了，所以他千叮万嘱，要给叔婶讲清楚，这是给三个老人的礼物。

后来他摘下一朵战地黄花，娶了靳子，有了儿子，更对家乡的破窑烂院淡漠了。他想，黑妞儿虽说与他在一张炕上躺了两个晚上，但两人没有完成肌肤之亲，那裆下就像老鼠出洞见了猫，这对男人来说绝对是奇耻大辱，女人应该能理解男人的不辞而别。唯一的担心是他听说黑妞儿一直没成亲，难道她一直怀揣幻想吗？解放后，忽大年在大西北安顿下来，几次想给黑妞儿写封信，可他铺好信笺写上几个字就撕了，他实在不知该怎么称呼，也不知该怎样叙述，其实就是在写一纸清晰的休书。

其实，当初他在红纸背面写的就是休书，只是有些含蓄罢了。平时不想则已，一想似乎就感到自己做下龌龊事了，当上政委了，不要糟糠之妻了，多像千夫所指的陈世美啊，乡亲们会捏着那片红纸，把他骂得狗血喷头的。有两次他去济南开会都走到汽车站了，却在上汽车前那一刻停住了，他担忧回乡探亲会惹出纠缠不清的麻烦，会把已被村人遗忘的往事激活起来。等他坐上火车回到西安，听到子鹿子鱼在屋里欢叫，便又萌生了一丝朦胧的庆幸，那个手掌凶狠的女人可能早把他忘了吧？

不过，还是要预防万一的，万一靳子啥时知道了闹腾起来，他就可能遭受前后夹击难以招架，尽管这个万一，像三伏天飘雪花一样，但忽大年还是忍不住在一个细雨霏霏的晚上，半遮半掩跟靳子透露了几句，想让她以后知晓了有个心理准备。那靳子居然大度地说：现在时兴自由恋爱，你们那是乱点鸳鸯谱，当初你逃婚进了山，家里那位自然就离了。再说了，那个乡下人想跟你过日子，婚姻法还不认呢，咱们有正儿八经的结婚证，她有吗？听靳子这么说，忽大年腰杆陡然硬起来了。是啊，没有结婚证就没有法律保护，他忍不住抱住老婆脸蛋，咬了一口，咬得靳子啊的一声怪叫。呵呵，那张结婚证还是进城后，神差鬼使去领的，连照片都没有，只按了两个手印，现在居然成护身符了。

傍晚，他去了刚刚落成的人民大厦，给苏联专家伊万诺夫过生日，多喝了两杯老白干，回来时脑袋涨涨的，却又想去看看搭好的典礼台。那个钱副市长太渴望明天的典礼了，报纸上会吹嘘他们创造了长安速度，只用了一年零八个月，就将八栋厂房一砖一瓦砌起来了，里边将安装一套德国战败赔偿苏联的热轧机，代表了机械制造的世界水平，想想也是一件让人豪壮的事情呢。

可是当他走出嘎斯吉普，大步流星朝万寿寺走去，猛看到前边有个穿黑褂子的女人，走路姿态似乎挺熟悉的，两瓣屁股一扭一扭，真像黑家庄那个手掌生风的女人。难道那个女人真的来西安了？难道她就不怕被黄老虎抓去吗？他心有忐忑走近细瞅，那人居然头一昂脚步重重地快起来，似乎步伐里拖拉着巨大的失落。

忽大年也不由得加快了脚步，看来那个令他纠结的女人真的找上门来了，看来上午在山门口瞥见的红脸真就是她呀，看来连福的透露没有掺假呀！可是家乡没人知道他现在的位置，古城与胶东少说有上千里路呢，她一个孤零零的女人怎么可能找到这里来呢？

唉，真要是她找来了，那就等于在工地上撂响了一枚重磅炸弹，没准会把工地炸翻的。忽大年横竖想，反正麻烦自己已经摊上了，躲是躲不过去了，躲得了初一还有十五呢，看来……看来前天晚上后脖那一掌就是她的杰作，只有她才有那种不留痕迹的功夫，可她现在跑来干什么呢？

不过，今天可不是前天了，身边两个警卫员寸步不离，她抡起胳膊的瞬间就可能让枪崩了。他快步上去想拉住前边的女人，你就别再搞这些幺蛾子了，这可不是黑家庄，袭击军政要员是要进大牢的，别让庄里人以为是我使了坏水。但是，那妖妖的女人忽然回头冲他诡异地一笑，忽大年差点自己笑出声来，原来是村里没了丈夫的小寡妇……

九

其实，那个令人恐惧的身影已经在古城逡巡多日了。

那个身影半月前也套着一身黑色衣袄，穿着一双手纳布鞋，提了一件土黄帆布包，走下了喘着粗气的列车，迷迷怔怔踩上了西安的土地。但她出了车站反倒慌乱了，眼神不停地东张西望，跟随出站人流磨磨叽叽来到广场上，眼花缭乱的旅客，呼朋唤亲的喧叫，使得从胶东半岛赶来的女人愈发踌躇了，东边一片低矮的商铺，西边一片杂乱的摊贩，只有前边一条笔直的大道，不动声色地通向一孔古老的城门，想不到这西安城比济南城还大呢，还有这一道破败的老城墙护着，千万不能为找人，把自己给找丢了呀。

她顺着解放路走了几步，瞅见有家两肩宽门脸的小旅店住下了，屁股没沾床就开始打听八号工程。这，可不像她想象的那么简单，打问店里过客不知道，询问路上行人也不知道，后来街口爆米花大爷看她三天过去，还没寻到一点音讯告诉她，城东万寿塔下割划了一大片土地，插满了花花绿绿的旗子，不知道是个什么工程？

天下还是有好人啊，胶东女得到这个讯息就兴致勃勃地去了。她开始按大爷的指点，沿着铁轨走得生趣，一步一枕木，刚走一会儿，就见火车呼啸而来，吓得她慌忙闪到铁道边，倏然掀起的旋风差点把她卷进去。后来她央求拉水的老农捎脚上了马车，一路吱吱悠悠像回到了胶东平原，就连那甩鞭声都跟黑大爷相似，可老爹已经躺进村头苜蓿地几年了，要是老人家现在还在，用得着自己胡扑瞎撞吗？

她终于看到了一溜溜迎风招展的彩旗，这就是爆米花大爷说的工地吧？这片工地实在太大了，她还是第一次见到这么大的阵势，好像城里人全都拥到了这里，她从北到南整整走了半天，打问了不计其数的人，似乎都像是从工地出来的，有的拿着饭碗筷子脚步匆匆，有的兜插钢笔斯斯文文，还有人挑着针头线脑吆喝什么，却让胶东女一句也听不清。这些人有的面善，会盯着她脸多问两句，你是找人，还是找活路？有的人面恶，听见问话噘嘴吊脸，问多了还恶狠狠一瞪，目光里布满了狐疑。

这古城人咋都这个德行啊？应个话能把你吃了？事情的转机是一个戴鸭舌帽的人带来的，这人从路边小卖部出来，显然对黑妞儿的询问发生了兴趣，像欣赏什么器物似的上下打量，觉得这位装束土气的农家姐妹，尽管脸上落了太厚的灰垢，可细看上去浓眉大眼，稍加收拾就是个美人坯子。后来他就给人说，这是一件未经雕琢的美玉，皇上狩猎遇上都会收入囊中的。

你打听啥呢？

俺找个人。

听口音，你是山东人？

俺是胶东人。

我老家原来在蓬莱，爷爷闯关东到了沈阳。

那你也是山东人？你知道某工程在哪儿？

什么某工程？大姐，你问的啥意思？

俺找某工程的忽大年。

什么工程？你要找忽大年？

是啊。

你认识他？

俺……那当然……

你找他干啥？他忙得很……

鸭舌帽又倏然把话打住了，他显然担忧这个乡下女人怎么打听总指挥，小心别让女特务钻了空子。

你快告诉我，他在哪？

大姐，你找他干啥？

俺们是一家子呀。

什么什么？你们是一家子？你们咋是一家子？

俺们拜过堂啊。

啥？你说啥？

俺们是拜过堂的两口子啊。

面前的鸭舌帽顿时傻眼了，这明显是个天大的麻缠，谁碰上都想躲开的。于是他支吾几句想甩掉走人，可黑妞儿一不做二不休，像胶皮糖般把他黏上了，他走到哪儿就跟到哪儿。在胶东女人眼里，这个鸭舌帽尽管不像个好人，半脸阳半脸阴，不知脑子里想些啥，可这人是她到西安后，第一个知晓忽大年下落的人，所以必须死死咬住了，非要让他指明地方才行。而这人显然被她跟得心烦意乱，进了一家农舍休息，胶东女就蹲在门口守着；拐到食堂灶上吃饭，胶东女就站在院里瞅着。这人心里发毛了，干脆钻进了路边旱厕所，没想到她一点不怯，见里边四面土墙就退守到墙外，踮脚盯着蹲下去的鸭舌帽……这种被人死盯的感觉，当然让人感到了恐怖，鸭舌帽终于耐不住了。

你到万寿寺门口去等吧，兴许能撞见……

他出家了？咋住在寺庙里？

你千万千万……别说是我说的。

俺都不知道你叫啥，俺咋能说你呀？

其实，黑妞儿动身去古城寻亲，心里就一直嘀咕，那个狗东西这么多年跑得杳无音信，现在又戴上了什么总指挥的官帽，还能认她这个没合过身子的媳妇吗？戏台上不是常说大官人难守冷清吗？孤身守家这些年她似乎也后悔过，干吗死皮赖脸硬要拉人家"倒插门"呢？自己完全可以嫁到忽家去，在那破屋烂窑里一样过日子，吃好吃赖咋都是一辈子，这下好了，人是入赘了，可人家又嫌抬不起头跑了。

唉，屁股蛋咬一口就咬一口怕什么，千不该万不该扬什么狗屁手掌啊，把好端端的男人吓得缩回去了，该威风的时候软塌塌立不起来了。即使第二天晚上，她厚着脸皮凑过去，在人家腿上磨蹭，居然也没有一点点昂扬，两个人就像并排躺着的两个女人，直挺挺耗了两个晚上。后来，她把这事吞吞吐吐说给隔壁二娘，二娘气恼地埋怨她，你跟人家拜过堂就是人家媳妇了，男人在床上要怎么，你就顺着人家呀，扬那一巴掌是吃饱了撑的，现在可好，把男人惹恼了，男人的心自然就飞了。但是说什么也晚了，二娘要她无论如何找到男人，只要多给些女人的温存，不信凭她的模样还拢不回男人的心了。

但是忽大年出门这些年，黑妞儿盼星星盼月亮地念叨，每晚都会设想男人羞答答回到黑家庄，见了黑妞儿窘得头都抬不起来，还是她上前像牵毛驴似的把他牵回家，关上门，闭上眼，就等人家上来摆布……可她每次睁开眼，屋里只有她一个人歪倒在床上……后来，她听说忽大年居然给叔婶捎回了大洋，却没见给她捎一声口信。她气呼呼跑去叔婶家问：大年在哪儿呢？婶婶得意地告诉她：来了个当兵的，丢下钱就走了，只说在部队上打仗，身体啥的都好呢。黑妞儿话未听完，眼泪就汨汨地滚下来，问：那他就没给我捎句话？婶婶诓说：大年让你放心，打完仗就回来。驼背叔咳咳两声打断话头，可婶婶以为黑妞儿知道了什么，竟把捎给黑大爷的洋布给了痴情人。黑妞儿抱着洋布泪珠直转，迷怔怔回到黑家大院，把那块洋布平铺到两人睡过的炕上，蒙着被头抽泣了一整夜。

本来在忽大年"倒插门"之前，黑柱儿整天缠着黑妞儿嫁给他的，可黑妞儿死活不同意，哪有兄妹成亲的，那不叫十里八乡笑死了。黑柱儿说十里八乡都知道，他在村头破庙快冻死了，被黑大爷抱回来救活的，按说他已经算是上门女婿了。后来忽大年悄悄跑了，黑柱儿就缠得更紧了，可黑大爷却不肯点头：嫁鸡随鸡，嫁狗随狗，已经嫁给了忽大年，就要守着小洞房，等到秋收人就能回来。可那年秋收人没回来，又一年秋收也没回来……

然而黑大爷却依然打气说：我看忽大年不是个忘恩负义的人，人家不是还给你捎来一块洋布吗？不定哪天就闷声回来了，回来了你跟了黑柱儿，让人家脸往哪儿搁？黑妞儿有了这把尚方宝剑就去给黑柱儿说，竟把黑柱儿气得几个月没跟黑大爷说话。后来她当了黑家庄妇女主任，给黑柱儿张罗娶了邻村姑娘才缓和了。可是，在黑大爷临咽气的时候，老人家却对黑妞儿说：现在解放了，不打仗了，大年这些年连个信都没有，怕是有祸啊，你就再走一家吧。也可能就是这个因由，黑大爷出殡那天，她趴在坟头哭得死去活来，泪水哗哗地往脖子里灌，几次拉起来，几次昏过去，四里乡邻一片唏嘘。

可是埋葬黑大爷没多久，去济南城贩粮的黑柱儿兴冲冲跑回家，从怀里抽出一张在西北发行的《群众日报》。原来，他那天去找粮店结账，就在老板签字的瞬间，看到盛瓜子皮的报纸上，有"忽大年"三个字，这家伙竟然在西安主持了什么开工仪式。他便故意帮人家倒垃圾拿到报纸，又脚不停歇跑回了黑家庄。但黑妞儿瞅着报纸纳闷，这 × 工程是个啥工程呀？黑柱儿说：这可能是个保密工程，你到了西安肯定能找到，一个城不可能同时开好多工程。可黑妞儿心里还是担忧，这西安城在荒凉的大西北，万一这个忽大年不是那个忽大年，她跑上千里路去寻亲，不就成了庄里人的笑话了？可黑柱儿鼓动她，万一不是她的人也没关系，谁让他们取了一样的名字。

尽管黑妞儿对忽大年成家有些思想准备，她从鸭舌帽吞吞吐吐的神态也能猜出几分，可她还是将信将疑，他若寻了新欢也该捎个信来呀，到现在连个口信也没见呀？后来，她在寺庙门外拉住一个东跑西窜的光头小和尚，问那总指挥的家在哪里。小和尚开始不肯说，后来她说自己跟总指挥是一个村的才说了，总指挥和老婆带两个孩子，晚上就睡在万寿寺里。黑妞儿一听再没问下去，整个人顿时像被扔进冰窖萎缩了，她伸手扶住旁边的老槐树，脸在粗糙的树皮上磨蹭着，磨出了一道道血痕却不知道疼，心里更像打翻了五味瓶，酸甜苦辣全都涌上来，几乎快把她的脊骨腐蚀了。

看来最可怕的事还是发生了，当她脚步沉重地离开万寿寺时，愤懑与羞愧交织，真想回首一掌把面前一堵墙砍倒了，可是她没有。没有回头，也没有迟疑，小腿像戏台上疾步的丫环，一溜烟的工夫就到了铁路上，只想快点离开这个让她伤心落泪的地方。可是，当她沿着火车道牙一步步走回火车站，又见到那位爆米花大爷，还是呜呜嘤嘤哭了，哭得一塌糊涂，泪水和热汗搅到一起，脸上水渍纵横。后来，还是大爷一番话像浇下一壶清水，让她的苦痛恍惚间洗涤清了：

你怕什么呀？你现在是明媒正娶的大老婆，是光光堂堂的正房，你男人偷偷摸摸娶了后，自然就是个偏房，你就大摇大摆进他家去，看那二房婆娘敢说啥，以后还不是得伺候你吃、伺候你穿呢。

黑妞儿被劝得不但没了哭声，还差点挂着泪珠笑出声来。是啊，我是明媒正娶的大老婆，我怕什么？于是，黑妞儿第二天又蹲到寺外老槐树下，只想等忽大年的吉普车过来扑上去。可是，当她真的看见人家下了汽车，两腿却沉甸甸没劲了。两人若在这里吵嚷起来，忽大年还能认她这个老大吗？她已经当了五六年的妇女主任，知道解放后讲究一夫一妻，家里即使有两个三个偏房，也只准留下一个做老婆，其余的都让娘家人领回去了，十里八乡哪院大户人家，不是一堆堆难缠的琐碎呢？何况这忽大年又当上了共产党的大官，咋敢光天化日娶两房老婆？万一他死不认账，自己还不把脸丢到闹哄哄的古城了。她思前想后没敢厮闹，又跑回城里跟爆米花大爷讨教，大爷摸摸稀疏的胡子呵呵笑笑说：那还不容易，你去跟他讨个字据，只要盖上他的手印，他就得月月给你供养钱，啥时候他也不能不认。

黑妞儿觉得爆米花大爷的主意是个笑话，忽大年一个大活人，咋可能给她写字据，那不是等于承认自己是陈世美吗？可她转念又觉得也只有这个法子了，只要手上有了字据，她就可以跟那个没见过面的二房媳妇争个高下，没准能争得男人回心转意，把他拉回黑家庄过日子，如果嫌村子太小就在胶东半岛寻个官帽戴，古话不是说叶落归根吗？即使这个法子把男人拉不回去，她有了字据也能逼那二房礼让三分的，以后她的吃喝穿戴总得管吧？

如何才能讨到按有忽大年指纹的字据呢？

黑妞儿知道别看那家伙人长得斯文，却绝不会听从一个女人随意摆布的。她睡到半夜想好了计谋，只要动作麻利就可能手到擒来，让爆米花大爷见到忽大年的手印。于是，她坐等到天亮，买了几块白皮点心，把包点心的麻纸展开，用那掌柜的毛笔，歪歪扭扭写了"黑妞是我大老婆"七个字。

于是她怀揣着字据，抠下杂货店一块红印泥，早早来到万寿寺外寻觅藏身，天蒙蒙灰就蹑手蹑脚躲进了木料堆，单等忽大年散步过来。她已经估摸好了，要在他倒下的那一瞬，抓住他的食指，迅速抹上红泥，按到麻纸上，等他醒来或是等人追来，她早就万事大吉跑没影了。

可黑妞儿的如意算盘一实施就暴露了致命的缺陷，她从背后冲上去一挥掌，忽大年哼都没哼就倒下了，气得她骂了句，狗东西，不经打啊！然而，没等她掏出字据，就远远瞥见跟随的警卫员疯了般冲过来，她只好一松手，又闪进了木料堆，就像当年躲避日本鬼子的"扫荡"，脚下生风落荒而逃了……

十

天气预报像在开玩笑，播报的大雨转中雨，可早上只掉了几滴雨点，太阳就夸张地露出了笑脸，暖洋洋地抚摸着林田楼宇，满眼的柳树槐树杨树好像忽然间泛出了嫩芽，枝枝叶叶摇晃着诱人的光泽，只有路上坑洼处积着一摊摊水，昭示着预报还有一点点由头。

这就像忽大年这两天的心路历程，一会儿大雨倾盆，一会儿阳光灿烂。他本来是想把竣工典礼安排在下午的，可哈运来仗着是技术总负责挣起犄角说：虽说现在解放了，不搞迷信那套了，可这竣工仪式，还是要讲规矩的，必须是上午，必须放鞭炮，这就像娶媳妇，二婚才放在下午，其实有雨怕啥，喜降甘露啊。呵呵，这个姓哈的，平时低眉顺眼的，你说什么脸上都挂着"对"和"是"，今儿个怎么还有主见了？

似乎只有黄老虎像个不折不扣的部下，动不动就来汇报追查情况，忽大年几次暗示，那个连福技术上有专长，当下用人之际，不要因小失大误了设备安装。于是典礼前一天，黄老虎把连福给悄悄放了，临走告诫他再不准私藏文物添乱了，要不是披挂了绝密工程的战袍，一件铜镜就可以劳教两年，何况你藏匿了一房子宝物，还真个厚颜无耻，把国家法令当儿戏了？这番话惹得连福出去就想找人诉苦了。

昨天忽大年看着连福出门的背影，忽然有些心神不宁，又想去会场再看看，谁知道这帮家伙在他遭袭后，折腾了什么花样，可不敢铺排浪费不好收场，有人已经口吐弦外之音了……然而，他刚一出门，感觉又有个女人蔫头蔫脑快步跟上来，几乎要跟他平行了，警卫员伸手拦住了去路。

干啥的？不要靠首长太近！

俺找他，就是要找他。竟是那胶东大葱味儿。

你找谁？找首长？警卫员厉声问。

俺就找他，忽大年！这声音让总指挥不由一怔。

天哪，像风陵渡两股大水汇进了河道，一半是清，一半是浊，两个人终于面对面站住了。哎哟！这应是世间最尴尬的相遇了，忽大年还以为坠入了梦境，一切都是朦胧的，一切又都是清晰的，红红的脸庞，圆圆的眼睛，这张面孔咋这般熟悉？难道黑家庄人站到了古城土地上？他脑子一下从慌乱中定过神来，面前人不是别人，正是他努力想忘掉想躲开的那个女人，也正是这几天总在他脑海晃悠的黑妞儿啊！

你咋来了？

俺来找你呀！

上千里路呢？你咋来的？

你跑到哪儿，俺都能找到。

警卫员吃惊地看着一位东张西望的农妇，跟着总指挥进了戒备森严的万寿寺，想进去帮忙倒杯水都被一把推开，只听到一声告诫：谁来，都说我不在！

忽大年慢慢在桌边坐下了，可他看那黑妞儿没有坐下的意思，便马上又站了起来。其实他自己也懵懵懂懂，怎么把昔日女人领进了办公室。一路上他快步在前，黑妞儿小跑在后，没有一句多余话，进门后又赶紧关上，笨拙地不知该怎么说话了，只有脑子在飞速旋转，几乎能听到旋转的嗡嗡声。前些天，他就感觉右眼皮跳，跳得他心慌意乱，用纸条压了一天都没管用，毫无疑问，来者不善，看来该来的都会来，这都是前世修下的命哟！只是，这个女人是来闹事的，还是来要钱的？如果是来要钱的，给多少都可以商量；如果是来闹事的，必须先给稳住了，绝不能让指挥部的人知道前妻找上门了，更不能让靳子知道家乡女人虎视眈眈跑进了院子，两个女人若在工地上扭打起来，就把脸丢到八百里秦川了。

可是，两个人心怀复杂却都装得很轻松，站在办公室里像立在大树下，没鼻子没眼地先谈了闲话，忽大年这才知道黑大爷解放后当了村支书，可没过几天舒坦日子就栽倒在井台边过世了，临死前还打问她男人的讯息。忽大年听闻更加慌乱了，心里七上八下思忖着许多种可能，似乎黑妞儿还不知道自己已经娶妻生子，不捅破这层纸明天工地上就会流传，总指挥原来藏得这么深，金屋藏娇，两个老婆，老大藏在乡下，老小带在身边，现在老大不甘寂寞找到西安来了，这类事情会像奔腾的马驹转眼间就传得家喻户晓了。

这确凿是一个尴尬的时刻，忽大年脑子迅速把前后左右都想了，最后咬着牙吞吞吐吐告诉黑妞儿，他已经娶了女人，还有了两个小崽。原以为黑家女人会大哭大闹，毕竟独守空房十六载了，抗战才八年呀，可是黑妞儿好像早有准备似的，上牙咬着下唇，眼皮一眨不眨，像听一段腻味的故事，平静得让人感到害怕。尤其那双眼眸深潭般难以见底，好像所有纠葛被一股脑拖进了泉眼，几乎把面前人吞没了，这让忽大年不寒而栗。果然，还没等他解释完，人家鼻孔哼了哼，毫无征兆地站起身。他慌忙伸手拦住问：天快黑了，你去哪儿呀？身上有钱吗？可黑妞儿像没听见，默默地推开他的手，拉开门，步出万寿寺的办公室，走进了暗淡的暮色里。

但是，忽大年没有被黑妞儿的出现搞乱了方寸。第二天早晨他一走出房门，身体就被暖暖的阳光抱住了，思维便从胶东女人的威慑中跳出来，心情也被雨后的景象弄清爽了。他先走到万寿寺里的专家室，提醒老伊万不要再讲中国诞生了一座现代化的炮弹厂，现在仅仅是两排厂房落地，离"诞生"还有很大距离的。

忽大年发现这个苏联人挺爱炫耀的，动不动就会提起一九四二年，德国人攻进了图拉市，他还领着工人装配榴弹，直到敌人坦克撞开了工厂铁门，他才不慌不忙关闭电闸，把最后一发榴弹装上运输车，随手朝运转的压延机扔了两颗手榴弹，顷刻间，生产线成了一堆废铁。后来苏联红军攻破柏林，还授予他一枚斯大林金质勋章。他看到记者报道才知道，再晚五分钟德国兵就会冲进厂房，以后的命运就只能在集中营里蹉跎了，哪有机会到中国来施展才华。

可这个兵器专家对脚下大地有些失望，动不动就会发通牢骚，没想到泱泱中国这么落后，连车轮子都加工不出来，现在一步登天想生产尖端的弹药。而且老伊万实在不解，八路军没有像样的兵工厂，居然能打败装备精良的日本人，又把美式装备的国民党军队赶到了海岛上。每每说到这儿，忽大年就会佯装神秘地告诉他，当年他参加游击队的时候，甩过一种自造的辫子雷。哈哈，一个人，一根凿子，一堆石头，就是一间兵工厂。老伊万眼睛瞪得牛大，忽大年慢吞吞地说，石头上凿个深孔，压进一根草绳，塞进一把炸药，点燃草绳扔出去，一样把鬼子兵炸得鬼哭狼嚎。

这个老伊万满脸络腮胡，喜欢说几句话便把胡子捋一下，忽大年总觉得他像墙上的马克思，在他面前总感觉低人一头，但是他毕竟带过兵打过仗，知道战术在战场上的作用，所以专家交代什么，他都咬着牙不折不扣去执行，绝不能让人家感觉带兵的人管不了工厂。今天是厂房竣工典礼，无论如何不能出丁点纰漏。忽大年甚至特意跑进专家楼告诫妹妹：今天专家讲一句，你要翻一句，不准人家说了半天，你咿呀一句就应付过去。忽小月看着哥哥说：你不懂就别瞎说，老伊万尽说车轱辘话，我不翻一句翻几句？

步出指挥部，忽大年看到厂房顶上插满了彩旗，便沿着脚手架坡道跑上屋顶，眺望连绵七公里的工地，感觉把秦岭山里的鸟儿都惊飞了。其实他绝不是在欣赏热火朝天的景致，而是目测八号工程与周边项目的差距，虽说上级没有竞赛的意思，但彼此心里一直在较劲，似乎兄弟单位也都竣工在望了，一个宏大的兵工新城已经露出了轮廓。当他走下厂房阶梯，就见哈运来一路小跑过来，告诉他市上几位领导已经到典礼台了。

忽大年三步并两步赶过去，工业局长、劳动局长、交通局长都是骑着自行车来的，一扭头钱万里的吉普车也到了。忽大年明白指挥部是正师级建制，西安市是副军级，也就是说副市长充其量跟他平级，但他清楚眼下是在人家一亩三分地上，必须自降两级争取支持，便疾步迎上握手欢迎。

干得漂亮啊，前天才研究了招工指标，今天你们就竣工了。

厂房竣工了，马上要开始工人培训，批了多少招工指标？

劳动局长抢上说：一千三百个，已经不少了。

什么？我说市长大人，生产线动起来，最少需要三千人，我申请一千五是最低配置。

你说话不要带刺，市长就是市长，什么大人小人的？

这时，所有嘉宾已端坐典礼台上，台前是一条宽大的横幅：国家八号工程厂房竣工典礼，台下员工人人手拿三角彩旗，一有呼号便舞动出彩色海浪。可是，没等忽大年上前扶住麦克风，保密局长吴秃子就贴到钱万里耳边嘀咕，转而钱副市长扯住总指挥衣袖咬耳说：八号工程是绝密级项目，你咋搞成了这么大阵仗？忽大年连忙申辩：不是你让庆贺一下阶段性成就吗？钱万里脸显不悦地说：我让你放几挂鞭炮壮壮士气，可你……你咋能把工程代号，挂到大庭广众面前，这可是严重的泄密啊！

忽大年一脸狐疑：钱市长，我们开工典礼的消息当时都上了《群众日报》，咋厂房竣工就泄密了？钱万里一字一顿：就是因为开工典礼不小心上了报纸，中央保密局才盯着要查处呢。忽大年眼睛瞪大了问：开工报道都过去两年了，咋现在还要查处？钱万里不容置否：我马上要去处理一个突发事件，今天典礼我就不参加了。忽大年一听急了：这哪行？领导人都来了，大家也都看见了，典礼开始不见人了，这算啥子事？但是，钱万里扭头把致辞塞给劳动局长，带着保密局长大步走了，忽大年冲着扬尘而去的吉普车狠狠骂了句脏话：王八蛋一个！

但是所有这一切，台上台下的人都不知晓，都以为这是一个绝对喜气洋洋的完美典礼，主持人还是忽大年，致辞人还是伊万诺夫。呵呵，这个老伊万永远洋溢着一股子气冲霄汉的自信，尽管手里拿着一沓稿子，可他就没看一眼，放开喉咙讲起中苏友好的历史，从斯大林格勒战役，讲到抗日战争，又讲到抗美援朝，一直讲到援建的一百五十六个项目，最后才落到八号工程上。这条引起朋友和敌人牵挂的生产线，一年可以生产大口径炮弹八十万发，无疑会大大提高解放军的战斗力。呵呵，多亏讲的是俄语，没人能听得懂。

其实，这些信口吐出的句子难为小翻译了，她不停地在笔记本上记着关键词，有一句没一句地解释着伊万诺夫的大意，当然把兵器专家的激情过滤了一半。眼看着冗长的讲话要进入尾声，人们已准备鼓掌了，突然老伊万激情四射举拳呼喊：乌拉！乌拉！会场上的人大概都看过苏联电影的缘故，起哄般举旗呼喊：乌拉！乌拉！

会场气氛陡然升到沸点，那个老伊万显然被这种气氛所激励，一边挥着手，一边跳下台，场上群众好像明白他的意思，一拥而上将他抛到了空中，一下，两下，三下……顿时台下成了狂欢般的场面。忽大年似乎忘记自己还是主持人，笑呵呵看着这个变化，就像两军冲破敌人拦截胜利会师，只有欢呼能够宣泄情绪了。后来哈运来跑过来对着话筒喊：别扔了！小心把人摔了！可老人家显然很享受，始终不愿挪步，故意等待人们把他再抛起来。

随着忽大年宣布厂房竣工，一挂几丈长的鞭炮在典礼台前爆响，人们齐刷刷站起来拼命鼓掌，好多人会后才发现手掌都拍肿了。当然，大家最高兴的还是给每人奖励了一只茶杯，晚上都把搪瓷杯放到床铺上端详着，谁也舍不得倒茶冲水，多年后有人竟然想收藏这种杯子，却找不到一只簇新的了。

晚上，指挥部为苏联专家办了一场欢庆舞会，一帮姑娘打扮得花枝招展去了人民大厦。小翻译为此已给她们培训了两个礼拜，但等到真正上了舞场，灯光通明，乐器齐奏，姑娘们这才发觉都是些令人羞涩的动作，一个个被专家们拦腰抱住，脸颊便腾地涨红了，脚下也笨得走不动了，好像要被老毛子掳走似的。有个胆小的姑娘竟吓得蹲在舞池中间哇哇哭起来，把抱她跳舞的绍什古弄得不知所措，叽里哇啦地对小翻译发誓，绝对没有任何非礼动作。忽小月只好把她拉到舞池边，倒了一杯凉开水，小姑娘吮了一口冰得瘆牙，竟扑哧一声笑了。

当然，这个舞场最招人注目的还是那个老伊万，他喜欢缠住小翻译，三步跳，四步也跳，一支曲子接着一支曲子。忽小月知道满池人都在瞅她，只好觍着笑脸变换着舞步，装出一副陶醉的样子，谁都以为这就是今晚的白马王子和白雪公主。等到一支舞曲停歇，老伊万挽住小翻译胳膊，到餐台倒了两杯红葡萄酒，一人一杯，一碰一饮，好像一对异国老少藏有什么故事，这让姑娘们既羡慕又吃惊，却只敢回到宿舍后，才揶揄起酸味的玩笑。

忽大年在舞场间歇悄悄拉住哈运来交代：不管他了，咱们还按原计划招工。哈运来惊讶地看着总指挥：那怎么行？多出的人，工资咋发啊？忽大年瞅着旋转的舞池，狠狠地骂了句笨蛋，哈运来便又抱住身边姑娘跳起三步舞来。

实在难以设想，如果当时有人冲上典礼台讨要说法会产生什么效果？

这绝对不是空穴来风，当竣工典礼按部就班演进的时候，黑妞儿挤进了被绳索拦住的人堆里。昨天，她费尽心思终于追上了忽大年，心里却沮丧透了，尽管她已经知晓那个令人切齿的传言，但从忽大年那狗嘴里吐出来，还真的感觉不一样。出了寺院山门，她恍恍惚惚沿火车道牙往回走，几次都想迎着火车撞上去，很晚才走回小旅店，进门一头栽倒在床上，翻来覆去睡不着，总在想那贼眉鼠眼的张狂样儿，好像不去论个一二三就此罢休，也太便宜了混账东西，于是她天一亮又赶了过来，却不想正赶上了一场热闹的典礼。

这里的老百姓尽管生活在汉唐的浓荫下，尽管口口传承的皇家祭祀气势恢宏，却从没见过这般浩大的场面，又是大喇叭鼓噪奏乐，又是摇旗呐喊鞭炮齐鸣，即使过年闹社火也没这般热闹。老百姓开始以为这就是官家每年的祭春仪式，祈求五谷丰登，百姓安康，一个个都想挤近台前沾点喜气，却很快发现仪式不准老百姓靠近，不但拉了粗绳隔挡，周边还有端枪的军人站岗，见哪里拥挤就亮起嗓子：小心警戒线，枪子不长眼！

大家都站在绳外猜想今天会演什么，是《三滴血》，还是《铡美案》，那么福态的戏台，咋看咋过瘾的。古城内外约定俗成，谁家过喜都要请戏班演上一本，甚至有那大户人家的孝子贤孙，老人驾鹤会请上戏班连演七天，何况今儿是官家过事，没准能演上十天半月，那就把一辈子的眼福养下了。

但黑妞儿心里根本没有看戏的心情，不辞辛苦，千里寻夫，人倒是找到了，却躺到了人家炕头上。昨天，两人时隔十六年终于见面了，不仅没有表现出一点点眷恋，连一句道歉的话都没有，还说当年出门时在喜纸背面都写清楚了。

那片破纸片写了什么呢？她那天早晨醒来不见了丈夫，心里就乱麻般堵上了，收拾床铺在枕下发现了红纸，笔画潦草得像一堆柴火棍，她慌慌地拿去给黑大爷看，老人家只说他去投奔太行游击队了，还说忽家这个娃是个实在人，你就踏踏实实在家等着，等把小鬼子赶走了不信回来不认你。可是，日后的事态并没有朝着黑大爷宽释的方向走，日本鬼子投降了，忽大年没回来；新中国成立了，忽大年还没回来，现在可好了，竟然抱着小老婆躲到千里之外，搞起什么秘密工程来了。

这个该刀杀的家伙咋把大葱味的嗓门撇得那么高？忽然，她瞥见一顶鸭舌帽从典礼台下的人群里晃了出来，好像看见她似的径直走来了。这个叫连福的人也算是个热心肠，如果不是他的透露，自己还不知在哪儿瞎撞呢。这个满嘴苞谷糁子味的小伙子，别看嘴角的笑不那么正经，内心还是挺善良的，以后说什么也要请他到黑家庄去坐坐。然而，连福越过警戒线，站到了一个隆起的粪堆上，东张西望，好像找人？鬼鬼祟祟想找谁呀？别是忽大年派来看管她的？密密麻麻的人群只有他认识她，黑妞儿一咬牙从人群里挤出来，走到他面前说：你找谁呢？不怕把脖子抻断了？

连福低头见是她喜出望外，朝黑妞儿诡异地一笑，故作神秘手指典礼台说：你看见老外身边那个蓝色连衣裙没？黑妞儿睁大眼睛，一片乌腾腾的人影，哪个穿裤哪个穿裙根本分不清。她没好气地问：看见又咋啦？连福凑到她耳边悄声说：那个蓝裙子姑娘是总指挥他妹，他亲妹子！

黑妞儿蓦地想起一个爱流鼻涕的小女孩，她不是跟着戏班走了吗？怎么也跑到这儿来了？看来人家毕竟是亲兄妹，有啥好事都想着自家人，两人早早联络上凑到一块了，她个外姓媳妇在人家心里就没半点分量呀！

你啥意思？让俺现在去找她吗？

你知道了俩人关系，各个击破嘛。

她哥都不认俺，她能认吗？

他妹心善，说不定会帮你的。

随后，这人扭头摆摆手，神秘地掏出蓝证朝警戒战士一亮，又回到典礼台前去了。黑妞儿踮起脚，想分辨哪顶鸭舌帽是连福，却看见一大片后脑勺，当她目光终于扫向典礼台，还真望见一位蓝裙姑娘在台上喊乌拉，台下人群便把一个人抛向了空中，场面好像一下子乱了，看热闹的人群一下子挤到警戒线边上，一个个手抓绳索，以为里边会发生什么风波。

黑妞儿这时想，能不能趁乱钻过警戒线，找到忽大年给纸条签上字，但那件蓝色连衣裙让她脚下有些迟滞，这个姑娘如果真的是忽大年的妹妹，自己的一举一动很快就会传回黑家庄的，让家乡人知道她是这样争来的名分，好像也没多大意思……

十一

那场非凡的典礼在古城的建设工地传扬了许久，尤其那些搪瓷杯上的红漆字，让手捧杯子的人好生自豪，也让周边的人平添了妒忌。但是，忽大年的好心情没能维持到第二天，反而人还陷在人民大厦的舞场，脑袋就五马长枪乱想开了，那个找上门的黑妞儿现在在哪里？她身上有钱吗？住得安全吗？虽说解放后经历了镇压反革命运动，社会治安大有好转，但一个孤身女子在外游荡，是很容易被坏人盯上的，万一在西安出点什么麻烦，那他在黑家庄就永远抬不起头了。

那一夜忽大年的心绪总是平复不下来，总感觉黑妞儿会出什么事，天蒙蒙亮就披衣叫上司机牛二栏，奔往火车站去了。他隐约记得黑妞儿提了一句，她住在火车站广场边的小旅社，以前他从没注意过这些密匝匝的小旅店，现在发现正街有好多家，背街也有好多家，从门脸就能看出优劣来。他毫不犹豫地推开解放旅店的大门，值班丫头极不耐烦地回答，店里从没住过黑妞儿这个人，一连进了七八家旅店都是这种冷冰冰的口气。忽大年便让牛二栏把通行证亮出来，谎称执行任务，请配合调查。

那些小旅店的营业员从没见过什么通行证，却感觉这两人来头不小，连连把住客登记簿递给他们说：这个黑姓太少见，要是住过，准能记得，没有，绝对没有！忽大年走一家这样回答，又走了几家还是这样回答，走到车站广场最后一家，营业员告诉他，店里前些天住过一位姓黑的乡下姑娘，可昨天身上钱不够退房了，不知道是换了旅店还是坐火车回老家了。后来营业员提供了一个线索，街头有个爆米花老汉，他俩爱凑在一起唠嗑，没准能知道黑姓女人的下落。

忽大年急忙钻进小巷寻找老汉，终于听见前边爆米花的轰响，疾步过去见老汉把一杯大米倒进爆锅，架到炭火炉上，一手拉风箱，一手转锅，约莫七八分钟，老汉麻利地将锅口塞进麻袋，只听咚的一声爆响，一杯大米变成了一脸盆爆米花。牛二栏焦急地想上前询问，忽大年示意他去旁边粮店买了半斤玉米，这才跟老汉拉开话匣。老汉见多识广警觉地问：你们找黑妞儿干啥？忽大年坦言：我们以前是一个村的，她留了话住在车站旁边的小旅店，可挨家问了也没找到。老汉把忽大年瞄了一眼嘟囔：爆一锅玉米花五分钱，加二分可以放点糖精。等爆好玉米花，牛二栏把外衣脱了捏住袖口倒进去，老汉这才略为迟疑地告诉他，黑妞儿跟他也是山东老乡，现在东风旅店给客人洗衣服，管吃管住，一天还能挣两毛钱。

洗一天衣服，才挣两毛钱？

两毛钱不少了，这还是看了我的面子。

忽大年顾不上细问，拉起牛二栏直奔东风旅店。这家旅店在背街尽头，门脸不大，小院狭长，紧依一栋灰砖的两层小楼，洗漱人把楼下一排水龙头挤得严严实实。这时，黑妞儿正在楼上敲门收取脏衣服，有个壮汉光着膀子把一条裤子递出来，流里流气地说：这条裤子尽是我的屎，你洗净了，我给你加两分钱，咋个样？楼下洗漱人哗的一声笑了，壮汉一看招来人注意，得寸进尺，手指裤裆说：你要是愿意给我洗洗，我再给你加两毛。黑妞儿一定气坏了，怒火中起，扬手一掌，正打在壮汉脖梗上，壮汉一个趔趄倒进门里，楼板震得咚地一响，楼下人惊得哇哇直叫，一个土气女人竟有这般功夫，都踮起脚朝楼上张望。

忽大年和牛二栏箭步蹿上楼，拉起黑妞儿急忙朝外走，快到大门口听见壮汉追赶的脚步。三个人撒腿就跑，跑过背街，跑到停车场，气快喘不及了，牛二栏一把将车门打开，忽大年顺势把黑妞儿推了进去，三个人这才驶离了乱哄哄的火车站广场，来到古城墙外的兴庆宫遗址。这儿是唐太宗当皇子时的府邸，现在栅栏圈起准备恢复沉香亭，做一个有山有水的城市公园。忽大年探头看看让车停住，牛二栏知趣地去抽烟了，两人便猫在车里开始了一场艰难的谈话。

你跑来找俺干啥？没良心的人。

你不回老家，在这儿洗衣服，看看多危险。

俺没办完事，这么回去就白来了。

你就别闹了，我现在干的是保密工程，不是我拦着，公安马上就能找到你。

找俺干啥？俺打俺老汉我怕啥？

黑妞儿，你已经知道了，我在部队结婚了，已经有俩娃了。

啊？你还真有本事……都能把娃整出来？俺可不管你结没结婚，俺只要你承认俺是你大老婆。

亏你还是妇女主任呢，这解放后谁能娶俩老婆？

哟，哪个当官的没有两房三房？咱县的苟县长就娶过四个。

现在是新社会，一个人只能娶一个，《婚姻法》咱村没宣传呀？

黑妞儿从怀里摸索出一张黄纸来：反正……你在上边按个手印，俺立马就走人。

忽大年接住一看，字迹歪歪扭扭，脸色霎地变了：你是咋想的？胡闹是吧？

反正俺要当忽家正房媳妇，哪怕当一天呢！

那何必呢？我又没啥钱财……不过，你想要啥，你说！

俺就要个名分，要个大老婆的名分。

咱俩就没扯结婚证，我跟靳子可是扯了证的。

那你跟俺也去扯一张结婚证，扯完了马上离婚，一天都不耽搁你。

两个人坐在吉普车里，你一言我一语争吵了半天，连婶婶给她的洋布都扯了进来。忽大年这才知晓那块洋布平添了麻烦，他害怕这样吵下去，终究不能解决问题，便说：我先给你找个安全的地方住下，等你冷静了再说，不过别人问起你就说你是我表妹。黑妞儿拦住话头：什么表妹？俺是你表姐，俺比你大一岁。

惶惑的总指挥做梦也没想到，胶东女会有那些幽灵般的想法。离开黑家庄的日子，他偶尔在部队休整的间隙，想过黑妞儿在那个夜晚的羞涩，想过黑妞儿在他走后气急败坏的恼怒，也想过她站在村头破庙眺望的无奈，唯独没想到她会千里迢迢跑到古城工地，还嚣张地提出了要当大老婆的诉求，这都是从哪儿生出来的奇葩念想啊？都是啥年月了还妄想当大老婆，简直是痴人说梦！不过，仔细想想人家的要求似乎也不过分，谁让你跟人家在黑家大院拜过天地呢，所有人都会畅想俩人在洞房花烛夜你来我往，但是当他把那晚的尴尬拐弯抹角告诉别人，那子鹿子鱼就像是戳穿谎言的两把刀子，谁听了都会不停摇头的。

忽大年把黑妞儿安顿在邻村一家小院后，常常独自坐在办公室里翻来覆去思忖，黑家庄女人的秘密一旦在此传开，他在八号工程就颜面扫地了，道貌岸然的总指挥竟然偷娶了两房媳妇，谁还会再听他讲什么忠贞不渝的大道理？而且家里那靳子就是个要脸不要命的主儿，一旦知道了黑妞儿这般祈求不定会闹出什么花样来。

天哪，这该如何是好啊？

正当忽大年苦思无门时，黄老虎像救星一样来商量给他增加警戒，忽大年想来想去，这个老部下似乎是唯一可以信赖的对象，就一把拉住他胳膊，肩并肩坐到长条椅上。黄老虎对老首长突然的亲昵有些不适应，眼盯着浓眉下的一对眼睛，似乎已找不见犀利的感觉了。忽大年苦楚地笑笑，吞吞吐吐把黑妞儿冷不丁跑到工地透露了一点点，期望精明的保卫组长能给他指条突围线路，却没想到黄老虎聚精会神听到最后，老鹰眼缩进皱纹只留下一丝隙缝，让你无法窥探他内心的活动，直到最后黄老虎才像如梦初醒，突然把眼睛睁大说：想不到你堂堂总指挥，深藏不露啊，在老家没闲着，在部队也没闲着，现在终于功成名就进城了，老大老二齐聚一堂，可喜可贺呀。

忽大年笑比哭还难看，说：你就别拿我开心了，我投河的念头都有了。黄老虎却呵呵笑了，说：老政委，你别吓唬人，你现在官也不小了，国民党像你这么大的官，讨个三房四房不算多，可现在解放了，一夫一妻……忽大年急忙打断话头：你千万别胡说，我跟黑妞儿没一点皮肉关系，两人就干躺了两个晚上。黄老虎嘿嘿冷笑：说得清白，谁信呀？红烛高照，孤男寡女，两晚上啥事不能干？看你一口一个黑妞儿叫得多顺，没有十天半月的厮磨能这么亲吗？我说总指挥啊，解放后好多首长都在换老婆，八号工程四个副总指挥，两个都跟城里女学生领了结婚证，你呀定定神赶紧回趟老家，找村干部喝顿酒把婚离了，这也让部下给你往明里挑吗？忽大年急忙辩解道：我跟他们可不一样，我跟靳子已经有俩娃了。黄老虎狡黠地眨眨眼笑了：这只能说你下手快，清官难断家务事。

忽大年看着老鹰眼幸灾乐祸的样子，直想上去给狗东西一记耳光。但他似乎明白过来了，这事说复杂也复杂，说简单也简单，现在在防御方向毫无疑问是家里的靳子，只要后院不乱，任凭黑妞儿再怎么折腾也不怕的。

后来，他把办公桌抽屉里一斤糖票和半斤点心票装进兜里，坐上嘎斯吉普跑到市府门口的特供商店，买了一斤黑糖，半斤白皮点心。呵呵，这种一寸大小的票据刚刚实行，是专供他们这些高级干部的，那靳子来逛过两次什么也没买，张口闭口这辈子没口福，嫁了个总指挥什么光都沾不上。忽大年心想，常言道吃人家的嘴软，没准靳子知道了他的苦恼会赏个好脸，夫妻俩只要一致对外还怕外人骚扰吗？

等晚上他手里拎着秘密武器回到家，靳子看见黑糖和点心果然高兴得直咧嘴，像占了多大便宜似的，不断地朝他飞媚眼，以为他现在的讨好是想换来晚上的温存，这倒把忽大年弄得不自在了，他解释是去人民大厦会晤伊万诺夫，路过特供商店顺便买的。可靳子根本听不进去了，把一块黑糖放进碗里化开，又把一块点心十字切开，子鹿一角，子鱼一角，一角塞到丈夫嘴里，自己把散乱的一角捧到手心，舔了白皮，又咂甜馅，好像咀嚼的是珍稀仙品。忽大年看着老婆这么享受，实在不忍心破坏坠入甘腻之乡的感觉，便把黑糖水端到唇边吮了一小口，没头没尾地嘟囔：甜，甜，好喝，你喝，你喝啊！

靳子这才发现男人今天有点神不守舍，便问：你是咋了？嘴里乱呜哝？忽大年几乎贼不打自招：我能咋了，我就你一个老婆，不给你喝给谁喝？靳子仰脖把最后一星点心倒进嘴里，舌头把手心一舔，然后把糖水碗放到桌上，说：忽大年，你今天咋这么乖呀？你说吧，是不是在哪个姑娘身上占了便宜，一见我心虚了，回来耍这一套？忽大年有点发蒙：我有啥心虚的？我对你咋样你不知道？靳子冷笑道：看你那眼仁飘飘忽忽的，是不是跟政治部老杜一样，把人家姑娘肚子搞大了，让我去帮忙收拾残局？我可告诉你，你要是也惹出这种风流事，就直接收拾铺盖滚蛋，别指望我低三下四去找人说情。忽大年顿时急了：你胡说什么，我的事跟老杜不一样。靳子一听眼眸倏然瞪大了：哎呀，我的妈呀！你真有事啊？

忽大年感觉黑妞儿的到来再遮掩下去，会带来无穷无尽的烦恼，也会让靳子不断产生疑虑，两人坚如磐石的感情就会散乱成渣，只有把那段羞愧的往事坦白了，才可能巩固家庭的基石。但他话到嘴边又咽了回去，转个弯说成了市上什么局长的绯闻，还强调这两人尽管新婚之夜上了床，但那两天也不知咋搞的，男人的家具失去了伸缩功能，什么事也没办。靳子聪明地讥问：谁信呀，男人洞房花烛夜，抱住个大姑娘，裆底下能老实了？那你见了我，咋厉害得能砸核桃？忽大年连连发誓：我这是听谁讲的笑话。可靳子死活不信，让他把真相一五一十交代清楚。忽大年只好赌咒说：我要是说假话，明天出门让火车轧死。其实，他对这句赌咒有准备，他只说明天，只说火车，只要他明天远离轨道就不会有死亡威胁，过了明天咒语自然就失效了。

这个夜晚，忽大年可怜巴巴地睁着眼睛没睡着，一直在黑暗中盯着灰蒙蒙的天花板，听着靳子深深浅浅的呼吸……

十二

已经暖和起来的三月天，忽然刮来一股西北风，天空便灰暗下来，阴霾钻进了角角落落，所有的树木都在寒风中瑟瑟发抖，路上行人又穿上了冬天的行头，把脖子裹进衣领行色匆匆。忽小月有些不情愿地坐在嘎斯吉普里，目光茫然地望着街边的行人，似乎想看到什么又怕看见什么。坐在后座上的忽大年，终于憋不住了，说：跳舞也是工作嘛，苏联专家喜欢这种活动，有吃有喝，蹦蹦跳跳，也不会少个啥。

忽小月心里烦躁没应声，她其实对这类交际活动并不反感，舞蹈人在音乐响起的一刹那，会调动身体内所有的感觉，如果舞伴脚下流畅，会把她带入一个梦幻般的地方，欢快地旋转下去。但她对哥哥支使她带领姐妹们去大厦跳舞，打心眼里有些反感，但她又不好多说什么，谁让她是翻译，又是总指挥的妹妹，这好像就是个紧箍咒，想挣都挣不开了。

其实，她在心底对哥哥有种难以言说的情绪。

她永远也不会忘记，小时候哥哥天天晃着肩膀去黑家大院念《三字经》，却让她陪着残疾的叔婶房前屋后忙碌，不说捡柴拎水多苦多累，就是婶婶特别爱絮叨，一会儿没面啦没火啦，一会儿没熬头不想活啦，她听出多少有埋怨她的意思，爸爸妈妈可从没这样数叨她的。后来她学会了逃避，没事就跑到屋后坡上去拔喇叭花，还可以站在土崖唱几句沂蒙小调，直把那山雀惊得吱吱喳喳，总在她头顶盘绕，驼背叔就说侄女将来怕是个唱戏的坯子呢。

后来村里果真从济南城来了个唱吕剧的戏班，她看了一场就喜欢上了，跟随戏班去邻村连看了五个晚上，那花旦小生的一招一式迷得她饭都不想吃了。五天后班主对哥哥讲，小姑娘嗓子透亮，让她跟我们戏班学艺吧，在家混搭几年就得嫁人生娃娃，可惜了。哥哥没发现妹妹在慢慢长大，也没注意过她的嗓子开了，直到听说她闹着要跟戏班去闯荡才不舍了，爹娘尚不知关押在何处，只有兄妹俩相依为命，让妹妹一人跟上戏班去谋生，他是一百个不愿意的。可是妹妹铁定了主意，寻死觅活要跟上戏班走，哥哥最终经不住七岁妹妹的驴打滚哭闹，只好摇着头无奈地同意了。

但是哥哥不知道，这个戏班后来在赶往乌苏里江的途中，乘坐的马车翻进了一道雪沟，班主摔断了一条腿，戏班就在哭声中散了，只好把她送进了哈尔滨尼古拉大教堂。小月月在里边擦地板、烧开水、做弥撒，还学了几句俄国话。然而，这个不经意学的小本领，居然给她带来了意想不到的机会，上街欢迎苏联红军派她举彩旗，中俄军官联欢叫她在小合唱里领衔。后来市上把唱诗班的小朋友都送进了俄语学校，这里的老师多是苏联人，一半学生是苏联人的子女，整个校园笼罩着异域风情，写的是俄文，说的是俄语，唱的是俄罗斯民歌，再笨的孩子也混成半个苏联人了。

五年后她毕业了，等待分配的时候，有个军管会的小股长殷勤地追求她，时不时搂着鲜花在女生楼下等她，可她听不惯"小鸡炖蘑菇"的嗓门，拒绝了一束又一束的鲜花，躲开了一次又一次的"邂逅"，她怀疑自己就是这个原因，被莫名其妙地派往大西北来支援建设了，逼她填表的人口口声声说这是一项光荣透顶的任务，临走却暧昧地透露小股长的姨夫是校长，已给外甥介绍了另一个漂亮女生，她这才隐约明白了自己被发配的原因。

然而，这个发配却让一对久别的兄妹团圆了。

忽小月永远也忘不了她与哥哥奇迹般的重逢，那天她穿着配发的黑呢大衣，围了一条大花格围巾，脚上一双到膝的黑色长靴，似乎在北京南苑机场的人群里还挺招眼。她和中联部的麻力在候机楼接上苏联专家，直奔火车站的外宾接待站吃了一碗牛肉面，经过两天两夜走走停停的跋涉终于抵达了古城。

天哪，好客的西安人组成了长长的欢迎队伍，献花的，鼓掌的，把个偌大的站台拥得满满当当，让专家们一下车就感受到了凯旋的气氛。领头的伊万诺夫一边从车厢往外走，一边嘴里乌拉乌拉喊，忽小月跟随其后忙不迭地向接站人介绍，伊万诺夫、绍什古、尼亚娜……可她倏然发觉站台上有双忧郁的眼睛，死死地盯着她嘴唇的翕动，那张胶东人特有的方脸庞让她陡然震惊，这是谁呢？似曾熟悉的轮廓，让她感到前所未有的战栗，这当然不是因为棱角英气勃发。两个人终于一步一步走近了，近在咫尺了，四目相对了，两人都意识到了对方的异样，定定地凝视起来，几乎让她忘记翻译了。

你好。对方眼里喜出望外。

谢谢。她感到了血脉温情。

忽……忽翻译？

是……我是。

你是忽小月？

是啊。

你是胶东黑家庄人？

是啊。

我，我是你哥呀！

什么？你是我哥？

是啊！

你咋在这？

彼此胸间腾空而起一股冲动，忽小月几乎想去拥抱哥哥了，可手臂张开又停住了，妹妹双手握住哥哥的手，嘴唇微微颤抖，一句话也说不出来。两人已经分别十六年了，忽小月已经从一个流鼻涕的小女孩，出落成亭亭玉立的大姑娘了，忽大年也从一个半大小子长成大人了，俩人的外貌尽管发生了变化，可是亲人间那种天然感应，犹如神灵操弄，让两人在那一刻认定对方就是朝思暮想的亲人！

呵呵，那个只会猫在黑家大院背诵《三字经》的落魄孩子，居然成了国家工程的总指挥，不过三十出头竟变得这般老成持重。你看所有人都在注视，哥哥明明第一次见到伊万诺夫，双手却紧紧握着摇着，像久别重逢的老战友，那副神态充满了程式般的官气。哥哥显然也没想到火车上下来的女翻译，真的是久别的妹妹，张着个大嘴都不知道合上了，他说解放后给各地战友写过许多信，让人家留意一个唱吕剧的姑娘，却始终没有回音。而今妹妹从天而降，已经出落成一个大姑娘了！

忽小月每每想起哥哥把她扶上戏班马车那一幕，眼泪就汩汩流下来了。当时哥哥竟然心硬得没落一滴泪，开始他依依不舍追着戏班的马车走，可出了村口，人就不见了。哥哥去哪儿了呢？从她记事起爸妈就是两个朦胧的影子，只有比她大九岁的哥哥守在身边，在爸妈被抓走的那些日子里，哥哥做不了饭，只好把家里东西拿出去换干粮，可他每次从怀里掏出一个馒头，都要看着妹妹吃下半个，自己才肯咬上两口，吃了两天她嫌没菜咽不下去，哥哥居然去给饭馆洗了一天碗筷，要了半块咸萝卜，这么亲的哥哥怎舍得把妹妹丢下呢？如果……如果哥哥一直跟着戏班马车,她也许会跳下车扑进他怀里不去唱戏了。所以,她每每遇上坎坷也会生哥哥的气,会把手边的碗呀杯呀鞋子呀扔得满地都是,会毫无由头地趴在被窝里抽抽泣泣哭个不停。所以,她见到哥哥激动的同时还伴生着些许抱怨,只是在喧闹的火车站不好发作罢了。

记得当天的欢迎宴会,是在市中心刚刚落成的人民大厦,虽然只有区区三桌人,却都想表达热情,你方说罢我又讲话,菜凉了辞还没致完,都想从阿芙乐尔的炮声讲到抗战胜利,讲到苏联出兵东北,讲到中苏友谊结成的工程。最后,伊万诺夫居然兴奋地拉起携带的手风琴,专家团居然一个个能歌善舞,尽管没有几个人能听懂,自己却唱得如醉如痴,脑袋摇得像喝多了。忽小月用俄语唱了《喀秋莎》,又唱了《莫斯科郊外的晚上》。伊万诺夫自拉自唱《三套车》,引得邻近餐厅的客人也跑到门外鼓起掌来。

晚宴之后,当哥哥毫不迟疑地敲开了妹妹的房门,两人相对而坐,把分别后的经历倾倒了。妹妹当然忘不了问:你怎么忍心把我送给戏班?哥哥如实回答:我咋能舍得你走?实在是你哭着闹着要去学戏,班主又一个劲儿说你条件好,好好调教会有大出息,没准会唱红成名角的。我那天悄悄跟在马车后边,跟了整整三天呢,第一天见你帮着搬道具,第二天见你练声,第三天见你练走步,哥一直盯着你在戏班的举动,最后看到班主给你挑脚泡吃红枣,哥才回了黑家庄。妹妹睁大了眼睛问:你跟了戏班三天?哥哥认真回答:是啊,我临走还偷偷在你包袱里塞了一块银元呢,那还是疤眼叔给的。妹妹啊的一声叫起来:那块银元是你塞的呀?我还以为是班主给的卖身钱,吓得我呜呜直哭,一路东躲西藏的,到了哈尔滨都没敢花掉。哥哥眼睛湿润了:我怕你看见哥,不好好学戏了。妹妹瞪大眼:真的?哥哥说:当然是真的!两人不约而同张臂拥抱起来,抱了很久,人重逢了,心灵也重逢了,迟到的喜悦把彼此肩头洇湿了一片。

后来,工地人知道了总指挥与女翻译是亲兄妹,好多有想法的技术员便停止了对她的追扰,担心不小心拍马屁拍到马腿上,被马踢上一脚没什么,弄不好丢了饭碗可就是大事了。唯独那个爱戴鸭舌帽的连福没理这个茬,口口声声总指挥管天管地,还能管人家谈对象?

忽小月头倚着吉普车靠背,咀嚼着与连福的纠结。看来还是当哥的给了妹妹面子,否则真没准会把连福送进公安局的,这家伙咋收集了那么多古董?不过,她不想对后座的哥哥表示感谢,却对伊万诺夫有些反感,一上车就打起了呼噜，一声粗一声细，她几次手伸到方向盘按响喇叭，想把老人家从沉醉中唤醒，但老专家好像马上坠入了梦乡，等车驶到万寿寺旁边的村口，一群姐妹打扮得整整齐齐登上了一辆解放牌卡车。

可是，刚刚驶出一会儿，吉普车正欲拐上通往城里的石子路，忽然车厢后窗玻璃咔嚓一声脆响，一块石头砸进来，正落到后座椅背上。伊万诺夫猛地醒了，嘴里呜里哇啦大喊：袭击！袭击！有人袭击！忽小月蓦然回首，裂开的车窗里一个黑影窜进了路旁小树林，又上了树林后边的韩信坟，转眼就淹没在林荫里了。

受到袭击的吉普车在忽大年的命令下，开足马力，急停急转，迅速回到了警力聚集的指挥部。他厉声喊叫，赶快通知公安，有人袭击！黄老虎正蹲着喝苞谷糁子稀饭，扔下碗一路小跑赶过来，心里一定沮丧到了极点，袭击总指挥的案子还没破，又有人大白天袭击苏联专家，这不是明摆着想搔他的皮吗？

忽小月带着惊魂未定的伊万诺夫躲进万寿寺，门口立刻增加了警力。这位大名鼎鼎的兵器专家，一直从事大口径炮弹的研究，听说"二战"时还上过希特勒的黑名单，曾针对他搞过两次未遂暗杀，这次该不会又是德国人伸来的魔爪？忽小月摇头说：绝对不可能，希特勒在柏林自杀十多年了，何况现在威力超级的原子弹都有了，谁还会对常规兵器专家下毒手。但专家的思维异常活跃，在仅仅九步的砖地上来回折返：会不会是蒋介石派来的特务，这两年海岛作战打打停停，要是等这条生产线建成了，一年八十万发炮弹，可以把所有岛礁翻上两遍，老蒋肯定恨死我了！

十三

没人察觉一张围绕连福的大网已经悄没声地张开了。

这个狂妄的家伙还不知道黄老虎早盯上他了，即使典礼之后，警戒也没有丝毫松懈，可他竟敢光天化日拿石头去砸专家坐驾，这不是没事找事吗？不知道老鹰眼有多尖呀？石料场保管员看见鸭舌帽进来捡了块石头，后边卡车上的姑娘也看见鸭舌帽飘进了小树林。而且，有人半夜看见忽小月和鸭舌帽在寺院外争吵，好像还使用了外语，叽里哇啦的，谁也不知馋馋啥，心里没鬼干吗用外语说话？唉，所有疑点都指向了连福。可这家伙为啥要砸那辆老嘎斯呢？如果是想吓阻专家打道回府，也太小看人家了，人家也是经历过"二战"的兵油子，炮火燃眉都没缩头，咋会怕你几块烂砖头？

这个连福真没办法，他不知道黄老虎是怕牵涉到总指挥妹妹，才没有限制他行动自由的。那阴鸷的老鹰眼已经甄选了两拨人马，一拨去沈阳调查他的历史，想彻查日伪时期档案，看看这家伙与敌特机关的联系；一拨悄悄跟踪在连福屁股后头，想看看他每天都在跟谁联络。如果这些疑点不能及时排除，就要把他列入控制使用序列，由设备组调到人事组去。这明显是大材小用嘛，连福是个紧缺的技术大拿，让他去招呼一帮青涩工人，绝对是浪费人才呀！

但是忽小月听说，黄老虎面对总指挥质询语气铿锵：尽管我们没有当场抓住他的现行，但所有疑点都指向这个人，这家伙干吗扔石头？背后动机是什么？老首长呀，敌情观念不敢松啊！这些话，让总指挥不好再袒护了，所以连福很快就接到一纸调令，忽大年见到他还轻描淡写地说：年轻人光懂得设备不行，摸清了管理的奥妙，以后发展路径就宽了。尽管年轻人知道这是冠冕堂皇的搪塞，心里疙瘩压根没解开，但见总指挥说得诚恳，只好悻悻作罢了。

当忽小月知晓了这个变动，风风火火赶到他的住处，连福正摊开木箱整理衣物，准备赶往扶风县去招收新工人。这个人脑子也太好使了，隐约听人说这个地方古风荡漾，便跑到图书馆去查寻。好家伙，陇海线上一个小黑点，距离西安一百多里，居然是西周都邑所在地，国之重器毛公鼎就是那里出土的，人们习惯将那地方称作青铜器之乡，可见老宝贝多得出奇了。这让连福像吃了碗辣味十足的油泼面，浑身的细胞像注入兴奋剂鼓荡起来，这次去招工可以顺便去乡间走走，若能发现一两件带工的青铜器，这辈子就可能不愁吃穿名留青史了。所以他一边收拾内衣牙具，一边嘴里哼哼逗弄姑娘的二人转：叫一声妹子你脚莫急，脚崴了还得哥来骑……

连福，专家的吉普是不是你砸的？

我？我砸人家车干吗？

不是你砸的，干吗把你调出设备组？

你哥说我是人才……懂吗？我是人才！

这连福主意正极了，不管忽小月要什么脸色，始终不正面接茬应承。后来人逼急了竟然嘟囔：这都怪你，你总讲伊万诺夫爱喝酒，喝了酒疯张得像变了个人，老要拽你下舞池，一旋转胡楂子就扎到你额头，我必须给他一个教训。的确，忽小月那天是想把这些"遭遇"倒给哥哥的，以后少组织这类讨好老外的活动，用姑娘的容颜去推动工程不觉得羞愧吗？可哥哥讥讽她还是个学外语的，外国人见面就亲嘴，老伊万没亲你就不错了。气得忽小月转身跑出了万寿寺，把晚会的"遭遇"一股脑倾吐给连福了。这个沈阳人可就没有哥哥的涵养了，竟然气得牙齿咬得咯吱响，一拳砸到槐树上大骂：老毛子就是喜欢欺侮女人，我在沈阳就见过几个，平时装模作样的，到了乡下打情骂俏，以后什么狗屁舞会你都不能去！

十五天之后，连福坐在大卡车里，春风拂面，得意洋洋，把五百名新工人领到了刚刚盖好的单身大楼下。

那拔地而起的六栋四层楼，就建在韩信坟的脚下，使得广阔的地面平添了生机，使得隆起的大冢淡化了往日的沧桑，把两千多年前东征西讨的历史风烟也冲散了，四周的树木土丘都成了陪衬，远远就能看到挺拔的姿容，使来来往往的人们感到一种从未有过的昂扬，想那沉睡在土丘里的人也会为今天的变化欣慰的。此时的古城除过大雁塔，尚未有这般高耸的建筑，所以人们给这儿起了个恢宏的名字，"四层大楼"，后来连公交车站都这样称呼，也引得更多的人从城里步行半天来这里看风景，拔地而起的大楼便成了建设成就的象征了。

连福知道总指挥对此也挺得意，本来苏联人的图纸是三层砖楼，可忽大年在听了哈运来的培训计划后，下令加盖成四层。本来招多少人，盖多少楼，一间不多一间不少，可劳动局的老爷也不知犯了啥迷糊，开动两条生产线要两千名操作工，可人家只批了一千三百名。忽大年当然等不及了，这就像部队补充兵员，谁招的兵多，谁的实力强，开工生产，缺少人手，一样干瞪眼。可计划外多招的二百人，要吃、要喝、要住、要领工资，怎么办呢？那些懵懂的青年工人绝大多数没出过县城，就更没见过这么高的大楼了，当得知自己今后将住在大楼里，不免一阵激情洋溢的骚动，一个个抻着脖子朝那窗玻璃里窥探，方盒样的小屋，两排架子床，没铺被褥，也没锅碗瓢盆，但大家对新生活的向往，从那一双双渴望的眼眸里毫不掩饰地流淌出来了。

可是，当连福按照事先安排的分配方案，把这些人集中在楼里安排停当，新工人背着铺盖卷哗啦一下就拥进楼里，争先恐后去寻找自己的门牌号，到处都是秦腔版的嘈杂声，有人为争上下铺吵起来，有人为靠窗靠门骂起来，有人喊叫丢了被单，有人嚷嚷床板不如土炕睡得香。更有女工宿舍吱吱喳喳吵闹不停，几个人竟把一个毛头小子推搡到连福面前，嚷嚷她们宿舍混进来一个男的。连福看那小子缩着脸，鼻涕长流，眼仁乱转，一副想拔腿逃窜的样子。连福也觉得惊奇，怎么会混进个男工呢？他拿过宿舍分配名单，没错呀，门改户，三号楼四层八号。

连福马上想起来，这个人还是他面试的，确凿是个长辫子姑娘。

那天，他坐长途汽车一路颠簸遇见好多个大土包，售票员讲那都是古代帝王的陵墓，看来当地百姓应是守陵人的后裔，这让沈阳人思绪纷飞。后来他在县府招待所一住下，就找了个蹩脚的借口独自出了县城，四处打听谁家藏有青铜器。可这里的乡下人，个个都很警惕，都把他当成了坏人，从村头跟踪到村尾。后来他进了一个姑娘家讨饭吃，给了一毛钱吃了两碗面，大概姑娘感觉占了便宜，便把弟弟在自留地挖过青铜器说了：好家伙，那件铁疙瘩卖了两块七呢。连福一听心里乐了，马上讨好地说：我是来县里招工的，保密单位，头一年，学徒工资每月十八块，第二年每月二十块，第三年转正，每月就是三十六块了。姑娘好像心动了，仔细询问了报名手续，告诉了自己的姓名，又给他碗里打了个荷包蛋。没过几天，连福在县劳动局又见到了那位姑娘，她机敏地把报名表递给招工人，连福听说她上过完小，便毫不犹豫签上了自己的名字。

看来是有人冒名顶替了，这种事瞒过了初一能瞒得过十五吗？但连福觉得这事传扬开对他不好，至少是粗枝大叶闹了个笑话，便把小伙子拽到自己宿舍问：你叫门改户吗？小伙子咬紧牙关不吭声。连福只好用了激将法：这可是保密单位，小心把你抓起来蹲监狱。小伙子这才抽抽泣泣说：我姐叫门改户，可姐夫不叫我姐出来，我正好在姐家帮忙收秋，就让我过来顶替一下。连福气恼地问：那你当时面试为啥不来？小伙子怯怯地说：你们招收上过完小的，我家穷没上几天学，就回村种地了。连福气得大吼：那你滚吧，滚回你姐家去吧！小伙子吓得哇哇直哭，鼻涕泪水混了一脸，扑通跪倒在连福面前，哭诉家里父母双亡，姐姐是为活命嫁给了一个瘸腿子，来的时候他用两间草棚换了二十个馒头，如果回去连住的地方都没有了。这下子沈阳人心软了，让他帮自己看守行李等会儿再说。

这个姓门的可是个机灵鬼，见连福从楼上返回来就说：你这只麻袋，跟我地里刨出来的铁疙瘩一样沉。他心一紧故意吓唬说：这是青铜重器，你的福报浮不住。什么？小家伙睁大了眼睛想问却又不敢问。连福想这小家伙居然能隔着麻袋猜个八九不离十，看来这些青铜器把他们给连缀起来了。那天，连福从村姑家回到县城，打听到废品收购站在城墙根便去了。哎哟，这么个小小收购站，破烂积成山了，一堆书籍报纸，一堆玻璃碴烂瓶子，一堆铁丝铁锅铝皮，还有一堆破棉烂布。连福一眼瞧见院子中间，有一只倒扣的铁锅支着一块木盘，上有一摊乱乱的棋子，隐约可见铁锅上粗壮的纹饰，显然这是一件青铜大器，硬是没人识货，在那儿支腿下棋了。

等了一会儿，有个烂衫人进来拉架子车，连福开口想买地上的铁锅，烂衫人见他不像农村人，也不像县城人，认定是文化局来收购文玩的就说：我替你们收购这些破铜烂铁也不容易，好久没有挖渠修路的大活，这玩意就很少见了，前几天才有个小伙子拎来，我给了三块五，你咋说也得给五块吧，也让我们买斤旱烟抽抽。其实，连福已知道他们的收购价，这件铜鼎拎起来，足有七八斤重，四面饕餮，怒目圆瞪，一圈龙纹，游戏周围，四个立足居然是四个跪人。他用手在内沿处使劲搓了搓，竟隐现了两个篆字。天哪，这般宝物一百块钱也要买下的。但他不动声色，冷冷地还了几个回合，递给卖家四张一元的纸币，便提起那件器物回到了招待所。

夜晚那个烂衫人居然又提两件青铜器上门来，他打眼一瞅心就怦怦跳了，急忙按捺住激动给了十块钱全部买下。烂衫人走了，他小心放到床上端详，心里像三伏天吃了冷西瓜，那叫一个爽哟。看来这地方真是一块风水宝地，东西上乘，品相了得，一个似称为卣的铜器，颈身一周乳钉高突，大概是母系图腾崇拜的痕迹，提梁两只夔龙，咧口獠牙，拱身卷尾，一定刻画的是心目中的猛兽。另一个酒杯样的青铜器，虽然通体素身没有太多纹饰，但敞口薄唇，腰部收束，握手处有三道高棱环绕，造型尽显生动了。这件东西他后来才知道是觚，是古代宴席主持人手执的酒杯，因此演化出孤家自谦，又演化成孤家寡人之说。青铜宝物接二连三露脸，也许是个吉兆，他把三件宝物用三只麻袋包裹了，再也不敢出门了。返城的路上，连福都没敢找人帮忙，自己把宝物搁进驾驶室，双脚轻踩着回到了西安城。

连福在和门改户整理宿舍的当口，忽然瞥见曾经的徒弟张大谝也在走廊晃悠，好像怀揣着什么使命似的，这让他不由得警惕起来。他太了解这个徒弟了，能成事也能坏事，给点好话就磕头，给点阳光就灿烂，一定是把监控师傅当作自己腾达的敲门砖了。可这套小把戏也太小儿科了，他在沈阳兵工厂啥人没见过？连福知道这肯定又是老鹰眼的指使，以为盯住他露出的尾巴肯定会有收获，看来小翻译的担忧不无道理啊。

然而你有你的计谋，我有我的招数，一个突萌的小主意在他心里窜出来，一个胶东女人在脑海笑脸闪烁，等门改户把行李抱进宿舍，他骑上值班自行车就朝临时招待所跑去了……

十四

黑妞儿战战兢兢地咬住了从天上掉下来的一块馅饼。

自从在这个被称为临时招待所的农家小院住下后，黑妞儿就发现忽大年也真够狡猾的，把她搁在招待所好像就是个阴谋，小院里住的人都是来出差的，白天出去，晚上回来，还没等熟悉呢，人就不见了。想找人说个话都不容易，想找忽大年去吵架都没机会，想进那万寿寺没有通行证更是没门，看来人家是想让她待得无聊了，自己抬脚回胶东老家去吧？可是，想让她打道回府，也没那么容易吧？爆米花大爷看她脸上挂满黑霜便鼓捣：你别管那么多，就在招待所里住着，反正管吃管住不收钱，最后总有人来撵你，撵的时候总得给个说法吧？最好逼你男人在西安找个工作，有地方发工资，就有了立身之处，就可以从长计议了。于是，黑妞儿白天进城，帮大爷爆米花，晚上就跑回招待所睡觉。

可是能来小院看望她的只有那个歪嘴连福，尽管他总戴着鸭舌帽像个特务，可他就像是上天为她安排的一个贵人，黑妞儿心里始终觉得连福是个好人，如果没有他心生怜悯，告诉了狗东西的行踪，她都不知道还要在街上瞎撞到啥时候。在忽大年把她空撂小院的这些天，也只有连福刁空过来陪她聊天，尽管他不可能解开自己郁结了多年的疙瘩，但这人东拉西扯尽逗她乐了。好像人家还知道她喜欢蜇喉咙辣眼睛的味道，还扛来了一捆白皮大葱。所以，当她苦闷得走投无路时，便把自己千里迢迢来到古城的缘由，吞吞吐吐告诉了沈阳人，当然床上的尴尬，她是不会吐露一个字的。那连福听了还笑嘻嘻问：你胆子也太大了，人家现在是堂堂八号工程总指挥，正师级干部，有妻有儿，凭啥让人家跟你走？黑妞儿蹙起眉说：他能有今天，就不能忘了俺！连福故意逗她说：你想让人家跟你走，你就得有撒手锏。黑妞儿不解地问：啥是撒手锏？连福想了想说：就是孙悟空的金箍棒，游击队的机关枪。

连福走后黑妞儿想想也对，自己凭啥让忽大年跟自己回家呢？尽管这里不愁吃喝，可总这样下去还不把人闲出病了？还不如回黑家庄纳鞋底挖草根熬日子呢，那么多姐妹嘻嘻哈哈时间过得多快呀，在这里想找个伴说个话都没有，能掏心窝子说话的只有爆米花大爷和这个歪戴帽子的连福，可人家都在忙活自己的事情，谁都不能整天陪她闲唠的。不过……不过，就这样不明不白地走了，别人还真以为她是来古城瞎闹的，她必须让那狗东西心里猫抓一样，让他一想起过去就后悔得直掉泪蛋子。

于是，她从连福手里借来一支钢笔，想给忘恩负义的家伙写几句结实话，这个狗东西只要良心没泯，就该闷下头想想，不能光守着小老婆享福，不管大老婆的死活。可是黑妞儿好像一抓住笔就乱了，本想写几句让他一辈子忘不了的话，却五爪挠心乱了方寸，越写越干巴，越写越没嚼头了。

忽大年呀，我看你啥都变了，就是这个名字没变，我今儿个给你提个醒，你忘了啥，也不能忘了我。当年小鬼子来"扫荡"，是谁让你刷的亲善大标语？黄狗子夜袭黑家庄，游击队员都死光了，咋就你一个能逃出去？

其实，这短短几句话，让仅仅会写几个字的黑妞儿好费周折，有几个字不会写，她还敲开小院其他人的房门请教，可她又怕别人知道了秘密，不把意思说利落，含含糊糊的，外人好像看不懂，但她觉得忽大年瞧见应该明白，这是只有他俩人知道的秘密。

写完以后她想了想没有投寄，想亲手交到收信人手上，想看见狗东西读信后幡然悔悟，咬住牙关向她低头道歉，随后拉上她去兴庆湖划船，坐上船她会唱一首沂蒙小调，吃过晚饭再去晚霞里的秦岭，边走边拉黑家庄那一桩桩的往事，日子就有嚼头了。当然，黑妞儿最渴望的是能把人领回黑家庄，跟上她挨家挨户磕头作揖。然后，她自己仍旧住在黑家那间洞房里，逢年过节他能拎着酒肉糕点光光堂堂回来。啊，至于他在古城的小老婆和两个孩子，黑妞儿着实不愿多想，也实在想不清楚，到时候互不打扰总行了吧？于是，她写了抄，抄了又写，也不知写了多少遍，看不顺眼就揉成团，扔得满地都是，却是写好了揉皱了，依然没能送出去。

怎样才能交到狗东西手上呢？送到手上有用吗？

那天她回到招待所农家小院，莫名其妙地号哭了一场，忽然又想回黑家庄了，想干干净净回去了，她一股脑爬起来，把毛巾鞋袜都收拾到包袱里，把脏衣扔到门外水井边洗了。居然连那连福进了屋她都没察觉，直到听见人家在屋里喊叫，她才在衣襟上擦擦手进了门。这人咋鬼似的好多天不闪面，今天突然跑来干啥呢？她进门似乎瞥见鸭舌帽有个慌张的动作，手还在口袋上按了按，难道是藏了什么东西？可那连福半脸堆笑掏出了一张表格。

这些天，咋不见你人呢？

你进我们单位当工人吧？

什么什么？你说让俺干啥？

这个幸福似乎来得太突然，乡下女人傻傻地支棱着没反应，连福以为她不愿意，把表格抖得哗哗响，说：多少人想来呢，你咋还磨叽起来了？黑妞儿这才意识到喜从天降了，顺势接过表格，没等看完就填上了名字，最后还按了一个拇指印。忽然，她想到了古戏里的卖身契，有些迟疑地拽着表格问：那是不是就把俺卖给你们了？连福没好气地说：差不多。黑妞儿把表格拽紧了：俺可不卖人。连福扑哧一声笑了：新社会了，谁敢买你呀！

后来黑妞儿躺在了门改户腾出的床铺上，内心才慢慢安静下来。她开始咀嚼天上掉馅饼的味道来，也不知是不是苦尽甘来了，总觉得到古城的这些日子像在做梦，一会儿要收拢眼泪回胶东了，一会儿又迷迷怔怔吃上皇粮了，好像从此她的面前将要展开又一幅景象了，不知村里的姐妹们是羡慕，还是会撂风凉话。咳，管她呢，过一天算一天吧！

然而招收黑妞儿这件事，很快在单身大院传开了，传成连福在街上拉了个漂亮女人来，给人们留下了巨大的想象空间。等到忽小月闻讯赶到楼上，女工宿舍已经多了一名正式工，木板床上已铺上了土布褥子，一头是衣服捆成的枕头，一头是拥叠的粗布棉被。小翻译本来想去连福宿舍问问心中纠结的，她都想好了质问的语气：你为啥要砸老伊万的吉普车？甭管你把鸭舌帽压得多低，那一步三晃的鬼祟样儿，咋装都瞒不过我的眼睛！可她听说连福把一个陌生女人领进了大楼，心里顿生疑虑，马上跑上来想看个究竟，果真见连福从一间宿舍出来，一个乡下装束的女人招呼他常过来。

忽小月一把将连福拉到楼梯口压声说：你好大胆子，给你一点权，你就敢往里塞私货。连福急忙辩解：我可没塞私货，我是沈阳人，她是胶东人，说到底跟你是正经老乡。忽小月撒娇般乞求：你就别自找麻烦了好吗？你没看指挥部新成立了政工组，正催促每人交一份自传，我还怕你过不了关呢。连福不屑地嘟囔：怕啥？我既不反党，也不反社会主义。

可你在日本人的工厂当过技术员。

我那就是混口饭吃。

混饭吃，还能得奖赏？

那是他小日本愿意奖！

俩人你来我往在走廊里争吵起来，尽管都刻意压低了嗓音，还是惊动了已经回到宿舍的黑妞儿，隐隐约约听见连福说：你不明白，我把总指挥的媳妇招进来，没有功劳也有苦劳吧，以后她就可能是我的护身符。忽小月吃惊地问：我嫂子在资料组管图纸，怎么是你招进来的？连福知道说漏嘴了，想把她拉下楼去没拉动。忽小月惊讶地回头朝那间宿舍瞅，却见到一双同样惊讶的眼睛，恍然醒悟扭头就跑，下楼的咚咚声像有狼追赶。黑妞儿忙跑过去拽住连福问：你咋说，俺是啥护身符？连福惊慌解释：我见过你在招待所练功，手掌都快把拴马桩砍断了，以后谁欺负我，我就找你当帮手。

忽小月一口气跑到万寿寺想告诉哥哥，这会不会是一个针对哥哥的阴谋啊？这帮狗东西也够阴损的，这会把哥哥整成古戏里的陈世美，可她看见寺院山门的持枪警卫，才想起哥哥进京汇报工作，已经走了三天了。而且，她这样不分青红皂白捅破此事，搞不好本来只有连福一人知晓，最后会弄得尽人皆知，岂不是要害了自己的哥哥？

于是，忽小月转了一圈，又回到女工宿舍楼，似乎与黑妞儿同舍的人都去洗衣服了，水龙头开得很大，很远就能听到哗哗响。她轻轻推开门，那个叫黑妞儿的女人独自躺在下铺，正望着上铺发愣，便蹑步进去笑眯眯问：你干啥呢？黑妞儿眼也没瞅说：上铺要是尿炕，会不会漏到俺身上呀？忽小月呵呵笑了，黑妞儿扭头看不是同舍的姐妹，而是下午跟连福吵嘴的蓝裙女人，一骨碌坐起来怯怯地问：你找谁呀？

你说，你是忽大年的啥人？

你是啥人？

我是他妹，是他亲妹呀！

其实，黑妞儿已经在典礼那天远远见过这个姑娘，刚刚又断断续续听到忽小月和连福的对话，猜出她就是当年那个爱吸溜鼻涕的小女孩，这会儿见她找上门来，似猜出她要问什么，说：俺想起来，你就是跟在驼背叔身后抱柴火的小月月，你不是跟上戏班走了吗？你走时才半人高点。忽小月沉沉地点点头，黑妞儿一把捏住她肩膀说：哎呀呀，真是你啊，女大十八变，漂亮了，俺都不认识了，还记得小时候不？你哥在我家大院教书，你动不动就跑过来捣乱，扔石子，学鸡叫，每次都是俺护着，没让你挨上板子。忽小月其实就没一点点这般记忆，但她却像回想起来，使劲点点头。黑妞儿又问：你咋也被你哥拉到这儿了？没等对方点头，黑妞儿拉住她手又抽泣起来：解放后，乡里给了俺个妇女主任当，也没啥意思，我就跑来找你哥了。

你啥时给我哥当过媳妇？我咋一点儿不知道？

你一走，你哥就入赘俺黑家了。

有这事啊？

可就过了两天，他就偷偷跑了。

我哥跑啥呢？你欺侮他了？

他是俺男人，俺咋能欺侮他？是你哥爱咬人……

我哥属狗的？还会咬人？

你没结婚，俺说不出口。

忽小月感觉事情复杂不好再问下去，但她感觉到这个女人将是哥哥身边的定时炸弹，随时都可能爆炸，能把人炸得粉身碎骨，所以她又不停点地劝说黑妞儿先回乡下去，等把事情搞清楚了再接她来。可黑妞儿显然以为这个小老乡可能是她哥派来劝她的，嘴里嘟嘟囔囔说，回到胶东就不好来了，马车、汽车、火车要倒多少趟呢。忽小月见她抱定主意死活不答应，只好心有不甘地甩着马尾辫走了。

十五

天色灰暗下来，一道从东驶来的光柱刺破夜空，慢慢地停在古城墙边，映亮了熙熙攘攘的火车站台，忽大年从车厢里匆匆下来，两名警卫拎着帆布行李包紧随其后，一辆老嘎斯亮着大灯吱一声停到他面前，只见他一猫身钻进吉普就喊：快开，快开啊！

这次进京，忽大年感觉到一种令人窒息的压力，他是四天前的清晨登上火车的，由于他肩负秘密使命，列车特意为他安排了软卧包厢，上下四张铺，只安排了他一行人，一个警卫在包厢陪护，一个警卫在走廊巡戒。不过，尽管这列火车名为"特快"，可是从西安站轰隆启动的那刻起，他就在埋怨车速太慢，两天两夜才能抵达北京，急得他几乎想下车骑马飞奔去了。

半夜，他突然接到保密局转来的电话，通知他即刻动身进京参加军委装备会议，便扔下嚼了两口的夜宵馒头，火急火燎赶上了东去的列车。可是陇海线上那个令日本鬼子垂头丧气的风陵渡，不知简易铁桥出了啥故障，生生在黄河边滞留了一天，等他赶到戒备森严的军委大院，会议已近尾声了。老司令成海平一见面就骂起来：你真是个蠢货呀，总部能通知你个总指挥参加会，就应该知道非同小可，你他妈的，以为我找你问跟老婆打了几个滚？等老首长骂得差不多了，他才明白这次军委竟然下了军令状，务必三个月结束工程建设，年底生产出合格炮弹，支援解放军即将开展的军事行动。是啊，作为司令的老部下，闻也能闻到一股正在弥漫的火药味，他估计这八成与解放台湾有关，那老蒋自从四九年逃窜到海岛上，整天梦想着把青天白日旗再插上南京总统府，凭着上次金门海战的侥幸，不停点地派人泅渡偷袭，更把反攻大陆喊得震天价响，不压住这帮匪徒的嚣张气焰，老百姓就没法平静生活了。但是，脸色铁青的成司令最后说，这是一项绝密任务，不准记录，不准传达。

所以，忽大年从西安火车站出来，没有直接返回工地，而是在摊贩手上买了两瓶西凤酒和一包腊牛肉，直奔伊万诺夫的住地，屁股一坐定便端起酒杯，磕磕巴巴冒了句俄语：干杯。老伊万兴奋地乌拉乱叫，一会儿工夫就把一瓶咕嘟了，想谈什么都变得轻松了。喝到最后，老伊万发现忽大年总是掀衣袖，经历过谋杀的老家伙一扔酒杯，一把攥住他手腕，质问袖子里藏了什么秘密？总指挥撸开衣袖，只见衬衣袖子上密密麻麻，写满了俄语的中文注音。忽大年尴尬地笑笑坦白，写到胳膊上救急用。老伊万一拳打到他胸脯，猛喝下一杯酒：呵呵，你们中国人办法太多了！呵呵，谁说只有中国人喜欢酒桌上谈事情，苏联人更喜欢喝酒交流，一瓶酒下肚便应允抓紧调运设备。

以前忽大年一直在抱怨，苏联专家中午回去吃饭要三个小时，宝贵的时间都浪费在路上了。于是他趁机提出中午可在万寿寺用餐，还开玩笑说这里的饭菜沾染了禅味，吃久了会羽化成仙的，以后回到苏联就可能被人供起来。但伊万诺夫却一板一眼地说，中国和尚不吃肉，他们要顿顿吃牛排，做饭的厨师会做吗？忽大年觉得加两个肉菜就可以弥补。

可是，英明决策仅仅实行了三天，就发生了意想不到的怪事。掌勺人发现，铁勺在热腾腾的白菜炒肉桶里搅动，竟然发出了哗啦哗啦的石碴声。厨师探底舀起来，居然发现了几块炭渣。忽大年过去捏起炭渣一脸凝重：他妈的，谁捣的鬼，这可是上纲上线的破坏活动。果然专家们端起饭盒，刚吃两口就嚷嚷开了，怎么拿猪食喂人？满嘴的沙子是何居心？当天中午专家们罢吃了，即使他差人上街买来鸡蛋糕和饼干，也没人愿意伸手去拿了。

眼看一顿午餐要演变成外交事件了，忽大年抓耳挠腮找来黄老虎破案，刁钻的老部下却提出了办案条件：不管以后查到谁，都不准袒护。他气得一把揪下军帽扔到地上：你爱查就查，不查滚蛋！

其实，这个也喜欢军帽的黄老虎从不敢懈怠，很快就把嫌疑锁定到万寿寺的小和尚身上了。

这个名叫释满仓的小家伙眉清目秀，常有人戏说他是唐僧再世，仅仅进庙修行了三年，佛经仪规知道得就比老和尚多了，也许用不了几年就能成为方丈，可自从万寿寺划进了八号工程范围，寺庙便进入了搬迁之列，于是大雄宝殿的佛像不见了，藏经楼里的书籍被烧了，连墙上的壁画也盖上了厚厚的白灰，除了寺庙外形还保持着原来的模样，里边已找不见佛堂的影子了。然而，僧人都遣散了，唯独这个小和尚死活不肯走，他说自己压根不知家乡在哪里，小小年纪就在外要饭，是慈悲的老和尚见他饿得头晕给了个馍，从此就吃住在庙里了，清晨打更早课，午间念经过堂，不经意间皈依佛门的。忽大年本想把和尚们全部赶走，赶到已经动工的新庙堂去，可是这个小和尚去新地方转了一圈，又回来赖在庙檐下，打坐诵经，雷打不动，谁见了都觉得怪异，便硬生生把他赶出了寺院。小家伙竟敢盘腿坐到山门外给人难堪，终于使得总指挥动了恻隐之心。如今这肉菜桶里发现了炭渣，明摆着是在表达抗议，小家伙佛性顽劣，太有可能了。

小和尚，你受过啥戒呀？

沙弥戒。

沙弥戒都有什么律条啊？

不杀生，不偷盗，不诲淫，午后不食……

呵呵，哪个和尚能午后不食啊？

我们晚上用的是药膳，不是饭。

是吗？

忽大年经过那次对话，便喜欢上这个小和尚了，下令由他负责打扫寺院卫生，与大家同吃同住，这可把小和尚高兴坏了，在地上连翻了两个跟头。开始那黄老虎还不同意，担心小和尚住进来，万一泄密怎么办？忽大年认为小和尚也是受苦人，我们把人家住处占了，就该给人家一口饭吃，也算我们为己积德。黄老虎心里想说，你带兵打仗打死了多少人，现在想积德了？何况八号工程就是制造杀人武器的，上天不惩罚你下地狱才怪呢，等小和尚将来知道我们干的这般营生，不气得七窍生烟才怪呢！但黄老虎还是没把这些话嘟囔完，释满仓便在指挥部待了下来，当然不准再穿僧服，头上缠了一条白毛巾，身上穿了黑布褂子，与工地民工已没什么两样了。

然而，所有的宽容并没有让释满仓脱去佛性，他看到指挥部不仅占用了整座寺院，还准备把大大小小的佛像砸毁扔掉，那可是万历年传下的圣物，斗胆砸碎了，佛祖必会惩罚的。小家伙跑去乞缠总指挥，千万千万慈悲为怀，把佛像放到后院僧房里，不会影响工程的。开始忽大年听了没答应，后来他动不动就拿佛经故事吓唬人，只好手点他脑门点了头。小和尚随即叫来民工把释迦牟尼、观音菩萨和四大金刚搬进了曾经的僧房，释满仓自己也把床褥搬了进去，俨然成了有模有样的护法人。

按说指挥部对这小子已经仁至义尽了，为什么还要往菜桶里扔炭渣呢？是想护法，还是想捣乱？忽大年在释满仓进门的一刹那，就断定"炭渣事件"一定与此人有关，因为他注意到小家伙的脖根露出了一串褐色佛珠，那是剃度的纪念。

但是，当忽大年把他叫来询问，小和尚瞪大眼睛不知道盘算什么，既没有矢口否认，也没有爽快承认，嘴里呢喃着含混的句子：是不是风刮的？忽大年心想你撒谎也不会撒，多大的风能把炭渣刮起来？他看问不出个所以然，便出门告诉来报告侦查线索的黄老虎：这可能是一场恶作剧，以后注意点就是了。可老鹰眼话说得让人后脊梁发冷：这个小和尚只有十六岁，按说翻腾不了大浪，关键是要找出背后的动因，他为什么要这样干？是不是想破坏工程进度？临走，老部下对忽大年保证：你放心，三天之内一定拿下这个案子。忽大年蓦地想起什么，说：你可不要把事情搞复杂了，一个娃娃能捣多大乱子，不要草木皆兵，什么都跟美蒋特务拉扯上！但黄老虎走到门口回头说：你被人袭击的案子没破，专家吉普被砸的案子也没破，现在又冒出了个"炭渣事件"，一个个案子都快压得我喘不过气了，至于怎么破案劳驾你就别管了！

看样子这个黄老虎也太把自己当根葱了，忽大年本想把军令状给老部下透露一二，也让他理解现在的工程北京直接上手了，破案要服从于工程进度。可他想想老部下也确实不容易，那掀去军帽的头顶已稀疏半秃了，现在工程项目热火朝天，领导来了还能给上一句表扬，隐蔽战线却只能偷偷摸摸行事，破了案没人知晓，不破案就会整天挨骂。忽大年似有了恻隐之心，想去省政府协调了烟囱限高的问题，再回来找小和尚掰扯，不能任由老部下把屁大点事捅得天大，到时给部队交不出炮弹才抓瞎呢！

但是，他起身坐进老嘎斯，在穿过万寿寺山门时，看见释满仓盘腿坐在警卫对面的土塄上，眼皮微闭，手心朝上，看上去更像是示威。小家伙以前就是用这种方式讨得了他的让步，现在又故技重施了。忽大年朝警卫努努嘴，这家伙又要什么幺蛾子？警卫附耳悄声说：黄组长下了命令，以后不准小和尚再进寺院了。

呵呵，有这个必要吗？忽大年也不好说什么，吉普车开远了还回头张望，小家伙居然都没抬眼瞅瞅，门口经过何许人也？呵呵，过一会儿大太阳就会当空升起，这小子再有禅坐功夫，也经不住一场暴晒吧？不过，这个释满仓，年纪虽小，在这村庄却很有人缘，走到谁家门口都会去厨房拿个馍来，上边三番五次告诫，施工过程务必注意与周边群众关系，万一小和尚晒脱了水，整出一条人命来，可就是一场风波了。

忽大年让车掉头，在释满仓身边停下。小和尚像是豁上命了，双目紧闭，掌心向上，一副为佛请命的样子。唉，这些僧人好像都有股牛脾气，老住持就是在万寿寺划归八号工程后圆寂的。其实这都是凑巧，可释满仓却认为老住持是神人，临咽气还拉着他的手说：万寿寺以后就指望你。唉，能指望他什么呢？忽大年那年在太行山打游击，在一家寺庙躲过七八天，听修行的和尚讲了不少佛界偈语，临走也学会了合十作揖，后来做了媳妇的靳子听说他知晓佛经故事，呵呵直笑：你扛枪打仗这么些年，也想跪在菩萨脚下，恐怕你想当善人，仙人都不会认你的。可忽大年却一本正经地说：佛经说了，放下屠刀，立地成佛。所以，他的怜惜之情，正是从这儿生发的。可这释满仓还以为可以靠威胁达到目的，这也太小看从枪林弹雨闯荡出来的人了。当下的忽大年满脑子都是军令状，根本没时间跟一个和尚闲扯，但他又觉得不解决这个事会扰乱人心，便把小和尚拽到了办公室，有意识地让两个警卫端立身后，办公室陡然增添了一种威慑氛围。

小和尚，今天你是想给我们示威吗？

为啥不让我进庙？我晚上睡哪儿呀？

知道为啥不让你进寺庙吗？

嗯……有人往菜桶里扔了块炭渣……

有人？呵呵，这个人是谁呢？

你……怀疑我？

佛教可有戒律，不许撒谎。

小和尚目光移到地面……

如果你执迷不悟，就是公安来审你了。

小和尚朝他身后的警卫瞥去一眼……

佛经不是讲，人在做，天在看吗？

小和尚的头低下了……

我告诉你，万寿寺现在是指挥部，不能套用寺庙那一套。

总指挥……我闻见肉味就心烦。

以后好好学点本事，新社会不许不劳而获。

本来忽大年满脑子都是军令状，哪有时间跟这个释满仓闲扯，但他又觉得不解决这个问题会扰乱人心，就耐心地走过去聊了几句。可他没想到说到最后，把小和尚说得垂头丧气，这意味着他将要脱掉僧服，去当一名自食其力的人了，他好像以为这是一个惩罚，泪珠子在眼眶里晃悠起来，不知道这是幸运还是沮丧的开始……

十六

天哪，这绝密工程尚在进行，绝密任务就压下来了。

而只有忽大年一人知道的绝密任务让他感觉到一种神圣。

当前这个紧要关头，技术人员是关键的关键。忽大年突然想到那个鸭舌帽尚未派上用场，便叫警卫员把黄老虎喊来，迎头就是呜里哇啦一顿斥责：大批设备正在进场，怎能把一个行家束之高阁？这不是自己跟自己过不去吗？可黄老虎考虑的不一样：连福是个敌伪留用人员，刚刚调离要害岗位，我们去沈阳外调的人还没回来，等把问题搞清了再用不迟，万一这家伙是个潜伏特务，在设备上搞点鬼，谁能负得了责任？

我负责，行不行？

不行……

不行？忽大年瞪起眼。

不行！黄老虎低下头。

唉，这个黄老虎也太执拗了，即便连福真有历史劣迹，为我所用有何不可？后来他不再听从天到地的解释，只用一句话就压住了：你知道我去北京开的啥会吗？我告诉你，现在我们进入了非常时期，明白啥是非常时期吗？就权当他是我们抓的俘虏，你看解放战争三大战役，解放兵掉转枪口一样冲锋陷阵。但黄老虎想的依然是责任，说：你实在想调他回来，你请示上级，上级同意，我也同意。忽大年蓦然一怔，有些陌生地看看老部下，只好做了妥协：这样吧，给连福配个助手，实际上也是监控，万一这家伙搞破坏随时处置，料他就是孙悟空，也跑不出如来佛的手心！

不过，等那个连福真的缩头缩脑进了门，忽大年咋看心里都不是滋味。蓝色鸭舌帽遮着眼帘，黑色皮夹克紧绷腰身，特别是肩挎的帆布包特别刺眼，那应该是他给妹妹的生日礼物，现在咋背到这家伙身上了？这让他感觉别扭，便单刀直入，说：苏联设备马上就到齐了，设备组需要加强力量。连福一听就嘟囔：我就说嘛，这新工培训还是不重要，调度会上你一次都没提。忽大年一听就烦了：哎，连福啊，你说咱这裆里的老二重要不重要？既要负责传宗接代，又要负责排泄尿骚，可你能见人就掏出来，显摆它有多重要吗？连福一听总指挥说粗话，扑哧一声笑出声来。可忽大年却没笑，一字一顿提醒：现在抽你过去，两边都要兼顾！连福一个劲儿摇头：那不行吧？又不给我双份工资！忽大年腾地涌起一团火，喊：你知道这是什么地方吗？连福咽口唾沫，说：这是总指挥大人的办公室啊！忽大年脸吊到地上，说：现在已经吹响了冲锋号，在部队就是让你去死，你也不能谈价钱！

连福不再吭声了，忽大年又想到那个满仓：你把那个乱窜的小和尚也招进来吧，咱们把人家庙堂占了，让他跟新工一块培训，不能放在指挥部惹事了。连福本想就势把招收黑妞儿的事挑明了，可话到嘴边又感觉会挨骂，万一让他把人退回去，那可就里外不是人了。而且，面对这种浑身毛孔被战火硝烟浸染过的人，想找护身符的想法可能就是痴人说梦啊！

但是没过多久，忽小月却把那个惊天秘密给抖搂出来了。

她实在觉得这件事太诡异太可怕，搞不好让嫂子知晓了会闹出人命来，到时候哥哥就不好收场了。而且让她难堪的是，造成这个尴尬的人还是她的恋人，是连福这个没眼色的二货，把这颗定时炸弹放到了工地上，哥哥若是知道了肯定会火冒三丈，气头上都可能让他滚回沈阳去。

于是晚饭后，她有意在工房外边溜达，装出一副巧遇的样子，想试探哥哥对这事有多少准备。可哥哥开口就倒苦水，自采纳了连福同时安装两条生产线的建议，事情多得一塌糊涂，已准备把他借回设备组了。看到哥哥信心满满的样子，忽小月鼓起勇气说：哥啊，古墓里那些泥疙瘩都是垃圾，连福喜欢摆弄也不算啥，直接把他调回设备组算了，干吗是借调呀？哥哥没好气地说：我也觉得那些东西晦气，可公安局评估了非要抓人，要不是我死活挡住，答应内部处分，把公安的嘴堵上，他恐怕现在就蹲进局子了……咦？你要是想处对象，可得慎重啊。

哥呀，你是不是在咱村娶过一房媳妇？

……什么娶呀？倒插门，就过了两天……

那你……真有两房媳妇呀？

你可不敢胡说，那个女人前些天还来过。

你给安排到临时招待所住下了？

不知咋搞的，还让连福给招进来了。

这……你都知道？那你咋不赶紧让她收拾铺盖回胶东去呀？

为啥？

留在工地上，就是一颗定时炸弹。

我也想了，你送回去还会再来，留在工地上，还便于控制。

什么什么？

听到这番话，忽小月陡然感觉哥哥有点深不可测，也让她感觉到前所未有地陌生，那老伊万就说别看总指挥是个带兵人，可他一个人就是个制造辫子雷的兵工厂，还会在袖子上写满俄语单词对付专家，显然十个连福也不是人家的对手，她转身跑到"四层大楼"找到连福，语速像机枪子弹一样：你还神神秘秘，怕我哥知道了找你麻烦，其实我哥早知道了，老人家大将风度，根本就没当回事！

此刻，身揣绝密使命的忽大年像打了鸡血，每天吃住都在指挥部里，尽管他偶尔想起黑妞儿也进了工地内心添堵，但他毕竟经历过枪林弹雨，细枝末节不能扰乱主攻方向，便心无旁骛跟着老伊万要进度。

本来苏联援建项目都是有计划的，可忽大年不好把军令状摆出来，只能说一百五十六个项目在比速度，谁先竣工谁就能进中南海见到领袖。这可是一个挺有诱惑的香饵儿，那伊万诺夫就是个毛泽东的崇拜者，竟然一有空就追问，如果提前半年造出炮弹，真能进中南海留个影？忽大年知道自己嘴上放炮惹了麻烦，不敢答应又不敢否认，就云里雾里东拉西扯，这把老伊万惹得一顿牢骚：我发现你们中国人，什么事都是马马虎虎，摸不透你们脑袋盘算什么！

也许苏联专家真的被善意的谎言调动了，也许被总指挥的衬衣袖子感动了，以后的日子，老伊万居然拍了几十封电报，催促援建设备快速驶过茫茫的西伯利亚，越过浩渺的戈壁荒漠，运到古城东郊的万寿塔下。几乎同时，在沈阳订购的设备也陆续运抵工地，一堆堆盛满部件的木箱摞在厂房边上，所有人都知道八号工程进入了冲刺阶段，被忽大年煽动起来的热情，几乎把工地上的铁块熔化了。

但是设备安装接近尾声时，伊万诺夫发现了一个问题，六座厂房，两条生产线，都有些设备精度不达标，显然是萝卜快了惹的祸。老伊万急得满嘴起泡，闯进总指挥办公室，双肩一耸，满面愁容，本来他一直想拔个头筹，却没料到要把人丢到中国大西北了，这座古城恐怕要变成他的滑铁卢了。而此时的忽大年心里更急，像是得了重感冒，铁青的脸，三两的饭，警卫员想给他改善伙食，进城买了块腊牛肉，他看都没看抬手就扔进了墙角纸篓。但是在老伊万面前，他还不能暴露急躁，让老大哥看出自己的脆弱。

这可是你们要这样干，两条线同时安装风险大。老伊万想找垫背的。

现在不是追究责任的时候，能不能做个调整，两线并成一线？忽大年话锋一转。

你是说把好苹果放一个篮，把坏苹果放一个篮？老伊万微微点头。

这还是那个连福想的点子。

这个家伙，可以抵上一个师了。

呵呵，这个方法居然奏效了，一条现代化的炮弹生产线，在一个阳光明媚的早晨点燃了第一炉火焰，第一块铜锭顺着压延机导轨缓缓滑过，又变成一块铜板推到轧口，几个铜饼经过冲压变成了弹筒，再装上发射药和弹头，一枚枚黄亮亮的炮弹就立到铁道边上了。

这一天中国"内参"豁然宣布：我国诞生了一座现代化的大口径炮弹厂。

一周后，美国的电台也公布了这个"绝密"消息。

当庆典的锣鼓终于停歇，忽大年才想起应该处理一下与黑妞儿的纠葛了。

晚上他走到夜校教室，隔窗看到黑妞儿坐在后排凳子上，膝盖上放着草纸订的本子，手捏着两寸长的铅笔头，一笔一画默写着生词。这让忽大年蓦地想起当年他在黑家大院教书的情形。那时黑妞儿、黑柱儿、黑妹儿一干人围坐石磨，他一边念《三字经》，小伙伴们一边记，黑大爷则在一旁用竹竿敲打地面，提醒大家不要被鸟儿吱喳弄走了神，一旦发现谁眼神抛锚，竹竿就啪的一声落下来，痛得人咿咿呀呀直叫。现在，他好像成了黑大爷当年的角色，却犹豫好久没敢推门进去，只是闷头在窗外来回踱步。但他还是被讲课的妹妹发现了，她轻轻拉开教室门问：哥，有事啊？他小声说：下课以后，我在你办公室，找她说句话。

下课的铃声远了，树枝也停止了摇荡，黑妞儿推开了老师办公室的门，忽小月知趣地跟在后面没进来，两个分别多年的冤家终于面对面坐下了，屋里空气马上变得暧昧起来。

招进来当工人，还好吧？忽大年像碰见了不想见的债主。

好能好到哪儿？不好又能不好到哪儿？黑妞儿冷若冰霜。

我觉得你能进八号工程，挺好的。忽大年习惯居高临下。

哼，俺可不是为了你才当工人。黑妞儿眼望着窗外。

我俩现在一个单位，以前的事就不要提了。忽大年努力平复着。

那可说不定，好事不出门，坏事传千里。黑妞儿话藏讥讽。

我们没有实质婚姻，也没有结婚证。忽大年硬着头皮说。

那你也要明白，分手要有离婚证。黑妞儿似早做了准备。

现在已经这样了，退一步大家都好。忽大年先软下来。

你是怕俺去你家闹吧？你放心，俺饿死，也不会去敲你家门！黑妞儿语气铿锵。

是吗？忽大年对最后这句话特别欣慰，只要她不与靳子闹名分，什么话都可以说的。他以为这是今晚"谈判"的最大收获，终于让他悬着的心放了下来。临走，黑妞儿突然问：你都在外边成了家找了人，为啥还要耍弄我，捎回一块烂洋布？忽大年蓦然意识到当年洋布捎出了误会，可他现在已没法解释了，只是哼哼哈哈地所答非所问。

不过，忽大年走出夜校脚步轻松起来，他愈发坚定地认为，把黑妞儿招进工厂是个不错的抉择，尽管黑妞儿话里多少含有嘲讽，却透出人家还是有底线的，不会打上门闹腾的，这样就不会惹出什么乱子了。能有如此结果，让他高兴得像当年打了场漂亮的伏击战，缴获了一批紧缺的战利品，边走边伸手去抓路边的槐叶，撸了一串又一串，弄得满手的绿汁汁。回到家，靳子问他干什么去了？他望望窗外忽忽闪闪的星空深沉地笑了笑，倒下头便打起呼噜来……

第二章

十七

和平的岁月往往会把军事秘密隐藏在深处的。

这一年的春节阴冷刺骨，带哨的风把太阳刮得灰蒙蒙的，整日里露出烧红的脸庞，懒洋洋地观望着古城万物，家家户户的大门只好紧紧闭上，再用纸条将那缝隙仔细塞实，生怕寒风撕开门扉搅乱年节的温馨。而古城墙外一个个严加防范的工程却格外活泛，仅仅两年多时间，就在这史迹庞杂的皇天后土上，砌起了十多个灰砖围挡的兵工厂，还在墙头拉上了一道恶森森的电网。后来人们才知道有生产弹头的，有生产火炸药的，有生产引信底火的……俨然建成了一座戒备森严的兵工城。

在兵工城北边悄悄落成的八号工程，负责炮弹总装，对外称为长安机械厂，也是借了古城的称号，又与工厂的内容相关，都说这名字起得有味道。但是，大门立柱与周边企业一样没有悬挂匾牌，只在两侧站着荷枪实弹的警卫，昭示着里边隐藏着巨大的秘密。附近百姓只在正月的一天上午，听见了灰墙里边人声嘈杂，间或有鞭炮声传出来，却对里边为何欢呼懵懵懂懂，可大家很快发现里边机器开始轰鸣了，从工厂大门进出的人突然变得拥挤起来了。

于是，工厂大门外的马路边很快便集聚起一批批摊贩，卖糖果的、卖烟卷的、卖蔬菜的，还有修鞋的、补锅的、裁衣服的，形成了一个天天聚散的热闹集市。当然也有胆大的，想跟随上班人群混进去看看稀罕，却每每被揪出来一顿劈头盖脸的训斥，后来人们才明白，警卫只认一种蓝色通行证，谁想混进去比登天还难呢。

这长安厂完全是苏式规划，分割为三个区。走进一道门，是以办公大楼为中心的厂前区，驻扎着林林总总的管理部门，头头脑脑们会在这里握手碰头，坐下来商议调度指令；走进二道门，一排排高大的厂房依次排列，从头走到尾就能发现铜料变成弹壳的秘密；空旷的后区，主要是煤气炉和产品中转库房，那个孤高的烟囱竖立在煤场的犄角，站到上面可以看到秦岭山下隐约露出的又一片屋脊。

那是长安的最后一道工序：火工区，也就是装配炮弹的区域。只见一条公路从兵工城向秦岭山脉蜿蜒伸去，佑护着一条清溪哗哗流淌，可进去走不了几步，便会发现绿植浓密得与天相接，漫山遍野，彩蝶扑闪，静谧得怕惊扰了陶渊明当年的修行处。待进入深处，才能见到掩映在树冠后边的一排工房，错落有致地依川而列。似乎很少有人从峪口出来，偶有闲人想进山猎鸟，刚走几步就会发现路口岗楼，永远挺立着两个持枪的警卫。

忽大年已经被任命为这座机械厂的厂长了，后来又兼上了党委书记。

偶尔召开全厂职工大会，他会气宇轩昂地坐在主席台中央，手握话筒就像当年战前动员，从国际到国内，从美帝到蒋匪，最后总会落在黄澄澄的炮弹上，让听的人禁不住摩拳擦掌，回到车间就会把机器的轰鸣带到夜半，不等月末办公楼前就被花花绿绿的捷报贴满了。而为一七〇师雪耻的念头，一直在厂长脑海萦绕，他期待长安炮弹能飞进美国鬼子的兵营，落到台湾岛的碉堡上，但这个梦想似乎在一天天远去，那个压得他喘不过气来的绝密计划，竟然销声匿迹了，好像野战军的弹药库储备满了，似乎上上下下都很享受这种远离硝烟的时光。

似乎人们把战场上的仇恨，变成了篮球场上的对抗。每到周末夜幕降临，各兵工厂的灯光球场就亮如白昼，人围得水泄不通。那个攻防兼备的长安球队，似乎就是忽大年骄傲的延续，常常过关斩将打进决赛。似乎只有渭河球队心有不服，叶京生动不动会率领球队过来挑战，虽不能说屡战屡败，却常常是铩羽而归。而且，忽大年也已习惯了在三层楼宇构成的街坊转悠，习惯了坐在楼里听听收音机的音乐，也习惯了上班前看着儿子吵吵闹闹洗脸，拉拉扯扯地上学，有时候两个小家伙会故意跑到门口，按住门扉上写着俄文发音的胶布，做出一副要撕的架势，却没等忽大年吼叫就一溜烟儿跑了。

他知道孩子是在逗他玩耍，却每每忍不住要急，只有靳子知道那些胶布是他的"秘密武器"。

长安人知道他也能说几句俄语了，其实他只会蹦几个单词，鹦鹉学舌，连不成句，但那老伊万却能听得懂，只要是他俩对话，老伊万也会变得一个单词一个单词往外蹦，看着两人对口相声似的，惹得人直想掩嘴偷笑。当然，也有人说厂长会讲俄语是妹妹开了小灶，否则他一个扛枪人怎会操弄洋腔呢。其实，忽小月最看不惯这俩人单词对话了，恼得她几次说，你俩快退化到原始人了。不过，只要往外蹦单词，老伊万就特别好沟通，多大的事也会"哈啦嗦"的。

后来，是靳子揭开了这个秘密，忽大年开始把单词发音写在胳膊上，一出汗字迹就模糊了，靳子让他写到了衬衣袖子上，这就成了他的撒手锏，也把专家们听得目瞪口呆。忽大年尝到了甜头，把家里用具全贴上了白胶布，写上了俄语发音。呵呵，端起碗是单词发音，抓起杯是单词发音，甚至床头、门窗、灯绳、碗碟，连钥匙链上都贴着胶布，写上了相应的俄语发音，以至老伊万几次抓住他手腕，喊叫发现了一个新大陆呢。由此，他特别害怕靳子发飙，惹恼了人家，会在一个晚上把家里的胶布一揭而光。

为了家里后院的平静，忽大年只能耍些小恩小惠，最明显的招数就是去特供小灶打饭了。平时他只在家里用一顿晚饭，早饭和午饭都是去干部小灶用餐，而那个挠得人们心尖发痒的小灶，离干部楼只有步行八分钟的路程，人们对那个特供待遇羡慕极了，路遇熟人打招呼总免不了提一句，去小灶吃饭啊？人们都以为小灶顿顿鸡鸭鱼肉，天天灌得脑满肠肥。

其实，那特供的早餐，就是一碟萝卜咸菜、一碟辣子酱、一碟炒青菜，外加小米稀饭、苞谷糁子和锅盔，略为奢侈的是常常上一碟盐泡花生米。午餐品种多一点，也多是土豆丝炒辣子、白菜炒辣子、萝卜炖粉条，能够撩动人胃肠馋虫的，是会隔天上一小碗回锅肉，或是青菜炒肉片，主食永远是馒头面条和发糕，偶尔过什么节吃上一回米饭，往往要提前三天告知。用餐人也是好一顿酝酿，是吃两碗还是吃三碗，一个个早早就寻各种理由提前坐到圆桌边，翘首等待那个口水流淌时刻的到来。其实，这个小灶只有三个人就餐，厂长是当然的了，还有已升任党委副书记的黄老虎和总工程师哈运来。忽大年总觉得这个范围太小，不仅人少饭难做，还有脱离群众的嫌疑，他想扩大到一九四五年以前参加革命的人，可是核算下来，这类干部全厂已接近三位数，吓得他直伸舌头，只好苦笑笑将范围悄悄扩大到了工厂领导班子成员。

但是就餐范围扩大后，家里的靳子板着脸给忽大年出了个难题，说我也是早年参加八路军的老革命，凭什么你们吃小灶，我在家里就咸菜啃馒头？难道想把我们母子抛开不成？忽大年没少躺在床上给她讲道理，这个小灶是省里按级别特批的，全厂只有三个人够条件，扩大那几个人是为调动工作积极性，万不可按参加革命年限进灶吃饭，那样小灶就变成大灶了。靳子气鼓鼓地说，我才不稀罕吃你那破小灶，那个炉头胡子拉碴的，能做什么好饭哪？我是看你一天两顿外头混，都把咱家当旅馆了，时间一长就会把我们娘仨忘了，以后啊……你在里边吃，我跟儿子在外边等，看你还能吃得安生？

忽大年想想只好做了妥协，天天去小灶把饭菜打回来，家里再熬锅稀饭、蒸些馒头就都有了。这母子三人特别喜欢小灶的油渣包子，一端回包子就像过节一样，吵吵闹闹的，第一个包子，风卷残云，第二个包子，细嚼慢咽。反正只要小灶蒸包子，就要把自己那份菜换成包子拎回来，似乎自己牺牲了尊严，平息了一场由公而私的"纠纷"。

其实他这样迁就靳子，实在是担心表面处理车间的那个检验工找上门来，他已经有负于一个女人了，万不能让身边的女人再受伤害。所以每次吃完饭，他喜欢掰块馍把菜碟一圈一圈擦净，连一点儿油沫菜渣都看不见了，才拿到水池去洗涮。当然，他在做这些活计时，是绝不肯系围裙的，有两次靳子见他刷锅脏了衣服，想从背后给他系一块粗布，他竟湿手一把扯下来，嘟囔碰上谁进门，解不及就丢人了。

十八

忽大年当然期望自己的小日子能够平静地过下去了。这天吃完饭，靳子说：你老大一个厂长下班回家，婆婆妈妈刷锅洗碗，别人还以为我是个母老虎呢。今晚夜校操场放电影，咱们去看看吧？忽大年一直因了黑妞儿而有些愧疚，自然想通过一些方式来弥补了，所以二话没说就应允了。

这长安厂的露天放映，已经成了兵工城一项文化活动了，一到礼拜六，未等天黑，周边村民就拖家带口抢占位置，时常与长安人发生争执，只好划开两片地方，却是一到放映日，依然吵闹，你占我挤，直到开演才能停歇下来。

他俩出门来到夜校操场，那里已是人山人海了，大人小孩坐在高高低低的板凳上，远远就能听到嘻嘻哈哈的笑声。两人在人堆外边来回转悠，本想找放映员要两个马扎，却连个插脚的地儿也没有，只好站着看到银幕上映出了《国庆十点钟》。忽然，身旁响起一串银铃声：忽厂长啊，我去教室拿俩凳子吧？

似乎眨眼间姑娘就一手提一个板凳放到面前。靳子感激地问：你是咱夜校的？羊角辫点头说：刚进厂，正培训呢。忽大年便问：你叫啥呀？羊角辫呵呵笑应：我小名叫毛豆豆，正想起个大名呢。等到影终散场，忽大年抬脚就走，靳子示意把凳子还了。话未落音，银铃声就从身后响起来：你们走吧，我去还凳子。说着便拎起凳子朝夜校跑去了，忽大年很欣赏地朝着跳跃的背影点点头。

两人随着人流往家走，靳子依然沉浸在剧情里说：那演小蕙的演员真漂亮，嗓子那么甜。忽大年含混地回应着，靳子瞥他一眼说：你说要不是那个女的机警，狗特务没准就把电厂炸了。不过，女人心再实诚，用不了多久就被男人忘了。这后一句话可跟电影没关系，忽大年心里吃紧，说：咋能说忘就忘了，肯定有原因。靳子诧异：有啥原因？你说，你会不会把我忘了？忽大年本能地反驳：你是我老婆，我咋能忘了你？哈哈，电影里可没这个情节，你在想啥呢？靳子咯咯笑了，引得散场人纷纷扭头朝他俩直瞅，发现竟是厂长两口子，吐一下舌头，或快或慢躲开了。她哼哼说：咱长安已经有七八个干部甩了农村的老婆，娶了城里的女学生，你说丢人不丢人？忽大年心里小鹿乱撞：这有啥丢人的？在部队时就有人说，打败美帝蒋匪帮，娶个学生做婆娘。靳子又讥讽：我发现就你下手快，早早就把事情办妥了。

忽大年不知道该咋回答，猛然瞥见有个身影快步越过他们朝前去了，他感觉此人腰胯晃得熟悉，不由得定睛呆望，靳子刺了他一句：你盯人家姑娘傻看啥呢？他本能地反问：你咋知道是姑娘，我看像是婆娘？靳子撇嘴说：这你就不懂了，女人生过娃，胯就松了，你看那女的屁股蛋夹得多紧。

忽大年有点紧张再没敢吱声，感觉过去的身影就是他不愿触及的导火索。以前他可从没这样认真地想过黑妞儿，他以为当年的逃离意味着驱赶上架的婚姻远去了，可他自从遭到似曾相识的袭击，霍然意识到自己掉进了一个自酿的泥淖，能战战兢兢拔出腿是他的福分，深陷下去也在情理之中，谁让你贪咬人家屁股呢？如今那个女人已经堂而皇之披上了检验服，站在了白晃晃的灯光下，那活儿说不上有多苦累，也是需要眼珠子敏锐的，若不留神放过疵病，就可能炮毁人亡，且不知给她这样一份工作是对还是错哟？

真是活见鬼了，那个闪闪绰绰的黑影，居然搅得他躺在床上难以入眠，这个人如果就是那个胶东女人，一定已经跟踪好一阵儿了。她为啥要跟踪自己呢？是否消停了半年又反悔了，想偷偷踩点认门呢？唉，那天他们在夜校那里不是谈妥了吗？今后绝不到家里来闹的呀？唉，老话说得对呀，女人心天上云，世间演绎过多少生离死别，有几个能执守海誓山盟呢？万一她变了卦跑到家里来闹腾，就一定会折腾得天翻地覆。可她是女人，靳子也是女人，她一定不知道，靳子也是个经历过弹雨洗礼的刚硬脾气，绝不会惧怕黑妞儿挥掌逞凶的，也不会惧怕她来争什么老大老二的。是啊，这事恐怕瞒不了多久了，靳子早晚会知道，万不能眼睁睁看着人家把事情闹大，那后果就成了掉到地上的软柿子了。

　　所以，忽大年思来想去觉得似乎先告知了的好，就伸手摩挲靳子的额头，似乎凉得没有热度了。这个暧昧的动作，当年娶她的那个晚上用过的，但今天靳子不知是累了，还是心埋了疙瘩一动不动，没有像以前那样翻身抱住他胳膊，把头埋进他的臂弯，等待他刮起狂风巨浪。他想事到如今，应该让靳子有个准备，万一狭路相逢，不能让身边女人吃亏呀。于是，他像挤牙膏似的透露，家乡有个女人到了古城，这个女人曾跟他在一个大院识字习武，还身藏铁砂掌能砍断小树，再差一点点他们就成两口子了，但是……他絮絮叨叨绕了一个很大的弯子，想轻描淡写地敷衍过去。

　　他以为靳子听了不会太在意，毕竟她现在躺在男人身边，有证有娃有房子，稳坐上风口呢。可没料想靳子一听猛然坐起问：你以前好像跟我讲过这种事，可你像讲别人家的故事，现在咋像要跟我扯到一块了？靳子立刻与丈夫以前的铺垫联系起来又问：啊啊？你说说看，她一个胶东半岛的乡下女人，咋能找到西安来？不是你想方设法把她勾引来，她咋能有这么大的能耐？我说……你咋爱干净了，缠着要我做套袖，一个不够，还要两个？呵呵，你是怕把字母沾到哪个女人肚皮上吧？忽大年有口难辩：天地良心，我真不知道她是怎么找过来的。

　　半夜时分，靳子迷迷糊糊听说那个女人还在家门口徘徊过，就倏的一下拉亮电灯说：咋的？我明白了，你是想把她接进家里来？咋的？咱家三间房子，她一间，我一间，孩子一间，你今天趴到我身上，明天钻她被窝，你想得美啊？忽大年哭丧着脸说：我才不想让她来呢，她也可能想来，我绝对没答应，咱们可不能让她阴谋得逞了。靳子手点丈夫额头：嘿嘿，你怕是想让她来吧，告诉你，现在都解放八年了，多大官也只能娶一个老婆！忽大年一脸无奈：我的靳奶奶呀，你能不能听我把话说完？我是怕万一她哪天摸上门，让你有个准备。

看看，想给我打预防针，是不是？我可不吃这一套！靳子光脚下床，把一碗凉透了的黑糖水仰脖喝净，顺手把搪瓷碗扔进水池，只听咣的一声响，一块瓷片溅到她脖子上。靳子趴到床头呜呜地啜泣起来，她显然没料想好端端的日子，愣叫一个乡下女人给搅和了。忽大年捂着耳朵瞪着眼，脑子乱成了一锅粥，把可能发生的状况闷想了一个又一个出路，依然理不出头绪，只想推开窗户一头冲出去……唉，这是二层楼，冲下去也摔不死人，只能把腿摔断活受罪。

于是这个难堪的夜晚，忽大年还是没敢透露黑妞儿进厂的消息，他想等待一个合适的机会再做渗透，让身边女人慢慢接受这个尴尬的现实，当天际吐出鱼肚白，他斜眼朝身边偷觑，发现靳子那一对眼眸也亮晶晶的……

十九

的确，昨晚匆匆跑过的那个黑影就是让忽大年忐忑的胶东老乡。

已经穿上蓝色工服的黑妞儿，摸清了从宿舍到厂区的大小路径，熟悉了检验台上的工量卡具，还练就了一副让人惊叹的火眼金睛，任何身有瑕疵的炮弹壳想蒙混过关，都会被她敏锐发现，拎出来打入另册。不过，她始终没有忘记自己到西安来的初衷，尽管那天晚上她答应忽大年不再找麻烦了，但她回到宿舍躺到床上就后悔了，按她本来的想法，应招进厂是为了接近忽大年，好跟他现在的老婆论大小。他俩，可是正儿八经的明媒正娶，还举行过一场乡间仪式的婚礼，摆过七八桌酒席，全村老少见证了忽大年入赘黑家的全过程，怎么能说离就离了呢？况且她拐弯抹角问过好些人，离婚也是要发证书的，至今也没见给她的离婚证，所以从法理上她还是忽大年的老婆，至于将来那个靳子那俩孩子，愿不愿意在一个灶上吃饭，她黑妞儿宽宏大量不会嫌弃的。

如果忽大年舍不得他们母子，愣要学那个没脸没皮的陈世美站到小妾一边，那她也是要豁出命争个名分的。她想好了，她要跟他领一张牛皮纸的结婚证，否则村里那些烂舌头会把她独守空房的故事，从初一嚼到年三十去。但是，黑妞儿自从见到靳子和那俩孩子，心里那道坚硬的堤坝似乎溃化了。

那天她领到第六个月工资，走进农贸市场想买两个洋柿子。这西安城好多东西都带个洋字，洋火、洋钉、洋皂，还有洋葱、洋姜，这洋柿子血红血红的，宿舍有姐妹买回来，她捏住咬了一小口，有点酸，有点甜，胶东老家怎么从没见过。她想买两个让师傅也尝尝的，可是想不到五个柿子要价一角二分，她有点嫌贵犹豫了，但酸酸甜甜的诱惑，还是让她掏出了内衣手绢包裹的纸币。

这时，摊位前两个男孩为争一个洋柿子闹起来，她刚想伸手拉开，小孩猛地抓住西红柿咬了一口，大孩急忙伸手去夺，一股红色汁液滋到她裤子上，蓝灰工裤立刻印上了几团红迹。这条工裤已洗得发白了，正是最好看的时候，柿子汁溅上好像洗不掉，让人好生扫兴。可还没等她动手去擦，旁边女人慌忙掏出手绢忙不迭擦拭着她裤上汁液，一遍一遍的，看她弯腰歉疚的样子，感动得她眼睛都潮了，最后人家还连声说对不起。黑妞儿笑笑说：没事的，我咋能跟小孩子动气呢。那女人临走又说：你是哪个单位的？我明天赔你半块洋皂吧？哟，这洋皂可是女人的最爱，半块洋皂要用一个月呢，一季度才发一块，黑妞儿当然不能接受这昂贵的歉意，慌忙摆手拒绝了。

瞅着他们母子出了农贸市场，有人趴到耳边悄悄说，那就是忽厂长的老婆。呵呵，居然有这么巧的事？别看他们在一个厂区工作，各有各的岗位，从未有过交集，以至碰了面浑然不识。黑妞儿回头，见是连福站在旁边，望着那母子背影怪声怪气：当官的老婆一个比一个娇气，人前人后，趾高气扬，只有这个女人还算谦和……黑妞儿恼得操起大葱拍了下他肩头，扭头匆匆走了。

从那以后，她心里似乎对忽大年的小媳妇恨不起来了，好像只要脑子里那个人一出现，就把准备了许久的打算摧残得七零八落，只剩下嘴头上那点含混的硬气了。

而且以前两人不认识也不打照面，自从有了洋柿子的邂逅，两人便经常在上下班路上相遇，彼此微微一笑也就过去了。可那天，靳子抱来一卷图纸到车间来找绍什古签字。那个彻头彻尾的化工专家，喜欢手持一块表，计算酸洗时间对弹壳尺寸的变化。可靳子进了车间刚走两步，猛地被翘起的铁板绊住，在她落地的一刹那，肩膀一扭撞到地上，手中图纸却没沾到一星污迹。

黑妞儿站在不远处的检验台边，看到有人摔倒跑去帮忙，靳子拍拍衣裤，嘿嘿解嘲道：多亏在部队学了点功夫，要不今天就嘴啃泥了，图纸脏了可以再晒，要是脸摔成了猪八戒，回家就被男人赶出来了。黑妞儿被她逗笑了说：哪个男人这么没良心，到时候我帮你揍他。靳子吃惊地扭头看她：你帮我揍谁？黑妞儿知道自己说话露馅了，装作傻笑想掩饰过去。然而，等绍什古签完字，靳子拉住黑妞儿说：你调到我们资料室来吧？现在图纸资料堆成山了，整理存档缺人呢。

黑妞儿顿时感觉一股暖流从心底涌起，觉得这个人没有烦人的臭架子，但她怎么敢答应呀？将来一旦知道了她与忽大年的过往，可怎么相处呢？所以她便以识字太少谢绝了，这可把靳子弄得一头雾水，说：这个岗位，别人可是打着灯笼找呢，你咋支支吾吾不爽快呢？

然而，这已经是第二次提示了，如果执拗地追问下去，黑妞儿该如何回应呢？本来两人待在一个工厂就够别扭了，若转到一个办公室里，那不是等着上演一出好戏吗？她越想越恼，转身钻进车间调度室拿起长安电话簿，翻开第一页找到厂长的名字，手指插进号盘一拨，马上传来一股大葱味的口音。她不知道人家正在讨论苏联专家撤走的事宜，但她知道对方听到她的声音，脸上一定装作平静，心里已是慌乱如麻了。黑妞儿进厂快一年了，还从没给他打过电话，她从靳子刚刚的表情中，感觉忽大年还没把秘密告诉床头女人，一个人胆敢光天化日违反《婚姻法》，这个人就算有再好的名声也会一败涂地的。她双手握着话筒捕捉着里边细微的喘息，几乎听到了对方紧绷绷的心跳，却又不知该说什么了，只感觉对方捂住话筒让身边人出去，似乎关上门才开始说话，但黑妞儿只说了一句：我有急事见你。马上就把电话压了。

晚上，黑妞儿透过夜校教室玻璃窗，看到忽大年在楼外徘徊就出去了。

两人见了面什么话也没说，就沿着上山的小路慢慢走，彼此的心思被月光拖得很长，谁都不先说话，只有微风拂过哗哗地响。黑妞儿忽生幻想，如果他俩能这样永远走下去该多好啊。后来还是忽大年先说话了：你那天也去看电影了？黑妞儿闷闷地说：我想散场找你问句话，可你那小老婆守得太紧。忽大年呼了口气：你现在是长安的检验工了，不能再纠缠过去了。黑妞儿哼哼冷笑：是我纠缠你，还是你爬上了我家炕头？当年要不是你装蒜不行，我们孩子也该上中学了。

忽大年苦苦一笑，说：这婚姻都是老天爷安排的，咱们是缘分没到。黑妞儿口气笃定，说：今天，可不是我要纠缠你，是你家那位要调我去当啥晒图员，你觉得行，还是不行？忽大年使劲挠头，说：你打电话就是说这事？黑妞儿声带讥讽：你觉得大老婆和小老婆能扎一堆吗？忽大年明白了缘由，说：靳子还不知道过去……你俩当然不能……黑妞儿感觉到对方的可怜，说：我再告诉你，是她缠着我，要调我过去。忽大年以守为攻，说：你现在还年轻，西安没人知道你底细，你要看上谁，我找人给你说媒去。黑妞儿有些伤心了，说：你这人心够硬的，咋舍得把自己媳妇往别人怀里送？哼！忽大年被噎得说不上话，两人闷不作声走了好一阵儿。

你在夜校又认了不少字吧？

那些字，你在我家大院都教过。

那你还去上啥课？

岔个心慌嘛，宿舍人都去了。

清冷的月色把两人身影叠印在山坡上，斑驳的小树又不时把影子打乱，等走到夜校楼下，教室灯光又把两人身影拉得很长，一直拉到山坡树梢上，似乎与那月下呢喃混成了一支小夜曲，轻轻地在寂静里飘散开来，飘了很远也飘了很久。晚上黑妞儿躺到架子床上，忽然感觉今天这个夜晚有点甜蜜，甜蜜得让她几乎像喝醉了，脑海总在回味那缓缓的步子，那忽长忽短的影子，那哗啦哗啦的树叶声，她甚至有些后悔不该那么轻易就答应冰释前嫌了……

那天夜里，忽大年拖拉着步子回到家，靳子正在给孩子洗袜子，他朝子鹿子鱼的房间瞅了一眼，小家伙已经脱得光溜溜缩进被窝了，看见爸爸回来齐齐探头问，带啥好吃的了？他哼哈一声便进了对面房间，斜躺到自己床铺上，听着那稀里哗啦的洗漱声，不由得替老婆感到了一丝怜悯。

这是不是暴风雨前的平静？好端端一个家千万不能受到丝毫损伤，保卫这个家的任务看来必须提到日程上了。这些年也实在太忙了，要么忙着打仗，要么忙着准备打仗，只在靳子分娩时他才意识到老婆不容易，怪不得世间总把伟大和母亲联系到一起，怪不得世间的母爱感天动地，他和妹妹就是母亲在危急时刻托付给游击队的，当时抓她的黄狗子已经围了街道，母亲还想法钻过墙头截住疤眼叔，让他一定把孩子带走，想想母亲当时的心境该是多么痛苦啊！

显然，靳子浑然不知暴风雨已经逼近房檐，尽管那个胶东女人答应得爽快，绝不会把战火延烧到他家里，可是两个女人毕竟在一家工厂，你不见她，她要见你，靳子早晚会知道黑家庄跑来的情敌已经穿上了检验大褂，这个惊天秘密再瞒下去，也许会瞒出麻烦的。这不，蒙在鼓里的靳子居然张罗起黑妞儿的调动了，好像老天爷冥冥之中在捉弄人，两个冤家真要挤到一间办公室，那就会上演一出头破血流的连环大戏了。

等靳子收拾停当脱衣躺到床上，他故技重演，内疚地在靳子额头摩挲，似想用温存来掩盖将要爆开的秘密。谁知靳子哪壶不开提哪壶，说：咋了呀？是不是今天又见了那个黑家庄的骚女人，回到家见了老婆心亏了？忽大年心乱如麻，索性坐起来，说：看来我不说不行了……你要调的那个人，就是那个黑女人。靳子眼仁在暗夜里陡然变得贼亮，问：啊？咋的？你咋还把她弄进厂里了？天哪，你想干啥呀？忽大年急忙解释：是连福招进厂的，我也是后来才知道。靳子愤然抱膝说：你编的谎，谁信呀？去骗老母猪都不信！怪不得你那天藏一半掖一半的，就想说这个呀！靳子说着猛地往后一仰，倒在枕上，咬住牙关，再不吭声，小小房间顿时陷入了死一般的寂静。

这种寂静是最最令人担忧的，果然两人躺到半夜，靳子起身披衣出门去了，他慌忙翻身去追，只听咣的一声，门板差点碰到他鼻子。等他慌慌抓起外衣跑出门，夜色里一栋栋家属楼只有零星窗户亮着灯，灰蒙蒙的街坊不见一个人影。这黑灯瞎火的，人跑到哪儿去了呢？他顺着街坊转了一圈没见人，又跑到工厂问警卫也没见到人。哎呀，会不会去女工宿舍闹腾去了？可他一路小跑赶到单身大院，铁门紧闭，竖耳细听，里边没有一点点异响，只好垂头丧气地回到家。当然，早已没有了睡意，只能蹲在地上一支接一支抽烟，天亮时已是一地的烟蒂，可那靳子依然不见回来，他心烦意乱去喊子鹿子鱼起床，催促快点吃饭去上托儿所，两个儿子奇怪地揉着惺忪的眼睛，今天喊床的咋不是妈妈呢？

然而，当他去小灶打回早饭来，靳子居然在厨房煮了两个荷包蛋。屋里有三个男人，她没说荷包蛋是谁的，只是闷声放到方桌上，两个儿子从没见妈妈这样严肃，谁都不敢去动筷子。忽大年想想给俩孩子一人夹了一个，子鹿端碗一口咬去一半，子鱼刚把蛋凑到嘴边却滑到地上，小家伙抓起来没洗就塞进了嘴里。靳子狠狠骂了一句：没出息的货！给你们，你们就吃啊！忽大年发现靳子泪花闪动，一串泪水倏地滑到下巴上，但靳子却再没瞅他，转身扭开了水龙头，夸张地洗锅涮碗，乒乒乓乓乱响，满屋人怔怔地看着女主人的背影，却不知该说啥了……

二十

那天，当银幕开始放映特务阴谋的时候，忽小月被连福拉到山坡下坐下了。

俩人屁股下垫着两块青砖，铺着两块花格手帕，电影刚刚闪出片头，连福便把砖块朝她挪了挪，忽小月略显羞涩地默许了。忽小月知道，这些日子工厂好像把连福私藏文物的事遗忘了，再也没人提起过，反而所有调度会都要通知他参加了，设备上的大小事也都要让他咋呼两句了，连那老鹰眼见了他都露出了矜持的微笑。这个沈阳人似乎享受到了专家般的尊重，也让他的状态回归了激奋，什么时候都像肩负重任，胳膊夹着牛皮纸袋，在厂房和专家楼之间来回穿梭。呵呵，遇见专家，鸭舌帽昂着，遇见领导，鸭舌帽也昂着，只有遇见小翻译，嘴角歪歪地一笑，那意思就是我忙得没空约会了。忽小月心里当然不爽了，远远见他过来故意侧身而过，吓得他紧张地在单身楼下堵了一天，晚上硬拉上她来到放映电影的操场，想弥补这段时间不小心的冷落。

电影放映了一会儿，忽小月感觉连福的手在她手背上轻轻摩挲，一股暖意便涌上了姑娘心房，她情不自禁把头歪向他的肩膀，连福警觉地四下瞅瞅，发觉忽大年两口子在前边不远处，便捏了捏姑娘的手，下巴朝她哥一努。忽小月像老鼠见了猫惊慌地抓起手帕，三步并两步跑上操场边的山坡。这里离银幕有些远，喇叭声也有些混沌，但影人的一举一动依然真切，等看到小孩手中的钟表被特务定到十点，连福又拉起忽小月进了坡顶的小树林。

这里尽管树木不高，但蒿草茂盛长过腰际，两人坐下再看银幕已是影影绰绰，只能听到音乐和话语声了。忽小月说坐到这儿都看不清了，连福说看电影就是弥补感情饥渴，坐在这儿神仙一般的。说着，小伙子把帽檐转到脑后，眼睛直勾勾盯着小翻译羞赧的脸颊，似想把姑娘一口吞下去，使得忽小月不由得惊慌起来。这家伙鬼点子太多了，你看那半边脸的坏笑，是不是想把失去的甜蜜今天补回来？这可不能尽着你胡来，她心房像揣了只兔子怦怦乱跳。

果然，连福的手不老实了，悄悄把她的手捏紧了，捏得她啊了一声痛。小伙子趁势扭头亲了一下她耳朵，她佯装恼怒使劲推开了，连福故意问她有没有跟男人亲过嘴，她眨眨眼不想说……

那还是在哈尔滨俄语学校，有位年轻的语文老师总是找茬给她补课，有一天没补几句，冷不丁说忽小月像是圣女，在她惊慌失措时亲了她左脸颊，吓得她直往后退，右脸颊又被亲了。当时她眼泪就涌出来了，蹲在地上嘤嘤哭了，吓得她一夜没睡，天一亮就跑去告诉班主任昨晚怀上孩子了。尽管班主任告诉她亲嘴绝对不会怀孕，可她还是担心肚子一天天大起来，隔上几天就感觉肚子有动静，就会站到校园墙头朝下蹦。

可是今天似乎有种渴望在酝酿，她感觉两人的情愫在慢慢累积，连银幕里特务被抓、终场哨响都不知道。终于，连福的坏笑凝固了，小声问她脸上酒窝咋没了？见忽小月闷头不语又说：你这酒窝笑的时候有，生气的时候也有，到底是高兴，还是不高兴？忽小月忽然酒窝隐隐一闪，连福一把搂过她，嘴唇贴住嘴唇吮吸起来，就像捧着一颗梦寐以求的香瓜，两手还使劲搂住她脊背上下抚摸。姑娘瞬间像要晕过去了，感觉整个身体在缓缓坠落，落到一处缤纷的草地上，和煦的暖风缠住了四肢，几乎使她的身子失去了搏动能力，连气息也顺着激流冲下去，冲向一块顽石，溅起激烈水花，变成了满天闪烁的星星。

她真的是醉了。

忽然，她感觉那骄傲的乳峰被隔衣抓住，让她感到从未有过地燥热，浑身毛孔似渗出汗水，汇成了一股发烫的洪流。她感觉自己的外衣被一扣一扣解开，那个贪婪的嘴唇也从脸上移到胸前，似渴极了的羔羊在拼命吮吸露水，也让美丽的姑娘尝到了男人嘴里野蛮的烟味。

月亮笑眯眯俯瞰着这对年轻人的疯狂，连星星也眨巴着眼睛把鬼魅遮在身后，小翻译像被幸福潮水裹挟了，似乎满地的树叶都在焦急地催促……

突然，有道手电光在山坡下闪了一下，又闪了一下，几个人影影绰绰向他们迂回过来。天哪，忽小月听到了窸窣的脚步，连福把她一把推开，说：快走！有人！忽小月刹那间从温柔的深渊回到地面，慌忙间想系上扣子，却被连福拖拽着往树林深处飞跑。可仅仅跑了几步，就被两道手电死死咬住了，俩人只好在光柱里难堪地站住，马上有人端着步枪默不作声围拢上来。

显然他们被围剿了，乌黑的枪口在面前晃荡，连福已经清醒过来，用那浓重的苞米碴子话大声问：咋了？你们想干啥？几个端枪人反而朝他俩近了两步，坡下又一道手电一蹦一跳跃上来，在两人脸上来回比画，最后停到了技术员的脸庞上。连福忙用手遮住眼睑斜睨对方，却被强光刺得一片苍白。不过，手电后边的声音他是熟悉的，看来是遇到老对手了，连福小声给忽小月壮胆：没事，我们啥事没干，怕啥呀？可忽小月吓得双手捂脸，惊恐地透过手指看着眼前突如其来的变故，窘迫得快要哭了。

黄老虎冷冷发话：连福，别装了，跟我们走一趟吧。

连福急忙问：凭什么抓我，我犯啥法了？

黄老虎手电直逼：少啰嗦，有事需要你配合。

连福似有底气：你又不是警察，凭什么抓人？

黄老虎也不客气：就凭这是军工单位，想叫警察？别急呀！

这时忽小月已从惊恐中清醒，怯怯地朝黄老虎挪了两步问：黄哥，他到底咋了？

黄老虎看她泪花闪烁：我早就跟你哥说过，不要跟他瞎混。

忽小月泪水夺眶而出：瞎混？我们瞎混啥了？我们啥也没干哪！

这个升了官的黄老虎完全不听忽小月的哭诉，只听一声吆喝，这群人枪托甩上肩，拧住连福胳膊朝保卫科小院去了。小翻译不知所措跟了几步，以前为私藏文物就抓过连福的，今天难道就为亲个嘴也要抓人？她望着那渐渐远去的一堆背影，突然发疯似的朝街坊家属区跑去了。

家属区是由一排排灰砖楼房组成的。她哥哥住的是工厂最阔的三居室，一间夫妻住，一间孩子住，一间吃饭兼客厅，关键是还有厕所和厨房。这是老毛子的图纸，苏联人真的好会享受啊，把吃喝拉撒考虑得细致入微。忽小月曾经梦想，这辈子的最高目标，就是住上一套独立的单元房，现在为照顾她翻译工作早出晚归，在街坊给她分了一间宿舍，却是与另外两家人合住一个单元，一个厕所三家八口人用，每天早晨为争蹲位，时不时要闹出事端来。那次她进去刚蹲下，邻居大哥就把门擂得咣咣响，急得她慌忙提起裤子拉开门，其实就是系皮带的动作让人看见了，从此那家女人便指桑骂槐，一口一个狐狸精，撒骚气勾引人。忽小月心想，你家男人大字不识一箩筐，我瞎了眼也不会去勾引他的，但哪家媳妇都把自己男人看成宝，生怕不小心被人偷去了。

不过，房间多了似乎也不好，哥哥家里就太乱了，啥时去都见一堆小板凳摊在地上，只有中间的方桌木椅能显露主人的尊贵。忽小月进门时，靳子两手湿水，正催孩子洗脚，四只小胶鞋把屋里熏得臭气熏天，她没心思跟嫂子寒暄自顾自进了客房，似听见哥哥在卧室与什么人通电话。咳，整个长安厂六千职工能把电话装进家的，只有厂长、书记、总工程师和调度长四个人，这可是待遇中的待遇。忽小月绝不敢奢望自己住处也能装上电话，只想着将来也能住上独立单元房，一个卧室，一个厕所，早晨不再为争厕位闹出龃龉，还可以夏天在家洗澡擦身，那就是她朝思暮想的天堂，但是这些奢望可能都要随着今晚的抓捕远去了。

哥哥那个电话整整通了半个小时，一会儿声高，一会儿声低，忽小月急得一会儿坐下，一会儿站起，把墙上几张彩色年画揣摩了多少遍。一张是庆祝新年的，大胖娃娃抱着一只红色大鲤鱼可爱极了；一张是保卫和平的，海、陆、空三军战士放飞了一只和平鸽；一张是打击反革命的，两只铁臂揪住了手脚朝天的坏人。她忽然觉得那个坏人很像连福，他也爱戴那种鬼祟的鸭舌帽，她早就劝他趁早扔了，看着就不像个好人，现在还真叫她说着了。忽小月急得故意把板凳弄出了吱啦声，哥哥才慢吞吞走进客房，像谁借钱不还似的，蹙眉吊脸，一副陌生样，且没等妹妹把事情讲完就打断说：事情我已经知道了，我早就提醒过你，不要跟连福黏得太紧，今晚要不是黄老虎出手快，你怕会后悔一辈子。

妹妹当然知道哥哥指的什么，脸上陡然涨得通红，但她还是忍不住问：连福到底咋了，为啥抓他？哥哥摇头叹息：这个人过去有历史问题，解放后还有现行问题。本来哥哥想点到为止，但妹妹把门关上逼问：究竟啥情况？非要抓人哪？哥哥只好告诉她，说：从沈阳外调回来的材料看，他在日本兵工厂改进了炮弹工艺，被奖励了一个少佐军衔，在他宿舍还发现了印有太阳旗的嘉奖证书。而且有人看见，那天苏联专家的吉普车就是他砸的，他以为扔完石头跑进小树林，就可以一跑了之，哼！

忽小月木呆呆地听完哥哥的提醒没吭声，如果这些都是事实，那她就是在跟一个反革命谈恋爱了，今天晚上差一点就失去贞操了。她不由得浑身颤抖呜呜哭了，哥哥却怎么劝也劝不住，喊靳子进来也劝不住，最后哥哥不容妥协地说：以后不管工厂咋处置，你必须跟这个人彻底了断。妹妹突然放声哭骂：你还是厂长呢，你早干吗了，我跟他都这样了你才说！

其实她说的"这样"了，是指他们的关系已经公开了，哥哥显然理解成两人已有过男女之亲了，气得他直想扬手给妹妹个耳光，但扬起的手臂停在了空中，妹妹惊恐的眸子冒出了怒火，牙齿都咬歪了。忽小月的心在质问，你有什么资格抽自己的妹妹？在连福的问题上你是给妹妹提过醒，可当工厂需要技术，为啥又要睁眼闭眼地重用人家呢？难道担心妹妹与连福断然决裂，会影响第一发炮弹的下线日期吗？

忽小月原来想着哥哥就是刀子嘴豆腐心，上次连福私藏文物被抓就是她央求了才放人的，这次哥哥尽管也板着面孔，也许转过身去哥哥就会去干预，明天连福就会回到设备组上班。可是，忽小月正如哥哥担心的，她并没能从连福被抓的阴影中走出来，她似乎也不想走出来，甚至有些享受与连福热络销魂的晚上，晚上的月亮星星，晚上的草丛小树，晚上的拥吻呼吸，让她有坠入梦乡不能自拔的感觉，却都让那两只狼眼般的手电给破坏了。

而且，她也不相信连福有那么多的历史问题，不相信第二天黄老虎装模作样的告诫：这个连福帮助日本鬼子革新，不知造成了我军多少伤亡，绝对是肃反漏网的反革命，枪毙十次都不冤枉！忽小月听罢这才焦急了，搞不好凭这一条罪状就能判连福死刑，至少也会抓他进监狱蹲上一辈子，那还谈什么恋爱呀？她天真地想跑进保卫科问问那个狗东西，这些都是真的还是假的呀？

可是，她去了一次被挡到了门外，又去了一次又被挡在了门外。这时候，她才意识到保卫机关的厉害，意识到连福这次被抓完全不同于上次。后来，她还是觍着脸去找黄老虎求情：黄哥，我和连福是正经的关系。没想到总是笑脸的黄老虎满口官腔：事情比你想象的复杂，你就不要给组织添乱了。忽小月扭捏诈语：是我哥让我找你，让你把人放了。黄老虎眼皮眯缝起来说：这可是原则性的问题，他说了也不行。忽小月瞅着副书记说：那我去看看人，也不行吗？那古戏里犯了死罪，还允许家属探监呢？黄老虎毫不客气：咳，你算哪门子家属？忽小月故作愤然，抓起桌上墨汁瓶威胁道：你要是不让我去，我就把这瓶墨汁喝了！似乎老单身都怕女人撒泼，黄老虎慌忙抬起屁股拉门走人了。

在返回专家楼的路上，忽小月沮丧极了，见砖踢砖，见树踢树，她这才明白什么是叫天天不应、叫地地不灵。突然，她远远看见一棵老槐树下，有个身着工衣的青年身影鬼祟，见她过来竟蹑步迎上说：这是连师傅让我给你的。忽小月急忙打开，见是一张拆开的烟盒，一把拽住小青年：不见连福，我绝不接受他的书信。想不到青年像地下工作者一把摘掉眼镜，竟然是那个不学无术的张大谝。

第二天晚上，忽小月准时赶到了保卫科地下室。

门口果然只有张大谝一人值班，见她眼珠左右乱瞅便告诫道：快点啊，五分钟！她噔噔噔三步并两步跑下去，只见连福正躺在床上痴望天花板，听见她喊叫，惊得技术员一骨碌爬起来问：你咋进来了？姑娘单刀直入：你给我说实话，你到底有没有那些事？小伙子没了鸭舌帽遮掩，声音都不像好人了：我跟你一句半句说不清楚。姑娘更急了声高起来：说不清楚，你就死定了！小伙子拉住她手低声说：你赶紧把那个烟盒交给黑妞儿，现在只有她能救我了。

二十一

谁知那被寄予厚望的黑妞儿,现在正经历着一场短兵相接的对峙。

那天她上完夜班回到宿舍,刚刚拉上窗帘斜躺下,就听见一阵轻轻的敲门声,但没等她过去门就开了,进来一位半张脸被纱巾遮住的女人,人进来眼珠子左右细瞅。这人一看就是城里人,齐齐的短发,弯弯的刘海,乌黑的眼眉,脸颊尽透着雪花膏的效力,尤其蓝衫上开了三个布兜儿,显示出有别于家庭妇女的品位。

当她一开口说话,黑妞儿就知道来者不善了。这人竟然会找上门来?这人在自由市场、在上班路上、在检验台旁,啥时见到都是一脸和善,可今天眼冒杀气,像要吃人似的撕咬着,恨不得把她嚼碎吞进肚里,让人马上想起一句古话,仇人相见,分外眼红。

黑妞儿装作不认识问:你找谁呀?蓝衣女人拉下纱巾,嘴角挤出一丝假笑:我是忽大年的老婆,咱们已经认识了,本来我对你印象挺好,还想调你到我们资料室来,没想到你我还是一对冤家,咱俩还是去小树林谈谈吧?

黑妞儿顿然涌起一股怒气:你可说清楚啊,你是忽大年的小老婆,俺是忽大年的大老婆!

靳子咬住嘴唇:我今天,可不是来跟你争名分的,咱俩好好谈一谈,没准就把疙瘩解了。

黑妞儿斜睨对方:咋解?俺跟他是明媒正娶,俺从胶东过来,就是想要个名分,现在俺没去找你讨要,你咋还找上门了?

靳子掏出一页牛皮纸:那你看看吧,我俩有结婚证,受法律保护,你有吗?你再看看,刚一解放,我俩就领证了。

黑妞儿瞅瞅纸上的黑字:你这巴掌大的破纸片,就能把人拴住了?俺要想要,俺能找来一摞子!

靳子把结婚证揣进衣兜:我听说你还是妇女主任,那你应该知道新社会不兴娶二房,组织上知道了要给处分的。

黑妞儿眨眨眼问:能给啥处分?给俺还是给他?

靳子轻叹一口气：当然是给他了，能把他官帽给撸了，赶回老家种地去。

黑妞儿嘿嘿笑了：那敢情好呀，老家高粱地正缺人手呢！

靳子忽然泪花闪烁：黑妞儿，你就行行好吧，你们也没同过房，我跟他都有俩娃了，看在俩娃的分儿上，饶了我们吧？

黑妞儿惊得退了一步问：怎么是俺饶了你们？

靳子几乎是哭腔：我都知道了，他那天都去夜校见你了……

原来是因为那个晚上啊？真有意思，那个晚上他俩就是走了几步路，聊了几句话，就没流露一点点骚味，干吗跑上来兴师问罪？是不是那个狗东西故意耍了阴谋？黑妞儿不由得把手指攥得嘎嘣响，蓦地扬起手掌晃了一下。那靳子见状反而迎上说：你要想出气解恨，你就打我两巴掌。黑妞儿当然不能把手掌落到女人身上了，说：你知道俺这一掌下去，你会变成啥样儿？靳子瞪大眼没吱声，黑妞儿平静地说：能让你脖子转筋，背十天床板！靳子马上想到丈夫去年遇袭：那上次……上次就是你干的？黑妞儿一声冷笑：恶有恶报，善有善报！

靳子哇的一声哭了：黑妞儿啊，我们一家四口，日子本来好好的，你一来就全乱套了，你就发发善心吧？黑妞儿也不看，顾自说：本来我是要他给俺个证明，要不村里人总在背后臊我守活寡。靳子一抹眼泪：你个大姑娘，咋还迷怔了？回乡好好找个小伙子多好，干吗为他背个坏名声？黑妞儿苦苦一笑：嗐，俺都这岁数了，村里村外都知道俺会铁砂掌，哪个小伙子敢进我家门？靳子愈发警觉：这么说你进长安，就是为把忽大年扯回去？黑妞儿说：俺早就给他说过，俺绝不会去你家闹腾，可你今天咋还撵上门叫板来了？

真是话不投机半句多啊，两人陷入了对峙都不言声了，在床铺间脸对脸坐着，多亏其他人上白班走了，否则两人的僵持很快就会从四层传到一层，传遍拥挤的单身大院的。

突然，靳子猛地从提兜掏出一只玻璃瓶子，一仰脖咕嘟咕嘟灌进嘴里。黑妞儿本没在意对方的动作，以为靳子在耍神经呢，待见她快把半瓶喝下去，才感觉不对劲，上去一把夺下瓶子，闻见一股浓烈的煤油味。她知道这一瓶子下去能把人撂倒，村里有个小媳妇那年被鬼子糟蹋了，就是喝了一瓶煤油自尽的。

她慌忙把靳子抱到床上，可靳子一边翻着白眼仁，一边喘着气说：你要是再缠着我家老忽不放，我就死给你看。黑妞儿没接她话，拿过脸盆，放到床边，把她头狠狠按下说：你赶快吐了吧，你吐了，俺就应承你。靳子扭过头翻着白眼问：

你说话算话？黑妞儿气不打一处来：俺就是个农民，到城里来找男人，他当了官不认俺了，就是个现世的陈世美，你傻乎乎跑来凑啥热闹嘛？

靳子听了，咚地挺身下床，又抓起煤油瓶子，又咕嘟一声，又下去一半。黑妞儿伸手夺下瓶子说：你这点小把戏，吓不住俺！靳子披头散发泪流满面：黑妞儿，你让我死了吧，我死了给你腾位子，你以后跟老忽有了娃，可别欺侮我那俩可怜的娃呀。黑妞儿蓦然想到那人软塌塌的样子说：你别哭了好不好，咱俩让那个狗东西来挑，他挑上你，俺脱了工衣，回黑家庄种高粱去。

靳子一下子扑到她身上哭道：妹子啊，你真是大善人哪！黑妞儿却一本正经说：俺比你大两岁呢，我是姐，你是妹。靳子急忙讨好道：姐呀，我说了把你调到资料室，说到做到。黑妞儿却不屑地说：俺可不想天天看见你。

靳子蓦然顿住，一翻白眼，打了个嗝，突然哇的一声呕出一地，酸菜味与煤油味混合着弥漫开来，小小宿舍半个多月都没能洗掉这股酸臭味。

黑妞儿被接连的诡谲事情折腾得头昏脑涨，这天下班去食堂打饭，又被忽小月神神秘秘给手上塞了几页信笺。她打开略略瞅了瞅好生纳闷，那个歪嘴的鸭舌帽都被关起来了，还鼓捣哪门子建议呀？

当然，她也压根看不懂内容，只知道是"关于改进工艺的建议"，这家伙真是奇怪透了，啥时候了还在操心工艺，该不是脑子进水了吧？而且，把建议交给一个检验女工，又咋能救他命呢？她清楚忽小月也在怀疑连福托付的必要，人家为让人阅读方便，还把密信誊抄了一遍，一片烟盒居然抄了整整三页信笺。

呵呵，连福想改进的工序就在黑妞儿所在的表面处理车间。

那些黄亮亮的弹壳曾经又黑又脏，为了便于捕捉弹壳上的瑕疵，在厂房门口用炮弹箱围了个场子，二十多个工人手持砂纸，上下打磨，粉末飞扬，上班口罩是白的，下班就黑成一坨了。但那些炮弹壳经过收拾，一个个变得光洁照人，也把那些疵病暴露出来。千万别看那些疵病只露出米粒大小，弄不好就会从中炸开炮毁人亡。所以一个个检验工手提小灯泡，有的检验外观，有的检验内壁，有的检测底孔，一旦发现疵病就会拎出来搁到身后，生怕漏掉成为千古罪人。

为此，连福建议把这道工序改成酸洗，用硫酸把污渍烧蚀了，有问题的地方会看得更清楚，表面还能生成一层硫化铜保护膜，这的确是个绝妙的建议。

可这又怎能拯救连福的命运呢？黑妞儿没想明白，刚才小翻译把她拉到工房外，告诉她连福被关进地下室了，然后把信笺压到她手上。黑妞儿心里纳闷，这连福咋会是反革命呢？小伙子心眼多善啊，要不是他指引，俺怕都找不到那个冤家，要不是他招俺进长安，俺怕是还在黑家庄种高粱呢。只是，这人咋说只有我能救他呢？我哪有这个本事呀？

到底想让俺干啥？你说清楚？

他说你一看就明白。

俺明白啥？俺不明白呀！

那……你应人事小，误人事大。

等到忽小月迟迟疑疑走了，黑妞儿把裤兜的信笺使劲捏捏，又懵懵懂懂回到检验台，掀起一只弹壳来回检索，心里一直寻思那个连福啥意思呀？怎么只有她能帮上忙呢？那忽小月是厂长的亲妹妹还帮不上忙吗？想着想着，她突然盯着弹壳底孔扑哧一声笑了，这个连福也太鬼精了，他是想让她去找忽大年求情吧？好歹有过洞房花烛夜的经历，堂堂厂长肯定忧心惹出新闻来，见她说情也许会给些面子的？

可是……可是自她进厂以后，两人只在夜校楼下见过两面，全厂大会远远看他坐在主席台上，自己还屡屡暗生豪气，当然这种感觉只能深藏心底了，靳子找她耍横不就是怕她散布出去，带来灭顶之灾吗？呵呵，那鸭舌帽一定想到了这层关系托上门的。唉，不是说救人一命，胜造七级浮屠吗？何况求救者还是招她进厂的恩人呢？

这是她进厂后第一次走进办公大楼，里面的气氛紧绷绷的，进出的人都像新进门的媳妇，或胳膊夹着图纸，或手拿笔记本，低声下气，步履匆忙，好在门楣上挂有标牌，生产科、技术科、设备科……黑妞儿顺着走廊一间间扫过去，果然在二层一扇玻璃门上看到了"厂长"两个字，她稍稍犹豫一下敲敲门，里边有人应声门开了。

只见忽大年正坐在木椅上说话，一圈有头脸的人物，一手拿笔，一手拿本。看到黑妞儿推门进来，最先反应的是黄老虎，急站起来想把她推出去，这地方咋能随便进来？而忽大年微微一怔，转而大度地示意她进来坐下。一个身穿蓝大褂的女工竟敢公然闯入厂长办公室，这里边肯定藏有蹊跷。黄老虎最先反应过来，知趣地带头退出去了，其他人也就相跟着走了。

黑妞儿的突然造访当然有些尴尬，但忽大年没有显露半点惊慌，转身倒了一杯水端过来，又拉过一把木椅坐到对面问：你今天咋有空了？黑妞儿恍惚忘了使命，连忙掏出那页信笺：你们凭啥抓人家连福，多好的一个人？忽大年蹙起眉头：谁叫你来的？我实话告诉你，这个人很危险，可以说双手间接沾满了八路军的鲜血。黑妞儿听了也觉可怕，问：啥叫间接沾满鲜血？忽大年解释说：鬼子攻打八路军的迫击炮，就是采用了他的技术生产的。黑妞儿挠挠头发，说：照你这么说，鬼子从咱村抢走了粮食，咱村人就间接沾满鲜血了？忽大年忍不住嘿嘿笑了，说：反正这个人邪，你还是离远点。

黑妞儿心想，你让俺离远点？那你妹妹整天跟他黏糊咋说呢？但话到嘴边她顿住又说：你呀，发发善心，给人家一条生路，别把事做绝了呀。

二十二

忽大年等黑妞儿走后喝了一大口茶，才在办公桌上拿起建议。他想胶东女人临走的话是替连福开脱呢，还是又换了个方式想威胁人呢？可他在信笺上刚扫过几行，兴奋地一拍桌子，太好了，真是想睡觉就有人递枕头，这个方案如果可行，日产量起码翻番，就不用礼拜天义务劳动了。他当即把总工程师叫过来，哈胖子没看完就说：这个建议，完善了苏联人的设计，酸洗比人工打磨好多了。但他看到最后的署名，脸上立刻印满惊讶，问：这人不是被保卫科控制了，咋还有心写这个？忽大年摆摆手，让他马上去和绍什古商议，订购酸洗槽子，安装吊车道轨，争取一个月后运行。

就在忽大年推动这项动议的时候，脑海也渐渐有了处理连福的轮廓。这个黄老虎提拔以后让人不舒服了，年前筹建工厂党委会，还是他在老部下的自传上签了字，确认他参加革命的年限是三九年，才让这个保卫组长身价倍增，可这小子升了官表面上殷勤如常，但是抓捕连福这么大的事情，居然没给他打招呼？他妈的，请示了公安局就可以不请示厂长吗？所以，他必须给新任副书记勒勒笼头，让他知道厂长依然是不可逾越的泰山。

于是，他故意忽略了跟黄老虎的沟通，直接召开党委会讨论连福的使用，果然会上两种意见针锋相对。一派以黄老虎为代表，认为现在外调回来证据确凿，这个沈阳人肯定是日本人留下的钉子，还有打砸专家车辆的现行问题，必须从重从快严惩。另一派以哈运来为代表，认为这个技术员连小鬼子蒋介石都舍不得杀掉，可以给一条悔过自新的生路，战场上那些投诚的将领，哪个不是双手沾满了人民鲜血，解放后不是照样当市长当部长吗？

看到两种意见针锋相对，忽大年没有马上决策，他担心谁捅到上边去，拖上三五个月批下意见，黄花菜就凉透了，所以要想法讨一把尚方宝剑来。也真是奇巧，当天下午桌上的保密红机嘟嘟响了，成司令电话询问今年能不能追加任务？堂堂首长直接过问炮弹生产，这可是非同小可的，忽大年的脑瓜飞快运转起来，现在国际上风平浪静，没有突发战争的迹象，唯一的可能是解放台湾的计划启动了？于是他盯着桌上的信笺请示，有一名日伪时期的技术员能不能启用？老首长毫不犹豫地回答，这还用请示？要团结一切可以团结的力量！忽大年放下电话就召开会议，传达军委首长的指示，会上老鹰眼似听非听，始终瞅着天花板琢磨什么，再没敢打横炮提非议。

连福又一次从保卫科地下室走了出来，但是这次宣布为"控制使用"。

每天要报告行踪，离厂进城都要派人陪同，尤其不让他接触有关炮弹的档案，这让一个技术员怎么发挥作用？不过，有点活动范围总比关在地下室强，至少可以去找心上人倾吐爱慕，还可以拽上姑娘爬秦岭看看古城夜景，或钻进哪家电影院享受镜头移动的刺激。但是，他马上发现自己失算了，几次去专家楼都没能如愿，不是忽小月喊叫专家要开会，就是明明见她进了办公室却敲不开门，这让连福心生诧异，是她抄信转递把他捞出来的，怎么他人出来了，又躲着不愿见了呢？

连福有些心慌了，慌得有点六神无主了。

小伙子后来才知道，人家姑娘觉得俩人拉拉扯扯一年多，他为啥要隐瞒自己的历史呢？这是一个有责任心的男人应该的表现吗？！所以，小翻译一见连福过来就去资料室帮专家查找数据，没事就抱着绍什古的《安娜·卡列尼娜》翻读，使得老伊万还以为姑娘失恋了，几次过来拍拍她肩膀说：美丽的姑娘啊，上班时间看小说是不可以的。她笑笑回答：我这是学习俄文呢。

不过，这个连福的确会说话，明明是借茬找姑娘来了，却先钻进绍什古办公室讨教弹壳酸洗的控制。是啊，硫酸可以腐蚀弹壳表面的油污锈迹，也会蚀化铜分子，造成底火孔径变大，所以控制好时间是一门大学问，但专家说他们也缺少这方面的数据。于是，连福连续三十天做了一百多次试验，浑身衣服被硫酸溅得遍布小洞。但是，比技术问题更复杂的是人的感情，这次能够绝地脱险，多亏了忽小月出手搭救，如果不是她把建议誊抄了一遍，谁会拿放大镜去琢磨那张烟盒纸呢，也就不会有现在的结果了。当然，他估计厂长能放他一条生路，一定还与黑妞儿仗义执言有关，即使老革命再胆正，也害怕丑闻曝光的，看来以前的功课没白做啊！

尽管一连数天忽小月没有露面，使得他内心由欣喜转为恼怒了，你既然愿意搭救，为啥又不愿见我？以前的温存和誓言都忘到脑后了？可他转而一想，也难怪人家了，一个清清白白的大姑娘，谁愿意跟一位内控的反革命搞对象，就是她陷入感情泥淖不能自拔，她的哥哥也会拼命拽住衣袖的，所以他不能再上赶着往人家姑娘身上瞎蹭了。

不过纠结了两礼拜后，连福还是按捺不住又来到专家楼下，当时小翻译正准备跟老伊万上车去吃晚饭，连福突兀地站到了她面前，这让姑娘吃了一惊，本能地叫了声连福。但她很快控制了情绪，脸色平淡地注视着歪歪嘴，那意思就是问，找我吗？找我有事吗？乌亮的眼睛眨巴着不言不语，真乃此时无声胜有声啊！这把连福闹得语塞了，竟说了个最蹩脚的理由：我想跟你借本俄文字典。忽小月想笑：图书室有一堆俄文字典，还要找我借？连福想补上漏洞：就想让你帮我翻译两句工艺。忽小月知道他是故意的，从提兜掏出一本袖珍字典，问：想翻什么句子？连福翻开手上硬皮本，让忽小月把"我"和"你"两字的俄文写上，忽小月不假思索写下两个单词。连福又说中间还有一个字，爱。忽小月明白了他的用意，提笔写了个单词嵌在"我"和"你"之间。连福问：我爱你？忽小月冷冷一笑没吱声，一扭身上了吉普车。

其实连福也够命苦的，从小生活在沈阳郊区一户农民家里。那年大旱颗粒无收，他只好进城混碗饭吃，进了一家机床厂当学徒，有个德国师傅一看见他就笑了，似乎把身藏的绝技都传授了。后来连福想讨问制作密封圈的窍道，日本人开始租用厂房生产迫击炮，师傅也没打招呼就不见了，以致他上手制作的密封圈总是开裂，紧张得他上班就瞅小鬼子脸色，生怕他们腰上的刺刀什么时候捅过来。

终于他闷了两天喝了三碗高粱烧，下决心脱离苦海一跑了之，临走还故意往浸着牛皮的铁槽子尿了一泡，可是刚刚尿完，日本监工就进了操作间，疑惑地问怎么满屋子骚味，连福心忖今天的恶作剧算是玩到头了。

但是，没想到那天的牛皮熟出来特别柔软，装上油压机一连三十天没渗油，第一次完成了生产指令，这让日本人欣喜若狂，特奖了他一套军服和一百块银元。连福没想到自己一泡尿，能尿出这么多奖赏来，正想把这个奇迹梳理清楚，日本人却突然宣布投降了。

新厂长让他把绝招传授给工友，他嘟嘟囔囔说也就是一泡尿，工友们哄堂大笑，争先恐后往溶液槽子撒尿，可笑声过后牛皮圈依然开裂，厂长一气之下就派他来支援大西北了。

当他日夜兼程赶到西安，毛毛草草走进八号工程指挥部，没看上那片尘土飞扬的工地，也没被老毛子的技能所折服，却被一位跟在老毛子身边的女翻译给迷住了。没想到世上还有这般清纯的姑娘，那一身蓝底碎花的布拉吉，把女人的魅力明明白白张扬出来，每一段曲线都那么圆润，多少秘密都隐匿在里边了；那对酒窝也好像永远含着笑，不像从乡下招来的女工，脸上永远贴着两团红晕，人们戏称为"红二团"战士；尤其那一双长长的眼睫毛，始终骄傲地眨动着，看上去就像会说话似的，那真叫一个甜甜的享受呢。

更让连福心房悸动的是，那天他去找绍什古交涉冲压机安装进度，小翻译居然把俄语讲得那么溜，那语调像一道汩汩清泉流过心窝，临结束了还特意说，专家表扬你提早介入设备安装。连福对小翻译的东北口音着迷起来，后来他发现小翻译偶尔会在食堂露面，便故意上前搭讪借了两角钱饭票，买了一份蒜薹炒肉，引得满食堂的人盯着俩人背影嘀咕，小翻译是不是跟这个技术员有故事了？

终于有一天他鼓足勇气请小翻译去城里看电影，她的眼睫毛没有向下耷拉，而是绽放了一丝微笑。于是他俩骑上自行车去了，等电影散场以后，两人推着车往回走，从城里一直走到工地，足足走了十里路，话题从分配的花格衬衣，说到撩人的布拉吉，从苏联人喜欢吃的烤肉，说到工艺翻译的窍门，终于，连福鼓起勇气说：我们交个朋友吧？小翻译笑了，说：我们不已经是朋友了吗？

从此，连福再也不想回沈阳去了，连春节放假都没回去，只给父母寄去二十块钱算是拜年了。他幻想哪一天能携手小翻译走出沈阳火车站，走进兵工老厂家属院，把漂亮媳妇领到二老面前，让邻居们都张大嘴去惊讶吧，那个被赶走的调皮鬼有出息了。然而，他万万没想到自己会戴上历史反革命帽子，而这顶狗屎帽都是源于那泡倒霉的尿啊！

二十三

忽然，一场从京城酿起的风暴刮到了西安的城墙下。

这场运动在社会上已经开展两三个月了，忽大年觉得长安是军工单位，所有人都经过了严格政审，那些关中招来的新工人，追溯三代都是穷得叮当响的贫下中农，没必要兴师动众把职工分成左、中、右，队伍搞复杂了就没办法带了。

何况北京那边一会儿询问炮弹进度，一会儿检查炮弹质量，明摆着在为一场恶仗做准备。噢，可能会要跟谁开打呢？现在朝鲜三八线已经平静下来了，最可能的方向就是海防前线，听说部队那年攻打金门岛损失了九千官兵，这口恶气咋能咽得下？忽大年每每想到这儿，就想砸墙摔杯子，这次不管跟谁开战都要保障弹药供给，在解放台湾的功劳簿上不能没有忽大年的名字。所以他对务虚活动得过且过，反正政权在咱手上，不信谁还能颠覆了。

但是，黄老虎匆匆推门进来告诉他，市委要派工作组进驻长安厂，组长就是那个一脸苦大仇深的钱万里。忽大年一听警觉起来，绝不能让这家伙在政治上找出鸡毛蒜皮来，马上通知车间的黑板报，一律换成当前的内容。黄老虎撇撇嘴说，他已经开过会了，也就是这样布置的。忽大年呵呵笑了，不愧在一个锅里搅了几年勺啊！

他路过工厂大门收发室，进去跟老张头聊了几句，平时工作忙得脚打后脑勺，报纸大多瞧瞧头版的标题，再有什么好看的。可老张头会一一标注出来，今天收发员递上一摞报纸神神秘秘地说，最近报上的口气全变了，开始反击什么进攻了。忽大年皱皱眉不以为然，这有什么？他对拎着脑袋建立的共和国有种本能的热爱，那些人的言论也太刻薄了，咋能容忍嘲讽国家政策，舍命打下的江山咋能轮流坐庄？临走，老张头把报纸递给他撂了一句：今天又有人给你送包裹，你家靳子给拿回去了。忽大年忙问：哪儿寄的包裹？老张头目光从老花镜上沿射出一缕狡黠：跟上回一样，只有你的名字。

天哪，忽大年已经两次收到过这种包裹了，不知是谁直接放到收发室窗台上，公务员取回来就放到他办公桌上。第一次，是一双黑色灯芯绒方口棉鞋，针脚密实，绵厚软和，现在城里人爱穿牛皮窝窝，内里衬一层兔毛，却不如方口棉鞋舒服呢。第二次，是一件宽宽敞敞的棉背心，是灰色工作服改做的面子，洋布碎花里子，打眼一瞅就知道是胶东女人的手艺。

唉，这个赶不走的黑妞儿呀！上次他们在夜校月光下谈得多好啊，再不能纠缠名分了，法律只认结婚证不认拜天地。可是，这个满怀心机的女人却耍了阴招，冷不丁就送来一件衣物，尽管接到手上的瞬间闪过一丝温馨，但他明白这是黄鼠狼给鸡拜年，明摆着是想搅和事情呢。

果然，忽大年推开家门就见靳子在厨房水池搓洗衬衣，桌上的饭菜明显是一个人的，一碟咸菜，一碟炒茄子，案板上有个洋柿子，他想切了拌点砂糖吃。靳子怪声怪气地说：两个菜还不够吃，在部队啃干馒头也吃得香。忽大年心虚嘻嘻：放点糖，爽口嘛。靳子一把夺过糖罐说：就这点糖，俩娃都不够，每月都要从老虎手上借糖票。忽大年看糖罐已见底只好放下，等吃完饭打开老张头给的报纸，发现靳子瘆人地咬着嘴唇坐到对面，闷头闷脑地盯着他头顶的红疤。

忽大年被盯得心里发毛问：你这是干吗？老夫老妻的，又不是多久没见了。

靳子嘴角冷冷一撇说：我就是要看看，这个整天在我身上爬来爬去的男人，哪根筋没伺候好。

忽大年沉下脸放下报纸说：娃还没睡呢，你说话文明点。

靳子声音陡然大了：你还怕娃听着了？怕娃听着你别干哪！

忽大年起身推开儿子房门，子鹿和子鱼竟然都不在，看来靳子是准备跟他大干一场，早把孩子送出去了，他坐回饭桌旁闷头说：想说啥就直说，绕来绕去累不累？

靳子把一件红裹肚从网兜里猛扯出来喊：你真行啊，连贴身内衣都有人做，还绣上花了，蝶飞凤舞，想得挺美啊。

城里人很少戴裹肚的，这都是胶东人的穿法，他只好承认可能是黑妞儿寄来的，他想自己跟胶东女清清爽爽，从没什么麻缠。可靳子听了反倒不相信说：你真会装啊，如果没有来往，她会给你送裹肚，啥意思嘛？说着又把老话扯出来：你们能这样勾勾搭搭，还说你们没有同过房，谁信啊？一男一女，睡一个炕，你还能老实了？哪个男人见女人精光躺着不想上，还愣编瞎话，啥事没干？哼，给个实话，你到底有多少房老婆？别忘了现在是新社会，不准讨三妻四妾！

忽大年急忙辩解：咱就事论事，别扯没用的，是她要送的，我压根儿不知道。

靳子紧追不放：你别装了，要不是我拿住了这证据，你不知道要瞒到啥时候呢？她又猛一拍桌子：我明白了，你是想明里一房做饭，暗里一房生崽，两个女人围你转，你就不怕身体累出病来？

忽大年当然不承认：你小声点好不好，让邻居听见就成笑话了，黑妞儿在厂里就没法待了。

靳子一听更来气了：你还怕她在厂里没法待了，你想过我在厂里就能待了？告诉你，我明天就去办公楼喊上一嗓子，后天我就领孩子回白洋淀老家去。

忽大年无奈地说：靳子，你咋把我想得那么坏，咱俩是一个战壕的战友，我咋能干对不起你的事？

靳子厉声发誓：我还以为你们真断了，想不到还在勾勾搭搭，反正这个家，有她没我，有我没她，你看着办吧！

那天晚上，月色清幽，窗台上洒着一层细密的月光，两个人都没睡着，都睁着眼睛在想怎么办。咳，如果不管不顾地折腾起来，等待他们的就是满满的尴尬了，人们饭后茶余也就有嚼头了……

二十四

这天长安宣传栏突然公布了赴苏联实习的名单，几乎抢了大字报的风头。

许多人没下班就跑过去，盯着一个个熟悉的不熟悉的名字，叽叽喳喳的，好像这是一张黄榜。本来那连福是最想去苏联实习的，他对宣传栏上的口诛笔伐没多大兴趣，倒是对出国深造跃跃欲试，但是他忽然变成了内控对象，头顶的罪名鲜血淋淋的，似乎没被押赴刑场已属万幸，想跻身实习队无异于白日做梦了。所以他也跑过来看榜，倒不是看他的门生上了几人，而是看到自己的心上人没有上榜，心里多少有些宽释。

本来自己能从地下室出来也是好事，好歹自由了，但规定必须吃住都在马厩般的操作间里，即使上茅房蹲久了，都会有人探进头来瞅瞅，生活在这种敌视的环境里度日如年，睁眼想睡觉，闭眼睡不着，终于被折磨得口吐白沫高烧不退。两个监管他的徒弟吓坏了，匆忙将他抬到职工医院挂了一夜双黄连，黄老虎也怕把人逼急出个差池，同意下班后回宿舍睡觉，但老鹰眼悄悄扯住门改户和满仓交代，八小时以内车间负责，八小时之外你俩负责。

从此那门改户像领受了神秘使命，隔三差五就屁颠屁颠去保卫科报告连福的行踪，睡觉的梦话，起夜的次数。而满仓就没那么较真了，他觉得连福还是个不错的人，自己进厂还是人家办的手续。当时他想将法号登记为姓名，黄老虎听说后大发雷霆，那成什么体统？咋能把寺庙那一套用到长安来？但小和尚咬紧牙关不松口，后来还是连福出了主意，把法号上的释字去掉了，才把一场僵持平息下来。

后来夜校老师患了肝病找连福去顶课，还透露要选拔五十名学员赴苏联实习，大家听了激奋地欢呼起来，都明白这是一个可以颠覆人想象的诱惑，那些穿着灰色风衣进进出出的老大哥神秘莫测，说话听不懂，吃饭看不见，更不知他们家乡怎样生活，也许就是人间天堂呢。所以学员们铆足了劲，想考个好成绩，披上实习生的行头，那就给祖坟平添一炷大香了。

显然，名次的决定权掌握在判卷老师手上。

同舍的门改户和满仓都是学员，两人年初都买了黑瓷罐，算对一道题就丢一分钱，年底门改户始终名列前茅，钱罐也快装满了，常炫耀地躺到铺上吹口哨。满仓却总是名落孙山，钱罐的分量差了一半，试卷上一个接一个的红叉叉，谁看了都得皱眉头。可那门改户看着语文卷子还喜欢突发奇想问：你说青铜器上的古字是名号，那他们后代看见会不会追讨啊？连福故意渲染道：那当然了，经常为争东西出人命呢。门改户似吓得直愣怔，满仓却摆出两肋插刀的样子说：怕啥呀，有我呢！

几人嘻哈笑后，连福不得不给小和尚加了小灶，临睡前盯着一道题一道题运算，算对了才让他躺下，可是效果依旧。后来连福突然顿悟，这个人怎么考也会进前五十的，也许……也许是组织上授意的，担心两个舍友都去了苏联，晚上没人看管他了？

当然，连福这样热心辅导，心里也的确揣着小九九，如果这俩人都去了苏联，他就是这个宿舍的"王"了，可以从容不迫地把床下秘密翻腾出来，现在密室的收藏已经被没收了，千万不能把青砖下的青铜器再丢了，那就成瞎子点灯白费蜡了。何况，他在保卫科地下室关过一天，安装油压机在车间睡过两夜，始终担心有人趁机进宿舍翻腾。不过，当连福又一次走过宣传栏，又把名单细数了一遍，怎么只有四十八个人哪，那两个人是谁呢？

实习团出发那天办公楼前拉了一条横幅：热烈欢送长安儿女赴苏实习。

广场上支了一面红漆大鼓，一个红背心小伙子擂得虎虎生风，又两对铜锣，三只铜钹，咚咚咚，恰恰恰……把个广场敲得如同庙会一般，连周边村民都闻声过来，扛锄的，抱娃的，抽旱烟的，伸直了脖子朝大门里张望，以为又有秦腔大戏开演了。忽大年和黄老虎、哈运来站在办公楼下频频点头，颇有些将军点兵的味道，年轻人穿着统一的深蓝西服，领口系着黑领夹，一个个像变了个人，哭的哭，笑的笑，小小广场人声鼎沸，好像他们不久就可以主宰地球了。

连福当然想来送送实习生了，这些人都是他的门生，他的视线在人群里东瞄西扫，突然发现忽小月穿着蓝色列宁装，头发梳成了弯弯的马尾状，腰肢一挪，辫子一摆，就像一只快乐的小马驹，看来最可怕的事情还是发生了。而且，忽小月远远瞥见他就没搭话，扭头就去听哥哥嫂嫂叮嘱什么了。连福猜测，忽大年肯定在告诫到苏联后要多写信，但绝不能跟那个受控人通信了，要借实习机会跟那个人彻底断了。

连福见厂长夫妇像母鸡护着小鸡娃一般，也不好上前跟忽小月说话了，这忽小月，你要去苏联咋不打个招呼呢？不过，他望见心上人胸前一支金笔荧光灿灿，内心才稍稍有了一点宽慰，看来姑娘心里还是藏有他的，否则她为啥要戴那支金笔啊？那支金笔还是他去年送的，笔帽上有两道金箍。开始姑娘死活不要，干吗送我这么贵重的礼物？连福咬耳说今天是你的生日。忽小月吃惊之余，很欣赏地刮了刮他的鼻子，可是……可是现在，他迎着姑娘视线晃来晃去，人家就像不认识似的，没过来说一句话，好像他们之间什么都没发生过。

连福赌气回到宿舍，一头钻到被子里，想放声发泄，又哭不出声。真他妈的，这就是女人啊！俗话讲，女人心，天上云；女人脸，魔鬼眼，千真万确啊！本来他还想送实习生到火车站的，可忽小月的冷漠像竖起的一堵高墙，强烈地刺激了他绷紧的神经，他在运送行李的解放卡车前止住步，远远看着小翻译踩住车帮上去了，摇摆的辫子左忽右闪，圆圆的酒窝始终没朝他绽放，看来是真想与他一刀两断哪！

但是，苦恼的技术员突然趴在被窝里想开了。噢，忽小月的冷淡也可能是装出来给哥嫂看的，如果他俩在广场上卿卿我我，不就露馅了吗？那个头顶红疤的可憎厂长，管天管地还管别人恋爱？也不想想自己都做了啥亏心事，逼急了，我把什么都抖搂出去，叫你一天也不得安生。是的，前些日子他就想掏出那个撒手铐，可他又觉得有点卑鄙，心上人知道了会更疏远他的，现在他脑袋涨如石磨，真想拿出来试试了。

那是一张小纸条，一张黑妞儿亲笔写的小纸条！

那年他给黑妞儿送去招工表，她正在院里晾晒衣服，自己打过招呼进了屋，齐整整的棉被，白生生的毛巾，香香的浆洗味……床角的笤帚边竟然有个小纸团，完全是下意识弯腰捡起来。

只匆匆打眼一扫，聪明的技术员便意识到，这纸团威力了得，绝对是一颗重磅炸弹。于是，他莫名地把纸团揣进了口袋，想有事作为见面礼奉送给厂长的，可是两次见面话不投机，没等谈到胶东女人，忽大厂长就下了逐客令……

今天忽大年看到妹妹的表现心里释然了，尽管他在与每位实习生握手话别，脚步也在不停地挪动，双眼余光却始终锁在妹妹身上，不间断地瞭望着她的身前身后，关注她究竟跟那家伙有没有断绝，这毕竟是当哥的挥之不去的心病啊。

如今连福的身份已经明朗了，没按有血债的反革命分子处置，实在是他生了恻隐之心，尽管这家伙鬼精地搬出了黑妞儿来说情，又提出了改进打磨工艺的建议，但这些努力都未能阻止将他变为一名内控人员。唉，跟这样一个人咋能谈恋爱呢？妹妹应该懂得其中利害，如果妹妹在西安与此人勾搭成婚，那他就真的无颜回胶东了，也无颜给父母去烧香了。

忽大年面对妹妹苦口婆心：之所以没有给他戴手铐，那是长安恰巧用人之际，如今成司令坐镇北京，守着鸡屁股掏蛋吃，所以才把他留下来，是让他戴罪立功，绝不是历史问题一风吹了。可妹妹并不买账，还摆出一副殉情的架势说：你一个当哥的，凭什么管我的事，只要连福没戴上反革命帽子，我就要把他拉回到革命队伍中来。

所以，三十六计走为上计啊，可是往哪走呢？

忽大年听从了靳子在饭桌上的絮叨，回到办公室便要来赴苏实习人员名册，工工整整填上了忽小月和技术科长焦克己的名字。后来，黄老虎拿着赴苏实习花名册，在他办公室外踟蹰了半天，推门进来不知想说什么：厂长，忽小月是你妹妹……？忽大年敏感地瞪起眼珠，说：咋了，她也是长安职工，实习团不能没翻译！

而让他尤感欣慰的是，妹妹今天对连福的态度好像真的变了，那歪嘴小子一直在旁边矬摸，妹妹就没给他一点点涎脸的机会，他看在眼里喜在心上，毕竟是亲妹妹，表面上撒泼赌气，心里还是能听进好歹的。后来到广场送别的人多了，为以防万一，他索性站到了妹妹身边，如果那个不识相的家伙敢有露骨表示，他会毫不犹豫地挡在两人中间，成为一道不可逾越的障碍，后来他看到妹妹对连福饥渴的眼神始终没有回应，心里悬着的石头才慢慢落下来。

所以今天的送别仪式，对这俩人来说就是一块试金石啊。

二十五

激情满怀的实习生送走了，长安厂却并没能安静下来。

这厂前区的车子棚，在苏联专家的设计图里本没有的，但是工厂实在占地太大了，从家属区到大门有三里路，从大门到二道门又有二里路，大家都觉得走路上下班浪费时间，开始有个技术员骑着一辆自行车，从大家身旁昂首溜过，潇洒得一塌糊涂，简直像偷袭碉堡成功了。从此自行车便成了身份的象征，有钱没钱心里都会发痒，工厂角角落落便东一簇西一簇，堆挤得乱糟糟的了。忽大年只好下令铲掉了厂前区花园，建起了一片自行车大棚，从此竟有上千辆自行车汇聚进来。

车棚外有八块宣传栏，人们或走路或推车路过，都会扭头扫上一眼，又表扬了哪个班组，有没有领取工衣的通知。当然遇到什么运动，这里又会贴满大字报，吸引来来往往忐忑的目光。今天，忽大年霍然发现宣传栏新贴了两张麻纸，尽管没有点名，语气还算斯文，但揭发的问题却让他出了一身冷汗。一张大字报揭发工厂领导视计划为儿戏，超额招收了三百名职工，导致这些人身份悬空；一张大字报揭发工厂重用反革命担当夜校老师，为反动思想传播开了方便之门。呵呵，多亏多招三百人，否则两条生产线咋可能动起来？至于那个人讲的数学和制图，难道还藏有反动思想？

忽大年回到办公室，急忙叫宣传科长过来。

可未等宣传科长到来，黄老虎和哈运来不约而同前后脚推门进来了，忽大年头也没抬，只将帽子罩住发亮的红疤。黄老虎不管不顾告诉厂长：市委来电话通知开会，点名叫书记参加……这时，哈运来竟急急打断话：厂长，咱厂地下涵洞不知从哪儿涌来一股水，把坑道电机给淹了。忽大年闻声眼睛大了，这个电机苏联人设计在地面，他觉得如果放进涵洞，上边空地正好建个篮球场。老伊万也说这个点子好。现在电机水淹，煤气供不上，退火炉就要降温，生产线就要停摆，本月任务肯定就泡汤了。他扭头对黄老虎说：你看看，我走得开吗？且没等回应便大步流星往后区去了。

这条涵洞直径有一米半，铺设着通向各个厂房的煤气蒸汽和下水管道，站到洞口就能感受到突涌的潮气。忽大年二话没说，要了手电筒就要踩铁梯下去。哈运来拉住他说：洞里有水呢。忽大年扭头说：不看水势，咋抢修？哈运来看着阻止不住，忙拉住赶过来的电工叮嘱：我块头太大，你跟下去，照顾好厂长。后来才知道这个小电工叫卢可明，嘴角翘着，细皮嫩肉，天生一个娃娃脸，但小伙子动作麻利，马上搀住了忽大年，一副军人受命的架势。

忽大年觉得小伙子眼熟，刚想问他叫什么，这时光头和尚突然蹿到面前喊：厂长，等等！忽大年撇撇嘴角看着满仓，只见他点燃了一支香烟，嗖一下扔进涵洞，然后咚咚咚在井口磕了三个头。呵呵，当年他在游击队时，每次下山执行任务，队长都会跑到山神庙磕头。后来参加了八路军，就没人耍弄这些了，但他遇见寺庙会进去转转，心里默念几句阿弥陀佛。从延安回来便觉得这些套路可笑了，所以他见满仓嘴里念念有词，不由分说撑住洞沿就下了井，那卢可明紧随其后也跳了下来。哟，洞底尽是铸铁管，人只能弓腰走，忽大年的手电马上照到一溜波动的水流，蹚了几步就漫到膝盖了。哪里来的水呢？如果是下水管泄漏应是污水呀？忽大年隐约听到有嗞嗞的水声，回身朝卢可明做了个停步的手势，独自向深处走去，嗞嗞声似越来越清晰，电光终于照到洞壁一圈圈水纹，形成了一大块发亮的光影。黄土高原，水位奇深，咋这么浅就冒水？他顺水流掏腾几下，蓦然惊现一个拇指粗的小洞，一股清水喷涌而出。他妈的，忽大年清晰地骂了句脏话退了出去。

一群人见厂长从涵洞钻出来，马上围拢过来，忽大年愤愤地说：高楼村地道渗水，渗进咱们涵洞了。哈运来一听愤愤不平，当年还是他勘察地质时发现的，好家伙，那洞口压了个大磨盘，从地下沿着村子转圈。本来他们准备炸毁了，却有文物人钻出来，声称这是清末村里防御外人来骚乱挖的地道，后来也没有正经使用，家家便在地道两壁掏了洞，做了盛粮食的储藏室。咳，这能有啥价值，胶东打鬼子的地道一片一片的，但文物人说这片地道太过考究，上下三层，机关密布，不但可防匪扰，还能防烟熏防水灌，是一处罕见的地下防御工事。好家伙，提到这样一个吓人的高度，长安人就不好再说什么了，何况那地道处于长安厂围墙以外。

很快，高楼村长就率人把地道里的漏点堵上了，原来地道里有个防备兵患的储水池，一旦烟灌，可放水封住烟道；一旦敌扰，可放水堵住进口。可是涵洞与地道平行，相隔有七八米，水怎么会渗过来呢？这时，哈运来抱怨起来，水漏堵上了，可洞里积了水，电机还是动不了。忽大年想想说：别急，等水退了。哈运来眨巴眼说：厂长，若等积水自然退净，怕要拖上十天半月，涵洞铁管就锈蚀了，将来锈个窟窿，煤气漏进涵洞，只一个火星，整个厂区就会炸成一道壕沟。

咱厂人多，拎水桶舀吧，不信舀不净了？小电工殷勤有加。

你不懂，就别瞎掺和，舀到猴年马月了？哈运来不屑一顾。

你别说，这办法也许行，就去找桶提水吧。忽大年赞许有加。

很快高楼村支援的水桶从墙头递过来，小电工卢可明没等下令，自己率先跳下去，工人们也就一个个鱼贯而下了。那涵洞就像一个贪婪的怪兽张开的大口，似乎下去多少人也难见停步，忽大年突然意识到什么冲着洞口喊：拉开距离，注意水情。话音刚落，洞口拎绳壮汉就感觉到分量，双手一抻一提，一桶水上来了。呵呵，电灯马上也接亮了，大家在洞里弓腰站成一条线，水桶便像上了传送带，一边空桶下去，一边水桶上来，循环往复，秩序井然，哈胖子涎着脸说：哎呀，人工抽水机，绝了。

没等夜幕降临，涵洞外也架起了电灯，拉开了一副鏖战的架势。然而，内控分子连福闻讯过来转悠，一见上来轮休的满仓就说：你别再下了，危险。这话钻进了坐在炮弹箱上督阵人的耳朵，忽大年顿时来了气骂道：你个兔崽子，敢扯人后腿，欠揍吧？这时的他已完全调换成部队语系了，可连福反凑上说：涵洞没做防水，水一泡会塌方。忽大年没客气地说：你个孬种，扰乱军心！

连福被噎得刚要转身，涵洞口一阵骚动，抢险人突像溃逃的动物，接二连三往外拥出来。忽大年急问怎么了？却没人能说清，只是急促喊叫：上啊，快上！终于有人爬出洞口瘫在地上说：洞里塌方了，有人被埋了。忽大年脑袋嗡的一声，想下去看看，硬被人拦住了。

哈运来这才想起做涵洞撑护，几个工兵出身的小伙子跳下去，夜半时分三个被埋人被抱出来，一个是小电工卢可明，另两个是进去舀水的冲压工，已都没有了呼吸，面容模糊地躺在地上。

四周顿时静了，静得都能听见呼吸了，忽大年愣怔半天，掏出手绢把他们脸轻轻擦净，有人看见卢可明眼仁亮光闪烁，喊叫人还没死，他心里一阵酸楚，手捂住眼睛，松开便闭上了。

三个年轻的生命牺牲了，可给三人申报烈士的申请始终没批下来，不准进烈士陵园，只好埋在秦岭脚下的山坡上。安葬那天，满仓悄悄对人说，这里风水好，前有水，后有山。这话恰恰被忽大年听见了，一阵歇斯底里的吼叫：好啥呀？谁愿意年纪轻轻守在风水上？

工厂还想通知家属来参加安葬仪式，可翻开卢可明的档案发现，纸袋里简单得可怜，像个孤儿似的，只好按表格上的地址给一个县委打去电话，人家却说全县当年参加红军走了八万人，现在能联系上的不到十分之一，一个小伢崽到哪儿去找啊？那两冲压工的老婆也很快到了现场，一个叫春花，一个叫翠柳，口不停歇地喊叫男人是挨千刀的，丢下她们孤儿寡母没法活了，直哭得昏天黑地，根本不管下葬的仪程。这是忽大年解放后头一次面对死亡，为凸显哀荣隆重，也为平抚内心愧疚，警卫列队朝天放了三排子弹，噼噼啪啪的枪声，把他一下子拉回到炮火连天的岁月了。

等这些事情都处理完，他吞吞吐吐把工人牺牲的消息电话透露给了北京，谁知成司令一听，腔调陡然变了：什么什么？咋可能呢？那卢可明下涵洞干吗去呀？忽大年说：他下去接灯泡。电话那头半天没吭声，忽大年喂喂了半天，成司令突然放声大骂：你他妈的混蛋呀！你是我的冤家呀！忽大年顿时愣住了，他还没见过司令这般发火，嗫嗫嚅嚅地说：已经安葬在秦岭的山坡上了……可电话那头静默了好久，咔嚓一下挂了，忽大年手握话筒怅然若失。

过了一天成司令打来电话，叫他把卢可明坟茔的照片寄过去。忽大年想不透，司令怎么对一个小电工这么上心，听说这小伙子进厂快一年了，以前在京城一家中专上学，毕业后想来看看西安碑林博物馆，竟千里迢迢跑进去转了一天，转身便钻进了长安厂，当了一名"吊儿郎当"的电工。小伙子似乎特有灵性，学啥像啥，把眼花缭乱的电路搞得门清，还会捏根铅笔素描，衣兜里总揣着小本子，动不动就瞅住谁划拉几笔，鼓捣得常有人拉他去给年迈的高堂画像，一落笔就引来声声赞叹，都说这个小卢就是一个画家坯子，听说已经准备下半年考美院了，真是可惜了。他陡然感觉此人可能有背景，当然不敢怠慢，亲自带着照相师傅爬上山坡，拍下坟前的石碑、坟边的柏木、坟后的槐花。但是照片寄走以后，成司令再也不接他的电话了。

忽大年因此心里烦躁，可黄老虎却不避锋芒跑来提醒：老首长，我说出了涵洞事故，是不是该给钱副市长做个汇报。忽大年没好气地说：你别再叫我首长了，现在我是书记，你是副书记，就差半格了。

但忽大年说完也觉得怎把这茬忘了，神秘的钱大人行踪飘忽，自从带领工作组到办公楼来过一次，就不停点地传来他的指示，却再见不到他闪面了。唉，地下工作出身，就是这个德行，干啥都是鬼鬼祟祟的。

于是，他咚咚咚走进熔铜厂房，工人们围在熔炉前，正给钢槽倾倒铜水，烤得人脸上红彤彤的，姓钱的不可能跑到又脏又热的地方来宣讲。他又转身进了压延车间，庞大的轧机轰隆轰隆碾过一块铜锭，几个来回碾成了指厚的铜板，一个萝卜一个坑，没人敢离岗去听姓钱的煽动。他又走进冲压车间，八百吨冲床咣当咣当震耳欲聋，谁还有兴趣声讨官僚呢？他又在机加车间逶巡片刻，几十台车床好生紧张，切口的，钻孔的，磨腰身的，操作工撒尿都得小跑，谁愿把宝贵的时间献给钱大人呢？

终于到了表面处理车间，忽大年脚步稍稍有点迟滞，万一碰见那个黑女人，会不会又窜出什么幺蛾子？可是，刚刚建成的酸洗槽边，没见工人吊装料筐，检验台前也不见人影晃动，工房里怎么好一片冷清？

忽大年满腹狐疑地走向车间调度室，远远看见有个蓝大褂从门里闪出来，定睛看去居然是黑妞儿，真是怕啥来啥，想躲已不可能，这个胶东女人一天到晚折腾啥呢？棉鞋我收了，棉背心我也拿了，可那不等于我愿意跟你黏糊。现在那可恶的红裹肚叫靳子抓个正着，好端端的家已被搅成一锅粥了，现在只能闷头听靳子分析恐怖后果了。那天他实在听不下去，只戗戗了一句：别把人想得跟你一样！靳子马上瞪大眼珠跳起来：咋跟我一样啦？你是说我追你了吧？告诉你，当年师部人知道我是女儿身，多少人给我献殷勤呢，我真是瞎了眼，看上你这个王八蛋！忽大年怒不可遏：你骂谁？靳子毫不示弱：我就骂你了，你敢打人咋的？不行，咱们明天到办公楼评评理去，明明上过人家床，还骗我没见过女人样，告诉你，女人脸蛋有差别，身子都一样！唉，这样的龙凤斗，隔三差五就会上演，几次他都想晚上躲在办公室不回去了，却又怕黑妞儿知道了趁机跑来纠缠。咳，这个黑妞儿，就是一个惹祸的导火索，现在也只能兵来将挡，水来土掩了。

你……你忙啥呢？

俺那天看见你也下了涵洞，可把俺吓死了。

怕啥？我不下，让谁下呀？

俺到现在心还怦怦跳呢。

那天你也去抢险现场了？

俺就在你身后，死盯着你呢！

二十六

忽大年没想到找遍工房，怎么也找不到工作队长钱万里了。

按说他跟副市长是平级，怎么着也该给点面子的。可他去车间找，说是回市政府了，去市政府找，又说去开会了。那涵洞事故，想必钱大人已经知道了，作为厂长没有及时汇报，就是一个程序上的疏忽。唉，若没死人，咋都好说，死了人怎么挖抓都没法子了。

其实，这个钱大人不见也就算了，反正事故已经处理完了，该给的不该给的抚恤都给了，大不了给自己申请个通报批评，如果钱大人想做文章给个警告也没啥。打仗的岁月，老师长挨的处分一个接一个，师长还不是照样当，仗还不是照样打。不过，传说钱万里以前是地下党的省委书记，现在只是一个小小的副市长，工厂归北京和省政府联合管辖，他凭什么到长安来耀武扬威？哼，他敢盯着我叫板，我就敢跟他顶牛，即使这家伙软硬不吃，我明天就去找省委书记，不信没人能压住他了。

然而，就在忽大年靠着椅子坠入幻想的时候，钱万里悄悄在办公楼现身了，可人家一头钻进黄老虎办公室嘀咕了好久，才让门改户通知他过去。咳，这就严重不正常了，怎么让书记去副书记办公室谈话呢？但他还是忍住气去了，进门见钱万里坐在黄老虎的椅子上，说不上和蔼，也说不上严肃，略略打了个招呼，黄老虎就知趣地拎水壶出去了。忽大年觉得钱大人今天这个谈话顺序就是个挑衅，瞪着眼睛没吭声，人家却反客为主，把一杯茶推到他面前说：这是我带的汉中毛尖，你尝尝。

忽大年不知道他葫芦里卖的什么药，鼻子哼了一声。钱万里看出忽大年的愠怒，吐了一口烟说：忽大年同志，这次涵洞抢险，违反安全规程，导致了严重的后果，死了人就要追究责任了。忽大年低下头说：我想起那孤儿寡母心里就难受。钱万里慢慢地把桌上的本子翻开，说：省委同意了市委建议，鉴于忽大年同志的错误，暂停你的厂长书记职权，下放劳动，以观后效。念毕，他把烟卷深吸一口说：为了把影响降到最低程度，这个意见只传达给你们两个人，后续事宜由老虎同志相机处置。

忽大年听罢傻眼了。他妈的，这个钱大人能量挺大啊，把手都伸到省委了，跟这种人打交道浑身挂满铠甲，也防不胜防啊！而且，这算他妈的什么处分？什么暂停职权，是不是表现好了，还可以回来作威作福？但忽大年马上醒悟，这就是要臊他的皮，要把鞭子高高悬起，顺眼了鞭子就扔了，不顺眼鞭子就会抽下来，会不会抽得皮开肉烂全看运气了。

而且他还注意到，是省委同意了市委的建议，就是说这个决定是钱万里搞的名堂，明显是挟嫌报复。他禁不住站起问：市长大人，我十五岁参加了革命，十七岁参加的游击队，十九岁当了八路军排长，新中国是我们流血牺牲打下的，咋出个事故就全不提了……可未等他说完，钱万里拍拍茶杯：你是八路军，我是地下党，你有意见，你去反映。

黄老虎不知啥时候进来的，毕竟与忽大年是鲜血凝成的友情，又是货真价实的上下级，知道这时候态度暧昧是昧良心的，便犹犹豫豫说：钱市长，你看能不能给组织上反映一下，这次事故完全是个意外，谁能想到涵洞会塌方呢？钱万里似乎也软和下来：大年同志，好好想想吧，这个处分实际上是对你的保护啊。

什么？还是保护？天哪，把我处分了还是保护？那把我关进监狱就是疼爱了？这帮家伙，什么话从他们嘴里吐出来就变味了，绞尽脑汁，左右逢源，坏事都能说得天花乱坠，巧舌如簧就指的这个吧？忽大年差点张口质问，看见黄老虎冲他眨眼，又听钱万里冷冷地说：牺牲的三个同志，都不到三十岁，那个小卢还没成家，两个冲压工都是家里的顶梁柱，我后怕的是下去了三十多人，如果全部埋到里头，后果不堪设想……而且，我还要告诉你，那个卢可明，你知道是谁吗？

忽大年愣怔一下摇摇头，钱万里长叹一口气：他是成司令唯一的儿子。什么什么？忽大年腾地站起来：不可能，成司令姓成，他姓卢。钱万里沉吟一下说：

他跟了成夫人的姓。

忽大年惊呆了，他没想到卢可明竟然是成司令的儿子，他可从没听说成司令把儿子送进厂，如果知道是这层关系，他是绝不会让他下井的，可是……可是人世间的事咋这么寸呀！他不由得喃喃自语：成司令咋不告诉我呢，告诉我就不会让小卢去冒险了……忽大年脑袋嗡嗡响，心里一阵阵悸动，说：请你转告省委吧，给我什么处分，我都没意见。

送走钱万里以后，忽大年抓起电话就往北京总部拨，可秘书一听是他就捂着电话小声说：你以后别打了，首长听见你的名字就头疼。他说想进京给成司令当面谢罪。可秘书却说：夫人知道你去了，会气犯病的。会犯什么病，秘书没说，他忍不住抱着电话说：可我不行呀，我心里苦啊，反正，我现在给首长跪下了，他啥时候接电话，我啥时候站起来。

终于，成司令挨不过纠缠接了电话，却没等他开口就骂开了：你小子还会耍泼赖了，你跪吧，你有种跪到明天早上去，你他妈的，我把娃交给长安，给他妈说放一百个心，我放个啥子心啊！忽大年听着也不知该说什么，直哭得稀里哗啦的，后来哭喊了一句话：首长呀，我给你给嫂子磕头了。说着，咚咚咚，三个响头，但是成司令再没说话，电话就叭一下挂了。

这天晚上，忽大年脚步重重地回家了。他拿钥匙扭开久违的房门，靳子好像从黄老虎那儿知道他要回来，俩人像从没发生过矛盾，笑吟吟接过文件包，又拿鸡毛掸子把身上掸了遍，转眼小方桌就摆上了三个爱吃的菜，白菜炒豆腐，土豆炒辣子，老孙家腊牛肉，还用那个奖励茶缸热了一壶白酒。

忽大年冷冷地问：谁来了？

靳子回答：不来谁，就等你。

忽大年那天吃得很多，差不多把三碟菜全吞进肚子了，但他脑子乱糟糟的，压根不知菜的味道。靳子居然不停地宽慰：不让咱干了，咱就歇着，大不了回老家种地去。丈夫顿感温暖定定地瞅着，觉得还是自己老婆好，脸色黄了，鱼尾纹也拥上来了，这都是操持家务的赏赐啊，再不能单位有气回家撒了。

晚上，他居然倒头睡着了，睡到半夜想去撒尿，却发觉靳子睁着眼望着天花板，一对眸子在夜色里莹莹发亮。他明白了，最挂念他的人的确在枕头边，他伸手在老婆脸上轻轻摩挲，靳子顺从地没有言声，他伸出手臂把老婆紧紧抱住，抱了很久很久，谁也不说话，直到阳光从窗帘缝隙射进来。

第二天，靳子就主动去找那个胶东女人摊牌了。

她思忖，上次喝煤油只换来了表面的平静，没有从根本上解决问题，如果双方总是这样藏藏掖掖的，不定会捅出什么幺蛾子来，无意间抓住的红裹肚已让人气恼，而丈夫下放劳动的尴尬，更让她萌生了强烈的紧迫感，千万要把道理给黑妞儿讲清楚，那些陈芝麻烂谷子一旦泼撒开来，会搞得雪上加霜不可收拾的，小心最后折腾得鸡飞蛋打。所以她反复掂量，黑妞儿是女人，她也是女人，她要告诉黑妞儿，万不敢节外生枝，使老乡的工作和感情同时发生沦陷。

靳子把高傲的身段放低了，低到几乎要弯下腰来乞求了，一上班就站在晒图室窗口张望，外边有一条直通车间的小道。呵呵，功夫不负有心人，终于看到黑妞儿拎着饭盒走过来，她一把推开窗户喊：小黑！黑妞儿见是靳子也觉诧异：你喊我？靳子从窗台纵身跳下：我想跟你说句话。黑妞儿一本正经地说：你应该叫我黑姐，俺比你大。靳子心里咯噔一下，说：我想跟你说点急事儿。黑妞儿瞪大眼睛，不知她葫芦里卖的什么药，靳子急忙解释：你和忽大年以前的事，我们以后就不要说了？黑妞儿问：你到底想说啥？靳子心想你装个屁呀，但她嘴上却软软地说：我今天想告诉你，你们以前那些陈年烂账，千万不能传出去了，传出去会毁了你老乡的前程，现在他只是下放劳动，还没给他下正式处分，要是人家知道了你俩的纠葛，就不让他回办公楼了……黑妞儿听着蓦然起怒道：你以为俺那么坏啊？俺就那么盼他出事呀？

说着，她推开靳子径直往二道门走去，噎得靳子一时说不上话，紧跑几步追上说：黑姐，算我求你了。黑妞儿已明白对方来意，说：妹子，我刚来西安，是想跟他要名分的，不然，我在黑家庄算啥事呀？人不人鬼不鬼的，现在你放心，我不要了。靳子脱口而出：明里不要，暗里也不行。黑妞儿扑哧一声笑了，说：俺这辈子打光棍，也不会再找他了。

靳子也扑哧笑了，问：厂里还有谁知道你俩的事？黑妞儿斜睨片刻说：俺进厂时给连福透过一点，他可能也没听明白。靳子若有所思：你咋能给他说呢？黑妞儿抿抿嘴：连福人不坏，不会胡说的。靳子摇头说：你知道他是啥人吗？要不是你老乡因为他妹动了心眼，他可能就……黑妞儿愣怔一下问：啥意思？靳子左右瞅瞅说：就是放了他一马。黑妞儿也笑了说：那俺也放你一马……

两人扑哧一声都笑了，两个女人的战争，好像在这一天停止了。

二十七

黄老虎似乎心事重重找到忽大年，像是解释又像是商量说：你要是觉得表面处理车间不合适，咱就换个地方吧？忽大年低头看着报纸，没抬头也没回应。黄老虎碰了个软钉子，定定地说：咱们还要上报省委决定的落实情况呢。忽大年依然盯着报纸没吭声。黄老虎心里愈发不舒服了，若是以前他会扑上去吼两声，可现在他实际上是在催促人家给自己腾位子，万不能让人家把自己看扁了。

唉，我可不是个小人，省委的决定跟我一毛钱关系也没有。可忽大年听了一脸的阴晦，一定把所有怨恨都撒到我身上了。黄老虎回到办公室感觉那钱万里实在老奸巨猾，手指冲着他胸口轻轻一点，就淡若轻风地把个烫手山芋扔给他了。忽大年毕竟跟自己是出生入死的关系，他怎好翻脸逼人家下放劳动呢？那会让大家以为省委决定是他私下运作的，会让大家以为他是个忘恩负义的小人。

咳，这个钱大人哪，由他来宣布省委决定顺顺当当，咋想让他相机处置，什么叫相机处置？他还是第一次听到这个词，也就是灵活处置吧，以前在部队出去侦察，首长每次都会叮嘱类似的话，现在难道让他自己召开会议，自己宣布厂长下放劳动，自己主持日常业务？自古以来官场上就讲究个名正言顺，主持算个什么呢？名不正言不顺，以后谁会听他的？搞不好会成为一个可以载入长安史册的笑话！

他想给钱万里打个电话说说自己的难处，可电话接通了，他突然又语塞了，什么话也没说就挂了。他知道领导班子好些人，本来就对他提任副书记有看法，质疑他十四岁咋可能参加游击队，说他们把儿童团的经历算上，八九岁就参加了抗战了。其实，他实在不好当众解释，当年他是跟着游击队钻沟壑、送情报、打鬼子，遭遇过不少硬仗，绝对没有掺杂一点点水分。唉，实在不懂上级为啥下那个规定，历史问题必须两人以上证明，他从朝鲜回国就开始寻找游击队的战友，可历经千难没找到人，后来还是忽大年仗义执言，龙飞凤舞写了几句话，证明他曾配合主力围剿鬼子，整建制转入了八路军，间接证明了他的游击队经历，也就把他参加革命的年限前移了五年。

其实，当时黄老虎寻找证人，只是为把简历交代清楚。他在朝鲜战场目睹了一七○师的悲壮遭遇，成千上万的战友都倒在汉江边了，感觉自己能活着回国，是上辈子修来的天大福报，无论干什么都可以的。但是，命运之神在他头顶摸了一下，把他从八号工程保卫组长，提到了长安副书记的位置上，有了独立的办公室，出门可以坐吉普车，胸中便鼓荡起前所未有的优越感来。现在才过去两年多，命运的曙光又在向他招手了。

这还是干校同学鼓捣的，那些同学都在兵工城里任职，有生产火炸药的，有加工弹头的，有制造引信的，去年短短三个月朝夕相处，结下了难以割舍的情谊，谁家婚丧嫁娶若没及时告知，就是无休止的奚落挖苦。这些人永远涌动着昂扬劲儿，偶尔跟谁通个电话，上来就问提拔有望吗？其实他对副书记已相当满意了，这大概也是祖坟冒烟，让他碰巧沾上了，但同学间议论得多了，提拔得多了，自己内心也就蠢蠢欲动了。

所以，当钱万里来传达省委给忽大年的处分，他一边为老首长感到惋惜，一边从领导深沉的眼神里，发觉有种信任和托付压下来，党委书记下放劳动了，副书记自然就该顶上去。但是，那钱万里却像故意回避没有明确，只让他把影响降到最小程度，明显给他出了个难题，一把手要下放劳动，就是个天大的事，怎样才能开释呢？

黄老虎早晨上班纠结于心，独自走到万寿寺改成的库房门外，碰见拉着一架子车电器配件的满仓，问：小满啊，进厂当工人好啊，还是当和尚好啊？满仓站住没吭声。黄老虎又问：我听说那天涵洞抢险，你还去烧了三炷香……可是你请了神，神也没挡住塌方。满仓瞥他一眼边走边说：人的命，天注定。黄老虎正气凛然道：你小子不敢胡说，什么天注定？天是什么？新社会就是要改天换地。

回到办公室他拨通了同学的电话，人家在组织部门工作，一句话点到了要害：你有什么好犹豫的？领导已经跟你谈话了，明显是想把担子压给你，你要是不把担子挑起来，一旦发生什么问题，不但责任全是你的，还要追究你对组织决定的态度。他放下电话有了主意，连忙把办公室主任赵天叫来问：明天省上有啥会吗？赵天说：物资计划会，后天在汉中开，准备派供应科长参加。黄老虎摇摇头：物资计划关系到铜材供应，应该请忽厂长去参加。

说完他又神神秘秘叮嘱道：我再告诉你个机密，连老婆都不准透露一个字，你知道前天钱副市长来干啥吗？赵天摇头狐疑地说：我看他一走，忽厂长脸吊得老长。黄老虎屏气说：省委下令让忽厂长下放劳动了……后边的话他没说，但赵天心领神会，一上班就拿着会议通知簿进了忽大年办公室，谎称省上点名让厂长参加。这个会在汉江边开，来回就得三天，处理什么都可以从容不迫的。

黄老虎信心满满回到办公楼，由于是第一次主持党委会不免忐忑，他把在干校学习的本子掏出来，像开讲形势报告，从华沙和北约的武器对比，到台湾海峡的战云密布。最后，他话锋一转，鹰眼扫视了一圈说：我顺便打个招呼，忽厂长要下去劳动，属于下放性质，多长时间没有明确，大家要各负其责。黄老虎回避了这是上级的决定，但委员们看着黄老虎有点发蒙，似乎已耳闻厂长要下去劳动，可大家都以为跟以前一样，是为完成要求的劳动天数，现在这架势倒像是个处分了。然而，既是处分，上级为啥不派人来宣布呢？何况眼下厂长又不在会场，大家多少品到点篡位政变的味道。黄老虎也看出大家疑惑，犹豫片刻和盘托出道：实话实说吧，这就是省委的决定，钱副市长亲自来宣布的，忽大年同志自己也在场。

散会后，黄老虎把摇着纸扇的总工程师留下来，他知道工厂生产系统是重中之重，班子里还有两个副厂长比自己资历深，说：我们也就是给忽厂长守守摊子，没准十天半月就上来了。哈运来轻摇扇子，说：你放心，我搞地下工作十多年了，换个领导太平常，有的领导刚刚出道，一样得听人家指挥。黄老虎觉出这话有点不顺耳，呵呵笑了，说：其实，我也准备下车间劳动，有事你就多招呼了。

第二天赵天过来报告，忽大年从汉中回来了，黄老虎主动赶到厂长办公室谨慎地说：首长，省上来电话过问省委决定落实情况，我看不开会不行了，就把党委会开了。忽大年对老部下突然称呼"首长"感觉别扭，好像他的厂长帽子已经摘了，而且还强调是"省上"来的电话。忽大年显然也不好说什么了，只能不咸不淡地说：你也参与过长安筹建，你就看着弄吧。黄老虎眯上眼：我一直在政工口忙活，你有啥就指示。忽大年冷冷一笑：什么指示呀，我离一介草民不远了。黄老虎见首长情绪低落，故意说：下去劳动，接接地气，我才下去一天，就差点闯了祸。忽大年听懂了话外音，长呼一口气，说：你这是想逼我快点下去呢，还是想帮我掩饰难堪呢？

二十八

时间不容妥协地越过了春夏，忽小月已经在图拉市生活半年了。

这座临近莫斯科的兵工城被白桦林包裹得严严实实，似乎想用绿植把秘密掩藏起来，可是顺着一条大道穿过厚厚的林区，会轻易发现里边一家工厂挨着一家工厂，当地人常常骄傲地说，只要把乌黑的铁块运进去，就会有炮车装满弹药轰隆轰隆开出来。那家忽小月实习的工厂坐落在浓密的桦树林里，那些来自西安的实习生踏上异国他乡，就像进入了神话般的风情里，紧张得连说话都战战兢兢，上班下班一个跟着一个，即使去厕所撒尿拉屎，也要呼朋唤友，生怕不小心遗失了似的。

即便如此，年轻的长安人面对热情的拥抱依然惊慌失措。那天下班后，门改户给师傅倒了一杯家乡热茶，鼓动俄罗斯女人呷一口。人家没有任何征兆地冲他双手比画，小门的浓眉拧成一团，听不懂对方说什么，师傅终于不耐烦了，抱住他的头连亲了两口，吓得他傻呆呆一动不敢动，等师傅走了才跑到机床背后，使劲揉搓沾上女人味道的脸额，后来干脆把头伸到水龙头下冲洗了，生怕有谁嗅出那股檀香味来。可睡到半夜他依然感觉脸上异样，忍不住出门敲开了领队的宿舍，痛哭流涕向天发誓从没勾引过师傅，那个焦克己戴上厚厚的镜片劝他不要害怕，但出门后的抽泣声还是被人听见了。

后来实习生慢慢熟悉了纵横交错的炮弹生产线，熟悉了面包、奶酪、罗宋汤酸溜溜的味道，还熟悉了楼下堆满牙膏、毛巾、指甲刀的小商店，尤其熟悉了实习楼前通往厂区的羊肠小道。这条小道还通向一座教堂模样的俱乐部，那是一座四四方方中华屋顶的建筑，每到周末就放映苏联电影，开始实习生们图个新鲜蜂拥着跑去观看，可坐进礼堂既听不懂，又不好意思交头接耳，看过几次就死活不感兴趣了。唯有忽小月喜欢去，她觉得看电影可以在娱乐中提高俄语听力，却遗憾只有那个门改户愿意跟随。

没听说这个脑袋灵光的关中小子跟女师傅传出暧昧，而那股子学习韧劲还是让人感叹。开始他也看不懂电影，只知道是战争片或是故事片，后来竟然可以跟小翻译讨论剧情了。回去的路上尽管黑蒙蒙看不清脸，却能感觉到他议论得眉飞色舞，连忽小月都觉得新鲜，说：你进步够快的，能听懂主人公说话了？门改户故作谦虚地说：我发现要听懂人物对话，关键要掌握俄语会话的诀窍。忽小月有点惊奇地问：你还发现诀窍了？门改户语气认真：关键是要记住重点词，记住重点词就能猜出啥意思。忽小月故意逗他说：那你上大街、去公园，要记住什么词？门改户低头一笑：关键要记住厕所这个词。忽小月想问为什么，却恍惚看见暗夜里有人影在前边晃动，吓得她一把拉住他衣袖一动不敢动。

那门改户定睛望去，没见什么黑影便调侃：厕所这个词太重要了，在图拉可不像在长安，憋急了钻进草丛就能解决，这里随地小便就把中国脸丢到苏联了，所以你进餐馆想吃啥，可以比画鸡、比画鸭，找不到回宿舍的路，可以画个厂徽……路上想上厕所可怎么比画？从此这个门改户天天缠着小翻译学俄语，几乎把宿舍变成了试验场，没多久，这个三年前还是扛锄农民的实习生，居然也可以磕磕绊绊地与师傅会话了。

但是有人不以为然，直言门改户俄语学得快是有人开了小灶，半夜还在小路上交流呢。这话让忽小月蓦然想起那天夜晚的黑影，便给崔领队提议实习团每周安排两场电影观摩，既受教育又可以学习俄语，门改户就是个鲜明的例子。当天晚上，他们就排队去看了《保尔·柯察金》，回来的路上大家边走边谈，虽说没几人能听懂影人对话，但中文版的小说大家都看过，都对冬妮娅变成了贵妇人耿耿于怀，惋惜之叹一声高过一声，夜归的路途几乎成了流动的会场。

忽小月似乎还沉浸在剧情里，走在最后闷闷不乐，谁的话都挑不起她的兴趣，门改户便糖稀般黏在身边寸步不离。忽然，他竟靠近她悄悄说：冬妮娅长得可比不上咱们月月。小翻译面对这种廉价的恭维想说，还咱们？还月月？人家是电影明星，我算什么呀？但她想起了那次山坡上的拥吻，那次被围猎的狼狈，真是幸福与厄运并存，命运的跌宕让人感到有点滑稽，以致什么话都懒得说了。

我看连福给你来了那么多信，你咋不回呢？

咦？你咋知道连福来信了？

来信都放在收发室信袋里，谁都能看见。

那，你咋知道是连福的来信？

我俩一个宿舍，他的字歪歪的一边倒。

忽小月对这些殷勤顿生厌恶，这个门改户居然像狼一样注视着自己的一举一动，是哥哥派来监控她的，还是派来照顾她的？她再不愿多说一句话了，她不由得想起那个被生生驱离的连福来。那人现在还好吗？自从她怀疑他砸了伊万诺夫的吉普车就开始疏远他了，他心里肯定懊悔得一塌糊涂了，尽管他装得挺有涵养，还跑到办公楼下为她送行，可她碍于哥嫂无处不在的眼神，甚至没有跟他打一声招呼，自己是不是有点太绝情了？她到图拉后没事时经常这样寻思，几次想提笔解释，可信纸摊开了，叹口气又放弃了。

现在他还在酸洗线上搬大料吗？那是一种体力活，要把机加成型的大弹壳一个一个装进料筐里，酸洗后再一个一个提出来，一天下来要搬多少吨呢，搬够定量才能去处理设备业务，想想也真够难为他了，承受着这么繁重的劳动，还不忘抽暇给她写信。这类跨国平信路途要走十天，但小月每周都能收到他的信笺。开始她收到信不想拆开，既然已经下了决心分手，干吗还要藕断丝连呢？但是每个礼拜三，传达室信兜就会插进一封印花的信笺，后来她开始琢磨，这个聪明透顶的技术员会写些什么呢？可以想到此人朝邮筒扔信时，嘴角一定撇着歪歪的坏笑，像在嘲弄，又像冷讽？没准信里尽是抱怨……终于，忽小月在一个礼拜天的下午，压抑着怀里的小鹿拆开了第一封信。

那一天已经距离收到信笺过去两个月了。

这个可怜的连福信中告诉她，他没有忽小月的通信地址，是找了三个实习生的家长才要来的：苏联图拉市红星机械厂实习楼。他断定忽小月作为翻译一定也在那栋楼里，就开始了给情人写信的作业。信中说他下车间搬大料，累得胳膊都肿了，贴上膏药都消不下去，脱掉衣服大头肌亮光光的，好像都快憋炸了，晚上睡觉常常会痛醒过来。而且，心灵受到的煎熬更让他痛不欲生，怎么忽然就成了内控人员，熟人见面都懒得打招呼了，他几次站在酸洗槽子旁边，恨不得一头扑进那冒黄泡的大铁槽子，永远解脱算了。可是他想到了远方的月月，想到了晃来晃去的马尾辫，想到了甜腻腻的小嘴唇，就走开了不想跳了，幸福不会永远疏远他们的。

连福后来在信里又说，天降甘露，雨打芭蕉，他又从表面处理车间调到工厂技校了，让他给新工人上设备维修课，全厂那么多设备，他可以讲个三年五载。而且，姓黄的老鹰眼还郑重地找到他，让他认真改造，重新做人，好像他这辈子犯了多大的罪，不就是喝醉酒撒了泡尿，那张狗屁奖状他一次也没看过，他自己都不知道怎么掖到皮箱夹缝里，可没有人愿意听他唠叨啊。

不过，他信里说在技校也有好处，可以每天看到《群众日报》，现在不知道发明了啥技术，报上整天放卫星，一会儿亩产粮食五千斤，一会儿达到了八千斤，一会儿又攀升到一万多斤。连福还说厂里开始大炼钢铁了，每个人都在搜罗身边的铁锅、铁皮、铁钉，全都交到垒在后区的小高炉下，但厂长后来让大家把锅都拿回去了，关中人忌讳"砸锅"这个词，可当他匆匆跑到回收点，看见自己的小铁锅已经被砸了一个洞。

连福后来信里说，他想申请去押运军列，那项工作又简单又轻松，只要把交验的炮弹押送到部队，回来的路途可以自己支配，如果能去海防前线想给她带一个彩色大海螺……

连福在每封信的开头都称呼她"亲爱的"，在末尾总要写上"你的连福"，这让忽小月读得脸红心跳，好像他变得很弱小很温顺，变成了她宠养的一只小猫咪。每每读到这儿，她会情不自禁抚抚那个浪漫的落款，那几个图钉般的水迹可能就是他的眼泪。后来她发现自己很享受阅读连福来信的感觉，每每到礼拜三，她下班的脚步就变得匆匆了，到了实习楼前又慢下来，待踅进收发室，看见信兜有信心里就高兴，偶尔邮递员送晚了没见到，心里就空落落像丢了魂，见人说话都有点颠三倒四。但忽小月仅此而已，她觉得既然已经明确分手了，就压住心绪没有提笔回信，她知道只要回一封信就会把猥琐的坏笑再勾出来，他们之间就再也分不开了，那会让哥哥嫂嫂陷入失望，回国后该怎么跟亲人们解释呢？

然而今天，门改户却冷不丁提到了连福来信，她突然有一种洗澡被偷窥的感觉，猛地停住步，与大家拉开距离，厉声道：请你不要跟我了！门改户不由得一惊：咋了？说着还讨好地朝她靠了两步。忽小月也不回答，转身走向了相反方向，门改户急跟在后说：天这么黑，你一个人走路，出了事咋办？忽小月没理他，一路小跑，拐到一条竖满路灯的大道才慢下来。

这条路也可以回实习楼的，尽管要绕一半的路程，没有了讨厌的跟踪，心绪便舒展起来，但刚走了一会儿就碰到一个酗酒人，歪倚在电杆上，一手抓着酒瓶，一手捏着酸黄瓜，见到人过蓦地站直身，向她伸过酒瓶，喊她来喝一口。吓得忽小月尖叫着跑了过去，只听两耳风声呼呼，根根电杆都甩到了身后，可她分明听见身后脚步越来越近，吓得她快要哭出来了。但回头急瞥，发现是门改户跟上来，这让她不由得涌起一丝感动，拉住他袖口飞快地跑回了实习楼，这个护花使者陡然让姑娘不那么反感了。

然而没过多久，门改户下班后，忽然郑重地把她叫到实习楼外，责怪她不该穿那身被称为布拉吉的裙子招摇过市。忽小月心想，这件藕荷色碎花绵绸连衣裙，是她特意在西安找裁缝定做的，人家苏联姑娘一个个打扮得花枝招展，凭什么我就不能穿呢？而门改户却言之凿凿，那一群苏联水兵之所以会把你围住，就是你的裙子惹的祸。

她知道门改户指的是上个礼拜天，那个礼拜天有什么问题吗？

那天，一群在图拉城学习舰炮维修的水兵，穿着清一色的海魂衫，像一个个蓝色精灵一字排开，手挽着手，脚踏着地，像街上涌起的一道蓝色海浪，从海滨大道上横涌过来，还炫耀地拉着手风琴，水兵们还边走边唱，路边不断有苏联姑娘朝他们挥手飞吻，水兵们得意得像全城的女人都在向他们调情，这就是一道俄罗斯民族的风情画啊。忽小月那天去商店买牙膏回来，站在路边欣赏水兵们的热辣，也禁不住跟随路人一阵尖叫。忽然，那"一"字形队伍呈扇形围拢过来，还没等她反应就被围到了中间，水兵们整齐踏步，边跳边喊：中国姑娘万岁！

忽小月触景感染，心里涌起一股冲动，她迎着朝她挥舞手臂的高钩鼻水兵，摆出了一个东北秧歌的动作，四周顿时响起一阵哗哗掌声。手风琴的节奏也陡然快了，她忘我地在图拉街上跳起了大秧歌，这还是那年为欢迎苏联红军进城特意学的，这阵儿跳起来居然别有趣味。那些水兵居然也跟着她的动作，双臂摇摆，一驱一退，当然是邯郸学步有些滑稽了。转而风琴手拉起了《喀秋莎》，忽小月用俄语唱起来，更多的苏联姑娘也站到她身旁附和，水兵们竟然围住她们转起圈来，越转越快，越叫越尖厉。后来姑娘们都被水兵们一个个牵出去了，最后只围住忽小月一个人，大家几近疯狂地呼叫着旋转着，圈里圈外的人被陡然掀起的欢笑陶醉了。

这场突如其来的邂逅使得忽小月开心极了，半夜躺在床上还在哼哼《喀秋莎》。第二天她又穿上那件连衣裙去上班，一路上不时有人向她跷大拇指。可是这件事咋在门改户嘴里就成个问题了？好像是她的连衣裙惹出了是非？难道中国姑娘就不要漂亮吗？难道她丢了中国人的脸吗？

可第三天在实习团例会上，焦克己团长扶着厚眼镜掏出一个记事本，咳嗽了两声，好像忘了要说什么，大家忍不住笑了。这是一个纯粹的技术人，即使经历了颠沛流离的西南联大的学业，也没有动摇以身报国的梦想，甚至对冷冰冰的火炮有种痴迷的热情，可他缺少处理思想难题的经验，本以为带队异国只是来学习技术的，没想到层出不穷的思想问题缠得他头疼。大使馆已经要求了，必须在会上把参赞的指示一字不漏传达下去，他只好又清了清嗓子念道：我们到了苏联，每个人都代表着国家的形象，言谈举止应该有模有样，不能在大街上嘻哈打闹，让人家觉得我们缺少教养，即使穿衣也不仅仅是个人私事，不能花里胡哨，让人家感觉到诱惑。念到这里时，镜片后的目光有意无意朝忽小月一瞥，而这一瞥让忽小月感到脊梁发热，似乎团员们也都有意无意朝她偷睨，睨得她不停地往后拢头发，再没人跟她搭讪逗乐了。

都是连衣裙惹的祸。门改户直截了当。

连衣裙到底咋啦？忽小月仍旧喜欢。

小翻译没想到，门改户会后竟在实习楼外讲了这番话，竟然认为那件连衣裙突出了胸脯和屁股，墙上剪影就像光着身子，容易让人想入非非。可是……可是图拉市满大街都是穿布拉吉的女人，也没人说三道四啊？她知道国内的连衣裙也是从苏联传去的，在国内她喜欢穿那件蓝色连衣裙，一有活动她就穿上，好像也没人说什么呀？怎么到了苏联会有人不满意了呢？她跑去跟团长解释，可镜片后面总是闪烁着捉摸不定的光泽。

忽小月叹口气想哭，既然你们这么不待见布拉吉，我以后不穿就是了。她把连衣裙洗净晾干叠好，放进皮箱长叹口气，自己整天规规矩矩的，从没想过用色相来诱惑人的。然而，过了几天那个门改户下班路上又搭讪问：怎么不穿布拉吉了？她觉得这人也真够讨厌的，哪壶不开提哪壶。可门大眼居然像忘了他以前的话，说：其实，我觉得那件布拉吉挺好看的，是咱们团长观念陈旧，容不得人赶时髦。忽小月心里奇怪，问：你是啥意思？让我穿布拉吉上班去？门改户顿了顿：以后咱俩出去你穿上，上班你再换上列宁装。忽小月倏地想起那句古话，女为悦己者容，呵呵，这家伙该不是疯了吧，我比你大三岁呢，你想干啥呢？她便冷冷地说：你就别胡思乱想了，我知道我该穿什么衣服！

这应该是门改户向她最露骨的表达了。以后的日子，他再也没敢把暧昧噙在嘴上，但行动上依然像个小跟班，整天围在她身边嘘寒问暖，把他对一个姑娘的渴望坦露在浓眉大眼上，使得忽小月不得不更加警惕地与他保持着距离。那天突然下了场雷阵雨，他居然把雨伞送到总工艺师办公室，引来苏联女人一阵惊呼，中国女人好幸福啊，这么体贴的中国男人！但她没用那把黑布雨伞，一直等到雨停了，才拎起伞一步一步往回走，走到传达室把伞放到了门改户的信兜下。纳闷的是那把伞竟然一直在那儿杵着，门大眼天天去翻信不可能看不见。

我说，你咋不把雨伞拿回去？

什么雨伞？在哪儿？

你一天尽看啥呢？是不是被师傅嘴唇迷上了？

你咋能这样说？是她要亲我，我可没想亲她。

二十九

忽小月后来不再理睬门改户了，直接原因是她去老莫师傅家过了一次生日。

本来实习团的翻译是不配师傅的，可忽小月觉得在兵工厂工作应该懂点技术，光做翻译什么也不懂，团长禁不住她三番五次请求，便让她跟总工艺师莫洛斯夫学习。这个被她称为"老莫"的人，行为严谨得令人咂舌，不论上班下班总系着领带，蓝条的黄格的花点的领带，轮番在他胸前悠来荡去，几乎成了他的形象标志。忽小月嘻嘻笑问，别人说你，进澡堂都系着领带。老莫居然承认了，那是领带脏了，我想顺便洗一洗。看来他真有光身子系领带的经历，那该是一个多滑稽的样子啊。老莫还喜欢周末去俱乐部跳舞，忽小月从没见他跳过，但别人都说他跳得好，步履轻盈，风流倜傥，跳到最后常常只剩下他和女伴在旋转。

这个老莫给忽小月讲解工艺喜欢形容，他比喻第一道熔铜工序，是蒸饭的火炉，一刻也不能停，停了馒头就夹生了；第二道压延工序，是排山倒海的巨浪，谁阻拦都会粉身碎骨，只能顺势而为；第三道冲压工序，是憋足劲的公牛，勇往直前，拼命也要到达胜利的尽头；第四道机加工序，是小姑娘出嫁，精雕细刻，须把模样做到极致；第五道表面处理工序，是女人出门，涂脂抹粉，尽可能做到人见人爱。忽小月后来才明白，冲压机为啥被形容成了公牛，不过，在小翻译面前老莫还是很严肃的，不管是去俱乐部跳舞，还是去白桦林野炊，都没有邀请忽小月参加，还煞有介事说工厂有纪律，不准与实习生过度接触。

但那天老莫笑眯眯邀请忽小月去家里过生日，她想也没想就去楼下商店买了一兜香梨去了。那是一片建在白桦林里的别墅群，一栋一栋桦木垒成的两层小楼，散落在密密的林荫之间，走近了会闻到一种淡淡的木香，层层叠叠的花草几乎把一家家小院淹没了。

老莫家门口一排红景天红得有点失真，让人忍不住想用手去摸摸真假。忽小月盯着门牌，这是一个仿照农舍的柴门，一排桦木条钉成的门板，宽大的缝隙可见院里人影憧憧。可她敲门无人应声，只好大声喊叫，老莫才开了门，示意门框上系着一根细麻绳，上边挂着一个古色的铜铃铛，轻轻一拉，铃声叮当。她蹑步走进去，蓦然惊呆了，一群白衣白裤的水兵呼啦一下，从桦木屋里拥出来，夸张地哈腰伸臂，围着她摆出了一副欢迎的姿势。

她怯怯地背手掩上院门，立刻爆发出一阵节奏齐整的掌声，噼噼噼，叭叭叭，手风琴响了，手鼓也随之敲起，又是那位高钩鼻水兵伸手邀请，那手掌一直伸到了她的下巴上。忽小月矜持着没有响应，微微抿嘴看看师傅。老莫笑着说，今天是你的生日，大家一知道就来了。忽小月这才想起今天的日子，其实她对生日实在模糊，也还没有过生日的习惯。

不过，年纪轻轻的过哪门子生日啊？去年伊万诺夫提前一个月就说要给她过生日，可是到了那天忙着安装八百吨冲压机，也就悄没声地过去了。今天的场面让小翻译太意外了，香槟酒、伏特加、果子酱、面包、香肠、牛肉饼，还有俄罗斯人离不开的罗宋汤、酸黄瓜，满满地摆在一张拼起的长桌上，每个人像变戏法似的举起了高脚杯，红的、黄的、白的，酒香弥漫。老莫小声告诉她，这些水兵自从与她在街上邂逅后，便被她的舞姿和眼睫毛迷住了，他们发起了一个寻找中国姑娘的行动，很快就在工厂俱乐部找到了老莫，当晚就策划了这个宴会。

我还以为，是师傅过生日呢。

生日蛋糕应该大家分享。

可你是长辈，我是徒弟……

给孩子过生日，是俄罗斯人的最爱。

说着莫洛斯夫忽然想起什么，转身跑进了桦木屋。水兵们似乎就在期待，起哄般唱起歌，放纵的旋律在浓郁的树梢上流淌。小翻译知道唱的是《水兵之歌》，可她不会唱，只好跟着瞎哼哼。等一曲终了，大家鼓动她唱，她说我今天给大家露一手，做一道中国东北的大烩菜。说着她也跑进了桦木屋，见老莫正端着笼屉从厨房出来，碰到她沮丧地双肩一耸：不小心，锅烧干了。忽小月说：我想做道中国菜，你家再没锅了？老莫说：我平常就不用锅，今天是为了蒸这个蛋糕，锅里放了一把草叶，你看锅底煳了。

老莫到了院子里，把蒸笼往长桌上一放，锅盖一揭，一股焦煳味。不过模样还行，圆圆的，厚厚的，像白面加了玉米粉，黄亮得诱人，马上把小小院落蒸热了。老莫左右端详，说这是他最拿手的野味蛋糕，说着拔掉蛋糕中间的圆木楔，又摸出一根胳膊粗的蜡烛插上。水兵们一声口哨，哗啦啦围绕过来，也没人起头便合唱起《生日快乐》歌，所有目光都聚焦到小翻译身上了。那一刻忽小月感觉自己快醉了，一对酒窝盛满了幸福，从小到大她还没享受过生日的快乐，每年都稀里糊涂过去了。

她的眼睫毛垂下了，她想记住异国他乡的这个生日。那支蜡烛不知啥时点着了，那个高钩鼻提醒她：小美人，赶快许个愿吧。可她的眼睫毛合上了，却不知该许什么了。许愿这次实习取得好成绩，回国戴朵大红花？许愿失踪的爸爸妈妈平安回家，带她一起回到黑家庄？许愿那个嘴带坏笑的家伙通过了审查，两人一起去浐河摸条鱼，炖熟了给哥哥嫂嫂送去尝尝？许愿能分上一个独立的单元房，可以毫无顾忌地在厕所里蹲上半天，把一本电影杂志看完了？

呵呵，想得太多了，有人给她扣了顶水兵帽，浓浓的汗臭钻进了鼻孔，但她取下来攥在手上没有扔，然后深深吸口气，对准飘动的蜡烛火苗吹去。可是奇怪了，她怎么用劲，那火苗不但不灭，反而呼呼地朝上冲，引得水兵们哄堂大笑。可凑来几个水兵帮着吹，也还是吹不灭。哎呀，那火苗像认人似的，老莫俯下身，只微微一张口，火苗就小了，再吹就熄了。水兵们觉得没面子，让老莫再点着，而那火苗却愈发像个小精灵，呼跳地逗弄着年轻人，小翻译憋气鼓腮咋吹不灭，水兵们轮番上阵依然不熄。

这时，老莫呵呵笑了，双手叉腰得意地说：这儿有个小秘密，是我为弹筒退火的革新设计。他把蜡烛从蛋糕上拔下来，大家这才看到桌面下边，装了个玲珑的煤气瓶，那桌上蜡烛是塑胶的，下边有个阀门控制气量。松开，天然气便呼呼冲上来，按住，火苗便熄了。

这个老莫居然为给徒弟过生日，下了这么大功夫，水兵们欢呼畅饮，把忽小月感动得眼泪巴嚓的。她说，今天我要给老莫师傅献上一首《红莓花儿开》，说着便伴着手风琴唱起来，唱得很投入，字也咬得清楚，老莫和水兵们都沉浸到歌声里，连左右邻居都趴到窗台鼓起掌来。

忽小月的确被水兵们的热情感动了，她踏着手风琴的旋律舞起来，等到唱累了跳累了，就拿起酒杯喝上一大口香槟，浑身细胞像注入了辣味，突突地要涨开来。她又开始跳起二人转，所有人都在她的指挥下扭动起腰肢，啥样姿势都有，似乎老莫跳得笨拙，怎么看都像是交谊舞。那位高钩鼻似对舞蹈颇有灵性，与忽小月俨然一对娴熟的舞伴，跳着，转着，唱着，连林中雀鸟都飞过来婉转鸣啾。忽然水兵们把她抬到长桌上，一伙人围着长桌疯狂转圈，转得他们都以为自己就是世界的中心，停都停不下来了。

后来大家终于跳累了，老莫打开了留声机，播放《莫斯科郊外的晚上》，尽管太阳还在头上烈烈地悬着，但忽小月感觉朦胧了，感觉天也醉了，地也醉了，一切都变模糊了。那悠扬的旋律更把她的心房挠动了，像缓缓地滑进了温柔之乡，嘴里轻轻无忌地哼唱着，小院里的人也都情不自禁醉了。老莫笑吟吟向她举起红葡萄酒，她也迎合地端起酒杯晃了晃，大概是触景生情吧，她想起了哈尔滨那个圣母大教堂，想起了西安城外的万寿寺，想起了那个甜蜜而又倒霉的晚上……

忽然，门铃叮当，老莫拉开桦木门，门改户居然跑来了，一对侦探般的大眼睛，警觉地把小院每个人扫了一遍，才附在忽小月耳边说，团里有紧急事情叫她回去。忽小月玩兴正浓当然不想走，可门大眼那不容置疑的冷酷，让她感觉有大事要发生，便无奈地摊开了双手。

她噘着嘴唇走到老莫身边耸耸肩表示歉意，师傅情不自禁伸开双臂把她抱住，在她额头轻轻吻了一下。忽小月呆缩在师傅臂弯里，不知该怎么解释才好，眼泪蓦地滑过脸颊，滴到了胸前扣子上。老莫转身送她一只切削的铜质花瓶，里边插着一大一小两片红景天。水兵们这才知道她要提前离场了，一个个跑过来，各自在院里摘了一朵盛开的蔷薇花插到花瓶里，然后轻轻吻过她的手背，惋惜之声时断时续。

这家伙是怎么找到这里的？

忽小月手捧沉甸甸的花瓶，坐在门改户的自行车后座上，一路上彼此都不说话，好像都在焦虑什么。她实在是扫兴透顶，老莫和水兵们为她忙碌了那么久，想看她跳舞、听她唱歌的，她已想好要唱东北二人转《回娘家》，一边跳，一边唱，一定能把大家逗乐的。那还是她小时候在戏班学会的，可是……可是她提前走了，连水兵们的名字都没记住。然而，回到实习楼，她问焦团长在哪儿，门改户却让她先回房间等着。

不是团长找我有急事吗？

叫你等，你就等一会儿吧。

人家还不耐烦了，忽小月想也没想就噔噔噔跑回了宿舍，同舍姑娘在悄悄给爱人写信，见她回来把信纸压住只露个边角。她无心玩笑躺倒在被褥上，盯着桌上的黄铜花瓶，心绪却像天花板一片苍白，究竟有什么急事喊她回来呢？她静静地等了半小时，又等了半小时，感觉有点奇怪了，火急火燎喊她回来，为啥回来了又把她撂空放了鸽子，早知道是这样完全可以多留一小时的，那会是多么宝贵的一小时呀！不是总喜欢强调人民友谊吗？这也算尽了一个中国实习生的义务，何况人家还是为她过生日。后来同舍姑娘开始洗漱了，笑着问她是不是又想起老情人了，咋眼泪汪汪的？那只花瓶是谁做的，插的花也太多了？她没吭声起身出门敲开了楼下一间房门。

门改户揉着眼皮：找我干啥？

忽小月反问：不是团长找我有急事吗？咋还不见人？

门改户眨巴眼：你参加苏方活动给团长报告了？

忽小月激愤了：人家就为我过个生日，报告什么？

话音一落，她突然意识到什么，转身跑上楼敲开了焦克己的房门，团长居然丈二和尚摸不着头脑，根本没有找她谈事的意思。她气急败坏又跑下楼去敲门改户的房门。这家伙不知是躲避还是害怕，怎么敲就是不开。她气得一肚子火没处泄，不停地来回踱步，旁边实习生还以为他俩发生了什么隐秘龃龉，偷偷开个门缝朝她窥望，脸上挂着怪诞的表情。

忽小月气得平生第一次脱口骂人了：啥玩意儿嘛！

但等她跑到楼外，让微风吹了一会儿，再回到自己的宿舍，却见门改户在楼道里站着，她真真想发泄，又怕在走廊喊叫楼里人笑话，便闷下头想闪身进去，可人家却伸手拦住她说：小月，你别这样看我嘛，看得人瘆得慌，我都是为你好，我是怕你受欺侮。忽小月目光直直地瞪向门大眼一声不吭，恨不得把他那大鼻子咬下来。忽然，门改户双手抓住她手腕鼻音嘟囔：我对你一片真心，绝对真心。忽小月斜睨他的手，以命令的口吻说：你放开！门改户迟疑地松开手，她撂了句挖苦话：你也不自己照照镜子？这句话的确太伤人了，门改户怎么看也是人模人样，有那种让女孩子喜欢的大眼睛，是可以拿到人前的。

从此忽小月再没跟门改户主动搭讪，对方几次拐弯抹角想解释都被她呵斥开了，两个人这种明里暗里的纠葛，当然瞒不过朝夕相处的同伴了，从此实习生们给门改户起了个外号：癞蛤蟆。门改户指天发誓自己从没追过小翻译，是忽厂长临走时让他关照他妹妹。但那个外号还是悄悄传开了，气得他一听见那三个音节就咬牙切齿，恨不得把小美人扛回宿舍压到床上，可他真的见到忽小月又不敢发泄，还装得小心翼翼像没事一样。

后来，离实习期满还剩下三个月，突然间通知忽小月提前回国了。这是为什么？小翻译一听就蒙了。焦克己在跟她谈话时结结巴巴说，有人反映她实习期间行为不检点，为维护友谊，须回国反省。忽小月惊讶地问团长，我怎么不检点了？我怎么还跟两国友谊扯上了？团长说他也不清楚，有人给大使馆写了检举信，这是大使馆的意见，至于这里的翻译工作，大家已经实习了九个月，日常生活应该没问题了。

我究竟犯了什么错误哇？忽小月趴在被窝里抽泣起来。

让我一个人提前回国，可咋向长安人交代啊？忽小月越想越恼，坐上大巴赶到莫斯科，去找大使馆询问为什么。这里，她以前来取过杂七杂八的文件信函，都是匆匆办好匆匆走人，这次才发现大使馆居然那么大，沿着高耸的围墙走了好久才找到大门，可持枪警卫伸手挡住，没有证件绝不准进去，好说歹说出来一个文绉绉的小伙子，就站在路边的白桦树下问了事由。她像找到了救星把焦急和委屈都堆积到了脸上，努力做出极其诚恳的样儿，想让人家相信她绝对没做过出轨的事情。可那文绉绉终于听明白她的申诉，说：你的问题有主管参赞负责，他回国休养去了，你可以先回国去，等以后查清了再通知你回来。忽小月当然不满意，回国了还能回来吗？可人家说这已经是最好的答复了。

忽小月走的那天，实习生们都站在楼下送行，楼道里窗台下都站着人，大家却不知该说什么，只能重复着前边人蹩脚的祝愿，再把家信递到她手上让捎回去，一会儿工夫手上的信笺就握不住了，唯有那个阴损的"护花使者"大概心虚没来，说是去莫斯科取包裹了。焦克已在小楼外握住她手，似乎想说什么，却嗫嗫嚅嚅一句也说不出来。

老莫师傅显然不理解忽小月为什么要提前回国，他穿着笔挺的花格西服，系着猩红领带，匆匆赶到实习楼下，送给她一摞过生日的照片。呵呵，照片上的小翻译歪着脑袋张着双臂，摆出了一个动人的舞姿，那些潇洒的水兵们簇拥着她，眼睛鼻子嘴巴都咧着甜蜜，多么幸福的时刻啊！老莫告诉她这是水兵们回到海军基地洗好寄来的，说着在她额头吻了一下，两行老泪落到小翻译刘海上……她忽然想起什么，弯腰从包里掏出那只花瓶还给老莫说：这个不拿了，海关恐怕过不去……

三十

坐在回国的列车上茫然眺望，尽管宁静的贝加尔湖依旧烟波浩渺，尽管广阔的湿地依旧风吹草低，但忽小月已没有来时的激动了。她跟车厢同路人七天七夜几乎没说一句话，她后悔没在莫斯科登上返程火车前，再跑到大使馆问问那位参赞什么时候回来，或者问清楚他在哪个地方休养，回国后可以找他当面递交申诉。但是她的脑子已经乱成一锅粥了，想什么事情坚持不到三分钟，就会跳到另一件毫无关联的事情上，以致越想越恼越想越气，恨不能跳下车，在草地上狂奔起来。

而且她没想到，列车在深夜抵达北京站时居然没有一个人接站，在清晨抵达西安站时也没见到一张熟脸，熙熙攘攘的人流快走净了，她把两只笨重的皮箱用毛巾绑住背到肩上，身前一个，身后一个，像个赶集的农妇步出了出站口。找到一个饭摊，要了一碗胡辣汤，掰了一块干馒头，一口一口嚼碎吃了，然后在街上茫然地背着行李转起来，实在转得走不动了，才租了一辆人力三轮车，很快便望见了她依然熟悉的长安厂大门。

工厂已快到下班时间了，巍峨的大门静悄悄地耸立在面前，可那个魂牵梦绕的兵工厂好像变得陌生起来，刚一会儿，大铁门吱啦一声开了，人们说着笑着走过她身边，却没人注意到她的窘迫。她忽然意识到什么，转头让三轮车拐向通向街坊的小路。这条路铺着一层核桃大的碎石子，车夫一路上嘟嘟囔囔从没见过这么颠簸的路，直到她听烦了答应增加五分钱才不再吭声了。

可她费力地把皮箱拎到宿舍门外，却怎么也打不开锁，钥匙几乎快扭断才发现锁芯换了，她顾不上曾经的龃龉，敲开房门问马大哥怎么回事。邻居竟然拿出钥匙打开了房门，但房间已换成架子床，她的被褥已被卷堆在架子床上铺，她问怎么回事，她才走了九个月，翻译职务，一人一间，怎么又住进来一个人？马大哥也说不清楚，只知道这位姑娘大学毕业，刚刚报到半个月，今天有人要来送箱子，才临时把钥匙给了邻居。这么说宿舍又分来一个人，可凭什么后来人要把先来人的被褥扔到上铺？还要换了钥匙？这人必是缺少教养，她气得只好让邻居帮忙把自己床褥铺开，把皮箱拎到架子床上，心里已然充满了难言的惆怅。

她感觉肚子咕咕叫了，从不知被翻过多少遍的抽屉犄角翻出两张饭票，又从皮箱里掏出铝皮饭盒。是啊，她记得自己每次去食堂排队打饭都是一道风景，认识的不认识的都喜欢跟她打招呼，好多人会在背后瞅着她的脖梗辫梢发呆，她为此不愿在食堂吃饭，喜欢打好饭菜端到办公室慢慢进餐，工友们会一直目送她走出饭堂。可是今天，似曾相识的抬眼瞅瞅她，嘴角一撇昂头过去了，陌生的瞅她像见了怪物倒吸口气，走过几步又回头朝她张望，那眼神比翻译工艺复杂多了。

忽小月以为自己的穿着时髦了，可这身翻领掐腰的列宁装，以前进工地下车间常常穿的，食堂里已见不少姑娘穿过这般式样的衣服；而且她刻意将头发老老实实梳成两根发辫，用的是橡皮手套剪下的皮筋，就没敢系彩绒花结；脚上胶鞋也是她刚从箱子里翻出来的，是几乎人人都有的黄色解放胶鞋，不像她以前穿过的二指后跟的皮鞋，当时差点引得打饭人围观过来，大惊小怪一场虚惊呢。但是她今天隐隐感觉，大家的冷漠之外还露有嘲讽，有人在用余光瞄向她的嘴唇和眼睛，有人甚至故意从她身前绕过去，扭头就跟身边人嘀咕，她咋提前回来了？忽小月感觉脊梁骨被人盯得火辣辣的，像有万千蚂蚁爬上爬下，浑身烦躁得像要蚀掉了，她匆匆买了份二毛钱的芹菜炒肉和二分钱馒头，就匆匆离开了嘈杂的食堂。

以前她打了饭，会沿着水泥大道昂首挺胸走回专家楼，但她今天趔进了一条树木密植的斜插路，这是一条人们抄近踩出来的小道，记得她只在小道上走过一次就发生了故事。那是遇见连福的那个中午，他戴着鸭舌帽晃晃悠悠迎面过来，感觉就不像是好人，眼睛似藏在帽檐里，可就在两人相互错身的一刹那，他竟然呀了一声，吓得忽小月几乎小跑般出了小树林。后来他们认识了，她问他那天呀什么啊，连福说他没想到荒凉的大西北会有这么漂亮的姑娘，眼睛乌澄澄的像两颗黑宝石，酒窝清悠悠的像盛上了蜂蜜。忽小月知道他在背诵谁的情诗，但心里还是挺舒坦的，没有哪个女人不喜欢男人恭维。

但她今天走过这条清冷的小路什么事也没发生，等她走到专家楼前准备进去，持枪门卫伸手拦住她，请她出示通行证。她告诉门卫，她是俄语翻译，出国怕通行证丢失，锁在楼里办公室了。但门卫认证不认人，她想请伊万诺夫接她进去，可是中午时分专家们都回城吃饭去了，一直等到上班老伊万才从吉普车上下来，这才结束了她与门卫的对峙。

但她发现专家组长身边跟随着一位高挑姑娘，看见忽小月愣了一下，伊万诺夫没等寒暄就伸出双臂把她抱住，嘴里喃喃道：我们每天都在想念你，想你的眼睛，想你的脸庞，想你的舞步。忽小月感叹：你们的国家也很美丽，我实习的红星厂就坐落在密密的白桦林里。伊万诺夫说他就是那个厂的总工程师，忽小月说要是早知道就该去看看嫂嫂了，伊万诺夫说他的家是一栋独立的木房子，二层小楼，一个大院子，可以在院子里请大家吃烧烤。忽小月想起老莫组织的那场生日餐会，心里突然生出些许诧异，谁敢再参加那种活动呀，便不置可否地笑了笑。

等大家嘻哈寒暄后进入各自办公室，忽小月走到熟悉的门前，钥匙同样捅不进去，还是那位叫刘娜的高挑姑娘过来开了门，打眼一看里边完全变样了，她的办公桌上换成了大玻璃板，压着刘姑娘大大小小的照片，书架上尽是一堆文学类的书籍，看来办公室的主人内心浪漫，喜欢徜徉在艺术的氛围里。关键是只有一张办公桌一个书柜，脸盆架上当然也只有一条花格毛巾。还好有两把木椅，忽小月只好在办公桌对面慢慢坐下，刘娜告诉她所有物品都是专家办宋主任收拾的，她指了指墙角一个草绿色的炮弹箱。

忽小月真想发火，她的抽屉原本上着铁皮锁的，看来厂里已知晓她提前回国的缘由，把她的私人物品都清理了。她蹲下掀开炮弹箱，抽屉里的书本、铅笔、发卡、头绳乱乱地堆满了，最上面是原来压在玻璃板下的一张放大的照片。那是她当年在乌苏里江边拍的，穿着毛茸茸的皮大衣，脸颊深埋在衣领里，嘴巴笑得灿烂如花，身体被风吹出了婀娜，谁见了都嚷嚷那半边曲线充满诱惑。她央求照相馆师傅把照片洗了张半尺大的，像电影明星般压在玻璃板下，时间久了她几乎忘记那是自己了。

忽小月翻着翻着，心里升腾起一股一股的邪火：你们没经我同意，就把我东西给收拾了？刘娜有点胆怯：这可不关我的事，宋主任让人收拾的，我只是帮了帮忙。忽小月转身去找宋主任，可她敲了好一会儿门才打开，露出一张故作惊讶的脸问：小月，你回来了？这么快，好像电报上说……忽小月定下神说：我的办公室咋让人占了，我的东西谁收拾的？宋主任也不正面回答：你先回去休息吧，你的工作还没研究呢。忽小月心里吃惊，问：怎么？我的工作都变了？为啥？宋主任环顾左右说：我以前就讲过，现在物资统购统销，谁想贪点都没机会，只有作风问题，国家没想出好办法。忽小月气极了问：我……我作风咋了？宋主任毫不嘴软：厂里接到外交部通知，你属于提前遣返，已不适合原岗位工作了。她脑子嗡的一下，什么话也说不出来转身就走，脚下像踩在了棉花上摇摇晃晃的。

忽小月也不知是怎么回到街坊的，上楼梯拉住扶手，一步一顿爬了很久才上到三层，叫马大哥打开房门，仰倒在刘娜的床上躺了一会儿，思绪乱得一塌糊涂。后来她估摸下班了，把脸浸到脸盆冷水里清醒了一会儿，从行李袋里掏出两瓶伏特加和两件小孩毛衣，一步一步来到哥哥家楼下。

开门的嫂子见到她很是惊奇，接过她提的网兜让她在客房坐下，说：没听说这么快就回来了。忽小月把毛衣抽出来给扑上来的子鹿子鱼一一穿上，靳子笑眯眯说：早就想给孩子买毛衣了，姑姑买的苏联货才够洋气。可是子鹿却嫌毛衣有红蓝格子，一把脱了扔到床上。靳子拍了儿子一下说：今天嫌花哨，过两天就想穿了。

这时，忽大年从卧房慢慢出来坐到妹妹对面，对拎来的酒都没看一眼，说：你咋……提前回来了？

忽小月敏感哥哥把"提前"两个字咬得真切，说：焦克己说是大使馆的意思，我看就是想整人，大使馆哪会管那么多。

忽大年脸色骤变：那还是你，你要行得端、走得正，能让人家抓住把柄？

忽小月气急申辩：他们说是有人检举……有人检举你调查嘛，也不调查就让我回来了。

忽大年猛拍大腿：你一个姑娘家，让人家在作风上说三道四，以后还咋在单位待下去？还咋找婆家？

忽小月气得浑身颤抖：好好好，那我正式告诉你，你妹妹绝对没有干坏事，是他们王八蛋……

忽大年叹口气软下来：你呀，不知道哥有多难，那天黄老虎说部里来了通知，让把你调离现职岗位，他妈的，还通知让我回避……

忽小月喃喃自语：怪不得别人看我的眼神不对劲，我办公室锁头都换了，哥呀，你还是厂长呢，他们就敢……

这时靳子插上说：你可能还不知道，你哥现在职务悬挂了，下放劳动了，别提多窝囊了。

忽大年摆手打断说：月月呀，你这次把人丢大了。

忽小月气得血直往头上涌，不就是过了个生日嘛，怎么像我搞破鞋了？她失望地起身朝外走去，刚出楼道就听见房门咣的一声震响。

忽小月从街坊疾步出来，感觉自己像被人剃了光头，只有躲在黑暗里才感到安全。所以，她没有沿着竖有路灯的大道走，而是顺着一道墙根朝四层大楼那片挪步，腿上像灌了铅拖沓着，无助的泪水不停地顺着脸颊往下淌，流进嘴里都不知什么味儿，她真想趴在墙头放声哭一场，但是她似乎又缺乏哭的胆量。

最后，她懵懵懂懂进了一栋男单身大楼，一条长长的甬道，一间间宿舍散发着男人的汗臭和墙灰的味道，走廊几盏昏暗的灯泡朦朦胧胧，她稍稍迟疑了一下，便端直朝深里去了。有人端着脸盆，有人哼着秦腔，都拐进了一处敞开的洗漱间，两排水龙头前站满洗漱搓衣人，骂声叫声混杂着流里流气的调笑声，一波接一波冲过来。

她走到走廊顶头敲响了一扇门，里边似有点动静却没开，她又咚咚咚狠敲，门慢慢开了，开门人不由得啊了一声，那满仓看着忽小月泪痕未净的脸庞惊愕了，道：忽翻译呀？蒙头闭眼的连福闻声一跃而起喊：月月……月月，你回来了！她默默地朝房里挪了两步，连福欣喜若狂一把拉住，想拥抱忽又止住了，双手扶住她肩膀仔细端详，好像不相信自己的眼睛，不知该说什么好。满仓见状，摘下墙上工衣端起脸盆说：你们先坐，我去把工衣洗了。走到门口又回头说：我进厂洗澡去了。

门一掩上，连福禁不住把忽小月一把搂进怀里，轻吻着她脸上的一道道泪痕，当他的嘴唇贴上她的嘴唇，忽小月感到温滑的舌头在滋润她已快干枯的心田，像雨露洒过禾苗，大地的阴阳也交融起来了。姑娘定定地咬住恋人的嘴唇，眼睛闭上了，舌头搅在一起，好像嗷嗷待哺的羔羊碰到了乳头，直将疲惫的姑娘吸得浑身颤抖。此时此刻，天地间的一切似乎都消失了，只剩下他们两个人，两个人忘情地享受着爱的浪潮冲刷。但走廊里高高低低的怪话提醒一对恋人，这里是单身宿舍，随时都会有人闯进来的。

你回来咋不打个招呼？连福感觉喜从天降。

忽小月没有回应。

你应该十二月回来，咋提前了？连福似坠入梦里。

忽小月依然没有回应。

我给你写的信都收到了？连福最担心这个了。

忽小月微微点点头。

那你咋不回信，我每天都去传达室。连福泪盈眼眶。

忽小月的酒窝浮上来。

我以为你没收到，反正收不到我也寄。连福没有骗人。

忽小月有串眼泪滚下来。

你是不是想着，咱们就这样分手了？连福也落泪了。

忽小月这才告诉连福，她实在是压力太大了，有哥哥的压力，有嫂嫂的压力，有黄书记的压力，还有周围很多很多有形无形的压力，这些压力集中到一点，就是她不能把生命托付给一个内控分子。连福急忙解释说：我绝对不是反革命，当年只是往油槽里撒了泡尿，没想到歪打正着了，但那批迫击炮没运出去多少，日本人就投降了，沈阳的工友都可以证明。忽小月口齿喃喃：现在我也停职了，咱俩同病相怜，一对天涯沦落人。

连福安慰她道：千万不要悲观，世上的事情就是这样，一会儿暗了，一会儿明了，一定还会给你分配工作的，你看我不是从酸洗线上下来，又到夜校去上课了吗？但连福好像怕心上人难堪，始终没有问及敏感话题，始终在讲述他准备去南方押运。

押运可是件令人羡慕的差事，生产的炮弹一旦军代表签字验收，就要沿着铁路运往大江南北，押运军列的任务就由临时抽调的人去完成了。由于抵达后可以顺途游览，以至这个美差大家趋之若鹜，谁都想搭一趟不要钱的旅程。忽小月问：女的能不能去？我正好等待分配。连福把头摇得像拨浪鼓：路上要走四五天呢，军列上连个厕所都没有，你一个女的咋行呢？

三十一

可是，没多久连福就屁颠屁颠跑到忽小月宿舍告诉她有办法了。

原来连福昨天接到通知，准备押运一趟去福州的军列，可跟他分在一个车厢的马柱子椎间盘突出病犯了，需要临时找个人顶替。他跟办理押运手续的张大谝喝了一夜的酒，又把一顶蓝呢帽扣到人家头上，事情就有了眉目，如果月月愿意女扮男装，等那列车开动就是他们的天下，沿途站台会按时送吃送喝，他是皇上，她就是皇后，那会是一趟美妙无比的旅行呢。

嘻嘻，女扮男装，好刺激啊！忽小月这些天郁闷极了，她早上去见老伊万碰了个软钉子：老莫头咋会跟你有瓜葛？但你们中国人的事，我也搞不懂，撤换你就没跟我商量，现在要换掉这个翻译，也要有个合适理由呀。看来刘娜在专家面前展示了魅力。

她又去找黄老虎也碰了一鼻子灰：你要好好反省检查，现在不是你找组织要工作，是组织要找你了解情况。忽小月哭着说：我真的没有问题。黄老虎瞪起鹰眼：你这些日子白过了，找不到问题就再待一个月。忽小月挠挠头：让我待着干啥呀。黄老虎断然说：待着读读马列的书，想想自己的问题。小翻译心想，列宁的俄文原著我都读过，就是再待半年，也还是没问题。可她出了办公楼，势利的宋主任追上她说：调整你工作可不是我的意思。是谁的意思姓宋的没说，但忽小月知道这事也许与哥哥下放有关，可哥哥也没被免职呀？

可一个月咋打发呀？正好连福跑来撺掇押运去，她也没多想就应允了。

军列静静地停在后区库房边已经三天了，当军代表盯着搬运工把最后一箱炮弹装进车厢，就开始向押运员交代注意事项。途中天塌下来，也不准离开车厢，加水、送饭、拉屎、撒尿要轮换进行，各车厢也不准串门闲逛，押到目的地军方要验收签字，连福歪着嘴唇笑了，他认为这完全是多余的，谁会悄悄扛走两箱炮弹，能吃还是能卖？不过，连福显然买通了徒弟，忽小月用纱巾把辫子勒上头，戴了顶大号工帽，披上军大衣隐去了女人曲线。那张大谝也挺神的，还装模作样点了名，就没管是谁应的声。

等车厢铁门合上，军列便慢慢启动了，连福和忽小月长长地出了口气，眼盯对方愣怔一会儿，禁不住开怀大笑，他们成功地混上车了！忽小月这才开始打量这节闷罐车厢，一摞摞绿色弹药箱，整整齐齐摞在中间，一箱四发，一二二口径。车厢两侧四个能伸头的小窗子，使得里边透着光亮，中间位置铺了两层草垫，两人的帆布包扔在一头似作枕头。

忽小月盯着那帆布包蓦然警醒，以后几天她就要和这个人同席共枕了。天哪，孤男寡女的，这家伙要想干坏事咋办？她猛地拉住连福衣领说：这一路你可不能胡思乱想，不能动你那歪脑筋。连福眼神游离说：你把我想得也太坏了，我连福可是个大好人。忽小月说：你好个屁，那次给老伊万的车扔石头，你敢说不是你吗？连福微微一怔说：你想，我为啥要扔石头？

头一天他们有点兴奋，军列每次停车尽选择在荒凉的地方，有的小站台只有孤零零一两个人，更多地停在了空旷的铁路线上，远远近近就是一排排绿树和土岗，喊叫多大声都没人回应。但很快就有人挑着担子来送饭，顿顿都是清炒土豆和咸萝卜干，外加一个白面馒头、一个杂粮窝头，当然已经凉透了，只好把馍掰了，浇上热水泡着吃下。

不过，吃饭可以将就，难堪的是排泄了，男人可以停车下去随地大小便，但她是女人，必须找个有遮挡的地方。可那鬼连福添油加醋说，男人女人小便声不一样，女人小便唦唦唦，男人小便哗哗哗，让她尽量离车厢远点，小心谁发现了秘密。可是停靠点缺少树丛蒿草和土堆矮墙，想方便要跑出好远。连福又劝她不敢跑太远了，这些荒凉地鬼都不来，万一跑远了列车启动就麻烦了。可忽小月总感觉，那劝说背后似乎暗藏着阴谋。

　　军列显然驶向了南方，地上的树木日见多起来，可站台却愈发地小了，而且小站厕所大都不分男女，要命的是押运员们还是觉察了忽小月的女儿身，一停车就找茬过来搭讪，这些人离开女人也没几天，眼里的饥渴像痴人一般，张口闭口尿长毛短的，连福自然扛起了"护花使者"的重任，说：你这些话好好攒着，回家给老婆说去，少在这儿嘚瑟！

　　连福尤其不敢丝毫懈怠的是上厕所了，每每忽小月去解手，要等押运员都解完才敢进去，他还必须在墙外守着。忽小月进去褪下裤子，一股欢愉奔泻而出，真个是酣畅淋漓呢。可那天忽小月刚刚蹲下，军列突然一声长鸣，车头滋出一团蒸汽，连福慌忙喊叫：快，快，火车动了！

　　他边喊边撒腿朝军列跑，忽小月也慌忙提起裤子，一边跑一边系皮带，眼看着车厢缓缓动了，她拼足全力向前冲去，要是被丢到这荒凉地，前不着村后不着店，哭都没眼泪的。猛地，她踩到了一粒碎石上，身子一个趔趄扑倒地下。军列押运员们全拉住车门惊呼：连福，摔了！人摔了！连福回头看时，忽小月已趴到地上，他想过去拉她起来，又见她一跃而起，又奔跑起来。

　　这时军列速度快了，连福箭一样纵身蹿上车厢，又反转身一手拉住把手，一手向她伸去喊：月月，快！快！但她跑得踉踉跄跄，有点迟疑，太危险了，碰到车轮就没命了，她不由得停了一下。可这一停，便再也追不上了，她忽然反应过来冲着连福喊：快，快把我背包扔下来！

　　背包里有钱，有钱就可以雇辆汽车追上去，至少可以买张火车票打道回府。可那连福居然拎着两个背包跳下军列，在地上连打几个滚朝她跑过来。忽小月气得骂：你咋能下来？谁押运呀？连福却不管不顾地喊：要丢，一块丢；要跑，一块跑！倏地，一股异样哗一下涌上来，脑子里涌满了感动，但她顾不上纠结了，拉起连福又去追赶军列。

　　追不上了？

能追上!

你跳下来干啥?

我不能丢下你。

两人气喘吁吁跑着,忽然那越来越快的军列一声长鸣,咣当一声巨响,又缓缓停下了,只见车尾呼哧呼哧冒着雪白的蒸汽,遮天蔽日,似乎想淹没什么似的。原来,列车在换车头呢,真是一场虚惊呀,押运员们都倚在车厢口朝他俩怪叫,好像目睹了一场别开生面的喜剧小品。

等俩人重新回到车厢里,换了车头的军列又像不知疲倦的骏马奔驰起来,两人忽然僵坐着没有了话语。她仔细端详这个戴着鸭舌帽的脸庞,顽皮的单眼皮,尖尖的小鼻子,一笑嘴唇一歪,要是扮成女人也一定挺漂亮的。没想到这个人敢为她撂下一车厢炮弹,可见她在他心目中有多重的分量了。她像发现了什么秘密,忽然觉得连福五官周周正正,细长的眼睛写满了信赖,刚刚那场不是虚惊的虚惊,让她感受到从未有过的满足。

你咋能不顾一切呢?

你就是我的一切。

是吗?

是呀!

她不由得盯住这双顽皮的眸子,心里荡漾起温柔的涟漪,而且那涟漪越来越悠扬,越来越开阔,几乎要没过她的头顶了。她禁不住扑进连福怀里,双臂紧紧地抱住,像抱住了一件失而复得的宝贝。但是,当连福埋头寻找她的嘴唇时,却被她扭头推开了。忽小月陡然意识到,在这个孤寂的空间必须抑制感情浪潮,这么狭小的地方,喊天天不应,叫地地不灵,一旦酿成错误就一发不可收了。尽管她感激这个鬼精灵,可再感激也不能刀枪入库,人只要放弃戒备,五花八门的事就会一齐找上来。俩人又在草垫上躺下了,谁也不说话了,只盯着窗口一闪而过的电杆、树木、山影,似乎在竭力压抑可能涌上来的青春活力。

其实,她不知道这个连福关键时刻也胆怯了,此人没想到忽小月真会跟来押运,本来就是顺嘴说说而已,哪个姑娘敢跟小伙子去押运呀,一趟下来啥故事都有了,可转眼工夫活生生的人站到了军列里。尽管一路上可以见识异地风情,尽管一路上的小吃可以撑破肚皮,但这个过程却是一趟艰苦的旅程,他特意铺了两层草垫一层棉垫，离厂时还裹上了军大衣，却依然感觉一到夜间寒气逼人，忽小月在车厢里一直蹦蹦趷趷。

其实，忽小月也压根没准备好结伴押运，可她这些日子心情坏到了极点，所有的人都疏远她了，宿舍被人挤了，办公室被人占了，办公桌也被人搬走了，甚至连见老伊万都被门卫冷冷拦住，她想出门走走换换心境，南方的青山绿水，也许会洗掉身心疲惫。

可是，当军列缓缓驶出古城，她感觉自己可能犯了一个错误，尽管停车时押运员可以轮换下去活动筋骨，伸伸懒腰，借个水火，俏骂个荤句，可列车一开动车厢就剩下两个人了。这两人世界就别有一番滋味了，日日夜夜，相伴厮守，别人知道了必然会议论纷纷的，而且已有押运员认出她就是小翻译，还故意撂了句暧昧的话，你是不是肩负了绝密任务？忽小月装作没听懂，围绕她提前回国已经"满厂风雨"了，莽撞出行更会让她说不清的。所以，她格外小心不让连福亲近，担心稍有不慎越过了罪恶的底线，即使内心温情下意识涌上来，她依然能抓紧理性的缰绳，不能一时松弛后悔莫及。

然而这天晚上，已是夜半时分，军列轰隆轰隆地向前奔驰，似乎白天还能走走停停，晚上就不停点了，车厢里伸手不见五指，忽小月把枕下提包拥高依然睡不着，她知道连福也没睡着，黑暗中能感觉到他翻来覆去的焦躁。她身上的棉大衣，是从一堆轮换使用的军大衣里挑出来的，尽管没有绽露烂棉絮，可披上身仍能闻到男人浓烈的汗臭，她只好把大衣褪到胸前，脖梗便钻进了飕飕的凉风，于是她裹紧自己，以防夜风冻僵她脆弱的思维。

好像她的担心多余了，这趟军列就像脱缰的野马，在旷野里无拘无束地狂奔着，而且越往南驶车厢越热了，好像一夜间从冬天挪到了夏天，热得忽小月后来把军大衣掀开还在冒汗。车厢里伸手不见五指，面对面坐着只感觉到对方眼睛的荧光，却看不到对方的尴尬。忽然，驶过一个小站，有道灯光耀眼地刺进来，忽小月蓦地看到一个裸露四肢的男人。

有这么热？

是啊？

过长江了？

早过了……

连福的声音马上沉浸到黑暗里了。这家伙为啥要解释呢？她深深地吸了口气，感觉浑身毛孔都在发热，白天的冷风哪儿去了？怎么火车像开进了锅炉房？忽然，她感觉那连福借着昏夜的掩护，在向她一点点靠近，她伸手抓住了连福的背心，死死抵住了两颗亮晶晶的眸子。

她的耳畔响起了一个遥远的声音：月月，我爱你，我真的很爱你。几乎所有的姑娘都是这样的，几句甜言蜜语抛出来，就能收到绝妙的效力，就能把紧握的防御武器拱手让出去。忽小月也是如此，一下子浑身瘫软了，忽然丧失了抵抗力。她感觉到一个干渴的嘴唇摸索着贴上来，双手哆哆嗦嗦抱住了她的头，手指伸进了她的头发，一块柔软伸进了她的嘴里使劲搅动起来，她刹那间感觉到一种异样，脑海竟然出现了一片绿油油的草原，一片静谧谧的白云……可是有一双手在粗暴地搅动草地，也搅动着白云。

忽小月的呼吸急促起来，她的衣扣被解开了，一个、两个、三个……似乎所有的扣子都解开了，她似乎缴械了，连最后的防御也褪下去了，她呆呆地来到了一个雷雨交加的地方，不知道等待她的会是什么，还莫名地涌起了一种从没有过的渴望……

终于她像根木头一样被人家死死地箍住了，一股不可抗拒的陌生力量扑向了她，扑得凶猛，扑得迅速，居然在她的身体里横冲直撞，她惊恐地大叫一声，一种从未有过的刺痛射上来，刹那间像被摧残得昏死了过去，那刺痛又逃遁得无影无踪了。

好像这趟军列也失去了控制，肆无忌惮地忽上忽下，她像被疯狂的列车带到山上，又悠悠荡荡地冲下来，反反复复地冲击着柔弱的草丛，这是一趟什么样的军列啊！她把所有的力量都集中到了手上，指甲深深地抠进了压在身上的脊背，似乎想抵住冲下来的力量，但忽然间她感觉那军列又不由自主地开始了坠落，开始向着深渊般的地方飞驰下去了。

天哪，她怎么了？

慢慢地，她感觉到军列轮毂与铁轨有节奏的碾压，使得她的躯体也迎合着一起一伏。一种绝妙的疼痛开始肆虐了，那是从身体的那个秘密地方开始向四肢延伸的，伸向了她的心、她的嘴、她的眼睛，她似乎在疼痛中感觉到一种无与伦比的升腾，似快要驰入深渊底部时，又被一双神秘之手托住了，托向了一个碎花盛开的温柔之乡。

她禁不住连声惊叫，那咿咿呀呀的声音冲出车厢，飞向夜空，使得她浑身的细胞激情荡漾。终于，她冲破了有形无形的围追堵截，忘情地呼喊起来了，而且那呼喊声越来越大，也越来越放肆，她不知道自己想呼喊什么，也不知道这种呼喊怎么这般酣畅淋漓。但是，所有从她身体出去的声音，都被飞驶的机轮贪婪地吞没了。

等到白云渐渐散去，草地又变得温柔绵厚，军列又变得有条不紊了。忽小月静静地躺在草垫上，沉默了许久许久，她这是怎么了？怎么会放纵自己迎合那可怕的冲击？怎么能轻易放弃女人的贞洁？也许她真的不该登上这列塞满炮弹的车厢？

忽然，她的脸深深地埋到膝下呜呜地哭了起来⋯⋯

哭声肆无忌惮，钻进了每个绿色弹药箱，几乎要冲破车厢爆炸开来。吓得连福支起身问她：哭啥嘛？她捂住脸没有回答，始终没有回答，始终在歇斯底里地号啕。因为只有她自己明白，她是在用哭声向青春向少女告别，她在这个移动的夜晚，完成了一个姑娘向一个女人的飞跃！

三十二

那趟军列最终驶过福州，下午在一个不知名的小站停下来。

那个站台太小了，连个站牌都没有，他们从几位老乡浓重的闽南口音中分辨出"野猪岭"三个字，但这种名字在乡间多得随处可闻。显然，这是部队的临时集结地，树大浓荫，沟深葱茏，似乎看不到任何特别，但一条小路停满了望不到首尾的绿色卡车，又不知从哪儿拥来一群群士兵，他们显然期待着刚刚运抵的炮弹，趁着夜色开始了卸运，从火车上又装到了汽车上，没多一会儿整个军列便卸空了，一辆辆大卡车转眼间又无影无踪了。

他们押运员被士兵带上了一辆卡车，在一条崎岖的路上颠簸了许久，来到一片戒备森严的营地，所有帐篷上都挂着伪装的树枝，走近了才发现有人从绿丛里钻出来，招呼大家去一个帐篷吃饭。帐篷里挂着一盏油气灯，火苗在玻璃罩里忽忽闪闪，正中是弹箱组成的桌面，竟然还有一个标着"洋河大曲"的铁桶，大家挤眉弄眼上去就掏出搪瓷缸子，大概准备一醉方休了。

这时，一个叫葛秋子的教导员进来，看见只有一盆蘑菇炖竹笋，便喊叫添了一盆红烧咸鱼，又端起茶缸给押运员一一敬酒，还郑重其事地告诉大家，已经电告你们单位了，十万发炮弹安全抵达，明天上午部队将会派车将你们连同打包的棉大衣送到福州火车站，大家务必迅速离开此地，部队将有大规模军事行动。

什么？我们还赶上军事行动了？

那我们就是有功之臣了！连福想开句玩笑，却没能引起共鸣，当他们把一缸缸洋河大曲灌进肚子，才想起明天哪里也去不成了，从上车前就开始酝酿的打算破灭了，大家长吁短叹起来。一对可怜的恋人，本来还想登临石竹山，去万福寺烧炷香的，看来是绝对逛不成了，也没得空闲去浪漫了。几个押运员悄悄问连福：敢不敢明天到大海边去看看海浪，做梦都想去看看大海的。可他想了想说：没看这儿到处是岗哨，闻不到硝烟味呀？肯定是要打台湾了，海边肯定戒严了，万一被民兵抓住，当成特务送回厂，还真就说不清了。有人笑说：你都敢藏个大活人带来，这会儿咋害怕了？连福抬头看不知谁在挑衅，说：部队把火车票都买好了，误了这趟车就得自己掏腰包，谁吃撑了自己掏钱给部队押运呀？大家一听连连喊叫划不着，一个个心有不甘地埋下头去。

这里，看样子是部队的后勤基地，装载长安炮弹的车辆在一面山坡的掩体前停下，又换成小推车搬进了一排山洞里。等他们酒足饭饱，从帐篷里出来，一群汽车兵正等在外边，进去就发现了盛装洋河大曲的空桶，禁不住高声嚷嚷：都是运炮弹的，咋两种待遇啊？葛秋子进去吼了两声，帐篷里便静得只剩下吧唧声了。

连福想拉着忽小月去丛林里浪漫，密匝匝的樟树榕树，冠大树厚，漫过山岗，里边是少不了野鸡兔子的。可是，别看着林深幽静，一旦靠近就有士兵端枪站起，似乎每个角落都有士兵背后盯着，盯得人毛骨悚然不敢动了。忽小月捂严帽子说：是不是当兵的发现我俩有异常？连福左右瞅瞅：咱心里没鬼，怕啥？忽小月双手捂住脸往回走：咋没鬼？女扮男装，混进兵站，都可以编电影了。这时葛秋子不知从哪棵树后钻出来：你俩就别溜达了，这里是军事禁区。

可是，来到他们准备休息的军用帐篷，俩人马上发现了尴尬，一个帐篷，十二个人，裤头背心，光脊膊光腿。忽小月皱着眉退出来，晚上在这儿咋睡呢？可也没法跟部队沟通，这里是男人的世界，人家不可能准备一张女人床铺。可是与这帮家伙在一个帐篷待上一夜，明天就会编成故事传遍全厂，一个女的，十一个男的，多烂多刺激啊，会让人想到野兽与美女了。连福慌忙把她拉出去，咬咬牙说：实在不行，今晚在外边坐上一夜，看看南方的月亮圆不圆？忽小月提醒：你想得美呀，没看到处是巡逻兵，能让你安静坐一夜？连福想去找找那个葛秋子，可是那些当兵的见他俩打听教导员，以为是想刺探情报，挤眉弄眼不肯应声。

但没多久葛秋子还是来了，连福无奈地告诉了尴尬：忽小月是个女的，晚上没地方睡觉。教导员眨眨眼：没听说押运员有女的啊？忽小月只好把帽子摘下来，露出了盘起来的马尾辫。葛秋子猛一拍连福肩膀说：你小子行啊，把女朋友带到军列上，不怕出啥问题，上军事法庭啊？葛秋子一阵怪笑后，答应让忽小月到前线医院凑合一晚上。

可那医院是在大山那边，山不算高，路却崎岖，给他们领路的战士说，山间原来有座小庙，战事紧张已给迁走了。然而他们上山发现，夕阳里茫茫林海泛动着奇妙的艳丽，五彩缤纷，光芒柔美，像给即将来临的战争披上了一层祥和的伪装。

下了山发现前线医院那么大，占据了山坳一大片林子，尽管帐篷病房空荡荡的，但进出的白衣人步履匆匆，让长安人感到一种莫名的恐慌。尽管葛秋子给医院打了电话，可几近窒息的氛围，让他们都不知该去哪座帐篷找人了，只好在帐篷间徘徊观望，终于听到一个协理员，在训斥搬运输液瓶的士兵：是没吃饱，还是吃多了？不知道轻点啊？大炮一响，一个药瓶，就是一条命！

等他骂得歇了，连福拽着忽小月上前搭话，又是一顿狂风骤雨似的埋怨：没看要打仗了？你们押运药品，我招待；你们押运炮弹，离我远点！呵呵，好像来者不是大活人，而是几发大炮弹。

后来他们帮忙把那些药箱搬进了一个地窖，协理员脸上才露了点笑容，才指了指忽小月休息的地方。连福看着忽小月进了一个厚实的帐篷，便和领路的战士返回去了。没想到，返下山便看到葛秋子带着一班士兵，正准备上山去找他们呢，见到两人下来就说：咋去了这么长时间？真担心出个岔子。连福满不在乎地歪歪嘴说：太阳落山，霞光灿烂……

葛秋子一听就恼了：你还有心看风景？你知道不？这儿离炮兵阵地不到七公里，但等下令，万炮齐发，小心把人震趴下。连福不以为然：敌人躲在岛上，炮弹打不过来，这个我可是行家。但葛秋子神秘地靠近说：没听电台天天广播，今天抓捕个泅渡水鬼，明天击毙个空降特务，万一那些狗东西让你们给碰上了，我就没办法交代了，今儿个我是擅自做主，想给你老人家解个围的。连福闻听再不吭声了，他觉得葛秋子要是知道了自己的历史，没准就不会放任他送忽小月过去了。

三十三

第二天早晨，按计划要乘车去福州火车站的，可葛秋子突然跑来说，刚刚接到一级戒严令，禁止一切车辆白天出行，要等天黑再送他们走。押运员们一听乐了，有一整天时间，正好去周边转转，可以钻进岭坳看看密林，也可以翻过山梁看看大海。可没承想一掀门帘，发现帐外站上了持枪的士兵，所有人一律不准走出帐篷。呵呵，连午饭都是抬进来的，一桶稀饭，一筐馍头，三瓶肉罐头，三碗炒咸菜。押运员们饭后躺下不由疑惑，下午赶不到福州会误了夜里的列车？后来葛秋子又跑来解释：炮战随时打响，一切都要为此让路，帐篷外挂了伪装，不用担心敌机侦察。连福连声嚷嚷：是不是解放台湾的战役要打响了？

话音刚落，一串串信号弹从前方冲上天空，划出了一道道平行的轨迹，顿时火炮山呼海啸般响起来，脚下大地也开始摇摆，间或夹杂着尖厉的哨声，直把押运员们惊得目瞪口呆。按说他们都在靶场听过炮响，可那是打炮试验，人有充分的精神准备，一发打过，二发准备，这种万炮齐发的感觉，真是惊心动魄啊，把五脏六腑都要震散了。

焦急时刻，葛秋子掀开门帘安慰：这里是后勤基地，在敌人的射程之外，大家不要慌乱。连福挤到教导员身边问：前线医院也在射程之外吗？葛秋子瞅着他冷笑：他们跟咱们就隔一个山头，尽管比较靠近炮兵阵地，可我军三十多个炮兵营，一个波次的轰炸，就把金门岛打瘫了，不会有还手之力了。

可是，当教导员准备步出帐篷时，敌人炮弹明显飞过来，带着尖厉的哨声，清晰地响起落地的轰炸声。葛秋子嘴里骂了句什么，转身对押运员们说:别害怕，敌人嚣张不了一会儿。果然，我军又一个波次的轰炸，狂风骤雨般压过去，且把浓浓的硝烟挤压过来了，坐在帐篷里都能感觉刺鼻的味道。

然而，连福听到火炮隆隆爆响，急得火烧火燎，敌人不会因为他们是白衣天使就放过轰炸的。他悄悄退到帐篷底处，用力拔掉一个木橛，掀开篷角，匍匐地上，悄悄钻出了帐篷，紧跟着还有两个押运员也钻了出来，他一头扑进草丛，朝着山上猛跑，心想一定要把月月找回来，不能同生，也要同死！

很快他们便跑到了山顶，炮声似乎变得稀了，可那晚霞像被硝烟烧成了霓虹，一层一层地铺向了远方，远方的下边就是大海，海上有个金门岛。听说当年登岛吃过亏，这回应该是复仇的炮火，也许再打上一会儿，解放军就开始登岛了，小岛就要回到人民怀抱了，到时跟着冲锋陷阵的战士去岛上转转，会是多么刺激的押运旅行啊？

可是等抵近前线医院，连福一下子蒙了，只见一辆救护车呼啸而来，一辆大卡车也闷头冲进来，几副担架从车上抬下来，到处都是忙乱的脚步，忽小月在哪儿呢？连福喊了一声，刚想手卷喇叭呼喊，就见几个士兵端着枪朝他们飞跑过来。

毫无疑问，他被士兵押送回去了，年轻的教导员一见面就恶狠狠地训斥：你也太混蛋了，跑出了警戒，不怕被当兵的一枪崩了？

其实炮声响起的时候，忽小月正帮着几个护士缠纱包。

她先将一大张纱布撕成条，再一圈圈缠到手指上，一会儿工夫桌上就堆成山了。忽小月纳闷咋能用这么多纱布呀？护士长说你没上过战场，这点纱布根本不禁用，她们提起血淋淋的战争，居然没有一点惧怕。

可是当炮声骤然响起，脚下土地开始晃动，护士们刹那间也变得恍惚起来，眼仁也游离着恐慌，缠的纱包也不那么整齐了。忽小月被炮声震得耳膜嗡嗡，手指纱带都缠到手背上了，不由得扔掉纱包捂住耳朵，吓得几乎要哭了，护士长撞了她一下才回过神来。

等到第一辆救护车进来，护士们好像才找到感觉，一拥而上，把三个伤员抬进帐篷。忽小月不知道这个帐篷是手术准备间，一会儿的工夫，六张床就躺满了，伤员们血肉模糊，衣服全都烧成了黑絮。可那些刚刚还眼闪惊恐的护士们，一个个变得格外干练，剪衣裤，洗伤口，没人指挥，流程清晰得像小溪流水，很快有人被抬进了旁边手术室，很快又有人被抬了出来。

忽小月恍惚听见旁边有个眼蒙纱布的小战士，声音微弱地喊水，她掏出背包里的搪瓷缸，倒了半缸热水，凑到小战士身边说：你等一会儿，水有点烫。可小战士却一个劲儿喊水，她把热水倒进杯盖吹了吹，小心靠近嘴唇喂了一口，谁知小战士竟然说:你是妈妈吗？我闻到了妈妈的味道？忽小月一听眼泪便下来了，她俯身贴近战士脸颊说:你别害怕，妈妈在等你回家呢。小战士嘴角翕动了一下，好像一缕笑容凝固了。忽小月惊得喊了一声，两个护士过来翻了翻眼皮，小战士就被抬出去了。

忽小月盯着小战士滑落的胳膊悠荡着远了，心里像被锥子扎了一样。是啊，如果她说，她就是妈妈，小战士会不会坚持下来呢？她恨自己为啥要否认是妈妈？这种自责的情绪，一直笼罩着她的脑际，直到夜幕降临，又与押运员们会合，连夜赶到福州火车站，坐上了回返西安的列车，心绪都没能平息下来。

连福坐在她对面，见她总是闷闷不乐，以为她昨晚在医院受到了轻蔑，小心翼翼地劝解:碰上了战争，只要能活着就好。忽小月久久没有回应，她默默地望着车窗外，一辆辆拖挂着火炮的卡车猫在暗夜里，在往相反的方向疾驶，一种复杂的滋味突涌上来，她不由得喃喃自语:这就是战争……战争真的会死人的。连福也感慨地说:昨天那一波炮轰，惊天动地，不知长安炮弹用上没有？他见忽小月默然无应，嘟囔道:想不到那么猛的炮火，老蒋还有反击能力，不知道咱们炮位有没有死人？忽小月冷冷地回应:那不叫死，那叫为国捐躯。连福摸摸下巴说:反正都是停止了呼吸。忽小月摇摇头:那可不一样，他们是保家卫国。连福摇摇头笑了，似乎还想调侃什么，却找不到合适的语句，嘴角只能浮现出那个标志性的坏笑。

你笑个啥？有啥好笑的？

我笑……我们也算来过福州了。

是你的目的也算达到了吧？

三十四

这时的忽大年已经习惯站在检验台前上料下料了，可他听着工人们充满荤味的嬉笑怒骂，心里反而愈发不是滋味，以前他是六千人之上的高远形象，现在似乎被请下了神坛，完全是一个天涯失意人了。

所以，他开始站在那里不苟言笑，也不愿跟人搭话闲聊，严肃得像阴鸷的猎犬，不知道啥时会扑上来撕咬。当时，工人们见到他都很拘谨，一个班下来没一句多余的话。可下班后忽大年前脚刚走，人们就放纵地狂笑起来，直把憋了一天的唾沫喷到别人脸上。后来，大家渐渐熟络了，一个个便放肆起来，故意翻腾起车间流传的笑话，话里话外都沾了点黄味，常常让人好生尴尬。

有个刀把脸故意问一女检验员，你打过炮吗？这话在长安本来常说，可刀把脸眼眉一挤弄，传递出一股戏耍的味道。可他那天盯错了对象，对方是个尚没婚配的姑娘，大家强忍着没敢哄笑出声，但好事者却一个劲儿挑逗，姑娘终于知道了隐含的诡意，气得趴在休息室哭得稀里哗啦，四个生养过娃子的女工打抱不平，下班后揪住刀把脸按到地上，生生扒了裤子，吓得他直喊姑奶奶饶命才罢手。

而且，黑妞儿似乎就不怕人议论，每次忽大年到检验台上岗，她便支他去下料，开始他还不明白，三天后明白了。上料，要把弹筒从地上搬到台上；下料，黑妞儿会助一臂之力。别看这个细微的动作，终被一个绰号小耳朵的发现了，他悄悄趴在她耳边说：你这么上劲体贴，小心人家老婆找你麻烦。谁知黑妞儿最不愿听这话，回手就是一掌，端直把小耳朵劈倒地下，众人一片惊呼：天哪，这功夫！

当然，忽大年尽管在车间劳动，但他的厂长职务没免，黄老虎毕竟是个临时主持，大家都以为不久的将来，他仍会坐到一把手交椅上发号施令，所以都喜欢跑来报告杂乱的进度，或是来汇报鸡毛蒜皮的业绩，弄得他摸摸头上红疤左右为难，听吧，下放了；不听吧，驳面子。

其实这些人忙不迭地赶来汇报，一来是想表明自己不是势利小人，二来也是为他重掌大印的预期投资，他实在是碍于面子不愿揭穿罢了。唉，堂堂一名师职厂长，现在和一帮工人混在一起，心态就完全不一样了。如果是微服私访，内心还是君临天下的，现在归入下放劳动之列，就是犯错误发配的代称，所以他见人来能躲就躲了，实在躲不开就坦然说：不在其位，不谋其政啊！

然而，来自海疆的硝烟还是悄没声地飘过来了，那天他下班去传达室取报纸，老张头指着《人民日报》说：海防前线开打了，长安的炮弹肯定用上了。忽大年匆匆扫过标题："我炮兵猛轰金门蒋军"，他脑子嗡的一下，虽然字里行间看不出战斗规模，但大炮一登场，规模就可以预想了。

忽大年心里一下收紧了，脑门渗出一层细汗，毫无疑问，长安万不能关键时刻掉链子！他再没到下放的车间报到，而是攥着报纸回到办公楼，三步并两步冲进调度台，声嘶力竭地询问值班调度：今天怎么样？其实这一段时间，他尽管下放劳动了，对生产进度却始终挂在心上，而这条消息，像陡然给肩头压上了千斤重担，报道有如军令，一个兵工厂的厂长，如果放弃职责，那就等同犯罪啊！

当晚，忽大年又住到了办公室，动不动就会跑到调度台，胶东大葱味的指令，像箭一样扎到了各车间的办公桌上。而且，他再也不管下放的禁忌了，不但在动员会上发出了嘶哑的号令，还把部队鼓舞士气的招数使出来，跑到食堂去查看炒菜的油放了多少，赶到单身大楼查看睡觉环境有无噪声，还推着平板车把绿豆汤送到熔铜炉旁，甚至在冲压机出现故障时，搬了把破椅子冷脸督战，人们都说他像战场上打红眼的指挥官，双眸星火，一脸杀气，谁都担心不小心撞到枪口触犯天颜。

不过，他也有些微妙的变化，当生产出现问题，他没像以前那样吼得心脏跳出来，而是拉着工程师的手面授机宜，最后必会说一句，拜托了。而且，让他稍感宽慰的是，面对他的任性，多事的黄老虎居然默认了，从没反对过他下达的生产指令，见了面还总是暧昧地说一句，辛苦了。

这天，忽大年送走一趟军列浑身清爽，在走廊里徘徊了一会儿，终于耐不住性子，又操起红机摇了北京的老首长，没想到这一次成司令接了电话，可人家没听他的纠结，只是兴致勃勃告诉他，八二三这一天，六万发炮弹砸到了金门岛上，那才叫地毯式轰炸呢，几乎把敌人的阵地全部摧毁了，当场炸死了两个蒋军司令，哭爹喊娘的惨叫隔海都能听见。成司令最后携着胜利的兴奋，意味深长地告诫，今后火炮对攻将成常态，你作为生产炮弹的工厂厂长，好好掂掂肩上的担子吧！

忽大年在调度会上，把成司令的电话添油加醋好一番渲染，人人置身那激奋语境都会热血沸腾，恨不得自己也变成炮弹飞向蒋家老巢，炸他个人仰马翻，把五星红旗插遍台湾角角落落，也好在将来的功劳簿上写上自己的名号。

可是，这天会议室的灯突然灭了，工厂的轰隆声骤然停顿了，先是一片恐怖的寂静，会场一阵骚动，大家都朝窗外伸头张望，不知发生了什么，投产以来还没发生过停电，难道……难道的疑问多了去了！忽大年可谓大将风度，指令哈运来即去调度台摸清情况，转而还想解释绿豆汤添加糖精的意义，但哈运来忽然返回会议室报告，供电站的变压器烧了，整个工厂短路停电了！

变压器烧了，供电就停了，生产线就瘫了。

忽大年的第一反应就是敌特破坏，现在金门炮战正酣，狗特务首先会瞄准炮弹生产线做文章，可真是釜底抽薪啊。黄老虎更是反应灵敏，兔子般跑出去保护现场，想配合公安展开侦查，绝不能让敌人的阴谋得逞。

忽大年三步并两步赶到调度台，没等深入询问，供电局主动打来电话：长安压延机负荷太大，导致变电站跳闸，建议错开用电高峰，夜间低峰运行。忽大年一听抓住电话就躁了，本想说我这儿是兵工厂，现在海防前线正在激战，你们胆敢让长安半天生产，那就是想给蒋介石送大礼，但他不能把军令公开出来，只好咽了口唾沫，强调工厂是保密单位。可对方嚷嚷，他们也是要害部门，要执行政府的安排。

这句话露馅了，问题在政府里呢！

忽大年钻进老嘎斯就去市政府找人论理，可是所有的市长都去市委开会了，他掉头又往市委赶。本来工厂吉普车是进不了市委的，但他的车牌是正师级序号，门卫一抬手就指挥老嘎斯进了大院。有位秘书见忽大年进来，告诉他武书记正在开会，晚上还要宴请外宾，不知道有无时间接见，请他先坐下等候。可刚刚坐下，就见钱万里夹着文件包进了会议室，随即便听见吵吵嚷嚷，是不是在讨论长安的供电问题，成司令能给他打电话提要求，会不会也给当地政府下指示？

他佯装上厕所，竖起耳朵捕捉会场动静，他没听见市委书记武文萍的口音，却听到钱万里带鼻音的嗓音飞出来：民用和军用只能保一头，不过我要强调，学校黑灯瞎火，学生咋写作业？医院无影灯不亮，咋给病人做手术？水厂发动机不转，自来水又咋供应？

这一系列的设问，还真把门外的忽大年听躁了。自古以来，兵马未动，粮草先行，现在是前方战事重要，还是百姓生活重要？要是我军炮火压不住敌人，让老蒋端枪反扑回来，大家还能安安稳稳论民生吗？忽大年略一思忖，猛然拨开秘书阻拦，推开会议室门冲了进去，市长们正围坐长条桌讨论热烈，见到来人戛然而止，气氛突然凝固了。

武文萍显然不快：我们在开会。

忽大年点了下头：武书记，我找你有急事。

武文萍居高临下：有多急？什么事？

忽大年不卑不亢：海防前线拼的是炮弹，长安单班生产咋行嘛？

武文萍摆摆手说：没看我们正研究吗？

忽大年稍一愣怔：实话实说，长安的每一分钟，都关系到前线胜负。

钱万里霍地站起：你不要拿前线压人，民生也是前线。

忽大年气急了喊叫：能打胜仗，才是最大的民生！

武文萍啪一拍桌子：忽大年，你睁开眼睛看看，在座的哪个人，没有带过兵打过仗？

忽大年把会场扫了一圈，可他只认识武文萍和钱万里，知道这个市委书记是从一八八师政委的位置上转业来的，听说他带过的铁三团特别能打硬仗，这么一位叱咤风云的人物，是完全可以在他面前摆谱的，可这个钱万里凭啥插话呢？他就是一个地下党，整天吃香喝辣的，哪知道前线打仗的艰苦？

忽大年放低声音：既然我们都当过兵，就要为前线干实事！

武文萍厉声断喝：你有话就说，有屁就放，扯什么当不当兵？

忽大年放弃控制了：电力不足，咋干炮弹？

武文萍拉高调门：你别拉不下屎怨茅房，我现在正式告诉你，市委已经决定，全城停电，供你造弹！

居然……居然会取得这么一个结果，当忽大年坐着吉普车往回走，路边居民楼的灯光一片接一片灭了，只有路灯亮着微弱的光，当他走上办公楼台阶回首望去，通往城里的街区已经漆黑了，相反，长安机械厂却灯火通明，机器轰鸣，平添了一种夜色里的忙碌。忽大年压根没想到这么快就解决了供电难题，就像不费一枪一弹，策反了一个团的敌人投诚了，后面的恶仗就省得打了。他喊公务员去食堂打来一饭盒粉条炒肉，又拉住办公室主任坐下，拧开一瓶老白干，一人一茶缸，一口就下去一小半，直喝得脖子都红透了，似乎用纯酿迎接了这场久违的"胜仗"。

后来他把最后一滴酒倒进嘴里，又出门下楼拐进了二道门，似乎想亲眼看看今晚工房的灯光是不是透着豪迈，可他迈开腿走了几步，远远瞅见一个人过来，肯定是个女人，浑圆的肩膀，摇扭的腰胯，脚步匆忙得像要找谁约会去。

哟，大厂长，夜里还下来检查呀？

噢，是你……

真是哪壶不开提哪壶，忽大年居然遇见黑妞儿了，这让他异常兴奋的情绪，一下子渗进了复杂的折扣，好像有杯冷水倒进了脖子，激得他一阵阵发蒙……

三十五

第二天忽大年忘掉了昨夜的偶遇，大步流星走进办公室，得意地站到窗前朝生产区张望，觉得机床轰鸣别有韵味，就像永不停息的背景音乐。他清楚昨晚出师大捷，绝不是他的神勇所为，而是前线战局的压力所致，但毕竟是他闯进了会议室，是他那一番激情四射的说词，让会议做出了一个山呼万岁的决定，也让他感到了作为长安人的骄傲。呵呵，不是一直嚷嚷"以观后效"吗？这就是我一个老兵不变的脾性，管他后效不后效呢？

果然还没等他坐定，黄老虎就神神秘秘钻进了办公室。这家伙眼圈发黑，左脸颊早早出现了一块蚕豆大的黑斑，只有发白的军帽看上去踏实些。但他习惯地用余光朝身后乱瞅，似乎后脑勺长着眼睛，身后任何动静都能察觉。现在忽大年见他眼冒贼光，就知道这家伙有事相报，便歪着脑袋欣赏着老鹰眼的扑闪。

老鹰眼果然眯缝起来：我亲自查了，昨天上午哈运来一直在办公室，讨论压延机电耗超高的问题，后来他去了你主持的生产调度会，两个会议，众目睽睽，他绝对没有作案的机会，所以……

忽大年心想，还所以什么呀？这个临时主持，这些日子似乎没有落井下石，也没有故意怠慢，所有文件都送来了，所有的会议也都通知他了，而且自己未经请示，中止下放劳动，直接上来抓生产，人家也睁只眼闭只眼了。的确，这段时间，最难堪的是参加党委会，以前是他盯着委员们发言，自己最后一锤定音，现在黄老虎谦让他仍坐在习惯的中间木椅上。可是面对熟悉的面孔，常常恍惚自己仍是中心人物，时常会吧嗒几句高见，聪明的黄老虎却从不否定他的意见，反而最后会把他的意见重复几句。呵呵，这种重复，足以说明彼此地位的上下，也让他意识到人家才是会议的主宰。

所以，不管老部下话里话外怎样谦卑，忽大年都觉得那都是在拿鞭子羞辱人，让他一连几天缓不过神来，即使回到检验台，脸色也依然阴沉难改，一圈工友偷偷斜睨，以为他受了谁的欺侮，直到那种黄段子又放肆起来，他尴尬地摸摸额头红疤，大家才会扑哧一声笑出声来。所以，他只有站到布满话机的调度台前，心情才能真正平复下来，一个又一个指令下去，才会有些满足的意味涌上来，才会问人要支烟卷狠吸两口，吐出一个个摇晃的烟圈。

现在，忽大年面对老部下，始终在品味昨夜那久违的慷慨，激动得他都有些飘飘然了。突然，他若有所思地说：老虎啊，你看你那眼窝，黑得像熊猫，一看就知道熬夜没人照应，我可提醒你，今年虚岁三十五了，也该成个家了，忙活一整天，回去要有人给你热饭暖被窝，咋就这么喜欢独立团长的帽子？老鹰眼使劲挠头：我一个人习惯了。忽大年摇头问：你不想要媳妇，你妈也不想抱孙子？我实话说了，那个黑妞儿就不错，年龄合适，人也踏实，叫靳子给你去说说吧？

当时，黄老虎想不通忽大年怎么操心起自己的婚姻来？难道是老首长下放的日子，自己安分守己，让老首长感动了？其实，现在这个状况也在他预料之中，人家没有免职，只是下放劳动，如今战事紧张，上来指挥生产，似乎合情合理。

不过，昨天他为搞清变电站跳闸是否人为，派出多路人马搜集线索，汇总的信息还是让他失望，哈运来已经排除了嫌疑，那个连福居然去福建押运了。噢，这个人会不会提前回来，溜进变电站做点手脚呢？可是大家都说，连福一路上跟熔铜车间的马柱子同行，吃饭睡觉都在一起，不可能飞回来作案的。黄老虎随即派人找到那个姓马的，那人却说他本来攒着劲想去海边捡海螺的，可椎间盘突出病犯了没去成。

黄老虎的大脑高速运转起来，他派人去问那个马柱子，你邻居忽小月最近在不在？回答已有两星期没见影了。这不是有故事了吗？他高度怀疑这两人一块去押运了，真是胆大妄为，一男一女，冒名顶替，稍有差池，整个长安都要受到连累，说不定要被推上军事法庭，这可就是建厂以来的最大丑闻了。

然而，黄老虎犹豫再三，没有直接去找厂长汇报，而是拨通了军列接收部队的电话，那个葛秋子热情地说：金门炮战，战果辉煌，部队嘉奖下来，战士们都说要给长安人记一功，长安炮弹立了大功，那些押运员实在辛苦，也没去游览，就上了归返的列车。黄老虎本想问一句，有没有发现什么异常，却没好意思张口，这种丑闻一旦在部队传开，也是可以上纲上线的。

但这个意外的发现，当然该给忽大年通通气了，可他进门见人家的兴致始终聚焦在生产上，便打住话头想退出去，冷不丁桌上红机铃响，忽大年顺手接起，刚听了两句，脸就沉下来发狠道：不管是谁，一查到底，长安绝不留这种风流人物。黄老虎一听便明白了，感觉自己留在这里有些难堪，一边摆着手，一边退出了办公室。

因为他听忽大年那口气，一定是谁把忽小月跟连福押运的问题报告了。在长安这段时间，黄老虎悟出一个道理，别看一把手高高在上，下边发生啥事都知道，人家就不用刻意打听，自然而然就会钻进耳朵眼，所以在领导面前千万不敢撒谎，放胆撒一次谎，领导对你的看法就变了，想要扭转就要费上十倍百倍的努力了。他庆幸自己没有首先报告忽小月的问题，哪个领导也不希望自家的烂事被人捅出来，那让领导脸面咋搁啊，即使嘴上哼哈不说，心里也一定烦透你了。

所以，对这件事的处理，绝对不能傻乎乎往前扑，一旦因此结下梁子，一辈子都解不开的。

这对狗东西真的疯了吗？你不嫌丢人，我还嫌骚皮呢！

忽大年没想到海防部队会打来这样一个电话，有个叫连福的押运员与一个姑娘结伴同行，被战士们发现反映上来，你们应该严肃处理。忽大年顿时陷入了深深的懊恼，也把昨天的豪壮冲击得七零八落，这个傻妹妹咋敢跟上连福去押运？这不是把人丢到南海去了吗？他想喊、想摔、想骂人，想把这些日子的郁闷通通发泄出来，但又有什么用呢？唉，他原以为兄妹重逢，会添加什么幸福，等将来她也有了孩子，可以一同去郊外踏青，一同回黑家庄看看年迈的叔婶，那将是他荣归故里的绝佳写照，可这个傻妹妹呀，你咋这么不让人省心呢？

从发现两人有亲昵的苗头，他就联合靳子用了多少口舌劝说分手，放任她跟一个历史上有嫌疑的人拉扯，爹娘知道了也会扬起筲帚疙瘩的。她看上去是听进去了，在赴苏临别的场合，两人没说一句话，想着经过一年千万里的阻隔，再好的关系也会冷淡下来，等她重新出现在长安，没准会挽上哪个实习生的胳膊到家来划拳喝酒，可万万想不到妹妹跟老毛子也会传出暧昧。

其实听妹妹讲，也就是到师傅家过了一次生日，也没发生出格的事情，肯定是有人在故意找碴儿陷害。这他妈的也太草率了，不知道这么简单处置，会毁了一个女人吗？提前回国，本身就是个耻辱，对一个姑娘来说，就是难以启齿的污点，要用多长时间才能洗刷干净呀？可这种事关乎神秘的外交，又能到哪里说理去呢？

他原来想得好好的，妹妹鞍马劳顿先休息几天，自己冷静下来反省一番，对以后为人处世会有好处。然而，又一个万万没想到会突兀到面前，她与连福又黏到一起，不但没有分手，还竟敢明目张胆去押运，孤男寡女的，啥事干不出来？这，可是一个策划周密的行为，已经不是激情之下一时糊涂了。唉，这相当于俩人的胳膊公然挽到了一起，分明是在向他示威啊！

那黄老虎不是已经跟她谈过话了吗？让她一定要分清敌我，这个连福是个内控人员，没有被镇压进监狱已是万幸，也是哥哥恻隐之心的佑护，但这绝不能是你与他同流合污的理由啊？现在你……你走得太远太远了，跟一个内控分子光天化日乔装出行，先不管这个过程有没有出格，就是退一万步讲，几天下来守身如玉，也经不住长安人添油加醋地编派呀！

真是一波未平一波又起，忽大年清楚妹妹这潭浑水还影响不到自己，但终归要被组织上打个问号，他一个师级干部，家庭出现这样的丑闻，即使在苏联的不检点只是个传说，冒名押运却会被永远钉在耻辱桩上。这样下去，人们势必会联想到她的哥哥，尽管自己尚在下放劳动，可头衔还是长安机械厂的厂长兼书记，这样的人咋能带好已达六千人的队伍呢？怪不得要让他下放劳动呢！可这种烦心事还没人可以商量，他像被锁进囚笼的狮子不停地在办公室踱步，想吼叫，找不到对象；想撕咬，又不知从哪儿下爪。

后来，他忽然想到可以跟靳子做个商量，就匆匆下楼去了。别看在一个大楼里办公，他从没主动去过人家办公室，见他进来，老婆还一脸的新鲜。当她听到忽小月又出了事，一迭声地讥讽：我看你们家有遗传，都好这一口，她哥藏个大的，找了个小的，他妹没结婚，就跟人去押运。

忽大年惭愧地咬咬牙，却在女人的絮叨里听到一个词，急忙打断问：那是不是结了婚，就不算问题了？靳子眨巴着眼说：那当然，两口子，爱在哪儿睡在哪儿睡，在屋里能睡，在车厢也能睡。忽大年灵机一动：靳子，你战友不是在街道办吗？你拉上月月去补办一张结婚证。靳子诧异地问：为啥？忽大年压低声音：有了结婚证，就不是鬼混了，就可以保住工作，不能让人说我们家尽出烂事。靳子依然不解：那连福是啥人你不知道？你这不是把月月往火坑里推？忽大年哈着气说：你傻呀，两人现在没结婚就睡到一起，已经惹下祸了，先保住饭碗再说吧。

所以，等到黄老虎再次走进厂长办公室，感觉房间主人对他的态度缓和了。忽大年居高临下地说：成司令来了电话，表扬长安炮弹在金门炮战中表现神勇，把金门岛的土齐齐松了一遍，把老蒋修了七八年的工事都炸翻了，就连美国第七舰队也害怕炮击，远远躲到射程以外隔岸观火，可以说雪耻了上次登岛的失利。

说完了这些事情，忽大年话锋悠然一转：你看这月月让人生气不？跟她千说万说，不能和连福谈恋爱，这人有历史问题，没想到一回国就偷偷把证领了。黄老虎暗暗吃惊，问：领啥证了？忽大年说：啥证？结婚证啊，都说女大不由娘，更别说妹大不由哥了。黄老虎觉得蹊跷，问：没听说他们领证啊？忽大年一语双关：你那小眼皮就别眨巴了，他们说领了就领了，大不了把结婚证拿过来验一验。黄老虎忙说：结婚证有啥验的？忽大年软中带硬：反正月月已经脱离了要害岗位，以后有碗饭吃就行，这个事还是由你去处理吧？

忽大年明白这件事一旦传开来，黄老虎作为长安主持也不好办，押运管理办法没有明确女的不能去，都是约定俗成的规矩。所以，他几乎能感觉到黄老虎憋着气从办公室退出去。这家伙一定在想，姜还是老的辣呀，一句话已经领证了，就把大事化小了，又一句已经脱离了要害岗位，就把小事化没了。忽大年对急中生智憋出的点子，有些沾沾自喜。这事说大也大，你还在"以观后效"呢，妹妹出了问题，至少是管教不严，如果上纲上线，可以怀疑你的阶级立场，怀疑你与内控反革命有勾联，那可不是闹着玩的。这事说小也小，兄妹之间谁的事谁担，如今讲究自由恋爱，当爹妈的都管不了，当哥的咋能管得住妹妹的交往？

忽大年拿起电话想给妹妹打个招呼，千万要配合一下，可电话那头传来一个陌生姑娘的嗲声，他这才想起那个号码已经不属于妹妹了。于是，他想了想把赵天叫来，让他一定在第一时间把月月叫过来，说是想叫妹妹回老家去看看叔婶。

果然，忽大年的策划成功了，三天以后忽小月来到保卫科小楼，把那大红字的结婚证一亮，便再也没人议论她女扮男装去押运了。

三十六

也只有三个人知道这张牛皮纸的结婚证是假的。

那天靳子领着小妹走进万寿路婚姻登记室，老战友林香竹扑上来抱住她说，她一直想去找靳子的，今天正想着呢就来了，真是喜出望外哟。原来她解放后从部队转业就分到了街道办事处，这里工作太耗人了，上了班就得在办公室候着，想出去办个事都不行。尤其是粮食定量低，一个月二十七斤半，听说工厂最低定量也在三十斤，她想托靳子把她调进长安继续为首长管保健。靳子避开话题说：今天我来是有事找你帮忙，想办法给忽大年妹妹办张结婚证吧？林香竹一听满口应承：这有什么难的，我就是干这事的。她见忽小月一个人远远站着，以为男的在外当兵请不来假，这类事经常发生的。

靳子拉过她小声说：这门亲事忽大年就看不上，可他妹妹偏要结，结就结吧，结婚证的日期还要往前提上半个月。林香竹很内行地问：是不是怀上了，结婚证由我写，怎么写都行。靳子摇头说：你只给她写一张，过了这段时间就给你退回来。林香竹纳闷：结婚证哪有领了退回来的，要是过不成了，就得办离婚，可我只管开结婚证，办离婚证不在我手上。靳子就势提醒她：那你就开张假的呗。

林香竹不明白要张假结婚证有啥用，但她知道部队的规矩，首长的事绝对不能打听，那是绝对犯忌讳的，知道多的人最后肯定会倒霉。她想了想，从抽屉翻出一张作废的结婚证说：这张证也是一位军属来登记，写到一半又反悔不办了，正好给你们用。她熟练地用刀片刮去名字，再写上忽小月和连福的名字，然后递给靳子说：我不管你们干啥用，这一本跟真的没两样，就是没有存根底子。

忽小月心烦意乱地站在房外没有说话，她对能否办妥结婚证没有思想准备。可是嫂子不停地在耳边叽叽咕咕：如果没有证，那你和连福同车押运就是通奸犯科，就要被开除回胶东，这般名声要是传出去，这辈子就不好做人了。而且连你哥也会受到牵连，现在他没有结束下放，也没停止以观后效。如果领了结婚证，那你们就是两口子借光押运，尽管不合规矩，却也不违法，要处分也属于工厂内部事务。

但是，忽小月跟着嫂子来到街道办，看见墙上印刷的结婚登记说明，才知道领证必须男女双方同时到场，还要拿上各自单位的介绍信和户口本，可这些东西她一样没带，这证肯定是领不成了。她不想听那人比较长安的福利，转身出了登记室去看墙上的板报，显然那上面的内容很久没换了，粉笔字已经斑斑驳驳，但仍可看清都是反击右派的内容，字里行间在批判轮流坐庄，那时自己在苏联实习，似乎传达过几份国内文件，讲的都是日新月异的"大跃进"，所以她看到那些火药味的黑板报还是感觉新鲜，感觉国内的气氛跟她出国前还是不一样了。

后来靳子从登记室出来笑靥满面，拉住妹妹手走出街道办才从裤兜掏出一片牛皮纸，叮嘱：你可不敢把它丢了，也不敢让别人看见，等组织上找你，你再拿出来。忽小月惊奇地看着嫂嫂问：你还真给办成了？我就一个人来，也没开介绍信，没拿户口本。靳子小声说：对了，你要给连福那家伙说一声，你俩得统一口径，可别你说领证了，他说没领啊。

妹妹看结婚证上写有她和连福的生辰惊讶地问：我没给你出生年月，你咋填上去的？靳子说：我来前到档案室查了，一清二楚的。妹妹不由得惊喜道：嫂子，你可真厉害。可靳子又说：我为啥给你领个假证？是为以后好分手啊，那个连福有历史问题，你们绝对不能真结婚，那样就把你给毁了。

忽小月来回翻着结婚证说：我哥不是不管我了吗？靳子咬着牙说：你是真糊涂，还是假糊涂，你哥不管你，还能让我来帮你领证？忽小月委屈地要哭了，说：那他咋把我的翻译职务给撤了？靳子告诉她：那哪是你哥撤的？那是外交部来电要给你处分，上边瞪着眼盯着，不先撤了你的职，怎么给上边交代？你可好，还没歇上两天，又闹腾出这么大的动静来，急得你哥满嘴的泡。忽小月噘嘴嘟囔：咋是我闹腾了？是你们老盯着我。靳子压低声音说：你不要嘴硬，你跟连福去押运，给谁说了？白天晚上待在屁大点的车厢里，你们能守得住？没干那个事？忽小月不敢看嫂子眼睛，嘴上却硬：我们能干啥事？我们啥事都没干。靳子猛地站定：你把话再说一遍！

可是，忽小月任凭嫂子叫唤再没回头，一溜碎步回厂了，远远看见哥哥从大门出来，又扭身朝街坊拐去了。

大步走来的忽大年肚子里又涌进来一股邪火，但他没有走出工厂大门，只是去传达室拿了张报纸就踅回去了。

刚才黄老虎拿着电话记录告诉他，省委来通知要开反右斗争总结会，点名长安厂副书记参加。忽大年盯着面前的老部下心里不是滋味，虽然他在下放劳动，可他仍挂着党委书记的头衔，省上开会派谁参加不言而喻，但是点名叫一名副职去参会，这明显包含着极大的不信任啊！忽大年不由攥着拳头朝办公桌连砸两下，砸得黄老虎手拿军帽连连解释，他这些年只顾守在厂里忙活了，没跟哪位领导拉扯关系，就是老首长下放劳动，他也没有出厂活动过。

后来忽大年拿起保密电话，想让话务员接通省委书记葛茹平，却是怎么也接不通。这个人对长安厂似乎情有独钟，在八号工程开工后曾经通知话务班，不论何时只要忽大年来电话，一分钟都不能耽误，就是睡着了也要叫起来。但今天的电话怎么也接不通，一遍，二遍，三遍……他有些恼火地把话筒重重地摔到话机上，发出啪的一声脆响，人恼怒地窝进椅子里，心里愈发空空落落，预感到工厂要出什么事，而且这个事可能与他有关。

中午吃饭时分，黄老虎从省委把电话打到他家里，通知下午三点，省委书记葛茹平要找他谈话，至于谈什么黄老虎没说，但他从那吞吞吐吐的语调里，听出了老部下不多见的纠结，忽大年恼火地说：你究竟想说啥？咋变得这么啰嗦？

下午，忽大年准时赶到古城墙外的省委大院，刚进秘书办公室就有人领他进了书记会客室。葛茹平过了好一会儿才过来，他第一次感到在领导面前有点局促，不知道左腿搭右腿好，还是两腿平放好。后来他听到葛茹平不紧不慢地说：长安厂的建设是一个模板，在军委的表彰名单里，排在第一个的就是你们。忽大年听到这话稍稍有些放松，看来人家领导就没想找麻烦，他想告诉领导为保障海防前线的炮战，工厂已经半年没休礼拜天了。但是，葛茹平忽然话锋一转：今天叫你来，是要通知省委一个决定，这个决定已经报国务院备案了。

忽大年蓦然警觉起来，只听葛茹平顿了顿，说：我也感到很痛心啊，你是省委在反右运动结束后，研究的唯一一例干部处分。你想想看，我们本来在研究给改造好的右派分子摘帽子，却要讨论给你戴帽子……忽大年一听急了，说：我可没说过反动话呀！书记严肃地摇摇头：你的问题是盲目抢险，造成重大伤亡事故，现已定性为责任事故了，既然是责任事故，那就必须处理责任人了。关键是，在抢险的紧要关头，你竟然叫来一个和尚占卦，这种事可闻所未闻，一个高级领导干部咋能信这个呢？所以，省委决定，免去你的党委书记和厂长职务，降为副厂长……

忽大年头嗡地膨胀起来，咋这么个屁事，省委还知道了？那个和尚点烟磕头，完全是自行其是，他根本就没理会，现在可上纲上线了。葛茹平略一沉吟：本来，军品任务这么重，也不想动你，可是反右运动回头看，你的问题被翻腾出来，涵洞事故又刚好发生在运动期间……总之你撞到枪口上了。忽大年忙问：这么说，我下放劳动，不算处理？葛茹平撇撇嘴角说：组织上考虑到你有功劳，也有苦劳，所以没有给你戴帽子，行政职级也不降，还是十一级，还属于高级干部范围，去年处理的右派可都一撸到底了。

忽大年拳头攥得咯嘣响，说：葛书记，我有点冤呀。葛茹平语气平缓：你也要想想，三个生龙活虎的年轻人，不是死在敌人的枪口下，而是被你的瞎指挥送了命。

忽大年本来气得想喊，可他听葛茹平提到牺牲的三个人，肚里一下泄气了。当初那卢可明的女朋友知道出事了，跑过来收拾遗物，见到一个素描本，翻开全是她的头像，一下子贴到脸上昏死过去了。另外两个电工媳妇带着三个娃娃，直接跪倒在工厂大门口，谁拉都不起来，后来忽大年跑过去，冲着两个女人也扑通跪下，跪得四周一片惊呼，见过老百姓给当官的下跪，哪见过厂长给遗属屈膝呀？俩女人直到听他说一定会把孩子抚养成人，才千恩万谢地站起走了。

后来葛茹平也激动了，指头敲打桌面说：你想想看，现在多复杂，内有国民党的残渣余孽煽风点火，外有美蒋匪徒四处捣乱，你就不要再添乱了，乱得我这个省委书记都不好为你说话了。

走出省委大楼，忽大年沮丧地钻进吉普车，一会儿让往大雁塔开，一会儿又让往钟楼开，等终于回到办公楼前已快下班了。显然，有人把厂长降级的消息透露出去了，当他闷闷走过长长的走廊，两边办公室的门全都敞开着，可大家都缩在门里边，表情肃穆地目送他缓缓经过，就像战友们目送浴血奋战的将军走向了刑场⋯⋯

三十七

忽大年当然没有奔赴刑场，却着实到鬼门关走了一遭。

自从他被降职以后，干什么都小心翼翼的，他以为自己还是为要那个电量把人惹翻了，就把他从一把手位置上掀下来了。其实，工资降不降都无所谓，人看重的是一张脸面，以前那两个部下现在居然成了自己的领导，一个主持党务，一个主持行政，指手画脚，嚣张透顶，竟然还明确由他来分管后勤，不言而喻，这是班子里最最边缘的业务，明摆着是给他一个难堪的。

而且，那份处分他的文件撒得满世界都是，不断有兄弟单位打来电话询问缘由，他都不知道该怎样回答，咿咿呀呀就把电话压了。连那久未谋面的叶京生也拐弯抹角打来电话，浓郁的京腔一吐就知来者何事：老兄啊，我告诉你个秘密啊，国家青年篮球队退役了五个队员，我们挖了两个，你们最好也去挖两个，不然，我们渭河队就没对手了，球就打得不好看了。是的，这些年各个兵工厂都喜欢从国家队招揽退役球员，看西安的篮球联赛，几乎是国家级水平，每次比赛都围得人山人海，连周边树上都爬满了人，然而这种特招之事从来都是厂长拍板，叶油子问得不言而喻。忽大年端直说：我现在不管这些了。叶京生随口就问：老兄啊，你究竟犯啥错误了？你不说我也知道，一定是男女关系吧？忽大年一听就把电话压了，随口便告诉总机，外线打进电话找他，一律说他出差去了。

现在看来那个"以观后效"，实质上就是处分的前奏，当你迷迷糊糊麻痹了，头顶上那把刀子才会落下来，砍断你一条胳膊，再砍断你一条腿，人也就完全残废了。咳咳，以前，他即使下放劳动，大家都觉得他会东山再起，好多人远远看见就屁颠屁颠过来套近乎。现在，所有人都知道他失势了，职务由正降成副了，迎面过来能躲就躲，实在躲不过就扭过脸溜了。

是啊，谁不怕给自己惹上麻烦呢？忽大年实在闲得无聊，又想到检验台劳动去了，这倒不是想去找黑妞儿倒苦水，是他觉得那里是他唯一可以消遣的港湾。在八路军的时候他就养成了一种习惯，心情郁闷就下连队，跟年轻战士聊聊，抓住小伙子的衣领摔上几跤，不管输赢，心情舒朗，再不会为屁大点事想个没完。这次，他又换上工作服进了车间，拍拍下料工肩膀，拉拉检验工袖子，热水依旧有人给续，手套依旧有人给递，黑妞儿依旧会抬起弹筒助上一臂之力，工友们依旧会编造粗俗的段子逗开心，没有人因为他职务变动摆脸子。但是，这种温暖依然无法排遣失去权力的烦恼，而且这个烦恼就像浓雾一样撕不开扯不烂，甭管你有多强大的自控力，也甭管你脸上堆出多少笑容，只有自己知晓苦水漫灌的滋味。

似乎能提振精神的只剩下一颗老兵的良心了。

那个机灵的小耳朵故意编了段子想逗他一乐，说：有人下班进门就想要，手在媳妇怀里乱摸，被媳妇一脚踢到要害，躺在地上装死不起来，吓得媳妇一把抱住，心疼地一个劲说，想吃羊奶明天买，想吃人奶你就吃。大家噗的一声都笑了，说这小子是想炫耀老婆生编出来的，瞅他那张倭瓜脸，哪个女人稀罕呀？

但忽大年听了却没一点反应，要说那女人脚上有功夫，还能比黑妞儿的手掌厉害？正思忖呢，久没吭声的黑妞儿问：小耳朵你倒说说，你媳妇为啥把你踢下床的？那个爱哭的林姑娘也傻乎乎问：是啊，你说呀？那刀把脸接上说：他吃屁奶呢，肯定是厂里连轴转，累出毛病了，媳妇嫌不过瘾，踢他都算轻的。小耳朵大叫：我跟你可不一样，你是家具不行，我可厉害呢！林姑娘这才听明白笑话的酸意，以为又在取笑她，背过身又嘤嘤哭了。

忽大年这才听明白，不由得替林姑娘打抱不平：大家开玩笑也不看看对象。谁知话音刚落，又是哄堂的笑声。原来黑妞儿嘟囔了一句：谁都有尿蛋的时候，不信自己抱住头想想。哈哈，一个没结婚的老姑娘咋还懂这个？大家笑得前仰后合，刀把脸泪水涟涟地说：新社会，解放了，姑娘家的，啥都知道。

忽大年觉得那话含沙射影，就把黑妞儿拉到一边说：你咋能开这种玩笑？黑妞儿当然不服气，压低嗓门说：俺开啥玩笑了？俺说的就是你，你要不是新婚之夜故意捣蛋，俺能现在守活寡吗？忽大年心里一沉，说：以前的事，别再提了好不好，我心都烦死了，你别跟着添乱！

咋是俺添乱？心里没病怕吃冷馍吗？

我都被降职了，你知道不？

俺知道啊。

我受的啥窝囊，你知道不？

俺知道啊。

既然知道，你还来搅和？

俺搅和啥了？俺就是告诉大家，厂长打了败仗，才想起我们来。

我咋是打了败仗？

你被降成副厂长了，不就是打了败仗吗？

忽大年琢磨着老乡的话有点感动，他朝黑妞儿的脸颊浑浑地看了一眼没吭声，这张脸依然红扑扑的，脖梗依然透着白皙，眼睛也依然黑亮，似乎少了以前的凶悍，倒透出不少温柔来。老乡好像被他看得害羞了，听见小耳朵喊叫扭身就走。忽大年瞅着她那丰腴的屁股一扭一扭，不知怎么又想起了那个咬人的夜晚。这两瓣屁股当年全村小伙子都想咬的，背后开的玩笑多狠啊，有的说想枕着睡，有的说想天天舔，有的说想天天啃，不知道有多流氓呢。她是没听到，听到了就知道不是他故意使坏咬人，是他想兑现吹的牛，绝不是想报复那次的铁砂掌。但这些话，他现在绝对不能再说了，一说就把已经埋在潭底的沉渣搅起来了。

忽厂长，咱们洗澡去吧。小耳朵过来拉他。

我不洗……我也没拿洗澡的东西。忽大年摊开手。

忽大年几乎是被两个人架着进了车间澡堂。自打苏联专家撤走之后，他也没地儿洗澡了。夏天来了，就叫公务员拎桶热水，在办公室凑合着擦擦。冬天来了，靳子喊叫他身上臭了，才钻进车间澡堂冲冲淋浴。但每次去都是在礼拜天，专门为他一个人开放，他喜欢一动不动站在淋浴下，仰头让温暖迎头冲下，那时可以想好多的问题，好多难题都是淋浴时解开的。但今天不比往日了，小澡堂一下拥进二十多个人，大家本来就赤裸裸的，吹口哨的，哼秦腔的，撂脏话的，屄长毛短自然少不了。

但是，当大家知道厂长今天也在他们中间，一个个又闷声不语了。大家也许恍然发觉了厂长光溜溜的秘密，当时倒也没人敢耍怪，晚上躺到宿舍架子床上，才余味未尽地说：你说那身子跟咱也没屄两样，人家咋当了厂长，坐小车打电话，咱就得搬大料，一天累得贼死，一年才给半月探亲假，把老婆折腾得一见面就哎哟。

这些话忽大年当然听不到，今天被动地享受着冲淋的快乐。小耳朵给他头上打上肥皂，使劲揉搓，拉到莲蓬头下冲了。他知道这小子是从渭河边招进厂的，见厂长是胶东人，便说他们村子也是从山东逃荒过来的。那刀把脸把毛巾拧干，让他双手扶墙弓背，把脖子脊背大腿齐齐搓了一遍。忽大年想自己搓搓前胸，刀把脸不容分说从背后架住他胳膊，小耳朵上来就把他前胸搓了，全身上下搓得红红的，肥皂抹上感觉都有点扎扎的疼了。

哎呀，这个澡洗的，他像木偶一样被人拨来拨去，又像个弹筒被上上下下打磨着，不知道享受麻痹了神经，还是懊恼束缚了四肢，只好被人机械地调度着，自己竟像个傻子一般了。

后来他才知道，这次洗澡竟然是黑妞儿授意的。

然而这天，忽大年突然又冒火了，好像他又成了工厂的主宰，一坐进解放卡车驾驶室，就催促司机上挡加速，拼命往秦岭山峪的靶场赶。那个嵌进山脉的峪口有一片狭长的平地，守住前后两头，封住一条溪水，犹如世外桃源，简直就是一条天然靶道。

刚才靶场主任尚仁义冒冒失失跑进车间，张口就喊他忽厂长，这家伙难道身处偏远，又想来絮叨什么狗皮袜子？他扭头想钻进休息室躲开，可人家径直追进去说：遇到大麻烦了，一发交验弹坠地没炸！忽大年抖着身子说：那就赶快去找啊？靶场主任哭丧着脸：整个靶场才二十几个人，都钻进野地去找了，忙活了一天也没见影儿，现在想进厂搬救兵。忽大年听了更想发火：那你快去找老哈呀？尚仁义嘟囔道：办公室主任说，在家的领导只有你了！

忽大年把帽子抓下来，挠了挠头发里的疤痕，眉头顿时拧起来了。一批炮弹一百发，军代表每批抽三发试验，一发坠地，等于百分之三十三的故障率，这样低劣的产品怎能交付部队呢？那不等于跟敌人逗着玩吗？何况部队正在海峡炮战，如此质量无异于给老蒋拱手送礼啊！

炮弹干不出来着急，干出来交不出去，更是个烫手的山芋，搞不好会把工厂的辉煌一笔勾销的，于是他刹那间恢复了厂长的架势，以命令的口吻对着检验工们喊：大家都赶紧上车，到靶场找弹去！

等他们风尘仆仆赶到靶场，见参试人零零星星撒在田野里。这条靶道沿沟而行，宽一公里，长八公里，尽管已征用多年，但周边农民觉得大好良田闲置可惜，不怕横飞的炮弹，常会偷偷进来种庄稼，双方像打游击，你来我往，弄得试验动不动要停下来。后来靶场做了妥协，可以进来种作物，但不许种植高秆植物，这才平息了猫和老鼠的缠斗。

可即使种下黑豆土豆地瓜，依旧遍地草长莺飞，茫茫田野掉进一发弹丸，就像大海捞针一样了。如果找不到故障弹，不仅这个批次不能交付部队，若让老百姓碰上炸了，就是一起可怕的流血事故。忽大年当然清楚事情的后果，他在靶位上来回转悠，直到把垄畔豆苗踢倒一溜才想了个办法。

他叫尚仁义召集所有人排成一字，六米一人，拉网排查，不信找不到。可浓绿的庄稼隐藏了所有秘密，故障弹落地后会弹向任何方向，第一轮走下来没有结果。这时，有个老农拉着架子车摇摇晃晃过来。尚仁义喊叫：赶快离开，小心爆炸！老乡听话地拉车走远了。尚仁义告诉他，这个乔老二是队长，还算个听话人，叫种啥就种啥。

突然，忽大年想那老农从地里出来，架子车没查看就放走了，万一呢？旁边的林姑娘闻声而动，飞跑过去追上架子车，举起车上两个空筐朝他摇晃，扭头便让老乡又走了。

可刚走了几步，姑娘又反身追上老乡问，这车肥咋不倒到地里，咋还往回拉呀？老农支支吾吾的，姑娘压住车辕，让他把粪倒到地上，一个叫倒，一个不肯，两人梗起脖子吵嚷起来。忽大年拍拍手过去，也没搭腔，抬手把车辕向上一推，架子车立起来，土粪倾倒在地，一个弹头滚出来，他惊叫一声：撒！撒！

林姑娘转身跳着挥手喊：找到了！找到了！大家的目光一下集中过来，只见弹头歪倒在粪堆上，活像个卧倒的大胖娃娃。忽大年气得手指着老汉喊：你不要命了，敢偷试验弹？老汉嘴里嘟囔：这铁疙瘩能卖些钱吧？忽大年真想上去扇他一耳光：要是炮弹炸了，你还能拉架子车？老乡却嘿嘿笑了：你哄谁嘛，这弹从天上跌下来都没炸，咋我拉回去就能炸了？尚仁义过去把老汉推到一边呵斥：乔老二，你是拿命耍张呢！

这时，大家都站到了警戒线以外，面对卧在粪堆上的弹头不知如何处置好。

拿机枪引爆吧。

引爆了，故障咋找？

估计要么是引信，要么是炸药出了问题……

炸了得做多少回模拟实验？

三十八

那发该死的故障弹躺在粪堆上，傲视着撤到五六十米外的长安人。

蓦地，尚仁义瞪大眼惊呆了，闻讯赶到的技术员也瞪大眼惊呆了，他们看到厂长居然手拎钢盔，准备走向那枚故障弹。靶场主任猛扑上去，死命拽住他胳膊想阻止，却被他奋力推开了。黑妞儿急慌慌上来想说什么，他扭头一瞪，女人便不敢吭声了。

这时，哈运来得知掉弹也赶了过来，但他一进靶场看到这惊悚一幕，慌忙挺着臃肿的肚子吼叫着跑过来，想劝老厂长放弃鲁莽，可忽大年都没拿正眼瞧他。总工程师赶紧让尚仁义电话报告黄老虎，这可是人命关天，成功与失败就是一眨眼，一场惊天动地的事件眼看就要发生了。

很多人没有退到警戒线以外，反而围拢过来要盯着他完成危险的拆卸。忽大年明白大家的心思，说：你们围上来，我压力更大，大家都撤，撤到警戒线以外！总工程师还想做最后的努力，说：忽厂长，你去拆弹，怕得报上级批准吧？忽大年严肃地说：老哈啊，我现在命令你，赶紧把人疏散开！

大家一步步退到了警戒线外侧，哈运来不时拽起望远镜往路口扫视，期望黄老虎能突然冒出来，天塌下来要大个子顶着。突然，他发现靳子从飞驰而来的卡车上冲下来，好像黑妞儿迎了上去。哎呀呀，这不是添乱吗？他急忙叫小耳朵和刀把脸去把人拦在掩体里，绝不能让这个人跨过警戒线！现在要保证拆弹人情绪稳定，否则今天的抢险就可能是一场灾难了。

是活得不耐烦了吗？干吗要冒这么大的风险？

忽大年望着那枚卧在粪堆边的臭弹，心里一阵莫名的冲动，他一步一步走过去了，就像当年带领战士们去攻城略地。但今天他是一个人，去执行一个孤独的任务，用义无反顾好像有点勉强，用舍生忘死也不是那个意思。这枚已经解锁的弹头砸到地上怎么没炸呢？尚仁义刚刚还请示要不要机枪引爆，他觉得那是一个傻瓜的动议，机枪一响，一切因由会化为乌有，想要解开问题密码，恐怕没有三五个月都不可能了。只有拆开故障弹，内部结构暴露无遗，才会找到问题的症结。

是啊，这也没什么好担忧的，人这一生，生来一样，死却不同。当年在八路军扛枪的时候，缴获过鬼子好多炮弹，看着扔掉了可惜，他就交给修械所解体，卸下保险，掏出炸药，一发弹能制五颗地雷，所以修械所的师傅都喜欢跟他套近乎，一有机会就拉他过去喝两口，都是因为他有拆卸引信的本领。可是缴获的炮弹都没上膛解锁，眼下这发炮弹却处于开锁状态，谁知道风吹草动会不会爆炸呢？

忽大年吸口气屏住，感觉气息在小腹缓缓流动，千万，千万小心……咳，小心啥呢？其实炸了也就炸了，战场上见到的死亡，多得让他都麻木了，也就是一眨眼的事，人生轰轰烈烈多好啊，尤其结束之时应该有点动静，应该定格在一个永恒的瞬间。是啊，就是炸了，正好一劳永逸离开这心烦的世界，汉江边牺牲的六千战友大概都在等他呢，那也是一种难以言说的快乐呢。那些战友在汉江边把枪管打红了，把炒面吃完了，面对滔滔东去的汉江水，面对着武装到牙齿的美国鬼子，没有表现出一丝一毫惧怕，我怎么面对一发瞎火的臭弹，要颠三倒四地思虑呢？

忽大年在粪堆边蹲下了，有个褐色硬脊的花姑娘飞落到袖子上，一动不动。咳。这个时候你来干什么？是谁托你来的吗？他忽然心里又想，今天若"万一"了，靳子和那两个孩子就一定苦了，那两个小家伙挺可爱的，知道看见他回家喊爸爸辛苦了，如果他们没有了爸爸会不会受苦呢？其实……没有父母的庇护也是个磨练呢，他就是在没有父母庇护下长大的，如今不也混到了正师级，也算人前人了，只是一定要告诉他们，将来不管妈妈跟了谁，都不准改掉自己的姓氏，那可是他忽家根脉的依据啊！

是啊，上去……今天上去拆开那枚该死的臭弹，若是不走运炸了，也正好躲开那个魔影般的纠缠，那位从黑家庄跑来的女人也不想想，自己要是穿上了那个肚兜兜，还能和靳子在一张床上安稳睡觉吗？唉……不知道他若真的被炸死了，她会不会到他的坟头洒一把眼泪，清明时会不会给他烧几张纸钱？

四周终于静下来，可以听到蟋蟀吱吱的鸣叫了，花姑娘已不知飞到哪儿去了。其实，操那么多心干吗，谁的路都要靠自己往下走的。忽大年把额头挠了挠，思绪完全静下来了，不就是一声响嘛，不就是瞬间脱离了苦海嘛，一个见过多少牺牲的老兵，咋还畏首畏尾了？咋还思前想后顾虑重重了？忽大年突然为他那乱七八糟的想法感到羞愧，脸庞一定红了，脖梗也在发热，多亏身边没有人。

他掏出一支香烟想吸上一口，但他捏着烟卷闻了闻就扔了。成司令一定会同意自己上来拆弹的，那天在电话里语气多恳切呀，好像都有拜托他的意思了，他当时不好打听军委究竟有何部署，现在已经明了了，是对海作战启动了，炮击金门应该是第一步，第二步肯定是渡海攻岛，可不能因为长安的炮弹耽误了打仗，这可是一名军人起码的素质！尽管自己现在已摘掉了领章帽徽，但他始终觉得自己还是肩负使命的军人！

今天气温不高，可忽大年却感到浑身燥热，他把发白的军帽轻轻放到地上，套上了简易防弹服，其实就是在胸前挂了块钢板，脸上的汗珠止不住往下淌，淌到肩上钢板上，只好不停地用袖子去擦拭。他把扳手从地上捡起来，用衣袖擦去油迹，再蹭蹭脚下有无土块松动，然后轻轻卡住了弹头上的引信帽。别看这个小小的引信，那可是炮弹的大脑，掌控着炮弹的命运，引信不炸，弹头不炸，引信炸了，炮头开花，所以苏联专家愿意讲解火炮的细节，却对引信讳莫如深，生怕泄露了秘密会挨上司的训斥。

忽大年从没像今天这样能听到心脏的跳动，怦怦怦，怦怦怦……好像都快跳出来了，这让他有点难堪，多激烈的战斗也没这样啊？他只好站起来定定神，让凉风吹拂了一会儿，脸上凉透了，又蹲下身子，又操起扳手，又轻轻卡住引信。

一圈……风怎么吹得脸上火辣辣的，是不是花姑娘飞到脸上了？

二圈……手怎么有点颤抖？多丢人啊，战友们知道了会嘲笑吧？

三圈……风不敢再刮了，手不敢再抖了，该死的引信终于松动了……

终于，那颗魔鬼般的引信滚下来，忽大年眼明手快一把攥住，使劲朝警戒线那边挥动起来。哈哈，成功了！成功了！

蓦地，他像只泄了气的皮球，朝后一仰，倒在地上，闭上了眼睛，红彤彤的太阳马上弥漫开来，天空的云彩也在他眼眶浮动，几乎快把他的身体覆盖了。终于，耳边响起一阵又一阵嘈杂的脚步声，这是他的战友们在攻下太原、攻下运城、攻下榆林城时爆发的声响，他一听到这般声响，就感觉这辈子带兵打仗真好，这辈子活得值了！

忽然，有个女人趴在他身上哭了……

他知道这是靳子，一定有人告诉了她，靳子在咬牙切齿地骂：你个狗东西疯了，谁让你干这傻事的？你心里憋屈我知道，我天天看着你脸吃，看着你脸睡，你啥脸色我都能忍，可你不能想去死，谁一辈子没有个沟沟坎坎的，耐住性子都能过去，你个王八蛋不是爱看秦腔吗？哪朝哪代不冤枉几个好人哪？你个挨千刀的，好狠心啊！你想去死？你死了丢下我咋办？丢下俩儿子咋办？

忽大年睁开眼笑了说：谁说我想死了？靳子哭诉道：你不想死，你能冒这个险？忽大年苦苦一笑：你是真不知道，还是假不知道？战事吃紧，粮草先行。靳子猛搧他一拳喊：你先行个屁！我是你老婆，你冒这个险，也不先行问问我同意不！忽大年站起来，恍惚看见黑妞儿远远站在掩体旁，不知是哭了还是笑了，似乎发现他站起来又扭身躲远了。

晚上，忽大年在靶场喝过酒回到家，靳子拉开门就说：知道不？多亏我临去靶场，让满仓给你念叨了平安经。忽大年略有不悦：你忘了我咋背的黑锅？靳子盯住他脸又说：那个黑妞儿心还是挺善，要不你就……就让她来咱家吧？忽大年不禁愕然：让她来干什么？靳子猛然抱住他脖子哇的一声哭了，哭声把正写作业的子鹿子鱼吓得也趴到桌上呜咽起来。

他这才知道靳子竟然是黑妞儿发觉情况不妙，去电话把她叫来的……

第三章

三十九

人们似乎刚从甜梦中苏醒，饥饿的幽灵便越过了秦岭山脉。

那是一年后的初春时节，西安城里的饭馆在呼啸的寒风中，一家接一家关闭了，没有关闭的，小黑板上粉笔写的菜品，只有炒白菜、炒萝卜和咸菜。尤其是主食控制得格外严格，粮票成了硬通货，有钱无票绝不肯售卖。奇怪的是长安人的伙食定量，尽管每月依旧，干部三十斤，压延工四十一斤，熔铜工四十三斤，但是，大家忽然感觉伙食不够了，一顿饭吞下三四个馒头的大肚皮比比皆是。

那忽大年已看到这个变化却没多操心，他现在是副厂长了，谁主持长安谁操心吧。那黄老虎当然感到诧异，还跑到大食堂吃了两顿，馒头大小与以前一样，捞面笊篱也没变宽。但他站在灶台发现，可以杀猪的铁锅里，只倒了一调羹菜油，一箩筐白菜倒进去就像清水煮过的，若不是咕嘟嘟倒了半瓶酱油染色，那煸白菜就寡淡得没啥味了。再看那土豆炒肉片，两斤肉片倾倒锅里，扒拉两下还嗞嗞冒肉味，待把一桶土豆片倒进去，打到饭盒竟一片肉都难见了，掌勺师傅只好捏根细竹竿，捡上两片放到上面，以示土豆炒肉货真价实。

这究竟是怎么回事？好端端的定量，怎么就吃不饱了呢？后来食堂科长告诉了一个秘密，不光是油水少了，有人把老婆孩子也接到宿舍，一个人的定量，三张嘴吃，当然紧张了。

那黄老虎听闻似有醒悟，主动找主管后勤的忽大年商量，当然他明白自己仅仅是主持工作的副书记，面对老政委需要格外注意，生怕不小心触碰了哪根神经，让他下不来台。其实，现在的老政委尽管心里还有疙瘩，表面上已习惯了副职的角色，所以黄老虎怎么说他就怎么对付，即使心里有保留也很少说出来，何况人家能亲自到办公室来交代事项，心里再怎么不服气，面子也还是要给的。

下班后忽大年就去了单身大院，这片高楼他还是有感情的，从一片乱坟场到大楼林立，他着实倾注了不少心血，可想不到仅仅一年多没来，走廊里小娃娃东跑西窜，水房里洗衣择菜的女人比男人多，打情骂俏声更是不绝于耳。有人放肆挑衅，你老汉得天天拾掇你，咋天天洗裤头？有人马上回应，我看你男人的尿，咋都塞不住你屁嘴？

天哪，男单身宿舍咋冒出这么多女人？忽大年推开几扇门，本来架子床，下铺三人，上铺三人，现在却住了两家人，一帘粗布从中隔开，有的是左右分，有的是前后隔。最要命的一间宿舍，三个下铺，蚊帐里睡了三对夫妻，这成何体统啊！曾有小媳妇半夜解手回来钻错了蚊帐，天亮才发现枕边不是自己男人。关键是男单身楼没有女厕所，那些个小媳妇去哪儿解手也让人疑惑重重，如果跑去女单身大楼，唯独那栋楼门夜里上着锁。如果跑到院子里撒尿，那白花花的屁股不就成一景了？他不敢再查下去了，转身赶回办公楼敲开了黄老虎办公室的门。

单身宿舍乱成粥了，乡下媳妇都奔男人来了。

探亲住宿一直是个难题，你给想个办法吧？

我看把车子棚改成探亲公寓，少说能隔一百间。

果然一个月后，拆掉花园建成的自行车棚，改成了一排排筒子间，成了单身职工梦寐以求的地方。虽然房间很小，只有五六平方米，仅能放下一张半床板、一个小桌，但这对他们而言已算是天堂了。大家争先恐后到房产科登记排队，一人半月，一百多间，稍稍一排就到了第二年春天。幸福的工人知道这是忽厂长到单身大院调研的结果，就把这片公寓叫作"大年公寓"了。忽大年听见笑了，他觉得工人的口碑，是最好的褒奖，每每迈上办公楼台阶，回望那一片灰色的水泥瓦楞屋顶，心里便会生出些许满足来。

其实，忽大年被单身宿舍拥挤的表象蒙蔽了。

男宿舍忽然挤进来那么多女人，说到底还是食物匮乏，实在是在乡下饿得待不住才跑来的。这些单身族依然在想尽办法寻求食品来源，钻进秦岭采摘毛栗子，还可采摘蘑菇，可是刚刚尝到甜头再想去，却被端枪的民兵挡在了山口。于是工友间赊买粮票风靡了，可单身族一月工资四十二块，能买粮票的钱实在少得可怜，买了粮票又没钱买饭票了。

最早行动起来的应该是维修车间的门改户，这个农村来的单身族，自从苏联实习回来便当上了热表维修班长，每天背着牛皮工具袋穿行在各车间，似乎轻松得像在机床的海洋里浪游，又像军人背枪巡逻在边防线上，发现哪个热工表指针波动便要停产检查。所以车间干部见到仪表工生怕怠慢了，常常会把饭菜送到维修的热工表旁，等他吃饱了嘴一抹才好开闸送电。

是满仓最早发现了门改户的秘密，这人是晚上露出狐狸尾巴的，他每天下班回宿舍很晚，脸上鞋上总是粘着厚厚的泥土，问他干什么去了，嘴里呜里呜噜乱支应。后来满仓到后区给火炉拉煤块，发现门大眼缩头拎锹蹚进了杂草丛，嘿，上班时间干什么去？他悄悄跟过去，发现这家伙在侍弄库房外边一方炭渣地，忍不住一阵惊叫：好啊，你小子有好事藏得这么深？门改户惊得锄头掉到地上，见是同舍人忙说：你想种，连畔开一块嘛。

于是，满仓选择仓库西边清理了一块地。其实他之所以要选在这地方开垦，是这里原是万寿寺和尚们的菜地，没费多大功夫，撒了一遍麦种，便长出了一层茸茸的嫩绿。为了防止别人窥见，两人还在地畔密匝匝栽了三道枯黄的玉米秆，既挡住了工友们的视线，又可防备野猫野狗进地糟蹋。

晚上两人回到宿舍洗脚上床，话匣子打开交流种地体会，闭上眼就开始憧憬来年的收成，唯一发愁的是小麦收割后怎么磨成面粉。满仓嘿嘿笑说：怕啥，就煮麦粒吃，味道香着呢。这个满仓是个出名的大肚皮，那次在食堂庆祝八二三炮战大捷，他一口气吞下五个馒头，两碗干拌面，外加一瓶辣子酱，把旁观人馋得目瞪口呆。可那是多年一遇的庆功宴，可以敞开肚皮吃，现在他在五金库当保管，一月区区三十斤定量，一个年方十九岁的小伙子怎能熬得住？现在这块悄悄开垦的土地，让曾经的和尚幻想到布施的面香了。

但是两人精心的掩饰还是没能逃过单身族的目光，一传十，十传百，后区一大片荒地被开垦了。开始一块田与一块地并不连畔，后来拓荒的人多了，所有夹角都种上了麦子，后区很快变成了一块块"农田"。男单身这些动作很快被相好的女单身透露给了闺密，没多久这个暗藏的便宜就成了公开的秘密。但是，当那些女单身们也争相扑进这块田园，可供她们开垦的地角已所剩无几了。

黑妞儿靠在满仓的地畔，开出一长溜菜地，种上了朝思暮想的大葱，期望能长出粗壮的葱茎，蘸酱就饼，好满足胶东人的肠胃。更多的女单身眼瞅着没地下手，就找那些喜欢跟她们打情骂俏的男单身搭讪，商量合伙种地，将来收获分上一点，没想到平时大献殷勤的男人，遇到这种事都板平了脸，对送到面前的媚眼不理不睬。

我帮你侍弄这块地吧，你媳妇看不见。有个栾秀娘眼巴巴的。

什么看不见？我跟你又没啥。小河南没有妥协。

小河南，你抓过我的奶，还说没啥？栾秀娘亮出了秘密。

我就不小心碰了一下，你小声点。小河南眼神慌乱了。

你摸了一把，老娘就没洗，叫你媳妇看看是谁的爪子！栾秀娘声高了。

你别喊了，我答应了行不行？小河南语气软了。

从此，那块地畔就时常见到他俩浇水除草松土，人们讥讽他俩是兄妹开荒呢。这个小河南是在宝鸡铁道边招进厂的，别人进了城口音都往普通话上靠，可他的豫东话还愈发重了，说是为了记住死在逃荒路上的父亲。平心论，小河南实在是怕这个栾秀娘真跑进宿舍，真真假假戳弄是非。从此好多女工如法炮制，男女同耕的场面多起来，但也有的男单身翻脸不承认占过女人便宜，死活不让步，吵吵嚷嚷，不欢而散，气得女工回过头直骂：秃头骚皮，一毛不拔。

本来这些人可以一边上班开机器生产，一边下班扛锄头种田，享受着工人和农民的双重生活，既能看到城里的灯红酒绿，又能尝到乡下田园的收割乐趣。但这个公开的秘密终于被人捅破了。从沈阳来的韩皮匠在冲床旁换皮碗，看见栾秀娘没到点就急火火往外走，玩笑说：又和哪个野小子约会去，急头子绊脑没个样了。栾秀娘只好说：我去后区地里浇点水，麦子快旱了。韩皮匠一听，不等下班就扛着锄头来了，按说他家里都是城里户口，人人都有定量，应该不愁吃的，可他想找块地种点菜，可以减少家里开销。

但他实在来得太晚了，从东头蹚到西头，没发现半分可以抢镢头的生地，就厚着脸皮找人商量，能不能匀出一小溜种几棵白菜。可大家齐声说：你家老婆孩子都是城里人，肚子饿不着，我老婆孩子农村户口，肚子填不饱，你就别在这儿蹅摸了。

四十

韩皮匠回头气呼呼地拉住忽大年反映，小心麦子一泛黄烧了弹药库。忽大年一听，转身去找主持人报告，他以为黄老虎会跳起来往后区跑，谁知人家听完撇了句官腔：我正修改"大跃进"报告呢，你是老厂长，你又管后勤，你先去看看吧。

忽大年叹口气只好去了。这个后区尽管与生产区地畔相连，但有一道大墙相隔，平常很少有人过来。左边是裸露的煤场，隔上两月就有列车进来把如山的煤炭卸下来，烧炉工再一铲铲倒在传送带上，送进熊熊燃烧的煤气炉，煤气又顺管道流向各个厂房。右边是高墙围住的弹药周转库，炮弹装配出来，便装箱运去暂放，等待火车集中运走。本来炭渣堆离库房尚有百米，可人们倒着倒着就堆到库房边了。

他径直上了靠近后区的一栋工房楼顶。真是一道奇观，玉米秆围成的篱笆，分割成了大大小小的庄稼地，绿油油的像一块块剪碎的地毯。忽大年走到曲曲弯弯的路埂上，试图数清有多少块地畔，却听见谁喊了一声，呼里哗啦拥来一片工人。小河南焦急万分地问：忽厂长，我们就用了点工厂的水，种子都是从老家拿的。忽大年正色说：知道旁边库房装的啥吧？等这些麦子黄了，一颗火星就能燃起一片火海，要是把库房炮弹引燃了，长安厂恐怕就从地球上抹掉了。栾秀娘拽住忽大年衣袖恳求：我们两家七口人就指望收点粮食过冬呢。黑妞儿从大葱地里站起来说：要说危险，就是围着库房的麦子危险，把这圈麦子割了，就不怕了。门改户在旁边忙说：忽厂长，我种的是矮秆麦子，长到膝盖就能出穗，个把月就可以收割了。事情明摆着，咋样决策都会惹到人的。

忽大年又走进黄老虎办公室，惊得老鹰眼慌张站起来，拉住老首长的手并肩坐下，可听了后区的情况，老鹰眼又眯缝起来，心里似乎暗暗窃喜，多亏自己没有傻乎乎蹚进那片泥潭，那些单身职工亦工亦农，离心离德就不好带了，可要是知道他让割苗毁地，不把尿盆子扣到头上才怪呢。但火灾隐患不排也不行，万一出了事，追查起来谁都难辞其咎。老鹰眼翻开《政策汇编》忽然有了主意，现在农村都把土地交给集体耕种了，长安人咋能在公家土地上搞自留地？这不是明摆着与康庄大道背道而驰吗？所以，苗可以先不铲，地可以先不平，地面庄稼一律归食堂，长安人有福同享。下班时宣传栏就贴出了一张通知。

天哪，这个通知就像捅了马蜂窝，当晚拥挤的单身大院几乎走空了，大家呼天抢地，跑到后区想抢收点什么，有的把刚刚灌浆的麦穗剪下装进布袋，有的把核桃大的土豆收拢进麻袋，有的把刚长出青苗的白菜收拢进柳筐。黑妞儿把一拃高的小葱齐齐拔起扎捆，巴掌大点的小葱地，没一会儿就收拾完了，她嘴里慢慢嚼着小葱叶，看着月光下抢收的人群，忍不住哼了句胶东小调：天上的星星亮晶晶，地上的人儿瞎忙活……忽然，有块土疙瘩打到肩上，她回首瞅见门改户的身影晃了一下，便箭步过去揪住他耳朵：好啊，你敢给俺下黑手？门改户也不掩饰：我以为是忽小月呢。黑妞儿眨巴眼：月月咋惹你了？

但长安人还是听话的，尽管一肚子不愿意，还是陆陆续续退出了开垦的后区，忽大年再去那里查看，已经面目全非了，几乎像被抢劫过一样，玉米秆围栏东倒西歪，满地的小麦、青菜像被马蹄踩过失了水灵，有些谷子还没长穗，被人赌气踢趴趴地下。小河南和栾秀娘蹲在收拢的玉米秆上痛哭流涕，像家里死了人似的，任凭哭声催出了路人的泪来。

人们把仇恨记到了忽大年头上，因为是他来后区看过，才出了缺德的通知。

其实，对那个通知恨得咬牙切齿的是和尚满仓。

他没想到茂长的庄稼还能被砍倒，以前为了填饱肚子，苦伴青灯敲木鱼，清汤寡水护禅院，后来进了长安也是为能把肚子喂饱，不再为穿衣吃饭发愁。可他这个肚皮太大了，每顿饭没有三个馒头就会咕咕叫，显然考虑到他对佛界存有善缘，忽大年让他守在改成了五金库的万寿寺，可库管员一月定量三十斤，一天一斤，勉勉强强两顿的量，常把小和尚饿得前心贴后心。

似乎门改户的开垦给了他个启示，他不但复垦了和尚们原先的菜地，又在寺里观音殿后的瓦砾堆上发现了生机。这也是块未开垦的处女地呀！不知何年堆积了二尺厚的垃圾，他于是忙碌了两个礼拜，清理出长长一溜空地。别看只有三米多宽，也许是一块祥瑞福田，是菩萨专门赏赐他的，小和尚扔下麦粒浇上水，绿苗便嗖嗖地拱出来，很快就挨近了窗台。

这个秘密对五金库的人是瞒不住的，一致嚷嚷要有福同享。满仓心里一百个不乐意，但师傅们毫不客气，每天主动过来施肥拔草，从那眼神就能看出，若不同意分点收成，会把小和尚活吃了的。

可还没等他平衡好分配方案，讨厌的忽大年突然来检查防火了。他走过以前的大雄宝殿，地上堆满汽车轮胎和机械配件，又走进以前的观音殿，层层铁架摆满了电器元件，后来他鬼使神差推开一扇窗户，一眼看见绿绿的麦穗，此时正是扬花时节，浓浓的清香直扑鼻孔，库房的秘密一览无余了。满仓显然急了，想扑过去阻挡已经晚了，忽大年把鼻子翕了两下就指着仓库主任王九毛说：你们胆大包天，库房重地敢种庄稼？如果长安五金库烧了，工厂能运行几天？

满仓听说要把小麦铲掉，这岂不是暴殄天物，根根青苗连心连肺，那个心疼哟，他鼓足勇气越过王九毛问：忽厂长，割倒青苗，那是作孽呀，能不能再过几天？等麦子灌了浆，保证铲干净，一棵也不留。忽大年顿时来了气，说：你个小和尚，进厂才几天，就学会耍滑了？你们不动手，我去车间叫人来，不过人家来算帮忙，一天扣你们二两定量给人家。

听到要扣口粮，满仓连连摆手，答应还是自己来铲抽穗的小麦。可持镰人一站到青苗边，泪水便混着汗珠滚进了脖梗，梦里都在揣摩的收成瞬间被摧毁了。看得出，砍掉结穗的庄稼，忽大年心里也不是滋味，当年黑家庄为抢收高粱都不惧鬼子的三八大盖，这帮工人现在能听他的，实在是他的神威所在。等到麦子铲完堆到院子里，他也有些心疼地说：你们把这些麦秸送到高楼村饲养室，兴许能换几斤黄豆。

满仓听话，将麦秸打了五个捆，拉到村里饲养室，还真换回三斤黄豆，老乡诧异长得这么肥的麦子干吗要割了呀？是不是你个小和尚想炒黄豆作孽啊？他皱皱眉懒得解释回到库房，又找了块铁板，在电炉上炒了，想着肚饥时抓一把，没想到豆味窜得满院子香，库管员一人过来抓一把。那王九毛连抓了三把，可他没吃都装进了兜里，可能是留给五个孩子解馋了。

满仓看着铁板上的豆渣子心里郁闷，肚子咕咕叫，忽然，他想起报告会上讲过，红军过草地把皮带都煮着吃了，便悄悄抽出一根又宽又厚的电工皮带，用剪刀铰了两段，放在大茶缸里煮起来。嘿嘿，那么硬的皮带居然一会儿软乎了，还窜出一股焦煳的肉香，他用剪刀铰下一小块，放嘴里轻轻品咂，味道像嚼一沓草纸，便又撒了一把盐，似乎肉味上来了。满仓惊喜地翻了个跟头，以为发现了一个新大陆，以为可以守着两大捆皮带过一冬了。

然而，月底盘库细发极了，一根一根数，发现皮带少了两根，当下便从他工资里扣了六块钱，他心里盘算，这回亏大了，比牛肉还贵了，真不如揣钱下馆子了。即便如此，库房主任还是把那两捆皮带锁进了自己办公室，让满仓眼巴巴瞅着门锁干着急，这不是釜底抽薪吗？佛祖恩赐的福田也不给面子啊？三个月后满仓实在饿得撑不住，下班后偷偷撬开窗户，翻进王九毛办公室，想再抽一根皮带煮来吃。可他搜遍所有角落竟没见到那捆皮带，却在一个抽屉里发现了一大堆黄亮亮的皮带扣。天哪，那么多的皮带哪儿去了？是不是让主任都拿给孩子吃了？满仓双手捧起皮带扣像捧起老娘的脸，泪水止不住地哗哗滚下来，夜风把窗框吹得吱呀响都没能惊动他。

饥饿的人对食物的追求往往不择手段。这天，满仓没精打采坐在仓库等人来领五金杂品，一上午打发了三个人，老待在库里无异于坐以待毙，他开始坐立不安，把五金架板齐齐敲打了一遍，忽然做出了一个惊人的举动。

小和尚跑出了万寿寺，直奔厂前区，像暗探般蹲守在办公楼前的老槐树下，一小时，两小时，终于瞅见忽大年拎包出来，准备拉开吉普车门。他一个箭步蹿上去说：忽厂长，行行好，我想去当熔铜工。忽大年纳闷问：为什么？库房保管多轻松，多少人想去都去不了。满仓沉下头说：才三十斤定量，扛不住了。忽大年斜睨问：你还真想去熔铜啊？

满仓使劲点点头，小伙子已经去车间观察过几次，那儿就是把配好的金属渣倒进坩埚，没有多少技术含量。只是铜水倒进料槽火星四溅，尽管戴着面罩，但谁都会有疏忽，人人脸上溅有疤痕，可以说这是全厂最累最脏的工序，曾有几个新工没干几天，就跑回农村老家不来了。但是，今年以来熔铜工反倒成了香饽饽，好多人挤破脑袋想调过去，只因那个工种一月定量四十三斤，还有一月八元的有害工种补贴。别看那些熔铜工脏兮兮的，可他们晃着乱蓬蓬的头发，吆五喝六地拥进食堂，买的肉菜多，吃的馍也多，让人好生羡慕呢。

所以满仓无奈中又想到了总指挥，只要他能发话，调个工种还不是小菜一碟？但忽大年听罢，冲他摇摇头说：现在要去的人太多，不知道熔铜工序定编满了没有。想不到满仓一听，扑通一声给他跪下了：厂长，你开恩发愿，让我去吧，我在菩萨面前，给你诵一年的经。忽大年佯装愠怒：你个和尚就知道念经，你不是发愿一辈子守在万寿寺吗？咋为点定量就想拔腿走人？满仓说：我人走心不走，如果我饿死了，寺庙就更没人打理了。

路人见小和尚下跪都围过来，听见这番对话都嘿嘿笑了，不是说男儿膝下有黄金吗，一介汉子能为几斤定量，众目睽睽跪在地下，还跪得毫不犹豫……

四十一

然而，饥饿居然没能抑制住人们的青春欲望。自从那车子棚改成了"大年公寓"，就把自行车不准进入生产区的规矩给破了，没地存放的自行车驶过大门，又堂而皇之进了戒备森严的二道门，然后便渗透到各个工房的角角落落。下班时这些自行车又汇聚起来，穿过两道门又消失在街坊的楼宇间，而最为高兴的是那些幸运的单身汉，下班号一响扭头拐进"大年公寓"，推开一扇小门，没脱工衣就抱住媳妇啃上两口，屋里便是一阵扭扭捏捏的窸窣声。

其实，吸引了单身族目光的公寓实在小得可怜，两人出入都要侧身，可再小也比挤在架子床上强过百倍了，独门独户，互不干扰，避免了多少尴尬呢。那想接媳妇探亲的人络绎不绝，几乎需要提前半年排队，于是便造就了掌管这个权力的胖女人银杏的傲气。她是万寿村人，上岗没多久食指叫铜板砸了，只好照顾她来管理公寓。没想到这个活好处真多，她若去车间洗澡，早早就有人开门恭候，即使遇上男工洗澡也会为她腾出一个小时，使得门外等候的男人你瞅我，我瞅你，嘴里脏话一句比一句酸，但等人家红光满面出来，一个个又挤出笑脸像迎接凯旋的皇后。

但等人们住进公寓，才发现一间间小屋是用单砖隔开的，若有人不小心撞上几乎能扑进邻居家里。所以在小屋起居都很小心，吵嘴都不敢夸张，生怕稍有不慎弄得墙倒屋塌。但这些都能凑合，让人尴尬的是顶棚只铺一层芦席，之上却是空透的，所以一排公寓二十间，谁家男人骂女人语气脏了点，第二天邻居女就会怯怯地瞟上一眼：那么歪你，都能忍了啊？谁家女人亲孩子语气软了点，第二天邻居男也会温情地瞅上两眼说：瞧瞧人家媳妇，多温顺啊！不过这般环境也有意想不到的好处，谁家收音机播放长篇快书《岳飞传》，全都会竖起耳朵去听，刷锅洗碗都怕弄出响声，招来左邻右舍的埋怨，人家若是串门回来晚了，门口准会蹲守几个急性人，催促赶快扭开收音机。

到了夜深人静，这些年轻人也是要把青春热情倾泻到女人身上的，可谁家的动静大了，第二天准会有人路过门口喜喜地说：劲头也太大了，不怕把媳妇整日塌了，以后谁给你擀面嘛？还有的揶揄说：你夜里把吃奶的劲都用上了，白天上班咋能有精神？不怕主任掀你沟子呀？若是邻居间生了龃龉，一家女人碰见邻家女人就会醋意讥讽：得是老汉把你弄受活了，太阳把沟蛋子烤热了才起来。当然，隔上几天邻家女人又会用同样尖酸的话回敬过去：你夜里呼哧呼哧啥嘛？是牛吃草呢，还是你成精呢？

所以晚上的销魂时刻，大家都非常小心，男人们慢工细活，把事情办得有条不紊，生怕弄出点动静，引来左邻右舍嘲弄。女人们只好拼命压抑着潮水般涌起的浪头，即使嘴唇咬出血也不敢吐露半点欢愉，以致等到男人们鼾声一片，女人忍不住恼蹬男人一脚，有的惊醒了，小骂一声又睡了过去，有的看见女人渴望的脸，又扑上去折腾起来。

然而，如此窘迫的环境单身族都能从中尝到快慰，所以谁拿到"大年公寓"的钥匙就像过节一般，食堂打饭总要咬咬牙把两毛钱一份的豆角炒肉、青菜炒肉、萝卜炒肉轮番端回去，在炉子上热一下，两双筷子齐下，一会儿便叨进嘴里了。当然，大家在这里享受着夫妻团聚的乐趣，也在完成着传宗接代的使命。所以，每当他们住够时间退房时，胖银杏会习惯地问一句：咋样了？弄成了吧？那话问得随意，好像是牵着牛马配种出来，后来人们便私底下把探亲公寓戏称为"配种站"了，尽管这个绰号太白，可拿到钥匙的人还是沾沾自喜，毕竟可以在这里度过十五天销魂的日子。

然而"配种站"的夜晚像被什么东西死死罩住了，暗涌的春潮始终被压抑在一个彼此容忍的幅度，谁也不敢放肆地发泄，都把欢愉挤压在九曲肠道中，欲诉无言又难以启齿。可是，这种压抑的宁静，终于被来自东北角一个突兀的声音打破了，这声音开始的时候并不大，像婴儿的哭声，咿咿呀呀，极有规律，一声接着一声，似乎伴随着女人急迫的喘息，陡然把人心吊了起来，渐渐地那疲惫的喘息又变成了揪心的呻吟，人心又哗啦一下落下来。这般从没听过的声音划破了公寓夜空，把整排房子男人和女人的神经都撩拨起来，大家纷纷从床上坐起来竖起耳朵，想分辨那一声高一声低的呻吟来自何方……

天哪，人们终于听明白了，这是哪家女人整出了这般猥亵的欢叫！

终于那声音把所有人的欲望都挑拨起来了，男人们都抖掉了身上的被单，女人也扔掉了最后一点遮羞布，一场欲火大战在所难免了。突然，那东北角的女人发出一声长长的几近窒息的号叫，所有人都忍不住停住了动作，以为今夜会有难堪发生，但那声音紧接着又跌落下去。终于，这排车子棚便被这股浪声调动起来，人们小心翼翼地把长久压抑的面罩撕裂开一道口子，放纵地发泄着从未有过的春情，体会着醉生梦死的感觉。

当然也有的女人依然不敢出声，却把男人胸脯咬出了一圈圈血印，又后悔地直用毛巾蘸了水凉敷。但是三天以后，大家还是被引导到忘我的状态，使得那种原始的激情毫无顾忌地释放出来了，好像坦坦荡荡地活成了完全的女人……

但是，这个秘密很快被忽大年粗暴地打破了。

那天已是夜半时分，他拉着靳子大步穿过马路，气汹汹走进了工厂大门。警卫奇怪，厂长两口子这么晚进厂干什么，不会是吵了架去办公室搜刮私房钱吧？看来多大的官都得受老婆管啊。可两人却转身拐进了探亲公寓，这里大门敞开，零星灯泡照亮了车棚轮廓。靳子让他在门口等候，自己捏亮手电筒去寻找门牌。

很快她就从里边出来，拉起丈夫袖子就朝东北角走，穿过两排车子棚中间的甬道，东一簇西一簇的杂物满满当当的，忽大年差点被绊住，幸好被靳子拉住才没摔倒。两人隐约听到了一种奇怪的声响，断断续续，忽高忽低，渐渐地俩人辨出是东边车子棚传出了怪异的小夜曲，这些声音会使没有思想准备的人羞得掉头逃走，也会激起更多的男人放下一切去撒腿追逐……

而那东北角的声音最为放纵，潮起潮落的节奏时断时续，好像背负沉重在奋力攀登，一个高潮刚刚过去，松弛下来的喘息又向又一个高潮冲去。忽大年脸上发烫了，问：是这间吗？靳子点头：没错，银胖子给我的，一二八号。忽大年抬抬下巴示意她上去敲门，屋里一阵窸窸窣窣，有个女人细声细气地问：谁呀？啥事不能明天说？忽大年突然性起想上去把门踹开，被靳子眼疾手快拦腰抱住：这不是在家，传开了，你妹子不怕丢人，你也不怕？屋里的人显然听到了他们的争执，刹那间出现了片刻宁静，似听到房后有吱呀的开窗声。忽大年侧身趋步，看见有个黑影从屋后跳出来，在地上打个滚，跑进了存放着自行车的敞棚间，淹没在浓浓的暗夜里了。

小屋门这才开了，忽小月惊恐地瞪眼看着哥哥嫂嫂，脸上又怯又怕，那意思很明显了，你们深更半夜来干啥？忽大年鼻子恶狠狠哼了两下，也没发问，便一把揪住妹妹衣袖往外扯。忽小月急得惊叫起来：你拽我干吗？忽大年边拉边骂：让你在这儿丢人现眼，看我今天不把你腿打折，就对不起咱爹咱妈！忽小月边向后撑边哭腔说：我不光是你妹，我还是公民，你想拉我走，我就走啊？靳子看见隔壁一间间小屋门缝开了，一道道亮光透出来，便使劲把丈夫手掰开说：找个地方说吧，别在这儿丢人现眼了。忽大年反身拉住妹妹手腕，闷头不吭，大步往公寓门口走去，忽小月只好硬着头皮碎步跟上，快走到大门警卫灯下了，哥哥才松开手继续昂首挺胸朝外疾步。看样子他也怕拉着妹妹丢人呀？这时的妹妹本可以转身跑掉的，但她好像被哥哥镇住了，好像有根无形的铁链拴着脖子，竟然一步不离跟随着走出了工厂大门。

其实忽小月并不惧怕哥哥，反倒是满含一肚子怨恨的。

忽大年往哪里走，她就往哪里走，那神态分明是在挑衅，看你能把我咋样？一股倔强劲上来什么也不顾了，甚至出了工厂大门，靳子小跑追上来，要拉她回家去说话，她也丝毫没有停步，一步不拖跟着哥哥走向街坊北边的韩信坟。这座高丘传说是汉朝那位冤死的大将韩信的土冢，高高地矗立在城墙东边，用那无声的语言诉说着尘封的凄惨。平时这里长满了柳树、槐树、杨树，即使大白天女孩子也不敢单独进来，现在忽小月毫不畏惧地跟进来了，听到自己脚步被清冷的月光击碎，居然没有一点点迟疑。

这段时间忽小月心碎八瓣了，自从被安排到熔铜车间当了文书，便再没去找过忽大年。她觉得哥哥的心情固然不好，头上两顶官帽都被人家摘了，但他还是千人之上的副厂长，还属于板上钉钉的工厂领导，对妹妹的工作就不能说一句公道话，眼睁睁看着任由别人欺侮？不但不分青红皂白把翻译免了，还安排到了一线车间，给了个送报纸、发工资、伺候人的文书，赖好念点亲情也不该这样冷酷的，现在夜半三更又摆出这么一副蛮横劲儿，谁又怕谁呀？

她觉得哥哥至少应该打个招呼，让她在黄老虎派人通知调动时有个思想准备，以至于还以为文书岗位挺体面，也没说什么就下车间报到了。刚到车间去班组收考勤，大家都把她当成了稀罕，以前只有开大会能见到的女翻译，现在突然成了给他们送报纸的文书，加上随着实习团归来而流传的跨国绯闻，人们好奇地打量着她的身段和脸蛋，的确是个人见人爱的漂亮妞儿。所以，她每天去各班组送报纸送通知，谁都想找茬跟她聊两句。当然这些人不敢有丁点动作，只是过过嘴瘾罢了，她几次转身都能听到猥亵声，眼泪便忍不住往下流了。

记得她上班头一天，车间主任牛二栏让她去通知开调度会，从厂房东头的维修组跑到西头的验收组，整整半个小时才通知完，回到办公室还没喝上一口水，牛二栏就沉下脸喊叫：去把各间的凳子搬过来，一会儿人齐了不够坐。这个牛二栏以前是哥哥的司机，以前见了她客气得像个跑堂的，一定是把哥哥伺候得好，从小车班长升到熔铜车间副主任，没到一年又升到车间主任了。忽小月满肚积火却又不好发泄，谁都知道落毛的凤凰不如鸡，可那鸡还会下蛋叫鸣，自己又会什么呢？

似乎只有连福对她一往情深，隔两天就到车间转一圈，或送一块水晶饼，或送一张电影票。这些老掉牙的电影，她不知看过多少遍了，但忽小月还想去看，她觉得电影内容已经没有意义了，主要是坐在俱乐部里享受观看的过程，使她能够在两个钟头里甩掉半年来萦绕的羁绊。观影结束，连福会变戏法似的掏出一个苹果，在手帕上擦擦，你一口我一口，两下就剩核儿了。但是他俩从不敢有任何亲昵的动作，害怕被人瞥见又成了啥罪证，忽小月说：我俩真成天涯落魄人了，领了结婚证也不能住一起。后来，连福捏着结婚证，给那胖银杏塞了两斤花生米，要来一把车子棚钥匙。小小窝棚，让忽小月感觉到天高地远，感觉到心情舒展，感觉到坠入温柔之乡的幸福。当她在爱的欲望驱使下，发出第一声呻吟，嘴巴便毫无掩饰地撞裂了这片车棚的墙壁，引来了所有居住人的共鸣，一个个清晨上班都洋溢着从里到外的满足，谁也不敢笑话谁，人们还以为这是她从苏联取经回来的舶来品，想不到老大哥在这方面也比我们先进啊！

但忽小月不知道的是，仍有人把她的欢愉，形容成洪水猛兽给播弄出去了。那个胖银杏就拉住靳子，神神秘秘把晚上的动静描述了一番，羞得靳子没听完就转身回了家。当天晚上，她把已经热络的传言，有选择地告诉了忽大年，她的想法是你要管管你妹妹了，别人不只在议论小翻译从苏联学会了叫床，还在说这个风骚的女人是厂长的妹妹。

她哥哥一听脑子就炸了，还没结婚就明铺明盖了，实在有违良俗善规。不管是在村里还是在部队，每每听闻男女风流都忍不住要唾一口，现在轮到自己妹妹丢人现眼了。他当即决定夜半去捉奸，他要郑重告诉妹妹，不要利用结婚证做掩护，那是一份假证，是一张废纸，是为了让你躲过处分，现在你们竟然假戏真做成何体统？不要说这是在兵工厂，就是在农村也不行，彻头彻尾的丑事一桩啊，如果长安人知道了就要罪加一等，结果比现在还要惨的！

可这个哥哥今晚要把妹妹带到哪儿去呢？黑蒙蒙的夜障撕不开扯不烂，途中靳子几次拦住他说：这里清静，你们有话就在这儿说吧。忽大年似乎也想就坡下驴，在夜色里把气恼说了。可忽小月眼珠瞪得溜圆，月光里斗鸡般闪闪发亮，直愣愣地死盯着哥哥，一副要撕破脸的架势。这把忽大年气得口眼冒烟，憋在肚里的话一句也说不出来了。只见他狠吸一口气，一下子吐出来，蛮横地把头一甩继续往深里走去。他双手背着，像有根绳子牵着忽小月，等走过一间废弃的草房，竟然进去摸了一把铁锹扛到肩上，又脚不停歇向黑黢黢的树林深处迈开大步。靳子感觉气氛不妙，拉住忽小月不让她跟着走了。

可忽大年回头训斥：你要不嫌丢人，你就把她领回家去，今天怎么也要有个了断！僵持到现在，忽小月也想跟着嫂子回去的，脚下自然慢了不少，可她听哥哥这么一说，反而倔强地推开靳子说：嫂子，我不怕，我没做亏心事，不怕鬼叫门！说着竟紧走几步跟上哥哥，分明就是在挑衅，我还怕你了？看你能把我咋样？

只见忽大年闷头走到一棵老树下，突然猛一转身，从怀里掏出一根鞋带，三下五除二把妹妹双手绑到一起了，忽小月没有反抗，只拿乌亮的眼睛刺向哥哥的眸子，明显涌起了两道浓浓的仇恨。可她的哥哥根本就不看她脸，一手提着铁锹，一手像牵着一头牲口，在暗夜里向前踽踽移动。

两人深一脚浅一脚，借着月光走到韩信坟下的山坳停下，奇怪那靳子竟配合似的啥时不见了。忽大年选择两棵松树间的小沟畔站住，把铁锹狠狠戳到地下说：来吧，挖个坑。忽小月借着月光看见四周尽是林木，树与树之间就像一个个黑洞，不知藏着多少阴谋，她在黑暗中眨着眼没说话，看着哥哥把沟底浮草搂到两边，又狠蹬铁锹攮进土里，锹把一压，铲起一锹土，猛扔到沟畔上。忽小月冷笑问：你想干啥？我犯了国法，还是犯了王法？忽大年闷头不答，一锹接一锹铲下去，只听到呼哧呼哧的喘气，好像这个小沟藏有多大仇恨似的。

小沟的土是雨水从韩信坟上冲下来的，一脚下去锹头进去一半，再一脚就没了锹面，挖到快一米深时，忽大年手撑坑沿跳上去说：我今天要给忽家正法，你识趣就自己跳下去！忽小月瞅着那坑没有丝毫害怕，腾地纵身跳下，说：哥呀，你妹遭了难，你不帮忙就算了，还帮着那帮狗日的欺侮我，你把我活埋了吧，咱爹咱妈就是在坟里也要跑出来跟你算账！忽大年稍一犹豫，铲起半锹土扔到忽小月腿上，说：你不学好还有脸提爹妈，你把爹妈的脸丢尽了！忽小月毫不示弱，说：我一不偷，二不抢，我丢哪门子脸了，你不要挨了处分，拿我撒气！

忽大年本来就是一肚子气，听到这话更是火冒三丈道：你还不丢人哪？一个姑娘家跟一个反革命明铺暗盖，还整出那么大动静，把人都丢到胶东大海了。忽小月仰着头冲他喊：你放屁！连福咋是反革命了？我们领了结婚证，办不办婚礼都是合法夫妻，你一个当哥的，管得着吗？忽大年气得又往坑里撂了一锨土说：你还有脸提结婚证？那是为掩盖你们押运鬼混才去办的，你嫂子知道，你也知道，那是一张假证，咋还假戏真做了，你是要把我气死呀！忽小月心里一酸终于哭了，说：反正长安人都知道我俩领证了，有啥丢人的？忽大年咬着牙逼问：你现在给我一句话，你能不能跟那狗日的分开？说着他又往坑里撂了一锨土，忽小月气急败坏地跺脚喊道：你还当哥呢，心咋这么狠啊，你埋吧埋吧，反正我本来就不想活了！

忽小月话音刚落，倏地，有人咚一声也跳到坑里，只听那人气喘吁吁地说：忽大年，你好大的胆，敢活埋亲妹子，你厉害，你胆正，俺知道你看见俺，心里也泼烦，你就把俺俩一块埋了吧！坑上的忽大年和坑下的忽小月，借着朦朦月光都看清了跳坑人的脸，两人不约而同喊道：

黑妞儿！

四十二

这个胶东女人是靳子急中生智跑到单身大楼叫来的。

刚才她见丈夫一脸凶相，手攥鞋带拉着妹妹走，担忧会闹出个惊天大事来。那样，这人一辈子就完了，他完了，忽家也就完了。唉，这个妹妹咋这么不听劝，偏要和个反革命混在一个屋檐下，混就混呗，反正两人已经领证了，是好是歹自己慢慢体会吧，你个当哥的没必要横加阻拦。这种事越阻拦，俩人黏糊得越紧，若是没人搭理，可能俩人早就分利索了。她后悔不该把胖银杏翻腾的是非告诉丈夫了，男人和女人睡觉谁还不闹点动静，自己新婚之夜倒是小心翼翼，没让那些兵娃子嚼舌头，可那是打仗的年月，现在是啥日子啊，心里高兴就折腾呗，至于这样寻死觅活地伤了兄妹情分吗？天苍苍，夜茫茫，眼下还真不好收场了，若没有个硬邦人物压住他是绝不肯罢手的，搞不好弄出个意想不到的麻烦来，明天就会传遍长安的角角落落，这忽大年一家人就把人丢尽了。

可叫谁来呢？她首先想到了黄老虎，他是丈夫的老部下，现在又主持党委工作，请他来压压这对难兄难妹的火气，应该顺理成章。但靳子转念又想，黄老虎虽说现在见了丈夫还是那么客气，可毕竟是他抢了长安的头把交椅，忽大年见了他没准气不打一处来，没准会生出啥幺蛾子来，何况今晚纯粹是自家私事，家丑不可外扬啊。唉，如果黄老虎不行，其他人就更提不上串了，那哈运来在丈夫面前说话都不利索，叫他来只有发呆傻愣的份儿，别指望他上去拔了丈夫的火捻子。至于长安其他的头头脑脑，哪个不是丈夫点将提拔上来的，即使现在降了半格，哪个敢在他面前指手画脚？似乎……似乎没人能阻止忽大年的鲁莽暴虐，一场轰动长安的丑闻眼看就要发生了。

靳子跟随两个冤家走近韩信坟下，瞅见单身大楼四排黄亮的灯光，像睁眼的神灵悬在那里，她忽然想到了那个胶东女人。那个女人不是跟忽大年有过两夜情缘吗，虽说那天靳子使尽招数想让她扔掉重拾旧情的念头，尽管人家依旧在给丈夫送鞋送袜，可再没听说她找过丈夫的麻烦，也没见她来家里闹腾名分。而且，那天看到忽大年孤身抢险拆弹，还能想到给她打个电话告知出现的情况。

反正这个人不管是不是改邪归正了，靳子感觉忽大年对她还是胆怯的。有个星期天，他俩在家督促子鹿子鱼背诵唐诗，忽听一阵当当敲门声，忽大年扭头问：谁来了？靳子故意逗弄：能有谁，肯定是黑家人来了。没承想，他腾的一下站起问：谁来了？尽管他马上意识到自己的失态：你以后少拿黑妞儿逗我。但是，忽大年的命门还是被她发现了。

于是，靳子顾不上她与胶东女人的潜在尴尬，径直跑进单身大院，一溜烟爬到四层女楼，咚咚咚敲响了黑妞儿房门。宿舍姑娘见夜半敲门，都拥到门前瞪起眼珠，靳子不由分说拉起黑妞儿下了楼，到了院子才气喘吁吁地说：忽大年现在发疯了，把他妹绑去了韩信坟，你一定出面劝劝去，万万不敢闹出麻烦来。胶东女把一脸焦急的靳子上上下下打量着，她没想到靳子会来宿舍找她帮忙，开始以为这又是来玩什么花样的，她本对霸占了自己丈夫的女人心存抵触，但等听明白急促的缘由，便听任靳子拉住她衣袖匆匆跑去了。

忽大年蓦然见到黑妞儿感到诧异，这个口口声声要当大老婆的检验工，半夜三更怎么跑到这里来管闲事，还抱住忽小月视死如归，跳进土坑毫不畏惧地冲他怒吼：你想干啥？谁给你埋人的权力了？你有本事把俺俩都埋了！

其实，所有的当事人都心知肚明，忽大年之所以摆出一副埋人的架势，就是想杀杀妹妹的戾气。这段时间，真可谓落毛的凤凰不如鸡，谁都敢把他的话打折扣，若是以前他早扯着嗓子骂娘了，但现在他真的脾气上来摔了钢笔，别人会小心捡起来，在衣袖上擦擦又放到他桌上，转身踮踮脚步走出门，出门时还嘲弄地回头一瞥，轻轻带上便不见了踪影。尤其是厂务会上，过去他一开腔会场鸦雀无声，只听笔尖沙沙响，没人敢不识时务乱议论。现在若是他发言，有人便会交头接耳，或明或暗表达相反意见。

那位老部下黄老虎不过是个副书记，不过是"主持工作"，可他有话没话都要最后作总结，长安机械厂俨然成了黄家天下，让他这个昨日厂长颜面尽失，以致靳子也被这帮人的假象蒙蔽了，接过黄老虎的糖票就放笑脸，谁往她网兜放两个菜包子，能嘟嘟囔囔夸赞到半夜，其实客气的背后常常是轻蔑，这是官场的潜规则，正职副职永远是不一样的。所以，他今天把妹妹揪到韩信坟下，实在是那些传言也太难堪了，她个姑娘家破罐子破摔，放肆地跟一个反革命鬼混，还要把自己的苟且发泄出来，一定惹得长安人都在嘲笑，今天若不把她的狂妄刹住，不定后面会折腾出多少尴尬呢！

可现在黑妞儿冷不丁跳进了土坑，这可不在他的预料里，这不是明摆着向他示威吗？忽大年心里还真有点胆怯了，这两个女人要是死扭到一起，揭起他的老底来，真的假的就由着她俩红口白牙胡诌了，那他就百口莫辩了，也就把辛辛苦苦操持起的家业给毁了……其实啊，他就是想教训一下自己妹妹，让她知道世道凶险，以后走路脚步踏稳点，谁让你黑妞儿不问青红皂白跳下去，把好端端的意图摧毁成一副败局了。

忽大年只好停止铲土，对坑里女人说：你来捣什么乱？我是让她长长记性，人生在世，不能任性！说着，他伸手抓住黑妞儿胳膊，用力一拉，脚下一蹬，便跃上了坑沿。但是，等他再伸手去拉妹妹，妹妹却朝坑底一蹲说：我不上，你要埋就埋吧，我能跟韩信埋在一块，也是老忽家祖上的光荣。

忽大年不由得一怔，朝那夜色里的高丘望了一眼，似乎从未想过坟冢的意义，但他马上又回到气头上，一脚把铁锹攮进地里，做出扔土的架势，说：我是看着黑妞儿的面子，你还以为你得势了？你今天要是嫌这地方腌臜，我明天找个敞亮地儿！靳子和黑妞儿见状，俯下身一人拉住小月一只胳膊，一用劲便把人提上来了。

这时靳子转身扯了扯丈夫胳膊：那咱们回吧，让她俩说说话，子鱼晚上还咳嗽呢。忽大年其实就是想发泄一下胸中的沉郁，黑妞儿插了这一杠子，就把设想搞简单了，有人来劝正好是个台阶，现在老婆又过来解围，嘴里便哼哼唧唧半推半就地回家了。

四十三

而后，忽大年好像从"活埋之夜"得到了启示，非要把故事继续演绎下去不可，几天后竟然独自上了后山，非要整修"卢可明"们的安息之地不可。

很多人以为是他受了处分心里憋闷，把问题想得过于沉重了，长安人平均年龄才三十二岁，难道担忧会不停点地出现伤亡事故？或是想震慑胆敢与他作对的人？何况这类关乎"未来"的事项，应该由会议作出抉择，不是个人可以自作主张的。但是，忽大年却异常执拗，一个人扛锨背锄，把乱糟糟的蔷薇清理了，把东倒西歪的树杈刨掉了，给三座已生蒿叶的坟头培了土，拢成了三个鼓鼓的圆丘，再不见一星杂草了。最后，他又捡了一堆白色鹅卵石，将偌大一片坡地镶了一道圈，还在周边种了一排密密的青竹，俨然成了井井有条的墓园，隐在浓浓绿丛里愈发醒目了。

由于墓园绿得鲜嫩，开满了粉粉的喇叭花，引得彩蝶纷飞花鸟啾鸣，小小山坡呈现了幽然。忽大年发现，有一对小白鸽竟然飞到卢可明坟头，似一对小小精灵，黑黑的眼仁，红红的尖嘴，雪白的羽毛，围着坟丘蹦蹦跳跳，似如这片山林的小小主人了。不过，小家伙对外界扰动极为敏感，东瞅西望，左寻右觅，一会儿飞落地上雍容迈步，一会儿又飞到坟顶垂下鸽头。

噢，这会不会是地下的魂灵飞了出来？后来他再要上山去，会带上半个馍头，掰碎了扔到地上，可那小白鸽理也不理，改天又撒去一把小米，小鸽子依然不食，即使友好地把手伸到嘴边也不乍飞，这便愈发让他惊叹了。

后来，他莫名地感觉到一种难言的疚痛，便叫刀把脸和小耳朵去山涧，搬上三块石头来，可这俩人就是一对活宝，瞅着河道里的石头一筹莫展，便跑进车间喊了一嗓子，一下子来了二三十人，一会儿工夫就把磨盘大的石头拖上山了，一个坟前安放一个，准备刻上亡者的尊号。

后来，当人们准备用树枝搭建大门时，黄老虎可能听到什么，匆匆忙忙跑上山，把忽大年拉到树荫下，说：这三个人，也就是个意外，也已经过去几年了，你把这儿修得再漂亮，也不能把人请出来。忽大年擦擦汗沫，说：这地方地暖树厚，风水可人，以后就是咱长安人的归宿。黄老虎苦苦一笑：老政委，你想过没，咱长安就你和哈运来年纪大，也不过四十几岁，你张罗建陵园，都不怕人笑话呀？忽大年迟疑地撇撇嘴：人早晚得老，老了再踅摸地方就晚了。

黄老虎见话难投机便直接说：你呀，是钻牛角了，现在是和平时期，他们也不是烈士。忽大年不由一怔说：你是不是浑了？这些军工人是为长安献身的，不管是不是烈士，我们都要修个坟立个碑，让他们的魂灵有个好归宿。你看那韩信坟，为啥搞得那么大，就是想让后世人记住。黄老虎低头看着脚尖，嘴上却一点没示弱：这可是重大事项，不是你一个人能决定的。忽大年顿时有点气恼，把铁锹往地上一插，说：那算我自私了？我们忽家有三个人在长安，我现在就想为她俩找个歇脚的地方！说着头也不回大步下山了。

有人把这事告诉了忽小月，气得她拿起电话打给靳子说：我哥……我哥他想干啥嘛？

其实妹妹不知道，哥哥想建陵园的想法由来已久了。

那天长安厂把灯光球场修好了，架空的两排白炽灯，把个小小球场映得如白昼，一对白刷刷的篮球架子，犹如两个默默对视的白马王子，在期待着即将到来的对决，吸引了很多玩球人的兴趣，没等启用便有人上场扑腾开了，几乎天天上演龙虎斗。而且，那些私下相约的乌合之赛，常常打得难分难解，为一个球的判罚，场上人噘嘴，场下人起哄，甚至裁判吹了终场，还有人冲进去抗议。

这个新崭崭的球场，当是吸引了兵工城里的目光，俨然成了长安机械厂的骄傲，连市上的专业球队也喜欢来亮身手，队员们一边训练战术，一边赞叹这球场比城里的都要舒服。而这般效果正是忽大年的渴望，当年攻克了晋北一个县城，在一个水塘边碰见一个篮球，有人上去一脚踢飞了，想举枪当作飞靶打，他大吼一声抢到手上，抛了个漂亮的投篮动作，篮球应声入池，溅得水塘边人一身水花。从此一遇休整，连队间的球赛就开打了，有人讥讽他带兵，就是一杆枪一个球。

现在他尽管不是厂长了，可他仍分管后勤服务，便执意举行了一个灯光球场启用仪式，邀请渭河队与长安队进行了一场友谊赛。呵呵，这两支球队，把省上近年退役的球员都网罗来了，比赛几乎是专业级别的，所以海报刚一贴出，就传遍了兵工城的角角落落。

那晚，下班号刚一响，人们跑进食堂抓个馍扒口菜，就跑到球场抢位置了。只见前排人盘腿席地，二排人屈腿坐凳，后边人便拥成了疙瘩，个矮的便要踮起脚观看，小小球场几乎围得水泄不通了。也有人看着钻不进去，就跑回车间套一身油污工衣往里挤，一会儿就挤到了前边，气得旁边人边让边撂脏话，一身的狗屎，往上蹭啥呢？

在球迷哗哗的掌声中，双方球员列队入场，没承想忽大年也跟了进去，大家以为领导要开球，可他双手朝下一压，示意大家安静一下，然后高声说道：今天，咱长安的灯光球场正式启用了，以后大家会看到一场又一场精彩比赛，度过一个又一个愉快的周末。但是，大家可能知道，也可能不知道，当初为了腾出这块场地，我们把电机房放进了地下涵洞，谁知地下涵洞会浸水塌方，三位优秀的工人献出了宝贵的生命。所以，此时此刻，我提议大家一起为长眠地下的三位同志默哀致敬。

本来闹闹哄哄的球场一下子静了，静得似乎能听到灯泡里的电流声了，且开场好一会儿，比赛都有点沉闷低落，似乎被忽大年的开场白整蔫了，一个个都舍不得气力，球传过来传过去，半天不见断球上篮。不过，中场休息，双方领队喊了两嗓子。下半场哨音一响，双方球员便像打了鸡血，手脚敏捷了，球路流畅了，比分也呼呼地蹿上来了。的确，刚刚交手五六个回合，长安队便占了上风，这不仅仅因为他们是主场，还因为他们换上了一个省队退役的中锋，这家伙实是忽大年的撒手锏，进攻防守，格外卖力，时不时断球在手，五步穿场，三步上篮，直落网窝，潇洒得如入无人之境，似乎满场球员都成了他的陪衬。那渭河领队叶京生忍不住问：这人是咋到你长安的？忽大年不无得意地说：长安树枝高，孔雀东南飞嘛。

比赛结束以后，两个领队跟着球队到食堂吃夜宵，忽大年把厨师的一瓶老白干倒进碗里。叶京生端起来就说：今晚是个喜庆日子，你咋弄得悲戚戚的？忽大年叹口气：老叶啊，为这个球场，一言难尽啊，我一看到亮堂堂的灯光，心里就堵得慌啊。叶京生抬眉问：那是为啥呀？忽大年叹口气：你是不知道，这牺牲的人里有个卢可明……叶京生一听，啪地扔下筷子站起来问：什么？卢可明？可明牺牲了？忽大年点点头，叶京生刷地脸变了，手点着他鼻子喊：你知道不？他是……他是成司令的儿子？忽大年愈发悲戚问：怎么？你咋知道？叶京生几乎哭腔说：这是啥时的事呀？咋没人给我说呢？当初可明先到了我们渭河厂，我觉得厂里到处是火炸药，人家是个独苗苗，就让他到了你们厂……这……这成司令知道不？

忽大年不由得泪水滂沱：唉，好你个叶油子，你咋不告诉我呢？叶京生喃喃说：老首长怕儿子搞特殊，不让我说，我也是猜出来的。忽大年气得一拍桌子：你个叶油子，嘴还这么严？连我都保密？叶京生顿了一下问：你……你把他埋到哪儿了？我明早去给可明上支香？忽大年闷闷地说：在秦岭北坡上。叶京生盯住问：咋没进烈士陵园？忽大年叹口气：民政上说是工伤事故，不够资格。叶京生将酒一口喝尽：他妈的，不让进烈士陵园，你不会自己建啊？

那天，空旷的食堂只剩下他俩头顶亮着的一盏灯，两人一直喝到夜半时分，酒喝完了，开始喝醋，一碗灌下，又是一碗……直喝得叶京生满口京腔，好像天塌下来都能撑得住，也喝得忽大年一个劲回话：你等我把陵园整好了，你再去上香吧……

四十四

自从黑妞儿"拯救"了受难的忽小月，两人便成了无话不说的朋友了。

以前忽小月已认识这位黑家庄的老乡，但她的装束谈吐实在不在档次，也就没再多瞅一眼，后来她从连福嘴里知道了黑妞儿与哥哥的疑点，好奇心驱使她有意与黑妞儿有过几次搭讪，可她从没想过这位从胶东跑到西安寻夫的女人，能跟自己沾上什么交情，但人家这次大义凛然地往坑里一跳，既为她解了围，又让忽大年下了台，一场难分难解的撕扯就这样平息了。忽小月对老乡的胆识有了新认识，在她的境遇发生巨大跌落时，还有人愿意为她挺身而出，让她感到莫大的安慰，有事没事都爱约上老乡去逛城隍庙，买上几捆毛线教她编织。可黑妞儿穿针走线是个行家，操起针织活儿却无灵气，总是织成了绣疙瘩，忽小月只好不厌其烦手把手教她搭线走针。

忽小月自苏联回来后就不爱去食堂打饭了，她嫌总有人在背后戳戳点点，尤其那些住过车子棚的单身会冲她怪声怪气叫唤，常惹得就餐男女掩嘴偷笑，她真想上去揪住那些人吼叫，那是你媳妇的受活！但她明白自己走了背字，已经没资格跟人对峙了，只能黑下脸低头走掉，再不愿去食堂排队打饭了。如今黑妞儿却有意约上她一块去食堂，一人买馒头，一人买炒菜，食堂出现了一对形影不离的姐妹身影。

而且在忽小月的拾掇下，黑妞儿的装束也在悄然发生变化，她把小老乡帮她织就的蓝围巾从头上绕下，出门时遮住嘴巴抵挡冷风，太阳出来又把围巾搭在身后，显示了与村姑不一样的风韵。忽小月还给她送来一瓶雪花膏，每天洗过脸抹上，感觉肤色从未有过地滋润，人走近就能闻到香味。宿舍女工背后议论她是母狗发情了，这香气是解放前富家小姐为勾引男人抹的。有天恰好黑妞儿加班夜归听见了她们嘀咕，天亮时她把一盒雪花膏抹到床头上，弄得满屋子香气一两个月挥之不去。有趣的是，一个个女工也都被香气熏软了，都从节省的工资里摸出几块钱，去万寿商场买回核桃大一盒雪花膏，有的洗过脸在手心抹上一点点，揉匀了擦到脸上，有的平时舍不得用，只礼拜天出门相亲厚厚抹上一层，路过走廊油脂香就悬在那里了。

忽小月对黑妞儿的影响还表现在洗澡上。以前黑妞儿在乡下从来不敢有洗澡的奢望，一年半载才匆匆擦洗一回，而且从不敢脱光了擦洗，好像四面墙壁藏着眼睛，会把胴体的朝气摄去似的，总是穿着裤头肚兜蹲在水盆旁，毛巾蘸湿了擦洗一遍，偷人似的湿漉漉就套上了衣服。只在跟忽大年结婚前夜，她被黑大爷喊去洗了澡，还派了邻居二娘帮忙伺候。那澡洗得好仔细呢，二娘把她后背一道一道搓了，还把四肢前胸打上胰子擦洗了，羞得她脸颊涨红地几次要把人家推出去，二娘却一本正经说：你可别着急，以后这身子就是男人的了，人家闻见满身臭气，谁还喜欢抱呀。可是尽管她把身子仔仔细细搓净了，还是没能拴住男人的心，反而把人家吓跑了。后来黑妞儿不止一次对忽小月讲，女人想靠身体把男人拴住，那是水中捞月，她是脸蛋不好看，还是身上有臭味？那个狗东西就没多瞅一眼就溜进山了。不过，忽小月也好奇面对这么漂亮的身子，青春年少的哥哥居然没动心，能像那个姓柳的古人坐怀不乱，哪儿来的这般定力呢？她嘻嘻笑问黑妞儿：你和我哥洞房之夜，就那么老实？他真的没碰你？黑妞儿大大咧咧说：碰什么呀，你哥有病，不行。

什么？什么？有啥病？

你是明知故问吧，俺不说了。

那你是胡说咧，他不行，咋能跟靳子整出娃来？

你说的这个，俺也想过……

你肯定是害羞，死裹着被子，不让我哥动。

屁呀，俺听了二娘的话，闭眼躺着，一动没动……

你呀，他不动，你不会扑上去撩他？哪个男人经得住女人撩呀？

两人四目相对，愣怔一下哈哈笑了，笑得前仰后合喘不上气，差点没憋晕过去。旁边宿舍的姐妹闻声过来，问她俩发什么神经，吵得走廊里尽听她俩的放荡声，是不是遇见了倒霉的小白脸，占了冤大头的便宜，高兴成这个样子了？这些当然是不能说白的，这是两人的秘密，怎可能让别人分享呢？

只是忽小月对文书职务一直找不到感觉。这个熔铜车间似乎挺恐怖的，工人们穿着被炉气熏黑的工服，头上戴着和鬼子兵一样带帘的帽子，眼上扣着潜水员戴的镜子，每当铜水吊起出炉，满厂房都染得红彤彤的，猛丁一个光斑飞来，身上就是一个小洞。唯有的好处是可以在凝固的铜锭上烤馍，放上几分钟就烤得焦黄馋人。但忽小月很快发现，这里最诱惑的是有一项机关人难以享受的福利，那就是厂房内有一间澡堂。

这真是老天爷的恩赐，她在哈尔滨教堂就爱上洗澡了，感觉每次洗完澡神清气爽，浑身毛孔都散发出青春丽质，人们远远见了就会迎上来打招呼，擦身而过会朝你深深地挖上一眼，对美的惊讶就马上凝固到脸上了。以前她做翻译时，人民大厦每天供应两小时热水，她隔三差五便钻到苏联女专家尼亚娜的房间，你帮我搓背，我帮你擦身，充分享受着温热的抚慰。可自从失去了翻译工作，她竟为洗澡发起愁来，听说每个车间都有个小澡堂，可她去过几个澡堂，门口却不见男女标志就没敢进去，只好回宿舍打两壶热水擦擦了事，那感觉像做贼似的，生怕有人突然推门闯进来。

而熔铜车间这个澡堂天天开放，外间是放置衣服的方格木架板，里边是淋浴间，十几个喷头，像池塘里冒出水面的莲蓬，扭开水阀，水线射出，温热就打到人身上了。每天一下班男人便拥满了澡堂，一个个脱得光溜溜的，洗着、骂着、说着，稀奇古怪的荤话会肆无忌惮地冒出来。听说那玩笑非常放肆，有人身上抹了肥皂，满脸泡沫，紧闭眼帘，怕皂液把眼蜇了，忽然有谁伸手朝他下体拨弄一下，便会扯开喉咙，骂上一通家乡土话，满澡堂的人像听相声哗啦一声笑开了。也有那爱唱歌的，喜欢在澡堂里放开歌喉信马由缰，热气腾腾的澡堂就像个共鸣箱，可以把歌唱人的嗓音发挥到极致，什么腔调在这里都带上了柔柔的磁性，都会感觉自己有音乐家的天分。

这里每个礼拜的一、三、五，有三次女工的洗澡时间。其实车间里就没几个女工，来洗澡的人都是机关楼里的女人，她们习惯端着一个脸盆，盛着肥皂、毛巾、裤头、背心，没到时间就从各个地方溜过来，只等开门争先恐后挤进去，完全没有了平时的矜持和羞涩，动作麻利地脱去上衣裤子，迅速冲到莲蓬头下，一边开阀试水，一边夸张地喊叫凉了烫了，实际上是宣告她今天占据了这个莲蓬头。所以，澡堂里的嘴仗大都是为争莲蓬头发生的，只是那光溜溜的故事谁都不愿说出去。

当然，只给女工们一个小时，为防止她们挤占洗澡时间，还在门外上了锁。男工们工作了一天满身油污灰渍，下班要冲洗过才敢回家的，所以每到这时一个个烦躁地聚到澡堂门外。但等时间一到，就有人操起木棍敲门，等门外铁锁打开了，男工们呼啸一声，装作要拥进去的架势，吓得女工们死死抵住大门，生怕哪个愣头青冲进来看到谁还光着大腿。最后，等她们都端着换洗脏衣的脸盆出来，红扑扑的脸庞从湿漉漉的长发里露出来，甭管多丑的女人都变得可爱了，谁出门都不正眼去瞅门外的男人，骄傲得像待嫁的公主，仰着脸，抖着发，从一堆贪婪的目光里悠悠穿过去。

所以，熔铜车间的工人很有意见，我们的澡堂不能尽让外人来洗，就安排了一个守门人，可这人开始还能挡住车间外的女人纠缠，却顶不住随时要进去洗澡的男工的骚骂，只好睁只眼闭只眼了，常常打开门锁就跑进休息间里睡觉去了。当然，也有男工喜欢蹲候在澡堂门外，盯住梦中的女工端着脸盆出来，像约好要跟他幽会似的，朝人家颤悠悠喊一句妹子。人家应了，大家会骂那女人是个骚货；人家没应，大家又会挖苦他是个癞蛤蟆。

忽小月洗澡的毛巾、肥皂就搁在办公室抽屉里，到时间早早就端守在澡堂门口，进去脱掉衣服就去抢占墙角的位置，那里靠窗有个小秘密，可从毛玻璃上看见自己的倩影，虽看不清眉眼，轮廓却流畅分明，每每似有种忘乎所以的冲动。她在苏联实习的时候，看到莫斯科街上有那么多裸体雕塑，开始瞧见还不好意思，总是斜眼偷偷打量，直惊讶人的身体竟然那么美，每块肌肉都蕴藏着膨胀的活力。当然，她知道自己的身体也像冬宫油画上的女人，白皙得像石膏，丰满而又修长，有女工看她站在莲蓬头下就曾惊叫：看看咱小文书，多像一尊雪白的塑像呀！

这时候她便陶醉了，会情不自禁地注视自己的肤色和曲线，甚至常常会忘了是在欣赏自己，好像只有这时脑子是轻松的、洁净的，什么大使馆的通知，什么连福的处罚，什么哥哥的训斥，什么食堂大厅的讥讽……统统都被热水冲刷到地沟里去了。

可是女工们喜欢在澡堂里吱吱喳喳，常常等忽小月出去了会感叹：这么美的坯子，叫那个姓连的反革命糟蹋了，可惜了，可惜了。也有人从淋浴里探出头反驳：人家两个人好，关你屁事，狗拿耗子！又有人添油加醋：听说那人已经被开除了，发配到啥地方挖煤去了，丢下她一个也怪可怜的。但忽小月对这些嚼舌头的话已经麻木了，只要没有当她面说，她就像没听见一样。几次去车间班组送报纸，有女工拉住她问：你这刘海咋留的，这么好看，正好落到眼眉上？忽小月必然昂起脖：自来卷，没办法。

她现在只看黑妞儿顺眼，自从那个晚上她纵身跳下，两人便同为土坑沦落人了，忽小月对这位胶东老乡便有了格外亲近的感觉。但她从不叫她嫂子，而是叫她黑姐，有事没事喜欢去她宿舍闲聊，见屋里人多就拉她去逛街，买上几团羊毛线，想织什么就织什么，当织好的毛衣套到老乡身上，她拍手惊呼：黑姐才是个美人呢。后来……后来她发现黑妞儿的胸总用布带勒着，平扑扑地扼杀了高昂的魅力。忽小月便硬把缠胸卸下说：你看你这胸，多好看啊，又高又挺，整个一个维纳斯，我哥当年要是瞅见了，肯定就不会跑了。黑妞儿听了满脸羞红，怔怔看着老乡似懂非懂。

四十五

的确奇妙，洗澡居然能清爽胶东女人沮丧的心境。

本来黑妞儿对洗澡是心有抵触的，她觉得一堆女人光溜溜拥挤在狭小的空间里，灯光暗淡，蒸汽弥漫，好像什么也看不清，却能看到一团团白花花的光影，使得女人身体没有任何遮掩地袒露出来，让她想想就感觉羞涩难当。记得第一次进入澡堂，她只怯怯地瞅了一眼，尽管进进出出都是女人，她还是没有脱衣服就跑了出来，跑到检验班还在呼呼喘气，脸上涨成了紫红色，好像自己光着身子在车间跑了一圈，羞得她久久不敢抬头。后来她发现女工们洗过澡，一个个涨红脸傲气地甩着头发，幸福得像从花轿里下来，才咬着牙相跟着去洗了。

可每次洗澡都像有人会偷窥似的，匆匆在头上身上打上肥皂，胡乱揉搓两下就开始淋浴，身上还湿湿的就套上了衬衣，好长时间她都对洗澡有一种莫名的恐惧。后来忽小月总拽她去洗澡，两人占住一个莲蓬头，细细地搓，细细地淋，才算品尝到洗澡的乐趣了。忽小月说要是能每天洗就好啦，可以每天把心情洗得清清爽爽。后来黑妞儿洗的次数多了也发现，一进澡堂就把跟她哥扯了多年的烦恼忘得一干二净了，忽小月还附在她耳边说：这就是我为啥喜欢洗澡的秘密，洗着洗着就把晦暗洗亮堂了！

本来表面处理车间也有个小澡堂，可黑妞儿一到星期六，就等着老乡来唤她去洗澡，若是人没来她宁愿坐在检验台边等着。这天是个星期五，本不是女工洗澡时间，可那天正好黑妞儿轮休，忽小月中午约她四点去熔铜车间洗澡。哟哟，上班时间澡堂能开吗？忽小月神秘地告诉她，中午在食堂吃饭，给看澡堂的满仓塞了个馍，人家猜到了她的企图，笑问：是不是想下午来洗澡啊？

这个小和尚最近添了个新职务，牛二栏把看管澡堂的任务交给了他。以前拿钥匙的师傅总是到时间忘记开门，常常闹得工人围在澡堂门口骂主任混蛋。直至有一天夜班进去两个女工洗澡，他竟然忘把牌子翻过来，有个男工下班急着回家也冲了进去，里边蒸汽弥漫，什么也看不见，只听水声坠地哗哗绽响，三人三个莲蓬头冲着洗着，直到洗毕才发现是男女同浴！

俩女工气得套上内衣揪住那男工的要命处一顿狠拽，可怜那男工差点被揪晕过去，休息了三天才上班。后来他住在车棚子的老婆知道了缘由，在二道门等到牛二栏扑上去，硬要去找到那俩女工算账。这件事后来悄悄平息了，但黄老虎下了死令再也不准重复发生。牛二栏看到满仓刚刚调来，不迟到不早退，又信佛念经，就把钥匙交给了万寿寺最后的和尚。满仓当然也尽职尽责，轮到男的洗澡就把"男"字挂到门上，轮到女的洗澡就把"女"字挂到门上。但满仓也有灵活，如果有女工上班时间想瞅空洗澡，就悄悄放进去把门反锁上，约好时间开门。有人调侃满仓，这些个急慌慌来洗澡的女人，都是准备晚上干坏事的，不该方便，坏了佛规。满仓反讥，与人方便，心生福田矣。

当天，满仓准时等在澡堂门口，见到两人过来就说：上班时间，小心主任发现了。忽小月想想，说：要是主任找，你就使劲敲门。然而，世间的事就这么寸，两人刚刚进去，满仓刚刚把铁门锁上，黄老虎便目光炯炯走进熔铜车间大门，一到澡堂门口就对牛二栏喊：上班时间，咋还有人洗澡？满仓支吾说：没人洗呀，你看铁门上着锁呢。老鹰眼猛一瞥：你睁眼说瞎话，我在厂房外头看见了，出风口直冒蒸汽。牛二栏看看满仓疑惑地说：煤气管有一点渗漏，昨天修了一夜才堵上，还没做加压试验，不可能放人洗澡吧？

黄老虎闻听较真起来：煤气管泄漏？那还了得，快把门打开，我进去看看。满仓哪敢开门，只好胡诌：门钥匙找不见了，正到处翻呢。老鹰眼大概看出满仓在说谎：那你快找，我等着。满仓只好返回休息室打开工具柜，装模作样上下翻找。这时牛二栏见满仓找得满头渗汗，说：黄书记，我家还有一把钥匙，我骑车去拿来。黄老虎不耐烦地一挥手，转往机加车间巡查去了。

这时满仓急忙看表，离一小时还有二十分钟，估计两人洗得也差不多了，想先把门锁打开，叫她俩赶紧悄悄溜出来，省得让老鹰眼瞅见嚷嚷得全厂知道。他一边拿棍敲打，一边开个门缝，冲里喊时间到了，可他一摘门锁，就感觉门朝外拥，用脚抵住，感觉劲不小，脚刚一挪开，门扑通一声开了，一个女人，头发蓬乱，四肢赤裸，仰面倒在澡堂门口。满仓惊得退一步吸口气，长发盖住了半边脸庞，尖柔的鼻子，发紫的嘴唇。

天哪，这不是黑妞儿吗？她刚刚一定靠在门上，锁一开人就倒了。曾经的和尚第一次看到四肢裸露的女人身体，却又是这样一个悬疑的情形，一时间手足无措，急转身跑出厂房，想爬铁梯上楼喊吊车女工过来。可他一出大门，黄老虎竟然端端地站在路沿上，正翘首朝二道门方向张望，看来他老人家今天不找到钥匙打开澡堂是不肯罢休的。这时，满仓已顾不上许多了，慌乱拉住他急叫：快，快，有人澡堂昏倒了！

黄老虎一阵冷笑：你不是说里边没人吗？咋屁大点工夫就冒出人了？可他明白人命关天，也拔腿往澡堂跑，一个纠结的情形突兀到面前，黑妞儿套了背心裤头，倒卧在澡堂门口一动不动，嘴角还流着白沫。忽小月头奄拉着，歪在更衣间长椅上，身上的罩衣花裤明显是匆忙套上的，袒露的肚脐像只眼睛，警惕而诱人地盯着进门人。黄老虎毕竟蹚过沙场，他抓起长椅上的外衣，一边喊叫满仓搭手，一边给两个女人胡乱套上。再让满仓拉来推料的架子车，一人提臂，一人提腿，把不省人事的两个女人平放到车上，又揭下一块遮产品的篷布盖住，一人拉，一人推，慌里慌张朝厂外的职工医院跑去。

路上有人看见满仓这副慌乱样子问他：跑什么呢？车上拉的啥？他一概不应，只顾朝前疾奔，问的人见车后紧跟着黄老虎，又见篷布下露出四只苍白的脚丫，便惊得嘴巴大张，连连让路，不知厂里发生了什么事。等他们跑到医院进了急救室，大夫翻翻眼皮，量量血压，验验血相，终于看到俩人慢慢有了些微反应才松口气说：典型的煤气中毒。黄老虎对后来赶到的牛二栏大发雷霆：你个混蛋，煤气泄漏，咋敢放人洗澡？牛二栏嘟囔：昨天换了锈蚀的管头，今天……满仓这才想起，昨天维修工有过交代，上午打压后才敢开放，可那个狗东西上午咋没来？小和尚急得泪珠挂在眼角，刚擦掉又倏地挂上了。

两个女人躺在急诊室里，醒来时像得了重感冒，头痛呕吐，浑身发冷，一只胳膊插着针头，连着一根黄黄的胶管，往静脉里滴注葡萄糖液。两人都在纳闷怎么躺到了医院，进进出出的护士告诉她们，多亏黄老虎和满仓把她们送得及时，再耽搁一会儿恐怕命就没了。忽小月眨眨眼想想自己洗完澡，不知道背心裤头穿上没就晕了，她拐弯抹角问护士：我俩来时穿的啥衣服？护士惊讶地看着她说：你俩套着衣服送来的。忽小月反应快随口解释：我忘了，刚把衣服穿好就昏了。护士笑了说：啥穿好衣服了？你俩裤带都没系，扣子也没扣。

忽小月调皮地朝黑妞儿伸伸舌头，护士换了一瓶液体让她俩少说话，可护士一出门，她就扭头问黑妞儿：你还记得不？咱俩在澡堂穿没穿上衣服，要是没穿就把人丢大了！黑妞儿也急了，拼命回忆下午发生的一幕：难道我俩光不溜秋让大老爷们送到医院来的？那女人的秘密不就让人家没费功夫看去了？后来，黑妞儿终于想起，她俩还是套上了裤头背心的，可那短短的内衣内裤只是块遮羞布，能遮住女人的秘密吗？当她俩最终知晓自己狼狈地被两个男人拉到医院，羞愧得都不敢看医护人的眼睛，以为人们都在心里嘲笑她们，一个被男人看光了身子的女人，还怎么在世上活呀？

两个年轻的女人，也真真一对苦命人，你看看我，我看看你，不知该怎样排遣这个莫大的羞耻，不由得蒙住被头，趴在枕头上失声哭起来。哎呀，那天的澡堂多开心啊，宽敞的淋浴间开了两个莲蓬头，一人一个，没人来抢，奔涌的蒸汽使澡堂充盈着浓浓的水雾，两人才隔一米就看不清对方眉眼了。黑妞儿刚要给头发抹肥皂，忽小月塞给她一块香皂，她放到鼻下闻闻，一股浓烈的茉莉香就钻进了鼻孔，这肥皂怎么这么香啊？

忽小月毫不掩饰地说：女人用香皂，身体泛香味，才会有男人献殷勤。黑妞儿一听，把香皂还给她说：那俺就不用了，俺没有男人。忽小月笑了说：你现在没有，以后也没有啊？黑妞儿瞅瞅她，忽然有些忧悒地说：你长得这么白嫩，连福抱住都不想撒手吧？忽小月叹口气说：快别提他了，提他我就生气，我都不知道他啥时候走的，就给我留了张纸条，连个面都没见着。黑妞儿惊讶地问：连福不见了？不是说出差去了吗？忽小月在淋浴里伸出头说：他被劳教了，可能回沈阳了，也有人说去了铜川。她说话仰着脖子，热水冲过眼睛鼻子，冲进了喉咙，也带走了她的泪水。

黑妞儿可能感觉话戳到了痛处想岔个话题，可她话没出口，忽然感觉头晕脑涨，感觉莲蓬头喷出的水线摇摆着冲下来，更有种异样的味道混在水雾里，让她直觉到快窒息了。黑妞儿连忙说不能洗了，头上咋像顶了个锅盖，天旋地转，没等擦去身上肥皂沫，就把裤头背心穿上了，回头见小月也在那里摇晃，便把她也拉到长椅上。

好像刚刚帮忽小月套上裤头就瘫到木椅上了，木呆呆地睁着眼睛，怎么拍脸摇晃，眼珠都不转了。这时两人都感觉头疼难耐，不约而同一张口把午饭都呕了出来，臭烘烘摊了一地。黑妞儿一步三晃趴到铁门上拍打，想让满仓听到开门。可她拍了几下没反应，又拍了几下，仍没人开门，只好喘着粗气靠住铁门，有气无力地一拍一打，直到听到门外开锁声，她眼前一黑就不知道了。

两人三天以后才得出院，她俩始终奇怪洗澡怎么会煤气中毒呢？问谁都说不清楚，后来听说保卫科都立案了，可没几天又说是横穿澡堂的煤气泄漏，反正能够化险为夷，大概是这辈子积德福报吧？她俩悄悄去食堂打了饭，蹲在小树林里把两份菜并到一起。忽小月端起饭盒，示意黑妞儿也端起来，碰了一下，喝口菜汤，又碰一下，又喝口菜汤，真真万幸从死神手里给硬拽了回来。

四十六

面对突然到来的造访，黄老虎格外忧虑登门者的企图。

也真邪门了，他刚从汉中茶农手上买回一斤午子仙毫，忽大年的长鼻子就闻到了。按说他一直跟随厂长麾下，两人从部队到工厂，一路走来有数不清的交往，但是老首长从没敲过老部下的家门，今天竟然夫妇同行进了单元门。这两人藏着什么猫腻呢？他暗自感叹，老首长出生入死半辈子，帽子却越戴越矮了，居然要屈尊上老部下家里讨茶喝了。他以前跟老领导也曾套过近乎，拎瓶老白干，两根大葱，一包花生米，躲在办公室没高没低一醉方休。而今两人的关系发生了戏剧性逆转，黄老虎祖坟冒烟，主持了长安厂党务工作，忽大年祖坟漏气，降成了副厂长分管后勤，尽管两人在级别上似乎扯平了，但这个"主持"无形中高出小半格，无疑成了这方土地的新主宰，谁来考究都会唏嘘不已的。

显然，省委尚未拿定主意，由他还是哈运来接掌一把手大权，这预示着这两个人会有一场艰难的较量，但文件上他的名字排在哈胖子之前。呵呵，这相当于两军对垒，他占据了优势地形。所以他跟赵天多要了一份文件，反压在玻璃板下，别人看不清什么内容，而他却可以影影绰绰分辨出隐约的字符，常常盯得他热血沸腾，好像人生逼近了一个飞黄腾达的时候。

不过，黄老虎也是有自知之明的，他把自己掩藏得很深，内心激动，脸上平复，相当一段时间他不敢听忽大年汇报工作，感觉这位胶东人只要站到他的办公桌前，就像手摇着皮鞭在头顶晃悠，浑身的血液就一股一股往头顶上冲，不管报告什么他都没二话，还常常客气地说上一句：你是老厂长，你就定了。但忽大年不管报告什么，都要一五一十把来龙去脉讲清楚，黄老虎便会拉他坐到沙发上，面对着面，膝对着膝，目光更不敢有半点游离，所以，两人关系多少有点微妙，老部下也明白老首长是绝不甘于寄人篱下的，尤其是寄于老部下之下，表面的客气恰恰是内心不屈的表现哟！

但是，下班前忽大年突然煞有介事推门说：今晚我俩想到你家去坐坐，也没啥事，就是串个门聊聊天，喝一杯你压在箱底的午子仙毫。黄老虎有些吃惊，老领导怎么屈尊人下，到他家里串门来？来了会不会要酒喝？他从来不做饭，屋里连棵大白菜都没有，更别提油盐酱醋了，这不能说是黄鼠狼给鸡拜年，也是令人难捉摸的。不要说老首长喝了茶会不会刺他几句，就是那个靳子来几句不咸不淡的风凉话，也会让他难堪的。所以黄老虎一个劲婉言谢绝，推说有一摞文件要紧急处理，可忽大年拿出了久已消失的威严：你就不要编了，你上班一个人，下班还是一个人，去你那小庙喝杯茶，没人乘机找你签字，地球离了谁照样转！

其实老首长是不知道，这几天他哪有闲心喝茶聊天呀？如今工厂是两驾马车，哈运来接手生产科研后喜讯不断，已经争取了一年的穿甲弹立项了，反而显得党务工作有点落寞，于是他提出了一个"长安接待日"制度，规定每个领导每周半天接待群众上访。

然而，自己只接待了半天就烦了，上访人哭哭啼啼的，全反映的是陈芝麻烂谷子，而忽大年是为了显示自己的存在，居然提了个上调五分钱夜餐费的建议。他思忖，现在是我黄老虎主持党务，这种笼络人心的事情，应该从主持人嘴里说出来，可忽大年居然嫌他压了报告连连讥讽：我说黄主持呀，咋五分钱的面子都不给啊？

可能老首长也感觉到了别扭，想缓和一下关系吧？黄老虎拗不过只好硬着头皮回到家，匆匆忙忙把小屋拾掇了一番。本来他可以在干部楼里分到三间一套的单元房，可他进门出门都是一个人，就在家属楼要了一套二间的单元房，一间他睡觉，一间他读书。他先把一堆乱糟糟的书归拢了，把挂在墙上的脏衣服塞进了箱子，又下楼抓了两把沙土，把两只搪瓷杯子搓洗了儿圈，杯子便洁白如新了。

不过，他估计今晚可能是一场针尖对麦芒的较量，否则这两口子冷不丁到他家来干什么？天天见面有多少话说不完，要到家里来絮叨呢？那靳子很有可能追问，每季度要给省委报告忽大年的现实表现，究竟是怎么落笔的。听说这里的名堂多了，写得好了，老首长可能考虑重新安排工作；写得不好，就可能永远撂下去永无天日了。所以，老首长当下的命运似乎就掌握在老部下手上，人家过来探探口风，乞望笔下留情也在情理之中。

其实，黄老虎对待那个报告一直纠结，写得不好，有落井下石之嫌，将来战友们知道了会把他皮剥了；写得好了，又担忧上级认为他抹不开情面，缺少当一把手的魄力，那就划不来了。所以他思来想去，不粉饰，不贬低，都是些鉴定性的句子。所以这两人，黄老虎既惹不起又躲不起，尽管一百个不情愿，可老首长的身架太有威慑了，他实在没法驳这个面子，只能兵来将挡水来土掩了。

黄老虎收拾完家里，感觉这个家还缺点什么似的。缺少点什么呢？呵呵，那就是缺少一个女人，人家是两口子一块来的，没有女人的家总会捉襟见肘的，果然他静坐了一会儿，想起热水壶空了，如果去开水房打热水，掐算下来会让人家吃闭门羹，引起不必要的误会。于是他从床下掏出一只电炉插上电源，把那只庆功典礼的搪瓷杯蓄满凉水放上。呵呵，这应该是家里最奢侈的电器了，前年他去北京开协调会，别人都进了王府井商场排队买糖果，他跑到冷清的旮旯买了个一百瓦的小电炉，一个人平日吃喝就是凑合，插上电源，热点什么方便极了，可是用上了才知道电炉瓦数偏低，烤个馍还行，要烧开一大杯水，要费些时间呢。

可没等安顿下来，忽大年已携靳子一人拎一只热水瓶敲门了。他诧异怎么来串门喝茶，还怕没有热水伺候？靳子说到你家去，正好路过锅炉房。黄老虎把藏在抽屉的午子仙毫掏出来，一只茶杯捏了一小撮，茶叶遇热水密匝匝立起来，忽大年端起来吹了几口没呡就说：这茶叶地道，看着就是好东西。靳子端起茶杯碰了碰薄唇也说：好香呀。

谁知忽大年喝了几口端着茶杯说：来吧，以茶代酒，为我们苦难的一七〇师干杯！哎哟，这可是两人从不愿提及的话题，里边包含了太多的纠结和惆怅，但今天这句话却一语双得，既把两人的关系瞬间拉近了，又把近年的不爽勾销了。不过黄老虎明白，老首长重提一七〇师，是在提醒他端正态度，牢记两人上下级的历史。其实从古至今，哪个枭雄要握住将军权柄，不知会越过多少同僚和前辈，这就是浩浩历史大潮，你忽大年再怎么揪住过去的恩赐，也不能成为现今运行的规则呀。

然而，未等屋主人感慨，老首长话锋一转说：老虎啊，家里没个女人怕不行啊，也该成个家了，你看咱厂哪个干部没成家？哪个不是孩子一窝了？黄老虎心想这可能是佯攻战术，便说：你知道我对成家没兴趣，一个人也好。他朝到厨房接水的靳子瞥了一眼说：一人吃饱，全家不饿，你看那老伊万不也是一个人嘛，人家走南闯北，也过得充实呢。忽大年脸定平了说：你怎么知道人家没有相好的，你看最近一传说专家要撤，他急得整天守在长途电话室，一等就是两三个钟头，知道是给谁打的吗？黄老虎呡了一口茶说：咱今年都三十大几了，谁能看上咱呀？呵呵，老首长你今儿咋关心这事了？忽大年也呡一口茶说：这次多亏你救了黑妞儿和月月，我得敬你一杯，也真是巧了，两个人都跟我有关系，一个是我妹，一个是老乡。黄老虎摇摇头：是啊，那天要不是我恰巧碰上，她两个必死无疑。

这时，靳子端了凉水进来斜睨着黄老虎问：怎么样，黑妞儿漂亮吧？黄老虎明白她问什么，眼前浮现出胶东女人仰面倒地的情形，脸上腾地红到了脖子根，嘴上却支支吾吾：你想到哪儿去了？当时光想着救人了，谁还顾得上看她漂亮不？呵呵……就像你当年救护伤员，注意过谁俊谁丑了？靳子端起忽大年的茶杯敬过去：这可不一样，你们男人就不爱说实话。说完她上厨房找大葱、萝卜去了，忽大年又把浮茶吹了吹说：别看黑妞儿姓黑，人可长得白啊。黄老虎没抬头问：你咋知道的？这回轮到忽大年目光游离了，说：老虎，你忘了？我们可是一个村的同乡。黄老虎狡黠地笑了：是同乡就知道啊？这时靳子进来打圆场说：是我告诉她的，绝对的小美人。

是吗？啥意思？

挺好的一个女人，绝对的黄花闺女。

你今天就为跟我说这个？

这事还不重要？靳子想给你俩做媒呢！

黄老虎心里咯噔一下，没敢把实话说出来，当年在调查忽大年遇袭事件时，他就怀疑过爱在工地上转悠的胶东女人，进一步调查发现背后可能还藏有奥秘，为啥总指挥一提袭击事件就不耐烦？为啥总指挥办公室她能长驱直入？其实，有些事到他们老家一调查就可以水落石出，但他从连福宿舍搜到的那封信里嗅到了异样的端倪，一本精装的《红楼梦》，夹着一片小纸条，歪歪扭扭像堆柴火，似乎写信人想栽赃忽大年，又似乎写信人知道首长什么秘密，谁见了都知道事关重大，万不敢轻举妄动。不过，黄老虎百思不得其解，那张纸条咋会落在连福手上？但他不想往明里挑，即使提审连福，也有意避开了这个疑点。权力是天下最复杂的魔杖，随着职务的变化，有些事糊涂点好，搞得太清楚，自己也会被拖进泥淖拔不出来的，所以他始终没有捅破这张纸，而是冷处理搁下了。

但保卫出身天生敏锐，黄老虎直感老首长与胶东女可能存有颠覆人想象的暧昧，当初他没料到厂长会同意将那女人招进厂，现在他特别担心什么事爆出花来。可现在这个长安一号秘密，被人家自己高高抛起来，还想让他把这颗雷给接住，心计确实也够重的。今天这俩人一唱一和，多少有点想使美人计的味道，这让黄老虎产生了一种莫名的抵触，看来腐朽行为的冲击，是每时每刻都会发生的，一旦中招就可能成为人家手上的木偶，那他就把人格丢尽了。当然，他也确实该想想自己以后的日子了，但那不应该是今天的话题吧？

这顿史无前例的茶叙，两人都喝得精神头十足，电炉烧热水根本供不上，连这俩人拎来的热水都快倒尽了，好像他们又回到了穿军装的时候，也都把窝在肚里的话倾倒出来，感到了前所未有的松弛，甚至想开瓶酒小酌儿杯，硬被靳子死活拦住了。

喝到最后黄老虎似乎有点松弛，尽管老鹰眼眯着没有当场应允，不过他对靳子能来撮合自己的终身大事，内心还是泛起了丝丝感激，不管这俩人背后藏着什么小九九，表面看来还是存有善意的。靳子也拿出嫂子的口吻：老虎啊，你就别装蒜了，黑妞儿多好个女人，要模样，眉眼正，论资历，抗战的，你俩天生一对。她说着还朝忽大年斜睨了一眼隐隐地笑了。

黄老虎撇撇嘴，一双老鹰眼又眯上了，这么迫不及待，真的是跟我一对吗？

四十七

其实自从那天救人以后，黄老虎一直沉浸在渴望与羞愧交织的亢奋中。

按说他在枪林弹雨里也走过好多年了，也算是个见过世面的老兵了，对于女人他像任何男人一样心存向往，多少次他都想冲向心仪人，可他往往在冲动前的一刻又迟疑了，没人知道他的难言之隐啊！他见不得谁来送什么结婚请柬，也不愿看见谁家两口子礼拜天去逛街，那就像谁在有意揭撕他的疮疤，让他无法回避内心的懊悔。其实，他那天在澡堂抢救黑妞儿实在突兀，就像当年在战场上抢救伤员，绝对没注意过对方的模样与肤色。

好像当时是他和满仓给黑妞儿套的外衣，大腿和胳膊软塌塌的，像濒死人似的，地上呕吐的污秽更把脚踩得腥臭，好像裤子还给套反了，上身只套了件灰罩衫。好像那个忽小月也是他和和尚给套的衣裤，可他怎么对那个人没一点好印象呢？当时若不是他临惊处置得当，两个女人恐怕进了医院就被人围观了。

然而从那天起，他一个人回到宿舍，就不敢闭眼睛，一闭上眼睛，那个胶东女人就会从水泥地上爬起来微笑，她的肤色白里透红，柔滑地舒张着强大的吸力，尤其那一道道隆起的曲线，几乎把他撩拨得脚下难以动弹，后来一遇见与她穿戴相似的女人，他的脑海就会闪现出昏迷的微笑。

当初在调查总指挥被袭事件时，他曾关注过这个爱打听总指挥行踪的女人，要不是忽大年明里暗里阻挠，他很快就能把她列入嫌疑队列的。没事在万寿寺门外转悠什么？他从不相信那俩人之间是清白的，已经锁进保卫科卷宗的那张纸条，就昭示了俩人间难以预料的复杂，但他出于"上讳"的古训，没有沿着那条线索查下去，而今……而今这个人似乎想与他发生某种微妙联系了。

天哪，他以前似乎很享受这种状态，一个人回到宿舍闭上眼睛，信马由缰，上天入地，以前他可从没真正注意过这个女人，偶尔碰上也没觉得什么诱惑，而今猛然在车间打个照面，他就慌得手足无措，浑身血液直往头顶冲，脸上便涨得火辣辣的了。是啊，管她以前跟老首长有没有过暧昧，只要能……能什么呢？

黄老虎好像跟干校同学在俱乐部边的小饭馆喝了顿小酒，心里就撒开野了，一个个都带着老婆，一端酒杯就朝老婆眼角瞅，好像管得多严似的，不就是害怕喝多了上床办不成事吗？可人家毫不隐讳，张口闭口准备要娃呢。这话正正戳到他的腰眼了，人一下子就恍惚了，以致上班，以致讲话，底气都没有以前充足了，让人感觉他心里藏着什么秘密，压得他决策事情都走了样。哈运来说苏联专家已经接到通知，要在一个月后全部撤离，可还有一部分工艺没有翻译，伊万诺夫建议把忽小月抽回来增加人力，还气汹汹说让翻译下车间当文书是最大的浪费，黄老虎稍一思忖就点头同意了。哈运来见他答应得痛快又趁机说：那台宝贝蛋冲压机冲程飘移，达不到设计要求，伊万诺夫说是安装的问题，可现在设备科都是刚刚毕业的大学生，连冲压机都是第一次摸，要想让他们找到毛病症结，没有一年半载绝不可能。黄老虎眨巴着眼睛说：那还等什么？赶快把连福找回来，那家伙倒腾设备还是有一套的。

这个平时把政治看得至高无上的人突然变了腔调，居然同意把历史反革命从劳教煤矿叫回来？这个变化也让忽大年眼睛睁大了，他以为一定是上级有了什么新精神，否则，做事谨慎的他咋能轻率做出这个决定？这天，黄老虎在办公室放下电话，老首长便进来套近乎：看你心不在焉，一脸疲惫啊？黄老虎把门关严说：老首长，你说和尚念经真能把心收住？忽大年笑着说：什么事让你心慌啊？黄老虎叹口气说：最近我怎么总是想，要是你那俩妹子死在我面前，我这辈子可能就逃不出魔怔了，你说咱以前在战场上见过多少死人啊，也从没这么纠结的？忽大年眨眨眼不知该怎样回答，这个人可能是第一次见到女人胴体，内心定是被妩媚捉去了。黄老虎不知道，正是他这几句话让老首长顿悟，那黑妞儿论年龄、论相貌、论资历，与他是天生绝配，何况两人已有了澡堂奇遇，于是回去给靳子一嘀咕，就上演了这一场夜茶对饮。

晚茶后的第三天，黄老虎刚进办公室坐下，靳子便蹑脚闪进来神神秘秘说，她已经给胶东女人讲了那个意思，开始人家还装模作样不应承，她又找忽小月从中撮合，人家终于口气软了，回话容她想上两天。黄老虎一听头大了，这黑妞儿要是想上几天不搭理，那自己该咋办呢？

事情说到底也都坏在那几颗铁砂上了。

那年部队攻打晋中一个小县城，他冲进城门瞅见有个鬼子翻墙进了一家院子，便随之纵身跳进去，可双腿刚一落地，屋里猛冲出一个端猎枪的老人，抬手就是一枪，几十颗铁砂打在他的小腹上，疼得他满院子打滚。老人发现打伤的不是鬼子，撂下枪把他扶到炕上，脱掉他的裤子，削了根竹签，把铁砂一颗一颗从肉里拨出来，又杀鸡养了两天，才送他回到八路军营地。可从那以后，他常常感觉裆下生痛难耐，独自躲到玉米地，用手一点一点捏寻，终于发现还有两粒铁砂嵌在皮囊里。他想找卫生员取出来，可偏偏是个嘻嘻哈哈的大姑娘，在卫生所门前磨蹭了几个来回都没敢开口。后来他干脆把刺刀磨尖，躲到一间没人的破屋里，捏住铁砂，马尾扎紧，挑破皮囊，生生把两颗铁砂一个一个挤了出来。

后来他以为随着那两粒铁砂的遗失，猎枪给他带来的痛苦和羞耻也就烟消云散了。可他很快发现自己染上毛病了，只要跟女人热络上两句话，裆下竟肿胀得像两个并蒂的小葫芦，皮囊血管像一条条小蚯蚓，粉光锃亮的，痛得他真想一把揪掉了事，可躲进小屋躺到天亮又恢复正常了。自打到了长安厂，工会组织学跳交谊舞，他不管搂住谁，转上一两支曲子，裆下就肿得像牛蛋要爆了。他以为自己这辈子不会再有女人缘了，女人近身对他来说就是个恐怖，可能他上辈子亏待了媳妇，老天爷在惩罚自己呢。

但是，现在忽然有了例外，那次在澡堂抢救女人，近距离看到了女人的肌肤，还抓住人家胳膊腿套上了外衣，可他从头到尾没有一点反应。事后他不断品咂那天的情形，心里忽然涌起一丝丝暖意，难道这黑妞儿命中注定是自己的女人？这个人虽说是从胶东农村招来的，却有个跟自己差不多的革命经历，听说还是老首长当年教的识字，至于她跟他那遥远的暧昧，也根本用不着计较，只要能跟他好好过日子，说不清道不明的麻缠就会迎刃而解，等将来结了婚有了孩子……有时，他想着想着就噼里啪啦猛拍一阵桌子，惹得秘书急跑到门外小心问：有事吗？

可是，他怎么也没想到媒人去上门提亲，人家还会犹豫，还要想上几天。这个女人进厂时黄老虎负责政审，几乎所有的新工都是从关中农村招来的，唯独这个黑妞儿是胶东半岛人，是忽大年同村的老乡，他本想派人去村里搞个外调，把她的前世今生查个清楚，却听连福诡秘地说她可能跟总指挥有瓜葛，便没敢去触碰这根敏感的神经，生怕一不小心引爆一个炸雷，给首长也给自己带来什么麻烦。当然，他也明白，忽大年两口子现在之所以这么热心来撮合，除了想让他笔下美言，也是想拔了这颗雷的底火，让它再也爆不了，这似乎也是两全其美，干吗要装模作样呢？

但是过了一个礼拜，又过了一个礼拜，黑妞儿始终没有回话，黄老虎也不好意思去问靳子，他也确凿有些纳闷，他是堂堂长安厂的党委副书记，尽管现在仍挂着副职，可明确由他主持党务工作，实际上就是工厂的一把手了，她黑妞儿不过是一名底层的检验工，多么悬殊的差距，估计有多少女工做梦都想着这一天呢。靳子后来告诉他，胶东女人尽管只是个检验工人，可四二年就给游击队送过鸡毛信，也算是个老革命了，摆点谱也情有可原，关键是你作为男人要主动进攻，没听人说吗？羊要天天拦，女人要慢慢缠，不信她黑妞儿一次不答应，十次八次还不答应吗？

黄老虎最先采取的手段就是去车间检查工艺，他看见黑妞儿与一排检验员站在明晃晃的检验台前，抓起一个炮弹筒，抬到四十五度，手捏一根绑着蚕豆般灯泡的竹棍探进去，内壁没见疵病，再推给下料工。那些疵病别看微小如豆，若是漏下去常常会引起膛炸，所以黑妞儿聚精会神，几次黄老虎走近检验台想搭话，她竟然没一点反应。黄老虎心里有些不舒服，上去问身后这几个弹筒有啥毛病？黑妞儿客气地回答，一个有皱褶，一个有夹灰，还有两个有气泡。黄老虎见她没有流露热情，一股烦恼陡然在胸间拥塞起来，他怕周边人看出用意扭身走开了。

应该说首轮进攻无功而返，弄得黄老虎无趣至极，但他似乎从黑妞儿的眼神里看到一丝羞涩。这个羞涩，是因为他见过她的隐私自然的流露，还是她听到靳子的撮合而产生的呢？再说她所在的工序是群体作业，人家怎好公开跟他闲谝？于是黄老虎加大了攻击火力，准备把胶东女人调到靶场交验组去。

这可是多少人梦寐以求的好差事，黄老虎心里琢磨，一旦这个调动实现，对他来说意义就大了，不但讨了那个胶东女人的好，还避开了那群虎视眈眈的工人监督。而且，到了交验组就不一样了，他可以电话把她叫来，询问打炮试验情况，也可以自己抽空过去细聊，什么话都可以慢慢渗透的。

对于黄老虎肚里这些小九九，黑妞儿本来并不知情，但她禁不住靳子三番五次地缠磨，女大当嫁，天经地义，似乎也没有理由回绝。当然也是为了让靳子彻底放心，不要一天到晚提心吊胆，生怕她在门缝里插上一杠子，就半推半就地应承考虑一下。显然黄老虎由此看到了希望，转眼就把她的工作调了。等她迷迷怔怔进了产品交验组，发现工厂还有这么舒服的业务，每个礼拜去成品库抽两发炮弹，坐吉普车送到秦岭靶场，做完打炮试验就算大功告成了。然后每隔三月，把过期炮弹的炸药倒出来，集中到靶场点火销毁，就算任务完成了。

这天，黑妞儿把两发试验弹交给靶场射手，走出掩体半是调侃地问射手：咱靶场试验枪吗？能不能找一把来试试？射手告诉她这是火炮试验场，没有枪械试验设备。

谁知黄老虎那天来检查安全也到了炮位，问：你找枪干吗？黑妞儿明白他在献殷勤，便毫不掩饰地说：有十年没摸枪了，想打几发过过瘾。没承想黄老虎从随员提包里摸出一把手枪，小巧的勃朗宁，黑妞儿熟练地把弹夹退下，又咔吧一声推上，抬手瞄向山峁一棵突出的老槐树，叭叭两声枪响，有鸟儿从树上惊飞四散，躲进密密的树丛去了。黄老虎讨好地鼓了几下掌，黑妞儿不好意思地说：没打中，鼓啥掌？黄老虎笑笑说：还有几发子弹，你往山峁再走几步，靠近了再打。

黄老虎从兜里摸出一把子弹，黑妞儿一颗一颗推进弹夹，右手提枪朝山峁走去，忽见草丛有动物闪跳，蹑步过去，抬枪瞄准，又叭叭两响，一只兔子跌落到草窝里了。她连蹦带跳追过去，却见受伤的兔子一瘸一拐蹦到远处了。黄老虎跑过来催促：你快打呀，怎么不打了？黑妞儿说：一瘸一拐的，挺可怜的。黄老虎说：和尚心，藏慈悲。黑妞儿有些歉意地还了枪说：什么和尚，我是女人。黄老虎忙说：我就是个比喻，解放后我也没好好练枪法了，每年就是校验时打两发，准头也不行了。黄老虎直感这个黑妞儿比他还放松，看来澡堂那一幕没留下什么阴影，他想这么茂密的灌木丛，有花有草，有红有绿，两人在这靶场小路上走走聊聊，倒是别有一番情趣呢。

黄老虎引着她往长满蒿叶的河边走了几步问：你跟忽厂长都是胶东的？可话一出口，他就觉得这个话题挑得笨拙，可是黑妞儿却像无所谓：我俩还是一个庄的呢。黄老虎只好顺着说：你是在家乡学的打枪？黑妞儿说：我们家是游击队的联络点，我玩过王八盒子，但没打过人。黄老虎故意转问：你咋都三十多了，还是一个人？黑妞儿扭头看他说：我咋看你今天像来调查我呢？我可告诉你，我心里烦着呢。黄老虎感觉话不投机，便想提醒救命之恩：你以后不管干啥都要小心，那天多危险……黑妞儿张嘴打断说：满仓说救人一命，胜造七级浮屠，你救我一命，我心里记着，将来一定报答你。

我看你抗战就参加革命了，可档案咋没记载。

那有啥呀？村里人都知道。

回乡找人做个证明，将来定级多不少钱呢。

那我明天就回胶东找人去，你可要说话算话啊？

以后有空咱们就多聊聊，兴许会对你有帮助。

咱俩有啥好聊的，一个大书记，一个小工人。

可以聊聊打靶试验，聊聊庄稼收成……

我可不想跟你聊这些……

那你想聊什么？

我想知道……你是咋把忽大年搞下去的？

你……你咋这样说？

你说，以前他是你的头儿，现在咋成了你的部下？

四十八

然而，荡秋千般的工作变动几乎摧毁了小翻译无助的奢望。

那天，她轻步踏上已有些陌生的水磨石地板，在伊万诺夫办公室外犹豫了一会儿，终于轻轻敲响了门扉，专家们居然全都在座，正在商讨撤走后的工艺管理，见到忽小月进来都惊奇地站起来。

伊万诺夫激动地一把抱住她连吻了两下额头，说：好久没看到美丽的月月了，工作都失去了乐趣。确凿，别看都在一个厂里忙碌，居然半年来一次面也没见过。忽小月笑笑说：我这不是又回来了吗？伊万诺夫耸耸肩说：可我们马上要回国了。说着老人家的眼圈就红了，忽小月惊奇地问：你们要走？那叫我回来帮什么忙？伊万诺夫说：大家也想你了，有些资料也需要翻译。原来，他们想把在这里积累的资料翻译后带回去，这些老毛子也够精明呢。

但是第二天并没有安排资料交接，而是乘坐吉普车赴乾陵参观去了。这些来自异域的专家还没去过古城周边的历史遗迹。黄老虎特意提醒，不到乾陵不算到中国，那里是中国唯一的女皇武则天夫妇的陵寝，一个个令人头晕的雕塑，气势逼人，傲视天下，可以直观感受大唐盛世的恢宏。伊万诺夫一听心里就痒痒了，他在莫斯科做过一个创意，把几十个废旧钢盔摆成一个掩体，三只刚刚孵化的小鸟，从顶端一个倒扣的钢盔里伸出小脑袋，怯弱而又机敏，战争与和平幽默对话，曾经获得过苏联的什么大奖，所以他一听有伟大的雕塑，便火急火燎要去一睹尊容了。

出城以前，老伊万似有意让车围着兵工新城转了半圈，瞅着阳光下那一道道灰墙，一排排鳞次栉比的工房，不无得意地说：以前这里是一片荒芜的土地，城里所谓的工业，就是一个小小的电厂，一个小小的面粉厂，一个小小的纱厂，生产的最厉害的武器是辫子雷。现在就不一样了，苏联技术加上中国速度，已经使古老的西安翻天覆地了，总有一天全世界会知道，在远离边境的中国腹地，崛起了一座现代化的兵工城，运进去的是金属末子，拉出来的是一发发炮弹，这个神奇应该是中苏友谊的结晶呀！忽小月问：什么是辫子雷呀？老伊万傲傲地说：你回去问问你哥哥吧。车子出了城越走越快，在石子铺成的路上颠簸，不时把人颠起来，头碰到车架篷布上。伊万诺夫自顾自念叨着自己的丰功伟绩，看到路边稀疏的玉米高高低低，叶儿多有卷曲，一副没精打采的样子，无疑是一个歉收的年景，便一个劲炫耀起苏联的集体农庄来。

两小时后，田间出现了一个又一个突兀的高丘，周边愈发干枯的玉米叶子东摇西摆。伊万诺夫又问：今年的庄稼怎么长势不旺？忽小月不懂农作物，司机扭头插嘴：天旱缺水，三个多月没下雨了。老伊万严肃起来，我听说西部地区已经饿死人了？忽小月没多想就说：我听说甘肃严重，关中还好，皇天后土，遇旱成祥。老伊万却摇头：不管咋样也不能饿死人，还是当地政府没做到位。忽小月说：现在都是新社会了，不管老百姓的死活，就跟旧社会一样了，你看旁边那些土包包，埋的都是汉唐两朝的皇帝，就是他们在位上，也得想办法让老百姓穿暖吃饱。

伊万诺夫听说那些隆起的土包包都是帝王陵墓，执意要下去看看。可是下车刚走了几步，就见到公安局的牌子竖在那里："外国人未经许可不得入内"。忽小月朝土丘看看，光秃秃的，一黄到顶，零星小树歪歪扭扭，丘下立有一方黑碑，远远地看不清字迹。忽小月遗憾地摊手解释：这里还没开放，我们还是去乾陵吧。

快抵达目的地时，忽小月指着旁边起伏的山丘说，多像一位躺着的女神哟。大家定睛看去不由得啧啧称奇，多亏是躺下的，要是竖起来就顶天立地了。等走上乾陵神道，专家们更对驻立的石人、石马、石狮、石鸟惊叹不已，想不到偏远的黄土高原上，会有这么神奇雄伟的雕塑，似乎比列宁格勒的铜像更有魅力，将来若能摆到一起展览，就是东方与西方的艺术对话。

哟，那么多石人怎么都没有头颅？专家们在一群石人像前惊叹起来，是谁这么狠心，让他们身首异处的？忽小月笑笑摇头：看那个石人，应是西域民族。绍什古问：你凭什么这样说？忽小月有点卖弄：汉族的服饰是右衽，可这个石人是左衽，这是汉民族和西域民族的差异，你看我的上衣……伊万诺夫听了竟欢呼起来，他站到那尊缺头的左衽石像后边，让绍什古给他照张相，也许这个雕像就是他的祖宗，这张照片就是历史和现实的时空交替，也许会成为一帧极有价值的史料呢。

后来他们站在无字碑下，眺望漫无边际的玉米地又感慨说，这么好的庄稼地怎么会饿死人呢？忽小月急忙申辩：关中绝对没有饿死人。可她的话也不知是被风吹散了，还是被嘈杂声压住了，没有人在意她的解释。但在《真理报》随后对伊万诺夫的采访中，老先生依然说是听小翻译介绍，中国西部饿死了人，旁边还配有他们在乾陵参观的合影。

那篇讨厌的采访发表后的第三天，厂部又以熔铜车间工作忙碌为由，通知忽小月返回文书岗位了。她走的时候专家们都挤到她的办公室，可怜的小翻译已有上次下放的经历，本不想说话流泪的，可是当伊万诺夫抱住她喃喃祝福，她流泪了，泪水顺着脸颊汩汩地淌到前襟上，很快就洇湿了一片……

忽小月磨磨蹭蹭去给车间主任牛二栏报到，也许是碍着她哥的面子，也许是感觉她有可能重新启用，人家没说一句难听的话，反而有点惊喜地让她赶紧到财务科去，把全车间当月工资领了，正发愁让谁去领呢。可这个活也太没劲了，咋非要等她个文书回来领呀？哪个人不会数钱呀，一张一张，数到手疼，签字画押，就能交差，似乎数着跟自己没关系的钞票提不起神来。她恍然以为是牛二栏在捉弄人，可是主任又说厂部通知，要她把工艺资料带回车间翻译。忽小月冷笑：什么狗屁通知？一人干两人的活，给不给两份工资？牛二栏吓得掩上门说：你千万不敢这么说了，小心哪个坏蛋听见报上去，就够你喝一壶的。

唉，先发了工资再说吧。忽小月转身跑到财务科，抱回一书包钞票，九千八百三十六元七角八分。她本想跟以前一样，摊开一排排工资袋，上边已填好十元、五元、二元、一元，各是多少的数字，再把钞票一张张分门别类装进去，稍有的麻烦是哗啦响的钢镚，五分的、二分的、一分的，一不小心滚跑一个，就得自己贴补。

但是，今天分到最后却少了一张十元大票，这可把忽小月急出一头汗，本来她去专家组帮忙，车间就把账做晚了，去领时已剩最后一家了，现在工友们都挤到走廊等待，声高声低，吵吵嚷嚷，盼着领到工资回家给老婆交差。但她今天感觉自己像偷情被堵到屋里了，怎么会把钱分少了呢？是不是谁故意弄出了这个幺蛾子？可那十元大票不是小数字，可以买二百个馒头呢，堆在地上就是一座小山，找不出来老天爷都不会答应的。

她找着找着心里愈发毛了，以前也有过差错的，或多了或少了，但翻腾一会儿，就从哪个工资袋里找到了，今天却越急越找不到了，好像隐隐听见小耳朵在外嘟囔：好好在车间当文书多好，尽想去陪老毛子耍嘴皮，把咱一百多号人的饭钱忘了。好像那个满和尚在呵斥：你个河南蛋，少说两句，没人把你当哑巴。于是更多人起哄了，你咋尽向着小文书说话，是不是在庙里憋坏了，也想讨个媳妇呀？走廊里顿时一阵杂乱的扑打声，有人推推搡搡胡闹起来。

忽小月想去开门道歉的，这些脸上黑污的熔铜工啥时碰见都是笑嘻嘻的，从不给她甩脸子。吵闹的工友忽然见她开门就像士兵听到命令，一个个端端地立到那儿，眼光直勾勾地盯着她全不吭声了。车间文书只有这个时刻是神圣的，也不需要通知，工友们会在同一个时间，像听到集合号汇集到走廊里，叫一声，进一个，笑眯眯捂着口袋出来，马不停蹄回家给媳妇交差去了。所以，哪个工友对发工资不渴望啊？不要说晚发一天，就是晚发半天也会把走廊掀翻的。

那堂堂牛二栏就曾丢过人的，上次他领了工资加班到半夜，竟然倒在办公室睡着了，等上班号把他吵醒慌忙往家赶，一出厂大门就被人揪住了头发，差点头就啃到路上了。他死捂着口袋，以为遇上抢劫了呢，待他忍住疼扭过头，却瞥见老婆一脸横肉咬牙切齿。这也太丢人了，此刻上班人川流不息，这场揪斗马上就会添油加醋演绎开来，男子汉咋能丢这个份？他掐住老婆手腕用力掰开，上去就是一个耳光，把小泼妇一下打翻了。女人哭天抢地骂将起来：你好狠心呀，领了工资不回家，想给哪个狐狸精买破鞋呀！忽大年正巧路过吼叫两声，女人才闪进了旁边的传达室，却等到拿了牛二栏的工资才嘚着嘴回了家，但这个难堪没下班便传遍了工厂角落。

谁知道忽小月今天实在心乱如麻，满打满算才干了九天半就被人家赶了回来，咋能静下心找钱呢？她看着桌上一堆堆工资袋，心里像涂上了花里胡哨的颜料，想不慌乱都不行了。

大家别急，我已数过三四遍了，实在找不到错在哪儿了，你们呜呜呀呀叫得人心慌，更数不到一块了。忽小月没敢告诉大家差了一张十元大票，怕大家知道了会嚷嚷得更厉害。工友们明白钱差了，都围过来安慰，别着急，好好看看，是不是财务科少给了一张？上次就少过几张毛票。忽小月摇摇头，多少大票，多少毛票，她一张一张数过，人们听罢便陆续散了。

忽小月转身回屋，面对铺了一地的工资袋，又开始一袋一袋寻找。那张贼票子躲到哪儿去了呢？从财务科到车间这段路就没敢停，也没跟人接触，怎么会少一张呢？现在嚷嚷得满车间都知道了，说法也就多了，她发誓这张贼票子一旦找到，马上拿去花掉，这是烦恼的根源，一刻也不能留到手上。

突然，她听见有人敲门，拉开竟是满仓和小耳朵来了，一人递给她一个饭盒，一人递给她一瓶热水。满仓说：吃了再点吧，人是铁，饭是钢。小耳朵觍着脸说：忽姐，我帮你点吧，人多点得快。忽小月慌忙摆手：那可不行，少了算谁的呀？小耳朵伸了伸舌头，满仓却执拗地说：算我的吧？

忽小月还想拒绝，却瞥见牛二栏领着哥哥进了走廊，明显是来找妹妹的。她似乎知道哥哥今天会来兴师问罪，没等走近就转身掩门。果然，厂长没敲门就推开进来，反手把门一闩说：你是怎么搞的？要不是黄老虎说，我都不知道。忽小月故意反问：什么事，你不知道？忽大年想找椅子坐下，见满地工资袋只好站着说：你凭啥说农村饿死人了？忽小月纳闷说：几个熔铜工探亲回来，都说乡下饿得挺不住，都把家人接到单身宿舍了，怎么是我说呢？忽大年镇定情绪说：不管怎么说，你也不能给老毛子乱反映啊，不知道内外有别呀？你看你捅了多大的娄子，从昨天到今天来了三个电话，遇到去年反右运动，一百顶帽子都戴到你头上了，少说也会抓你去农场割上三季麦子。

妹妹根本不想听哥哥说教，嘚嘴吊脸不吭声了，哥哥是气得摔门走的，但那股怒气一直在文书室汇聚，几乎把忽小月激得双手颤抖。咳，要是真的被抓走了，自己就跟连福一样了，那我们就是一对天涯沦落人了。不过，那天我可绝对没说农村饿死人，是老伊万在那里嘟囔，还是我给纠正了的。唉，那个老毛子为啥不管不顾地瞎说呢？你当哥的能信人家的瞎说，就不能信妹妹的话吗？忽小月禁不住趴在一堆乱乱的钞票上哭了，呜呜咽咽，竭力压抑着才没有哭出声。

正哭着，满仓和小耳朵又推门进来，他俩一定是听到了哭声，执意进来帮她找钱，没等她答应，俩人就蹲在地上，一个钱袋一个钱袋数起来。人多找得快，没一会儿就让满仓找到了，原来是新票子捣的鬼，竟然多在了满仓的工资袋里，小耳朵嘴里直嘟囔，要是多在他的工资袋里就不吭声了。

她原想今天太晚了，自己守着工资袋，凑合一夜明天再发，可工友们竟然一个不缺全在车间角落等着，谁出去招呼了一声全都乐颠颠跑来了。

四十九

让小翻译最难承受的是，她发现自己心心念念的连福竟然戴上了手铐。

这段时间忽小月听说连福要回来技术攻关，她几乎恼得咬牙切齿，似乎对那个被遣返的家伙已心生怨恨了。有那么急促吗？走时连个招呼都不打，整个人就像人间蒸发了，没有了一点点讯息。忽小月先去保卫科询问，没有人肯道出实情，有的说他判刑去劳改场了，有的说他被抓去煤矿劳教了。那劳改和劳教有什么区别，也没人能说清楚。更烦人的是哥哥见面就说，你俩反正是假结婚，正好顺茬一风吹了。但是，忽小月不愿意，她愈发觉得是连福真心对她好，她在实习期间对人家那么冷漠，没回信也没捎一句口信，人家却在六个月里给她写了三十五封信，有两封还是她提前回国又辗转捎回来的。

那些信对忽小月来说太珍贵了，似乎没有连福的日子，一切都变得乏味了，她常常偷偷捧起那些信笺，想象着鸭舌帽下的小眼睛焦急地睁大了，想象着押运途中的惊险，震天动地的炮声，小战士渴望的眼睛；想象着那纵情高扬的欢叫，竟引来车子棚里一片应和，自己也禁不住哑然失笑了，可这一切又怎能怨她呢？所以，当她听到连福回来的消息便笃定了主意，要让那小子先过来赔礼道歉，要让他知道玩失踪的日子她是怎么过的，但她仅仅忍耐了三天，就按捺不住怦怦跳动的心房，两腿像不听使唤似的找过去了。

她路过那个冲压车间，那个庞然大物蹲在厂房里像一只怪兽，吞噬着工人喂进的一块块铜板，又吐出一个个圆饼，可是隔上三五天那个强大的冲程就会喘息漏油，进入冲压机下的地沟，就能见到蓄积的一层厚厚的桐油，这是紧箍冲程的密封圈开裂了。可更换密封圈要把机器大卸八块，最快也要一天一夜，尽管操作工可以乘机休息，指标任务却在摇头叹气。

这当然是一个技术活儿，那个张大谝就曾想跟连福把技巧学到手，却没想到那一张张顶级的牛皮，浸进油槽，剪好熟制，甭管多么用心，多是一圈圈废品。显然，密封圈还是一个让多少人苦恼的难题，若是跟不上供给，冲压机就无法正常出活儿。堂堂现代化的兵工厂，多少关键技术一个接一个攻破了，难道活人还能叫尿憋死？哈运来马上想到把劳改分子叫回来，当初连福制作的密封圈寿命三个月，这小子一定有诀窍掖着没传授。

连福如果回来会猫在哪儿呢？忽小月在食堂吃饭听到人议论，可她打听好多人都不知道连福的具体方位，后来她打菜碰见门大眼询问，才知道狗东西已回来一周了，正猫在皮具房轧皮碗呢，这话从门大眼嘴里吐出来似乎有点不地道，但她顾不上计较，掉头就气汹汹跑去找人了。这个车间的任务是设备维修，工房内外等待维修的部件像残肢断臂，东一堆，西一堆，稍不注意就会碰伤膝盖脚趾，那个神秘的皮具组就在工房的西南角，忽小月怀揣小鹿赶过去，那道小门正好虚掩着，可那哈运来竟然站在一旁，她断定那个戴着蓝色鸭舌帽的背影就是连福，这家伙正煞有介事地给两个工人絮叨什么。

那俩人应该是给他配的徒弟吧？一个竟然是张大谝，这个从东北就跟上连福学徒的小伙子一心想出人头地，这次终于派上了用场，既可以实施对师傅的监控，又可以把皮碗绝活收入囊中。另一个叫什么张秋生，这小子后来总爱吹嘘学艺的经历，便被人起了绰号张小谝。这两人都是机灵鬼，见了师傅恭敬得像两个小太监，端茶倒水，摇扇端凳，只差师傅拉屎给擦屁股了。可是尽管如此，哈运来依然跑过来点拨：好好学啊，一窍不通，十年费功。连福则语速缓慢说：方铁桶先盛上菜油，再兑三分之一桐油，清洗牛皮须用高纯度医用酒精。

哈运来一边点头，一边又对连福说：请你回来是帮助工厂攻关的，咋你的皮碗那么紧啊？这话似乎有点下流，忽小月脸上隐红了，这密封环是牛皮做的，形状像漏底的大碗，工人把它说成皮碗完全是东北人的调皮话，现在让哈运来说出来，还是让姑娘感到难堪，以前连福在车子棚压住她亲热，就听他喘着粗气说像是轧皮碗，多糙的话啊。哈运来临走又说：攻关得连轴转，晚上就在皮具班打地铺。

后来，这大谝小谝，一个被支去医院领酒精了，一个被支去库房领桐油了，忽小月这才靠前怯怯叫了声连福，语调里明显含有羞涩。可连福缓慢转过头，坍陷的脸上没有展露熟悉的坏笑，目光竟恐惧地朝哈运来远去的背影瞥望，好像见面说什么也要许可，一双小眼睛眨巴两下就算回应了。

好端端一个人，多日不见咋变成了这样？

尽管两人没说几句话，但见到了久别的爱人，心里还是蛮舒坦的。第二天忽小月又来到皮具房，那扇小门居然关得紧紧的，敲了半天才拉开门闩。她后来明白，各班组的门下班都不上锁，唯独这间房门必须锁好才敢走，因为浸泡牛皮的溶液是菜籽油，以前连福在这儿做皮碗，掰开馒头，蘸上菜油，往热料上一搁，满车间香气四溢，后来工人们排队进来抹菜油，他只好给油桶倒了几勺桐油，谁再想占便宜烤油馍，就只能闻到一股橡胶味了，当然这些都是连福当年的杰作，如今他已垂头丧气无心调皮了。

忽小月每天固定的工作是早上给班组送报纸，这天她把最后一份报纸扔进一个窗口，就想去锻工房看连福干活。这个人干活似乎喜欢装模作样，咬着唇，眯着眼，先把一大张牛皮挑出来，剪成半圆，浸入盛油方桶，告诫泡上两天两夜再捞出来，然后按冲程直径切成一个个皮环。想不到选牛皮还那么考究，必须选小牛后臀的皮，如果直径不够需要拼接，就得把两块皮子茬口切成斜面，严丝合缝架到电炉上烤热，最后在压力机上碾压，一个圆圆的密封环才算成形了。连福说这都是跟德国人学的诀窍，那天老伊万过来把密封圈揉搓半天惊呼，这个连福可以去参加世界皮工大赛了。

听说你是跟德国鬼子学的？

哪儿呀，是我自己琢磨的。

佩服，国际水平！

那你给咱美言两句呗？

可那俩徒弟悄悄告诉师娘：他们也是这样操作的，但装到冲压机上用不了几天就会开裂漏油，惹得谁见谁骂。车间主任火了，喊，如果再干不出名堂，就要把他俩调到冲压线搬大料去。她心软了对连福说：你看俩徒弟对你挺好，热茶给你沏上，热饭给你打上，晚上又给你铺褥子，有啥诀窍教教人家，别让小伙子再挨训了。连福抬眉睨她一下，嘴角闪过一丝不易被人察觉的狡黠，始终没有应声。俩徒弟见师娘偏向他们，便讨好地看着师傅说：我俩在外边抽支烟，你们聊吧。

当皮具房只剩下他们两个人，忽小月走到连福跟前说：你也太没良心了，跑得无影无踪，我还以为你死了呢！连福慢腾腾说：给我定的是历史反革命，抓我走的时候是在半夜，连行李都不让拿。忽小月急问：你怎么又是历史反革命了？不是说人民内部矛盾吗？连福叹口气说：我为啥不敢给你写信，就是怕连累你呀，可我听说已经不让你当翻译了。忽小月仍旧问：还是你以前在沈阳的那些事吧？你给他们说清楚，你当时只是个小小技术员，没有他们想的那么坏。连福又摇头说：谁听你说？也没人信你呀，我是跳进黄河也洗不清了。

忽小月皱皱眉问：那你在铜川都干啥？真是去挖煤了？连福苦笑笑说：还行吧，现在让我负责设备维修，有事就下井，没事就在井口干待着。忽小月看着他惨白粗糙的面庞，突然觉得好个可怜，鼻子一酸想过去拥抱，却被老相好躲开了。忽小月噘起嘴说：那你不想我了？连福神秘地朝门缝看看，压低声音说：我有一些资料，你如果能找到，有用的你留下，没用的帮我烧了，但我们以后不能再联系了。忽小月想问为啥，俩徒弟恰巧回来，连福再不吭声了。

第二天连福干完活就走了，走时依然没有给小翻译打招呼，等她又跑到皮具房，两个徒弟说：一大早就跟保卫科的人走了，说是又回铜川煤矿了。忽小月气得说：你俩也太没良心，我告诉过你们，他走的时候千万告诉我，你们的良心都哪儿去了？

这天晚上，小翻译一个人躲在万寿寺墙外呜呜地哭了，哭得很伤心，连四周的草虫都停止了鸣叫，静静地注视着她的抽泣。上次离厂，你说是被人突然押走的，来不及打招呼也就认了，可这次明明知道自己离开的时间，为什么还是不肯透露呢？她每天过去看他切皮、浸油、压轧……还天真地以为连福可能不回煤矿了，工厂多需要这个人啊！可是他还是大清早被人带走了，带到哪里去了呢？

不过，这连福的确身藏秘技，他加工的密封圈，可以满负荷用上一个月，徒弟俩加工的，只能撑半个月，机油就滴滴答答了，压力就慢慢泄了。气得哈运来跑过来骂娘：你们两个蠢货，叫你们日夜盯着，也没把诀窍学到手，都是谁家养的猪脑子啊！但是，尽管他骂了人家两代人，依然无济于事，只好又派人去接连福回来。

第二次回来，忽小月发现大谝小谝把师傅看得紧了，寸步不离地盯着师傅兑好溶液，一眼不眨地看着一张一张牛皮浸进去，又死盯着把牛皮洗净剪成环形，加热时间和温度也都一一默记在心，甚至师傅握住压力棒的力量变化，也在悄悄揣摩。后来哈运来又来找连福谈话：叫你回来，不是叫你干活，是让你把技术诀窍无保留地传授给徒弟，这一样可以给你记功减刑。

又半个月过去了，连忽小月都对工艺滚瓜烂熟了，可俩徒弟依然心里没底。这天连福把一瓶酒精倒进茶缸说：今天咱们喝点酒吧，我有时间没尝了。忽小月一看瓶子拦住说：这是医用酒精，能喝吗？可徒弟瞅着师傅往茶缸兑上凉水，吮了一口竟喊好酒。三个男人你一口我一口，一会儿工夫就啃着干馍，把酒精喝得净光，直喝得脸红脖子粗，徒弟问什么答什么，可把他俩乐坏了。大谝问，我们做的皮碗，咋用球不了几天就裂了？连福神秘兮兮地说，牛皮产地不同，浸泡时间不一样，要等颜色发亮了才能捞出来。当晚忽小月要回宿舍了，小谝兴奋地一直把她送到单身大院门口，以为这回肯定出徒了。但是，连福走后徒弟轧的皮碗尽管寿命有所提高，可比师傅的皮碗仍然是一天一地。

连福第三次回到长安封锁了消息，没有任何人知道，是晚上悄悄躲进车间的，白天门就闩上了，谁敲都不开。哈运来想只要把这个劳改犯紧紧看住，不信破不了他手里的秘诀。当然，连福回厂的消息，俩徒弟也没敢给忽小月透露。但是，小翻译发现小谝去食堂打饭，买了一网兜馍、三饭盒炒菜，便悄悄跟上小谝看着他进了锻工房。她凑到门外等了一会儿，听见屋里人说话，心里便怦怦起来，看来又把这家伙接回来了。

但等小谝端了空饭盒出来，她猛地上去抵住门板冲了进去，里边人顿时愣怔了。连福上前问她：你咋来了？忽小月咬牙没有吭声，但她闻见连福一身的酒味，禁不住抽抽搭搭哭了，直骂俩徒弟狼心狗肺，知道喝酒，不知道把她叫来。连福看她泪流满面，掏出一块手绢递过去，忽小月一把撇到地上，哭诉起自己跟上他的遭遇，从她在苏联实习受到诬陷，到回厂撤了翻译职务，再到勾引她上了军列，又给她戴上反革命家属的帽子，受到了多少亲戚工友的白眼，已经活得没个人样了，眼泪也只能偷偷往肚里咽了……那两个徒弟见师娘越骂越难听，越骂秘密越多，面面相觑退到门外去了，一来想为师傅留点秘密空间，二来有师娘盯着骂他也不会再操弄什么。忽小月这次算把藏在心里的话都骂出来了，感觉稀里哗啦一吐为快，骂到后来她想问连福上次说的资料去哪里拿？可她倏然发觉连福竟缩到了角落，一阵哗哗的滋水声，最后浑身一激灵，双手明显在系裤裆纽扣。

忽小月万分惊讶：你干啥呢？

连福摇摇头：没干啥呀。

忽小月看看溶液槽：你往油槽里尿尿了？

连福一把捂住她嘴：小点声，我就这点秘密了。

这……这是啥狗屁秘密？

你要为我好，千万不要对人说。

我咋说？说你往油槽里尿尿？

你要不说，我过两个月就能回来一趟。

骗谁呢？你的尿就那么金贵？

你不懂，我这是喝了酒的尿。

可怜的小翻译对连福的话将信将疑，她本想深究为何酒后的尿才行，可那俩徒弟大概听到他俩的争执开门探瞅，连福使劲给她挤眼，将她连推带搡出了皮具房。她出去后越想越觉蹊跷，第二天又想去问个究竟，但小门紧闩没能敲开。第三天，她又去皮具房，依然没人开门，竟然连应声都没了。又过了一天，忽小月心想你们白天不开门，晚上总要出来透透气吧？

吃过晚饭，她就大步去了维修车间，刚走到工房门口果然看见连福出来了，却没精打采地低着头，身后还跟了两个生面孔，她气得迎上去喊他站住，可连福像不认识似的侧身而过，头也不抬向二道门走去。忽小月目不转睛地盯着他的背影，鼻子都气歪了，真想上去狠咬一口。这家伙真够混蛋的，咱俩都闹成食堂议论中心了，你还不理不睬，你想干什么呀？忽小月追上去一把拽住他手臂，连福缩手一躲，竟把搭在手腕上的工衣扯下来，眼前倏地闪过一道黑光。

天哪，连福居然戴着手铐，一只黑亮黑亮的金属手铐，在路灯下黑得刺眼！

忽小月不禁啊了一声，浑身毛发陡然竖起，一阵阵瑟瑟发抖，尽管她知道连福已被开除厂籍关押了，尽管她知道连福已被抓到铜川挖煤劳改了，但所有的说法都有些朦胧，似乎也有些遥远，尤其见到他领着俩徒弟轧制皮碗，就感觉那些传言都不真实。现在活生生的戴铐人突兀到面前，她顿感天旋地转，感觉人像掉进了一个幽深的冰洞，在不停歇地向下坠落，可就在将要砸向洞底时，她蓦然感觉连福给她手上塞了张纸条。她倏地意识到什么，手里紧紧攥着没敢吭声，只见一个生面孔把连福向前一搡，一个拾起工衣又盖到他手腕上，押着连福朝二道门走去了。

夕阳下的影子在地上拖曳了很长很长，从此那个有些弯驼的背影，就深深地刻进小翻译脑海了，以后的岁月只要闲下来，眼前就会闪现出那个双手铐着的背影，而且她快步去追，他会快步前冲，她若停下，他也止步，简直像魔魇一样把她死死缠住了。

这一切是真的吗？忽小月惊恐地注视着眼前的突兀，直到他们走出二道门看不见了，才步履沉重地踏着刚刚掠过的影子朝外走，似乎走了很久很久，才走到单身大院门外。连福真的是反革命？真的是劳改犯？真的是不见棺材不落泪啊？但她忽然又醒悟过来，警觉地四下瞅瞅，躲到树后打开了手里紧攥的纸条，只见五个字：万寿寺佛墙。这是什么意思？这个贼精贼精的沈阳人想告诉她什么呢？是让她去那里祈祷转运，还是暗示那里藏着什么秘密呢？

忽小月坐在路边老槐树下不由得哭了，她从未像今天这样沮丧而又绝望。前两次她也为连福哭过的，但那多少带有赌气成分，现在她哭得很苦很累，流露着浸入骨髓的悲怆。那哭声当然惊扰了进进出出的单身族，可所有的人远远地朝她望上一眼，便脚不停歇地走了，有的稍稍停顿一下看清是谁，便又一步不停地进楼去了。

后来哭得看管单身楼的大妈也赶过来询问，她依然梗着脖子没有站起来。是啊，她能给人家解释什么呢？咎由自取，自作自受……后来，她隐约感觉对面树影下有个戴工帽的人在窥望……

五十

老槐树后边的人，是她曾经接济过馒头的小和尚满仓。

现在夜已经深了，人们都钻进了单身楼里，百无聊赖地躺到自己的床铺上，有的宿舍喜欢开着灯闭着眼，聊些生产线上姑娘的脸蛋和发辫，眼眶深处是一幕遥远的梦想；有的宿舍喜欢关上灯睁开眼，回味老家探亲的家长里短，渴望从微翘的嘴角溢出来；也有的在惊叹街上要饭的骗子，满屋人都在庆幸没有摊上自己。

聊着聊着大家就不知不觉进入梦乡了，但忽小月今天实在不想回宿舍去，她对同舍女工可能透露哪个男人献殷勤更没兴趣了。

她对连福傍晚从车间大门出来时，那张苍白的脸颊印象太深了，白得像抽去了血色，灰暗的灯光下凄惨极了，连细眯的眼缝都裂大了，白眼仁环抱着黑眼仁像要从眶眶里跳出来，那应该是缺少营养的症状吧？让忽小月最难受的是那件搭在手腕上的烂工衣，似乎看上去还装得挺自在，实际上是在掩饰手腕上的手铐。自从她在锻工房又见到连福的坏笑，就从他放光的眼神里看出，他对自己还是充满眷恋的，而忽小月也想把长时间的思念倾倒出来，可是连福身边永远陪伴着两个没眼色的徒弟，人家稍稍去门外回避了一下，连福就给油槽撒了一泡尿，是不是那泡尿惹出了麻烦，才给他戴上了黑乎乎的手铐？

这个天杀的大傻瓜呀，你这样折腾咋可能让你逍遥法外？忽小月不由得哭了，她觉得只有哭泣才可缓解内心的恐惧，所以当满仓在老槐树后看她哭了很久，想过去拉她赶快回宿舍的，却听她用小和尚听不懂的语言絮叨起来，嘴里叽里哇啦地不顾不停，且把满仓吓得两手乱比画，以为这个女人上次洗澡熏昏受了刺激，这梦呓般的妄语该不是在诅咒见过她身体的男人吧？

忽小月不知道满仓当时为摆脱内心折磨，一个人跑到万寿寺后院，盘腿端坐，百念经咒，生怕自己被色魔擒住了。但忽小月在他心里还是驻下了，对她更是多了些留意，经常会关注她走过的背影，如果听到谁嚼小翻译的舌头，他甚至会攥紧拳头冲上去，今天就是听见哭声从楼上跑下来的。

其实，忽小月是在诉说自己找个对象这么倒霉，连亲哥都不同意他俩交往，也不认他俩的结婚证，甚至还要把她推进土坑活埋了，连好端端的翻译工作也不让干了，把她一个硬邦邦的大专生安排到车间当文书，恐怕全市也找不出这样的例子。当然这些她都可以忍耐，只盼能与连福成家团圆，可那家伙一走就是一年多，连个口信都不留，这两次回厂攻关算是见了面，她还以为只要好好表现就不用回去钻煤窑了，谁知他自作孽不可活呀！但她嘟嘟囔囔的这些话全是俄语，满仓一个字也听不懂，只能不停地重复，快点回宿舍睡觉吧，有话你明天说给能听懂的人。

但是忽小月只管自顾自地倾吐着，车轱辘话倒了一遍又一遍，她发现这种喋喋不休的倾吐可以抚慰心底创伤，可以缓解已经渗透到骨髓的疼痛。后来，她说着说着竟然站立起来，趴在满仓肩头抽泣不止。这也许是一种本能，她似乎信任了这个见过她裸肢的男人，这个仍可以使唤的小和尚，还像以前一样愿意给她提茶倒水，若不能向他倾诉苦楚，这个世界恐怕就找不出第二个人了。

可满仓对忽小月的这个动作很是紧张，逼得他不停地一步步向后退，既不能退得太快，怕忽小月闪空跌倒，又不能退得太慢，怕她冷不丁扑进怀里，让进进出出的人看见。终于他退到环绕单身大院的土墙边，磕磕巴巴告诉可怜的女人，再不能这样哭了，哭坏了身体还要打针吃药的。突然和尚又想，这人哭得昏天黑地，是不是被坏人给糟蹋了？

蓦地，他眼前白花花一片，他想起倒在澡堂的那个四肢裸露的胴体。实话说他当时绝没任何邪念只顾救人了，但事后不时有人拿他开涮，是不是故意把人熏昏了，又英雄救美送去医院，那俩美人坯子好看吗？讲出来让大家也品咂品咂嘛？他当然听得恼怒，上去就是一拳，把那家伙打得嘴角缝了三针，胳膊肘也给卸了，医生扭了两圈才挂上。后来大家只敢在背后荤话奚落，再不敢当面跟他撩乱了。

但是满仓自己却常常斜靠床上想起昏迷于澡堂的女人。这个女人可真有魔力呢，忽小月每次到班组送报纸，一路上都吊着脸，只有见到他才莞尔一笑，他的脊背便有一股热气冲上来，如果停留一会儿说上几句，细汗就出来了。这是不是犯了戒规，师父在警告自己呢？满仓进庙先学沙弥戒，只有十戒，第二条就有戒淫，那比丘戒有二百五十多条呢。尽管他还没来得及剃度就解放了，可他知道有三四十条戒规都与女人有关。如今寺庙改成了仓库，他也还俗了，成了一名长安的熔铜工人，可那戒律仍旧像孙悟空额头的金箍咒，死死地勒在额头上，常常勒得他头疼欲裂，看来老住持说得对呀，女人是老虎啊！

但这忽小月好像总不忘澡堂的救助，时常递过报纸又塞他饭票，这可是上天的恩赐，肚子的饥叫使得他无法抗拒这种诱惑，也不敢打问为啥偏偏要接济他，只是捏着小饭票久久发愣。如果被人看见问给的啥，他谎说是她还他的饭票，旁人多会当场戳穿，你把饭票管得比媳妇的裤腰带都紧，哪个月不是还差一个礼拜就断顿了，你能有多余的饭票借别人？那满仓便不吱声了，只把那些饭票一一记在一张工具单背面，想着以后宽裕了再还给人家。

而且他也一直想把感谢的意思说出来，不能让人家小看了自己，可是他一见到忽小月心里就悸动，不知用什么词句来表达。今天，忽小月在他面前哭诉了这么久，面对一个这样悲伤的女人，他完全可以表达出来的，可当他终于鼓足勇气，忽听背后有人嘟囔：是谁欺侮人哪？

满仓扭回头，门改户不知何时站到了旁边，他不由得退后一步。门大眼过去扶住小翻译肩头，也用俄语絮叨起来，似乎异国语言可以肆无忌惮地把心底忧伤坦露出来。但忽小月只跟他应付了两句，就回归到普通话上，没有一点跟他周旋的意思：我不用你管，我哭哭就好了。门大眼仗义地说：什么哭哭就好了？我都听你说半天了，别人听不懂，我还听不懂？我早就告诉过你，那连福有历史问题，今天你亲眼见他戴上了手铐，就把心放回到原来的位置吧。

忽小月有些恼火：我的事你别管好不好？可门改户扭头对满仓说：你先回宿舍睡吧，我陪她说两句话，老伊万后天就走，要商量咋样送行呢。满仓只好对忽小月说：好了好了，你就别哭了，明天还要上班。可忽小月带着哭腔说：你别走，我还有事跟你说。满仓忙问：跟我说啥事？你给的饭票我都记着，以后攒够了还你。忽小月扑哧一声破泣为笑：谁说跟你要饭票了？满仓又问：那你要说啥？没啥我就先回了。说着，他就往大院里去了，只剩下两个人的对话。

你傻了，你晚上就不该去送连福。

为啥？

给他定的是有血债的反革命。

什么血债？

帮助日本鬼子攻打八路军。

忽小月自言自语：那他还撒尿来着……门改户忙问：什么撒尿，我刚才就听你说，啥意思？你俩是不是有约定的暗语？啊啊，我不能问了，是不是他整天叫人看管着，你俩没机会？忽小月嘴唇一咬说：去你的！谁跟你开玩笑！说着便往楼里去了，空留门改户站在那儿发愣。然而，她回到宿舍脱衣时却发觉兜里小纸条不见了，急忙拿上手电筒回到大槐树下细细寻觅，一寸一寸找过，却始终没见到踪影。不过，她心里并不着急，小纸条上只有五个字，她已经背下了。

五十一

送别伊万诺夫那天，忽小月本来还记恨着他那口无遮拦的访谈，可厂部通知赴苏实习生都要去欢送苏联专家，她想了想还是带上同宿舍的兰花去了。

那天，厂前区没有张贴花花绿绿的欢送标语，只准备了六束纸质彩花，六个女工手攥着，技术口的头头脑脑都来了，齐齐拥到专家楼下，开着不痛不痒的玩笑，唯有忽大年嗓门大开：啊哈，老伊万呀，回去见到老情人，替我吻一个。老伊万毫不客气地说：哈啰，你失言了，没颁发勋章，请把你那条宝贝套袖给我吧？说着俩人拥抱起来，眼里都扑闪着泪花。多数人是接到通知从岗位上下来的，他们都与专家有过多多少少的接触，临别时刻不少人眼眶湿润了，手拉着手诉说着彼此知晓的酸甜往事。兰花本来跟着小翻译寸步不离，可她见到门改户便主动跟上，去帮专家搬运行李去了。

忽小月觉得工厂至少应该摆几副锣鼓，敲敲打打也有点气氛，古城脚下，从无到有，既有功劳，也有苦劳。可她知道两个国家现在吵架了，吵得要让专家们撤回去了，留下那一堆暴露的没暴露的难题谁来解决呢？忽小月知道现在生产工艺是打通了，要熟练驾驭设备还需要摸索，现在专家们这么一走，就把麻烦撂给长安人了，从这个角度看，这些苏联人似乎也够狠心的。然而，忽小月刚刚闪过这个念头，就看见老伊万分开众人朝她走来。这让我们的小翻译心里不由得一酸，泪水哗一下涌进了眼眶，等激情满怀的苏联人向她伸开双臂，她才回过神来迎上去，两人紧紧拥抱了，忽小月嘤嘤地哭了，哭得像丢了魂似的，老伊万擦去她脸上的泪痕又把她抱住，小翻译反而哭得更伤心了，几乎哭成泪人了。

她在哭什么呢？她是哭自己吗？

老伊万爽朗地说：我们一直在等你呀，你怎么才来啊？忽小月想告诉他，就没有人通知我，是我自己听说了来的。但她想了想只问：怎么说走就走？炮弹工艺不是还没定型吗？老伊万摸着大胡子说：你们不是有三大纪律吗？一切行动听指挥，大使馆通知我们回国，就得马上动身了。忽小月想了想又说：我听说工艺底图还没描完，你们一走谁来审呢？老伊万吻一下她的额头说：中国人脑瓜聪明，没有我们也会成功的，你的丈夫就是个聪明透顶的家伙，把他叫回来管设备一定是把好手呢。忽小月听他提到连福不由得又想哭了，但大庭广众之下不能失态，只好沉着脸摇了摇头，从衣兜掏出一双蓝线手套塞到老伊万手上。苏联人顿时来了情绪，马上套到手上向人们挥舞，反倒把小翻译弄得直挠耳朵不好意思了。

忽小月转眼看到门改户和兰花已经熟稔了，似乎在与绍什古和尼亚娜依依惜别，先帮人家提上行李，再夸张地和专家们张臂拥抱，像是同吃同住多年，结下了多深的友谊。忽小月心想这个门大眼也是聪明，只在苏联实习了一年，俄语就说得溜溜的了，拉扯姑娘也自有一套动作了。

后来伊万诺夫领着专家们上了一辆大轿车，老人家拉开车窗不停地朝送行人挥手，还把忽大年那只套袖掏出来挥舞，嘴里也不知叽里咕噜说什么，忽然他手按嘴唇朝小翻译一挥，大概只有她知道那是飞吻，内里包含了太多太多的味道。五年前是她从北京机场接上他们的，在西安是她陪着定位划线安装设备的，好像转眼的工夫，专家们又要回去了，但是她却不能到北京去送行了。

忽小月使劲咬着嘴唇，把嘴唇都咬出血了，眼泪又哗啦滚出来，滚过脸颊跌到衣襟上，她想朝老伊万挥手告别，手举起来却挥得很沉很慢。她知道这一离别，他们将要回到莫斯科郊外那座兵工城去了，将要开始熟悉的生活了，也许将再无见面的可能了。如果忽小月也能回到那座城里，他们会去那片浓密的白桦林，打野鸡捉兔子，也会去幽静的沙滩野炊畅饮，也许还会碰上那些快乐的海魂衫，还会和她学跳二人转，最好能再过一次没有干扰的生日，大家可以尽情地喝，尽情地跳，尽情地唱……

直到大轿车驶出工厂大门看不见了，小翻译倏然想起老伊万在人民大厦的旋转舞姿，想起竣工典礼上她穿着蓝色连衣裙做直译，想起因为她的一个翻译错误大发脾气，想起陪同他们游览乾陵时莫名的焦虑……啊，一切的一切都变得遥远了。这时，忽大年、黄老虎、哈运来一行人从她身边簇拥而过，似乎哥哥还朝她点了下头，可黄老虎却视若无人，哈胖子的眼皮更没眨巴。她陡然感到了难以言状的恐惧，一切都在提醒她，自己的翻译使命已经彻底完结了，她现在只是熔铜车间一名小小的文书，根本没有资格在这里流露感情的，天哪！

两个月后，她收到了伊万诺夫从莫斯科寄来的一封信。那信的封口残留着被拆过的痕迹，可她完全没有在意，依然兴奋地告诉黑妞儿和满仓，告诉来取报纸的工友们，苏联专家已经回到了自己家乡，都去黑海边一个小岛度假疗养去了。

她当天就按照信封上的地址给老伊万回了一封信，写得真诚而又静谧，写她走过专家小楼就想起浓密的大胡子，写她站在熔铜炉边就想起老伊万火冒三丈甩袖子，写舞会上他不知疲倦的流畅脚步，写送别时刻眼泪为谁而流……好像她还是一名翻译，好像在她身上没有发生过任何变故，好像她也会赶到那个遥远的国度，继续实习生的日子……

在苏联专家走后的第三天，满仓突然急慌慌在大槐树下拦住忽小月说，工厂准备把万寿寺拆掉了。忽小月心想我哪能去管这个，你满仓以前是和尚，对万寿寺感怀笃深情有可原，尽管那片瓦房早已改作五金库了，可在长安大墙内留存一座庙宇显然不妥，何况现在的忽小月，落毛凤凰不如鸡，哪有阻止人家拆庙的能耐？她呵呵问：怎么？你想留着它，将来好回去当住持？满仓把头摇得像拨浪鼓：你不懂，那后院连福藏着东西呢。

什么？忽小月像头上浇下一盆水，连福咋还藏着东西？

是啊。满仓左右看看，寺庙粮仓有道夹墙，他放了些东西。

是吗？忽小月摇摇头，不是都被黄老虎没收了吗？

你不知道。满仓焦急了，他被抓那天，让我把埋在他床下的青铜器掘出来，连同一个小本子给藏进密室了。

那你为啥不揭发？忽小月故意吓唬，告诉我等于引火烧身。

火已经烧上身了。满仓急了，等那寺庙一拆，啥秘密都暴露了。

忽小月顿时想到连福给她的那张小纸条，想到老伊万夸赞过的神奇本子，那个本子一定记有很多秘密，找到它，说不定又会把她调回技术科当翻译；找到它，说不定还会抽调连福回来搞技术。

礼拜天，她跟随满仓去一探究竟了，厂区里上班人都在生产线上忙碌，万寿寺外几乎看不到人影，为了不引起别人注意，两人沿一条林荫道，一前一后来到寺院后门。想不到小和尚现在还留有后门钥匙，进得寺内把门反扣，蹑手蹑脚来到前院，尽管里面格局依然，可内容全变了，曾经供奉释迦牟尼的大雄宝殿依旧威严，两棵从印度恒河移来的菩提树高耸挺立，哗啦啦的树叶声似乎在招呼两位久违的僧客。殿门倒是大开着的，几排木凳，一张长桌……忽小月旧地重游，似想捕捉昔日旧痕，却被满仓摆手止住，来到大铁钟后的膳房前。

只轻轻一推，门就吱呀一声开了，两人闪身进去，满仓熟练地把门闩上，随手把地上一个竹梯架到墙上，自己噌噌爬上屋梁，示意她麻利上来。可忽小月一踏竹梯咔嚓乱响，上到一半她仰望和尚，意思是她上还是不上？满仓朝她勾手催促，她只好埋头再爬，终于站到了窄窄的屋梁上，上边三角空间空空荡荡，居高临下可见各房陈设，阳光透过瓦楞麻乱地落在墙上，衬映出旋转飘舞的尘埃。这让忽小月不由得紧张起来，这不是要做飞檐走壁的草上飞吗？这时满仓下颌朝她一努，翻过中间斜梁压低嗓音：你踩稳横梁，几步就过来了。忽小月只好硬着头皮一点一点挪动，手抓橡子都能感觉到灰尘的细腻，挪到最深处，有一溜木板搭成的两米宽屋面。满仓示意下面就是夹墙，自己弯腰揭开板子，纵身一跳就下去了。

这个地方真够神秘的，别人会以为她是来偷东西，还是想偷情的呢？忽小月手抓棚木板朝下溜去，溜到最后手臂抻直坠下，正好落到满仓怀里，她猛一使劲挣开来，发现工衣拥到胸前，一定露出了粉红的胸罩，小和尚好像还朝那儿扫了一眼。天哪，这可是她的一个秘密呢。她在苏联实习时，发现当地女人以胸高为傲，喜欢用胸罩把乳房托得高高的，她也悄悄买过一只戴上，乳房还真的变高挺了，说话办事也添信心了。可她只戴了两天就被人发现了，过来过去的实习生都爱偷偷朝她胸上瞅，大使馆一位女秘书打来电话，语气生硬地让她把胸罩卸了，我们是中国人，不能入乡随俗装扮妖艳。回国后忽小月再没敢戴胸罩，她和西安女人一样找条布带，缝上几个暗扣，把乳房紧紧勒住。可是她那乳房，像不断充气的皮球愈发膨大了，怎么缠也缠不住，她只好又把胸罩悄悄戴上了。然而，在这样一个隐秘的地方，露出了胸罩该多尴尬呀。忽小月慌忙把上衣朝下一拉，双眸警惕地看着满仓，看得小和尚满脸羞红直说：我咋了？

忽小月定住神，半天才看清了这片狭长的空间。

所谓夹墙，也就是一间没有窗户的密室，地上散乱放着过时的报纸和零碎的陶片。满仓用电工刀把地角一块石板撬开，惊现出一个小土坑，塞满了布屑和碎纸，他蹲下去统统掏出来，没见小本子，也没见青铜器，他有些诧异地仰脸对忽小月说：我亲手把三件青铜器藏进去的，还亲手把小本子塞进了卤壶。忽小月眨眨眼，用脚把垃圾拨了拨，再瞅满仓的眼眸突然感到一个莫大的凶险。天哪，这和尚也是男人呀，该不是上次见过她的身体欲火中烧，设计了这么一个阴谋吧？她越盯他的眼睛越觉像充盈着邪火，便说：满仓，你骗我来，你想干啥？满仓急忙辩解道：我可没骗你，这里以前是寺院藏粮的密室，老和尚圆寂时告诉我，这儿藏有一尊唐代鎏金佛像，我把这地方告诉了连福，他把收藏的东西都搁这儿了，后来那些东西被黄老虎没收了，可我在密室地板下还挖了个小洞，也能藏东西呢，也没被人发现过。可是我就奇怪了，里边的东西咋都不见了？

忽小月气恼地说：满仓，我可告诉你，这里是庙堂，是佛祖待的地方，尽管佛像不在，可气场还在，你要想干坏事，佛祖一定看得见。满仓一听摘掉头上帽子说：你误会我了，我绝没有骗你的意思，站在佛寺净地，我向天发誓，以前我是准备剃度的和尚，现在我是一个熔铜工，可佛祖戒规我一条都没忘。忽小月将信将疑瞅了瞅说：这能说明啥？和尚也有好有坏。满仓只好指着墙上的脚窝说：我先扶你上去，咱们到院子里说。

忽小月踩住墙壁上的脚窝，小腿发颤，满仓双手托住她脚板，她感觉那双手就像两把钳子，往上一举她便坐到了屋脊上，这才感觉脱离了险境。这时她才注意到这道夹墙处在僧房顶头。但这么一个隐秘的地方，地板下的东西怎么会不见了呢？两人返回地面都不说话，到院子水池边把脏污的手脸洗了，又拍去满身尘土，一块儿出了后门，满仓把铁锁咔嚓扣上了。

这时，忽见前边小路上远远过来两个人，渐渐近了才看清是门改户和兰花。这两人的感情发展得好迅速呀，也没几天就形影不离了。那兰花竟然不知羞地告诉别人，门改户可爱亲她了，每次亲她都会把她舌头吸出来，说这是苏联人的爱法，想不到派他去实习技术，还把人家的接吻技巧学了回来。忽小月本想拐到马路边躲开，门改户却快步过来喊你们干啥呢？她只好说来庙里转转。门改户问她见到啥稀罕了？忽小月摇摇头，似乎有一种不祥的预感浮上来，那门大眼似乎还飘过了一丝得意的佞笑，佞笑还飘进了兰花的眼眶。

等他们走过去了，满仓说这俩人早就好上了，门改户出国前俩人就躲在这片玉米地黏糊，就被他撞见过好几次，忽小月一听心里一个劲儿发愣，这兰花的本事真大呀！

五十二

终于，来自黑妞儿的殷勤彻底破坏了街坊的静谧。

忽大年在一天晚饭后，跟靳子吵嚷起来了，而且吵得很凶，从傍晚一直吵到夜深人静，街坊好多人站在楼下听到噼噼叭叭摔碗声想上去劝解，可怎么敲门也不开，后来好事人把黄老虎叫来，也是咚咚咚敲不开，后来人们反倒劝他回去算了，两口子拌嘴睡一觉就好了，何况你就是把门敲开能咋样，自古清官难断家务事，何况你以前还是人家部下呢，你能断得了首长家的纠纷？他只好悻悻然甩手走掉了，围观的人也就散了。

但忽大年家里的对峙并没结束，麻烦要追溯到那天下午了，忽大年正在办公室看报，外交部驳斥印度关于麦克马洪线的解释，好久没有听到措词这样严厉的声明了。门口有人当当敲门，但没等他应声门就开了，他埋头把最后一句看完想发声感慨，却抬头见黑妞儿一身蓝工服，胳膊夹个纸包站在门口，这大概是黑妞儿第三次到他办公室来，每次来都有令人难堪的回味。忽大年连忙欠身问：你咋来了？黑妞儿关了门说：马上过冬了，去年你把脚冻了，俺给你做了双棉窝窝。

看来这个黑妞儿是故技重演，看来她给靳子的表态并不可信，那年为那件红裹肚没少和靳子怄气，现在又想着法来折腾了。忽大年想不起她咋会知道自己去年的冻伤，说：不用你操心，靳子买的有毛皮鞋。

黑妞儿把包裹放到桌上说：俺知道她给你买的有，那种大头鞋太沉，没有咱胶东人做的棉窝窝暖和。她说着就弯腰去脱忽大年的鞋试大小，他只好蹬掉右鞋，伸脚把棉鞋套上，不大不小正合适。黑妞儿起身笑笑说：俺现在跟你妹学会织毛衣了，等俺过些日子再给你织件毛背心。

忽大年急忙摆手说：我这不用你操心，你有空还是操心操心你自己吧，过了年都三十好几了，赶紧找个人过日子吧。黑妞儿脸定平了：俺的事才不用你操心。忽大年靠近她说：黑妞儿，我看那黄老虎挺好的，你干吗不给人家个准话？让人家老到我这儿探底细，好像我们俩还藕断丝连似的。黑妞儿沉下脸说：你不要拿话试探俺，我这辈子打光棍也不会再找你。忽大年哭笑不得地说：那我求求你，以后别送东西了，你上回送的肚兜，就惹靳子生了几天闷气。黑妞儿挺直胸膛说：她靳子也太小心眼，咱长安七千多人，就俺和你和月月是从黑家庄出来的，俺们不相互帮衬，又能找谁去？

这双棉鞋忽大年压根没敢拿回家惹是生非。

可那天司机在家里帮靳子晾晒过冬棉衣，听见她叨叨要去给忽大年买棉鞋，就说领导办公桌下放着一双新棉鞋。靳子一听下午就去了，推门正巧碰见他正美滋滋试鞋呢。老婆当然要问了：这棉鞋是哪儿买的？他顺口撒了谎：我去省委开会，顺便在特供店买的。靳子又问：那你咋藏到办公室不敢拿家来？忽大年心虚了：放哪儿不一样？天一冷我就穿回来了。靳子冷笑道：这棉鞋是不是穿着暖和啊？忽大年回答：那当然，新棉花。靳子讥讽：是不暖到心里了？忽大年感觉老婆话里有话：就一双棉鞋，别胡思乱想了。

靳子没再说什么，门也没关就下了楼，忽大年感觉今晚会有场短兵相接的格斗，便有意躲到晚饭后，估计靳子在洗刷锅碗瓢盆才回去，可没想到靳子就一直在门里坐着，见他进门倏地站起来问：你还知道回来？你说，那双棉鞋到底是谁做的？忽大年嘴里嘟囔：买的做的都一样，冬天有棉鞋穿就行，那年部队发不下棉鞋，战士们整夜在院子里跺脚……靳子猛地把手上的搪瓷杯摔到地上，咣地溅起一地碎瓷：你说，是不是黑妞儿给你做的？！

命中注定的一场博弈开始了，忽大年只好承认是黑妞儿送的，靳子一阵冷笑，突然过去把水龙头开到最大，哗哗的水声猛烈地冲击着水池，把几个脏碗打得咣当响，屋里的气氛一下子凝固了，两个人都像被速冻了呆呆地立在那里，仇视积聚着一波一波涌上来。

明明是别人送的，为啥骗我是买的？肚里没鬼，骗啥人？

我咋是骗人？

我告诉你，我一看针脚是斜的，就知道是胶东人的手艺。

是吗？

满厂只有黑妞儿是胶东人，还骗我是在特供店买的，你再去给我买一双来？

我……我不是怕你生气嘛。

我说她一个检验工，咋连黄老虎都看不上，心底就藏着鬼呢。

别乱想了，她就是想套套老乡近乎。

靳子猛然喊叫：什么套套老乡近乎！我看她就是想把我套走，好回来睡到我床上，我看她当大老婆的心就没死！

没有吧，这些年她再没提过这些……

反正我今天告诉你，这个家有我没她，有她没我！不信，明天咱们就到厂门口掰扯去，看谁丢人！

你……！

忽大年突然血涌上头，一挥手扇了靳子一耳光。打女人是旧军队的陋习，所以从结婚到现在，他不管遇上什么麻缠事都没打过媳妇，何况媳妇也是忽家有功之臣，生了两个虎生生的儿子，平日里不管靳子怎么使性子，他都咬牙忍了，但今天他忍不住了，她得理不让人，硬逼他动手呢。

可那一掌打得有点重，打得靳子倒在地上半天没吭声。他有点紧张地朝她脸上偷觑，半边脸，五指印，看来下手重了。似乎停了好一阵儿，她才放声号哭起来，手头抓什么摔什么，板凳、茶杯、水壶、菜碟……一阵接一阵噼噼啪啪的爆裂声。忽大年也急蒙了，上去压住靳子双臂喊：你不过了？你都摔了明天不用钱买呀？靳子吼叫：你敢打我？还过个屁！突然，靳子一低头一口咬住他胳膊，疼得忽大年啊啊乱叫：你个狗牙，快松开！不松开，我真打了！他果真在靳子换气的当儿，把她扳过身放到自己膝上，像打孩子般冲着媳妇屁股一阵抽打，开始她还咬牙挣扎，后来任凭忽大年的巴掌拍下来，一下一下，又骂又打。

唉，俩人这一番打闹，咋能听到黄老虎的敲门声呢？

后来俩人都不再喊叫了，只听见子鹿子鱼躲在屋里呜哇直哭，忽大年觉得这下街坊们都知道自己家的丑事了，气得斜靠床头直喘气，胸膛也夸张地一起一伏，真恨不得把家里的坛坛罐罐都摔烂，几年来的郁闷也集中轰上头来。似乎天快亮时，靳子反倒先软下来，主动把地上摔的碎瓷片扫到簸箕里，还偷睨丈夫的胳膊是不是被咬出血了，但她见男人依然气呼呼的样儿，也不想开口说第一句话。

两个人的冷战还是开始了。从此忽大年尽可能去食堂吃饭，回到家带一厚摞报纸，趴在饭桌上，直到把报纸夹缝的演出预告看了，才上床拉被睡觉，早晨刷了牙洗了脸，端起一碗隔夜稀饭，一口喝净就去上班了。出门进门再不像以前热热乎乎打个招呼，两人都像对方不存在似的，你干你的，我干我的，忽大年为找一件衬衣，把木箱里衣服翻了个底朝天，靳子在屋里陪子鱼搭积木，也不肯过去帮一把。等他实在找不到气汹汹走了，她才从一个抽屉里翻出一件衬衣扔到他床头，当他晚上回来看到床上衬衣却又来了气，一把撇到桌上，干脆第二天又不穿了。

后来靳子不但吃饭不再招呼忽大年，还故意把黑妞儿送的鞋垫、肚兜、背心、棉鞋，犹如供品般摆到了方桌上。忽大年回家见状，故意把棉背心套上，回家就穿，出门又脱。气得靳子把鞋垫、肚兜扔到了厨房煤堆上，忽大年回家没见到那件棉背心，开始还以为靳子服软收拾了，后来去厨房倒水看见，便又是一阵歇斯底里的咆哮。靳子也不示弱，声音高得像喇叭。他只好捡起鞋垫、肚兜干脆去了办公楼，晚上就睡在办公室的床上。哈运来以为现在中印边境形势趋紧，厂长关心生产，连家都不回了，几次给上级汇报，都拿后勤厂长当例子。

但这无异于火上浇油，气得忽大年把桌上报纸一张一张撕了，撕得满地的碎纸屑。

五十三

其实，忽大年心情烦躁的真实原因只有黄老虎知道。

自从他被降为副厂长以后，对厂里的政治活动自然关注得少了，甚至党委会讨论"大跃进"，他都不愿张口发言了，总觉得虚头巴脑的话还是少说为妙，自己说到底也是言行大意，让人家抓了辫子。但是，那天他无聊地坐到办公室主任对面，议论起中印边境会不会打仗，忽然发觉面前的赵天神情游离，余光不时斜瞥手下稿纸，一副想打发他走的样子。狗东西啊，此人当年在忽大年参加的培训班上教过语文，后来死磨硬缠要回西安照顾老娘，忽大年成人之美便把他放到了身边，也算有恩于他了。可他今天为啥躲躲闪闪呢？忽大年过去一把掐住他手腕，瞥见党委的稿纸上一行标题：关于涵洞透水事故的复查报告。主任挣扎着想站起来，忽大年摁住手腕厉声：咋了？咋还想折腾事啊？他马上想到黄老虎可能想上位想疯了，想拿已了结的案子做文章，把他一棒子打死，好催促组织上赶快把他推上位。

赵天后脑勺冲着忽大年说：忽厂长，你别误会，是保卫科抓住了一伙翻墙偷铜的贼，领头的是高楼村的李拐子，他交代去年咱厂涵洞透水，是他钻进村里地道掏洞，想钻进厂区偷盗黄铜，没承想把地道蓄水池的土闸捅漏了，水从高楼村地道渗进了咱厂涵洞。忽大年越听越纳闷问：这么个屁事，你躲闪啥呢？做啥鬼文章呢？赵天支支吾吾说：你不就是为这事挨的处分吗，我怕你多想……忽大年猛地把稿纸扬起来骂道：狗屁！是怕我知道了，把谁的美梦给破了吧！

发现了这么大一个阴谋，他当然要找黄主持理论一番了，想想自己年前还在张罗人家的婚事，直骂自己狗拿耗子多管闲事。他在走廊听到里边有人说话，也没敲推门就进去了，一屋人不知在研究什么，见他一脸怒相闯进来，齐刷刷站起来给他让座，可他板脸站定，不理不睬。大家知晓领导之间有了龃龉，当部下的还是躲得越远越好，谁想凑热闹，谁就会倒霉，于是纷纷朝黄老虎摆摆手出去了。

等这些人完全走出门，忽大年把那几页稿纸往黄老虎桌上一扔，说：发现了这么大的事，咋还瞒着我？怕我翻案？让你主持党委工作，你就这么个主持法？

想当书记也不能不顾脸啊！这话显然重了，黄老虎顿时明白了缘由，两人认识这么多年，忽大年训过也凶过，但从没骂他不要脸，他连忙把椅子搬到老首长身后，请他坐下慢慢说。

忽大年也不谦让一屁股坐下，歪头盯着天花板。黄老虎只好又拉把木椅坐到对面问：老首长，今儿个是咋了？吃枪药了？进门就给我下马威？忽大年没好气地说：你别装了，整人也没这么个整法。黄老虎小眼睛眨巴几下说：老首长，这就是你多心了，你想你是因为这个事故挨的处分，上边定的是责任事故，现在我把报告打上去，说搞错了，是有人搞破坏，这不是跟上级打别抹黑吗？所以，我们先把情况报上去，让领导们看了再说怎么办，到时候再讨论也不迟呀？忽大年觉得这话有点道理，但他依然怒气冲天喊：我的事，以后不用你操心！

其实，忽大年脸上似生冷蹭倔，心里反倒挺舒坦的。他突然感觉应该回家看看了，两人的纠结也不能全怨靳子，哪个女人遇到这类事不闹活呀。所以他路过菜市场，第一次进去转悠了两圈，买了一兜黄瓜和两斤酱猪蹄，一进门就拎到厨房让靳子给切了，嚷嚷着晚饭想要喝上两盅。老婆见他拎着菜回家的，也就没再嚷嚷，小心地问有啥高兴事，他却独饮独酌，不肯透露一个字。

其实这是他的一个习惯，不管什么好事，在没落停之前，绝不可透露给任何人，一旦透露就会出现波折，屡试不爽呢。然而，他一天不说，两天不说……第五天，终于忍不住了，靳子一听尽管面子装着生气，还是忍不住乐得敲起筷子，叮当叮当的，这下灰暗日子可算熬到头了，既然抓住了破坏分子，那就说明渗水塌方是人为破坏，就不该算责任事故了，一旦改变了事故性质，处分就不该那么重了，即使不能在本厂官复原职，平调个师级单位也是可以的。这些日子靳子可算感受到了，男人走了背字，女人就跟着要遭难。以前领孩子出门，谁见谁逗，今天给块糖，明天给个枣，玩累了想回家，马上有人跑过来背起小家伙，屁颠屁颠往回跑，如今却尽是脸面上的客套，再不见真诚地嘘寒问暖了。

可是，忽大年天天三盅酒，一瓶西凤很快见底了，却依然没听到上边的消息，他几次去问赵天，那报告上去咋没有一点回应？赵天摇摇头说，咱是上送的报告，要经收文、分发、传递、审阅、批转，一连串的程序，等我们看到批文，再快也要一个月，何况……何况什么，赵天又支吾了。忽大年一下子又火了：那你不会去盯一下，看看报告到了哪个环节，该催就得催呀！但是，堂堂主任随后见他就躲，实在躲不过就摊开手嘟囔：我实在打听不到呀。忽大年突然意识到，这家伙可能被黄老虎收买了，将来主子如愿以偿，也许诺他再升一级，那他当然要敷衍了。

于是，忽大年坐上嘎斯吉普去了翠华路边的大院，碰到办公厅一位面相老成的年轻人诉说了来意。可他叫声同志，人家带搭不理，他叫韩秘书，小伙子脸上才堆了笑，马上与文件室联系了说，他们抽空查查报告的去向。一周后，他估计查得有结果了，又坐吉普到了省委大院，又是那位老成的韩秘书接待，又是与文件室联系，又是回答待有结果会通知。忽大年这次有些不痛快了，多大个事，耍弄人一趟趟跑呢？但权在人家手上没办法，又等了一周他又来到省委，那个韩秘书直接告诉他，你们的报告领导已经圈阅，但没有批示任何意见，这样问题就复杂了。

忽大年一听急了说：凭什么就复杂了，下个文纠正就行了。但韩秘书摇头说：你是正师级，这个级别的处理决定，说不定还要报北京呢。忽大年急了说：多大个事，还要报北京？我去问问？年轻人急忙摆手说：要报北京是我的分析，不是组织意见，你去一问，书记一追究，我还咋在这儿干？

忽大年只好找到大院管后勤的战友喝了顿酒，倒了一肚子苦水，回到工厂已快九点了。但他发现办公楼会议室灯火通明，谁这么晚了研究什么呢？推开门，发现是黄老虎在给班子成员宣读文件。他以为自己下午出去没有接到通知，便歉意地朝主持人点点头坐下了。呵呵，居然在传达形势报告，这类报告干部们都爱听，不但可以知晓国家对美国发射探险者卫星的立场，还可以知晓德国慕尼黑空难事件的真相，讲的都是扑朔迷离的国际形势，特别有趣有嚼头。所以，能够听报告也是一种身份的象征。

可那天黄主持见他进来捏住话筒，没完没了地掰扯工厂的陈芝麻烂谷子，当他看到忽大年没有退场的意思，便果断地把会议停了。忽大年以为传达完了，便把赵天叫住，让他去把文件拿到他办公室来，想把耽搁的内容补上。可他左等右等不见人来，电话也没人接，出门正欲问个究竟，碰上赵天从黄老虎办公室出来，眉头紧锁，一脸愁苦，未等忽大年开口便说：这次传达的报告是绝密级的，机要员收进档案柜，人就回家了。忽大年气得骂将起来：你个王八蛋，我告诉你，我要看就得看，机要员走了，也去给我找回来！可赵天垂着头听他骂一声不吭，这时黄老虎出来把忽大年拽进了办公室。

老首长，你要明白，他赵天哪会有这胆子？

这么说，是你让他把文件锁进保险柜的？

这……事出有因啊。

究竟啥原因？难道……难道还是省委下了令不成？

咳，这还真让你说着了。

省委能下令不准我看文件？放屁吧，哄小孩呢！

老首长，我说了你可不要跟人说。

你说你说，咋还婆婆妈妈的？

上边规定给你传阅绝密级的文件，须报省委同意。

放屁吧，我看个文件，还要报省委同意？

上级就是这样规定的。

可你要明白，我不是右派，我也没戴帽子！

你是运动回头看给的处分，属于内部掌握。

那以前几次形势报告，我咋都参加会听了？

老首长啊，以前我都报省委同意了，才请你来听的。

那今天省委不同意吗？

我给省委电话请示，怎么打都打不通，可上边又要求今天必须传达到人，也没什么，是讲中印关系的……

这还真是邪了门了，不光老部下成了顶头上司的问题，看个文件都要上级批准，那他不是被内控了吗？以后大家知道了自己还怎么干哪？忽大年气得扭头返回办公室，把房门使劲一摔，满楼道听见咣的一声炸响。他气鼓鼓坐到办公桌前，两腿高跷桌上越想越气，伸手拿起茶盘里的玻璃杯，像听响似的叭的一声，又叭的一声，一个个全摔到了地上，玻璃碴溅得满地都是，有一块碴子还溅到了他的下巴，使劲一揉满手血红。忽然，他又莫名其妙地狂笑起来，笑声一定怪异地冲出了房间，在办公楼里激荡不停，人们都以为他的脑子出现了意外，马上听到走廊里一阵阵急促的嘈杂涌过来……

第二天，忽大年坐立不安端直去找省委第一书记了。

进了大楼走廊，他隐约看见钱万里夹个包进了书记办公室，便撇开纠缠的秘书想跟进去。噢，这个钱万里肯定有什么背景，简直像坐上了直升机，三年时间就从副市长升到省委领导了，尽管排名第四，但主管组织人事，是个大权在握的主儿。而且忽大年心里明白，他的问题多半是钱大人操持的，解铃还须系铃人，可这个钱大人是个唯上的主儿，上头没人说话，他也不会仗义执言，所以今天必须给葛茹平把事情讲清楚。

可是，那个韩秘书跑过来，拦住他死活不让进，声称领导要下乡调研去。忽大年索性坐到秘书办公室说，那今天我就在这儿等了，等到几点都行，说什么也要见上第一书记。然而，他很快发现这位秘书在撒谎，因为他一直听见书记办公室有人进出就闭上眼皮，装出一副死猪不怕开水烫的样儿，横下心要找人讨个说法。可他左等右等不见第一书记露面，后来他尿憋了去厕所放水，站到长长的尿池边，一泡尿犀利地滋向一颗烟头，逗得旁边人说：哎哟，憋坏了。忽大年感觉耳熟，扭头一看竟然是钱万里。

真巧了。忽大年随机应变笑着：我在秘书那等你两小时了。

是吗？钱万里竟沉下脸来，你等我有事呀？

到你办公室说吧？忽大年放弃了烟头，在这儿不好说。

我正开会呢。钱万里不容商量，就在这说吧。

钱书记呀。忽大年系着裤扣说，长安给省委的报告你见到没？

我就知道你会来找。钱万里拧开水龙头，你可能把事情想简单了，你的处分是两方面的问题，即使涵洞事故的性质变了，还有思想右倾的问题。

葛书记上次谈话没说我右倾呀。忽大年心里一沉，再说长安厂五个右派，也都甄别摘帽了。

你连这个也攀比呀？钱万里板着脸说，你的问题就是有点微妙，你呀只是降职，也没戴帽子，现在摘什么呀？

我是没戴帽子。忽大年被自己说糊涂了，可是文件为啥不让我看……

没让你看也没错，这都是纪律使然。钱万里走了两步回过头，你呀，钻进牛角尖了。

那……是不是说，即使事故责任澄清了，也不能恢复我的职务？忽大年不甘心地朝第一书记门口张望，那我不是掉到烂泥塘里了？

若是在自己办公室，忽大年肯定会狂叫起来，可他这会儿只把帽子抓到手上绞成了麻花，头上的红疤挣得闪闪发亮。他想说，他的父亲母亲是为革命失踪的，他是为了革命上山打游击的，也为革命消灭了上万蒋匪军，难道就为个小和尚烧了支香，自己就悄没声地变成了内控右倾？忽大年眼瞅着钱万里颠颠地进了办公室，自己转身又回到厕所，站到尿池边冲着那个烟头又一阵狂扫，可是已明显失去了准头。

等他悻悻然回到长安家属区，好像完全忘记了跟靳子的冷战，大踏步朝自己家去了。这时已过了晚饭时间，白天的挫折似把他心底的希冀打碎了，懊悔和愤懑混杂着在胸间撕扯起来，看样子这个已经证明错误的处分，自己是要背到棺材里去了。他愣愣地推开了门，端直进厨房揭开已凉透的笼屉，抓了两个馍就着咸菜干，三下五除二吞进肚里，吃完了盯着已经舔净的碗，像是自言自语又像是对靳子说：这个长安咱不待了，咱回部队去，当不上师长，当个团长也行，不受这个窝囊气了！靳子以为他嫌饭凉了，气头上说话，轻蔑地哼了一声，端起簸箕下楼去倒垃圾了。

晚上，忽大年突然感觉鼻子热乎乎的，似有液体流进嘴里，一股浓厚的血腥涌上来。他急忙拉开灯，竟是流鼻血了，流得枕头浸红了一大片。他似乎已很久没见过血了，好像一下子回到了那个热血偾张的岁月，有血才有澎湃的激情啊。他急忙起身把头伸到水龙头下，放开凉水夸张地冲洗了半天，又扯揉了一角报纸塞进鼻孔，才喘着粗气安歇下来。很快靳子被惊醒了，看着他狼狈地仰着头，鼻孔插着一条报纸吊到下巴上，以为是跟她赌气上了火，吓得她慌忙跑过来，摸着丈夫额头嘘寒问暖，可忽大年僵尸般躺在那里一动不动，使得老婆又以为枕边人可能受到了什么蒙蔽，铁了心不想跟她过了。

第二天清晨，靳子小心翼翼给丈夫打了洗脸水，把牙膏挤到牙刷上，又把一个馍切成碎块炒了鸡蛋放到桌上，直等他刷了牙，洗了脸，吃了饭，才怯怯地说她送子鱼子鹿去上学了。

五十四

忽大年坐在驶往北京的火车上感觉像做了一场梦，庄稼、树木、村落忽忽地闪过去了，酷暑像把人们的精力耗尽了，咣当的火车不紧不慢，向着枫叶集聚的山峦驶过去。

那天他一上班就给老首长打了电话，提出想回部队去，在首长手下干点什么都可以。成司令不计前嫌接了电话，问：你是不是受了啥委屈，现在你已经脱了军装，要想再穿上不是那么简单的。忽大年嘟囔：再难你也不能看着老部下在水深火热里煎熬了。但他没好意思说自己看文件还得报告，反正没戴帽子，档案里也没有记录，不用担心部队那边的政审。放下电话他就给黄老虎讲，要去北京协调下半年的基建计划，黄老虎眨巴着老鹰眼有点怀疑：这种事用得着你堂堂老领导去？叫计划科去个科员就办妥了。忽大年摆出居高临下的神色道：怎么，我出个差，你都卡啊？

当天晚上，忽大年只身坐上了开赴京城的火车，但他连一个随从也没带，一间软卧四个人，互相都不认识，打水倒茶都得自己干，他也不跟别人搭话，心想这次去北京只许成功不许失败。这也真他妈的憋气，而且憋在肚里还释放不出来，弄得他心烦意乱坐立不安，跑到医院去听诊，提示心动过速，还有偶发早搏，这都是老年人才有的病状，医生说还是压力太大，嘱咐在家多休息几天，可他知道光躺着屁用也没有，只要人在长安待着，看着自己辛辛苦苦建起的办公楼成了别人的天下，这股气怕是越憋越难受了。他感觉还是在部队痛快，训练、打仗、休整，人与人之间，单纯自然，直来直去。所以，他想都没想就买了火车票，只盼着能早点见到亲爱的老首长。

可是列车在过黄河时，居然又在风陵渡停摆了三个小时，速度慢得让人直想骂娘，当然忽大年没敢把牢骚发出来，他看到车厢里另外三人也是干部模样，似乎也都带过兵，彼此回味着当年部队入关，与胡宗南交战的情形眉飞色舞，忽大年也想凑上去添个热闹，他的部队在扶眉战役中也是立了功的，但他想到敞开话题，又少不了要问自己部队番号，少不了要问今天在哪儿公干，那他该怎么解释呢？说谎话不行，说真话也不行。唉，首先是那个令他羞耻的番号，实在是名气太大了，部队人可能都知道，在朝鲜打得那么惨该咋解释呢？即使他没入朝又怎能脱得了干系？

忽大年没带警卫和秘书，是他觉得这次是去找首长诉苦的，还是知道的人越少越好。可是到了北京，下了火车自己拎着帆布包，人头攒动，行色匆匆，他顿时有些茫然，定定神才随大流往出站口走去。是啊，这些年出门都有秘书操心，自己就没在意过琐碎，出了站口他站到广场上，坐车的骑车的来来往往，他不知道该坐哪趟公共汽车了。

人看来不能总依赖拐杖，越依赖越缺乏独立生活能力了。可他刚走了几步，隐约听见有个清脆的银铃声叫他，回头看去，熙熙攘攘的人流中竟然冒出一位年轻的姑娘,圆脸庞,亮眼眸,高鼻子,肩上背着挺大的帆布旅行袋,手上拎着塑料绳编的网兜,笑眯眯从人群里撵过来。忽大年对她没有一点印象,只好迟疑地问:你喊我吗?那姑娘咯咯笑了:你咋连我都不认识了,我是咱长安技术科的,你每次跟苏联专家来检查,都是我端茶倒水。忽大年未置可否笑了笑,他实在没注意过这个倒茶水的姑娘,忽想起有人说那个绍什古喜欢去技术科检查,要是倒茶水的技术员在场还好说话,若不在就会从图纸上挑出一堆鸡毛蒜皮来。忽大年隐约听说过,但始终没有对上号,没想到今天在北京火车站遇见,犹如他乡遇故知了。

厂长咋是一个人?也没带个拎包的?

这次进京事情简单,我不想带秘书。

那我给你拎包吧?姑娘不由分说把他的旅行包抓到手上。

你叫什么名字?我怎么没印象?

厂长官僚了,那天看电影,我还给你拿过板凳呢。

啊?是你呀?你以前扎的是羊角辫,你叫啥?

我的名字本来叫毛二豆,太土了,我就改成毛豆豆了。

忽大年每次到北京都在总部招待所"下榻",每天住宿费三元,一天三餐也是三元,而且离总部机关只有两站路,不急就走过去了。没想到工厂来北京出差的人真不少,师级待遇,一人一间,别人都是四人一间。长安人见忽大年也住进了招待所都来看他,争先恐后把去部里沟通的点点滴滴倾吐出来,以前他听这些汇报还是很认真的,会掏出笔记本记上重点,好记性不如烂笔头,但今天他没一点点兴趣,吃过晚饭推说要去长安街溜达,直到月上树梢才回到房间。

其实,晚上的溜达是去"侦察"总参大门朝哪开,他以前为领军令状去过,为八二三炮战也去过,但每次都有人接送,吉普车进了大院一停下,抬头就见成司令双手叉腰在门厅站着。这次他自觉落寞了,不好给首长提议派车来,谁知竟比侦察太原城还艰难,瞅见谁面善上前询问,总参在哪儿?不但没有一个人告诉,还有人狐疑地一遍遍打量他,那目光分明写着,这人是不是特务?胆敢公开打探军事机关?忽大年也自觉可笑,哪有这么傻的特务,敢公开在大街上寻找破坏目标?

忽大年怏怏开门搓搓脸想躺下,那毛豆豆竟敲门进来神秘兮兮问:忽厂长你找总参干啥?我知道在哪儿。他心里咯噔一惊问:你怎么知道我找总参?毛豆豆细眉弯弯笑了说：我去同学家回来，就听见你在路边问总参，你也不想想总参是军事机关，老百姓谁知道？就是知道也不会告诉你，北京人警惕性高着呢。忽大年怀疑自己的行踪被人监视了，忙问：那你怎么就知道在哪儿？毛豆豆神秘地笑笑说：那我……先不告诉你吧？

第二天，忽大年按照毛豆豆的指点，来到一处军人持枪站岗的大门前，到传达室报了成司令的名字，把蓝色通行证递进去，登记员说他是军外系统的，应该有介绍信。他一听急了，说：我跟成司令是一个部队出生入死的上下级，见面说两句话就走，要什么介绍信啊？但人家可不管这些，没有介绍信就是不让进。他摘了帽子灵机一动说：那你让我给他打个电话，只说两句话我就走。那边接电话的人好像知道忽大年要来，一会儿从院里跑出来一个参谋，见面就是一个标准的军礼。

呀呀，一个军礼激动得他差点流出泪来。

忽大年终于坐进了一间会议室里，十几个灰布沙发依墙而卧，正墙八个美术字：提高警惕、保卫祖国。成司令正在开什么会议，办公室门关得严严实实的。

他看到成司令办公室书架上，有个小镜框，一帧素描像，歪歪的脸庞，甜甜的笑靥，他一看见就流泪了，那是老首长的儿子卢可明的自画像。当年他和成司令终于通上话，不顾一切地跑到北京，想亲自给老首长道个歉，可他在秘书办公室待了很长时间，几乎把一暖瓶水倒完了，成司令也没出来，只让他接了个电话：什么都不要说了，事情已经过去了。后来司令把儿子的头像素描复印了一份，让刻到坟前石头上，他是守着匠人刻完的，想着司令啥时候来看望，心里能舒坦点。现在，他又坐在那里等待了，茶杯的水都泡白了，上了三次厕所，才听到走廊里人群攒动。

成司令一推门喊他一声，两个战场上的生死之交扑上去紧紧拥抱了，这一抱把忽大年抱得泪水滂沱，哗啦一下全涌了出来。老首长告诉他叫厨房加了两个菜，今天可以喝一盅，边喝边聊。看来这个成司令还是信任老部下的，看着他打太原、打运城、打榆林屡建战功，从连长到营长，从教导员到师政委，步步浸润着老首长的心血，现在老部下有了难处，怎能不助一臂之力呢？但老首长不喜欢听人诉苦，再苦有爬雪山苦吗？再累有过草地累吗？当年他离开宝塔山，两脚一蹬鞋，手握汉阳造，可就是这样的装备，他率领的部队一踏上山西地界，就打得鬼子措手不及，而那些老蒋的部队一听到他的名字，没开火就掉转了枪口。

酒过三巡，忽大年端起酒杯说：成司令，我今天来是真有事，我真想回部队。

怎么就想起回部队了？成司令呠了一盅问，是不是两个媳妇都挤在长安，折腾你受不了了？

什么两个媳妇呀？这嚼舌头话咋还传到你耳朵了？忽大年急忙解释，媳妇还是靳子，那个姓黑的女人，跟我是小葱拌豆腐。

我可告诉你啊，新社会甭管官多大，一夫一妻。成司令不像开玩笑，你可不敢坏了规矩，到时候谁都救不了你。

司令，咱不说那个了。忽大年终于把积在心底的话当面讲了，我是真对不住你啊，你把儿子交给了我，可我没给你看好，我都没脸见你……

我想着西安是大后方，没想到搞建设也会死人哪，他妈到现在还不跟我说话……成司令眼眶湿了，你来，就为说这个吗？

忽大年把一杯酒一口喝进肚，一把摘下军帽说：成司令，我跟你实话说了吧，我在厂里是没法待了，去年巷道抢险死了人，把我职务降成副职了，这个我都认了。可前些天侦破了一个偷盗案，贼人承认是他破坏的，那就不是责任事故了。可上礼拜传达形势报告，全班子人都去听了，狗日的说我要听传达，要报省委批准，后来我去找省委书记，人家回答得更绝，组织上就是错了，也不会承认错的，你说他妈的窝囊不窝囊？

是这样啊？成司令也听得笑不出来了，转身出去一会儿又回来坐下说，我看你撅沟子，就知道你想放啥屁，我现在告诉你一个天大的机密，中印边境要有一场大仗，考虑到你是兵工厂的领导，军委可以任命你为火炮保障队临时队长，原来的队长节骨眼上胃切除了，由你全权代理队长职务。

只要能回部队，干啥都行！忽大年腾地站起来敬了个军礼。

但是还不能让你穿军装，等打完仗再说吧。成司令沉下脸握住手。

呵呵，回归的事情顺利得让忽大年不敢相信。他刚刚回到招待所，就接到黄老虎的长途电话，通知他立即动身去总参报到，去干啥还不知道。忽大年也没解释，放下电话想起应该给靳子传个话了，不管怎么说也是上战场，尽管他有过在枪林弹雨闯荡的经历，知道子弹不长眼睛，可是他执行的是绝密任务，不许在电话里谈论，只好给靳子写了封短信，告诉她去部队执行任务，让她不要操心。这封同样内容的信他给忽小月也写了一封，只在最后要她转告黑妞儿赶紧成个家，年龄不小了。

没想到那个毛豆豆也是进京来参加火炮保障队的。

长安厂还派来个车间主任牛二栏同行，这个曾经的司机不好好在家组织生产，跑去前线能干什么？这个毛豆豆以前不熟悉，进京后也没机会聊天，培训班最后一天忽大年上台总结讲话，好像储存身体里的战斗细胞在起作用，他的话语和动作一下子回到了部队，大家听他讲《孙子兵法》，兵马未动，粮草先行；听他讲过五关斩六将，刀刀见血，眉飞色舞；听他告诫战场上要勇敢，心里越怕，子弹越撵着飞。毛豆豆竟然众目睽睽跑上台，冲他耳语：你不要光谈死了，讲得人心里直发毛。忽大年这才意识到，面对的是兵器维修人，不是扛枪的士兵，明天就要开拔了，是该鼓鼓劲了。

五十五

他们第二天半夜从北京站上了开往青海西宁的军列，当时其他站台明晃晃的，唯有这个站台黑乎乎的，只能隐约看到眨动的眼睛。

没承想这是一列闷罐车，忽大年在尾车休息室有个窄窄的铺位，但他为了表现与大家同甘共苦，就进了毛豆豆所在的车厢，应该说这些天大家还是有距离的，但在闷罐车上毛豆豆和牛二栏毫不忌讳地嘀咕：你在战场上摸爬滚打过，知道啥时候危险，可不敢把我俩丢进火坑不管了。忽大年听了想冒火：是组织上派你们来，又不是我挑的，别把血腥的责任往我身上搁。牛二栏解释：我们是说，你知道什么时候该上，什么时候该撤，该撤的时候你别忘了我们。忽大年笑笑，满碟子满碗地答应了。

可是列车咣当咣当地往西走，他感到尿憋却发现没地方解决。牛二栏把棉大衣展开说：厂长，你就对着窗口尿吧，我们每次去押运，车上有女的就这么解决。忽大年随口问：押运还允许女的去？牛二栏说：免费旅游，争着去呢，那次……毛豆豆背手在他腰上狠掐一下，他恍然明白话多了，伸手把大衣展开说：厂长，没人瞅你，你就尿吧。忽大年站到窗口，总感觉大衣后边就是"毛豆豆"们，实在尿不出来，只好转回身又坐下了。

可车厢里的女人们才不管呢，忽大年刚一让开地方，就有俩女工把两件棉大衣撑成围挡，有人像是有准备，借助半页画报就站着尿出车外了。他想笑，女人真是翻身了，都能站着尿了，突感自己小腹憋得难受，后悔刚才应该鼓鼓劲尿了。正当他想再次去发泄，列车咣当一声慢了，又咣当一声停了。他急慌慌跳下闷罐车，跑到轨道边一棵柳树后，哗哗哗一股劲倾泻出来，浑身轻松得像换了个人，大步走到尾车，直抵西安也没敢再上闷罐车去闲聊。

列车停在了西安东站，也没人报站名，只听说要上水添煤，还要更换火车头，估计少说也要一个小时，这地方离长安城只有三四里路，跑去跑回也许能赶上趟的，但是部队已公布了纪律，不准在任何车站，会见任何亲朋好友，以免泄露机密，那可是要上军事法庭的。这趟军列，西安去了不少人，一个个蠢蠢欲动，幻想能回家看看，但都是嘴上说说而已，没有一个人敢离开车厢半步。

四天以后，这趟军列到达了西宁站，大家这才发现其他车厢钻进了全副武装的士兵，也不知道什么时候上来的，一路上竟没听到任何动静，连到车站补水方便，战士们都是天黑了才下车活动，不声不响的，看来这次军事行动真是绝密级的。他们本是白天到达，可等到夜色黑透了，才跳下闷罐车，爬进停靠在路边的卡车，连夜开始了前往青藏高原的跋涉。

部队给忽大年安排了一辆吉普车，他见还能坐下人，就把毛豆豆喊来坐到旁边，感动得小姑娘连声说她还没坐过吉普车，今天算是开洋荤了。这是由上百辆卡车组成的庞大车队，分成了五六段，青蛇般盘亘在贫瘠的崇山峻岭之间，更是增添了焦虑的氛围。

进入西藏还真让人不好捉摸，大太阳刚刚还乐呵呵笑呢，忽然不知从哪儿刮来一股妖风，天空就变得乌云笼罩下起雨来，雪花也会飘下来，草绿军车很快就披上了白色，像刚刚出茧的蚕虫排着队向大山深处涌动。若是哪个车辆故障不动了，立刻会冲上去一群士兵，就地卸空物资，将车顺势推下路基，以避免挡路影响行军速度，所以隔不远就会看到路崖下斜躺在野地里的大卡车，像一头失去了搏斗能力的巨兽，无奈地等待着猎物上去撕咬。

忽大年从车上话务员的对话中，知晓中印边境反击战已经打响，先头部队潜伏在克节朗河边，两发信号弹一亮，部队便越过了印军抢占的前哨阵地，在向纵深地带发起攻势。可是他很快发现部队推进速度奇快，不时有炮车靠在路边，给后勤车队让路。天哪，这里山路崎岖，坑坑洼洼，先锋部队是丢下辎重在轻装突进，如果重型装备接续不上，部队挺进的速度很快就会慢下来，战局也就会发生逆转，到时候他们保障队可能就很难派上用场了。

在一片棉帐篷里，忽大年找到了前敌总指挥马铁龙喊：打仗顾首，也要顾尾，绝对不能丢了重型装备，小心敌人反扑过来。可趾高气扬的总指挥冷冷地看着他没答应，也没吭声。他俩可是老战友了，以前有过几次交道，最难忘的就是解放运城时，忽大年攻城受阻伤亡惨重，马铁龙的火炮营本来负责攻打侧翼，但是敌人集中了二十多挺机枪，想从那里突围。两人最后在硝烟弥漫的废墟里见了面，忽大年劈头就骂：怎么迟到了半小时，我差点让敌人包了饺子。马铁龙憋屈得一声不吭，指挥炮营把敌人机枪轰成了焦铁，才回了他一句脏话。然而，今天的马铁龙似乎平添了威风，反过来训斥他：你没看高原缺氧，人就跑不动，好容易上去一营火炮，他妈的又叫印军暗堡压住了，一发炮弹都没打出去。

那我去看看。忽大年声嘶力竭。

你不要命了？马铁龙毫不客气。

这次上前线若是牺牲了，也许就是对他一生的褒奖了。

作为参战无数的部队指挥员，多残酷的战斗忽大年都没想过死，但这次有点奇怪，他看着那些全副武装的战士，听着轰轰隆隆的炮声，不断地想到死想到牺牲，好像这次参加对印反击战，就是为让他能有一个体面的终结，也让那些整天另眼看他的人，知道忽大年是个响当当硬邦邦的汉子，不是他们想怎么羞辱就可以怎么羞辱的懦夫！

他双手叉腰站在指挥部外的山坳坡顶望着远方，显然先头部队受到印军阻击，挺进速度明显慢下来了，他实在想甩掉大衣扑上去，冲锋陷阵是他的强项，破敌夺隘更是他的拿手好戏。当然，如果在冲锋中他牺牲了，厂里应该开个追悼会，看看那个黄老虎怎么闭着老鹰眼念悼词吧，看谁还敢说他是受过处分的人？看那钱万里还会不会对他吹胡子瞪眼耍脾气？当然，如果死不了……是啊，如果死不了，我就一定要回部队，当不上师政委，当个副师长应该没问题吧？

忽厂长，你想啥呢？愣在这儿半个钟头了。银铃声突然从岩石后边蹦出来，她把头发绾进了军帽，真像个铮铮小战士。

你呀……你个丫头片子懂什么？忽大年脸上略略有些发热，以为自己的心理活动被人看穿了，可他定睛看看毛豆豆，心里又多了底气，说：维修队要多备些易损件，上了战场找啥缺啥。

你是队长，跟着保障队活动就行了，干吗要跟火炮分队跑？你不是打了一辈子仗吗？咋还没打够啊？毛豆豆嗓音尖锐，一下子就戳到了他的心尖上。

忽大年有些喜欢这个来自长安的姑娘了，说话直来直去有点像靳子，哪一点又像是月月妹，时不时脸上抿出一对浅浅的小酒窝。这酒窝深了不好看，浅浅的才有魅力，可以让那些痴迷的男人们想入非非。所以他在分配队员时有意把她分在大队综合组，还美其名曰，负责队长公务。女人嘛，还是离战争远点好。这时毛豆豆从背包里掏出一个罐头瓶，灌了满满的茶水，外边罩着黄色塑料网套。

忽大年接过罐头瓶，心里有点小温暖，这种杯子，铁皮封盖，密闭不漏水，适合行军运动。小姑娘挺细心啊，其实他把毛豆豆分到身边没什么杂念，就是觉得这个姑娘被派上战场有点残酷，尽管总部下指标没有明说什么任务，但即使随军保障也不该派个女的来，这种活就不是姑娘能够承受的，若是真有个三长两短，人们会骂长安男人都死光了。所以，他在保障队动员会上，一看到小银铃就有了呵护的念头，把她留在身边应该是最安全的。毛豆豆不知道战争的血腥，像个怯怯的小丫环，以为自己的工作就是照顾队长的生活。

你负责火炮队的信息汇总，我的生活不用你管。

你没带警卫员，也没带秘书，我和二栏就是这种角色了，有事你就吩咐。

忽大年看着络绎不绝的兵车不由得感慨：上兵伐谋，其次伐兵，炮声一响，应能无恙。

忽厂长，你都能把《孙子兵法》背下来，那么长的古文，好佩服呀。

兵书不能硬背，关键是要能融会贯通。

忽大年愈发觉得这个毛豆豆清亮得可爱，是那种没有受过任何诱惑的单纯形象，见什么都感觉新鲜，都想刨根问底探个究竟。他在部队的时候，也爱喝了酒议论女人，可自打到了西安觉得应与下属保持距离，再没敢把女人挂到口边过嘴瘾。现在这个整天在他面前晃悠的毛豆豆，算是哪个类型的姑娘呢？身材不胖不瘦，个头不高不矮，脸庞不尖不圆，但她的眼睫毛特别长，似乎想遮挡清澈的思维，可她那眸子一眼就能看到底，什么秘密都藏不住。好像这么动人的眼眸在露天银幕下见过的，在技术会议上也闪烁过的，如今真是机缘巧合，让他们在茫茫的青藏高原有了共同的历练。

这次我们是上战场，不是去逛风景，一切要听我指挥。

放心吧，我寸步不离，给你挡子弹。

我久经沙场，子弹见我都绕着飞，你把自己管好了！

我当然要管你了，高原水烧不开，我给你带了陕青，可以掺着红景天喝。

正说着脚下土地突然剧烈地抖动起来，一排排炮弹划过天际，飞向山坳对面的印军阵地，爆炸声轰隆隆像天空打雷了。忽大年赶紧跳下吉普车，操起望远镜向对面山峰瞭望，印军在山上构筑的碉堡、战壕、鹿砦顷刻间被炸飞了，一群群印兵也不怕暴露，在山坡上扑打着火的衣服，更多士兵猫着腰朝山顶转移，隐约有位披黄绶带的军官被士兵搀着躲到山岩后去了，完全是一副溃不成军的样子。想不到这么不经打，只一个波次的饱和攻击就丢弃了阵地，还吹嘘是参加过"二战"的王牌部队，哪有一点点披坚执锐的影子？

忽大年想起那年，他带领三团在运城阻击国民党军队溃逃，刚刚挖好简易掩体，敌人炮弹就嗖嗖地倾泻下来，几乎半小时一轮密集轰炸，几乎把阵地上的黄土翻了个遍，战士们眼睛都打红了，但阵地始终在我军手上。战后军部给他们授予"钢铁红三团"，马铁龙当时是二团长负责佯攻没给颁奖，这让马铁龙一见忽大年就撒气。现在好了，他成了军权在握的师长，忽大年成了区区保障队长，再也不可能与他争功论赏了，甚至走过身旁连瞅都没瞅就喊叫：一团发起正面冲锋，占领对面制高点！三团侧翼包抄，扎住敌人逃跑退路！炮营迅速越过山下林地，摧毁印军碉堡！

忽大年本想上去劝阻炮营的推进速度应该缓一缓，但马铁龙嘴不停歇地下达着一个又一个指令，眼皮都没朝他眨一下，他只好咽口唾沫忍住了。这个老战友，那个嫉妒心到现在还掖着呢，看来打完仗要好好请他喝顿酒，毕竟人家一路上恭敬他当过政委，给派了吉普车又派了警卫员。

这时毛豆豆端着罐头瓶递上说：忽厂长，喝口茶吧？忽大年拧开盖还没等喝，马铁龙突然骂将起来：好你个忽大年，忽大政委！攻打运城你就带了个小媳妇，现在你又带个漂亮妞给你端茶送水，你害臊不害臊！

忽大年也不示弱骂：马大杠子，你胡咧咧什么，毛豆豆是保障队的火炮技术员，你个王八蛋，心里藏着疙瘩你冲我来，别捎带人家姑娘。没想到那毛豆豆听见马铁龙奚落，反而眨眨睫毛挺身说：忽厂长，你快喝吧，别人想喝，我还不给呢。忽大年端起茶杯对马铁龙说：兵无常势，水无常形，才打了一个回合，尾巴就翘到天上去了。

战场上不可预料的事太多了，尽管我军整体处于高位，但印军抢占了进入川道的山脊，形成了局部优势。一团战士正要朝山上冲锋，对面山坡突然从山崖上吐出一条条火蛇，居高临下来回扫动，把冲锋的战士全压到山脚动弹不得。更诡异的是山腰间突然掀开了几个隐蔽的棚架，几门山炮抖掉伪装伸出炮管，瞄向我方推进的部队，刹那间一发发炮弹压住了冲锋路线，望远镜里卫生员拖拽着倒下的伤员在后撤，双方局势瞬间发生了逆转。

接着印军火炮又瞄向了在山脚运动的火炮营，眼看着那场面就惨了，拉炮的马被炸得四散惊跑，眼看着两门加农炮翻下山脊，就像翻过身的甲壳虫张牙舞爪。火炮营只好连拉带拽把剩下的三门炮拖进了山坳森林。战局突变始料不及，马铁龙声嘶力竭，全部机枪压住敌人山炮！但是印军在山上，我们在山坳，机枪子弹一梭梭扫上去，噼噼啪啪四溅乱飞，全被岩石挡住了。

马铁龙命令突击团再发起一次冲锋，务必拿下印军炮兵阵地，但山崖上敌人的暗堡交织，形成了高低错落的火力网，没有了火炮支援，单靠步兵冲锋陷阵，代价就是牺牲啊！

突击营请求火炮支援！突击营请求火炮支援！前敌指挥部里人人都能听见突击团长在步话机里狂呼嘶喊，但没有人敢应声。马铁龙命令退入树林的火炮立即构筑炮位对准山上目标展开炮击。可火炮营长回答：三门炮不同程度受损，正全力组织抢修。马铁龙声嘶力竭地喊：你个娘儿们呀！这是战场，贻误战机，军法从事！

火炮需要维修，保障队是否上去？忽大年想叫谁过去看看，却看谁都不顺眼，而且那个牛二栏关键时刻，竟然说他不懂火炮，他只是个熔铜车间小主任。

那你他妈的来干啥呀？！

五十六

从此保障队长特别懊悔自己没能阻止一个姑娘的轻率。

那天就是打红了天，也不该叫毛豆豆去冒那个险了，她还是一个没有谈过恋爱的姑娘，应该在工厂绘图室里描描画画的，却扑进了炮火连天的战场，成了战斗中唯一牺牲的女性，让忽大年啥时想起都是一阵阵疼痛。当时，毛豆豆一边系鞋带一边说：忽厂长，我去，我去吧？

你去？忽大年当然不忍心叫个小姑娘上去了，可马铁龙却喊起来：对了对了，你不是火炮技术员吗？快去看看，火炮能不能打了！这个该死的马铁龙，火炮出了故障，你把搞弹药的派上去有什么用？但没等忽大年反应他又喊：警卫员，你护送技术员下去看看，子弹来了就是用身体挡住，也绝对不能人出问题！

说着两个人便顺着山涧一条小路，溜向山坳深处的森林去了，脚下似乎灵巧得像爬山竞赛，很快步话机里就传来毛豆豆安全抵达的讯息。忽大年注意到对面山上在不断向森林扫射，他操起步话机告诫毛豆豆戴好钢盔，躲到树干的阴面，情况摸清楚赶快回来。毛豆豆告诉他，有两门加农炮还可以凑合，但是……

但是什么呢？应该说这支印军是驻守东线最为硬朗的部队了，连印度报纸都吹嘘，他们是在北非参加过"二战"的王牌旅，前些年驻扎在缅甸，几十年经历的战事不断，手持装备全部是意大利的，小山炮、重机枪、喷射器，连手握的冲锋枪都是刚刚开封的，一个个趾高气扬越过了实际控制线，想等着中国军队来送死的，今天的战事波折说明报纸的吹嘘不无道理。

但是，我们的军队就是草包吗？马铁龙率领的这个师参加过百团大战，重创日军坂田大队，参加过平津战役，吃掉过蒋介石两个师，后来从青海进入西藏克节朗，也是让敌人闻风丧胆的劲旅。这两支王牌之师在这么一个狭长的垭口相遇，谁胜谁负，真难预料。不是说狭路相逢勇者胜吗？此番相遇就要分个高下了！牛二栏猫腰过来建议，还是叫当兵的把炮拖回来修吧？忽大年骂道，炮在山坳树林里，进去是下坡，想拖上来难于登天！

马铁龙听见两人嘀咕就说：实在不行，我派战马把炮拖上来，没有炮这仗就没法打了。

忽大年猛然咬着牙冲牛二栏说：我们下去看看再说。这个车间主任显然害怕极了，支支吾吾不知想编啥话把任务推掉，保障队长却不容分说地喊：快去，把火炮维修班长叫过来！

什么？你要下去？你想立功，也别在我这一亩三分地上折腾！马铁龙伸手将他拦住，不行！下林子太危险！

这小子还一语中的了，忽大年确实有些想立功，只有立了功才可能让首长知道自己带兵的能耐，离开那个一进去就苦恼的长安厂，回到部队就可以让他彻底脱离苦海了。但这只是他内心的算盘，万不能让这小子知晓了，所以他在马铁龙面前依然强势，狠狠地在空中挥了一下拳头。等牛二栏把火炮维修班长领过来，忽大年一把拨开老战友，一猫腰出了掩体，顺着刚才毛豆豆跑下的羊肠小道，疾步朝着森林飞快移动。

马铁龙见状吓坏了，这个老战友真的不要命了。他命令所有前沿火力压制对面山腰印军的火力点，一时间密集的枪炮声，像年三十的鞭炮噼噼啪啪爆响起来。印军也许发现了这几个人行动诡异，忽隐忽现地向他们扫射。忽大年尽管知道敌人子弹射程不够，可听那子弹嗖嗖地响，似乎真像他吹嘘的那样都绕着他飞落了。但他丝毫不敢松懈，东闪西晃，瞅准前方树桩扑过去，又瞅准危石冲过去，很快就沉进山坳下的树林里了。

这西藏高原就是这般奇特，山上危岩嶙峋，几乎看不见一棵大树，可进入了山谷，树木又茂密得令人心醉，尽是白杨、槐树、桑树，争先恐后朝天吮吸着阳光的馈赠。这块林子有方圆七八里，就是钻进一个团外边也看不见，林里幽静得能看见兔跑听到鸟鸣，若不是这场突如其来的战争，可能永远都不会被人打搅的。但今天可就惨了，不时有子弹扫过落下一片片树叶，与那上百年落成的腐叶叠压到一起，等忽大年飞步冲进森林深处，子弹声似乎真的远了。

他看到两门火炮已经被战士们拖到了山石后边，毛豆豆兴奋地拉住他围着两门火炮检查，一门炮管弯了，但炮身尚好，一门炮栓扭了，炮弹推进去合不上膛。毛豆豆居然傻傻地说，想把战士们集中起来，一队人扛炮管，一队人卸炮身，只要凑好一门炮，就不怕山上暗堡敲不下来。可那一脸胡子的火炮营长强调这里是原始森林，树高林密，地下松软，腐草落叶足有一两尺厚，像铺着一层厚厚的被褥，即使火炮修好也支不稳，炮也就没准头，我们还是快调增援部队吧？

增援？现在全线都开打了，哪有火炮可以调来增援。忽大年恼怒地喊道：你给我好好听着，我在部队就是师政委，现在是军委任命的保障队队长，我咋命令，你咋办！营长不敢吭声了，战士们在忽大年指挥下，很快就把两根炮管卸了，二十多人又抬起沉重的炮管，咔嚓一声推进了另一个炮膛，大家几乎忘了这是在战场上，忘情地一片呼啦，血腥的战场陡然竖起了耳朵，引来敌人一阵阵盲目扫射，似乎老兵的气场把子弹都挡在了森林以外。

可大炮坐落到松软的腐草上，咋解决瞄准问题呢？火炮营长又无奈地瞅瞅他，忽大年让战士们绑了一副木梯，架到白杨树上。然后派侦察员上去观察，必须一炮把印军指挥所炸掉，否则我们的位置一暴露就会挨打。战士们摇动炮管瞄准印军目标，可仰角超过了加农炮设计，炮弹出膛瞬间，强大的后坐力会使炮身翻过去，不但打不中敌人，还可能伤了自己人。这时毛豆豆出了个鬼主意：能不能把炮管固定到树干上？

这能行吗？忽大年稍一思忖，好像有点道理，便命令所有战士把绑腿解下，扭成两条粗绳将炮管缠到树干上，绳头由四个战士拽住，打炮时拽紧，瞄准时松开，没想到这一招不但防止了火炮后仰，还提高了射击精度，后来有人总结这是加农炮参战史上的第一次。

第一发炮弹进膛，树梢上的观察哨不停地报告参数，炮管不停地移动，终于一声"放"，炮弹呼啸着飞向目标，观察哨报告偏左一度，调整炮口，拉紧绑腿，又一声放，又一声轰响，敌人没来得及转移，指挥所就被摧毁了。接着在观察哨引导下，山腰上的明碉暗堡一个一个都被炸掉了，忽大年几乎能从步话机里听见马铁龙兴奋的呼叫。

最终等那冲锋号响起，忽大年指挥炮口瞄准溃逃方向连打几弹，狼狈的印兵一个个站住投降了，山坳里隐蔽的突击战士呼叫着，向山地发起了最后的冲锋，漫山遍野一片震耳欲聋的喊杀声，残存在暗堡壕沟的印军吓得丢枪弃械扭头就逃。

忽大年激动地喊叫毛豆豆拿茶来，可他忽然转头看见毛豆豆中弹倒在血泊里，卫生员正在给她宽衣包扎。他妈的，不知从哪飞来的流弹，在她肩下钻了个枪眼，鲜血泉水般汩汩直冒，纱布都换不及，压住一沓，马上染红了。忽大年见过的血腥多了去了，却从没像今天这样让他心疼难耐，他猛扑过去狂喊：毛豆豆，毛豆豆！姑娘已经合上的睫毛竟然灵性地张开了，声音微弱地告诉厂长：茶水凉了。忽大年紧紧搂住姑娘，那长长的睫毛张开一下，马上又轻轻合上了，他知道一切的一切，都已经成为过去了。

忽大年蒙了，顿时对胜利失去了热情，呆呆地靠在白杨树旁，望着胜利之师继续沿着山谷穷追猛打。听说印度军长最后乘坐直升机逃离了战场，在飞机上给总统语无伦次地说，中国军队神出鬼没，打仗没有章法，失败不可避免。后来忽大年见到了被俘的印军第七旅的旅长，这位经历过"二战"的准将半是赞叹地说：你们只用了一天，就攻克了一个王牌旅，贵军用的什么武器，那么大仰角还能摧毁我们的碉堡？忽大年苦笑笑说：这是个秘密武器啊！

后来，马铁龙把这件事完完整整地报告了总部首长。

那天师长冲进了山坳，朝着木呆呆的忽大年迎面就是一拳头：老哥呀，你真行呀，没有你，我这回就惨了，我要给你请功！说一千道一万还是火炮发挥了作用，可惜那位勇敢的炮弹技术员永远地走了。当然，忽大年对请功没有阻拦，他觉得克节朗战斗的胜利，至少证实了他有剑走偏锋的军事才能，也为重返部队埋下了伏笔，说不定首长一高兴，又让他去哪个师挂衔报到了。怀揣了这个念想，他几次拐弯抹角试探马铁龙，为他请功的报告送上去没有？马铁龙不解地说：你都是当过师政委的人，还在乎立功授奖？忽大年只好实话实说：我不在乎能不能立功，但我在乎首长对我的看法！

从此，忽大年再也没有问起过立功授奖的事，他知道领导的看法是关键，不是常有人说看法大于宪法吗？后来，对印作战班师回朝，部队在北京召开了盛大的庆功大会，他在会上见到老首长成占武，还没等他开口，首长就郑重告诉他：这次对印作战，你表现突出，已通报地方了，省委已经承诺考虑取消对你的处分了。忽大年一听急了说：我，我是想回部队呀，我在地方上根本不适应，没准过几天又会弄顶啥帽子戴上。成占武严肃下来说：再别胡思乱想了，现在兵工厂需要人手，你是部队转业去的，知道武器的重要，管理兵工厂最合适，我只提醒你一句，千万把两个媳妇处理好。

什么什么？我哪有两个媳妇？这没影儿的话你都信啊？忽大年气得把一等功奖章猛别到胸脯肌肉上，转身就去了北京火车站。

那场鏖战结束以后，毛豆豆还在师部卫生所抢救了半天，但是由于子弹打断了动脉，流血过多心脏停止了脉动。部队将她和牺牲的战友一起埋在了边防哨所旁边，让她的魂魄永远守卫祖国的西部边陲。忽大年离开西藏那天，又一次和牛二栏赶到哨所旁边的墓地，几十座新堆的坟茔静静地卧在那里，每个坟前都插着一根松树枝，在秋风里摇摇曳曳，显得格外萧瑟冷清，又似在诉说浓烈的硝烟已经散去。

忽然，有个银铃般的声音从遥远的山坳飞过来，飞过山石，飞过树丛，在耳畔悠悠萦绕，使得忽大年不由得想去捕捉那个声音，但那银铃声又淡去了，淡得侧耳细听也听不见了，他有点落寞地托住左耳，又托住右耳，只有厉风吹过的哨声一阵紧似一阵。

后来，他叫牛二栏守在山坡，自己跑下山扛上来一个长安的炮弹筒，一步一步挪上山坡，端端地竖到了坟前，又用砾石在弹筒上刻了一行字：长安兵工毛豆豆。然后，他把半袋茶叶放到坟前，把罐头瓶里的茶水慢慢酹到坟上，默默地站在那里心如乱麻，任凭风把衣服吹起，把军帽吹走都没挪动脚步，终于两行泪水从眼眶跌下来，摔到塑料套上碎了……唉，那双会说话的眼睫毛就这样走了，永远地走了，永远驻守在边防线上了……

多年以后，忽大年在行将老去的时候，特别怀念跟他经历了战火洗礼的毛豆豆，特意派儿子到西藏克节朗去寻找她的墓碑，想再给坟前栽一棵树的，可儿子在实控线上走了整整三天，竟没见到毛豆豆的坟茔，好像姑娘俏丽的身躯被高原强劲的风沙吞噬了。忽大年气得想骂老战友几句，可是电话好容易拨通了，曾经威风凛凛的师长竟然脑梗说不出话了，他哽咽着喃喃自语：是我把她带出去的，可我没能把她带回来，她才二十三岁啊，还迷恋露天电影呢，还没找到男朋友呢，突然就在我面前死了，死得我好心痛啊！

蓦地，他的手上一松，那个跟随他多年的罐头瓶掉到了地上，可那玻璃杯居然没有碎……

第四章

五十七

忽大年不承想转眼间他胸中纠结的问题就成为历史了。

当他昂首站到长安大楼的办公室窗前，感觉今年的春天来得有些突然，好像一夜间城里的树木就吐出了嫩芽，给沧桑的痕迹抹上了一层茸茸的绿色，像在提醒人们赶紧忘掉昨日严寒，换上轻便明快的衣衫。但是，每天从街坊走向长安大门的人，依旧喜欢把穿了一冬的蓝色工服罩在毛衣外，或走路或骑车，涌向那个敦敦实实的大门，于是便汇成了一股洪流，浩浩荡荡，奔涌向前，只有当上班号嘀嘀嗒嗒吹起来，那股洪流才会戛然而止，几乎在一瞬间又消失得无影无踪了。

忽大年在窗前正好可以看到，这个像闸口一样的大门，把人们吸纳进来，又分流开去，站在这儿的确有股超然的气度，也是一种难以言状的享受。而且，这种享受是只有坐上了厂长的交椅才会有的感觉，那种千军万马指挥若定的感觉，常常鼓捣得他血脉偾张，仿佛一下子回到了硝烟弥漫的战场，思维便简单得只剩下消灭敌人的目标了。的确，他已经驻扎西安七八年了，依旧对战场有一种渴望，金戈铁马，摧枯拉朽，既让他感到淋漓酣畅，又让他升腾起胜利者的昂扬，似乎只有站到这里才能够填补一个老兵的遗憾。

确凿，降成副厂长，这个感觉就荡然无存了，尽管依旧可以双手叉腰站在这扇显示尊严的窗前，却有种只可意会的屈辱扑面而来，人们似乎戏谑着嘲笑着匆匆而过，所有的不屑都夹杂在嘈杂声中了，他几乎能从那凌乱中分辨出某种暖昧来。所以在他被降为副厂长的第二天，只在这儿站了一会儿脸上就臊得火辣辣的了，他后悔应该挪个办公室避开涌来的洪流，躲到大楼哪个角落去享受无奈的清静。然而，当他从中印边境返回长安机械厂，上级竟然大张旗鼓恢复了他的厂长职务，由此他也恢复了居高临下指挥若定的感觉。

最忘不了那天他从北京抵达西安火车站，省委秘书长居然领着黄老虎、哈运来一群人专候在站台上迎接他，有位女工还跑来献上了一束鲜花。那个女工什么模样他没记住，只记得那鲜花是彩纸做的，红牡丹，粉玫瑰，衬着几片绿叶，鲜艳得让他舍不得丢掉，一直在手上紧攥着，直到上了那辆嘎斯吉普，才小心地放到靠背后的行李上。尤其让他意外的是，钱万里居然也在厂部会议室等他，见面握手笑容粲粲地说：省委已经决定，先恢复你的厂长职务，你耿耿于怀的免职问题就一风吹了，一笔糊涂账也就从你档案里抽出去了。

这让忽大年喜出望外，也就是说以后从档案里看，自己压根就没有处分的任何记载。这比简单地恢复职务强多了，那恢复职务还是说明你曾经犯过错误，把那该死的处分从档案里抽出去，就意味着他这辈子就没犯过错误，还隐约有种上级搞错了的味道，真是千好万好不如从档案里抽掉了好。

不过，忽大年觉得也挺滑稽的，明明发生过的处分，怎么说没发生过就没发生过呢？但堂堂钱大人已是省上的书记，能屈尊来工厂宣布这个决定，还是挺让人感动的，人家丝毫没有计较与自己的不愉快，反而面对全厂中层干部，用了很长篇幅来评价他的功绩：三年筹建期没日没夜，遇到人身袭击都没有脱岗住院，海防前线能炸得蒋匪帮鬼哭狼嚎，我们的忽厂长功不可没。这次他又勇敢地参加了中印自卫反击战，保障了我军火炮威震边疆，为长安争了光，也为省委争了光。但钱大人没有说明这次决定的背景，可能怕讲得多了，会让人感觉太草率，可忽大年还是听得泪水涟涟，坐在那里泪潮一波一波，使劲控制着才没有滚出来。

最后，钱万里郑重宣布：今后长安厂的工作，恢复为忽大年同志主持，具体职务以省委文件为准。忽大年心里顿时释然了，压在心头的石头一下子搬掉了，何况钱书记刻意用了"恢复"两个字，刻意暗示他官复原职了？一屋人都站起来含笑鼓掌，以表示对这一决定的拥戴。

唯有的遗憾是，这个姗姗来迟的决定也昭告黄老虎的主持生涯结束了，人们余光注意到他像霜打的茄子蔫了下来，老鹰眼似睁非睁，鼓掌有气无力，表情淡得没说一句话。即使送钱万里上了上海轿车，也没有询问权力交接的细节，竟然像缩头乌龟躲到了人背后。忽大年注意到这些细微的变化，似乎觉得老部下有点可怜，想想也够窝囊的，主持了整整两年多最后也没扶正，放到谁身上也会不痛快的。

面对这些突如其来的变化，忽大年对成司令佩服得五体投地，老首长可能觉得自己给省委打电话分量不够，容易造成干预地方事务的印象，就把解放军报社的记者叫来采访自己，一篇洋洋洒洒七千字的长篇通讯，披着战火硝烟登载在第三天的头版上，那效果还用说吗？突然间他这个保障队长的名衔满世界都知道了，他在克节朗协助进攻的行动便升华成了事迹，他也就倏然间成了高大上的人物了。面对这样一位不怕牺牲的英雄，哪一级组织敢怠慢呢？所以，当忽大年接到鲜花时还有点不适应，听到省委的决定还感觉有些迟疑，只有第二天早晨他又站到这个窗口俯视进厂的人流，才清晰地意识到他又成了这座工厂的主宰，又可以毫无顾忌地发号施令了。

所以，当黄老虎进来汇报准备组织党员义务劳动，礼拜天到后区给麦田施肥，他稍稍有点不习惯地站了起来，毕竟这两年他已经习惯听黄老虎发号施令了，现在一切又"拨乱反正"了，禁不住脱口而出：老虎啊，你已经主持两年了，这次恢复了我的职务，不能影响到你，我已经给钱书记讲了，我就干我的厂长，你还当你的书记。当然，忽大年也就是想做个顺水人情，内心对书记职务也还是惦记的。堂堂一把手，党政一肩挑，在长安就是一言九鼎，就可以发号施令，看看谁敢不听不从？这似乎也算是笑话了，以前他一肩挑的时候，没感觉什么优越感，后来降成副厂长竟强烈感觉以前把权力荒废了。

没想到黄老虎会嗫嗫嚅嚅说：我正写检查呢，如果检查过不了关，别说提拔了，副书记能不能胜任都会成问题。忽大年瞪大眼睛问：那为什么？黄老虎半是辩解半是诉苦说：这件事也太窝囊了，河南老家闹饥荒，我把食堂科分的十斤白面换了一百斤红薯，想捎给老娘填肚子，谁知我那傻瓜弟弟把一半红薯卖了，想买布做裤子说媳妇，被村里民兵抓住了，反映上来说我投机倒把。忽大年松口气说：就这事啊？黄老虎哭丧着脸问：这事还小啊？

接着哈运来进来恭恭敬敬坐在黄老虎旁边，一口一个"汇报"，反倒把忽大年弄得不好意思了：汇报啥呀？省委的任命还没下来，我现在也是临时主持，你看你们俩分别主持了两年，不是也没上位吗？哈运来嬉笑说：这可不能相提并论，你是平反昭雪，官复原职，我俩是瞎子点灯……忽大年未置可否呵呵笑问：生产形势咋个样？哈运来抿了抿嘴唇说：你走这半年，对印自卫反击战，大家都憋着一股劲，一月六万发炮弹，月月准时发运，没有半点延误。那个老伊万还打来电话询问有没有达产，我当然不能告诉他了，只说现在是超水平发挥，他兴奋得电话里呜啦呜啦乱叫……

忽大年手指点他说：现在中苏论战呢，你以后少给老伊万打电话，小心惹上麻烦。哈运来话锋一转说：我是请教他冲压机换上棉籽油行不行。转而又神秘兮兮地说：马上要过端午节了，今年压延机省了四吨棉籽油，压在库房挺操心的，哪天谁扔进一颗烟头就是一场大火，是不是给每个职工分上一斤？忽大年有些迟疑，黄老虎为十斤面粉都在做检查，他要分上四吨棉籽油不是更严重吗？他想想又问：分了会不会犯错误？哈运来理直气壮地说：国家条例很清楚，菜籽油算粮食，棉籽油不算粮食。这家伙拍着胸脯信誓旦旦，一副为民请命的样子，的确把新主持难住了。

其实，他不知道哈胖子正是黄老虎唤来的，俩人自从听到省委准备恢复忽大年的职务，内心还是一百个不乐意，毕竟已经分别主持党务和行政两年多，尽管仍是副职，但行使的是正职的权力，而今忽大年恢复了职权，就意味着他俩又成了货真价实的副职，七百多天的辛苦也就算白费了。于是两人不约而同想到来请示忽大年，把节省的棉籽油分掉。呵呵，这里的学问确凿大了，若是新主持同意了，马上就会被省委知道，一旦追究责任他绝跑不了，正式通知还没下，组织可能会重新考虑恢复职务的决定。若是新主持不同意，马上就会传遍全厂，是他不同意分棉籽油的，那他就是与职工为敌了，以后在长安厂也就不好干了。然而，忽厂长轻轻一句，我考虑一下，就把高高举起的四吨油又轻轻放下了，两位部下不由得钦佩厂长举重若轻，不服不行啊！

五十八

等一拨一拨人进来客套后，忽大年转身闩上门反锁上，又开始端详毛豆豆送的那只茶杯。这个玻璃杯以前是什么罐头？厚厚的镀锌铁盖，环衬着橡胶圈，茶水不溢不漏，尤其塑料网套紧箍杯子，手握住不滑不烫，茶叶若隐若现，多像个精巧的工艺品啊，可它当初的主人却长眠在实控线上了。他心里怅然若失，小小玻璃杯一端上，耳畔就会流动清泉般的声音。昨晚靳子见到这个茶杯还警惕地问，谁送的？他闷着头说，是牺牲了的毛豆豆，靳子抓起杯子端详半天再没敢问话。

女人对女人似乎永远都保持着警惕。

那个毛豆豆几乎比他小一轮多了，但他不知为什么，战争结束后的这段时间，常常会捧着这只玻璃杯，那双会说话的眼睫毛会在他面前眨巴。但是他没有向任何人提起过她的名字，即使那天在省委礼堂作对印自卫反击战英模报告，也只是讲到有一个女技术员牺牲时睫毛上的笑容，讲到长安的炮弹一发摧毁一个碉堡，让听的人获得了满满的自豪。他想毛豆豆的名字，应该等到召开追悼会的时候再报道出来。

然而，他那天讲到最后，发现台下有位姑娘眼眸定定地凝望着台上，似乎睫毛扑扑闪闪，这不是毛豆豆吗？那张表情丰富的脸庞，一对会说话的睫毛，一会儿清晰，一会儿朦胧，后来他使劲控制着情绪没敢再朝那里注视，但眼睛余光时不时睨过去，等他终于讲完了，会场响起了哗啦啦的掌声，人们都站起来向他致敬，但那个毛豆豆像个木偶始终没动。

她怎么会坐在这里？岂不是见鬼了吗？

忽大年被人簇拥着走出礼堂，在过道又惊异地发现长睫毛竟然也站在墙边朝他张望，双手还像初次见面有点羞涩地交叉挽着。他快步过去小声问：你是小毛吗？长睫毛睁大了眼回答：是啊，我是啊。依然清泉般清亮。忽大年急问：你不是在克节朗……？长睫毛却小声反问：我姐呢？我姐信上说跟你一起去执行任务了，怎么还没见到她？他似乎明白了问：那你们是……？长睫毛莞尔一笑：我是毛豆豆她妹。忽大年想起毛豆豆似乎说过，她有个妹妹在哪个机关当会计，但她从没提及她们是双胞胎，便想了想问：你爸妈在家吗？我想抽空去看看老人家。长睫毛却执拗地问：仗都打完了，厂长都回来了，我妈这几天就等着我姐回家包饺子呢。

啊？那你叫啥？

我叫毛粒粒。

我刚才讲的女技术员就是你姐……

我姐……牺牲了？

我原想在追悼会之前去你家……

忽大年把手中罐头瓶端起来说：这就是你姐留下来的。毛粒粒接过来捧在手上端详着，突然抱起茶杯转身跑了，跑得急促突然，连撞了好几个人，很快就闪得不见影了。

其实哪有什么毛粒粒呀？忽大年后来定住神反应过来，似乎自己产生了朦胧的幻觉，人们在熙熙攘攘朝外走，刚刚朝他凝望的长睫毛竟然是黑妞儿，她一个验收工怎么拿到的报告票？而且他手中的玻璃杯也根本没人抢，是随行秘书接过去了。他第一次感觉自己不在状态，他在战场上目睹的牺牲不知有多少了，可从没像毛豆豆的牺牲让他寝食难安，甚至有些精神恍惚了。

连靳子都发觉他回到家，斜躺在叠拥的棉被上，望着天花板久久发愣，她几次讥刺他：你这次回来是咋了？一回家就发癔症？他听了也不反驳，吃了饭就去了办公室，夜深人静才深一脚浅一脚往回走。后来，他把宣传部长叫来，让把毛豆豆的事迹，写成通讯在厂报上刊登出来，危急时刻敢闯敢冲，不愧硬铮铮的长安儿女。

在全厂干部参加的追悼会上，他紧紧握住一对悲伤老人的手，口里呜噜呜噜都不知该怎么安慰，悼念时泪痕在脸颊滑过一道又一道。他有太多太多想说的话了，索性脱了稿子讲起那天毛豆豆牺牲的细节，满场人都听得抽噎不已。从此，毛豆豆的名字便在厂志里固定下来，以后的岁月便成了一面明亮的镜子。

而且追悼会刚结束，忽大年就来到后山坡上，那年栽种的一棵棵柏树槐树闪烁着莹绿，尤其是缤纷的槐花点缀其间，呵护着三座小小的坟茔。忽大年其实不愿意到这里来，一看见那三个长满青草的土丘，脊背就像有鞭子抽，痛得他整夜整夜合不上眼。这次他默默走上来，在卢可明的坟茔旁选了个位置，想把毛豆豆的尸骨也运回来，让已经牺牲的长安人有个舒心的安息场所。可是他派人去跟边防部队协商，没人敢同意烈士迁墓，那里有那么多的战士陪伴，她是不会感到寂寞的。后来，忽大年只好让人收集了毛豆豆穿过的衣物，眼看着放进了小小的墓穴。然后，他又领着办公室几个小伙子，从河道里拖上来几块石头垒到入口处，刀刻了四个大字：长安墓园。后来，他在干部会上神情凄然地说，今后那个地方就是我们的归宿了，会场静如死寂没有一点点回应。

五十九

当生活慢慢安静下来，忽大年突然想起了自己的妹妹忽小月。

那个让他很不省心的妹妹，要是有长睫毛一半懂事就好了。但是他给熔铜车间文书室打去电话，明明接电话的是妹妹的腔调，可对方却说人不在，马上就把电话压了。他这才幡然醒悟，这些日子他的纠结、他的郁闷、他的牵挂，其实都与自己的妹妹有关。这个妹妹看来被那个掩埋的经历伤透心了，从那以后尽管碰面也点头，电话也搭腔，却再没登过哥哥的家门，更没向他坦承错误，元旦、春节曾经两次让靳子叫她来家里吃顿团圆饭，她竟然说自己得了什么传染病死活不上门。

我怎么能把自己妹妹硬生生给放弃了呢？妹妹的眼睫毛也是很长的，以前村里人就说过，这个女娃子长大了会是个万人迷，可这些年咋就没正眼看看呢？怎么也不去问问妹妹心里的苦楚呢？怎么自己遇点挫折就扭脸迁怒家人呢？忽大年越想心里越懊悔，跑到车间去找妹妹想说说。第一次没见到，留下话让她回来去找他有急事，可她始终没见回应。第二次再去车间找她，又躲着不见人了，只好又留下话，可她依然没理睬。第三次他坐在车间外的树丛里吸烟，这里不疏不密能看见外边，外边却很难发现树后的蹊跷。呵呵，堂堂厂长蹲在树丛里窥视，也太有失风度，可他已经顾不上了，他愈发觉得自己亏欠妹妹了，妹妹的遭遇说到底也是给他难堪呢。终于，他看见妹妹进了二道门朝熔铜车间走来，便站起来出了树丛。

月月，你咋还不认哥了？

你现在是凯旋的英雄，本人不习惯跟英雄打交道。

我是你哥——！

是吗？是把我送给戏班的那个哥，还是要活埋我的那个哥？

哥那是吓唬你，是想逼你学好啊。

我怎么不学好了？

你那些事，也臊哥的脸呀。

算了，你当你的厂长，我当我的文书，井水不犯河水。

不行，我是你哥，打断骨头连着筋。

你看你多牛，一上位就把工人的棉籽油扣了，一斤油一家人能吃一个月呢。

忽大年马上意识到老部下请示分油像个阴谋，他不应该马上拒绝了，即使不分也要应缓缓上会研究了。好多战友都告诫他，甭管遇上多么难缠的问题，放上几天就一定会有办法，拍板越急越容易出漏洞，现在看来的确如此呢。其实，他已让食堂科把棉籽油补贴到食堂大锅里了，却没能消除工人的怨气，大家觉得倒进大锅就是被炊事员偷喝了。

他还想就这个事再解释两句的，但兄妹俩的交流被省上一个电话打扰了。呵呵，让他去谈什么话？时下的官场语境，领导找你谈话，往往是提拔你的代名词，若是要批评你，会一级一级传达下去，谁也不愿当面红脸斥人的。

这次，钱万里没在办公室见他，而是在居住的省委大院里等候。司机报了车号，吉普车进门后缓慢行进在绿荫道上，忽大年脑子蓦地蹦出"深宅大院"这个词，一条石子路斜着向里延伸，两边绿植密得像进了公园，一栋栋平房掩映其中，似乎其貌不扬，却尽显尊贵了。他看准门牌号走进去，钱书记的院子竟有两分地，白菜一行，萝卜一垄，看得出主人侍弄得极细致，棵棵白菜都用草绳扎住，以使菜心生长瓷实；个个萝卜争先恐后拱出地面，露出了肥嫩的绿皮。忽大年心想，省委书记也自己种菜呀，以后自己也在楼下开块地，种点大葱、蚕豆、萝卜，绝对会让长安人眼红的。

他进入了一间小书房，主人看来挺爱学习，书架沿墙摆了半圈，这么多书啥时能看完哪？钱万里在他对面慢慢坐下，语气和善得像换了个人，没有寒暄便开口了：今天叫你来，是省委已经过了会，决定正式恢复你的厂长职务，厂长厂长，一厂之长，八千职工，担子不轻啊。当然，你属于双重管理的干部，还要等部里批准，我先通知你，思想上有个准备。忽大年看着钱大人消瘦的面孔有点感动，似乎人家并没把以前的争执放在心上，都是自己小心眼作祟，不由得暗暗为自己的狭隘感到羞愧。这时，进来一位黑衣女人在他面前放了一杯茶出去了。钱书记笑笑说：不过，你也要注意，有人反映，你刚一主持工作，就想把节约的棉籽油分掉，八千职工，八千多斤哪。

忽大年急忙辩解道：分棉籽油还是我给否决的，你们可以去调查，一斤也没分，都补充到职工食堂大灶了。可钱书记一针见血说：我看你还是不清楚，补到职工灶就不是问题了？那是统购统销的工业物资，咋能吃到个人肚里？忽大年马上意识到，还是领导看问题深刻，添到食堂大灶也有瑕疵，他有点佩服钱书记了。

后来钱万里吮口茶说：我听说你一主持工作，就在秦岭坡上整修了墓园，这个做法好啊，我们绝不能让烈士的鲜血白流，祭奠他们也是教育后人。忽大年有点晕了，修建墓园才喊了几天，书记就知道了，领导的耳朵真长啊。

后来他想问，既然是官复原职，书记职务怎没说呢？钱万里看出他的疑虑说：书记一职还要等几天，你看你才主持了几天就惹了个麻烦，都叫我不好在书记办公会上说了。忽大年心里一顿，转而听到钱大人语气顿挫地说：怎么样？就这样吧？这就等于下了逐客令，他只好放下茶杯起身告辞了。

钱万里客气地把他送到门口，嘴里嚷嚷带点新鲜蔬菜回去。只见站在垄畔的那个女人，黑绸衣裤，袖舒步柔，像戏台上的青衣正在舞剑，听见召唤，剑插地上，弯腰拔了两棵萝卜塞到车上，但没等听谢就莞尔一笑进屋了。忽大年这才看清楚，那女人肤色白嫩，儒雅得像一尊汉白玉，只是从头到尾没说一句话，宁静得有点神秘啊，该不是金屋藏娇吧？

忽大年带着这个疑问坐吉普车回去了，路上秘书几次问他，省上什么时候宣布任命，他这才想起刚刚忘问了。秘书又说：钱书记对你真好，还送你种的萝卜呢，恐怕没人会有这个待遇。可他却没头没脑地嘟囔：他妈的，谁的嘴这么长，棉籽油都把嘴封不住！

六十

重新坐上厂长交椅的忽大年把凉菜摆上桌，就预感今天的饭局可能多余了。

自从长安接到恢复他厂长职务的通知，黄老虎和哈运来就一直嚷嚷他请客。这两人以前都是他的部下，本不敢放肆地发起这个动议，但人家俩有过两年多的主持生涯，彼此关系似乎有些混乱，以后还要在一个锅里搅勺子，煽动他摆场子喝两盅，似乎也在情理之中。尽管党委书记的任命还没到，但厂长的任命到了，后一个文件也就是个时间问题了。当然，忽大年在这些天里，也许是经历了边境的炮火洗礼，又目睹了生命的脆弱，似乎格外关注同事情谊了，也想找人把盅对饮一醉方休，把郁结已久的块垒吐出去，也把青藏高原的硝烟从脑海彻底吹走，便顺势应允礼拜天到家里来聚聚。

对丈夫的这个动议，靳子是满心支持的，她觉得丈夫能主动提出在家请客是个天大的进步，搬进这栋灰楼以来还是第一次，表明忽大年主动想走出心理阴影，作为女主人也可顺势显摆尊荣。这些年长安厂从无到有，忽大年没少得罪人，何况这几年职务一下一上，不知道心里结下了多少恩怨，把身边人唤来酒杯一碰，多少疙瘩也都解了，回到家也能多几张笑脸。所以，自从丈夫在耳边嘟囔请客，她就开始了紧锣密鼓的张罗，她到房管科找木匠修了四把木椅，又悄悄到招待所借了一套酒具，最后又拉住招待所的胖厨师，开列了一张长长的配料单，一斤肥猪肉、一只老母鸡、一条鲫鱼、一节莲菜、一棵白菜、两斤豆腐、五根大葱，还有花椒大料油盐酱醋，总算把锅台案板摆得满满当当了。头天晚上，胖厨师就来帮忙了，还特意从招待所带了些五香调味来。怪不得家里做菜没有饭馆的香，人家调味品七七八八摆了半桌子，先放什么，后放什么，更是一个讲究呢。

后来，忽大年想想领导班子人太多，若都请来有拉拢之嫌，若请这个不请那个，一旦传开又生嫌隙，犹豫再三便只叫了黄老虎、哈运来这两个老主持，即使谁知道了也不会有意见，人家本来就是大家的领导，再有一同奔赴克节朗的牛二栏和担任了办公室主任的门改户。

今天门改户来得最早，口口声声是来当下手的，还拎来两瓶西凤酒搁到桌上。这个善于眼观六路的西府人，一定花了心思把上边撺掇通了，本来他就是个机加车间的维修班长，自从苏联实习回来，接连解决了几个设备难题，本来会成为一个技术尖子，可他升任车间副主任后，愈发知道啥时候说啥话了，给来检查的海军首长介绍工艺头头是道，临走领导示意小伙子是棵好苗子。两周后他就接替了赵天，提拔到了办公室主任的位子上，现在已在这张椅子上坐了半年多，似乎对领导之间的关系处理得严丝合缝，几乎让三个人都说不出哪点不舒服。

牛二栏随后才到，别看大家熙熙攘攘挤在一个街坊里，他却从没进过这栋干部楼，尽管外观都是灰砖灰瓦，但这栋楼的气场却让人不敢靠近，进出的男女都有趾高气扬的脾气。今天的牛二栏鼓足勇气进了楼门，见堂堂厂长家也只多出一间房，有些惊讶：咱厂长就住这样啊？门改户像成了主人，说：你别磨蹭了，赶快帮大厨把蒜剥了。

而黄老虎和哈运来像是商量好的，双双都迟到了，一个说是车间有台设备在大修，放心不下过去盯了一会儿。一个说省委在催"回头看"的总结报告，审完签了字才赶过来。忽大年对"省委"两个字很敏感，平时他跟省委打交道不多，可省委管人哪，有啥重要的事也该给他一把手打个招呼，可他又一想自己党内职务尚未明确不好多问，而人家好像也是一语双关，提醒这段时间还是他主持党委工作，你还不能把手伸得太长了。

黄老虎在忽大年家坐下，一个劲抱歉应该去小卖部买二斤点心给子鱼子鹿带上了。两个小家伙对学校的作业不感兴趣，却对来了这么多客人充满好奇，见了黄老虎就扑进怀里喊黄叔叔，子鹿还问他带枪了没有。靳子见状把儿子关进了小屋，便听到俩孩子一阵抗议的摔打声。

看样子忽大年还亲自下厨了，他见黄老虎坐到方桌前，边解围裙边嘿嘿说：这凉菜要调咸点，我知道你的口味。哈运来凑上说：你那说的是以前，现在老黄的口味又淡了。黄老虎不置可否：你就别忙活了，随便来坐坐，老领导还这么客气？

忽大年把酒壶从盛满热水的大茶缸里提出来，给每人斟了一小盅，然后端起酒杯，说：这次我能活着从青藏高原回来，是托了长安人的福了，你们是长安的核心，来吧，趁热，把第一杯干了。门改户忙起身阻挡说：这第一杯酒，应该祝贺你又坐上第一把交椅。黄老虎眯着老鹰眼附和道：是啊，官复原职，可喜可贺。忽大年对官复原职很是敏感，所以他脸板平说：咱们能不能不提这茬子，今天就是高兴，就是喝酒，我准备了两瓶呢。哈运来端起酒杯圆滑地说：反正还跟以前一样，你指哪儿，我打哪儿。忽大年摆手解释说：行政工作就这样了，党务工作还是老虎负责。黄老虎慢慢悠悠说：工厂主要是行政工作，一切以厂长为中心。

这时靳子端来红烧鱼放在桌上，说：看你们光顾说话了，酒就没下去多少。她顺手拿起一只空酒杯斟满示意，我跟你们大老爷们干一杯。大家这才客气地站起来喝下了第一杯。忽大年又一一斟满说：这杯酒，我得请老虎和运来干了，你们主持长安这两年，老毛子没卡住，生产没出乱子，你俩功不可没。两个主持急忙谦虚：都是一块干的。忽大年说：这次对印反击战，部队的炮弹一半是咱长安的，可长脸了……牛二栏啊，别光吃呀，你说是不是？

那牛二栏第一次和厂领导围桌吃饭，紧张得就不敢抬眼，操着筷子在空中比画不知从哪儿下手，听见忽大年问，急忙添油加醋地说：咱厂的炮弹老厉害了，一发炮弹干掉一个碉堡，印度兵只要听见是长安的炮弹飞过去，撅屁股就跑，枪呀炮呀丢得满山都是。

黄老虎闷头刺了一句：咱厂炮弹还能听出来？忽大年见牛二栏耷拉了眼皮，忙打圆场说：他就是个比喻，来吧，干了第二杯。大家又一仰脖喝了，只有黄老虎吮了一点。忽大年这下不客气了，说：老虎，你喝了吧，你以前喝酒可不是这样，那次咱们打下太原城，你喝了多少？少说有一斤了。牛二栏和门改户不约而同问：黄书记一次能喝一斤啊？是白酒吗？忽大年点头说：杏花村，老白干。但黄老虎还是呷了一口没喝完，说：好汉不提当年勇，我现在见酒就胃疼，不敢喝了。忽大年拿出居高临下的派头，说：不行，今天你得好好喝，一斤就算了，半斤还是可以的。黄老虎只好吱一声把杯中酒吸进肚里。

忽大年又斟满酒站起来说：这第三杯酒，为我们的情分干杯，这些日子我也想了，芸芸众生，人来人往，咋就我们几个能凑到一桌喝酒，这就是缘分。我和老虎是一个部队来的，我俩对领章帽徽感情笃深，不瞒你们说，我这次还想着去了保障队，就穿上军装不回来了，可人家愣是不要咱，看样子这辈子我要老死在长安了。你运来是从东北老厂来的，没你们，这个厂子玩不转。改户和二栏，你们俩是农村招工来的，没你们，生产线也动弹不了，所以呀，缘分，缘分，我们干了这第三杯。这一次，一桌人在忽大年的煽情中一饮而尽。

靳子也自告奋勇赶过来端起酒杯一口喝了，这桌饭似乎又让她找到了长安第一夫人的感觉，这两年尽管忽大年还是工厂领导，但大家都觉得他犯了错误降了职，有的人见面爱理不理的。有一次排队买红薯，她实在尿憋急了，返回来竟有人当众奚落，厂长太太咋也好意思加塞？这话刺到了靳子的痛处，上去揪住那人领子想扭到保卫科去，多亏黄老虎路过解了围，让门改户直接称了十斤红薯拎到了家里。

所以她对黄老虎特别操心，说：老虎书记，你都要过四十的坎了，你看全厂这个岁数的人，谁还一个人单着？你以后老了，指望谁给你洗衣做饭啊？嫂子可一直惦记这事呢，你说吧，厂里那些个大姑娘，你瞅上哪个我去说，找不来十个八个，还找不来一个两个了？黄老虎仰头吮一口说：我一个人习惯了，一个人过着舒服。靳子朝忽大年瞅了一眼说：一个人，就没人给你暖被窝，也没人跟你吵架，我还是看那个胶东妞儿不错，你咋还看不上呢？黄老虎不想别人知道他动过黑妞儿的心思，忙说：这事不说了，不像你说的那么简单。靳子说：你是个男人，放下领导架子追嘛，女人啊就怕死缠烂打，你看街坊那些个烂娃子，找的媳妇都漂亮，嫂子这两年心烦，也没正经张罗，赶明儿再给你去说说，别不好意思了。

靳子这番话倒是发自肺腑，桌边人多少耳闻了黑妞儿早年的麻缠，也知道黄老虎拯救黑妞儿的惊险，不知现在是该附和还是该沉默，还是门改户灵活，站起来打破了尴尬：今天酒已过八巡，我给你们三位长安的大功臣敬一杯，没有你们三个人，咱厂哪能有今天？你们随意，我喝三杯！

显然，靳子这番话尤其让忽大年感到尴尬，他掩饰地说：我们也干三杯吧。他也不看别人，一连三杯下肚，比门改户喝得还快。黄老虎显然被触动了，没人劝就把三杯酒灌下去了。哈运来只喝了一杯停住，望望这个又看看那个，想蒙混过去。牛二栏端着酒杯愣怔着，不知自己该喝还是不该喝。

接着一桌人便开始胡乱找茬喝将起来，直喝得废话连篇，天昏地暗，满满一桌菜没吃几口剩下一多半。只有门改户稍稍清醒些，把两个鸡腿撕下拉开另扇门递给了子鹿子鱼，两个小家伙也不胆怯，小手抓住张口就吃了。

忽大年发现，黄老虎与哈运来这两年为排名也闹过不睦，这会儿借着酒劲拼命解释，一个反复说：现在是厂长负责制，上次接待炮兵司令只能我主持，你介绍，专业上我说不了几句就露馅了。一个反驳道：电话本上党在前，政在后，把我推到前边，挺别扭的。现在好了，忽厂长在前边排着，咱俩谁先谁后都一样了。哎呀，这两人居然为个排名前后，翻来覆去重复了一晚上，都在检讨自己不该穷计较。

现在忽大年好像没事了，跟牛二栏回味着战场上的五马长枪，可是刚刚说了几句就想到了毛豆豆，他说以后要在坟前刻上他们的头像，写上他们的名字，等将来坟头多了，万万不能搞错了……

六十一

那天，黄老虎似乎喝多了，忽大年歪在椅子上昏昏欲睡，却知道提醒门改户一定把人送到家里，黄老虎直说没喝多不用送，却对别人的搀扶没有拒绝，可等人走到街坊路灯下，才感觉这样狼狈实在有辱斯文，便硬推开搀扶人跟跟跄跄朝家走去。

其实，黄老虎当时并没有喝醉，只想给忽大年一个下马威说：知道东府流传的一首民谣吗？他大舅他二舅都是他舅，高桌子低板凳都是木头……这忽大年为去北京还编了个谎，直到总部来了通知，他才知道是去执行保障任务。其实，他当时可以找一百个理由，挡住忽大年进京的企图，但他想了想还是在出差借款单上签了字。可就这一签，竟然让人家演了这么一出戏，不但把处分取消了，还成了个英模人物，一下子官复原职了。

省上有个小老乡悄悄耳语，他之所以一直主持没能扶正，根本不是因为弟弟卖了几个红苕，而是嫌他给右派分子帽子摘多了。可他那也是为了调动上下积极性，何况上边通知我们甄别，不就是摘帽的意思吗？那几个戴帽人都是长安厂骨干的骨干，多挽救一个就多增添一份力量。咳，那忽大年抢险关头烧香磕头，咋就不算问题了呢？似乎人家降成副厂长的日子，没见鼎力相助，也没见横炮乱飞，反倒遇事唯唯诺诺，像个刚提拔的新人。当然，老首长心里一定不服气的，是表面上愣装出来的。尤其今天这顿酒菜，味道可就多了去了，这两年虽说没有撕破脸，但在一个锅里舀饭，哪有锅铲不碰的道理，所以他故意嚷嚷着首长请客，也就是摆出一个缓和的姿态，可人家居然真的摆了一桌，真可谓宰相肚里能撑船呀，三杯酒下肚什么龃龉都一风吹了。

这种人厉害，真正的厉害哟！好在至今上边没有明确忽大年恢复书记职务，这让他在难堪中稍许有点安慰。副书记就副书记呗，仍然可以主持党务，只是排位排到正职后边了。当然，所有这些忽闪的内心私密，他是绝不敢流露半点的，本想着应付几杯托词而去，可那靳子又当着人面把黑妞儿不加遮掩地拎出来，不由得又把他拖入了情感的谷底。

黄老虎终于明白了，当年首长为啥要招黑妞儿进长安了。没有隐私在人家手上握着，他咋可能让她当上检验工？这么多年黑妞儿论模样论资历，绝不难找到对象的，可她为啥一直孤身一人呢？为啥连自己这般条件都没反应呢？为啥会质疑是他导致了忽大年的降职呢？

这完全是误会中的误会呀，似乎现在都可以说清了。他不由得朝灯光簇簇的单身楼挪步，走近了灯都亮着，哪栋楼是女工宿舍？哪个窗口是胶东女人的？他咋一点不记得了？唉，他一想起那天的鲁莽就后悔，那天他一进单身大院，就看见女工楼四层窗户挂着红裤头，这简直就是挑战他长安主持的权威啊，所以他一蹾脚甩手上去了。已有一段时间了，女工楼外晾晒的裤头常常不翼而飞，保卫科安排了暗哨也没抓住人，后来突查卫生发现上夜班的小山东，铺下藏了十多件女人的裤头，这小子居然每天要捂着女人裤头才能睡觉。显然，这些花花绿绿的裤头，搅得单身男人胡思乱想了，若放纵下去队伍就不好带了，于是黄老虎在大会上宣布了不准窗外晾晒裤头的决定。

可有人竟敢以身试法，这让他怒从中来，心想一定要抓个典型曝曝光，看谁还敢置若罔闻。没想到一上四楼，宿舍人说那裤头是黑妞儿的，这让黄老虎顿时陷入了难堪，猛然想到了那天浴室的情形，不知道这件红裤头是否就是那天穿着的，他当时抱起人就没敢往身上看，只感觉怀中有团火在呼呼燃烧，可能就是红裤头的缘故。

黄老虎装模作样吼了两声便往楼下走，暗自庆幸裤头主人没在宿舍躲过了难堪。可谁知胶东女竟冷不丁从楼下赶了上来，冲着救命恩人喊：黄书记，那是我的裤头，俺穿上辟邪哪，那天俺要是没穿红裤头就没命了。这时，黄老虎看见楼道里尽是围观人便冲她小声说：工厂有规定，你难道不知道？黑妞儿笑嘻嘻说：这是四层楼，谁敢爬上来偷呀？你想管，管住一层就好了。黄老虎叹口气再没理睬，转身进了男工宿舍楼，尽管楼道里弥漫着臭鞋烂袜子味，但他深深地吸了一口气轻松许多。而且稍感欣慰的是，从这里朝女工楼望去，耀眼的红裤头已经不见了。

黄老虎自从在浴室救起黑妞儿，就习惯了在夜里独自体味那个绵软的感觉，好像他抱着她走了很长的路，抱到最后都失去了重量，好像怀里的柔滑像流过的一股清泉，引得颤悠悠的奶子也要不安分地顶破背心钻出来。但天地良心，他当时绝对没有一点点异想，事后却折磨得他翻来覆去睡不着了，怪不得人们常说，好汉难过美人关。

这黑妞儿现在还算是美人吗？靳子倒是三番五次跟他提起黑妞儿，使他终于对成家燃起了欲望，似乎应该接住这个空中抛来的绣球，看来天下姻缘一线牵，绝对是条颠扑不破的真理。当然，他也曾有过一点迟疑，那两个胶东人似乎在一个屋檐下生活过，究竟关系有多深不好说，他去年还找茬去省委翻阅了忽大年的档案。呵呵，踏破铁鞋无觅处，得来全不费功夫，洋洋洒洒上万字的自传交代得清清楚楚，两人洞房花烛夜，同处一屋没同房。呵呵，面对如花似玉的大姑娘，一个十七岁的处男能守住童身也不容易。那份自传写得好仔细，连扬掌的细节都交代了，这是他给组织上写的，绝对不敢胡说的。这也让黄老虎读着读着庆幸起来，甚至有些默默地替黑妞儿打抱不平来，他忽大年论起来也没啥吸引人的，凭什么要冷落人家黑姑娘呢？

他当然明白靳子卖劲撮合也是满含深意的，不就是想让黑妞儿永远死了重温旧梦的心吗？似乎他也不应该再纠结这些了，尽管他没在靳子面前表露出热情，尽管那次黑妞儿用尖刻的语言表示了拒绝，现在机会好像又回来了。如今，忽大年官复原职了，还请他吃了饭喝了酒，正说明老首长的降职与他无关，何况两年过去了都没给他扶正，自己要是铁血心肠往上爬，怎会是这么个难堪的结果呢？

俗话不是说官场失意，情场得意吗？说不定这回长安厂的这个变化，使那已快板结的僵局又有转机了，近来他喜欢去黑妞儿的交验组查看试验弹，把墙上琳琅满目的产品结构图都忽略了，只瞥见一身蓝大褂里身姿婀娜。而且，那黑妞儿见了他好像还有些羞涩，翻来覆去摆弄着试验弹不肯抬头。呵呵，这种羞涩，让昔日的保卫干事更感觉到了希望。

似乎想什么，什么就会来了。这天黑妞儿破天荒敲开了他办公室的门，黄老虎马上起来让座，可黑妞儿端端地站着说：我今天找你，是想给你道个歉，那天我在单身楼话说得粗了，让你难受了，你别在意，我是大老粗，靳子姐都说我了，你还是我救命恩人呢，我这工作也是你调动的，我过来跟你正经说一声，对不起啊！说完，黑妞儿就想退出去，黄老虎急忙让她坐下，倒了杯水放到她面前说：那点小事你不说，我都忘了，检查卫生嘛，看不见算了，看见了就得说两句。不过内衣还是不要在窗外晾了，前后都是男单身，你知道去年年初就抓住一个人。然而，黑妞点点头，端着黄老虎倒的茶水没喝，说：黄书记，你的救命之恩，我永远不会忘的。

这句话挺简单，也挺朴素的，但黄老虎一听就明白了，看来她来办公室是另有意图，那就是来回绝靳子的媒妁，一定是靳子把人家找烦了，以为背后是他在指使。其实，你想要回绝可以找靳子说去，完全没必要画蛇添足到这儿来。当然，黄老虎毕竟身居要职浸淫有年，来了个假装没听懂，说：不用客气了，我那天也是碰巧遇上了，谁遇上都会搭手相救的。他这么一说，倒把黑妞儿说得不好意思了，慌忙放下茶杯退了出去。

而黄老虎却从她的窘迫中，察觉到希望还没有完全被扼杀。

六十二

后来忽小月醒悟，哥哥没能恢复党内职务是自己连累的。

事情完全是在不知不觉中发生的，当时工人们的伙食比上年好多了，肚里的油水也不知不觉绵厚了，脸上也慢慢浮上了红晕。但是，苏联专家留下的工艺资料依然堆积如山，如何翻成汉语融汇到工艺里，还有一个缓慢的消化过程。长安能撇拉几句俄语的，有一百多号人，大都是在苏联实习时攒下的本领，可要把那些俄文演变成流畅的汉字，也只有两三个人，忽小月无疑是其中的佼佼者，可她在熔铜车间当文书，无论如何也属于大材小用的。

终于有一天，牛二栏又通知她去技术科帮忙，她自然顺从地过去了。尽管在那栋小灰楼里已没有她的办公桌，也没有分配固定的翻译编号，但她好像成了科里的大忙人，谁都想把她叫到身边释疑解惑，有的问题其实一点就会，但是她不说人家就得琢磨好久。那位刘娜就来问字典上有个词对应的是舞蹈，机器怎么能舞蹈呢？小翻译笑了，放在这里就是震动的意思，大家恍然醒悟放声笑了。

但是也有些问题涉及工艺经验，忽小月也拿不准了，而且这类问题越来越多，直译成汉语就成笑话了。其实也没人任命她是翻译老大，可她自己感觉不自在，搜肠刮肚想寻找准确答案。但是有些问题还是令人费解，常常风马牛不相及。这天她在宿舍整理抽屉，看到老伊万寄来的元旦贺卡，豁然打开了思路，何不把问题集中起来问问老毛子呢？于是，她把所有疑问整理到一本软皮抄上，装进牛皮纸公函信封，端端正正写上伊万诺夫的地址和姓名，又贴了五角钱邮票，骑上自行车将信扔进了街边的绿色邮筒。

从此，忽小月开始了一个热切而又焦灼的等待，她觉得老伊万看到信，一定会放弃礼拜天休息答复的，如果一天解释不完，他会第二天不睡觉也要一一阐述。忽小月熟悉这个俄罗斯人的秉性，当年为了解决退火炉温差超高，一连三天不睡觉，弄得专家楼所有人都得陪着他加班，等到解决了问题竟然趴在床上睡了一天一夜，吃饭都懒得去餐厅，服务员端到房间吃完又躺下呼噜起来。忽小月通过苏联实习时的邮戳算过，一封平信，路途八天，加上老伊万复信时间，来回差不多要十八九天。所以半月以后，忽小月每天都要跑进工厂传达室，去瞅瞅有无国外邮件，一周没有，两周没有，三周还没有，这让忽小月有些沮丧了，送别时信誓旦旦言犹在耳，以后有什么问题，写信问我，随到随复，难道都是客套应付吗？这个老毛子似乎也不靠谱啊？

忽小月后来怀疑寄出的平信路上走丢了，就又抄了一份，并以挂号信形式，寄给了托翁庄园边上的伊万诺夫。她知道挂号信走得更慢，一个月以后她又开始天天往传达室跑了，期望哪一天会有苏联图拉市的函件寄过来，但是一次次让她失望了，传达室老张头说，自从老毛子撤走以后，就没见过国外来的信函，让她不要天天跑了，如果有了他会第一时间通知她的。

也有好心人提醒她，现在中苏关系紧张成这样了，苏联撤走了专家就是想给我们难堪，内部都将他们称为修正主义了，伊万诺夫就是收到信件也不敢给她回复的，谁不担心被自己祖国疑为奸细啊。忽小月想想也是的，现在去图书馆借俄文版的书籍，登记的明细都多了几行，竟要填上成分和籍贯，到了时间一天也不能拖延，还要一页页查看有没有撕扯痕迹。

难道自己又冒失了吗？她把一摞刚刚译好的工艺校对停当，保卫科突然打来电话叫她过去，她以为可能是连福有了消息，不知是福是祸，放下笔头急火火地去了。可是一进门见到一高一矮两个公安，脸色冷得像家里刚刚埋葬了亲人。高个子公安上来就问：你是不是给苏联什么人寄过两封信？她想都没想就说：是啊，我把工艺翻译中的难点汇总了，请教苏联专家伊万诺夫，可是三个多月了也没回信，我现在正为这事熬煎，要不要再去信催促。这时矮个子公安从挎包掏出一包牛皮纸袋，抽出一件问：是不是寄的这个？

忽小月一看那信皮就知道是她写的，她想拿过来看看里边内容，高个子公安手一挡没让她碰，取出一沓信纸伸到她眼前抖了抖，又从另一牛皮纸袋掏出一本软皮抄，又伸到她面前哗哗抖了抖，问：这都是你写的吗？忽小月瞪大眼睛点点头：是啊，有问题吗？这一个一个倾斜的俄文字母都是她写的，她太熟悉那一个个问题了，可这些信怎么会在他们手里呢？

高个子公安盯着她说：经过我们初步比对，这两封信涉及大量的军事机密，说吧，为什么要通过这种方式传递情报？忽小月啊一声惊叫：什么？传递情报？整个长安厂都是人家援建的，我们在整理人家编写的工艺，有些数据不清楚，我整理出来请教人家，怎么是传递情报？你别吓唬人，我可胆小啊？矮个子公安却说：你不要狡辩了，这些信件说明你有重大嫌疑，现在只是初步审查，我们还要找俄语权威审看了再说。忽小月有点发蒙：那好那好，你快叫人去审查吧，就不怕是笑话？高个子公安拿出一张表格让她填了再走，在填到家庭关系时，她在忽大年名下犹豫了一下，填还是不填，人家别以为我在拉大旗作虎皮，但不填更不行，人家会认为她想隐瞒什么，于是她端端正正填上了"忽大年"三个字，那两公安交换一下眼神轻声问：

忽大年是你啥？

是我哥呀，我亲哥呀。

她根本没想到，第二天当她走进技术科小灰楼，所有人都冷漠地睥睨她，似乎都想刻意躲开。连她想给谁帮忙校对，一个个怕她有传染病似的退避三舍。很快负责工艺翻译的宫科长把她叫去问：谁让你把我们的工艺问题报告给苏联人了？忽小月一听就知道他说的是什么，急忙把前前后后解释了一遍。但阅历深厚的宫科长阴着脸说：你应该知道呀，咱们是兵工厂，所有问题都是军事机密，你怎么能擅自告诉苏联人？还说得那么具体？忽小月委屈地说：人家是专家，是师傅，我们是学生，是徒弟，徒弟给师傅请教问题能算泄密？科长叹口气说：我说你就是不懂，不错，我们厂是人家援建的，我们也比人家落后，可落后的地方更需要保密，你问的那些问题内行人一看，就把咱厂的生产状态推算出来了，这可不是个小事情啊。忽小月看着科长的嘴一开一合，不由得心惊肉跳，手攥的一卷图纸很快就被汗水洇湿了。

后来黄老虎派人把她叫到办公室说：你瞅你哥刚刚复职，你就给他添了这么大一个麻烦，你还是先回车间避避风头，等事态平息了再回来。忽小月忙问：是啥事态？还要等平息了？黄老虎闷闷地说：我告诉你，吓你一跳。忽小月催促：咋了？你说嘛？黄老虎试探：你真的不怕？忽小月冷笑：我现在怕啥，也就是熔铜车间一个文书，连丈夫关在哪儿都不知道。黄老虎本来想解释，让她回车间是保护措施，怕她不理解又跑到厂长那里撺掇，闹得上下不愉快，现在听她这样胡搅蛮缠，老鹰眼瞪大了说：人家公安局已经把你档案调走了，是把你当间谍当特务看呢！忽小月倒吸口气再没吭声，双手绞着衣角僵住了，眼泪吧嗒吧嗒滚出来，掉到地上碎了。

也许没找到进一步的证据，也许还有别的原因，公安局没有抓捕忽小月，只是通知长安厂将此人调离要害岗位。想不到那区区文书，每天记个铜锭产量，收个考勤，发个工资，也算要害岗位呢。

忽小月气恼地在床上躺了一天一夜，闭着眼睛睡不着，脑海像过电影一样闪过这些日子的片段，她实在想不通自己怎么会落到这个地步，难道想方设法解决疑难是间谍行为？快下班时忽大年给她打来电话解释：这是个临时措施，人家公安盯着呢，你先下去吧，以后再调回来。忽小月听罢，一句没应就把话机从耳边放下，只听哥哥在另一头喂喂地喊，她蹙紧眉头哐地摔下去再没理睬。

后来她才知道，公安局把嫌疑人忽小月和忽大年的关系秘密上报了，钱万里在恢复哥哥党内职务的文件上画了一个大大的问号。

六十三

当天，忽小月就到熔铜车间炉前班"改造"去了。

那个班全都是男工，她以前每天来送报纸取考勤，远远就能闻到男人的烟味汗味，可她从没踏进一步，只是站到门口把报纸朝窗口一扔扭身就走，现在她不得不皱着眉走进炉前班更衣室，全班人毫不掩饰地盯着她的脸、她的胸、她的臀，盯得她脊梁骨发麻。这地方女人敢待吗？没准会让他们瞎摸出什么花边新闻来，她就更成食堂饭桌上热议的话题了，没准会编得活灵活现，那她在长安还咋活人呀？

正当她靠着门框发愣，忽然有熟悉的声音传过来：不要盯着看了，又不是不认识，以后天天在一起。忽小月扭头看是满仓进来了，手拿一沓手套递给她说：劳保用具我帮你领了，墙角这个工具柜你先用。

这间休息室，实际上就是在厂房角落搭起的一间小棚屋，厂房有十多米高，工棚刚刚过二米，单砖墙，瓦楞顶，吊车移动的灯光不时从上漏下来，靠墙是半圈工具柜，都是利用炮弹箱做的，竖起来翻盖朝外，内里架上隔板，俨然就成了有模有样的工具柜了。忽小月发觉满仓还是个干净人，箱里衬了牛皮纸，工具在下，工衣在上。她不好意思地说：你干吗让给我呀，我去搬个弹箱立到这儿就是了。满仓笑笑说：你以为找个弹箱就能用？还要钉隔板，上门鼻。忽小月摸着光净的工具柜，发现牛皮纸还是新糊的，边角可触到软软的糨糊疙瘩，心里涌起一阵近来少有的暖意。

忽小月从翻译贬为文书，又贬为熔铜班的炉前工，可谓是一贬再贬，她似乎也曾闪过一丝念头，要不要找哥哥想想办法，他已经恢复了厂长职务，算是堂堂一把手了，咋能看着自己妹妹被人欺侮？别看从文书到炉前工，那可是从干部到工人了，打人也不能打脸呀？但她又不想去找哥哥，她来厂里做翻译就没找过人，这会儿就更不想找他了，何况他打来的那个电话把什么都暗示了，大概也想把他自己撇清了。唉，什么狗屁哥哥，整天就知道琢磨自己的光辉形象，啥时念及过亲情呢？

靳嫂子倒是来车间找过她两次，一次是请她礼拜天到家里包饺子，她说要去翠华山秋游推辞了，一次是靳子佯装来车间洗澡，端着脸盆跑到熔铜炉边贴耳说：公安现在死盯着，你现在不好说话，等过上一阵儿找机会再调回去。忽小月知道她是哥哥派来当说客的，哥哥应该知道，我就是找老伊万求证了几个工艺单词，他们公安不明就里把信扣了，你们当领导的就不能去解释解释吗？你们以前没少和老伊万推杯换盏，几乎每天都要去请教大大小小的难题，至于这么冷酷地把个弱女子放到熔铜炉上烤吗？可靳子还透露，人家公安甚至提出要把她放到煤气炉去，那里跟煤灰打交道更脏更累。忽小月没再搭理嫂子，这里噪音轰杂，空气污浊，天天脸上身上落一层粉末，一天下来鼻孔乌黑的，难道站在这儿还算是享福了？

所以忽小月对满仓的殷勤有些感动，隔三差五就塞给他一个馒头。那炉前进料出料太苦太累，女人也只能安排在操作台上，忽小月以前见过这个半米见方的绿台子，上面有十多个按钮，必须记准，一旦按错，就可能把一炉料废了。满仓一遍遍给她讲解按钮的要领，按蓝键，配料入炉；按绿键，铜水出炉；按黄键，铜板吊起……注意，绝对不能按这个红键。其实培训了半天，她就完全掌握了要领，但满仓却陪了她三天，才放手让她单独操作。

不过，由于熔铜班出现了一名漂亮的女工，车间澡堂的开放时间悄然变了，每天下班前满仓都过来催她先去洗澡，如果哪天正好是女的洗澡时间还好些，如果哪天是男的时间，门口就会堵上一群虎视眈眈的男工。而她这时反而找回了当女人的感觉，端盆出了澡堂门，甩甩湿漉漉的头发，仰起蒸红的脸庞，且把男人的欲望撩拨得恨不能从眼眶里射出子弹，常常走进休息室还能听见放肆的议论。

你说这忽小月进了澡堂啥模样？

你老婆脱光了啥样，她就啥样。

她脖子白得像瓷瓶，捏住啥感觉？

我又没捏过，我咋知道？

对了，和尚抱过，问问他是啥感觉。

正说着满仓就过来了，几个人没搭几句话，就噼噼啪啪开仗了。她不知道满仓当时在浴室抱起她是怎样的感觉，只记得自己当时仅仅穿着背心裤头，披头散发，浑身淋透，哪个男人见了都会有冲动的，那连福见了她身体就会像条疯狗扑上来，也许和尚修炼过千年佛经，掌握了什么气脉，能控制住男人昂扬的血性，可不管咋样，自己再也不能犯那低级的错误了。

忽小月当然听见了外边嘻哈的厮打声，但她没有出去，只是朝镜子里的脸蛋瞅着，心想这张脸蛋愈发地尖了，也愈发地憔悴了。小时候哥哥特别喜欢拧她的脸蛋，这就是他亲人的方式，好像拧得越狠爱得越深。后来进了长安她长大了，哥哥再也没拧过她脸蛋，只有连福死皮赖脸摸过亲过，就像只饿极了的馋猫，只要周围没人就会凑上来亲一口，那歪歪的嘴唇贴到脸上，感觉也挺刺激的，身上都像过了电麻酥酥的。忽小月想到这儿不由得摸摸脸颊，朝着镜子做了个鬼脸。唉，那可怜的连福现在不知干什么呢？怎么劳动改造连个信也不能写吗？回厂制皮碗她叮嘱过几次，不管多难多累都要回信，你不知道看不到信心有多苦。连福当时是点了头的，可人一走就再不见音讯了……如今她也成了被公安控制的对象，两个人就成一对天涯沦落人了。

似乎这样简单而又重复的工作，让忽小月的心态和生活变得平静起来，她感觉自己就像熔铜炉上的螺栓，被紧紧扣在永不停歇的钢铁上了，随着坩埚倾倒铜水的声响上岗，伴着铜板停放的咣当下班，即使上厕所也急里忙乎的，没等泄完就要提上裤子往回跑。有时候她站得浑身麻木，炉前工都到点去食堂了，她还在张望有无铜水倒出来，一股血红，刺人眼疼，碰到什么顷刻间就会被裹住熔化。

她还时不时会涌起一阵阵幻觉，如果人掉进熔炉会是啥样儿？会烧得连骨头渣都没有吧？会不会在铜锭上留下一个人形的痕迹？谁又会是那个烧蚀之人呢？是连福吗？哎呀，绝不能是那个歪嘴的鸭舌帽，他已经够可怜了。是黄老虎吗？怎么每次工作调动都是他出面，他怎么执行公安的命令这么坚决？可这个人的心太绵细，绝不会掉进去的。那是忽大年吗？不行，不行，这个人毕竟是自己的哥哥，自己的亲哥哥呀，打断骨头连着筋呢。那是门改户吧？那家伙心眼太鬼，背后没少说她的坏话，可是……那也到不了扔进熔铜炉的程度……

那该选择谁呢？一个人若扑进上千度的铜槽，多壮的身体都可能瞬间就熔得无影无踪了，绝不会留下一点点痕迹的，就像一股风吹散浓浓的乌云。想到这儿，她的脊梁骨嗖嗖发冷，好像墙角的风扇装到了背上，冷风钻进了工衣，钻进了骨骼，搅动了五脏六腑，让她不断地猛打寒战，等到她的思维又回到操作钮上，内心才慢慢平复下来，她不由得左右偷窥，生怕谁发现了脑子里刚刚的疯癫幻觉。

她烦极了，这麻烦怎么总是追着自己跑啊？这个车间她觉得只有满仓人好，又厚道又勤快，还能容忍她发飙。那天她上完厕所回到操作台，莫名其妙地冲人家发起火来，骂人家是地主黄世仁，是资本家的走狗，没有一点点人性，也不知让人轻松一会儿，就知道生产、生产、生产，都快把人逼成机器了。突然，她骂着骂着疯狂了，双手乱舞乱叫，猛地将那操作台一通噼噼啪啪拍打。

蓦地，熔炉里的坩埚突然吊起来，又咣的一声砸到地上，铜水四溅，满天红遍。忽小月倏然愣怔了，刹那间感觉肚子被狠撞了一下，就栽倒在地上了。

等她慢慢睁开眼帘，看见周围站满了人，忽大年、黄老虎、满仓、门改户……还有一群穿着白大褂的医生护士……

当时，没人埋怨她突然爆发的失控行为，只是告诉她刚才那一幕太危险了，那炉铜水像一团超级蜂巢被摔到地上，溅得到处都是铜水，碰到啥烧啥，沾到谁烫谁，满车间鬼哭狼嚎的。奇怪的是坩埚边的人，只溅了些许铜沫没见大伤，却有一团铜液飞越操作台端端打到了她的肚子上。

天哪，可能有只神奇的手操控着那团铜水，如果铜水再高一点，肯定就毁容了，就把女人的骄傲毁掉了，再低一点，后果更难堪，肯定把女人的珍贵熔掉了。忽小月不想回答任何问题，睁了一下眼皮就闭上了。

万幸，万幸……

多亏，多亏……

这话都是谁在说？好像有忽大年，有满仓，有哈运来……似乎大家都在说，都在告诉她一个严酷的事实，她刚刚从一个危险境地侥幸逃生。如果……如果什么呀？你们早干什么去了，现在来看我的笑话？忽小月想，如果那一锅铜液再溅高半尺，她是不是就昏死过去了，那她也就永久解脱了，她实在不想在这个神秘的长安厂干了……

六十四

铜水无情，几乎把美丽的姑娘推到了鬼门关。这一推，推得忽小月整个肚皮血肉模糊，每次换药她都会声嘶力竭地骂人，骂连福，骂满仓，骂班主，骂忽大年，好像只有这几个人被骂了不会被追究。可是，等到肚皮上一圈圈渗着浓稠血污的纱布终于揭去，她惊恐地发现自己白皙的肚皮丑陋不堪，足有两巴掌大的疤痕横贯乳下，一块块新长的红肉与一道道隆起的肉棱扭曲到一起，像撕开的面团，那位笑眯眯的医生还过来安慰：放心吧，不会影响以后生活的。

不会影响以后什么生活？她问了几遍才明白，是说不会影响她以后怀孕生孩子，也不会影响她社会交往，仅仅肚皮上汗腺减少，天热发痒会不舒服。而且医生不停地说：万幸伤在肚皮上，脸蛋还是这么漂亮。但是我们的小翻译想了，这还不影响生活吗？哪个男人揭开她的衣服，见到这般模样敢上来拥抱？谁以后被她脸蛋迷惑上杆子，肯定就是个十足的倒霉蛋了，也许那个连福回来目光朝这一瞥，就会吓得连退三步吧？

忽小月哭了，哭得悲痛欲绝，哭声钻进了住院部的角角落落，医生护士一遍遍过来劝她不要哭了，哭坏了身体就划不着了。可她心想，白生生的肚皮烧了这么大一块疤，尽管衣服可以遮住，那也是破相了，哪个男人愿意抱着满肚皮疤痕的女人过日子？哪个男人看着稀烂的肚子能不吐胆汁？也许哭声可以赶跑恐惧，所以她早晨一醒来就哭，一直哭到太阳落山夜幕拉开。

满仓也过来劝她不要哭了，这是人生命里注定的磨难，以后日子还长着呢，碰上啥难事都要会想，只要挺过去就会柳暗花明。忽小月当然想要柳暗花明，谁能发明什么药把肚皮修复了多好，可这咋可能呢？靳子也赶过来劝她不要哭了，哭得长安人都知道她毁容了，以后可咋找对象呀？忽小月心想伤疤没在你肚皮上，站着说话不腰疼，但她知道靳子能来劝她也是好心，谁会劝病人往绝路上去？所以，她后来强憋笑容自嘲：以后哪个男的想来占便宜，我撩开衣服吓他做三晚上噩梦。靳子手点着她的脸颊说：你就不要胡思乱想了，就凭你这脸蛋，多少男人做梦都想亲着你脸蛋睡觉呢。

忽小月苦涩地摇摇头，两人不由自主提到了连福，那个戴上手铐的工程师能去哪儿劳教呢？尽管长安人知道他俩已经结婚，同车押运已算不上作风问题，可是和一个有历史污迹的人结合，就像掉到苦海里拔不出来了。所以，靳子让她赶紧公开那张结婚证的真相，如今已经过去好几年了，没人会追究以前押运的事了，那场折磨人的噩梦就算过去了。

而忽小月却拒绝了这番好意，说：那张结婚证好多人都见了，假的也成真的了，他连福回来有良心就一起过日子，没良心看我不顺眼，再离婚也不迟呀。靳子叹口气说：月月啊，你这样，就让我和你哥一辈子背上包袱了，假的就真不了，当初我领你到街道办去领证，是为躲避黄老虎作践寻事，如果当初给你个开除的处分，把你撵到社会上，你喝啥吃啥？现在时过境迁了，可以公开真相了，无非说你当初撒了个谎，哪个人不撒谎啊？忽小月觉得跟嫂子话不投机，就合上眼帘装作睡着了。

后来忽大年来探望的时候，她刚刚把一碗苞米糁子喝到肚里，心里依然是满满的苦楚。好像这几天她一直在等待谁来，不是连福，他现在哪里劳教都不知道，也就不可能知道月月受伤了；不是满仓，那个小和尚自从看她受了伤，天天往病房跑，那天车间派他去宝鸡拉废铜，走了两天就急慌慌跑回来，还捎来一网兜御梨，说是当年供奉皇上的贡品，现在只剩两三棵挂果树了。那就是忽大年了？这个人还是她的亲哥哥，是她在西安唯一的亲人，如果治疗失败她得了败血症活不成了，好像有话要对哥哥说的。但她一见到哥哥就有股气从心底往上涌，你还是工厂的一把手，眼睁睁看着别人欺侮妹妹不吭声，你也太胆小怕事了吧？

看到这个人假惺惺站到她面前，她强压住一股股从喉咙眼冒出的怨气，等他把一网兜苹果堆到床头柜上，问起那天怎么会发生这个情况，忽小月盯着天花板上一只乱撞的苍蝇没应声，她实在不想回忆那天的疯狂了，谁知道自己那天抽了什么疯，来了那么一通拍打，把好端端一锭铜料报废了，也把她自己毁了。她冷冷地说：你是来搞事故调查的？忽大年明白妹妹嫌自己进门就问事故经过，便把口气舒缓了说：我不是操你的心吗？知道你不适应，以后可以换个岗位。

忽小月狠顶了哥哥一句：哼，我的事不用你管，我就在这儿干了。忽大年声音沙哑说：你知道吗？那是抽你的皮，臊我的脸，这两年我也够窝囊，开啥屁会都要我回避。忽小月倏然昂头说：我就不懂了，我给老伊万写信，是不是为了工艺翻译？别人不知道你也不知道？你咋就不能说句公道话？忽大年叹口气说：我当然说过，可咱俩是兄妹，说话没分量，都以为我想包庇，想大事化小。

妹妹惊讶地看见哥哥的眼睛潮了，便把头扭到一边不吭声了。忽大年讨个没趣，只好悻悻地走了，显然妹妹对哥哥有了很深的成见，以后哥哥隔三差五派子鹿来送饺子送鸡汤，也没能把妹妹脾气捋顺了。

等忽小月肚皮快结疤了，换药时也能耐受疼痛了，黑妞儿穿着蓝大褂风风火火推开病房门，看见她大喊一声：小月啊，咋是你呢，我早听说熔铜车间出了事故，有个女工被铜水撞了个跟头，可我就没往你身上想，我是刚刚听说受伤人是厂长妹妹，才火急火燎跑过来，看我工作服都没顾上换，你这是咋弄的呀？忽小月苦涩地笑笑，她实在不愿复述那个恐怖的过程。黑妞儿看见满仓在旁边削梨就说：我晚上陪你吧，拉屎撒尿的，你一个病人不方便。

满仓把御梨递给月月说：我们熔铜班就她一个女的，你能来最好，我们这几天只能在走廊待着，听见护士叫了才敢进来。黑妞儿说：你们班都是男人，心都让狼叼去了？咋叫一个女人干那么危险的活？说着她接过梨一切两半，搁到床头柜上，满仓一个劲嘟囔：人在病中，囫囵吃梨，切开干啥？忽小月挣扎着起身去取，不由得哎哎一声倒抽口气说：不怨人家满仓，你也不问青红皂白就数落。黑妞儿嘿嘿一笑说：不管咋说，他们的责任跑不了，你瞅你这身子板，本来是扭给老毛子看的，现在糟蹋成这样咋扭啊。忽小月苦笑着说：什么扭给老毛子看，那是翻译。黑妞儿转而又说：这么细小的腰，本来是在戏台上撩拨男人的，你们让她去吊铜水，长安男人都死光了呀？

小翻译忽然靠近黑妞儿压低声音说：我就想不通，连福咋就没有一点音讯？我记得他说过在金石凹煤矿，就悄悄给他寄了一封信，那天竟然给退回来了。黑妞儿想想说：退就退了，到时候人就回来了。忽小月蹙起眉：什么呀，信皮上贴了个退信条，还写了四个字"查无此人"。黑妞儿宽释：那你肯定把地址写错了。忽小月苦苦一笑：我也以为地址记错了，可我一看那四个字……咳，你知道谁写的？黑妞儿摇摇头说：我哪能知道？忽小月愤愤说：是连福那狗东西的字。黑妞儿微微一怔说：男人有良心的不多，也许他有难处。

满仓听着两人数落，坐也不是，站也不是，就提上水壶去打热水，还抓了两个梨去洗，进进出出忙碌不停，终于把黑妞儿给惹火了：满和尚，我给你说吧，月月不能在熔铜炉干了，你明天就给厂长说去，你不敢说，我去找他，这个忘恩负义的家伙！她看见满仓蓦地抬起头，那表情分明在问，你咋敢如此放肆，便意识到自己说漏嘴了，只好打圆场说：尽管月月不在乎，可长安人看不下去。忽小月忙打断话：黑姐，我现在挺好的，我已经不想回机关了，机关人有事没事尽爱看人笑话，在车间但凡有点事，大家都会围过来帮忙，那天听说要给我献血，师傅们齐刷刷来了，你瞅现在楼下就坐了一帮子，我为啥要走呢？

但是，这种快乐实在太短暂了，当病房探视人都走了，忽小月独自躺在病床上也不知该想什么，只是望着天花板上的污迹琢磨，那里像山峰，那里像河流，那里像海浪，那个角落像一个人盘腿打坐，旁边还有一炷高香，多像达摩面壁哟。后来见满仓进来，她问：你看房顶上像不像你？满仓仰头朝天花板瞅了半天不知所以。忽小月笑了说：你真笨，你看那个角上，像不像你盘坐在那儿面壁思过？可满仓朝那角落怎么瞅也瞅不出头绪，但他看到小翻译终于咧嘴笑了。

忽小月似乎迷恋上天花板了，说：你能不能找架照相机，我把它拍下来，就是一件艺术品，我在莫斯科看过一个画展，尽是这种线条的画，指不定那些画就是从烂墙上发现的灵感。满仓却说：忽翻译，这些天你一直愁眉苦脸的，看见你笑，是伤势好些笑了，还是苦中作乐？忽小月叹口气说：人都这样了，开心能咋样？不开心又能咋样？

满仓摇摇头说：这都是命，人这一辈子沟沟坎坎都是命里注定的，你这样想心里也就不苦了。忽小月眼圈又红了又想哭了，问：我的命可能就是个苦命？不知道将来能不能善终？能不能去那个极乐世界？满仓紧张地朝门口张望，说：你可不敢跟别人乱说，我这些天为劝导你开心，卖弄了几句佛经，如果让人发现了，给我戴上个迷信帽子，不打倒也要下放的。

忽小月笑了说：你叫楼下的师傅都上来吧，不要天天在楼下候着了，啥时要输血，医院会通知的。满仓趴在窗口喊了两声，工友们就一个个进来了，自从上次他们从被窝拉到医院抽血，大家就害怕耽误，每天都有人在病房楼下蹲着，连吃饭都是换班去的。后来她的伤口愈合了，忽小月让大家不要在医院等候了，但工友们出了医院大门，一嘀咕又跑回来了。忽小月时常听见他们闲聊，北京的十大建筑是不是都建在长安街上？飞机起飞是不是拖车拽的？当然，他们也会低声细气地谈论女人，男人谈女人会上瘾的，哪个女工的嘴唇红，哪个女工的皮肤嫩，上去拧一把会不会翻脸？忽小月听得笑了，便把谁拎来的苹果一个一个扔下去，工友们笑着接到手上，却不肯咬一口，过一会儿又让人拎进了她的病房。

半年以后忽小月拎着一个网兜，心里慌慌地上班了。

本来哈运来已经捎话准备给她调动工作，但她一走进熔铜班就被里边的变化感动了，她的工具柜上居然有一只注满水的药瓶，插着几枝黄灿灿的野菊，五个月没来工具柜却擦得干干净净，连门鼻锁缝都不见灰尘。更让她惊诧的是，墙上挂的出勤表，在忽小月那一栏，全写着“工伤”。是工伤就能享受待遇，可以去大医院看病，退休后还有补贴，多少人有病想混个工伤待遇，忙活几年也没个结果，而她没操心就戴上了帽子，谁这么有心呢？

忽小月说：我谢谢大家了。小河南凑上来说：这个你就别谢我们了，都是人家和尚，每个礼拜一上班，先给你擦柜子，我说等你上班再擦也赶趟，可他偏不，比给他自己柜子都擦得细。满仓摆摆手，说：顺手的事，大惊小怪。说着没等回应就出去了，忽小月望着那宽厚的脊梁有些感动，眼眶热乎乎的，急忙做了个拢头发的动作把涌起的感动掩盖了。

我都成这样了，你们还拿我当仙女？忽小月那天洗完澡端着脸盆，看到工友们都蹲在门口注视，便想对满仓调侃一句。满仓笑了问：你成啥了？你美得像仙姑呢。忽小月一听也笑了，她跑进休息室，把小圆镜摆到工具柜上，瞅着镜子里红扑扑的脸蛋，用把木梳一遍遍梳着秀发，没有花卡，也没耳饰，圆圆的脸庞还是那么白净。都说女人过了三十就显老了，可她怎么看也比那些女工们顺眼，若把头发拢到头顶扎成马尾状，活脱脱一个生龙活虎的中学生；若是把辫子梳成两根耷到肩上，就是司空见惯的邻家妹。

那么，今天梳成什么样子好呢？她朝镜子耍了个鬼脸笑了。

六十五

曾几何时忽大年以为自己又成为长安厂主宰了，走进调度室可以发布任何指令，没有人敢掣肘顶撞；召开形形色色的会议，他可以从天讲到地，没有人敢交头接耳；唯有的懊恼是他的书记职务没有恢复，本来他已经恢复了厂长职权，对书记的恢复并不急迫，可那个黄副书记顶着党委主持的头衔，他这个委员也只能在党委会上“聆听”人家的小结。然而，尴尬还是以意想不到的面貌坦露出来了。

那天，他听门改户进门神神秘秘报告，公安部要来调查妹妹给老伊万的信函，顿时感觉妹妹又遇到麻烦了，他本想把问题拖一拖，待事情凉一凉再做处理，没有签字就把文件退了回去，想着这份文件他不签字不好传阅。但是周末晚上，他组织两台水泵把暴雨后的一摊积水抽净，回到办公楼陡然发觉了会议室的诡异，那个黄老虎竟然在召开党委会，神神秘秘地在夜里开黑会？什么秘密要鬼鬼祟祟避开他呢？他毕竟是一厂之长，好赖也是一名委员啊，谁这样狂妄到视而不见呢？如此藐视让堂堂厂长忍无可忍，但是当晚他还是忍住了，这让他联想到那年那次传达形势报告，只秃噜了一句俄式脏话，可第二天他还是把黄老虎叫到办公室，将憋了一夜的怒气撒了出来：

我实在不懂，为啥要避开我召开党委会？

哎呀……怕你看见公安部这个函件不舒服。

避开我开会，我心里就能舒服？

绝对没想瞒你，是讨论忽小月私信老伊万。

那又怎么了？老伊万，苏联专家！

她发傻，把咱厂机密透露给了人家。

咱厂有啥人家不知道？小月也是为整理工艺。

就是考虑到这个因素，才从轻处罚的。

她已经下到熔铜车间了，怎么还要下？

就是把她调到熔铜炉上，也算个处分，也好给上边交代。

就为这个，长安党委会要避开我？

哎哟，我的老首长呀，好心当成驴肝肺了。

什么好心？根本就是驴肝肺！

你忘了，上级有规定，讨论人的问题，直系亲属必须回避！

忽大年瞪大眼，看着以前的老部下突然理直气壮顶起牛来，好像还是第一次，他迎着老鹰眼游离不定的光泽，真想揪住狗东西的领子撕扯一番，或是朝他脸上狠狠唾上一口浓痰，然后一转身拂袖而去。但是，两人目光久久对视着，几乎把牙齿咬酥了，谁都不肯先从锋芒里闪出来。后来是门改户听见屋里声高推门进来，两人才不无掩饰地重新坐下，办公室便倏然安静了，静得可以听见墙上钟表的嘀嗒声了。

忽大年长长地出了一口气，感觉到都是因为妹妹的过失，才使得自己受到了羞辱，也让他愈发纠结恢复党委书记的决定，如果自己在党委书记的交椅上坐着，他一个副书记敢伸出獠牙顶撞吗？

当然，最让忽大年于心难耐的是，妹妹去熔铜炉刚干了几天就出了事故，把自己烧伤了，活脱脱一个倒霉蛋啊，好比眼看着自己妹妹被践踏，自己还被拴着冲不上去，令人禁不住扼腕长叹，像一头困兽在办公室来回踱步，却又找不到释放愁闷的渠道，看看身边人似乎都不顺眼了。

于是，他屁股刚在椅子上落下，便气呼呼把门改户叫来，劈头盖脸地训斥：你们办公室咋这么乱，我没有签字，文件咋能转起来？门改户大眼眨巴两下，说：那是党内文件，黄书记主持党委工作，所以……忽大年啪一拍桌子站起来：你咋当的主任？钱书记亲自宣布了我恢复职务，到现在不见书记的任命文件，你们就不知道去省委问问？不知道主动替领导分忧解难？面对这一连串的斥责质问，小小主任一个字不敢驳，只把嘴唇咬得紧紧的，就像面对酷刑昂首不屈，直到他把一通脾气发泄完，门改户才屏住气点点头，给他茶杯续上热水，那意思像是说，你骂累了，歇歇再骂吧，万不能骂坏了身子骨哇。这当然又挑起了忽大年又一股怒气，他蓦地把桌上一摞文件报纸猛地推下，纸页满地飘洒。门改户慌忙哈腰一一捡起，小心翼翼放到茶几上，像宫廷太监似的，一步一步退到门口，手碰到门把手，才反过身退了出去。

事情已经过去好多天了，忽大年觉得黄老虎敢于晚上开会讨论人事处理，一定是受到什么鼓舞？门改户之所以敢在他面前一声不吭，一定知道什么内幕？他顿时警惕起来，抓起桌上红机拨出呼号。这个加密的红机全厂只有这一部，安装后只接过成司令的来电，今天他顾不上许多了，直接让话务员接通了钱万里。

钱书记，书记的任命咋还没到啊？

你把权都抓到手上，能忙得过来吗？

你不是在我们干部会上宣布了？

能恢复厂长职务，足以说明组织上对你的信任。

那党委工作……我就不管了？

你说这个呀……你心胸要开阔……

后边钱书记宽释的话，忽大年几乎一句没听进去，是听到对方电话挂断发出了嘟嘟声，才把耳机重重放回到红机上，整个人像霜打了一样呆呆斜倒在椅子上，脑袋没精打采地耷拉着，似乎四肢血管也紧跟着一截截凝固了。他心里明白一定是哪个环节出了麻烦，让领导对他的任命迟疑了，也使处于激昂之中的心态，突然被泼了一盆冷水，把他的脑袋浇透了。

他想出楼去透透气，到车间跟工人们聊聊，东言西语，酸曲段子，常常会让他焦虑的心境得到平复，几乎是正对魔症的良药呢。但就在他准备开门出去时，门改户不声不响地进来了，他把一个蓝皮本递了过来。忽大年感到诧异，问：电话记录？门改户却神情闪烁低头出去了。

他操起蓝皮本一下子翻到折叠处，原来是省委通知明天召开领导干部大会，明确长安派一名党委领导参加。咳，现在厂党委最大的官就是副书记，当然是他黄老虎去了！他又翻到折起的一页，是黄老虎前天打给钱万里的，通话记录一问一答详细无比：

我们接到了公安部一个通知，说忽小月有通苏的嫌疑。

这种事还用请示吗？不嫌婆婆妈妈啊？

关键是嫌疑人是厂长的妹妹，党委会咋主持讨论呀？

这个还用问？党委工作仍然由你黄老虎主持了。

忽大年没看完就大彻大悟了，刚刚门改户之所以吞吞吐吐，就是因为这页记录明确了他和黄老虎的关系，也就是说人家黄老虎主持党委会师出有名，自己是委员，人家是副书记，当然是副书记主持了。显然，所有烦恼都来源于这通电话，刚刚平复的心境又开始翻江倒海，不由得将记录本朝门上狠狠掷去，砸到门框跌下来散了。

看来他们把矛头又集中在妹妹身上了，这个难以调教的妹妹，好言相劝不听，挖坑活埋不怕，调离岗位不在乎，如今又被铜水烧烂了，以后的日子可怎么过活呢？唉，这个傻到家的妹妹哟，人家把你贬到熔铜车间，不光是给你难堪，也是在打你哥的脸，想让你哥丢人现眼，熬不住了就给人家腾位子，你咋这么叫人不省心呢？

倏地，忽大年想到一个人，这个人说话她也许能听进去，就是听不进去自己也算尽心了。于是，他拨通了交验组的电话，胶东大葱味的声音传过来，他不好强调自己内心烦恼，只说了忽小月受伤的消息，请她赶快去劝劝妹妹安心养伤，以后肯定有机会调出来。

忽大年说完感觉到一阵轻松，但这种轻松的感觉只维持了十分钟，焦躁烦恼又涌上来了，又想摔东西了，抓起书架上穿甲弹模型就想扔到窗外去，管它会不会砸到人呢。突然，他手举着模型又愣怔了，真的要扔吗？似乎这个穿甲弹瞄准的是他的心障，可以击穿壁垒让他的烦躁释放出来。

是的，忽大年对穿甲弹有一种特别的嗜好，一直梦想在工厂能增添摧毁钢铁装甲的品种，否则那些席卷而来的坦克仗着铁甲坚固横冲直撞，若没有可以压制的撒手锏就是失职了。固然战士们的勇敢让敌人胆战心惊，但是用生命换来的胜利太过悲壮。所以，从中印边境回来之后，他与一帮科研人讨论了十二个半天，最后决定加快炮射穿甲弹试制，启动肩式反坦克火箭弹预先研究，这两种反装甲武器，一个用于远程攻击，一个用于近战，一定能把敌人装甲打成废铁！

然而，这项任务一旦确立，就发现老毛子没留下任何有价值的资料。所以他在电话里把已任科研所所长的焦克己叫到办公室，盯着酒瓶底般的眼镜嘱咐：这项任务非同小可，务必拿出让敌人害怕的魔力来。焦克己叹口气：我一介凡夫俗子，哪有什么魔力啊？忽大年手点他的额头发狠道：你的魔力就藏在这里头，发挥好能把人吓趴下，发挥不好就是个榆木疙瘩。可那焦克己却说：现在，我和支部书记就尿不到一个壶里，能不能让我一肩挑啊？这话恰恰点到了厂长腰眼上，现在的厂长已经瘸了腿，有何能力处理这类事情呢？

这时黄老虎反而精神抖擞，又戴上了那顶著名的黄军帽，又开始在办公室里背手踱步，每一个来回，都让他的思考深入一步。其实，当他一接到公安部函件，就敏锐地感到忽大年的党委书记可能要泡汤了，谁敢把特嫌的哥哥推到兵工厂党委掌门人的位置上，一旦出了问题必然要追究责任，谁愿意为了别人让自己付出代价呢？

那个门改户已经把记录给忽大年看了，现在又回到了黄老虎办公室。他俩本来没什么交情，可自打黄老虎免掉赵天，把他从车间副主任提拔到办公室主任位置上，一个想抚摸部下的头顶，一个想表达对领导的忠诚，从此有事没事都要掏心窝子交流。两人都揣摩忽大年看了电话记录一定有火难发，只能困兽般在办公室叹气摇头，所以他俩一直静静地竖着耳朵，倾听着走廊另一头传来的窸窣声响，似乎风吹草动都会把两人的神经激励起来。

昨天下午咋那么顺呢？一切都是按着黄老虎的预想进行的。当时他把门改户神秘地叫过去，把门闩反锁上，名义上是商量怎样处理公安部的函件，实际上是想给省委书记电话请示。当然，请示如何处置公安部函件就是个幌子，关键是要告诉第四书记，嫌疑人乃是厂长的妹妹，这才是他背后隐藏的心思。他知道，上级一旦知晓了忽大年有这样的胞妹，是绝不敢把党委书记的任命签下来的。如此一来他依然可以就工厂党务指手画脚，依然是长安厂第二个掌舵者。

可是当电话接通，黄老虎一字不漏念了函件，马上感觉钱万里有点诧异：这有什么好请示的，你们按规矩办就是了。可黄老虎醉翁之意不在酒，电话那头大概也闻到了"酒味"，只一句我知道了，便明确了由他继续主持党委工作。这话不但分量重，含金量也高，黄老虎听一句，重复一遍，门改户站在旁边笔头匆匆，就像搞监听的话务员。

呵呵，真是天赐良机，那份电话记录实在太重要了，那就是当前工厂党政关系的纲，是他和忽大年之间的理性架构。明确了这个关系，所有的问题都可以忽略了，至于排名也就不计较了，筹建时期他仅仅是人家的保卫组长。所以，刚才是他让门改户把电话记录送过去的，一则告诉厂长息怒，黄老虎不是不懂规矩胡作非为；二则把两人关系彻底摊开来，明示是组织授意而为，绝非黄老虎想与老首长分庭抗礼。

黄老虎觉得忽大年看过了电话记录，就不该埋怨他擅自召开党委会了，也不该埋怨他给省委书记请示了。而且，这些问题如果不请示，怎样处理都会让人找到毛病的，由他来主持研究，既显示了他在党委的地位，又给厂长解除了包袱。况且，忽小月也就是在熔铜车间换了个岗位，原来是文书，现在是操作工，既躲过了公安的追究，又把函件落实了。倘若自己耍滑头，把忽小月上交公安处理，最轻的处罚也会关上一年劳教的，那跟关进监狱有什么两样？所以，老首长冷静下来绝对会想通，会拍拍他的肩膀点头称许的。

六十六

忽大年不再想纠结党委书记的帽子了，因为那份开发穿甲弹的报告递上去，总部大院传来一阵谨慎的掌声，这意味着长安炮弹将会填补我军武库的空白。忽大年从西藏边陲回来后，一直在思考这个问题，尽管我们把印军王牌旅打得落花流水，也不能排除对方轻敌的因素吧？

忽大年怎么也忘不了，在中印边境回撤那天，马铁龙哄他去给被俘的印军准将"压惊"，那家伙已经做了战场俘虏，旅长的架势始终不倒，酒杯一碰，叉起一块牛肉说：贵军穿插偷袭，实乃侥幸成功，如果摆开架势，谁输谁赢将难预料。他一听就笑了：兵者，诡道也，这有什么奇怪的？哪想旅长大言不惭：兵者，君子之道也。忽大年气得差点把酒杯摔了：我们是替天行道！但他始终没有发作，知道这位准将的底气，来源于他们的美意装备，不停地像上课：现代战争是铁甲的对抗。言外之意，我军还是子弹加步枪。

这让忽大年羞愧难当，他一回到长安就展开了穿甲弹的研制，一定要让全世界知道，任何铁甲在长安炮弹面前不堪一击。可是他调兵遣将，上下动员，感觉老部下们没有以前好使了，开始他一股劲上来就会发火，一个个像戏里的太监，唯唯诺诺的，可下达的任务却少有按期交差的，就连一帮老臣也变了嘴脸，揉搓得你硬不行软不行，几乎快把他的性子磨软了。这天，他终于想了个办法，让人把黄老虎叫到面前。

咱们当年带兵打仗，打一仗就要树几个英雄。

你发话，看谁行，树起来就是。

焦克己是个老黄牛，为穿甲弹连家都不要了。

噢……？树他可要慎重，他老婆传出好多风言风语。

什么风言风语？我咋没听说？

那个小山东，不光喜欢女人裤衩，还喜欢钻女人裤裆。

黄老虎像掌握了特大敌情神神秘秘地说：焦瞎子整天在厂里忙碌，他老婆耐不住寂寞，隔三差五就包饺子炖粉条，招呼小山东去吃饭，甚至光天化日拖洗床单，一人一头，一松一押，街坊人都看不下去了。忽大年纳闷问：这有什么？黄老虎呵呵笑了说：有人看见他们把孩子哄睡着，两人钻进了一个被窝，现在满街坊都在嚷嚷，就瞒着焦瞎子一个人，把这样一个窝囊废树起来，厂里还不笑翻天了？忽大年哼哼：这算个啥屁事，他是他，老婆是老婆。

说服了黄老虎之后，忽大年跑到熔铜车间，径直将想法告诉了焦克己，到时候戴上大红花，两尺照片贴到办公楼下，大红喜报寄到家乡，也就光宗耀祖了。然而，焦克己听到激动人心的想法，竟然像吓到了，头摇得若拨浪鼓说：树我干啥？搞错了吧？忽大年诧异：不树你，树谁呀？

焦克己冒汗了，他把厚眼镜取下来，撩起衣襟擦擦说：不是我不知好歹，是穿甲弹项目没有进展，我当上了劳模，军方还不笑掉牙了？我也就是回家少点，其实住在试验工房，睁眼能看见铜料包，闭眼能闻到金属末，心里踏实呀，现在的关键是弹体结构定不下来……噢，现在我正有个重大情报要汇报呢。忽大年心想你要有收集情报的本事，老婆能让人家钻空子？

焦克己拉住他肩膀低声说：昨天渭河厂请我去帮他们调一台油压机，我一去就调好了，叶油子一高兴，赏了我一个信息。忽大年急了说：焦瞎子，你快别绕了。焦克己声音又低一度说：北京军博的馆长是他战友，叫他去看了一个战争回顾展，有一辆展览坦克被穿甲弹击中没有炸，如果我们过去把弹拆回来，内部构造不就一目了然了？忽大年有点将信将疑，叶油子为啥不给他说？转而想想又说：以后你晚上回家睡觉，让老婆孤守空房，时间长了也不行。可焦瞎子却说：她呀，一点不孤单，四个小娃，够她忙的，我回去多了，再怀一个才添累呢。

忽大年苦苦一笑走了，他想绝不能让老实人戴绿帽子，这要在部队早就叫人给收拾了，战士在前方打仗，你妈的还有心插上一杠子。可是他回到办公楼没坐定，叶京生的电话竟打到他办公桌上了，人家京味十足地提醒：我告诉你，动作要快，山西一个厂，也盯上那个穿甲弹了，听说已经派人去拆了。放下电话忽大年挺感激这个北京人，现在掌握穿甲弹结构是关键，这个电话一字千金啊。

当天下午，忽大年就带着哼哈二将，坐上了飞往北京的航班，也是第一次坐飞机，晕得他吐了一油纸袋子。可一进军事博物馆大院他就舒坦了，摆了长长一溜大炮坦克，好多装备还涂有红星，昭示着自己的战功。果然，有一辆坦克前装甲钻进一颗穿甲弹，害羞地翘着半截屁股。这辆坦克是在中印边境中的弹，可穿甲弹居然没炸，连长驾驶负伤的英雄坦克，反摧毁了三辆印军坦克，回来后便成了士兵观摩的教具了。

忽大年迫不及待拉住馆长说：我跟叶京生是同事，我们现在在攻关穿甲弹。馆长大笑：叶京生说他是搞炸药的！忽大年连忙解释：我们搞穿甲弹弹体，他们做穿甲弹炸药，给个方便，把弹拆下来，我们带回去做个分析。馆长一听便笑了：你们也不想想，要是能拆下来，战士们早拆了，还能等到现在？现在弹和坦克已经融到一起了，要拆就得把坦克破毁了。忽大年在航班上就想到了，说：我派人，把车体割开。可馆长颇为坚定：那可不行，这辆坦克进了军博，就是红色文物了，毁坏文物是犯法的。长安人为筹建工厂与文物人打了几年交道，酸甜苦辣尝尽了，知道什么东西一旦定为文物就复杂了。

夜幕降临了，他们也不想吃饭，忽大年领着大家来到一个戒备森严的大院，门卫进去通报了一声，出来一个勤务兵，领他们沿着一溜路灯的方向，穿过一院一院灰瓦房，来到一处搭满黄瓜架的院子。忽大年抬眼一看，激动得直扑过去，成司令双手叉腰站在门口喊：多急的事嘛，还追到家里来了？

忽大年还是第一次走进成司令的家，这是一间挂满军用地图的书房，一面墙的书架，四个木扶手沙发，一张亮着台灯的写字台。忽大年没等坐下就开始报告：如果把未爆的穿甲弹拆下来，研制进度肯定会加快。成司令给三个玻璃杯斟上水问：你们看了那个展览，看到我们与人家的差距没有？

差距？什么差距？倏然，忽大年瞥见书架里一帧简笔肖像，他的头嗡的一下，事先想好的内容竟迟钝得说不出口了，似乎听到走廊里还有个女人在说话，心绪一乱，如坐针毡，都不知后来成司令告诫了什么，当他起身出门时，一个头发凌乱的女人挡住去路，混沌的眼睛直勾勾盯住他问：

你是长安厂长，你告诉我，可明是自己下的井，还是你派下去的？

忽大年顿时蒙了，支支吾吾不知该怎么回答。成司令过去挽住女人胳膊，背着手摇掌示意他们快走，拐过弯就听见成司令怒斥勤务兵：谁让你说长安来人了？咋还嫌不乱呢？

好像北京的经历让忽大年受了刺激，回到西安一脸苦大仇深的样子，一会儿让哈运来盯住产品质量，一会儿让焦克己拿出科研计划，似乎长安角角落落的齿轮，都在他的鼓捣下转动起来。后来，他的目光盯在了那座灰色的专家楼上。自苏联专家撤走以后，这座小楼被技档科占了，半层是俄文资料，半层是技术档案。这些日子，忽大年很不情愿到这里来，远远望上一眼，不管心情多么爽朗，马上就会像小楼外墙般灰暗下来，小楼是妹妹的伤心地，也是他忽大年心中的隐痛啊。

从西藏边陲回来后，他一直想在小楼建立一个兵器情报中心。

可靳子却在耳边撂话：你屁股还没坐稳呢，能不能琢磨一下，过年给职工多发两斤带鱼？后来，他想了想还是叫上哈运来去了小楼，见到技档科长宫玉华就说：你们整理老毛子的资料功不可没，现在要盯住美国介绍兵器进展的《简氏防务周刊》，打开长安人的视野，否则，就可能找不到发展方向了。哈运来闻听一再恭维：厂长啊，你中印边境这一趟，真是值大发了。忽大年反瞅着宫玉华说：知己知彼，百战不殆！可宫科长却噘起红唇问：科里多挂个牌子，增加不少业务，配不配人呀？

忽大年实在不愿对这个女人发火，这倒不是此人漂亮得让人心烦，而是这个女人也是地下党出身，报到那天就串门般推开了他的办公室，感觉她的脸蛋特别生动，两片嘴唇红得妖艳。忽大年看过档案才知道，她是被我军潜伏的参谋长先发展成妻子，后发展成谍报员的。可临解放的头一天，参谋长正欲带她驾车撤离，特务从背后打了一枪，从此便一直在床上瘫着了。后来参谋长主动提出离婚，可她声言再婚也要三人住在一个屋檐下。忽大年觉得此女忠诚可嘉，不但提拔她担任了技术档案科长，还把人事档案也归并她管辖。

可那天，忽大年有点不耐烦地说：这个事，想通了要干，没想通也要干！看看老外的武器动态吧，不要说美国了，就是印军装备的坦克，论速度，论威力，咱们都落后了一截子！

正当他憋住气分析了情报中心的意义，焦克己喜滋滋跑来说，军方竟然把插在坦克肚子上的穿甲弹送来了。这让长安人如获至宝，马上安排人手测绘，但是忽大年又有焦虑涌上来，他在上报的科研计划上，打了一个大大的问号。这让焦克己很是郁闷，碰见忽小月路过配料室就喊：密谋啥呢？又递上那份报告问：你当了几年翻译，知道厂长这问号啥意思？忽小月睨眼一扫，说：这还不明白，忽大厂长有话要说呗。

第二天很多人接到了一个怪诞的通知，要去后山墓园举行一个仪式。

大家感到惊讶，什么仪式要在墓地举行呀？黄老虎挠着头过去想问一下，却得到了一个暧昧的回答：这是行政工作，难道也需要沟通吗？到了秦岭山脚下，大家惊异地发现，在一面平缓的坡地上，苍松翠柏，参差叠映，墓园深处一面石壁，竟覆盖了一块硕大的红布，上面影影绰绰站着几只小白鸽，不畏陡峭，傲然不动，像要观赏将要开始的什么行动。

忽大年一步跳到隆起的土台上，像当年战前动员挽着袖子，两手向下一压，山坡上就静得只剩树叶的哗哗了，而他喉管发出的胸腔共鸣，却把人们心扉撞得嗡嗡直响：今天我把长安大大小小的人物都叫来，不为别的，是要在这儿开一个穿甲弹研制的动员会，大家也别笑我神经病，干吗要到墓园来开动员会？大家看到了吧，坟丘后边正面石壁上，刻有两位英雄的雕像，一个是董存瑞，一个是黄继光，我要告诉大家，这两位家喻户晓的英雄，是我们共和国的英雄，也是我们军工人的耻辱啊！

什么？什么？大家听到厂长意味深长的话顿感震惊，忽大年双手又一压说：大家都想想，英雄也是人，一定也不想死，可他们手上没有可以毙敌的武器，不得已才英勇献身了。所以，我们这些兵工人面对英雄应该惭愧呀！所以，这两位英雄是子弟兵的骄傲，也是抽打在我们脊梁上的鞭子！现在，这两条鞭子高悬在此，拿下穿甲弹，应是长安人义不容辞的责任！

这时满仓跑过去把红布扯了下来，小白鸽腾地飞起来，石壁上两位英雄冷峻地注视着长安人，旁边还有一组浮雕有点忧伤地盯着大家。忽大年顿了顿又说：我为什么要把长安的英灵也刻在山石上？就是要让这些英魂永远守护我们长安，也守护他们心心向往的工房。所以，我在科研所上报的计划上画了个问号，知道我问的什么吧？问的是大家是否清楚我们肩上的责任！

这时忽大年目光扫到老部下说：老虎，该你说两句了。那黄老虎迟疑一下没挪步，显然他在琢磨忽大年的"耻辱论"，不知有没有犯忌？不知上级会怎样判断？所以他不能公开迎合这个冒险的论断，便定定站着没有动也没吭声。

忽大年恼怒地将手臂一扬，说：同志们，我们现在唱首歌吧？只见他双手握拳，像拳击一样狠狠地扬起砸下，砸得空气都嗤嗤地响，那样子就像要砸烂什么壁垒，把所有人都吓得嘴巴开启着，发出了断断续续的音符：向前，向前，向前，我们的队伍向太阳……

六十七

夏季刚刚进入伏天，工房里就像蒸笼一般了，人们期待冰棍的心情又张扬开了，可黄老虎却对冰棍讳莫如深，他几次攥着笔记本到厂长办公室外徘徊，却始终没敢进去。

是啊，进去说什么呢？尽管忽大年重登了厂长宝座，但现在还没有任命书记，那他就是党委实际上的老大，山中无雄狮，老虎称霸王，当然这只是个玩笑，他是不会在忽大年面前流露的，毕竟人家是正职他是副职，毕竟两人多年来一直是上下级，所以他必须恢复到从前的状态，主动到厂长办公室去商议，还总是谦卑地捏着笔记本，尽管从没在本子上记录一个字，但他明白自己必须表现出恭敬，这不仅是一个老下级对老上级的尊重，也是人格修养的体现呢。

　　但今天他走进门是有事要报告的。他没想到自己主导的清理运动，在最后总结的关头，会反映上来两件麻烦事，而这两件事都牵涉到忽大年，所以他必须主动去沟通，否则厂长因此挨上板子，会埋怨他没打招呼。如果等上级板着脸找上门来，那头顶的疤痕肯定就红透了，人家会把新仇旧恨都记到他头上，一副好心肠就成驴肝肺了！不过，这两件事他必须考虑清楚，用什么样的口气，从哪个角度切入，否则老首长炮个蹶子，他就出不了门了。

　　后来黄老虎进去坐到老首长办公桌前，小心翼翼地报告了事情的来龙去脉，忽大年听着居然许久没言声，只是低头瞅着眼皮下的玻璃板。他知道，忽大年特别喜欢那张照片，当时子弟学校召开运动会，子鹿参加了八百米赛跑，第一圈领先了，把所有选手拉下一大截，第二圈就被同学追上了，第三圈竟被人甩下几十米，最后一圈拖泥带水跑到了终点。于是，厂长拉着子鱼子鹿拍了这张合影，也算是给孩子一个安慰。可是，黄老虎言之凿凿反映小子鹿牵扯了经济问题，厂长的脸马上吊了下来。

　　第一件事，是有关忽小月倒卖冰棍的问题。这冰棍是长安人的一项福利，机关干部一天一根，生产工人一天四根。忽子鹿见街头冰棍五分钱一根，就向姑姑要了票领冰棍，转手四分钱一根卖给同学。别看只便宜一分钱，他的冰棍供不应求，天天都有同学手攥钢镚追随左右。后来小家伙想用攒下的钱，买一台半导体收音机，好躺在树荫下，听听《小喇叭》广播。但是，当他把一堆钢镚摊到柜台上，却引起了售货员的怀疑，一个中学生哪来这么一笔钱，于是忽子鹿被人家扭住了。

　　第二件事，是有关黑妞儿织背心的问题。也不知谁发现的窍门，劳保手套可以拆线织衣，有那讲究人买包靛蓝丢进铁锅，煮上一阵儿晾干，就成了新崭崭的蓝线衣了。当然那劳保手套有定量，一人一月六双，于是有人为省下手套，烂得指头伸出来也舍不得换新的。那黑妞儿跟忽小月学针织正在兴头上，几乎把省下的手套都拆成线团织就了两条围巾，一条染成了红色，一条染成了蓝色。

　　黄老虎掂量着两件麻缠事左右为难，在给忽大年报告之后，他想让门改户给省委也报告一下，这样就不会被人揪住喊他渎职了。但是门改户却提醒，这种事若形成书面材料不好收场，万一上边不认可，就只有人家说的、没有自己说的份了。黄老虎心想，的确这两人背景复杂，一个是忽大年的妹妹，一个是忽大年的前妻，搞不好把火暴脾气点燃了，彼此就不好相处了。可是瞒着人家也不行，如果哪天上级在会上冷不丁喊出来，就把厂长面子丢了，绝对会把千仇万恨集中到他身上的。可是，当他好心把事情说出来，人家一副不屑的样子，又让他不免有些后悔，似乎点个题就可以了，太多太细说明你下过功夫，现在又想过来装好人。果然，当黄老虎出门时，忽大年盛气凌人地窝在椅子里没抬头，气得他直想抽自己嘴巴。

唉，这让他想起临解放那年了，当时他在部队负责内保，发现送戏劳军的一个女演员总爱在营房转悠，跟小战士没搭两句话就问有几门炮能打多远。他趁着演出空当，翻查了女演员的提包，发现有个小本子记着一个团三个连，一连三个排，一排三个班，每班一挺机枪，这不是人赃俱在吗？抓住这个女特务没准能立个一等功呢。他兴冲冲跑进露天剧场把师长拽出来，咬耳朵证据确凿，台上女演员有特务嫌疑。可师长把那本子翻了翻说：人家正演《秦香莲》呢，你上去呼啦把人抓了，戏就没法唱了，战士们该有多扫兴。他只好目不转睛看着戏台上风起云涌，等到演出结束了，演员们钻进后台去卸妆了，他想此时正是抓捕的最佳时机，便又去请示师长现在抓吧？

谁知师长眼珠子一瞪说：你抓个屁哩，我都问过了，那是采访本，人家来部队慰问，想顺便了解一下部队的情况，回去好写一部反映军民鱼水的新戏，她对部队基本配备不知道能行吗？黄老虎一听也傻眼了，好端端的立功机会就这样错过了。过了一段时日，他听说那个剧团就是师长请来的，那个女演员还是师长的远房侄女。他把这事嘟囔给了政委，没想到竟让师长知道了，那天堵在师部门口冲着他就是一顿臭骂，直骂得他眼冒金星，真想一头撞死到墙上算了。从此他记住了，牵扯到领导的事再急再大，也要三思而后行。

后来黄老虎思前想后，还是闷闷地进了省委大院，他在钱万里办公室外有点犹豫。这个钱大人对自己一直不冷不热的，可谓话不投机半句多，但这两件事都牵涉到一把手，自己装聋作哑也不是个办法。而且上级了解下情的渠道多了去了，耳朵灵得能知道头顶飞过几只苍蝇，将来若通过其他渠道知晓了，那就成他党委主持的问题了。所以，他必须给钱万里提早作个汇报，以免节外生枝把自己给搅进去。

钱万里听了黄老虎的叙述，眼珠子不停地转悠，好像他身后藏着虎豹豺狼，停了半天才问：这两件事，你们啥意见？这话问得够刁哟，一来把球踢回到黄老虎身上，二来又摆出居高临下的姿态。黄主持当然明白领导的招数，也太狡猾了，将来这种臭人却扳不倒人的鸡毛事，人家可以全甩到他身上，这都是他黄老虎的意见。所以，他尽管心在咒骂，脸上还是平静地分析了两人列为典型的利弊。

等他说完了，钱万里故作深沉地说：这个黑妞儿是个工人，还是解放前参加革命的，又没抓到她盗窃的证据就算了。这个忽小月群众反映问题多，听说在苏联实习就跟师傅不清不楚，后来又发现她向老毛子传递情报，现在又抓住了她通过侄子倒卖冰棍，你们可以通过"洗澡下楼"教育人，让她思想上有所触动。黄老虎想请省委先给忽大年作个通报，可钱万里耍了太极，说：还是你回去转达吧，他妹的事也是撞到了枪口上，不处理也说不过去。

黄老虎回到长安没有去找忽大年，反而回到办公室生起闷气来。这些机关大佬也太狡猾了，这涉及单位一把手的问题，嘴巴一张推下来，谁听了都会感觉是我捣的鬼，让大家觉得我是一个忘恩负义的小人。但是推又能往哪儿推呢？黄老虎左思右想，最后把熔铜车间主任叫来讲了上边意思，可这个牛二栏尽管以前是厂长的司机，能提拔到主任的位子上，却是他慧眼识珠决策的，但牛二栏听罢却顶上牛了说：上边不是规定了"洗澡"范围，限制在各自单位吗？忽小月现在只是炉前班的操作工，让她在全车间"洗澡"，不合适吧？气得黄老虎捏着笔帽不停地在桌上蹾，蹾得牛二栏只好低下了头。

六十八

忽小月是一周后才知道，要让她当着全车间人的面"洗澡下楼"。

她开始以为这是工人们在开自己玩笑，这种粗俗的玩笑时常被有意无意炮制出来，让人品味无穷。比如见谁早晨上班脸色发黄会说，你晚上少咕涌几下，小心身子抽干了，媳妇不心疼，我还心疼呢。比如见谁朝女人胸前瞄就问，你琢磨里头是馒头还是柿子？如果两人打上赌，还真有人敢上去找茬抓一把，输了的要给赢家拨半碗肉菜。所以，那天牛二栏让她在车间大会上"洗澡下楼"，还以为主任重提澡堂熏倒的尴尬，直想上去扇个耳光。

后来她才明白，"洗澡"的意思是自己把以往污迹亮出来，大家感觉你"洗涤"干净了，才会举手同意你"下楼"休息。不过，牛二栏告诉她这次蹲点组有交代，要重点剖析牟取不义之财的问题，她这才知道大侄子给自己惹下了祸，没想到子鹿会有这样的心眼，领几根冰棍也能挣回钱来。

熔铜车间的"洗澡下楼"大会，是在工房消防通道召开的，一百多人围坐在一张钳工案子边，自带马扎，分班而坐。平时会前有人煽动唱歌，一班唱罢一班又唱，今天恰好轮到了熔铜班，有人起哄忽小月唱支苏联歌曲吧，她难堪地站起来欠欠身子说：我今天可不能唱，一会儿还要让大家帮我洗澡呢。在场人哄堂大笑，牛二栏笑得捂着肚子，手指点着她不知说什么好，连黄老虎都扭头憋住才没笑出声来。

那天，忽小月磕磕巴巴把检讨念完，弱弱地站着没敢动，她看见党委主持没有鼓掌，只有几个工人的掌声，噼噼啪啪在角落乍起，显得清晰而又孤寂。这就是忽小月今天的"脱衣"，然后要接受"洗澡"。竟然有人质问，你拿冰棍票送人时，想没想过水深火热中的台湾人民？忽小月吓得连连摇头说没想过。又有人站起质问，你倒卖冰棍票，是不是想蚂蚁搬家掏空长安资产？如此挖掘，众目睽睽，应是她有生以来最为难堪的，好像当众被人剥光了，恨不得找条地缝钻进去。

这时，那班长满仓站起来，说：我看忽翻译也够艰难了，慈悲为怀，与人为善，让她"下楼"吧？可是满场人没有多少响应，他急得回头亮起嗓子问：熔铜班，是不是？一班人齐喊：是！满仓又说：我要给大家说清楚，那些冰棍票不是忽小月的，是我送她的，要罚就罚我吧？转而他冲着忽小月问：你说，是不是？忽翻译像抓到了救命稻草感激地拼命点头。

但是忽小月这天的"洗澡"并没能通过，反而让人感觉车间能出现这种现象不是偶然的，是存在滋生问题的土壤的。从此车间的黑板报，每周都有人上去"洗澡"，一个个争先恐后地"脱衣亮相"，当时有个不成文的规则，谁的检讨在黑板报上露了脸，谁就算"洗澡下楼"完成了。

所以，忽小月做梦都想自己的检讨能登上去，可办报人见到她递来的检讨总是摇头，这让忽小月愈发沮丧了，镕铜班的帮助会已经开过三次，全班人都认为她"洗干净"了，但是黄老虎就是不表态，她只好拿着检讨一遍一遍改，每一页都落上了点点滴滴的泪水。

是满仓最先注意到忽小月不喜欢洗澡了，实际上是不喜欢与其他女工同进澡堂了，她总是让满仓没到下班时间就把她锁进去，若有人想沾光跟进去同浴，她总要找个借口不洗了，即使黑妞儿端着脸盆约她洗澡，她也反复叮嘱满仓把门锁好，一定要等她俩洗完再放人。

　　而且，她洗完后从不直接返回休息室，而是端着脸盆进了厂房外边的玉米地。那地方原来尽生半人高的艾蒿灯芯草，后来满仓从后区得到启发，领着几个工友沿墙开垦种上庄稼，绿丛丛的玉米秆厚厚实实，让人感到生机盎然。可那小翻译自从负了伤就变得郁郁寡欢，她会钻到里边干什么呢？而且每次人出来眼圈都是红的，像是刚刚伤心哭泣过？那玉米地里还有两口管道井，长年飘浮着回流的热气。天哪，她不会是想揭开井盖跳下去吧？这可是佛祖谴责的孽障，阿弥陀佛！

　　满仓觉得忽小月像是佛门出来的善良女人，前几年肚子吃不饱，谁进食堂见他就躲，只有忽小月见他就招手，就会塞给他一斤饭票。而且每月发工资，只有他的工资袋全是新票子，捏在手上哗啦啦响，满满的成就感。他觉得忽小月越长越像菩萨了，眉眼弯弯，脸庞圆圆，每道棱角都是那么温柔，啥时心里不痛快，见到她马上就释然了。所以他愿意帮她，能够给她帮什么忙，他会乐滋滋好几天。所以他在澡堂救她时，就没有一点点邪念，进了抢救室他一直为她祷告，《金刚经》不知念了多少遍。这次她受了伤，好像最心疼的也就是他了，每次她换药，放声惨叫，他就虔诚念叨，阿弥陀佛，一遍一遍的。小河南问他，念经能止疼吗？他说那当然了，没看我一念经，她就不声唤了。

　　这天，满仓见忽小月洗完澡又默不作声进了玉米地，想了想便小心翼翼跟了进去，远远猫在深处观察她的举动，心里一个劲念叨，千万别干什么傻事呀，佛祖说过，人生在世就是来领受磨难的，"洗澡"算什么呀，早晚会让你"下楼"的，千万千万不要想不开呀！

　　看清楚了，忽小月走到了最深处，把脸盆倒扣在铸铁井盖上，从怀里掏出一面小镜子放在脸盆上，又脱下外衣扔到井盖上，脱得上身只剩下一件衬衣了，又把前襟掀起来，竟然露出一件红肚兜。嘿，城里姑娘还喜欢乡下人的肚兜，上次在澡堂她似乎没穿肚兜的？后来她坐到脸盆上，把肚兜慢慢揭开了，隐约拿着镜子照映自己的伤疤？又似拿着镜子照映脸庞？满仓闭上眼想转身离开，偷看女人可是犯戒的，住持知道不训也要罚的，他尽管已经遁入凡尘做了工人，但佛戒教规仍会不时从脑海窜出来。可满仓轻轻退后两步，忽听到一阵嘤嘤如诉的哭声，只是那哭声越来越微弱，几乎被稠密的玉米秆吞噬了。

她看见了什么，这么伤心？

满仓又转过身，透过玉米秆看到她哭着将脸贴在镜子上，身体也完全蹲下去了。猛然，她挺起身，扬起镜子，狠狠地摔到井盖上，哗啦一声镜子碎了。满仓禁不住啊了一声，忽小月惊恐地回头问：谁？小和尚只好在玉米深处说：忽姐，你干啥呢？只见她迅速把外衣套上，愣怔地看着他一步步走近，答非所问：我伤疤太痒，抹点细土，晒晒太阳。满仓疑惑：那你干吗摔镜子？忽小月愣了愣反问：你说，我在你们男人眼里还漂亮吗？满仓使劲点头：当然漂亮了，你看你那眉眼，没人比得上。她垂下眼帘说：你是没见我的伤疤，见了你就害怕了。满仓眨眼不解：你的伤疤在肚皮上，谁能看见？再说你养了半年更白净了，脸上酒窝就比以前深了。

曾经的小翻译摇摇头：酒窝深了才不好呢，你看我这身体……算是毁了，没人喜欢了。满仓嗔怪：快别胡思乱想了，你美得像菩萨呢。忽小月嘴唇抖动说：不瞒你说，苏联实习那会儿，一到星期天老毛子就请我去跳舞，一大堆人围着我，跳得没完没了。满仓笑笑说：今天可没人围着你跳舞。小翻译问：你说，你们男人见了伤疤害怕吗？

说着忽小月竟然站起来，解开胸前系上的扣子，露出了那件猩红的肚兜，小声问：你怕不怕？今天我让你看看？满仓纳闷摇头说：这有啥看的，你快把衣服穿上，天凉了。忽小月执拗地盯着他说：我不，我要你看看。说着她手从背后往下一拉，红肚兜掉到地上，她肚子上的伤疤便袒露到和尚面前了。

满仓不由得惊叫，阿弥陀佛，该死的铜水居然把小翻译烧成这样了，白生生的肚皮突现一片碗大的黑肉，红一道，黑一道，像肚皮上贴了一大块膏药，又像被挖了一个黑洞，把两个圆嘟嘟的乳房都撕得歪扭塌陷了，那个诱人的肚脐可怜巴巴地趴在黑洞边上，再也没有了圣洁的感觉。

天哪，这个身体曾经那么优美，那天他从澡堂抱起的那一瞬，就感觉到一种柔滑得难以忘怀的圣洁，后来他一闭上眼帘，那雪一样的身体就飘浮起来，他知道自己是佛门弟子，不应该邪念荡漾，他知道自己是个普通工人，不可能与小翻译有屋檐之亲，但他想呵护她早点走出阴影，早早回到众人瞩目的位置。所以，当小翻译分配到熔铜班他是又恨又喜，恨的是那帮人怎么把一个弱女子分到熔铜炉上，这道又脏又累的工序没有一个女人，他甚至想揪住黄老虎问个究竟，下放劳动也要有个度啊，这不是摧残人吗？喜的是他可以天天见到小翻译，在休息室换工衣，在操作台房按电钮，他能闻到她头发散发的清香，像寺庙里弥漫的一种栀子花，尤其是洗完澡出来款款飘过，像花香像木香，几乎能醉倒所有的仰慕者。然而，现在她把丑陋的伤疤毫无顾忌地袒露出来，是自暴自弃？还是想启示什么呢？满仓定定地站在那里几带哭腔，说：忽姐，你不能糟践自己，没有人嫌弃你啊！

是吗？

是的。

忽小月嘴里喃喃道：我明白了，这个世界只有你还欣赏我，你就不怕我会给你带来噩梦？小和尚，你闭上眼睛吧，你马上会见到一个美丽的女人。满仓听话地闭上了眼皮，他甚至有股冲动，想把她揽到怀里，用自己的体温融掉那该死的疤痕。但是另一个声音在耳畔轰响，不能啊不能，她是女人，你是佛门之僧，授受不亲啊！小和尚脚下像被焊住了，想扑上去却动弹不得。然而忽小月却没动，袒裸着丑陋的伤疤，面对曾经的和尚低声说：这个世上只有你见过我身体的变化，你能抱抱我吗？满仓嘴里一直在嘟囔什么，她便瘫软到井盖上了。

满仓慌忙拿肚兜盖到她胸前：你快穿上衣服说话，不要闹出啥事来，我一个工人没啥，你一个姑娘家还要活人呢。忽小月闭上眼苦笑说：我才不怕呢，谁都知道我跟连福结婚了，可他狗东西一走连个信都没有，现在我又受了伤，他更不会要我了，要不是你还把我当人看，帮我钉柜子，给我开澡堂，我都不想活了。满仓使劲摇头说：佛祖说过，人活着，就有希望。

忽然，他们似听到玉米地深处有窸窣声响，满仓慌忙挡住忽小月，朝响声方向紧跑两步，似乎声音渐渐小了，反身喃喃自语：好像有人？忽小月已穿好衣服：是兔子吧？已经好几次了。满仓摇头：兔子响一声就蹿远了。忽小月想想说：管它是啥，咱们吃饭去吧。满仓不放心，又在玉米地里搜寻了一大圈回来：我怀疑刚才是个人。忽小月一脸惊悸：那会是谁？满仓眨眨眼：天暗了，没看清，肯定不是好人。

突然，忽小月猛扑进他怀里，嘤嘤地啜泣起来：你是骗我吧，我每天晒伤疤，从没见过人，现在连你也看不上我了，编了这么个谎来骗我，我活着还有啥劲呀？那抽泣竟然越来越放纵，香发一耸一耸拂着他的腮帮，把满仓哭得心乱如麻，能感觉到泪水打湿了他的肩膀，但他脚不敢动，手也不敢动，更不知该怎么劝解好了。

真真两个可怜人啊！

六十九

这年三月下了场大雪，把刚刚冒芽的花草冻缩了，积雪似乎忘记了季节的变化，顽强地躲在楼后守护着身下的冰冷，只有早春的梅花绽出点点红艳，使得人们在突然的寒冷中感觉到一丝暖意。这年长安人赢得了名副其实的开门红，产量达到了设计要求，穿甲弹也科研定型了，这应该算是双喜临门了。可是这两件长安大事，只在大会上不咸不淡地提了两句，从此便无声无息了。

这天，黄老虎像往常一样，周一早晨一上班便进了厂长办公室，他把发白的军帽往上推了推说：老首长你给分析分析，上级要求我们，清理活动立即收尾，马上转入"文化革命"，这可怎么转呀？忽大年漫不经心地说：这是你们党委该操的心，你问我？不过，你也别熬煎，去看看左邻右舍，他们怎么搞，咱们怎么搞。黄老虎愁容涂面说：唉，他们还闷头跑来问我呢，一个屎样子，老革命遇上新问题了。忽大年漫不经心点燃香烟说："文化革命"，顾名思义就是文化上的事，咱们是搞弹药的，整天跟钢铁和炸药打交道，跟文化沾不上边。黄老虎也顾自点燃一支烟：你就是不读书不看报，"文化大革命"不光文化单位搞，学校已闹腾起来了，马上就烧进工厂了。

军工单位也要搞吗？影响了生产科研咋办呢？两人正说着，门改户急急敲门进来说：我就知道黄书记在这儿，表面处理车间的宣传栏夜里被人捣烂了。黄老虎说：谁敢破坏宣传栏？活得不耐烦了吧？门改户嗫嚅说：听说有个女工嫌报栏把更衣间窗户挡了，撕开了一个口子，有人去阻拦被她掀了个跟头，正磕在角铁上，流了一大摊血。忽大年似乎有些幸灾乐祸，说：哟，还见血了。

黄老虎没心听忽大年唠叨，拉上门改户出去了，直奔表面处理工房，远远见到一群人站在墙脚争论，宣传栏开扇窗怕什么？但是黄老虎略一思忖，转而叫门改户去处理，自己径直进了工房，把黑妞儿拉出来说：这个运动可不是你玩的，千万别搅到里头。黑妞儿斜睨着问：我咋就搅到里头了？黄老虎说：大字报遮住窗户算个啥事，你咋能……？黑妞儿脖子一梗道：咋的？你是说我打人了？哼，我这双手七八年没碰过人了，什么狗屁事，都想往我身上搁。黄老虎尴尬地撇撇嘴道：我不是怕你出事吗？

这时，门改户跑过来小声给黄老虎耳语，刚有个爆粗口的小子葛四楞，寻衅打架给按住了，这家伙以前勾结高楼村李拐子偷盗铜饼，现在正留厂察看呢。黄老虎刚好有了台阶，朝黑妞儿摇摇头转身走了。走到厂房外见一个小伙子抱头蹲在地上，一圈人围住像怕他跑了，黄老虎正有气没地撒，上去揪住他耳朵拎起来：咋了？你小子又在这儿折腾，上次偷铜，不是我压着，你早去蹲号子了，我是看你妈的面子没剃你的头，你妈躺在床上三年了，见谁都说你服侍得好，可你孝顺也要有个孝顺样，你这个臭小子，还葛四楞呢……可你一楞二楞三楞，到头来再给你四楞一个留厂察看，你不是一样得背着？那葛四楞闻声挠头，后退一步差点摔倒，其他几人却被逗笑了。

想不到黄老虎骂中带训，还真把几个人吓缩了，再没人到这儿来找事闹腾了。黄老虎自己也为这段绵中藏针的话感到快慰，后来在省上召开的座谈会上，他把那天的交锋形容成了舌战群儒，大家意外地给了几下掌声。钱万里动情地总结：长安厂现在正试产部队急需的穿甲弹，还准备开发肩式反坦克火箭弹，咱们在座的不少人打过仗，知道武器在战场上的作用，所以千万要把握好这个度，革命生产两不误，哪方面都不能掉链子。黄老虎平时开会只记个大概，半天记不了一半页，但今天他记得清清楚楚。

回到工厂，他马上召开了支部书记会，郑重宣布为便于交流，各车间宣传栏统一移到厂前区广场，由宣传部长指定位置，各自埋桩竖栏。好像话音刚落，广场两侧便出现了两溜高低错落的宣传栏，第二天就贴得满满当当了。下班后职工们都拥过来浏览，尽管都是转抄报上的，但是墨汁飞舞，气势壮观，革命热情犹如汹涌的海潮旋转起来，既调动了人们窥秘的心理，又酝酿了渴望崭露头角的激情。

忽小月对工厂这些变化，本来没有多大兴趣，她走过工房外的宣传栏连头都不扭，斜睨一眼歪歪扭扭的标题就匆匆过去了。但是，自从宣传栏集中到厂前区，形势悄然发生了变化，形成了一个暗中较劲的氛围，人们上班就议论哪个车间的大字报整齐、哪个车间的大字报像狗爬。似乎狗爬的大字报，落款常常是熔铜车间。于是牛二栏把忽小月找去说：你看咱车间也没几个人读过中学，就你一个大专毕业，以后你就不用到熔铜炉边烤了，把脸烤黑了洗不净，以后你就趴在办公室抄写大字报，咱车间的大字报要写出熔铜炉的热度，谁再小瞧咱们，就一炉铜水泼过去，看谁还敢戳咱的脊梁骨！

书写容易，内容咋办？牛二栏神秘地告诉她不用害怕，以前都是报纸抄一段，杂志抄一段，东拼西凑一大篇，如果再想省事就到大学校园抄去。忽小月受伤后在熔铜炉前当了生产安全员，活倒是不累，监测工友遵守工艺，但是实在太脏了，一天下来头发能梳一撮灰渣子，半夜咳的痰都像墨汁染了。所以，她觉得这个活是个好差事。

第二天她就去了离长安最近的交通大学，校园里到处是大字报，到处刷着大标语，言词一句比一句激烈，可忽小月提笔抄过几次大字报，发现根本不用那么麻烦，街上捡几份传单，抢几份油印小报，用毛笔拣拣抄抄，贴出去就可以交差。

哪料想这一招歪打正着，熔铜车间的宣传栏每天都围着人，一个个看得津津有味，时不时溅出几声议论。以后每周的评比，熔铜车间总是以内容新颖、字迹工整被评为第一名，这让车间主任好生得意，谁都知道熔铜车间是大老粗集中的地方，出力流汗没说的，在宣传栏上也能露一手还挺新鲜。牛二栏几次长安大会上介绍经验，讲他如何动员群众，如何收集资料，就是没提忽小月上街捡传单，返回头才在车间大会上，表扬忽小月把宣传栏办得有声有色，要不是小忽同志喜欢钻研，想取得这样的成绩门都没有！

忽小月已经好久没有听到表扬了，猛然听到这些鼓励还有些不习惯，后来听得多了有些小小的慰藉，吃完饭就像肩负使命钻进办公室，翻阅起那一摞街上捡来的传单，她把新鲜的放右边，用过的搁左边，然后在碗里倒上墨汁，龙飞凤舞，笔不停顿。等抄完了，她有时会拎到休息室给工友们念上几段，大家听得好惊奇，什么工贼了、叛徒了、走资派了，没有人说什么，只有满仓小声对她说：你抄这些可要小心，这些人都是天大的官，把天捅烂塌下来，就你这么个小身板，不用压就碎成八瓣了。

但是，忽小月想想点点头，又摇摇头。你们是不知道她的苦闷呀，这种苦闷还难以言说，表面上大家对她似乎热情了，可遇上尊严的事情，又翻脸不认人了。最近她听说车间自发成立了文艺队，听到人家下班练唱歌，就兴致勃勃跑去了，可人家唱完一段就哗地散了，开始她以为活动到点了，便回休息室织了几针毛衣，却发觉那些人又聚在维修间唱起来，她循声跑过去，却没等开唱人家又散了，她顿时感到一种异样的伤感，再也不想去唱了。

看来主任的表扬并没能改变她在人们心目中的形象。

忽小月只好埋头抄写大字报，反正有点儿事干，说明自己还有价值，总比让人指指点点的好。而且她愈抄愈得心应手，甭管文章长短，都能凑满一个宣传栏。而且，无意间她还多了一个小帮手，让她不用上街去抢小报了。当然，这个小帮手在很长一段时间是秘密的，说起来也是因为冰棍，子弟学校高年级学生每天放学后，要蹬三轮给车间送冰棍，忽子鹿那天送完冰棍，想去看看熔铜车间的姑姑，便搭讪上了一辆熔铜车间的电瓶车。

可是，当他进入那个令人窒息的熔铜工房，灯光灰暗，气味呛鼻，工人们穿着厚厚的工作服，戴着盖住脖梗的帽子，根本找不到他熟悉的影子。小家伙急得团团转，后来满仓过来告诉他，你姑姑在办公室抄什么呢。他转身上楼敲门，马上发现了姑姑的小秘密，她在抄写一份油印小报，拿起来细瞅，竟然是《红延安战报》。小家伙神气十足地告诉姑姑，这份小报的主编叫红向东，他给人家叫表哥呢，也许就是名字响亮，已成了古城最抢眼的油印小报，一期一千份，一出校门人们就蜂拥而上抢光了。

这个忽子鹿还是有情有义的，他以为姑姑由于自己的缘故受了处分，下放到熔铜炉上劳动了，就一直想帮姑姑挽回面子。为此没少跟爸爸吵嘴，吵得忽大年见了儿子直想躲，躲进屋就听见他没轻没重地挑衅：你还是我姑的哥呢，看着我姑受人欺侮，你还能吃下饭睡着觉？气得爸爸不想回家吃饭，也不想回家睡觉，这就让靳子心疼了，痛骂儿子没良心：你十三岁发了烧，你爸还背着你去医院，你爸那几年去小灶，不吃不喝都给拿回来，现在把你喂大了，咋成白眼狼了！可是忽子鹿根本听不进去，他认为世界上只有姑姑对他好，其他人都是做做样子。

而忽小月对侄子也依旧用心，只要有机会就把冰棍塞到饭盒等他放学来取，其实他已经十六岁了，放学总有几个铁哥们前呼后拥，眼瞅着化了一半的冰棍，一人一根，剩下冰棍汁让他一口咽了。那天，子鹿提出姑姑应该跟红表哥见一面，有关大字报的信息也好及时传过来。姑姑对侄子这个懂事的提议不无期待，如果能和《红延安战报》建立联系，熔铜车间的宣传栏必然会成为全厂最耀眼的阵地，那牛二栏还不得天天表扬呀！

哪个人不渴望表扬啊？忽小月和红向东见面的地方，是在大学校办工厂的一个角落，一间狭长的编辑室，乱得无法形容，地上全是撕烂的碎纸，每脚下去都会踢到纸团。门口两个学生在推油辊子，推一下，揭一张，尽管都戴着蓝围裙，可脸上身上全是墨汁道道。后边趴个姑娘在刻蜡版，钢针发出刻字的嚓嚓声。最后才是红向东的办公桌，那是由钳工案子改成的桌子，堆满了各地的油印小报，一瓶糨糊，一把剪刀，他像在裁剪什么，听见子鹿喊表哥抬起头，有些惊诧地打量忽小月问：你怎么把生人领来了？忽子鹿笑说：她可不是生人，是我姑，我亲姑，论起来你也得把她叫姑呢。忽小月拍他一下：不要胡说，八竿子打不着。

这么年轻的姑啊？看着比我还小呢。红向东站起来笑得很纯朴，忽小月对有人恭维年轻感到欣慰，面前的小伙子端端正正，虽说不上多么帅，但一双剑眉英气勃发，眼眸亮得像黑宝石，只要望过就会刻进脑子忘不掉了。她告诉红向东，自己是工厂一块宣传栏的负责人，每天的任务就是转抄小报上的文章。红向东坐下问：那你转载过我们《红延安》吗？

忽小月诚恳地点头，说：我上午就在抄写你们那篇揭批走资派的檄文，正写着呢，子鹿来了，就把我拉到学校来了。

红向东剑眉一挑说：那都是一月前的旧文章，你看看今天这一期……啊，请原谅我不能叫你姑，我们应该是同志，是革命同志，咱们来一个厂校联合，把歪风邪气打下去。

忽小月一听走资派压制群众，心里一下子就热了，说：以前运动挨整的都是底层的群众，领导没检讨两句就“洗澡下楼”了。红向东歪着头说：我知道你们兵工厂保守，我们几次想把小报送进去，把门的愣是不让进，后来我们集中了十多人想闯进去，门卫干脆把枪端了出来，以后我们战报出来，我第一时间让子鹿给你送过去，你直接在宣传栏上贴出去，社会影响马上就有了。忽小月微笑着点头，脸上闪过一缕不易察觉的红晕说：好啊，那以后我就直接到你这里取战报吧，子鹿还要上课呢。忽子鹿噘嘴嘟囔：过河拆桥，也太快了？忽小月脸上真红了，说：子鹿，高中课程重，功课拉下了，又该怪罪我了。红向东似恍然想起来：啊，对了，我老叔还是你们厂长呢，那也要……后边的话他没说出来，剑眉下的眼睛沉默了一会儿。

宣传栏不能光转载，也要结合实际轰上几炮。

我们是兵工厂，咋能轰呢？

凡是土围子，只要轰开口子，马上就会土崩瓦解。

那你说怎么轰好呢？

别怕，只要你敢开炮，我联合学校战斗队支援你。

忽小月盯着跳动的剑眉，听得热血沸腾，好像她已经站到厂前区高台上，就像解放前上街演讲的学生领袖，手握喇叭，高呼口号，身边便举起呼啦啦的拳头。当天忽小月回到厂里，就把新的《红延安战报》贴到宣传栏上了，虽说盖住了下面的大字报，却拥来一群观看的人，人多得想挤进去都费劲。

她觉得自己还是有价值的，好像身上注入了一种激素，变得风风火火起来，走路也不再左顾右盼了。但是，她的激情似乎很快萎靡了，去见红向东总像欠着什么。这天，她出门与焦克己碰了个满怀，刚想刺一句：你瞎了啊？而焦克己却满脸通红，一个劲道歉：眼瞎了眼瞎了。反倒把忽小月一下子逗笑了。这个曾经的实习团的团长，木木讷讷，从不多言，连忽小月当年被遣送都没敢说话，使得她对老眼镜没啥好感，几次都想问问当时是谁背后告状，却没说两句就把话题挪开了。

不过，这个人的故事忽小月耳朵可听得多了，那厚厚的眼镜还是当年在西南联大上学时配的，本来云南腹地就难见日本人的刺刀，可他神魂颠倒，跑回哈尔滨看望失去了丈夫的妈妈，就因为戴了这么一副眼镜，在街上被抓进兵工厂当了技工，直到解放他才公开了大学生身份。本来，他会很容易找到一份舒适的工作，可他却报名支援大西北了，声言自己目睹了东北战场的惨烈，拼命也要研制一款撒手锏。所以在图拉的日子，他常常一根筋刨根问底，把苏联人都问得眼珠子冒烟。现在工厂不等穿甲弹定型，又开始了反坦克火箭弹研制，别人蜂拥着去开批判会了，他却在计算弹道轨迹。呵呵，好多人都说他咋能生下一窝娃娃，是他总也记不住老婆例假的日子。

不过，他今天的样子还挺局促，眼镜擦擦戴上，又擦擦又戴上。忽小月说：你一天到晚闷在实验室，人都待傻了。焦克己竟然双手摇摆：一言难尽啊。忽小月恍然来了思路，这个老科研也有难题呀？她把老团长拉进办公室问：你是搞科研的，清理碰不到你，运动也碰不到你，你还有啥难处哇？焦克己一听便把憋在肚里话全吐了，说：虽然工厂穿甲弹完成了定型试验，可肩式火箭弹却总是不见眉目，而这破甲火箭弹正好与穿甲弹形成配伍，穿甲弹可以远距离攻击，火箭弹是单兵携带，适合近战。

可上级把科研费早就拨到了工厂账户，却迟迟拿不到科研人手上，连出差都捉襟见肘了，焦克己的报销车票攒了一大摞，把工资垫进去了，气得老婆嗷嗷直叫。更为无奈的是，火箭弹试验的靶道，农民不听劝阻种上了玉米，高秆作物长起来，靶道就报废了，可报告一份份上去，三个月过去都没人搭理。

焦克己只好自己去找村主任乔大爷协调：这地是靶场的，让你们种就是照顾了，现在要做试验，必须把玉米地铲了。可乔大爷根本不听，说话理直气壮：这地是我们祖上留下的，不种庄稼就浪费了，起码也得等这茬玉米收成了。焦克己说：你知道不？我们这是国家保密项目，耽误了吃不了兜着走。乔大爷嘿嘿笑了说：人都吃不上粮，还管啥项目呢。这些话把焦克己撑得一愣一愣，一直在肚里憋着，今天总算倾吐出来，也使得忽小月对着焦瞎子直点头：不容易，真的不容易。

等焦克己走了，她趴在桌上提笔写下了一行字：火箭弹的苦恼。

她觉得这是个大事，以前不知道也就罢了，知道了就应该反映上去，否则长安的形象就毁了。但是，她不想去给哥哥嚼舌头，那会让哥哥以为道听途说，会让黄老虎以为想出风头，干脆写成一篇文章，去问问红向东该怎么办，说不定那双剑眉眨巴眨巴，就会眨巴出点子来。于是，忽小月吃过晚饭就趴在案子上写起来，一直写到月上树梢才放下笔，长长地出了一口气。噢，整整九页多，还挺顺溜的，言词也挺尖锐，想不到自己还有这般能耐，她想明天先给焦克己看看，老眼镜看到有人把他的苦恼写成文字，不知道会是什么表情？

七十

不过忽小月内心的躁动，还是被焦虑的老鹰眼察觉了。

忽大年看到黄老虎怒气冲冲走过来就没想搭理，可人家一上来就不客气地说：你家忽小月可能被人利用了，她一个小人物，咋动不动就拿出一篇抓人眼球的大字报，满脑子都是形形色色的动向，这样下去会把天捅漏的。忽大年心里异样却故意不置可否，气得黄老虎有些恼怒地说：那熔铜车间宣传栏，可是你妹妹在操持，将来戴上啥帽子，可就不好玩了，反正我提前给你打过招呼，可别到时候怪我没提醒。

两人正说得起劲，门改户急匆匆推门进来说：熔铜车间的宣传栏，昨晚贴出一份小字报，标题是《火箭弹的苦恼》，正巧军方早上来工厂检查科研进度，领队的参谋大呼小叫要解释清楚，否则火箭弹研制要另选单位了。

忽大年听罢起身往外走，这肩式反坦克火箭弹，是他在中印反击战后得到的启示。当时印军在重要隘口部署的都是意大利产的坦克，跑得快，还结实，炮弹上去砸个坑，大部分坦克是我军战士靠牺牲，把手榴弹塞进履带炸瘫的。如果我们有反坦克火箭筒，牺牲的战士一定会少很多。现在美苏两大战争机器都在鼓吹坦克集群化作战，到时候甭管来多少辆，一人一具火箭筒，躲进壕沟等那坦克群扑过来，瞄一辆，打一辆，看他们还敢吹牛不？但是这个项目已研制了两年，马上要转入定型试验了，怎么能脱离长安另选单位呢？

他没有直接去找军代表，而是疾步来到宣传栏前。

尽管他每天从这里路过，但很少站定看一会儿，上边内容大都是报纸上的，也不知浪费了多少纸张。然而，熔铜车间的宣传栏贴了几张信笺，过去瞅了瞅眉头皱上了，心里一团火油然升腾，扭头就问身后的门改户：科研经费为啥下不去？门改户摇头：可能是财务科资金铺不开？忽大年逼问：人家打了那么多报告，怎么都石沉大海了？门改户又是摇头说：他们的报告，不是要钱花，就是要报酬……忽大年突然暴怒起来：我为啥任命你为火箭弹研制总调度，这么多事你不协调，推过来扯过去，尽长本事了！我今天告诉你，如果这些事最后落到你头上，我非把你贬到车间搬大料去！这会儿正是中午上班时间，听到厂长责骂办公室主任，有人把自行车铃按得丁零丁零响，门改户难堪地耷拉着脸谁也不敢看。

但这并没有结束，忽大年又带着门改户来到陆军代表室，向军方通报那张小字报是捕风捉影。但是姓张的军代表提醒，一定是知情人写的，现在长安穿甲火箭弹立了项，但是其他几个兵工厂的研制都没停，人家就等着牵头单位进度受挫，顺手就可以把项目接过去。何况大字报上的反映，不能说子虚乌有，所以长安务必采取措施，让总部首长放心。

这些话门改户就站在旁边，也是听到了的，他知道如果忽大年要追究责任，他可能首当其冲，所以那双大眼睛一直在厂长脸上偷觑，生怕冷不丁暴跳起来。但忽大年脸色沉沉没有发作，只是走到办公楼下小声叮嘱：过一会儿，去把那份小字报揭了，不要等到下班了。门改户望着远远的大字报栏：等晚上没人再揭吧？

忽大年手点着他的额头，喊：你呀，拿出想提拔的劲头来，不能畏畏缩缩的！

当门改户带着两个小秘书，明目张胆去揭那张小字报，心里是烦透了，怎么就要拿出提拔的劲头呢？怎么就是畏畏缩缩呢？他当年上调到厂部，是黄老虎主政时力荐的，他也就是登门捏过几回肩，提过几壶热水，怎么还演绎成话把了？

那天，忽大年宣布他为反坦克火箭弹的总调度，他就觉得多此一举，科研过程太过专业，外人根本插不上手，何况那个焦克己就是个权篓子，什么事都想攥在手上，哪愿意让别人进去搅和呢？在苏联图拉实习时，他几次想调换个岗位跟忽小月靠近点，人家竟然一点面子不给。果然即使他挂上了火箭弹总调度的头衔，焦瞎子去年的总结，只字不提他的丰功伟绩，通篇都是自己灵光乍现过关斩将，好像所有功劳都是他一个人的，有能耐你就自己干呗。

可今年春节一过，焦瞎子思路变了，把他解决不了的麻缠事全推到这里，动不动就批阅，请改户同志处理。他想得也太简单了，改户同志的事情多如鸡毛，两天就能扫一簸箕，怎么他反成焦瞎子的助手了？所以，他把转来的报告毫不犹豫地批转到业务部门，管他协调个啥样呢。尤其那些要钱的报告，他都是横写下去的，他跟财务科长有个私底下的默契，竖写，必须要办；横写，悠着去办。

现在让忽大年这么一顿训斥，着实让年轻干部脸上搁不住了，而且厂长说得那么狠，绝对会说到做到，若真让他回车间去搬大料，那就把人脸丢尽了，不光在长安难混下去，就是回到村里乡亲们也会戳脊梁的，尤其姐姐会把他拉到爹娘坟前数落一整天的。显然这一跤摔下去，他的前途就从一片光明变得暗无天日了，他在村里的形象也就从榜样变成小丑了。他强烈感觉这份小字报是冲他来的，可他没在别人饭锅里拉屎，也没把谁家闺女按进水瓮，这是在哪儿积下的深仇大恨呢？所以他也想马上把那几张小字报揭了，想知道究竟是谁这么缺德，把他推到了不仁不义的境地？

而且，他担心别人办事不力，亲自跑到大字报栏前，可他正准备伸手去揭小字报，猛听到背后一声断喝：住手！门改户惊得一哆嗦，回头看去，竟是满仓穿着脏兮兮的工衣站在身后，显然他是从熔铜炉前赶过来，脸上满是擦汗留下的黑印子，便皮肉不一地笑了，说：和尚啊，你个区区熔铜工，少介入上边的矛盾，对你没好处。这满仓已觉得这几张信笺可能会有麻烦，想让小河南在人稀时揭下来，可小河南出去转了一圈跑回来说，厂部去人要揭掉了。

这还了得？这小字报我们自己揭了，那是自我闹革命，别人揭就是骑在我们头上拉尿。他三步并两步跑过来，果真遇上门改户带人来捣乱，满仓横到报栏前说：你门改户也别太张狂，你离开单身宿舍才几天，就口大气粗欺侮人，要知道为这张小字报……他刚要说出抄写人名字，忽然意识到这可能是个秘密戛然止住了。但这个微小的变化，让门改户一下子嗅到了味道，他觉得这张小字报的确蹊跷，一不批走资派，二不骂地富反坏右，专拣火箭弹研制说事，越看越像把矛头指向了自己，谁都知道他是这个项目的总调度，本来也就是个闲差，现在却被人当成活靶子了。

然而，未等他下手，满仓倏地冲上去，三下五除二，把小字报撕了个粉碎。门改户上前阻止：别撕！党委还要研究呢！满仓双手抓着撕碎的信纸，胳膊肘一横顶开门改户厉声道：研究个屁呀，这都是我逗你们玩的。拉扯半天，满仓拽着小河南匆匆跑了，但宣传栏上还是留下了贴实的碎块，门改户盯着那些残纸，指挥秘书小心翼翼揭下来。

七八块碎纸，零星的字迹，门改户把那些纸屑铺在桌上，马上猜到这是那个忽小月写的，在苏联实习时他特别留意过她的字迹，别人写字向右歪，她的字向左歪。他操起电话询问牛二栏小字报出笼经过，车间主任尽管一问三不知，但向他提供了一个重要线索，车间人都是大老粗，操弄毛笔字都不行，就专门抽出忽小月抄写大字报，至于现在这张小字报，肯定是坏人贴到他们车间宣传栏上栽赃陷害。

门改户心想，不怕你狡猾，就怕你露不出狐狸尾巴。他竭力压住怒火，悄悄去档案室调出了忽小月的档案，有份自传肯定是她自己写的，两份晋级申请也肯定是她的笔迹。本来人事档案不许拿出阅文室，可门改户模仿黄老虎的签名，以审查的名义拿到办公室，像一只饿久的猎犬，在档案和纸屑之间嗅来嗅去，先确定了纸屑上的字迹，再从档案里搜寻相同的字符，一会儿他猛拍一下桌子：就是这个女人，看这钩，看这撇，看这捺，两边字迹，一模一样，人赃俱在！

他不断地摩拳擦掌，想立即把这个发现告诉黄老虎，但就在出门的刹那他又改变主意了。现在这个判断是自己比对出来的，尽管十拿九稳，但那些人若官官相护，是不会去追究的，自己还会白白挨上一顿嘲讽，反显得他很小人很猥琐了。今天，那忽大年疾风暴雨般的训斥，应是他到厂部后的第一次，没等申辩就把研制缓慢的责任扣到了他头上，那口气就像训孙子，一点情面也不给。俗话说打狗也要看主人，他忽大年敢于这样发泄，明显蕴含着对黄老虎的恼怒，应该提醒领导留个心眼了。

看来黄老虎已经知道忽大年发飙之事，门改户悠悠地说：你想忽厂长为啥冲我发那么大火，我又没招他惹他，会不会是……他机灵地把"冲你来"咽了回去，但黄老虎只听半句就明白了，说：我告诉你吧，这件事，厂长在调查，军代表也在调查，全都是对你不利的证据，你就准备下车间吧。

门改户一听，扑通给黄老虎跪下了，说：黄书记，我一门心思在你身上，焦瞎子充其量就是个中层，大小王我还分得清楚。黄老虎突然脸变愠怒喊道：照你这么说，是我把穿甲弹影响了？门改户跪地垂首叫喊：不是你，是我，是我脑子浑了。黄书记，您是我的贵人，你得救救我呀，从我们村上到我们县上，只我一个干到这个份上，传回村去我就没脸活了。

七十一

毫无疑问，一切难堪和怒火都源自那个孤傲的女人。一人之下的办公室主任把门窗关紧，背着手在办公室来回踱步。尽管黄老虎没有明示鼎力相助，可他能感觉到黄书记是不愿放弃他的，培养一个亲信多不容易啊。但是这个事也不能就这样悄没声地过去了，过去了，长安人脑海里依然会留下是他误事的印象。

唉，都是那个应该千刀万剐的女人……那个女人有一张娇艳的面孔，从来都板得像哪朝的公主，即使到车间当了工人受了伤，也不愿把笑脸送给他看。那个女人还有一副魔鬼身材，该鼓的地方，浑圆浑圆的，该瘦的地方，一把能捏住，若是当初跟从了他，绝不会一个麻烦接一个麻烦的，整得亲哥都受到了连累，自己也混成了铜粉里的泥人了。是的，他对苏联实习时冷酷的嘲弄恨之入骨，对万寿寺外不屑一顾的眼神刻骨铭心，对今天这份小字报更是激愤填膺……门改户把这些年来，两人之间的恩恩怨怨一幕一幕拉到面前，一会儿这个情景清晰了，一会儿那个画面模糊了，终于让他坚定了一个念头，必须采取一个恰当的方式，报复一下这个内心张狂的女人，否则就太便宜她了。

当罪恶开始的时候，往往只是一个萌萌的浪纹。

然而采取什么方式好呢？他推开窗棂，一片圆圆的花坛，两排高低错落的宣传栏。猛然，他觉得有了，以其人之道，还治其人之身，写张反击的大字报以正视听。当然，这份大字报的标题应十分醒目，能够吸引长安人的眼球。当然，这份大字报不能提那个女人的名字，这样他可进退自如，万一风向不对也可抽身溜走。也许忽家人会因此跟他结仇，人家兄妹俩尽管关系不睦，但毕竟是亲亲的血脉，看着今天嘶喊打架，明天饭勺就会搅到一个锅里，所以还是含蓄点的好。

后来，他想到刚刚看过的一场电影，那个名字就充满了诱惑，于是他也拟了一个惊悚的标题，这个题目有点长，绝对会产生爆炸性效果！

请看隐藏在工厂角落兴风作浪的美人鱼！

好多人是写好了文章才去想标题，而门改户是想好标题才动笔，他觉得标题是文章的灵魂，是点睛之笔，只要把标题拟好，文章就可以一气呵成。这个体会也是他在苏联实习时感受到的，后来写学习心得，写总结报告，似乎屡试不爽。唯有的一次纠结，是他在苏联实习时曾给忽小月写过一封情书，但写好后假以别名读给舍友，却引来放肆的嘻嘻嘲弄，后来他没敢交给收信人，而是悄悄撕碎扔进了抽水马桶。现在，他要再试试自己的笔头了，绝不能任人骑在头上。

于是，他在人们下班后，拉上窗帘，反锁房门，在办公桌上铺开了一张黄表纸，这卷纸还是他让人从总务科特意领来的，当然还有一大瓶墨汁。果然，门改户在这样一个耸人听闻的标题下，文思泉涌，运笔麻利，真可谓一针见血了。

第一段，美人鱼历史丑陋。早年跟随戏班混迹乡野，低俗丑陋难以言说，又凭着在教堂学过俄语，混进长安招摇过市，始终喜好用戏子眼光骚扰男人，甚至苏联实习也不闲着，光天化日勾引外国人，终被发现遣返回国。

第二段，美人鱼立场反动。为支持历史反革命分子，公开与其勾搭成奸，双双混上运送弹药的军列，干下不堪描述的丑行，又为掩盖其罪恶，逃避组织处理，谎说结婚逃过处分。

第三段，美人鱼倒卖长安资产。本来写她伙同他人倒卖冰棍，沦落为清查的典型，但门改户忽然意识到这个他人就是厂长的大公子，何必惹火烧身，于是他把这一段虚写了。

第四段，美人鱼生活堕落。有创意地写到她在车子棚居住期间，天天晚上淫荡之声不绝于耳，引起了公寓人愤慨，差点被家人活埋。甚至抢夺男人不分尊卑，光天化日在玉米地脱光衣服，与寺院的和尚鬼混，与老朽的科研人不清不楚，几乎被人家老婆抓着。

中间一段，他还写了美人鱼故意在浴室昏倒，浑身赤裸被人抱到医院抢救，实际上是为勾引男人自导自演的一出戏。但他马上意识到这件事牵扯到黄老虎，就用浓墨画掉了，变成了一串串黑疙瘩。他本想撕掉重写一遍，可走廊钟声连响了十二下，便急急忙忙进入了概括：像这样一个劣迹斑斑的人，还恬不知耻要对火箭弹研制说三道四，扰乱了大家的思想，给长安人脸上抹了黑，其实她的话没一句靠谱，持笔人一连写了三个惊叹号。

门改户的脸庞棱角分明，始终咬着牙瞪着眼，充盈着勃勃杀气。他写完了，一字一句欣赏着自己的杰作，有的地方漏个字补上，有的语句重复删去，有的标点不规矩点上，洋洋洒洒一千多字，完全可以用锋芒毕露来形容了。他的确对自己今晚的杰作感到飘飘然，甚至觉得自己有写作的天分。可当他卷起来准备去张贴时，猛然意识到这张大字报明显是揭老底泄私愤，不代表哪个战斗队，完全是他个人所为，所以那会让人小瞧自己的，便又灵机一动在最后加了一首藏头诗，直接把美人鱼的名字点明了，大概没人能发现。

这的确是画龙点睛之笔，这篇文章也的确解气，既告诉大家《火箭弹的苦恼》，是劣迹斑斑的美人鱼所杜撰，又把人们知道的不知道的背后议论抖搂出来，拉到了阳光之下，也算报了一箭之仇！

呵呵，不是说君子报仇十年不晚吗？他们从苏联实习回来已快十年了，这份大字报一定会给那个女人狠狠一击，当然也会给厂长一些难堪。按说厂长对他也是有恩的，人家要是稍有掣肘，他不可能去苏联镀金，也不可能在车间提拔起来，更不可能到厂部当上主任，但他老人家这顿训斥也太狠了，狠得他听着都快晕过去了。他妈的，这一对兄妹多像演双簧啊，她写她贴，他怒他斥，现在可要看看究竟是谁玩得狠了。

但是，就在门改户卷好大字报准备趁着夜色贴出时，却又不由得踌躇了。谁贴大字报都是在白天，他堂堂主任深更半夜去贴大字报，广场上路灯明晃晃的，映得宣传栏白花花一片，远远就能照见人影晃动。何况这张大字报这么敏感，还是应该避免让人知道是自己所为。

于是，他又在狭小的办公室来回踱步，向东五步，一个转身，向西五步，一个转身，当他转到第十九个来回时，灵光乍现，豁然开朗，电话把清扫卫生的公务员苑军叫来，居高临下发布命令：明早六点钟，你把这份大字报贴到熔铜车间宣传栏上，注意是早晨六点钟，不是五点也不是七点，七点以后就是上班高峰，人人都会看到这张大字报，必须让东风压住西风！

然而，当苑军揉揉惺忪的眼睛抱起大字报，准备出门时他又变卦了，让他先放下，等到明天晚饭以后再去张贴。原来，门改户转念想各个单位都是夕阳下刷新宣传栏的。再说，还应该去探探黄老虎对那张小字报的口风，如果人家就看得不那么重，也就没必要这么着急了，让子弹飞上一会儿也不迟的。

这天晚上，门改户在办公室沙发上和衣躺下了。这张破沙发还是从苏联专家楼退出来的，谁都觉得弹簧不平硌屁股，便废物利用摆到了主任办公室，铺上两摞报纸就可以当床休息，舒服得像躺到皇帝床上。今晚这个作用就凸显出来了，门改户很快沉入了梦乡，均匀的呼噜表明他睡得很香，但甜蜜的梦乡还是让一阵急促的踢门声吵醒了。

门改户是早晨被黄老虎叫醒的，可老鹰眼瞅他进门半天没吭声，直瞅得他话也不利索了，问：黄书记，咋了？你有指示就说啊？黄老虎横眉竖起，啪的一下，把文件夹摔到桌上：谁让你去撕小字报了？那张小字报直面科研问题，是群众自觉革命的表现，谁叫你去撕了？你混蛋还说是我叫你去撕的，我啥时候叫你撕了？门改户急忙辩解：是忽厂长叫撕的，军方昨天来检查火箭弹研制进度，他怕……黄老虎挥手打断：你别往领导身上推了，你就不能有一点点担当？那要你主任干什么？告诉你，昨天省委派人到长安暗访，一进大门就看见了那张小字报，一个劲赞许说好，直面现实问题，敢于揭批碰硬，这是群众发动起来的标志。黄老虎点着他脑门：现在可好，你把标志给撕了，还赖到了我身上。哼，你立即通知熔铜车间把那张小字报再抄一份，在原来位置再贴回去。

门改户脑袋嗡嗡作响，额头渗出一层细汗，回到办公室窝在沙发上六神无主，那份恶毒的小字报怎么就是标志了？标志什么呢？标志无限上纲得逞了？标志美人鱼成功了？那不明摆着欺侮人吗？唉，厂长叫撕了，书记让贴出去，他这个主任真是太难干了。而且，那张小字报的矛头，可是指向他门改户呀！如果任凭他们在那儿张牙舞爪，不就等于打自己脸吗？他都不知道是怎么拨通的牛二栏电话，把黄老虎的意见一字不漏传达了。

而且，忽大年当天召开了火箭弹研制会，门改户感觉所有人的眼睛都含着怨恨，那焦瞎子还冲他意味深长地摇摇头，明显是个告状得势的嘴脸，把个威力指标说得天花乱坠。轮到他这个总协调发言了，尽管也没啥报告的，但他绞尽脑汁讲了三点。呵呵，聪明的门大眼已经悟出秘诀，凡讲话发言必须凑到三点，显得有思考、有水平、有准备，但是他今天讲的三点实在勉强，脊背渗出了细汗，连额头也浸湿了。

而那忽大年小结时，本来讲得四平八稳，却又转到兵法上：我们研制火箭弹，实则也是与敌较量，两军对垒，备而无患！说着人家话锋犀利地一转说：你，总调度，务必一周内，把农民占据靶道问题拿下来，拿不下来你就给我住在那儿。会场上顿时静了，静得能听见笔头的唰唰声，门改户恨不得抱颗火箭弹钻进地缝去。

似乎快下班的时候，那张苦恼的小字报又变成大字报贴了出去，围观人比昨天多了，可多数人瞅一眼标题就过去了，似听见焦克己靠近人群说，当官不为民做主，不如回家种红薯，人群哄的一声笑开了，那笑声很快传到了门改户耳朵，犹如炸响了一声雷电，炸得他耳膜嗡嗡闹。

他妈的，不就是几份报告没批吗？至于这样羞辱人吗？不行，这口气不能再忍了，再忍，长安人的视线就集中到自己身上了，再忍，头上的官帽也就丢了。已压进肚里的魔鬼又开始蠢蠢欲动，他懵懵懂懂走到楼下公务室，碰见苑军在写描图作业，便像交代绝密任务低声说：今晚下班后，你把昨天那卷大字报贴出去，把熔铜车间的那张大字报给我盖了。

七十二

似乎魔鬼飞临到头顶的时候，往往是不露声色的。

下午风大了，把玻璃窗摇得咯吱响，远处似有闷雷滚过来，空气里涌动着腐烂的污泥味，忽小月顾不上关窗埋头抄写。实际上她只不过把与焦克己交谈的记录做了整理，自己加了个标题而已，而且她并没想贴出去的。但是焦克己镜片后边的渴望令她心神摇曳。是的，必须解决这些掣肘，把火箭弹研制推上快车道。人就是这样的，一旦痴迷上什么，就一门心思走下去了，总希望通过自己的努力，方方面面能够大开绿灯，伸出一个个大拇指。

只是忽小月不知道那红向东对这份材料有无兴趣，他不是一直鼓励她抓住长安实际，写点犀利的文字吗？这算不算实际呢？刚刚她在弥漫着金属粉末的实验室，把焦克己一把堵住了。她在空荡荡的案子边坐下，把整理好的稿子递给了人家，就像一个交卷的学生等待老师评判。那焦瞎子把材料凑到眼皮上，才翻了一页，就朝门外路过的小河南喊：快点把水壶拎进来。小河南把开水倒进搪瓷缸，就听焦克己边翻边说：这稿子应该让大家都看看，知道科研人有多难。忽小月想了想问：贴出去会不会把谁惹了？焦克己满不在乎地说：我们又不是瞎编，怕啥？谁知话音刚落，一个女人厉声冲过来。

我说你咋整天不回家，闹半天有小妖精陪耍呢。一个粗女人进门就骂。

你不要胡说，我们在谈工作。焦克己一脸惊愕地站起来。

你谈工作，咋门口还有人站岗放哨？粗女人一脸横肉。

你想哪儿去了，嫂子，我正要打水去。小河南嬉皮笑脸。

哎呀，这可怎么好？自己成啥人了？上次他们开会回来，焦克己老婆在厂门口就喊过一嗓子，好像马上被焦瞎子给抱走了，现在忽小月心里发毛，畏畏缩缩想退出去，却被粗女人一把抓住：你还想跑呀！焦克己急忙上去，抓住老婆手腕想掰开。粗女人见丈夫口袋鼓囊囊的，猛地一反手，把口袋稿子掏出来：看看吧，都敢给小妖精写情书了，咋没见给我写一张？两人噼里啪啦一番争抢，顿时撕成了碎片。

忽小月趁乱出去了，她觉得真够扫兴的，好端端一件事叫个凶蛮女人给搅了，远远听见那女人一定挨了拳头号哭起来，心想这种女人就是欠揍。然而，让她没料到的是，那份被撕烂的材料，下班前不知被谁在宣传栏上给贴出去了，她火急火燎地跑去问焦瞎子：怎么回事？不是撕了吗？

焦瞎子满不在乎地说：当时那份材料碎了一地，他气得按住老婆一顿猛捶，才把事情问清楚了。原来昨天发工资，老婆左等右等不见人回，就混进学工队伍进厂探究竟，没承想闹了这么一出戏。后来老婆可能给揍舒坦了，主动找来一瓶糨糊，把碎纸一页页粘好了。后来，老婆听说这篇文章是为丈夫撑腰的，就拉上小河南贴到了厂前区报栏上。忽小月不由得嗔怪：可她说话咋那么难听？是看我好欺侮吧？焦克己一个劲儿道歉：她就是个家庭妇女，没见工资，胡思乱想。忽小月转而思忖，苦恼文贴出去，有人叫好，说明大方向正确，也就没再絮叨。后来，她听说小字报居然被门改户带人给撕了，还以为等待她的责难又会铺天压下来。

然而，下午刚一上班，牛二栏屁颠屁颠跑进抄写室，要她赶紧把被门改户撕碎的小字报，再抄成一份大字报，正式贴到宣传栏上去，神叨叨地说：这可是黄老虎亲自下的命令，说这是革命运动深入的标志。天哪，这是真的吗？一张一千多字的小字报居然撞响了？

这不但让她放下了悬着的心，还让她为偶然的成功跃跃欲试，甚至又收到一封"查无此人"的退信，也没有引发太多的沮丧。哼，那四个张牙舞爪的字，绝对是连福写的，显然信没拆就给退回来了，狗东西咋变得这般绝情啊？山脚下、军列上、公寓房，那些海誓山盟看来一句也靠不住。她早看透了，连福这种人根本不可交，真后悔当初没听哥哥的话，真真不听哥哥话吃亏在眼前，将来他若见面，在厂门口跪下磕头也不会搭理的。忽小月把那封退信撕得粉碎，手伸到窗外五指张开，风一过便四散飘零了。

她平复了一下情绪，铺开一张宽大的草纸，心里一阵阵激奋，脸红了，汗滴了，滴到了抄写的大字报上。是的，这些年她好像遇到的都是冷漠和打击，还没有因为自己的行为受到过任何表扬，突如其来的赞许似乎太有分量了，她想都没想就挽起袖子操起笔。尽管原稿叫人撕了，可凭着记忆再写一遍顺畅多了，一边写还一边改动了隐晦的字句，言词也变得更加犀利，也更有嚼头了。牛二栏提醒，说不定明天会把她叫到宣传栏，让她介绍这份大字报的来龙去脉。

呵呵，这有什么好说的？按说这要归功于大学里的红向东，可这似乎不好明说，工友们知道她总往大学跑会不会忌讳？会不会说她想施展什么妖术呢？自从忽小月和忽子鹿到大学去过之后，每期《红延安战报》便率先贴到了熔铜车间宣传栏上，大家一窝蜂挤上去看新鲜，几周下来好多人把阅读战报当成了习惯，一到礼拜五，就围到报栏前读得津津有味。黄老虎曾经叫人去询问，是谁把大学的宣传品贴到了长安，似乎没能问出个所以然，这让忽小月感受到地下工作般的神秘，似乎还伴随着一种难以言状的刺激。

昨天她把这种感觉告诉过红向东，人家把手边的蜡版一推说：你都读了那么多战报，难道就没有一点感受？这场大革命就是要革走资派的命。忽小月告诉他：我们长安是军工单位，领导都是参加过战争的老革命，就找不到资本主义的残渣余孽。红向东把玳瑁镜向上一推，说：走资派都披着革命的外衣，你要从群众反映的突出问题入手，写一份有分量的大字报，打他个措手不及，把广大群众吸引过来。忽小月着迷地盯着耸动的剑眉，说：我们厂科研问题最多，为个出差报销就吵得不亦乐乎。红向东在原地转个圈，像老人似的拍拍她肩说：就是要从具体问题入手，才能揭开长安的盖子。

忽小月心里顿时暖融融了，直感有一股力量从脚底倏然涌起，冲上心房，冲上头顶，浑身细胞竟像注入了激奋，鼓荡得她恨不能立刻赶回抄写室，把感想把问题通通写出来。临走红向东郑重告诉她，过几天他会亲自去看她写的大字报，要是写得精彩，就在战报上开辟个工厂动态，先把她的稿子登上去，让人们知晓大革命已经在工厂点燃了，星星之火将要燎原了！

忽小月看到剑眉耸跳两下，心房也随之怦怦两下，这副轮廓分明的国字脸，咋这么生动，似乎可以在电影里扮演什么角色，好多演员都没有他帅气的。但她只是在心里默想着，走出了校园还在想着，人生的路真的难以自己选择，这个红向东是毕业留校的青年教师，分配到校办工厂当了技术员，年龄应该比她小三岁。噢，不是说女大三抱金砖吗？似乎临出门红主编还拍拍她的肩，意味深长地朝她挤挤眼，那撩人的微笑像跟连福刚刚认识的时候，也喜欢这样温情脉脉地盯着她的脸，盯得她几乎忘掉了思想，只剩下一个朦胧的轮廓了。

这是一种什么微笑呢？似乎也有点坏坏的感觉呀？忽小月脸红了，仿佛又坠入一种忘我的状态，想抓住天上飘下来的相思豆，放进嘴里永远地含下去，让甜甜的感觉浸润每个细胞。但红向东却怔怔地盯着她的嘴唇没有动，这个榆木疙瘩，难道还让人家姑娘主动上去咬住你嘴唇吗？忽小月觉得女人绝不该这么贱的，谁知道他知晓了肚皮伤疤会有什么反应？于是她把酒窝一抿转身走了，但她走得有点迟疑，脚下似乎变得很沉重，走出学校大门就开始后悔不该妄想了，自己已经不是几年前那个纯洁的姑娘了。

那天，她回到抄写室就没睡觉，一直在思考红向东的眼睛和焦克己的叹息。红主编说了，这一炮如能打响，就发展她为战报的特约通讯员，有了那样的身份，别人就不敢用余光睥睨了吧？是啊，在这种前所未有的使命感驱使下，她从焦克己的办公室回来，就一直趴在桌上撕啊写啊，把一沓信笺都快写完了，等到天蒙蒙亮了，写到最后一个惊叹号，她又默读了一遍：火箭弹研制陷入了泥淖，上述问题扯来扯去，何年何月才能装备部队？我军士兵用啥与敌人坦克抗衡？这句结尾铿锵有力，她很是得意，本来在最后还署上了"忽小月"三个字，但她想最好是焦克己和忽小月两人的名字，可她一提笔，却想到了讨厌的哥哥就一把涂掉了。

她后来才知道那篇文章被焦克己的老婆贴出去了，似乎小字报在宣传栏上有点格格不入，像上不了台面发牢骚，但贴出去也就贴出去了。当厂前区有人开始稀稀疏疏上班，有人开始默念"苦恼"的文字，她抑制住激动悄悄站在人群里，好像没听见有人叫好，也没听见有人贬损，自己心里竟有些忐忑了，想着要不要再抄一份大字报，天黑后把小字报覆盖了。没想到下午时小字报被人撕了，可刚刚过去一夜，又通知她要重抄一份大字报，而且无论如何要今天再贴出去，要让明天省上的检查人看见。呵呵，自己不经意的一个举动，竟得到了省上的关注，这让她压抑的心情变得舒朗了。而且她本来还在纠结，那红主编已答应周末要来看她写的大字报，文字潇洒，一笔一画，比那张小字报强多了，若是人家来了什么也看不到，还真不好给人家解释呢。

现在好了，又写完了，一切一切的纠结似乎烟消云散了。

忽小月抄好之后，喊来满仓和小河南贴到车间的宣传栏上，她已跟黑妞儿约好了要去洗澡，话音刚落就看见胶东女来了，胳膊还夹着一只绘满牡丹花的脸盆。满仓看了劝说：那小字报都被人撕掉了，这张大字报一定会惹人。可听说黄老虎已经给予了肯定，连连叹气不好再阻拦了。黑妞儿看了也说：还是你们老爷们儿去贴吧，等贴完回来，我们也差不多洗好了。

七十三

两个美丽的女人，连说带笑地进了车间的小浴室。

听到铁门在外边咔嚓一声锁上，忽小月便穿着红肚兜，打开了一个莲蓬头，温热的水汽冲到水泥地上，溅起一层雾腾腾的水沫。黑妞儿不客气地把头伸到淋浴下，一边打着肥皂一边问老乡：俺看你今天喜滋滋的，有啥喜事告诉姐呀？忽小月站在淋浴外看着黑妞儿的水影说：什么喜事呀，昨天下午叫焦瞎子老婆给腌臜了？黑妞儿嘻嘻说：那个女人满脸疙瘩，就适合小山东去收拾。忽小月苦笑笑说：你这么好的身材，哪个男人看见了都想收拾的。黑妞儿揶揄道：那你哥见过，咋就没兴趣？

忽小月不由得笑了：那是你太笨，听说他就没敢脱你衣服，嘻嘻，你就不会自己脱呀，他要见了保准没魂了，保准跑不动了。黑妞儿双手揉着满头白沫闭着眼睛说：你当时咋不给姐说，现在才说，晚了。忽小月把香皂塞到她手上说：你还用肥皂洗头啊？要用香皂，满身香味。黑妞儿故意讥讽：你就喜欢男人围着你嗅，你瞅那猫叫春，远远就能闻到一股骚味儿，月月你是不是最近有啥情况啊？

忽小月一边帮她搓头发一边回应：你说女大三抱金砖，是真的吗？黑妞儿惊奇地把头伸进淋浴：这还不知道？女人岁数大，会把男人放在心尖上。忽小月也把香皂抹到头发上问：黑姐啊，你都这个年纪了，我看你也不着急，想一直这么单下去啊？

黑妞儿把头从淋浴伸出来说：俺跟你不一样，俺有男人。忽小月吃惊地问：你有男人？我咋不知道？黑妞儿说：俺男人就是你哥呀，从道理上说，俺是大房，靳子只能算二房。忽小月故意摸着黑妞儿的额头说：你发烧了吧？尽说梦话，还梦想回到解放前？黑妞儿甩着一头乌发：俺告诉你吧，你哥可不是没碰过俺，他狗东西咬过俺。忽小月嘻嘻问：他咬你哪儿了？黑妞儿像是豁出去了说：他咬了俺屁股，俺才扬的手。

忽小月眨着眼问：他真咬了？痛吗？黑妞儿摇摇头说：俺忘了……又麻又痛吧。忽小月故意摸摸她的胸说：快别做梦了，你这对奶都没被人揉过，还这么瓷实，赶紧找个男人嫁了吧！黑妞儿用毛巾搓着四肢说：这你就别管我了，你说你是不是瞄上谁了，说给姐听听呀？

两人你一言我一语地嬉闹着，等到洗完穿好衣服，姐妹俩听见铁锁打开走出去，门外已站满了等待洗澡的工友。满仓告诉她，大字报已经贴到宣传栏上了，马上就有人围上去观看，但他还是感觉有不祥之兆，一个熔铜工干预上层事务，搞不好会惹来麻烦的。可忽小月却不迭声地谢谢，然后两个女人到食堂平静地吃了晚饭，黑妞儿就去车间上夜班了。

忽小月披着洗净的长发往回走，感觉差不多干透了，用花手绢将长发束到脑后，飘逸的头发像旗帜一样飘来摆去，引得好多饭后男人侧目而望。

其实忽小月在憧憬车间啥时开大会，牛二栏再把她拎出来表扬几句。是的，是她给熔铜车间争了光，那她身上的污名是不是可以抹去了，可以重新走进工厂大楼，又去翻译那些永远也翻译不完的资料了，也许还有机会返回苏联的图拉市，找到那个一脸胡子的老伊万，她要问问那个老毛子，为啥要把她的信交给组织，里边有需要传递的情报吗？她还要去大使馆找到那个参赞问问，她究竟犯了什么错误，让她提前离开美丽的图拉市？要知道那一个简单的"提前"，人们看她的眼神从此就变得不屑了。

当然，忽小月还在心底埋藏着一个说不出口的憧憬，就是要与交通大学的红主编搞好关系，尽管她的年龄大一点，尽管她身上有一块吓人的疤痕，如果两人真能发展起那种甜蜜的关系，她要想尽一切办法，让他一辈子都看不见这块讨厌的印迹。她会紧紧地把他抱在怀里，让他尽情享受女人的温柔，让他永远难忘会说俄语的小翻译。其实，当不当特约通讯员，真的无所谓的。

一个在苦闷中挣扎的女人，居然为了几句表扬，更为了青春的脉动，心底活泛起来了。

其实，这个忽小月对红向东的感觉是朦朦胧胧的。

红向东本是陕北三十里铺考上大学的第一人，但进入交通大学的第四个寒假，他回到陕北老家，看见老爹正给手扶拖拉机抹黄油。这手扶机像个大头娃娃，挂上犁刀可耕地，挂上播箱可下种，挂上拖斗可运货。老爹是农机站的站长，他把手扶机看得像宝贝，常说他有两个儿子，一个是红亚夫，一个是手扶机，现在怎么要抹油封存呢？他刨根问底才明白了，村人嫌生产队吃不饱，悄悄背着上头单干了，沟壑里崖峁上，一家一片自留地。从此村里男人像打了鸡血，个个变成了拖拉机，没白没夜猫在田里，早把农机站忘到九霄云外了。唉，这很明显，那单干就是走回头路哇，搞不好将来黄世仁的故事就要重演了。

他老爹是长征到延安的，攻打直罗镇时大腿负了伤，就在养伤的村里成了家，跟乡亲们的感情别提多深了。晚上，老爹感慨地想起，当年在延安与抗大学员打篮球，认识了一个坐冷板凳的队员，两人都撇着胶东腔，聊了一会儿还曲里拐弯攀上了亲戚，前些日子来探望的战友讲，那小子出息成人物了，怕有通天的能耐呢。儿子若把村里情况写成信递上去，只要上边有头头发话，下边就不敢胡日鬼了。

红向东肩负了神圣使命，胸中便酝酿起昂扬来。他觉得老爹说得对，当年红军爬雪山过草地为的啥？不就是为了有福同享吗？可是当他站到戒备森严的长安大门外，把学生证递进传达室，人家拉开小窗，像审视特务般瞅了瞅说：你老叔人不在，如有信物可以转交？他捂着那封信没有拿出来，从此隔三差五就蹲到大门外等人，终于感动了老张头，领他走进一栋灰砖大楼，见到了朝思暮想的忽大年。此人不像他想象得威风八面，但气场格外强大，细细听完了老爹的忧虑，没表现出一丝惊讶，反而轻描淡写地笑了。

临走，老叔让儿子把他送到公交车站，他俩边走边聊，表弟很快就靠到他肩上了，没过几天就遮住前胸校徽混进校园了，而红亚夫始终惦记着那封信的下落，怂恿子鹿回去追问，却听说挨了一顿莫名的训斥。

后来红亚夫毕业留校了，一晃几个年头过去，校园里的大字报忽然铺天盖地起来，他和几个学生便印了一份战报，也许名字响亮，一露脸就撞响了，连省市图书馆都来函要入档保存。后来有人鸡蛋里挑骨头，说主编名字充满了小资情调，他一咬牙改成了"红向东"。

当红向东纠结怎么把战报影响扩展到工矿去，子鹿把忽小月领来了。

两人一聊就是半天，这个比他大三岁的翻译，居然知道那么多工厂的事情，如果战报笔触能从校园伸展到工厂，何愁不能摧毁腐朽的旧体制呢？而且，他发现这个共和国建设的兵工厂，居然全盘接受了修正主义的体制，连管理流程都是照搬苏联的。所以，革命的烈火不但学校要烧，工厂也要燃起来。可他几次去工厂串联，警卫挡住不让进，在他懊恼的时候想到了伟人一句话，堡垒最容易从内部攻破，如果能把忽小月拉住，就是一把锐利的匕首，这个美丽而单纯的女人，一定会成为联络工人的秘密渠道。

你多看看各地战报，脑袋瓜就开窍了。

你一天看多少战报？不怕眼睛看坏了？

他发现忽小月常常会目不转睛地坐在案子对面，瞅他剪裁东南西北的小报，搞得刻蜡版、推辊子的学生都找茬出去了。是的，以前他也有过青春的憧憬，曾经盯住女生指甲有过莫名的悸动。可自从运动开始后，生活好像一下子升高了热度，好像烧得他忘掉了私情，好像所有的姑娘都失去了诱惑。所以，那天他们一起吃了晚饭，在送忽小月走出校门时，察觉到对方眼眸闪烁过一缕情愫，可革命人怎能沉溺到狭隘的情感里，那可是对革命的亵渎哟，老爹每年去县城看望老战友，哪个不是胜利了才考虑个人问题的？

你是不是嫌我炒的菜不香啊？忽小月低头走着怪怪地问。

没有啊，绝对没有啊。红向东扭回头懵懵懂懂地回答。

那你咋也没个评价呢？

评价啥？让我说啥呀？

你要相信我，我一定会把菜炒好的。

我一顿吃了两大碗，就是我的评价呀！

七十四

忽小月洗完澡，独自缓步走到厂前区，看见其他单位宣传栏空荡荡的，唯有熔铜车间的宣传栏拥满了人，看样子有些人刚在食堂吃过晚饭，嘴里还嚼着夹满红萝卜丝的馒头，也有的像刚从生产线上跑出来，一身油污使劲往里挤，谁看见都要慌慌躲开的。忽小月心里顿时潜藏了欣喜，看来还是红向东说得对，文章就是要结合实际，就是要有点火药味，明天他们来看到这般拥堵的情形，一定会不惜词句表扬她的，她似乎特别想听到那个有点磁性的声音。

这时，天际已经不知不觉把夜纱拉开了，广场上的路灯扑闪着昏黄的光亮，大字报离远了看不清楚，她想挤进去看看自己的文章，听听阅读者的现场反映，左闪一个人，右错一个人，当忽小月终于挤到自己熟悉的宣传栏前，陡然愣怔了，面前的大字报竟然不是她写的，字迹不对，词句不对，再看标题：请看一条隐藏在工厂角落兴风作浪的美人鱼！

这是什么意思？这么诱惑的题目？

她抑制住怦怦的心跳，目光一行行扫下去，可刚刚读了开头，心头蓦地一紧，感觉这张大字报是冲着她来的，那笔画像柴火，那语言像青杏，居然把她进厂来遇到的麻烦，一件一件抖搂了，就像把身上衣服一件一件扒下来，让她赤身裸体暴露在路灯之下，像被人一下子从空中狠摔地上，肚里的五脏六腑碰碰撞撞碎了，浑身的骨节也在咔咔嘶响……

尽管大字报从头到尾没写人名，可字里行间隐藏着恶毒的咒骂，明摆着是指向她的，骂她是个低级趣味的女流氓，是个使尽卑劣勾引男人的荡妇，是个外表漂亮内心肮脏的人渣。天哪，这是什么人在作孽！忽小月直看得头皮发麻，耳窝嗡嗡震响，胸口像有把刀子捅进去，咔嚓一声，扎到心口，痛得她哎哟一声，差点坐到地下，却又不见血流出来。

她想把刀拔出来，却越拔越深了，血和泪汇合着冲上头顶，几乎把她掀翻在地了。蓦地，她扑上去想撕下来，却马上有人阻拦：不能破坏大字报，有意见也不能撕呀。又有谁直接把她双手给架住了喊：敢撕大字报，就罪加一等！她只好挣脱开扭身欲走，却听见背后有人嘀咕：你看，就写的她吧？忽小月斜瞥一眼，竟然是兰花。这女人自从门改户从苏联回来就变得趾高气扬，今天竟是这般可恶，气得忽小月怒目而瞪，兰花竟从一个男工腋下伸出拳头，气得忽小月浑身颤抖，几个工友见状硬把她们给隔开，劝她快点离开这个是非之地。

忽小月迷迷糊糊走到厂外，手里的饭盒也不知啥时掉了，过马路时有卡车驶来竟不知避让，气得司机急踩刹车探头叫骂，你不想活了，也别在我车头找死，大卡车呼啸着扬尘而去。忽小月苦涩地咬住飘过来的头发，真想一头扑进车轮，就此做一个彻底的了断算了。

天哪，我在长安人眼里成什么了？那些隐私别人是怎么知道的呢？而且撺到一起扔出来太有杀伤力了，打得人都没有招架的机会了。她就像一个被剥光了衣服的女人在街坊踽踽而行，有熟人迎面打招呼都没反应，只顺着远离路灯的小路，走到一栋灰砖家属楼前。

啊？自己怎么到了这里？这栋楼是忽大年的住处，她想找哥哥嫂嫂诉诉心中的痛楚，可她走到楼下，走进门洞，一步步走到哥哥门前，刚一敲门就听见靳子的声音缓缓传出来，她纠结一下又不想进去了。靳子说过，哥哥也有难处，书记的职务一直没恢复，人事问题就不好插手，何况上级也有明文规定，涉及直系亲属必须回避。唉，这一回避就不念兄妹情分了，就把妹妹回避到阴沟里了。她停顿了一下，把一卷零钱和几张冰棍票塞进门缝就下楼了。走到楼下才听见靳子开门问：谁呀？进来说嘛？忽小月仰起头说：那钱是给子鹿买球鞋的。可她声音小得只有自己能听见，也不知嫂子听见没有，出了楼门才想起自己实际是来找子鹿的，她想让侄子告诉红向东，明天不用来长安了，她的大字报已经被一张恶毒的大字报给覆盖了。

不知道那双玳瑁眼镜后边的剑眉听到这个消息，会不会惊诧地竖起来，那张严肃的国字脸会不会布满惋惜，尽管他已经说了会吸收她加入特约通讯员，那晚为庆祝这个动议，两人还在编辑部炒了两个菜。也许他想考验她的手艺，当时红向东提议由她掌勺，她本想一口拒绝的，自己天生缺少厨艺细胞，连擀面条、蒸馒头都不会，可她那天却在煤油炉上炒了两个菜，一个炒白菜，一个炒鸡蛋。

也许真有神助啊，端上去自己尝了一口，味道还凑合吧，俩人晚上吃得很香，不停地说好久没有这样享受了。

他们尽管没有肢体的亲昵，但眼神已经拥抱了。

唉，要是他看到这张大字报还会是这个态度吗？还会不会聘她做特约通讯员呢？会不会仍旧请她去编辑部炒白菜呢？也许他不会轻信那些谣言的，可那大字报上的文字又似乎不全是谣言，那不是谣言的谣言怎么那么伤人呢？那么纯洁的小伙子，怎可能跟一个有过这样经历的女人交往，若想牵手一个屋檐下就更没可能了。

她想即使两人以后做个普通朋友，也不能让心中的圣洁受到污染，不能让他看到这张恶毒的大字报，尽管那上面没写名字，可那一桩桩一件件的事例，长安人都知道是指向她小翻译的，红主编也许看了不知所云，但总有一天会被人捅破，被捅破了的忽小月，他还愿意与之继续交往吗？还愿意晚上把她一路陪送到长安街坊吗？

她的双脚不由自主地迈向了夜幕最后拉上的地方。现在她一走进那个绿树环绕的校园，就有种麻酥酥的感觉在心头荡漾，也把挥之不去的忧愁揉碎了。她不知道这是不是爱情。当年她跟连福拉扯好像没有这种感觉，那时的感觉是甜腻的，即使闹了矛盾也有种难以言传的甜腻。连福每次亲了她都说，你的味道好甜啊。从没表现出一点点腻味的，唉，要是能知道现在连福躲在哪个角落就好了，她会扑上去大哭一场的，他也可以扑上去咬，即使把肩头咬烂也不会躲闪的，可是那个狗东西太狠心了，当年戏班主就说东北人心狠，居然见到她的信都不愿拆开，直接给退了回来，退回来的信她也不想拆，有朝一日见了面，那就是他拒绝爱的呼唤的证据呀！其实留着那些证据有啥用呢？

可是她走着走着，发现已不知不觉走过了万寿路车站，那就意味着要走到下一站才能坐车了。从脚下到校门不过两站路，坐车一会儿的工夫，走路就要一小会儿了。她想红主编喜欢晚上写文章，每天晚上会熬到后半夜才熄灯，现在要编句谎言来阻止红主编明天进厂，似乎也需要想透彻了才好上门去的。当然，她也曾多次说过：睡不够觉对人的伤害最大，一个晚上就把一个月攒下的精力耗空了。红向东有点不信，问：你怎么知道这些，是不是学过医啊？她没敢说是在连福身上发现的，谎说哈尔滨的俄语教师常挂嘴上。红主编说：那是外国人，外国人的血脉跟中国人不一样，中国人天生不怕苦。她当时就笑了：中国人咋能不怕苦呢？红主编咬牙说：苦难是一所大学，伟人都是从苦难里爬出来的。她想了想说：那就像我们厂的淬火炉，钢坯扔进去淬下火就结实了。红主编又像个长辈拍了拍她的头，其实她比他大呀。那个晚上她是抱着头睡着的，她觉得谁也不愿上苦难大学，有多少人能从那个大学毕业呢？

终于走到大学路车站了，她回头望了望，稀稀的汽车已经亮起大灯，摇摇晃晃驶过来，可是始终不见公共汽车来。忽小月想只剩下一站路了，便又匆匆走起来，似乎想赶快见到红主编倾诉悲情。不过，她也在不断地提醒自己，见面说话要有余地，不能任着性子，把自己的秘密全泄露了。戏班主就说过，女人之所以拴不住男人，就是喜欢把自己的秘密和盘托出去了。

可她今天还有什么秘密呢？也就是一张窗户纸了，哪天一捅就破了。不过，她想多糊几层牛皮纸，也许那个书呆子捅不破，只要捅不破她就可以跟他说说火箭弹穿甲弹，大大小小的武器他都没听说过，只要她一说那双剑眉就会兴奋地耸动，眼里就会流出一缕蜜来。她还可以光明正大学习刻蜡版推油辊，那个女生刻得多漂亮呀，黑体的、仿宋的、隶书的，把个战报铺排得规规整整。红主编鼓动她也刻过几行，钢针颤颤巍巍，好多地方刻透了，油辊子一推，尽落黑点子，把女生一天的辛劳都报废了。她想了，以后她就到这里来帮忙，刻不了蜡版，推油辊叠报纸总可以吧？她觉得只要能离开长安，干什么都可以的。

可是，她终于走进了校园，校园咋阴森森的，呼啸的夜风把树吹得稀里哗啦……终于走进了红延安编辑部，小院门开着，房门也开着，她喊了一声没有回应，战战兢兢抬脚进去，推油辊的小伙不见人，红主编的桌后也空荡荡的，只有刻蜡版的女生怯怯地站起来，破天荒地叫了一声：忽小月？

红主编没在呀？

他到库房领纸去了。

你们现在还忙啊？

你……你咋像没事似的？

我有什么事呀？忽小月强装笑颜。

你不知道吗？

什么事啊？忽小月心里哗地一沉。

有人给你贴了张大字报，红主编看见气坏了。

我才不管，那上面也没我名字。忽小月心如马踏。

大字报结尾有一首藏头诗，竖着念就是你名字。

是吗？忽小月心一沉哗地碎了一地。

这时，门外有咚咚的脚步声由远及近，似乎进了院子扑通一声撂下什么，脚步声又急急地混进浓郁的树叶里了。忽小月转身扶住门框，小院门口放下了一捆传单纸，人却不见影子了。忽小月看着路灯下的纸捆，身体仿佛呼隆一下掉进了深渊，耳畔呼鸣，风过如哭……

有人过来把她肩膀扶住了，好像是女生的声音：本来我们定的明天去长安，可红主编老家来了电报，他父亲病重了，所以他就提前今晚去了，去了就看见了那张大字报。噢，看见了那张大字报，就自然不想见她了，就想躲开美人鱼了，也肯定不想把她拉进通讯员队伍了，也肯定不会接纳她当帮手印战报了，当然更不会跟她一起做米饭炒鸡蛋了。唉，男人啊，男人都是懦夫，都是混蛋！混蛋啊！

忽小月霎时感觉脑海最近升腾起的那片迷离霞光，陡然间被一阵狂风刮得七零八落，那些碎片般的霓彩很快便失去了光泽，变成了咖色，又变成了灰色，变得漆黑了。她使劲揉揉眼睛，想把幻觉拉回到现实中来，可是所有的努力都无济于事，眼前的人和楼宇都变成黑色了。不过，这人也有点凄冷，咋见了一张胡说八道的大字报，也不跟她问个青红皂白，咋连面都不愿见了？见个面听她说几句不行吗？红向东是她最近以来生活的全部希望，怎么忽然就摸不到见不着了呢？她心里腾然爆起一团火，咚咚咚大步走出了编辑部，走过校园，走出校门，那公交车就像是专为她预备的，开着门，亮着灯，她一上去车就开了，隐约听见女生在后边喊：有事来电话啊。

哼，连面都不愿见，还打什么电话！她想她豁出去了，她要找回自己的尊严，捍卫自己的清白，不管付出多大代价，她都要义无反顾，让人们认清她忽小月不仅长得漂亮，会讲一口俄语，还是一个铮铮硬汉！当然，她是个女人，女人就是一个铮铮铁娘子！

她想去找到满仓，问问恶人会不会遭到报应？世间究竟有没有轮回？天上究竟有没有乐园？人的清白不是随便就能踩踏抹黑的，人的心灵也绝不许魔鬼拿去玩弄的！她还想找到黑妞儿告诉她男人绝对绝对靠不住，你就是对他再上心再痴情，到时候该不理你照样不理，甭管他上没上过你身子，也甭管他咬没咬过你屁股，人家把身上的精气发泄了，就会把你当抹布一样扔掉的！这些狗东西啊，你就是织再暖的围巾，纳再厚实的棉鞋，做再漂亮的肚兜，人家还是会不屑一顾的，你就早早死了心吧，女人要把命运拿到自己手上，才会有人疼有人爱啊！

突然，她抬头看到了长安厂的大门，看到了那块长长的宣传栏。

她不由得朝那灰冷如蝎的大字报走去了，她已经不惧怕这片巨大的毒舌把她吞噬下去了，也不怕吐出的毒液把她淹没了。她越过稀疏的人群，端直站到结尾处，果然那毒汁凝结的大字报上有一首诗：忽如一夜阴风来，小使计谋乱山川，月上枝头装亮丽，美眼乱扑脸难看，人前嘴翻讲斯文，鱼身发臭熏破天。天哪，也可能是她心绪烦乱的缘故，忽小月读了好多遍才读明白，狗头诗的第一个字是：忽小月美人鱼。

小翻译气得扑上去想撕碎大字报，可她刚一抬步就被身边的女人拽住了，扭头一看又是兰花。这个狗女人怎么还在这儿？她想挣脱伸手去撕扯，兰花竟一把揪住她头发，扯得她一个趔趄，脸磕到地上，还汹汹地骂道：你个臭女人，公共汽车，还敢抓我？忽小月忍住痛使出全力揪住了兰花头发，可她的手马上被掰开了。她拼命翻滚挣扎，肚兜一定扯了出来，肚皮也一定露了出来，罪恶之手还趁机在她胸乳抓了两把，忽小月尖厉地呼叫起来，恶女人才松开手走了。

她咋是公共汽车呀？

谁想上，都能上嘛。

没票，也能上？

那你去试试嘛。

一阵阵淫荡的嘻哈声，把忽小月最后的幻想和尊严一股脑抛进了污水潭，很快便淹没了头顶，恶心得她探头呕吐起来，脸上肚上腿上全是污秽，像从粪池里爬出来的……忽小月隐约感觉她被工友扶进了传达室，谁还递上了一个热水杯，可她分明听到了魔鬼噬咬的声音，几乎快把她的肚子掏空了，又一下子撕开了筋骨，咬住了她的头颅，一口一口吮干了她身上的血流……

七十五

谁也没想到，可怜的小翻译要用自己的方式捍卫自己的尊严了。

她不知自己是怎么回到单身宿舍的，使劲推门推不开，呆站了好一会儿，才想起应该拿钥匙开门了。房间里的女伴都去哪儿了呢？居然没有一个人？她倒在床上望着天花板，脑子里竟然变得一片空白，也不知道该想些什么了，只是苦苦地在墙面裂纹里寻找可能的答案。最终她还是失望了，居然没找到一点点松弛的慰藉，只有那张大字报可怕的标题，那一句句涌动的字句，像一群舞动的青蛇扑向她的脑袋，每根头发都被咬住了，死死地拽着她，拽向了深不到底的深潭，漆黑如墨，不见五指，只能看见坠落时摩擦的光痕……这时候她的连福，她的红向东，她的哥哥嫂嫂……都躲到哪去了呢？难道真的要看她坠向无底深渊吗？

她惊恐地啊了一声，坐起来茫然四顾，脑子在彷徨和恐惧中似乎变得清醒了。整整坐了两三个小时，她期望有人来敲门，期望有人喊她的名字，更期望有人进来紧紧抱住她，听她倾诉心里的冤屈。但是一切都没有发生……她慢慢地打开衣箱，找出自己喜欢的那件藕粉色上衣和藏青色长裤，看到床头那面镜子里的惨容，不觉双泪长流，滑过脸颊，落到衣襟，化成了一朵朵浅浅的湿痕。她木木地朝窗外看去，月光忽然明亮起来，忽闪得人影晃来晃去，都说月宫里冷漠难耐，可那儿只住着嫦娥一个女人，应该没有一点是非的，没有是非的世界才是美丽的。她又挑出几件没穿几次的罩衣和裤子，这条花格裙子是她的最爱，谁穿上都会增添风韵的，都放进一个草绿帆布包里了。她又上了一层楼，小心翼翼推开黑妞儿的房间，把包放在她的床头就轻轻退了出来，屋里有个女工问，放的什么，她嘴角撇了撇就算回应了。

忽小月不知道自己怎么迈动的脚步，又步履匆匆返回了厂区，路过办公区时她迎着稀疏的夜班人影，竟没有一点胆怯的样子，也没朝大字报栏瞅去一眼，只是埋头朝生产区走。走过了二道门，走到熔铜车间门口，她似乎朝里边瞥了瞥，那座老毛子设计的熔铜炉，炉火通红，扔进什么，瞬间就会化成灰烬的。不过，那个炉口太小了，人钻不进去，而且工友们看见谁想靠近，也会拼命阻拦的。

忽小月脚步又快起来，端直向后区的烟囱走去了。这座烟囱高得几乎看不到顶，像深深地插进了暗夜里，在悄悄与天上的星星窃窃私语，交流着它们白天看到的阳谋和阴谋。

这里静悄悄的，只有炮弹仓库和如山的煤堆，连白天都很少有人来的，夜半时分只有草虫的鸣叫和风过草丛的抚摸声。这种声音她和连福恋爱时，喜欢坐在地上默默听着，连福说他能从昆虫翅膀分辨出公母，还真抓了两只蟋蟀，可她怎么看也分辨不出来。唉，大自然为什么要把人分成男人和女人呢？如果这个世界都是女人就好了，就不会发生那些纷纷扰扰的事了。那个连福真的把她忘得一干二净了，那个红向东真的害怕见她一面？这些男人怎么在紧要的时刻就溜之大吉了呢？哪像个堂堂男子汉呀？她愤怒、她懊悔、她无助……她似乎踟蹰了很久很久，终于沿着条漆黑的小路走到了烟囱下，下面有一棵粗粗的老槐树，她围着老槐树走了三圈，又走了三圈，就抓住了烟囱外边的铁梯。

她要爬上去，爬上去干什么呢？

她没有朝上看，那是一溜双环铁梯，里环是供人攀爬的，外环是保护人的围栏。那年她刚进厂跟老伊万到这里检查建设质量，也不知哪来的胆量，众人激将上去有奖，她二话没说就爬上去了，当时想看自己能攀多高，害怕了就顺梯下来的，可她一鼓作气攀到了烟囱顶，再回头下望，地上的人就变成了蚂蚁，她挥舞着手臂放声呼喊，但下边人却没有一点反应。她返回地面才知道，人们只能看见她手臂在摇，却听不到一点点声音，可能都被那南来北往的风刮散了。而今，时隔十年她又攀了上来，但这一次她攀得摇摇晃晃，一阶一阶向上爬，尽管没有犹豫，脚下却凝重得像灌了铅，攀上几阶就要停下喘口气。

噢，终于爬到烟囱顶上了。

上边竟然加了一道闭环的防护铁圈，站在铁环上能感觉到烟囱向外吐出的烘热，倘若人掉进去，可能马上就烤焦了，那会烧得很难看。忽小月手扶铁圈挪动脚步，忽然有些踟蹰了，不由得朝灯光稠密的西边望去，那里应该是火车站，一条铁轨连接着凝结了历史的古城和那个高粱漾荡的故乡。她在黑家庄度过了童年，其实也不知道童年和少年有什么界限。她是从那间漏雨的破屋出走的，也不知道现在还在不在了？那条铁路还连接着遥远的莫斯科，那位大胡子专家喜欢跟她跳舞，跟她唱歌，她觉得他跳得不潇洒，动作有点僵硬，唱得也不好听，有劈柴的味道，可舞池里的人却喜欢为他俩鼓掌。在森林边的别墅野炊是最能坦露人灵魂的，他们都喜欢唱着跳着去拥抱落日，喜欢玩累了光着膀子躺在草地上，让太阳把紫外线猛烈地射进毛孔，一个个懒洋洋地伸展着四肢舒服极了，却没人能想到他们的热情，会让一个中国女人背上那么沉重的黑锅。

背上黑锅就把人压成罗锅走不动了。

噢，那个黑乎乎的北方，大概有一条路是通向铜川煤矿的吧？连福那个没良心的家伙，现在一定躲在哪个角落舔着自己身上的伤口，却把跟他在军列上欢愉的同伴忘得一干二净了，都说他在一个很深的矿井挖煤，进入巷洞一天也走不到头。人都说近朱者赤近墨者黑，人在煤堆里时间久了，皮肤可能变黑，心也会变黑吗？他的心咋变得那么硬？为啥见到来信要退了呢？哼，信能退，人的感情能退吗？前边那隐隐约约的单身大楼，还有那孤零零耸立于夜风里的韩信坟，那个汉代老将军当年跟随刘邦南征北伐战功了得，可后来还是被人家杀了，听说死得很惨，身首异处，这个大冢葬的是挺直的身躯，还是不屈的头颅？也一定埋得匆促，连个墓碑都找不见了，什么人都可以跑上去撒野撒尿，昔日的守墓人都去了哪儿呢？好像旁边还埋着一同处死的兄弟姐妹，可现在已经连一点影子也找不到了？不过她有点不相信这个大冢是大将军的，谁会为一个被诛杀的人筑这么高的坟丘，那不是号召复仇的人念念不忘吗？

　　唉，那个在幽暗街坊沉睡的忽大年和自己是不是亲兄妹呢？小时候他竟然把妹妹送给了戏班，那时候自己太小不懂事，你也不懂在戏班混饭要受苦吗？他还胆大妄为忤逆家法，想把妹妹活埋在韩信坟下，想给那死去两千多年的大将军找个乐子，这能是亲哥哥做的事吗？唉，那个有着一对剑眉的战报主编，他也太让人失望了，好像他还把哥哥叫老叔呢，可他为啥要提前跑进长安参观宣传栏呢？不是约好的明天吗？见到了揭露美人鱼的大字报当时是什么表情？可能惊讶地看了好多遍，最后狠狠地摇摇头扭身就离开了长安厂，一定在路上把她想得很坏很坏，可你再怎么厌恶丑陋也应该找她问个清楚吧？可能他以后再不会深夜把她送到学校门外，又操心地送到单身大院门口了，也再不会把电炉打开，请她去炒并不好吃的白菜萝卜了……算了，算了，他已经被几个破字吓跑了，而且跑得那么快。最后他一定会想，这条美人鱼原来这么肮脏，看上去似乎优雅沉静，还会一口流利的俄语，怎么是一个令人不齿的烂货？身藏那么多勾引男人的歪门邪道？那道剑眉可能已刚刚沉入梦乡，会不会梦到一条美人鱼游到了身边呢？她知道他有个坏习惯，每天工作到后半夜才睡觉，早晨九点钟才起床，现在夜半钟声早已敲了吧？看得出直到前天他对她还是心存期待的。否则，那天他怎么会动情地给她念起一首女神的诗呢？那首诗是一位姓郭的诗人写的，写得太长了，却写得激奋昂扬，凤凰涅槃，霞光万丈……看来死也没什么可怕的，人真的像诗人写的那样能够重生吗？如果能够重生她就没必要跟这些人纠缠了。不过看来他早就预知了她的命运，否则为啥对涅槃那么动情？手舞足蹈的样子，可狗东西咋一见她扭头就跑呢？他这一跑就把一个女人撂到黑暗里了……

噢，南边那片大山的轮廓应该就是关中人引以为傲的秦岭了。乌蒙蒙的山里听说有很多隐居人，上次去翠华山春游就遇见两个老奶奶背着柴火，过去讨了碗水才知道人家还是燕京大学毕业的，在山里已经住了二十多年，大概是为了躲避战乱进的山，现在她若为躲避污蔑也能进去住吗？不行，可能不行，她无意间问过了，现在没有当地户口不准上山居住，何况你还身背了那么多的罪孽，何况你是一条化了妆的美人鱼。呵呵，美人鱼也挺好啊，比狼比猪比狗强呀，至少是温和的不会伤人的。

忽小月一遍一遍想着忘记的和没有忘记的过去……似乎想得最多的还是连福和红向东……那两个男人知道有一个女人现在正站在高高的烟囱上想他们吗？

她想的有点累了，忽然腰靠铁栏伸开双臂，像在拥抱朦朦胧胧的一缕晨曦。是的，这里应该是这座城市最早沐浴晨曦的地方，现在整个长安还沉睡在梦乡里，香甜得像婴儿一样，尽管太阳已经从东方露出了一丝霞光，一会儿就会变得血一样殷红，脚下地面也会像血洗过一样了。那年长安号召年轻人献血救援烧伤的工友，她也在医院伸出了胳膊，但护士嫌她太过瘦弱愣没抽她的。其实，谁的血都是红彤彤的，都蕴含着奔腾的活力，所以人们才对血有那么多敬畏。她身上就流淌着工友们的血，正是那些殷红的血救了她的命，却没能抚平她身上的疤痕。那块疤痕也实在太毒了，那么深、那么大、那么丑，她曾经不止一次地想过，以后连福回来或是和哪个喜欢的男人睡在一起，她要把肚兜缝死在肚皮上，不让任何人卸下来。

卸下肚兜的忽小月和穿着肚兜的忽小月，就完全不是一个人了，哪个男人愿意抱着一个肚兜裹住秘密的女人呢？这块伤疤好像只有医生护士和满仓见过……那个满仓居然在澡堂见到她身子没有反应，她不信他抱起她时心绪没有一点波动，她就那么没有吸引力吗？她隐约看到人们开始稀稀拉拉上班了，又准备开始新一天的生活了，那个头顶光光的满仓会在上班的人流里吗？这家伙从小当和尚，对男女的事好像有种天然的抗拒，但她知道他的心地是善良的……现在那家伙在干什么呢？天已经亮了，他在上班路上会朝烟囱远远望上一眼吗？啊，只要他朝上看一眼，就会发现他崇拜过的女人站在高高的烟囱上，迎着朝阳，迎着上班的人流，当然也迎着朝车间走来的满仓……

但是，没有人发现烟囱上可怜的姑娘。

上班的号声终于嘀嘀嗒嗒地吹响了，她站在高处听见铜号声那么沉稳，那么嘹亮，好像把她的耳膜都震塌了，竟然什么都听不见了，怎么会听不见呢？刚刚满耳都是风声号声，呼呼啦啦乱响，她双手把耳朵捂住，脚尖也跷起来，竭力想望见厂区那排宣传栏，但是都让横在那里的办公楼挡住了。不过她似乎能看见大字报前人流涌动，那个挤人最多的报栏，还贴着那些肮脏的内容吗？她朝烟囱下边望了一眼，下边依然空空荡荡的，没有看见一个人影，人就这么微不足道吗？人真的可以涅槃重生吗？

唉，管它能不能涅槃，能脱离苦海就是最好的选择。忽小月慢慢闭上了眼睛，面前霞光乍现满目通红，她向前慢慢一倾，脚尖轻轻一勾，双臂竭力伸展开来，身体像大雁一样飘了起来，只感觉风声异常粗粝，心绪像从嘴里一下子飞出去了，飞得很高很快，向着深邃天空中那片彩色的云霞飞去了……

七十六

忽小月那无所顾忌的纵身一跃，击碎了工厂每个人的眼球。

几乎所有可以离开生产线的人，都从角角落落奔向了后区孤塔般的烟囱，人们惊恐地蜂拥过去。已经看不清跳烟囱人的脸颊了，头颅被散开的长发盖住了，静静地趴着一动不动，好像趴在地上睡着了，身上还落了许多槐树叶，只有一只紧握在腰间的拳头，在告诉人们这里发生了长安筹建以来最为惨烈的悲剧！

悲剧的主人已经悲戚地离开了她所挚爱的工厂，但是围绕她身边的人，像被迎面扑来的滚雷打得不知所措。靳子是最先赶到烟囱下的亲人，这时忽小月还在那里趴着，还没有盖上那件浓绿的雨衣。她气喘吁吁呼喊着小月的名字，呼喊着医院，呼喊着医生，但是这位在战场上见惯了鲜血的八路军卫生员，却对忽小月头发下汩汩流淌的血液产生了莫名的畏惧，竟没敢上前托起她的头颅，包扎她的伤口，只是手足无措地盯着地下的人体，心里最先想起她昨晚到过家门口。她来干什么？给了子鹿一把零钱几张冰棍票，如果她当时追下去把她拉上来，让她倒倒心里的苦水是否就不会跳烟囱了？还有，那天丈夫晚饭时还嘟囔了一句，该把月月调回技术科了，熔铜车间就她一个女的。可她当时却说，先等几天吧，月月贴的大字报引起不少议论，不知道又会牵扯到什么麻烦，别让你个当哥的又背上啥黑锅。于是月月的调动耽搁了几天，天哪，如果与我那句顺口的唠叨有关，我不就等于杀人犯了吗？

　　所以，她刚刚听到有人呼喊忽小月跳烟囱了，就发疯似的往那里跑，跑得腿上发软心里发慌，一路上耳边都在重复她在饭桌上的话。所以她一看见月月就跪在地上拍着大腿喊叫：月月啊，你为啥要走这一步呀？你哥已经准备调你回机关了，昨晚上你到了门口咋不进来？有多大的事你说嘛！咋能走这条路呢？后来还是黄老虎表现冷静，叫人去煤场找来一件绿胶雨衣盖到了忽小月身上，然后他拉过靳子小声说：你千万镇静，现在人越聚越多，你的一举一动都会传遍长安人耳朵，千万不敢乱嚷嚷了。何况，她这性质肯定是自杀，你嚷嚷多了，把你和老忽也裹进去就划不来了。黄老虎的话像给靳子打了哑药，她痴呆呆盯着乱纷纷的人群再不言声了，只是默默地站在旁边看着医护人员处理后续。

　　黑妞儿赶来时，烟囱下已经围观了很多人，保卫科的人想用绳子把人群隔开，可是后边的人使劲向里挤，前边的人又恐惧地朝后退，人群便有了骚动，惊恐声谩骂声混成了一片。黑妞儿拼足力气挤进去，看到保卫科的人和白衣护士正把一副担架塞进一辆卡车里。蓦地，她看到了忽小月那双脚，脚上穿着白袜子，却没有鞋，脚上的鞋去哪儿了呢？黑妞儿记得清楚，昨天她们洗完澡，月月穿的是一双白边蓝底球鞋，她觉得挺好看的，还问过她是在东大街百货商店买的，怎么就穿着那双球鞋寻了短见。

　　她……她真真不该呀，她们洗澡时，她还劝自己赶紧找个男人嫁了吧，不要再惦记她哥哥了。她那时的语气没有一点点颓唐萎靡，话语还那么机敏活泼。啊，对了，对了，她还羞答答问她，女大三抱金砖是啥意思？会不会是哪个比她小三岁的男人使的坏呢？她始终没有告诉那个小男人的名字，但这个很容易就能找到的，公安破这种案子应该是小菜一碟。可是烟囱这么高，她要是不愿意，就是两人架着也抬不上去呀？

　　不过，这些念头在黑妞儿脑海一闪就过去了，她更多地想起月月对她的悉心呵护。那年她来西安寻找忽大年就像没头苍蝇东飞西撞，是连福拉着月月帮她在工地边的农户家安顿下来。她在培训班学习制图，是月月手把手教她识图，怕她不明白，还拉她跑到单身大楼窗口，平视一个人有胳膊有腿，俯视就成椭圆了。她不知道在城里怎样做女人，是月月拉她去洗澡，送她雪花膏，尤其当她被黄老虎光溜溜抱出浴池，觉得把人丢尽了，想脱掉工作服回黑家庄种地去，是月月开导她鼓起勇气，谁若真敢奚落就一头把他撞死。她还总劝说她赶快找个对象，这些年尽管没人能走进她心里，但是月月那份精细那种温情，是那么体贴入微，让她啥时候想起来心里都是暖融融的，那是比情侣都细腻的，几乎两三天不见心里就痒痒了。

她今天清晨下了夜班，看到宿舍床上那个包裹就感觉异样，打开看了都是月月喜欢的衣服，干吗要一股脑送给她呢，那件罩衣花色那么艳，自己能穿出去吗？那件蓝裙子月月穿上多美啊，自己穿上恐怕就不会招人眼了。但她这样想想就躺下了，似乎打个盹的工夫就有人在走廊里尖叫，忽小月跳烟囱了，她爬起来就往厂里疯跑，一路上谁都以为她把工资袋忘到工位上了。黑妞儿好后悔，好后悔啊，见到那包衣服就该去找月月的，找到她一切都会避免，都可能会是另一种结果的，可是自己怎么这么笨呢？笨得月月要去寻短见了，自己还想安安稳稳睡个觉？

等忽大年赶到时，地上的所有痕迹都冲洗干净了。他仰头向烟囱顶望去，那令人眩晕的铁梯，几乎碰到云朵了。啊，可怜的妹妹究竟是怎么爬上去的？她难道不害怕吗？就是一个小伙子大白天往上爬也会腿软的，妹妹是受了什么刺激，黑夜爬上了这么高的烟囱？绝对不会是因为工作不顺爬上烟囱的，前几天他去熔铜车间检查就过去说了，等忙过这阵儿就把她调回去，可她带着不屑一顾的样子说：我在这儿挺好，好钢要用在刀刃上。听着妹妹那不着调的话，他真有点生气，当初罚你下车间，先是因为你在苏联实习惹下绯闻，后是因为你私自给伊万诺夫寄资料。小妹啊小妹，你也太没头脑了，工厂的业务怎么能个人去办呢？又是寄给一个外国人！人家公安盯着要处理，我这当哥的又咋能徇私舞弊啊？

最让忽大年悔恨的是，前天他已经签发了妹妹的调令，可就在那天她搞出了一张"苦恼"的大字报，他是工厂行政总负责，也可以说那张大字报是冲着他来的，又让军代表看见了咬住要说法……我的傻妹妹啊，这不是给哥哥脸上抹黑吗？有这样当妹妹的吗？现在你撒手人寰了，就把痛苦都留给你的亲人了。忽大年突然脑海闪过那次活埋妹妹的情形，他手摸着铁梯对着烟囱喃喃自语：我的傻妹妹啊，哥那是吓唬你呢，哥是想让你找个正经人家过日子……唉，再有一天……再有一天，就把你调回技术科了，你咋就挺不住了呢？

这时，门改户赶来扶住他胳膊劝道：忽厂长，事情已经发生了，您先回办公室歇歇吧，节哀顺变，保重身体，厂里还有一堆事等您处理呢。这个见风使舵的主任在这个时刻，忽然把平时的"你"变成了"您"。忽大年突然止住悲喃冲他厉吼：我听说，昨晚有人，贴了张他妈的大字报，含沙射影辱骂月月，你必须给我查清楚，谁他妈的这么缺德，找到这个狗东西，我一枪崩了去！门改户站定闻声，眼珠子乱转，头像捣蒜不停地上下抖动……

其实在听到忽大年呵斥之前，门改户已经派人把那张大字报处理了。

他暗忖忽小月肯定是昨晚看见那张大字报寻的短见，这确实让门改户始料不及，他本来只是想羞辱她一番，绝没想去要她的命的，看来跟女人打交道的确要多个心眼，民间就说头发长见识短。当下关键的关键，绝不能让人知道那张大字报是出自他的手，那就等于自己手上沾上了鲜血，以后在长安就难有立足之地了。

他慌忙喊叫苑军去把昨晚贴的大字报撕下来，苑军还有些诧异，看大字报的人挺多的，怎么要揭掉呢？门改户没有回答，只让他快办就是。然后，他趴在办公室窗口上，远远盯着苑军把那张大字报撕碎，又盯着他装进垃圾桶，倒进下水道窨井，才坐回办公桌长出了一口气。然后，他对回来报告的苑军说，奖励你半个月假，回老家去看看老娘吧。

后来苑军休假回来了，门改户在单身大院门外拦住他，让他立即赶往沈阳的兵工厂实习去，浑小子做梦都想学电工，连火车票和介绍信都给他办好了。而且离开车时间也只剩下两个小时，苑军捧在手上一谢再谢，撒腿就朝车站跑去了。

七十七

让忽大年尴尬和懊恼的是，围绕着忽小月后事的处理，党委会出现了截然不同的意见。哈运来为首的行政人员认为：说到底忽小月是因为那张为科研鸣不平的大字报，招致了阴损毒辣的报复，她为工厂翻译了大量苏联工艺功不可没，应该开个追悼会，让逝者安息才是。黄老虎为首的政工人员认为，忽小月的死，是谁也不愿看到的悲剧，可她不管生前做过多少好事，也不管她为人如何，她最后的做法是给长安人脸上抹黑，绝不能鼓励这种自绝于人民的做法，给这样的人开追悼会，如果上级追问，我们该怎样回答？

忽大年听了个开头，一口把一支烟吸到根，捏灭烟头就出去了，回到办公室他把一盒烟倒到桌上，一根接一根地吸，烟蒂全扔到了地上，等他再回到会议室，看到参会人游离的眼神，就知道这件事还没有结果。他瞅着黄老虎顿了顿说：忽小月的事不议了，她的后事，我自行处理，不让组织上为难了。

后来追悼会终是没能开成，只要悼念就要有组织评价，工厂没办法给她写悼词，这么年轻，自寻短见，怎么表述也没办法绕过这个惨烈的结局。那时候，所有城里人去世，单位都要开追悼会的，对逝者一生作出评价，但给忽小月只开了一个简单的告别仪式，工厂没人出面评价一个字。

可那天的告别仪式，不知怎么会碰车那么多的会议，一个个领导都声言要去开会，都跑去向厂长表示歉意，这让忽大年很是烦躁，以至刚有人进门没等开口，他就挥挥手：去去去，快去开你的会去。当然，他自己也没在告别仪式上讲话，他瞅着已经永远沉睡的妹妹实在说不出话来，心里还是觉得自己亏欠了妹妹，没有尽到一个哥哥的责任，现在想来，他应该有很多机会可以保护妹妹免受侮辱的，可是他总想着让妹妹受点挫折，懂得人情世故，懂得面对困苦，怎么就没想到人精神上的弦是会绷断的，绷断了一切都归零了。

唉，直到现在他也不知父母亲牺牲在哪里了，可他曾对着苍天发过誓，一定把妹妹带大，嫁个好人家，现在回到家乡，该怎么去给黑家庄人讲述呢？

月月啊，哥哥这辈子真的亏欠你啊！这句话他是看见了那件蓝色连衣裙抑制不住喊出来的，其他的话只有对着妹妹的墓碑以后说了。

不过，告别厅里尽管看不到厂级和中层的领导，忽小月工作过的地方却来了很多同事，熔铜车间的工人几乎全到了，大家都穿着洗净的工作服。其实，她下放到这个车间开始是文书，给各班组送过报纸，收过考勤，通知过会议，大家都喜欢她那婀娜的身影，喜欢她从澡堂出来红润的笑脸，喜欢她傻傻萌萌的话语。她已成了大家心目中的偶像，不少人以她的行为要求老婆，惹得家里动不动就横眉冷对刨根问底。还有人犯了迷怔，抱着自己老婆却念叨她的名字，动不动两口子就会为她拌上一阵嘴子。现在她走了，永远地走了，连那些吃醋的老婆都叮咛男人快去送她最后一程，只是工友们都没有上前说话，默默地沉着脸立在那里，把哀思在心里一遍遍地念了。

这个告别仪式本以为就这么冷清下去了。

没想到科研所长焦克己突然从门外走进来，一直走到遗体前，盯着被白纱布蒙得严严实实的脸庞，讲了一段掏心窝子的话，让所有站在告别厅里的人泪眼婆娑：

　　忽小月啊，你安息吧。我们看你长得那么乖巧，那么柔弱，不知道你性子这么刚烈，会走上这条不归路呀！算起来，我们都是从东北来支援大西北的，长安厂能有今天，你也是立下了功劳的，筹建之初那帮老毛子多挑剔啊，可只要你去沟通，一切都能摆平。后来专家们都走了，留下的图纸资料乱七八糟，谁都摸不出头绪，是你一份一份归拢成档的。有人胡说你里通外国，我知道你是去信请教那些工艺词义，可你为这件事戴上了特嫌的帽子，把你一下子赶到了熔铜车间。那里只有你一个女的呀，可你却不愿说句软话调出来，我听说你报考勤没差过一天，发工资没错过一分钱，有人背后说你不拘小节作风随意，其实那都是人内心闹鬼，是想污蔑你贬损你，是用卑劣的心思来度量你的高洁，现在你用自己的生命，轰轰烈烈回击了他们的攻讦，也回答了人们的疑问。

　　我这个焦瞎子，也对不起你啊，苏联实习的时候大使馆让你提前回国，我知道那纯粹是对你的诬陷，我没有跟你说，我实际上找了他们无数次，愣是没有人搭理，后来我给大使馆打去电话，参赞一听是我就挂了。我去找实习工厂想让他们帮忙说句话，可人家也为难，说这是你们内部的事情，我们也不好插手。唉，什么你勾引老莫、勾引水兵，我压根就不信，那帮老毛子就是那种脾性，喜欢唱歌，喜欢跳舞，却让你一个姑娘家背上了恶名，其实去实习的人谁都不信，是有人对你生了嫉妒，故意给你泼的一盆脏水啊！

　　这次你为我们的火箭弹鸣不平，贴了一张"苦恼"的大字报，今天我要在你的遗体前说清楚，那些素材都是我提供的，短短的一篇大字报，道出了我们想说而没法说的苦恼。因为这张大字报，有人报复你，给你罗织了那么多罪名，泼了那么多脏水，还把你比喻成美人鱼。月月啊，我说句心里话吧，其实我们大家都喜欢你这条美人鱼，美得让人天天想看到你，没人相信别有用心的王八蛋对你的污蔑！你尽可以安心地去天堂，跳你喜欢的舞了，唱你喜欢的歌了，再也不用担心有人污蔑你低级趣味了；你尽可以在清凉世界里好好翻译了，再也不怕有人攻击你里通外国了；你尽可以在天堂拉上你喜欢的朋友去看电影逛公园了，再也不怕有人污蔑你作风有问题了……忽小月啊，你把美好留给了我们，而你却心含怨恨远走高飞了，今天……今天我老焦代表我们科研人给你鞠躬了……

　　人们很少看见焦克己在大庭广众讲话，可今天他那带着东北味的普通话，把大厅里每个人的心都揉碎了，一个个眼泪汪汪地抽泣起来，可他老镜片后边的眼眶里却没有一滴泪，慢悠悠地像在讲述着一个大家知道又不知道的故事。

忽大年顾不上擦去泪水，紧紧抱住焦克己，使劲在他脊背上拍打：老焦啊，你今天不是要开科研协调会吗？你咋来了？谢谢你，我谢谢你，我也代表月月谢谢你了，你说得好啊，我也对不起她……月月太惨了，太惨了……她的在天之灵感谢你的真诚悼念……

这时，黑妞儿往前走了一步好像想说什么，却又不知该说什么，这两天她去她的宿舍把月月的衣服都翻了出来，蓝色连衣裙，红色毛线衣，白色遮阳帽……啊，戴上这顶帽子就像一个洋娃娃。那是月月当年在莫斯科买的，她只戴着照过一次相，却一天也没敢出门戴上，黑妞儿今天拿来了，想给月月戴上，想让黑家庄的妹子光光堂堂地上路。可她手攥帽子，往前走了两步，话没出口就憋不住了，哇的一下悲声大放，那声音撕心裂肺，像锥子一样扎在人心上，让所有听到的人一辈子都忘不掉，一提到忽小月的名字就会在耳畔炸响。

靳子还想过去劝解，可她一句话还没说完，自己却一头栽到黑妞儿身上哭晕过去了。告别大厅顿时哭成了一片，好像每个人都有话想跟安静下来的忽小月讲述，好像她生前跟每个人都有过深情交往。

满仓是最后一个走到灵前的，他站在忽小月遗像前，眼里似乎已经干枯没泪了，默默地站了好一会儿，突然，他扑通跪下了，咚咚咚磕了三个响头，又匍匐在地垂着头久久不见抬起，嘴里嘟嘟囔囔念叨着什么。后来小河南上去拉起他，只见他脸上的肌肉扭曲了，眼眶泪涌，人动泪动。他细声劝解：满班长，你够意思了，月月姐在天有灵，一定能记住你的。满仓这才盯着微笑的遗像说：月月姐啊，你不该死，没人相信他们那些鬼话，你活着还有好多事要做呢，可你连一句话没留下就走了，走得人肝肠寸断啊。你一路稳稳地走好，一定会过了奈何桥，被侍女们接引到佛界净土，修炼成大家心中的菩萨。月月姐啊，你是神女，我是小鬼，我要用我的余生来为你超度亡灵。

果然，在头七上午，在忽小月殉难处，满仓在那里烧了一沓纸钱，又默默地在那里站了很长很长时间，有人说满和尚在那里诵经超度，但没有人过去阻拦，也没有人过去陪伴，只有他一个人静静地站着，陪伴他的只有默默的烟囱和一棵垂头丧气的老槐树，树上飘下的枯叶落到他的脸上肩上，他却僵硬得像尊石雕始终没有动，只听见风在那里呜呜地泣号。

以后的日子，凡是忽小月逢七的忌日，满仓都会去那里诵经祭奠……

第五章

七十八

一块小小的木碑，犹如一把利剑把八千长安人劈成了两半。

红向东带领的一群大学生最终闯进了厂前区，他们那天戴着红卫兵袖章，是以参观宣传栏的名义进来的。当时黄老虎看到学生们隔着铁栅门狂呼高叫，觉得"两报一刊"已号召支持学生闹革命，拒绝参观说不过去，就勉勉强强同意了，但告知只能在厂前区活动，绝对不准进入二道门，里边是军工重地。然而，这些学生举着红旗，提着墨汁桶，握着大排刷，在宣传栏前仅仅停留了十五分钟，就哗啦一下分成两拨人，在两排宣传栏上刷了两条硕大的标语，一栏两字，字高如人，一条是：揪出杀人的刽子手！一条是：打倒隐藏的走资派！两条标语覆盖了以前的大字报，远远看去就像两排乌黑的炮口，紧盯着进进出出的长安人。

长安人还不知道，牵引这番动荡的直接诱因是忽大年的大儿子，他对姑姑之死始终耿耿于怀，总是跟红向东懊悔，那天他如果不是嘴馋大学食堂的鸡蛋炒饭，早点回去就能见到姑姑了，见到了说上几句话就可能是另一种结果了。所以他在号啕之后，捏着姑姑留下的几张皱巴巴的毛票，跑进《红延安战报》编辑部，把姑姑的死一五一十告诉了红主编，本来他只想倒倒苦闷和懊悔，没承想红向东从自责中惊醒，又从惊讶中崛起，像面临了一个重大抉择，在杂乱的编辑部里来回踱步，脚板沾上报屑也顾不上撕掉，主编敏锐觉察到忽小月之死，正是发动工人的绝好契机。

机遇是灵光乍现，抓不住就会悔恨一生。于是他从陕北回来的第一件事，就是立刻集合战报通讯员，讲述了忽小月被迫害致死的经过，特别强调她已经是战报的特约通讯员了，只因贴了一张批判官僚主义的大字报，就被坏人罗织罪名置于死地，直说得青年学生的热血快从眼眶喷出来，似乎不揪出幕后黑手就枉为红卫兵了。

红向东首先想在忽小月的殉难处，立一块石碑，刷一条标语。但是等他们进了长安大门，才知道厂前区是办公区，与生产区隔着一个二道门，一道门勉强允许参观，二道门警卫荷枪实弹，硬冲搞不好会闹出人命。红主编一身绿军装，像运筹帷幄的将军，袖口高挽，双手叉腰，在宣传栏前走了一个来回，心想如果今天不能进去，给长眠的通讯员表达一下哀思，也要闹出一点动静来，让她在天之灵知道，《红延安战报》没有忘记自己的战友。

但是等他们在长安办公区刷完标语，突然发现工厂增加了警力，二道门口居然站了十多个严阵以待的持枪人。虽然没有发生驱赶他们的行动，可那个自称长安宣传部长的欧阳林带了一帮人，手拿铁皮喇叭朝着学生们呼叫：这里是军工单位，脚下是军事禁区，请你们立即撤离！

这时，忽子鹿看见长安人气汹汹严阵以待，今天不要说赶到烟囱下刷标语、立石碑了，就是在厂前区也难以立足，便悄悄把红向东拉到办公楼台阶下，告诉他侧门进去有个男厕所，打开窗户就可以跳进生产区，但这个行动只能去两三人，人多马上会被三十米远的二道门警卫发现。

这有点像进入敌占区了，他俩从侧门进去没遇见人，一闪身进了男厕所，窗上钉有铁栏，日久天长，焊点锈蚀，用力卸下一根，人头便可以穿进穿出了。忽子鹿有点小得意，这条秘密通道还是打扫卫生的苑军告诉他的，以前他常从这儿翻进去找姑姑讨要冰棍票，现在正好用上了。两人蹑手蹑脚跳下窗台，一溜厚墙般的四季青和高低错落的雪松成了屏障，钻进去不细瞅没人能发现。但两人没敢停留很快就钻出绿荫，来到通向熔铜车间的马路上，忽子鹿告诉红向东，这么多厂房都是姑姑当年修的，他那时只有六七岁，还记得当时这里布满了脚手架。红向东没头没脑地说：再大的工厂都是一砖一瓦垒起来的，最终胜利取决于工人阶级的觉悟。

忽子鹿不愿听他唠叨，径直进了熔铜车间，在操作台边拉住了满仓，让他带路去找忽小月的殉难处。本来铜水入槽不能离人，可满仓被稚嫩的嘴巴吐出的姑姑所感动，就把小河南拉过来顶位，自己领着他俩往厂后区去了。

那块血浸的地面已经冲洗干净，已看不出任何猩红的痕迹了，但冥冥中像有魔力指引，他们不约而同地在忽小月倒下的地方停住了脚步。红向东向上仰望暗暗吃惊，高高耸立的烟囱默然不语，一排从下而上的铁梯，像一个巨大的惊叹号，镶刻在细细高高的塔面上，似在叩问来来往往的人们，曾记否发生在这里的惨烈？这也太高了，红向东本想从上而下刷一条标语：永远怀念《红延安战报》烈士。现在仰头望去直感头晕目眩，大白天往上爬也会腿肚子转筋的，那忽小月夜深人静能爬上去，该有多大的勇气啊？

远远地他们便看到烟囱下站着一个人，一动不动地仰着头。待走近了，那人回过头，他们才看清是黑妞儿，脚下有一堆纸灰，轻风一层层吹散了。彼此见了却没有什么表情，默默地朝那高耸的烟囱望着，谁也没有说话。后来满仓默立之后，对着烟囱喃喃自语：忽姐善良得像一尊菩萨，可她在天亮之前爬上烟囱，结束了自己的人生旅程，往生极乐世界了，阿弥陀佛。

这个满仓其实内心是不情愿到这里来的，他隐约感觉忽小月披着夜色爬上高耸的烟囱，直待到天亮才纵身跃下，可能就是企望有人能看到，而那个人就应该是他呀！他每天上班后的第一件事，就是拉上架子车，到煤场捡上半车煤块，好给休息室的火炉烧水。如果他那天早早来到煤场，看见烟囱上站有什么人，肯定会跑过去呼喊阻拦的。如果看见是忽小月在上边，他会奋不顾身爬上去，就是把她绑住也不能让她跳下去。可那天他偏偏没有来，偏偏路过医院要了一盒感冒药，一切都因为那盒该死的感冒药改变了结果，他后来气得把药扔进了熔炉口，炉火中只闪了一星亮就无影了。这真好比一个人的生命，在岁月的长河中不管多么杰出，忽忽一闪也就过去了，似乎只有释佛能洞穿一切，一篇篇长长短短的经文，都是在教诲人们脱离苦海，走上心灵修炼的彼岸。

红向东觉得这个满仓有点怪异，嘴里不停地念叨什么？最后一句呢喃终于听清了，问：你怎么念叨阿弥陀佛？忽小月是革命烈士，可不是佛教信徒！满仓没有回答，红向东觉得跟个工人没必要纠缠细枝末节，问：你只告诉我，忽小月是在哪里倒下的，我要在这里给她立一块碑。

什么，你要给忽小月立碑？

是的，先立一块木碑！

满仓听明白了他们的来意，告诉他们追悼会都没能开成，若要立碑不是在人家脆弱的神经上狠扎一针吗？但这话满仓说了一半，便看着红向东和忽子鹿跑进废料场，抬来一根弃用的铁路道轨和一把豁口铁锹，想刨开地面把木桩栽下去，刻上"《红延安战报》通讯员忽小月殉难处"。这时红主编踌躇满志，这将是红延安战团里程碑式的成果，任何时候都可以向人宣告，他们战团里有人为捍卫真理献身！忽子鹿撸了几锹土也说，这行字要刷上红漆，一种永不褪色的红漆！

黑姐儿听见也接过铁锹铲起来，可就在他们埋头挖坑栽桩时，满仓倏然发现有一群人急急赶过来，他告诉有点茫然的红向东：领头的像是办公室主任和保卫科长，你们俩是跳墙进来的，咱们就赶快撤吧？可红向东想，我们又不是做贼怕什么？何况他也带了百十号人马。

原来，红向东不知道，就在他俩跳窗进入生产区找满仓时，黄老虎通知每个车间抽出十名转业兵赶到二道门，防止大学生冲击生产区。可那些当过兵的工人在二道门站立许久不见有人冲击，反倒听见办公楼前喧哗嘈杂，有人出去看见宣传栏刷上了大标语，还闹着要揪幕后黑手，于是二百多人就冲出去了，把吵闹的大学生团团围住，大有怒目相向一触即发之势。黄老虎知道若动起手，学生绝不是对手，可真把哪个学生打伤了，全市学生都会拥到长安门口，闹得你从此不得消停，便叫门改户去请领头人到会议室面谈，可学生们说领头人不知去向。几人正在琢磨是不是故意搪塞，却有人急报忽子鹿领人在烟囱下挖坑栽碑。黄老虎一听这还了得，这不是在长安厂埋地雷吗？于是他立即派门改户赶过去，千叮万嘱，务必把事态制止在萌芽状态。

满仓见状，拉起黑姐儿和子鹿就往煤堆深处跑，红向东也意识到队员们被堵二道门外，门口有人持枪警戒，他们不可能冲进来，便紧跟着跑过去了。待跑到一个煤堆窝停下，隐约听见门改户喊叫：一半人进煤场搜，一半人进库区搜，不信能钻到地里了！满仓探头望见有人晃荡过来，说：咱们躲在这儿，被人拾掇了都没人知道。红向东却大义凛然：怕什么，我们是正义之师，当年烈士面对敌人刺刀，眉头都不眨一下，今天我们也不能软弱。

这时黑姐儿把忽子鹿推了一把说：我可不想当俘虏。说着朝着煤堆上的传送带一努嘴，忽子鹿便明白了。只见子鹿飞身一跃蹿上煤堆，直接趴到了给煤气炉输煤的传送带上。满仓火急叫喊：你疯了？小心溜进炉子了！其实，这也是子鹿小时候进厂偷玩过的游戏，曾经被来这儿拉煤块的黑姐儿驱赶过。那传送带慢如牛车，子鹿溜过煤场围墙便扬声喊：你们也上来，从这儿可以走！三个人便也效法坐上传送带，跳进了煤场墙外的树丛里，脚一落地便沿着四季青廊道飞跑起来，很快便来到了熔铜车间门口，满仓想拉他们进车间躲躲，忽子鹿却拉起红向东又翻进了办公楼的厕所，空留满仓和黑妞儿在那儿直摇头。

两个人从办公楼侧门出去，恰好看见工人们把学生团团围住，对决的口号一声紧似一声，有个女声一声尖叫：坚决揪出刽子手！一群男声紧接怒吼：抓革命，促生产！那站在外边的工人看不见争辩场面，便不断地挥动拳头，这些拳头大都握过枪，打到谁身上都会皮开肉绽的。

红向东没想到事态会变成这样，这可不是在校园里，好汉不吃眼前亏，不由口气软下说：这样吧，我去跟你们书记谈。门改户厉声断喝：你找书记谈屁呀？赶紧领人离开，我可告诉你，这些人都是野战军特务营的，论打架，你们十个人也不是一个人的对手。红向东觉得对方缺少教养，沉下脸再没回应，大步走到人群中心，面对学生们挥手说：今天，我们的任务已经完成了，可以撤兵了。

七十九

谁知第二天，红向东没有栽成的木碑却被人给立起来了。

这可是明目张胆的挑衅，黄老虎立即叫人给拔了，第三天又被人立了起来，还在根部培压了一堆铁渣，这可把黄老虎气得七窍生烟。终于，在第四天半夜，立碑人被捉住了，居然是熔铜车间的小河南。保卫科连夜突审，你为什么要这样做？背后是谁指使？那个小河南似乎话也说不清，只是讲他觉得忽小月太可怜了，人长得那么美，却死得那么惨，那张笑脸总在他脑海晃悠，是夜里梦游把木碑栽起来的，还发誓要完成忽文书托付的使命。

这个小河南该如何处理，却成了黄老虎面前的难题，他知道工人中越来越多的人开始同情忽小月了，要是为此处理了这家伙，肯定会惹怒这部分人与工厂对立，一旦酿出大字报就会形成焦点。可要让这件事就这么无声无息过去，肯定又会有人在烟囱下做文章，反反复复何时是了？何况那忽大年也在党委班子里，讨论这个问题他可以回避，也可以不回避，如果他选择了不回避，谁愿意当他的面谈论这个烦心的女人呢？后来黄老虎灵机一动，选择总部两个参谋来检查火箭弹科研时召开了党委会，忽大年当然要给军方作汇报，于是那天的党委会开得异常活跃，一个个把憋在肚里的话都吐了。

哈运来作为总工程师正经该去接待军方的，可黄老虎偏偏让他发完言再走，只听他絮絮叨叨地说：忽小月的死当然是个悲剧，但她是自杀不是工伤，组织上不给她扣帽子就够仁慈了，如果按大学生的做法给她在后区立块碑，职工就会戳我们的脊梁骨，也就没有正义可言了。黄老虎心想这家伙转得够快的，那天还在为忽小月的悼词鸣不平，今天又这样说，显然见风使舵站到了他这一边，便不客气地打断说：现已查明，那天的红卫兵是忽厂长大儿子领来的，是从一楼厕所跳窗进去的，好像他们家和那个小头目还有点亲戚关系。哈运来接上说：我看这件事，忽厂长绝不会偏袒的，立什么碑呀，纯粹胡闹，好端端一个兵工厂给死人立个碑，以后再死人怎么办，难道要在后区建一块墓地？说完他又圆滑地站起来想脚底抹油离开。

黄老虎伸手把他拦住，让他稍等一会儿，宣传部长欧阳林接着说：你说的这些，看似有道理，可与当前如火如荼的形势不相符，忽小月已经不纯粹是长安原来意义上的职工了，她死前是《红延安战报》的特约通讯员，那些红卫兵就是抓住这个要说法，所以她也可以说是当前涌现出来的红色人物，我们不能用旧眼光看人了，她那篇有关火箭弹的大字报，矛头是对着官僚主义，广大职工看了还是很欢迎的。所以，不能人死了还要再踩上一脚，给忽小月立不立碑，也是检验我们革命态度的试金石！一屋人听到这儿怔住了，黄老虎眯起眼问：那你的意思是……可以给忽小月立碑了？欧阳林直言：这是我个人意见。

黄老虎猛地把桌面一拍道：我现在就是要每个委员发表意见，不是让你代表个人来说话。他稍稍顿了一下放慢语速：我们都是党员，面对大是大非，不能模棱两可，不能和稀泥，更不能丧失原则。忽小月这个问题的实质是自杀，自杀就是自绝于人民，没什么含糊的。至于是什么因素导致了她的自杀，是另一个问题，大家脑子一定要清醒啊！

话音未落，会议室的门被猛然推开，只见忽大年怒气冲冲冲进来，但他没有走到会场中间，而是在门口拉过一把空椅，一屁股重重坐下，眼盯着窗外盛开的海棠没说话。忽大年显然是听到黄老虎的插话才变脸的，不是让他陪军代表检查科研进度吗？怎么这么快就跑回来了？黄老虎意识到厂长脸色喷怒，问：汇报完了？忽大年目光僵直：小参谋听说咱厂在开党委会，叫我开完会再去陪他们参观。黄老虎只好直言相告：我们正在讨论，允不允许红卫兵给忽小月立碑？

这个话题，我能不能说上两句？

当然可以，最后还要征求你意见。

忽大年一字一顿，说：忽小月的路是她自己选择的……但她不是自绝于人民，她是被那张侮辱她的大字报给逼死的。那张大字报是哪个混蛋写的，为什么保卫科不去调查？逼死了人还不调查，要保卫科干什么？他蓦地站起来说：忽小月没有功劳，也有苦劳吧？筹建那会儿，要不是她没黑没明地翻译，咱厂能如期产出炮弹吗？在座的都是当事人，心里难道不清楚？当然她是个姑娘，爱打扮，爱时髦，可她从没害过人，为啥有人总跟她过不去？那个连福是因为历史问题被劳教的，可他们是解放后才认识的，我还用活埋吓唬过小月，想把他俩拆散开，现在我一想起来就心如刀绞，绞得我整夜整夜睡不着。唉，因为忽小月，连靳子的精神也恍惚了，整天喊叫活不成了。我想不通啊，给忽小月开个追悼会有啥难的？可党委不给写悼词，不给她一个入土为安的安慰，我他妈的还是长安的厂长呢，我都想撞死到月月灵前算屁了！现在有人想给她立碑，不立也行，说那么多屁话干啥？

黄老虎似乎忘了自己是主持人，默默地闭上了老鹰眼，会场陷入了前所未有的沉闷之中，谁都不愿再发言了，就那样静静地坐着，坐着……好像一个个都成了局外人，都只带了耳朵想听别人发言，后来一个声音从他胸腔迸出来：我们不能用感情代替原则。

忽大年定定地坐在那里迷惘起来……他做梦也没想到，妹妹忽小月突然推开门走进了会议室……她穿了一身熔铜岗位的工作服，手里拿着一个软皮抄，脚步轻盈，面无表情，也不管这里正在开会，端直走到哈运来跟前问：老毛子留下的工艺，每三批做一次低温试验，你说低温试验咋做呀？我想打仗的时候，不可能炮弹在冰天雪地里冻着，火炮会放在保温箱里暖着……所以，这个词咋翻译呢？是弹要低温，还是炮要低温？

焦克己头也不抬地说：这个词应该翻成寒区试验，这样，试验条件就能满足所有战场条件。

哈运来手指戳着人道：你焦瞎子也不想想，咱长安一个月要出二三十批呢，冬天可以抽弹去黑龙江做寒区试验，春、夏、秋三季怎么办？

忽小月有点小得意：你们看，就这么个小问题，两个大拿都说不到一块儿，我不去问老伊万又能问谁呢？

噢，还是应该翻成低温试验，就是把炮弹放置冷箱二十四小时，考验炮弹在零下三十度，药效会不会改变，会不会影响射程和威力，至于火炮自身的温度可以忽略不计。忽大年卖弄地将低温试验用俄语做了强调。

会场一下子静了，忽小月的眼眸直勾勾盯住哥哥，突然她用俄语没天没地发泄起来：哎哟，你这会儿说话了？他们说我里通外国的时候，你咋不知道放声屁呢？亏你还是我亲哥呢，你这辈子哪件事对得住亲妹妹呢？

忽大年有点委屈地说：我是想让你受点磨难长点记性，这长安厂是国家的，不是你哥开的呀！满会场的人对厂长能说溜溜的俄语都感到惊讶，且又怕争执下去场面不好收拾，几个人硬把他拽出了会议室……进了办公室，他关上门一屁股坐到椅子上，狠抽了一口烟，问：刚才，是不是忽小月回来了？秘书瞪大眼睛摇摇头：厂长，你说啥呢？你是气坏了？

八十

狂风骤雨一旦刮起来便难以控制了，开始那风还在校园里徘徊，很快就扫到工厂上空，似乎整个城市都跟着旋转起来，也让过惯了舒适生活的老老少少，迷迷怔怔地随风起舞了。忽大年和黄老虎都对形势估计不足，俩人在一个雾腾腾的早晨一同进城去请示，社会上出现了眼花缭乱的群众组织，企业职工能否加入？如果工厂乱了生产停了咋办？可是他们从南院问到北院，没有人能给出一个明晰的答复。

这么下去，可能就乱套了。

那你赶快拿个主意吧。

怎么是我赶快拿个主意？你是厂长！

你别忘了，工厂党委，你是主持！

两人坐车回到厂里，忽大年挠挠头上的红疤，没进办公楼，脚步沉沉地朝表面处理车间去了。在靶场交验组门外，他见满仓在给黑妞儿悄悄说什么，等他一步步走近了，两人同时朝他似笑非笑点点头，似感觉有秘密被他发觉了，不置可否地笑了起来。

忽大年恢复了浓重的胶东口音对黑妞儿说：这运动来了，都别瞎掺和，万一又是反右那一套，想跑都跑不了。可黑妞儿明显受到蛊惑，反而说了句陌生话：

你也要考虑了，老毛子那一套"管卡压"，你用得多顺手哇。说着还少见地莞尔一笑：不过你今天也挺难得呀，心里还能惦记俺？咳，这人咋动不动就往要命处掰扯？忽大年慌忙解释：咱们，老乡嘛。黑妞儿呵呵笑了几声，笑得他后脊梁扎扎的，急忙抬脚离开了。

其实，忽大年早想来提醒黑妞儿了，上礼拜他发现子鹿书包鼓鼓囊囊的，进了房间还神秘地把门关上，问他忙什么也不好好回答，再小声问靳子儿子最近的动向，更是含含糊糊说不清楚。他感觉儿子对他有股子强烈的怨气，当然都是因姑姑引起的，可人已驾鹤归去，你一个孩子能有回天之力？

忽大年半夜醒来听到儿子轻轻打鼾，蹑手蹑脚过去把草绿书包拿出来，里边竟然塞了两摞《红延安战报》，看来那个所谓的老侄子人走心没死，还在偷偷摸摸与长安人串联。而且令人担忧的是，那些油印战报分成了四份，在报头用红铅笔写着黑妞儿、满仓、牛二栏和张大谝，显然是要把这包战报分送他们散发的，忽子鹿可能就是他们之间的纽带。这让他不由得陷入沉思，那黑妞儿本是一个农村长大的女人，那满仓就是万寿寺的小和尚，那牛二栏也就是给自己开过几天车的司机，那张大谝倒是从没听说过，可这些基层工人怎么对政治感兴趣了？他不想睡了，把子鹿摇醒问话，开始儿子噘嘴吊脸执拗不答，后来忽大年把自己过往的遭遇讲了一遍，儿子才吞吞吐吐掀开了令人惊诧的一幕。

原来，红向东那天被赶跑之后并没死心，反而叫子鹿联络更多的工人，以便在社会上掀起更大的风暴，以摧毁资产阶级盘踞的堡垒。子鹿其实也听不太懂，但他被红表哥的激情所感染，觉得革命很刺激，父亲就杀过鬼子打过老蒋。他先找到满仓和黑妞儿，又联系上张大谝和小河南，把他们一个一个都领到了编辑部。这些人多是因了与忽小月的情谊去的，但喝的墨水当然不能与小翻译比了。红主编鼓动他们成立起工人组织，说没有组织的工人就是一盘散沙，只能唯当权派马首是瞻，现在长安还是死水一潭，问题的根子就在这里呀！

那红向东见他们似懂非懂，又针对性地出了一期特刊，几个人看得激情四溢，鼓捣老张头把战报投进了各单位报栏，没想到效果出奇地好，很快几个单位的战斗队便成立了，以前宣传栏上的落款都是单位名头，现在变成了五花八门的群众组织，似乎都有了一点火药味。

黑妞儿本来早已习惯了三点一线，上班干活，食堂吃饭，回舍睡觉，岁月就这样日复一日地过去了。她对那些充满术语的活动从不感兴趣，只关心质量月报名字排前排后，每月夜餐费多了少了。然而，忽小月的死让她惊愕，想不到解放这么多年了，有人敢明目张胆把人逼上绝路。她那次在黑家庄给游击队烧热水，听疤眼队长一边添柴一边说，将来要建立一个没有压迫的新社会，可自己最要好的老乡竟然被人逼死了，这让她无论如何也沉默不下去了。

尽管她没有忽小月知道得多，也拿不动毛笔抄写大字报，但她涌起一种要为忽小月说话、为忽小月伸张正义的责任感，而且她常常想着想着就忍不住放开嗓子，好端端的人不能就这样窝窝囊囊没了！于是，车间嚷嚷成立工人纠察队，她想都没想就站到了队伍里头，开始只有三四个人凑在路边嘀咕，后来竟把三四十人归拢到旗下，议论什么都能赢来喝彩，这让她想起当年在黑家庄跟鬼子周旋的日子了。

黑姐儿的这个变化也把满仓给激励了，他悄悄地告诉胶东女人，以前他从没注意过那个插入云霄的烟囱，自从发生了忽小月的悲剧，他都不敢朝烟囱上看了，仿佛能看见有人在上边张开双臂向他呼救，可他却白白丧失了一个度人的机会。好像从此忽小月的死就与他脱不了干系了，他原来就不爱说话，现在变得更加沉默寡言，实在想为逝者找到一个真切的公道，于是他也跟随黑姐儿开始参加活动了。

后来，十三个战斗队的队长聚在成品库房，商议成立红色工人指挥部，简称为工指。由于黑姐儿和张大谝这些天的表现，便被推举为正、副总指挥了。开始，黑姐儿怎么也不同意，说自己一个农村人，人前说话还打哆嗦，这么大一摊子怕会误事。那张大谝还想竞争呢，满仓说你咋能跟黑姐比呢，人家根红苗正。大家也觉得政治背景最重要，张大谝的师傅是历史反革命，而黑姐儿是抗战老革命，于是就不容分说举手通过了。当时，胶东女人紧张得不行，把一支英雄钢笔松开拧上，又松开又拧上，也不知想表达什么，有人觉得那支钢笔似曾相识，拿到黑姐儿手上有点怪异，很少见她操弄钢笔写字呀。

黑姐儿觉得这像是开玩笑，一个老实巴交的靶场交验工，咋就成了一个总指挥？大家咋就异口同声非她莫属？唉，挂上这个头衔以后干什么呢？看样子要带领大家去冲锋陷阵，也许方便找到那张大字报背后的黑手，这可是挂在她心头最大的秘密。

后来，他们把成品库里一排平房稍作清理做了指挥部，东跑西颠的小耳朵成了指挥部的联络员，这小子也不知从哪儿讨来的灵感，竟给黑妞儿找来一根电工用的牛皮腰带给她扎上，左看右瞅觉得少一把手枪，又找来一个电工皮套别在腰上，这样才像有了总指挥的架势。

她已经好久没有舞枪弄棒了，当年的英姿飒爽似乎找回了一点感觉。当然，这种感觉有点像演戏，像穿上戏服在台上又当将军又当判官，脱了戏服就成搬道具的了。她以前在黑家庄看过戏班演出，可怜的小月月寻死觅活跟上人家走了，现在自己也好像要上台去扮演什么了。不过，能上台演戏也是好事啊，能当一会儿王母娘娘就当一会儿，能抖一会儿威风就抖一会儿，也是黑大爷坟里冒了仙气吧？于是她又找军代表要了顶军帽，把头发绾进去，帽子嘶嘶裂开来，紧绷绷扣到脑袋上，平添了一股虎虎生风的派头。

只是这个突然诞生的总指挥，没有文件任命，也没有人宣布，就被一伙人簇拥着走马上任了。要不要给靶场试验组的头头打个招呼呀，以后开会出差不会少的？黑妞儿把这个意思给组长透露了，人家竟连连摆手：以后你就是工厂的头面人物了，有事不用我批准，你去忙你的吧。

而她刚刚走出了车间，小耳朵气喘吁吁跑来说，另外十五个战斗队，推举门改户为简称为工司的工人纠察司令部的司令了。嘿嘿，几个小人物一下子变成有头有脸的人物了，似乎都可以跟忽大年跟黄老虎平起平坐了。

下班时黑妞儿一身戏装，看到工司在宣传栏上贴出通知，明天上午八点集合，去工业大学声援静坐。黑妞儿便让小耳朵把一份通知也贴到宣传栏上，明天下午两点工指集合，到交通大学声援游行。

从此，长安的两大派就这样粉墨登场了。

八十一

这些日子，红向东的心绪也是极不稳定的。

那天他万万没想到，自己正准备乘车匆匆赶回陕北去的，却突然接到了忽小月的噩耗，他脑子顿时乱成一锅粥了，这个从沟壑走出来的后生一屁股坐到凳子上蒙了。怎么会发生这种事情呢？他本来还想带领学校战斗队去长安厂串联的，只要工人兄弟发动起来，就可以汇成强大的洪流，荡涤一切没落的腐朽，可那看上去聪慧贤淑的女翻译，怎么还没两天就跳了烟囱呢？

是不是他鼓动她写文投稿，让人家感到了压力？其实那有个什么呀，能写就写，不写算了，怎会这般脆弱呀？抑或是她按要求做了什么，受到了打击报复？若真是那样他就成罪魁祸首了，就要永远背负上难以解脱的罪名了。噢，一定是工厂那张污蔑她的大字报。其实，那篇文字写得太肮脏，谁会相信嘛？其实，革命过程轰轰杂杂的，哪个人没有受过冲击？

他本想回陕北之前，让子鹿把她叫来开导几句的，可是晚上去领印刷纸回来，有谁喊叫老师喝药了，自己只好跑过去了。然而，等老师洗了胃醒过来，她却硬生生跑去拜会马克思了。红向东陷入了深深的懊恼之中，一周一期的战报，居然破天荒延期了，惹得社会上的群众以为"红延安"受到了迫害，成群结队拥到校门口声援，他这才知晓自己的恍惚已造成误会，匆匆忙忙把战报印出来，亲自抱到街上散发掉，事态才应声平息了。

是不是因为他对人家的暧昧回应含糊，导致了人家的绝望呢？可是，他俩压根儿就没有开始，怎么会表现得这般脆弱？又这般激烈呢？是不是她觉得自己受到了冷落？可他已经明明白白告诉了，周末一定去工厂看看她写的大字报，难道嫌他提前去了没打招呼，又凑巧看到了那张恶毒的大字报？可那有什么可怕的？谁又能看得明白呢？

唉，真真一个十足的大傻瓜哟！

突如其来的噩耗把红向东的步骤打乱了，似乎把老爹去世的悲哀也冲淡了。一路上都是迷迷怔怔的，当他那天半夜赶到三十里铺，看到老爹竟然死不瞑目，不由得悲声大放，想回西安把老人家的忧虑刻到战报上，那应该是对老爹最好的悼念。可是，即使回到编辑部，忽小月的死也总在他脑海晃悠，心烦得写不了几个字手就颤抖起来。后来他听黑妞儿说，忽小月是写了一张小字报遭人污损，才被逼上不归路的，红向东心里才稍稍有些释然，却又涌起一股惋惜来。

后来红向东突然想到忽小月已经被批准为特约通讯员了，那她就是红延安编辑部的正式成员了，她的不幸遭遇恰恰说明腐朽势力仍然顽固，不但公开阻止群众的揭发批判，还会躲在角落里煽阴风点鬼火……

尽管红向东后来出征长安无功而返，可他对黑妞儿能被推为总指挥稍感安慰。

应该说他那天被赶出长安还是心存挫折感的：我们又不是去捣乱，是为了悼念逝去的战友，是为了帮助你们开展大革命，怎能被凶狠地围堵驱赶呢？不过，他对黑妞儿那天的表现格外欣赏，听说她跟自己都是胶东老乡，关键时刻冷静的样子给他留下了印象，这种女人一看就是抗压抗打的皮实人，不像忽小月一点风吹草动就乱了方寸，就把麻烦丢下自己去投奔清凉了。显然，忽小月遗留的事业是可以交给她的，而且能和这样的人建立互动，"红延安"的事业一定会兴旺起来。

所以，他一回到编辑部就让子鹿把黑妞儿叫来了。

长安那么多的战斗队，五花八门，各自为战，你黑妞儿可以出面撮合，形成一个统一的宏大力量。红向东自以为在指点一个诱人的方案，可黑妞儿听了忍不住笑了说：你是真不知道，还是假不知道？俺只是一个工人，那天你们遇上危险被俺看见了，俺才上去跟门大眼支棱的，谁让你跟月月是朋友呢？

红向东听了急忙申辩：我跟忽小月只是战友，可不是朋友关系……黑妞儿脸色一沉：月月可是问过俺，女大三抱金砖，你说你是不是比月月小三岁？红向东想小翻译也太单纯了，连个人隐私都给人家讲，只好喃喃说：我们绝对没有谈……谈啊！黑妞儿尖锐地问：你是不是害怕一提月月，心里会背上包袱哇？

这个黑妞儿可真有股子执着劲儿，红向东觉得面前这个女人朴实敏捷，有将帅风度，他沉吟一下拿起油墨辊子说：我今天想说，忽小月的死是个悲剧，但她不能白死……他把辊子推了一下，揭起一张战报放到黑妞儿面前说：你看吧，这一期我们发了评论，号召兄弟姐妹化悲痛为力量，把她未竟的事业继续下去，不能沉溺悲痛不能自拔，我知道你四二年就参加了抗战，在革命需要你的时候，绝不能袖手旁观啊！

黑妞儿洗耳恭听不再申辩，红向东的话题又向深处延伸了。

他哗哗翻动桌上一厚摞战报，从中翻出一张，放到黑妞儿面前说：我老爹也是胶东人，他在江西参加了红军，长征到了陕北，在黄土沟畔扎下了根，他以为我们很快就能消灭三大差别，走上共同富裕的大路。可他后来傻眼了，农村经历了人民公社以后，有人竟敢偷偷瓦解集体经济，扩大自留地了。我爹开始以为这只是个别村子瞎鼓捣，后来他翻过一片片沟沟峁峁，发现这还不是一两个村子的问题。老天爷，这是搞私有化，走回头路哇。去年我把这些问题反映给了老叔——你们的厂长忽大年，想让他呼请哪个大领导，刹刹农村这股歪风邪气，可那封信从此石沉大海了，老爹临死都没听到回音。黑妞儿瞪着眼睛说：那个忽大年，就不是个好货！

看来老叔在群众中没留下好印象，自家人张口就不恭敬，红向东又指着战报说：这次我把那封信的内容改成了批判文章，各大学的战报都转载了。我爹就说，他那些战友，吃苦打仗还行，一当官就忘本，就想把旧社会那套搬回来，那还流血牺牲搞什么革命？那不是成了李自成了吗？

黑妞儿眨巴眼问：李自成是谁啊？

红向东忍住没笑：农民起义领袖。

黑妞儿依然追问：他咋坏了啊？

看来她知道的历史常识不多，红向东转而说：他们一做官就忘了本，这几乎就是一个规律，所以要来一场革命，把以前的坛坛罐罐彻底砸烂了，建设一个人民期望的新社会。本来他还想告诉黑妞儿，私有化必然产生商品，在价值规律的作用下，必然会产生地主资本家，工人农民必然要受他们剥削，这是一个被揭示的经济规律。

但他怕讲得过于深奥，把眼前的女人吓住，便直奔主题说：现在，为啥你要勇敢站出来，把长安的大旗举起来？就是要为革命掌控方向，不能让坏人把运动主导权拿走。黑妞儿似觉有道理，说：可不能让门大眼那小子掌了权，我怀疑污蔑月月的大字报是他搞的。红向东提起油辊子往油网上一捧，说：就是啊，不能让坏人再胡作非为了。黑妞儿微微点头，却说：不过……那个忽大年，还不能算……坏人吧？

这个老叔，红向东还是有些了解的，说：实话实说，这个人有点复杂，按说他是烈士的儿子，自己又早早参加了革命，可他推行修正主义不遗余力，把"管卡压"做到了极致，听说厂里规定女工喂奶半小时，可是来回路上就得半小时，哪有给孩子喂奶的时间？听说路上见女工小跑就知道是去喂奶的。唉，就不能增加十分钟吗？我知道，他还喜欢站在办公室窗口，盯着工厂的大门口，发现谁迟到了就扣发夜餐费，那夜餐费一晚上才两毛钱，这哪有工人当家做主的味道？

这也不能都怨他……

不怨他，怨谁呢？

看样子这个黑妞儿对老叔还心怀幻想，要彻底捣毁这个糊涂认识，还需要一个过程，当下的关键是要动员她站出来挑大梁，所以红向东隐藏了锋芒，说：

当然，我也同意你的看法，这个人总体上也有些觉悟，那次他见我时就说，文化系统问题最多了，封建糟粕几乎把舞台全占了。

这时黑妞儿捏起油辊子推了一下，却没能揭起战报来。红向东拉开抽屉取出一支英雄钢笔说：这支笔是忽小月遗在我这儿的，我看见它心里就难受，物归原主已不可能，还是由你替月月保管吧。黑妞儿连连摇头：这是月月给你留下的，给我算什么？但红向东不由分说把笔塞到她手上：你们是工友，是老乡，是朋友，留给你最合适，攥着它会增添你的信心，也才能把迫害忽小月的黑手揪出来。

三天以后，红向东得知了长安工指成立的消息，兴奋得让子鹿给她捎去了四个字：热烈祝贺！

八十二

面对长安眼花缭乱的变化，忽大年看在眼里急在心上，再也顾不上闲言碎语了，直接把黑妞儿叫到长满杨柳的废水池边，既有无奈又有乞求地说：你千万不要当什么工指的头头，你能看清这场运动朝哪儿走吗？黑妞儿听了却很淡定说：俺这是为了小月才干的，俺不把害死小月的凶手揪出来誓不罢休！

忽大年狠劲挠着头上红疤：可你真看不出人家是拿你当枪使？黑妞儿解嘲道：俺本来就是一杆枪，当年被你使过，现在谁想使就使呗。忽大年气急败坏：你也睁开眼睛看看，加入工指的都是些啥人嘛？黑妞儿陡然瞪眼：啥人？俺的人好着呢，没一个忘恩负义的！忽大年咽口唾沫说：我可告诉你，小心秋后算账啊！这话似乎有点分量，黑妞儿闻声一怔，忽大年还以为劝慰起到了效果，转身回办公楼去了。

可黑妞儿突然想到什么，喊叫：忽大年啊，俺也提醒你，工指和工司都在琢磨咋揭长安的黑盖子，是拿你开刀，还是从黄老虎那儿下手，你也要有个准备啊。忽大年嘿嘿冷笑说：我根红苗正，打过鬼子，轰过老蒋，我怕什么？黑妞儿坦诚相告：反正俺们工指不会拿你开炮，可工司就说不来了。忽大年感激地看着她依然水灵的眼睛，心想自己人掌控工指也许还是个好事呢。

他心里隐隐有种安慰，闪身进了自己办公室，可没等坐稳，门便开了，黄老虎像偷东西被人追赶似的，掩身进来把门反扣上，视线也不瞄室主人，只是瞅着天花板吊下的日光灯管,似发现那里藏着什么秘密。忽大年冷静地问:什么事把你闹得这么狼狈,像丢了魂似的?黄老虎这才放缓呼吸说:现在上边也没个话,尽着下边瞎折腾,长安一下子冒出了五六十个战斗队,都要领桌椅板凳,光大字报用纸,一天就发出去一百多刀,我让办公室控制一下,谁知道办公室耍滑头推到我这儿,我一下子就成战斗队的对头了。忽大年想想说:问题肯定出在门改户身上,关键时刻没一点点担当。黄老虎摇摇头:人家现在是工司的司令,咋能干这事?

忽大年猛一拍桌子说:他不能忘了他还是办公室主任!

黄老虎眯缝着老鹰眼换了口气说:我还是叫你老首长吧,我怎么听说黑妞儿的工指瞄上我了,想拿我开刀呢,说我是长安最大的走资派,这不是拿我开涮吗?我只是副书记,你忽大年才是一把手,可他们非说我在运动中迫害过群众。忽大年心里想笑,闹半天为这个上门来,脸上便板平说:你怎么知道瞄上你了?自己猜的吧?黄老虎稍一迟疑说:不瞒你说,保卫科在两边都放了内线,你说这黑妞儿平时看着挺贤惠的,现在非要拿我当靶子,想当初真不该澡堂救她了,要搁到现在,骨头怕都黑透了,白眼狼一个啊!

忽大年想起黑妞儿刚刚的告诫,说:老虎啊,你要好好想想办法,制止事态进一步发展。黄老虎苦笑笑:省委都控制不了,我能控制?老首长,劳驾你出山劝劝黑妞儿吧,不敢这样折腾了,最后不会有好果子吃的。忽大年迎着他半是乞求半是威胁的目光,说:不瞒你老弟说,这些年为了靳子,我都没跟她面对面说过话,尽是设法为你做联络了。黄老虎边摇头边往外走:你快别提那档事了,想想都后怕。忽大年有点不高兴:咋了?我说的是真话。黄老虎边回头边说:你也得当心啊,那个门改户也不是个省油的灯。

忽大年听到告诫心头微微一紧。是的,工指不寻他的事,那工司可不一定不找他的麻烦,门改户已经有一个礼拜没到他办公室来了,以前可是每天一上班就进来请安的,难道这家伙真把视线聚焦到他身上了?当初把这家伙提拔到办公室主任位置上,尽管是黄老虎的动议,可他要是不点头,怎会有他今天的腾达?难道批评几句怀恨在心了?可那又能怨谁呢?火箭弹研制一摊麻烦事,他敢一退六二五,不收拾他收拾谁呀?

然而,忽大年还是步出了办公楼,去了食堂科外的小板房,想看看门改户在盘算什么。刚走近那一溜板房,就见臂戴红袖章的职工来来往往,工人纠察司令部的黄字很是鲜艳，很多人捧了一摞袖章有说有笑朝外走。

忽大年透过窗口看见板房里坐了一屋人，门大眼像在训斥：你们想过没有，工厂为什么要制定生产定额？为什么迟到要扣夜餐费？他们就是想把我们工人绑在机器上，任由他们随意摆布！门改户说到这儿，似乎看见忽大年站在窗外，却依然继续说：大家回去以后，要把红袖章戴起来，以展示我们工司的实力，不能让工指压了我们的风头，最好各个战斗队上班打出旗帜，就更有力量了。这时人堆里有人喊：不行不行，我们车间有工司的，也有工指的，两头叫驴拉不到一个槽里。大家哗的一声笑了。

忽大年当然感觉到被怠慢，故意干咳了两声，会场人发现厂长光临纷纷朝讲话者示意，但他只将手朝厂长一扬，示意我知道你来了，却坚持把话说完：我再说一遍，红袖章一人一只，大家要珍惜这个红色标志，丢了一定要报告，不能让敌人捡去搞破坏。看到这家伙如此狂妄，忽大年扭身想走，这时候狗东西才拉开门一溜小跑拦住说：哎呀，对不起，对不起，没看见厂长来。

听说你们开列了一批长安走资派名单？忽大年拔刀试问。

没……没有啊，你听谁胡说的？门改户眼仁乱转。

你们凭啥定人家是走资派？谁给的权力？忽大年愤慨至极。

群众运动……不批走资派，搞啥运动呀？门改户语气还硬了。

忽大年朝地上狠吐了一口唾沫。这是一个尴尬的时刻，一股突然冒起来的势力已经不顾及他的尊严了，甚至表现出明显的轻蔑，难道自己这个抗战老革命遇到了新问题，身边人摇身一变就可以罗织罪名了？

忽大年心里烦躁，却深知不能乱了阵脚，转身汹汹地走进了灰色小楼。

近来他愈发感到气恼了，兵器情报中心已经成立两年了，可送来的情报缺少章法，今天一上班他就发现，一份发表在《简氏防务周刊》上的美军火箭弹资料，翻译了半年才送上来。现在，五花八门的战斗队眼花缭乱，收集兵器动态可不能受到影响。这些年，长安光顾闷头钻研苏联人的弹药了，却没想着美国佬的兵器进展神速，这可不是百密一疏，而是千疏万疏了！

忽大年毅然进了小楼，楼里顿时忙碌起来，楼上楼下尽是咚咚的脚步声，他挨门搜寻着科长办公室……突然，有个细高个姑娘冲到面前，却没等他开口，就哇的一声哭了，接着双膝一屈跪下了，忽大年慌忙上前扶住，只见尖尖的小脸，尖尖的鼻子，一把鼻涕一把泪，刹那间就把人心搅乱了……

这时，一个泉水般的声音悠然响起：你下什么跪呀？我跳烟囱，可跟你没关系。忽大年闻声抬头，只见忽小月悠悠地站在刘娜身后，一双眸子乌亮亮地睁着，一对小酒窝不知高兴还是生气地浮上来，这么熟悉的脸蛋，这么熟悉的蓝衣裙，这么熟悉的泉水叮咚……

月月？真的是你吗？

你别管我，你刚才去哪儿了？

我去小板房了啊。

那地方挺热闹吧？

门大眼成立了一个工司……

你害怕了？想去套近乎？

是有人提醒我……

所以，你就怕了，心就坍塌了……哼！忽小月陡然声高了，你的坍塌，让我感到羞耻，也让我的奋不顾身变得毫无意义！

月月，这跟你有啥关系呢？

似乎满楼道都站满了人，人们都不言声，惊愕地看着一对兄妹在争执……后来，好像刘娜回过神来，把忽小月搡进了翻译室，只听门哐的一声重重地关上了……

这时候宫玉华靠近他说：你愣啥神呀？你想要的资料，都发表在英文刊物上，可是中心没配英文审校员。忽大年似还沉浸在迷惘里，嘴里一个劲儿呢喃：我咋会碰上月月了呢？科长胳膊肘撞他一下说：你咋跟我们小刘翻译一样了？动不动就说碰见忽小月了？

晚饭时靳子痴痴地说：科里人都乱套了，不知道该参加哪个战斗队，正吵得不可开交，你咋跑来凑热闹？忽大年苦苦一笑没吭声，靳子唉了一声：人这一辈子不能干亏心事，那个刘娜顶了月月的角儿，心里就一直愧疚，整天哭哭啼啼的，连对象都不要她了。忽大年也叹口气：你说我咋一去你们科，就会做梦一样遇到月月呢？靳子眼圈潮了：下午我只听见刘娜在哭……说着，靳子心疼地给他递上一碗南瓜粥，又把鸡蛋炒黄瓜和凉拌土豆丝一一推到丈夫面前，眼泪也吧嗒吧嗒下来了……

八十三

黑妞儿正在办公室瞅着一块画满道道的黑板发愣，突然刮起一股狂风，把周边刮得七零八落，黄土眯得人眼都睁不开了，几扇窗户搭在木框上吱扭吱扭的。满仓心里忐忑跑来说：这股风好像是故意跟咱作对呢，满厂的树都没动，就库房外边的树折歪了，这是不是上天的旨意啊？警告咱们要小心行事？黑妞儿像越来越有主见了，说：你这个和尚呀，啥事都能跟你的佛经联系起来，俺告诉你，俺这是替天行道！这时张大谝又跑进来说：我知道满仓想说啥，他想放弃今晚去抢夺走资派。满仓不屑地说：人在工司手里才好呢，正说明他们是保皇派，我们是造反派。黑妞儿稍微迟疑道：人在俺们手里，那篇阴损的大字报，才可能露出狐狸尾巴。满仓嘟囔：我看，还是让月月在天之灵清净点吧！

那满仓去收拾旁边的房子了，黑妞儿坐在大方桌旁，痴痴地盯着窗外一棵折了枝的老槐树，她没想到门改户行动得这么快，昨天双方还在商议怎样揪斗走资派，今天就把黄老虎和忽大年给控制了。听说刚才工司行动迅雷不及掩耳，十几个转业兵，一半人袖口藏棒，一半人手持标语，一口气冲进办公楼，一下子就把正准备掏钥匙开门的忽大年和正想冲茶的黄老虎给扭住了，直接把两个头面人物押出大楼，直奔俱乐部的批斗大会，六七百人合声齐吼，揭批长安推行资本主义的"管卡压"。

听说忽大年当时有点发蒙，人押上舞台脑袋来回摆，明显不服想申辩。后来黑妞儿得知，老冤家当时都想一头撞死在台口，想着自己在胶东半岛就参加了革命，出生入死才挂上政委的头衔，解放后建厂造弹是国家意志，怎么是走资本主义道路呢？他几次昂头想张口，都被两个转业兵反扭胳膊架起来，而且散会以后还不让他俩回家了，直接押到一个鬼地方，写什么交代材料了。

靳子半夜不见丈夫回家，急得跑来问黑妞儿有无音讯，回去踩到碎石摔了一跤，送到医院缠上纱布眼泪直流。黑妞儿终于派人打探清楚了，人被工司私下扣押了。这俩人是工厂党政一把手，不能让工司一家垄断了，何况那忽大年落到他们手里没准会遭罪，这让她有点隐隐的担忧。

于是，黑妞儿拉上张大谝找到门改户说：明天下午工指开批斗大会，这两个人必须到场，否则这个会就没意思了。但是门改户假装认真听了黑妞儿的理由，睁大眼睛不紧不慢地说：哎呀，这两人正在接受审查，关键时刻拉出去，万一有人通风报信，我们的工作就白做了。张大谝冷冷一笑说：去参加工指的批斗会，咋会通风报信，把人想扁了吧？门改户摇头说：我告诉你们，他们的问题太大了，说出来吓你们一跳！这话让黑妞儿感到恼火，说：我明白了，你明着是关押他们交代问题，暗里是想保护他们。临走她口含威胁口吻道：你可把人看好了！昨晚靳子差点要了命，真要是出点事，那俩儿子都是正经小伙子，不找你算账，太阳从西边出来！

回到指挥部，黑妞儿便悄悄叫来牛二栏交代：明天我们的批斗大会，不能空对空瞎喊，必须把人抢来，面对面拼刺刀。牛二栏转身去召集人了，黑妞儿瞅瞅自己手掌，朝着白墙噼啪一阵狠砍，直把手掌砍红了才撇撇嘴，这些年她隔三差五躲到煤场练功，曾经被拉煤块的满仓和小河南望见，不解她咋喜欢躲到鬼地方玩黑泥？

其实，她和张大谝从门大眼司令部出来，打眼朝周边一扫，就把关押点猜到了，尽管工司布防滴水不漏，可门口两个下棋人暴露了目标，你想那间闲置的粮库十八不靠，那两人咋偏偏跑到那儿丢方，明摆着里边藏有牛鬼蛇神。

当时她走近几步侧耳细听，怎么没有一点动静？那两个走资派是睡着了，还是受到折磨昏过去了？昨晚靳子过来反复唠叨，他有胃痛的毛病，犯了病喝口米汤都疼得叫唤，关的日子久了加重了咋办？还有，他的腰肌劳损年年要犯，犯了病，痛得走路都摇摇晃晃，如果腰痛犯了谁去搀扶？还有，那间空荡荡的粮仓不知有多少饿急了的老鼠蟑螂，染上什么传染病又该怎么办？

黑妞儿到底追随过游击队，居然做了一个周密的行动计划。她和张大谝带领八个刚刚转业的大兵作为突击队，四个人解决两个看守，四个人架起两个走资派，半分钟内要撤出战场，其余人在百米之外隐蔽接应。看来，今晚将是一次惊心动魄的行动，一旦成功必会长久留在长安人的嘴头上。

黑妞儿已好久没有这般兴奋了，好像一下子又回到了黑家庄，又操起刀枪与小鬼子周旋，已经生疏了的功夫似乎又在她的筋骨里骚动，激动得每个关节都在咔吧咔吧响。她率领大家在食堂外的小树林猫下，自己朝八个大兵一招手，便蹑手蹑脚来到食堂墙下，本来他们可以从正面直扑过去，但怕板房里的人听见就多绕了几步，只见两个看守仍倚着路灯，津津有味地盯着一本小人书。

黑妞儿示意后边人停住，自己碎步绕到两人身后，突然发力，猛击一掌，拿书的看守未及出声，扑通歪倒了，另一个刚欲回头，黑妞儿又一掌砍向脖梗，也扑通倒地了。黑妞儿朝后一摆手，八个小伙子齐刷刷扑到门前，一把棉纱堵住了两人的嘴，一根麻绳捆了个结实，但两人很快睁开眼睛想挣脱。黑妞儿下意识看看自己的手掌直摇头，真是岁月不饶人，以前一掌下去，怎么也要睡上半个时辰的。随后她迅速靠近库房门板，肩膀轻轻一扛，门就吱呀一声开了。

　　嘿，忽大年正坐在一盏灯泡下，瞅着一张旧报纸发愣，一篇批判文章矛头直指紫禁城，看得人瞠目结舌。黄老虎躺在木板床上，双手抱着后脑勺发呆，似乎在想怎样才能全身而退。突见房门大开，一伙人直冲进来，俩人惊讶地挺起身，警惕地盯着不速之客。

　　你们想……想干什么？

　　我们是来救你们的。

　　那俩人你看看我，我看看你，谁也不想先吭声。黑妞儿示意张大谝挑明说：今天我们工指来救你们，你俩应该有个态度，是支持工指，还是支持工司。但这俩人嘴里支支吾吾，也不知呜噜了什么，张大谝无奈盯住了黄老虎：

　　那你先表个态吧！

　　我的态度很明显嘛。

　　是支持我们工指了？

　　那很明显嘛……

　　还有你。张大谝转而问：你到底啥态度？

　　我……我跟黄书记一样啊。

　　一样是啥嘛？

　　也很明显嘛……

　　这时，门口一个看守舌头顶掉棉纱，不顾一切地狂叫起来：抢人了！工指抢人了！话音刚落，大群工司人从板房里林荫下猛冲过来，团团围住了小粮库，角角落落拥满了黑压压的人，每人手里都拿着短棍铁棒。

　　天哪，黑妞儿一看就知道门改户的工司有备而来，估计人家得到了要来抢人的情报，悄悄猫在板房内外，只等这边发出信号就冲过来，看来今晚的行动遇到麻烦了。

　　危急时刻，黑妞儿急忙示意小耳朵点燃二踢脚，轰的一声，啪的一响，埋伏远处的工指人奋不顾身冲过来，又把工司人包了饺子。似乎双方势均力敌，都是在部队受过格斗训练的复员兵，手握棍棒，弓步低腰，恨不得把对方一口吞吃了。

黑姐儿心里有点吃紧，不知下来该怎么办了。真是百密一疏，当初应该在这里派重兵拦截住，等他们一旦冲过来，早把两个家伙架走了，现在堵在这里就难堪了。撤吧，太丢人；打吧，两败俱伤。想不到，那张大谝在保卫科混了几年，没有怯场反而大声说：咋了？咋了？快叫你们头头出来说话。对面停顿了一下，门改户从中走出问：怎么了？咋还半夜抢人啊？

只见俩人都脱离队伍朝前走了两步，昏暗的路灯刚好罩住俩人的小脸，眼眸都透出一种冰冷的蔑视，目光一碰就是一场意志的较量。四周静了，静得都能听到彼此呼吸了，当距离还剩下五米时，两人才停住了脚步。

门改户按捺不住说：你们咋这么无赖？人能让你抢得走吗？张大谝受到刺激说：下午我们好话说尽，明天要开大会，今天必须提到人。门改户冷笑：我不跟你胡扯，这俩人你们带不走！黑姐儿挺上喊道：谁给你权力关人了？门改户振振有词：走资派谁抓谁审。可他话音刚落，只听一阵齐吼：工司，保皇派！门改户也不示弱地举拳高呼：工指，保皇派！

深夜的对峙，几乎可以用磨刀霍霍来形容了，究竟谁会戴上保皇派的帽子还说不定呢。黑姐儿看着剑拔弩张的样子，想了想说：这样吧，两个走资派，俺管一个，你管一个，以后不管谁家开会，另一家负责把人送到。

大概门改户也觉得僵持下去，肯定会发生一场流血械斗，工司也占不到便宜，对方虎视眈眈手早痒痒了，和尚手握锹把还不时在地上划拉，他只好软下说：你说，你们押谁？我们押谁？张大谝领会了意图反问：你说怎么个押法？门改户冷笑一声：那叫他俩表态呗。

没想到牛棚里的人目睹了刚刚的纷争，知道今晚表态倾向哪一派，都会遭到另一派的报复。黑姐儿朝张大谝努努嘴，他心领神会进了库房，不一会儿便走出来，说：他俩态度很明显，忽大年我们押，黄老虎你们押！

八十四

忽大年被押进成品库房心里稍稍有些松弛，可是他对长安突然出现的总指挥有点敏感，以前筹建长安的时候，他是八号工程的总指挥，上上下下的人都把这个头衔吊在嘴上，现在这个称呼又轻易给了黑妞儿，虽然内涵不同，听起来还是感到别扭啊。

但他进了库房里的一间小屋，还没看清里边的陈设，就见黑妞儿开始帮他整理床铺，这让他顿时感到些许温暖，感觉心头撩过了一丝柔云，浑身细胞也似乎注入了久违的活力。真有意思，当年他是不主张库房内建平房的，完全是叠床架屋，但是在他降为副厂长那年，这排平房在高大的库房里悄然成形了。现在，这里居然成了黑妞儿的指挥部，变成了改造走资派的牛棚，吃喝拉撒都要在这里了，真真是一个绝妙的讽刺啊！

当然，这处牛棚比四面透风的小粮库要舒适多了，至少有张正规的床了，上面还铺着厚厚的褥子，枕头被子也是新的，躺下还可以闻到棉花的醇香。这种味道他已有好多年没有闻到了，在黑家庄的那两个夜晚，有床有褥有被，但他已没有任何印象了，只记得自己尴尬地躺在那儿，听着彼此一会儿快一会儿慢的呼吸。天哪，自己怎么能想到这上去呢？

不知道黑妞儿是何时离开的，忽大年苦苦地皱着眉从床上坐起来，将竹笼暖水瓶递给门外看守，又吩咐人到他办公室，把书柜里半筒汉中仙毫取来。整整一天他和黄老虎都没喝茶，那黄老虎甚至连水也没敢喝，那紧绷的神经一定是怕有人放毒吧？他问过侦察兵出身的党委主持人，可他回答是怕水喝多了要上厕所，只有一个没盖的洗脸盆，一泡尿就骚气熏天了。

人生就是这样诡异，昨天早晨刚刚上班，一伙人冲进了办公楼，他俩被押进了司令部，也没有让人讯问审查，直接就被带到了小粮库。两个看守都是刚刚转业进厂的大兵，对走资派怀有本能的仇恨，地上两张木床板，铺了一层帐篷帆布，一张从学校搬来的小课桌上，两只搪瓷杯坑坑洼洼，已不知摔过多少次了，一只竹笼壳的暖水瓶需要双手抱着倒水，稍不慎内胆就会掉出来。尤其两个看守张口闭口忽走资派、黄走资派，央求他们去打壶热水，还把壶塞弄丢了，忽大年喝着温吞水表示了抗议。那小个子看守张口：你一个大特务，有啥资格发牢骚，下礼拜就上断头台了。忽大年大怒：你说什么？我今儿个告诉你，我参加革命立的功，比你受的表扬多，我打的仗，比你参加过的演习多，消灭的敌军比长安人都多。可那俩看守把门砰地一锁，到外边丢方去了，根本不与他俩多说话。

他妈的，这小子喊我大特务？

你的事，你也该明白了。

我咋听你话里有话？

部队那些年没问题，关键是想想以前……

以前我在黑家庄做游击队内应，没功劳也有苦劳。

以前发现过一封信，检举你抗战在乡下……

在乡下咋了？我咋没听你说过呀？

是我给压下了，具体是啥我也都忘了……

忽大年的思绪飞快地回到了黑家庄，难道我在家乡结下梁子了？那些年他借宿在黑家大院，跛脚的二叔二婶，打过架的羊倌李胜，去菜地刨过红薯的黑三，没有人跟他结下死仇。即使跟他同处一厂的黑妞儿，也只有遗憾没有仇恨，她能吃上皇粮还是他点的头，否则那连福纵有天大的本事，也让她进不了厂的。那天，他冒险劝她不要眼红群众组织的头衔，她眼里流露出了年轻时才有的羞赧，所以他一点不害怕，他在黑家庄绝对清白，绝对经得住组织审查。

别瞎猜了，是骡子是马，都得拉出来遛遛了。

我这辈子，就没干过一件亏心事。

我相信你，关键是要让别人也能相信。

忽大年没接话，只管埋头在床铺边踱步，房子太小走几步就得折返，但他走得执拗一声不吭，粮库里静得能听见蚊子的嗡嗡和看守丢方的叽叽。终于，黄老虎阴阳怪气地说：

老首长这段时间，听没听到啥传言呀？

你说吧，有啥传言？

都传忽小月没有死……

我也挺奇怪的，大白天做梦也见过。

哎哎，你也会装神弄鬼了……

狗屁！忽大年突然像疯了，扬起手中的搪瓷杯啪地摔到地下，热茶碎瓷溅到两人身上，茶缸也滚到床下去了，黄老虎愣怔地瞪大眼不知所措，两个看守听见响动拉开门，见他双手叉腰怒气冲天，又关门上锁闲聊去了。

后来，忽大年重重地仰倒到床上，望着天花板上的蜘蛛网想到了靳子。靳子知道我在这儿吗？她若见不到丈夫会到处去找的，如果晚上还没有确切消息，她会和衣倒在床上，不吃不喝睁眼到天明的。她最近总说胸口痛气不够，身体不舒服就赶紧去医院哪，可她非要他陪着去看病。唉，年龄不饶人，现在每年体检都能发现一些小毛病，女人似乎对去体检特别恐惧，像逼她上刑场似的。哎呀，那两个长得高过他的儿子，也会疯了般跑来找爸爸的，但儿子在冷酷的看守面前无能为力，搞不好会跟看守打起来，俩儿子可绝对不是人家的对手……

正当忽大年几近绝望，突然听到门外重物倒地的扑通声，他想到只有人体倒地，才会发出这样沉闷的声响，难道是谁来"劫狱"了？他和黄老虎相视一眼，没等站起来，门就哗啦一声开了，竟然是黑妞儿带人冲进来，声言是来解救他们的。忽大年对这个女人的到来稍稍有些庆幸，在她手上可能比在门改户手上好受些，毕竟是老乡，毕竟在一个炕上躺过，但他没敢表示出来。

可转眼门改户的人马就把牛棚给围了，后来黑妞儿的人马也围上来，忽大年看得真切，黄老虎从床板坐起，抻头想透过门口朝外看，被黑妞儿的人给按下了。的确，"劫狱"是一个古老的话题，梁山好汉动不动就要演一出这种戏，可是能劫成功的又有多少呢？后来他隐约听到外边在谈判，自己归黑妞儿的工指，黄老虎归门改户的工司，两人似乎都有点如释重负。忽大年离开粮库时，过去跟棚友握手告别，谁知道等待他们的会是什么磨难？他不想说多余的话，是福是祸都是一个未知数，而黄老虎却说了句意味深长的话：老首长，多保重啊。这话是什么意思啊？是在暗示他将面临的巨大考验，还是惯性说出的临别赠言呢？

这简简单单几个字，居然一直在他脑海纠缠不休。现在忽大年来到成品库的"牛棚"放松多了，他喝了口茶，吃了烤馍片。这肯定是靳子告诉他们的，他有胃疼的毛病，晚上九点要吃饼干垫垫肚子。可是到处都在闹革命，饼干也成奢侈品了，两块烤馍片也能凑合。忽然，他想起了一件大事，过去把门外两个看守端详半天，感觉这两人贼眉鼠眼不可靠，便让他们把黑妞儿叫来有事交代。

他跟黄老虎躺在粮库床上商量过的，俩人不管谁先出去，先组织焦克己们把火箭弹论证会开了，这种弹适合近战夜战，坦克横扑过来，三五百米，一发毁一辆，前几年跟印军打仗，对方知道我军重武器上不来，坦克不遮不掩卧在那里，如果那时有这种火箭弹，他们哪能逃掉那么多人？但那天黄老虎却说了句混账话：咱俩现在是泥菩萨过河，你就好好想想自己怎么上岸吧！气得忽大年破口大骂：你小子也是当过兵的人，军方下命令你也在场，火箭弹到时候拿不出来，你去给老军长说去！黄老虎却反唇相讥：你不要瞎嚷嚷，你没看街上的小报，成司令在北京也被冲击了。

但忽大年忘记了棚友的忠告，黑妞儿听说他有事交代，就端着茶杯来到隔壁的牛棚。忽大年告诉她：本月必须完成肩式火箭弹方案论证，否则将会拖延研制进度，面对军方就没法交代了。黑妞儿一听烦恼透了道：俺说，你现在要考虑的是，明天的批斗会，戴不戴高帽子？挂不挂牌子？

忽大年却不管不顾地交代：反正你今晚务必把话捎给焦瞎子。这下黑妞儿终于找到了发泄口子，说：俺现在告诉你，明天焦克己也是批斗对象，你俩明天见了面，爱怎么咬耳朵怎么咬！忽大年忙问：焦瞎子老实巴交的，怎么也要挨斗？黑妞儿说：这还用问哪，反动技术权威。忽大年本想问这技术权威，还有反动的革命的之分，却听见门外看守跟靳子争辩起来。

你不能进去，厂长正给总指挥交代问题。

什么总指挥？哪个总指挥？

黑妞儿啊，这你都不知道？

真要是她呀，我更得进去了！

那为啥？

这还用问吗？居心不良呗！

八十五

忽大年慌忙过去将门拉开说：你别瞎嚷嚷了，谁居心不良了？

靳子进来睥睨黑妞儿一眼说：这不是抢人是啥？我找了一天一夜了，想不到藏到库房里了，想干啥就说嘛，看我俩儿子答应不？黑妞儿略微有些尴尬，扬扬手中笔记本说：俺正忙开会呢，你家人非要找俺交代问题，你以为我有空听他闲侃呀？说着便气呼呼往外走。

原来忽大年从粮库转到成品库后，就请黑妞儿给靳子打个招呼，他知道她近来神经衰弱日渐严重，三天两头心慌气短，千万不敢急出毛病。当时靳子六神无主，想去庙里求个签的，听人说忽大年被关进了成品库，脚不沾地跑进了厂区，推门正撞见两人对话，便气不打一处来了。忽大年知道这两人真闹起来，必会成为长安人饭后茶余的谈资，故意说：你别闹了，我在人家手里攥着，把人家惹急了，给我穿个小鞋就够咱喝一壶了。

怕啥？多小的鞋我都能挣破了！靳子盯着黑妞儿的背影一阵儿冷笑：就是拿三寸金莲来，我也不怕。忽大年努努嘴，像当年传递情报似的，乘势给她手上塞了张纸条，贴耳交代马上交给焦瞎子。这个纸条他刚才想交给黑妞儿的，似乎交给靳子更牢靠。

当靳子手攥纸条刚一离开，工司就派张小谝来通知，明天上午十点，在厂前区广场召开批斗大会，忽大年必须到场接受批判，也就是说工指明天的大会必须十点前结束。呵呵，他咋还成了两家争抢的香饽饽了？

这天晚上忽大年倒头就睡，做了整整一夜的梦。先是梦见靳子又穿上黄军装藏到门后，又给他嘴里塞了个红枣，两人又一起把枣核埋在黑家大院里，等他们一马当先攻进榆林城，那棵枣树便长高到城墙上了，结了一树密匝匝的大红枣。他下令给全师每个战士分一颗红枣，可分到最后竟然少了他俩的。靳子围着那棵枣树急了，猴子般爬上树梢，只发现了一颗，跳下来一人咬了一半……

后来忽大年分明看见忽小月幸灾乐祸坐在桌旁，不断地发出一阵阵怪异的冷笑：怎么样？从人上到了人下，是不是挺沮丧呀？是不是想找人说句公道话呀？忽大年起身想过去抱妹妹：月月，哥现在的情况跟你不一样。妹妹却不停摇头：怎么不一样了？公道和真相就是一对孪生，每时每刻都会在阳光下微笑。忽大年听见诗性语言，心里涌起一股股热浪说：月月啊，哥哥现在后悔了，哥哥太自私了，对不起你，真的对不起你。妹妹嫣然一笑，又不见了……他发现妹妹愈发美了，美得让他不敢抱了，一身老伊万喜欢的连衣裙，一对连福喜欢的大眼睛，两根哥哥喜欢的羊角辫，直把胶东人的夜梦捶得七零八落……

第二天，浓雾把俱乐部罩得灰蒙蒙的，所有的裸露都看不清楚了。

不知道为什么，乌压压的批斗会竟看不见工指的总指挥，五位"洗澡下楼"有过坎坷的人，上台控诉黄老虎的滔天罪行，明明是走社会主义的当事人，却说是走资本主义的当权派。有人手指都点到他的脑门上了，老鹰眼也不知是睁着还是闭着，从头到尾足有一个半小时，眼皮眨都没眨。忽大年在旁边站着有点气愤不过，他想党委决策的许多事项他也是参加者，不能这时候自己成了旁观者，何况那么多行政决策应该由他负责。所以，当全场响起"打倒黄老虎"的时候，他有意朝老部下靠了靠，肩膀与肩膀贴到了一起，似想默默分担老战友遭受的屈辱。

雾气稀薄时两个走资派被押上卡车，转往厂前区广场了，这里已成了工司的领地，蟒蛇般的队伍长长一溜，黄漆染字的红旗随风飘荡。随之，两人被押到了队伍最前头，本来他俩瞅见办公室主任还想说句什么，突然斜刺里窜出四个人，拎着两个牌子，没等反应就挂到了俩人脖子上。哎哟！忽大年感觉牌子很重，坠得他脖子伸不展，也直不起腰，他扭头瞥见旁边的牌子，写着"走资派黄老虎"，低头看胸前的牌子是"走资派忽大年"，心里反倒有了一点点放松，这年头也不知咋搞的，地主、富农、反革命、坏分子、右派、叛徒、特务、走资派，前七个都是敌我矛盾，好像走资派是最轻的，凡有官衔的人都可以戴上这顶帽子。

猛地，身后有人手执铁皮喇叭高喊：打倒走资派忽大年！冷不丁听到这个口号，心里像吃了秤砣，自己怎么归入打倒之列了？原来是游斗开始了，长长的队伍围着广场转了一圈就进了生产区，一边走一边高呼口号。

忽大年一边走一边瞅着路边那些似曾熟悉的脸庞，虽说绝大多数叫不上名字，但他知道都是长安人，以前认识的不认识的见面全是笑吟吟的，现在一个个横眉竖眼指责他筹建时不顾工人死活，两年多没有休息礼拜天，多少年轻人耽误了谈对象；指责他三年困难时期克扣了开垦的粮食，多少人饿了肚子营养不良；还指责他开展火箭弹研制，是捡了芝麻扔了西瓜……忽大年垂着头心想，今天转上这么一圈，自己也就斯文扫地了，以后谁还会听他调度生产？谁还愿意听他海阔天空指点江山？

游行开始他还有些紧张直冒虚汗，郁闷地朝旁边的黄老虎挤眼。但见人家眯缝着老鹰眼毫无表情，他刹那明白了，今天游行呼口号就没提人家名字，现在自然不愿跟他同流合污了。他妈的，还开口闭口老首长呢，关键时刻像睡着了？突然，工厂高音喇叭响了，激昂的音乐滚起来，这前奏过后要发布什么？这工厂喇叭自开播以来，上班时间只开过两次，一次是北京总部来电，表彰长安炮弹在八二三炮战中大显神威，一次是穿甲弹定型试验一举成功，今天又有什么要紧事呢？终于音乐停了，有人在喇叭里吹了两声，猛然传出一个刺耳的女声：打倒大叛徒忽大年！打倒大特务忽大年！

他一下子惊呆了，谁这样狂呼乱叫？是不是吃错药了？他挣扎着想挺直身，却被两个壮汉反剪压住胳膊动弹不得，士可杀，不可辱，难道就这样任人糟蹋呀？可还没等他把腰杆挺直，脖子上又挂了一块铁皮牌子，他探头去瞅，名字上还打了血淋淋的大红叉。他妈的，罪名升级了，名字还打上红叉了，这在以前就是死刑犯了，难道今天要把他押赴刑场吗？他用力想挣脱出来，却发现自己被一群人簇押着，不要说挺直腰杆，连脖子都直不起来了，这帮人真想把他打倒在地，再踏上一脚吗？他在战场上见过多少回死亡，并不惧怕死神的，但他身上还是一阵发麻，还是禁不住微微战栗，喉咙呜呜地想喊叫，但口号声此起彼伏，没有人注意到他的愤怒。

蓦地，他顺着余光看见，有双与他耳鬓厮磨的眼睛，死死盯着赋予了终身的男人，那表情充满了恐惧和激愤，脸上每块肌肉都在颤抖，好像在拼命集聚能量，稍一碰就能爆发，真是相濡以沫的一家人啊！忽大年想示意靳子千万不敢冲动，不信将来没有说话的机会，但那身影忽地一闪又不见了。

乱扣帽子！天方夜谭！忽大年撑硬脖子怒吼：凭什么给我打红叉？凭什么说我是叛徒特务？但高音喇叭把他的呼喊压回了嗓子眼，他急得竭力想挣脱身后铁钳般的手掌，当然无济于事了。突然，忽大年看见靳子又突然从人群里冲过来，一把掀掉了他脖子上的铁牌子，叭的一声，摔到地下，只听她厉声尖叫：污蔑，陷害！忽大年打鬼子端炮楼，你们在哪呢？忽大年打老蒋攻太原，你们在哪呢？忽大年看得清楚，斜刺里冲出的一个壮汉把靳子给拉开了，马上又过来几个壮汉形成了一堵墙，她几次想冲过壮汉的臂膀，可臂膀像铁杠一样横在那里，任凭她扑上去想冲开个口子，对方只伸手一拦她便回到原地，靳子最后拼足全力冲那壮汉猛冲过去，可刚扑到人墙上，自己却颤颤地抖了一下，脑袋无力地耷拉下来，整个人竟像沙袋般瘫软下去了。

天哪，靳子！忽大年猛然爆发出冲天力量，一把甩开押他的手臂，一头扑去，抱起妻子，大声呼叫：靳子，靳子，咋了？你咋了？但靳子痴呆呆地瞪着眼睛，不见一点反应，他扭头冲门改户命令般喊：

门改户！你他妈的快！快送医院！

八十六

黑妞儿得知靳子昏迷已接近中午下班了，她丢下请她参加火箭弹方案论证会的通知，坐上满仓自行车直奔职工医院去了。那么重要的会议咋请她一个试验工去参加？去了要说什么好呢？可人家软磨硬泡，说去了不要她发言，只表示工指对火箭弹科研的支持。咳，这种会议过去都是有头脸的人物参加的，现在提倡

"三结合"，让她去也只是滥竽充数。噢，这会不会又是一个阴谋呢？哈运来说火箭弹的战术指标，只有忽大年能说清楚，现在人家老婆病了，还要去开会是不是太残忍了？

到了医院她才知道靳子的病很重，头头脑脑都在抢救室外焦急等待着，忽大年身板佝偻站在门厅中央，面对贴着"抢救"二字的大门不声不吭。天哪，从未见过的苍白凝固到了他脸颊上，一条条皱纹也粗糙地爬满了额头，唯有咬紧的嘴唇流露着熟悉的坚强。这个人挺皮实的，咋一下子就衰老了？黄老虎和门改户在走廊尽头嘀嘀咕咕，声音忽高忽低，明显在责怪工司不该如此粗暴，何况还是厂长的家属，不知道得道多助，失道寡助吗？子鹿子鱼兄弟俩也面对抢救室呆立着，眼仁红红地盯着进出的医护人员，追踪着每个出来人的表情。黑妞儿过去拍拍兄弟俩肩膀问，现在有没有好转？子鹿瞅瞅她没吭声，子鱼双手捂脸蹲到了地上。

她听见了黄老虎的斥责声：你们凭什么给忽厂长的名字打红叉，谁家人看到这个都会跟你拼命的，靳嫂子要是有个三长两短，你就是罪魁祸首！门改户强词夺理：是她自己冲上去掀牌子，我们的人就轻轻挡了一下，人就歪倒了。

黑妞儿走到忽大年身边盯着抢救室没有说话，她知道现在说什么都是多余的。今天上午俱乐部的批斗会，她就担心靳子会不会来闹场，还在几个入口安排了警戒，发现有人冲击会场必须拦住。好像靳子知道黑妞儿会给丈夫面子，这些年你来我往的缠斗，不就是为在这个男人的感情秤砣上增加砝码吗？现在可是最好的表现机会，工指召开的批斗大会，黑妞儿让走资派坐在台上，批判时才站起来，发言内容也都是报上抄的，只最后捎带了几句长安厂的内容。

没想到工司随后的批斗能出问题，也不怪忽大年恼怒，有什么证据指责人家是叛徒特务呢？难怪靳子要不顾一切冲上去掀牌子了。解放前黑家庄的那段历史，别人不清楚她是知道的，忽大年早早帮老爹做了游击队的内应，村口放哨，夜送情报，也是拎着脑袋玩命的活儿，现在给人家扣上可以抓进牢房的帽子，还不把人给冤死了？所以她一看见门大眼假惺惺的样儿，就气不打一处来，如果给他一掌能救靳子的命，她会毫不犹豫挥动双臂左右开弓。

但是，门改户瞅见黑妞儿过来却没跟她打招呼，只是佯装诚恳地恭听着黄老虎的训斥：你们群众组织开展活动，我们党委也是支持的，但一定要把握政策分寸，不能再出现这样的问题，马上军宣队就要进厂了，你们两派谁"左"谁右，还要等工作组的甄别。

后边的话黑妞儿没有再往下听，明明人命关天在抢救，还说群众积极性要保护，难道保护他们再打死两个人？怪不得忽小月活着时总是叨叨，黄老虎是个大滑头，与他结成一家子，心会劳累一辈子。所以都是靳子在那瞎撮合，忽小月从来不劝慰。其实，这些年给她介绍对象的人多了，她始终悠悠忽忽的，从没真正动过心思，说到底脑海总在游荡一种说不清道不明的情愫，而这种情愫却从没在这个人身上停留过，至于浴池里那次尴尬的救助，只能让黑妞儿想起来脸上发热发红。

忽然，抢救室门开了，一群白衣人拥出来，院长和医生走到忽大年面前，默默地摇摇头，又摇摇头，好像不知该说什么。旁边挤过来的子鹿子鱼愣怔一下，猛地拨开人群冲进抢救室，顿时听到两声爆炸般的嚎哭，妈——妈——！就像一下子将钢板撕开了，又像夜空中爆响的电闪雷鸣，直把人心蹂躏得死去活来。院长终于低缓地说：心梗，心肌大面积梗死……咱们职工医院，不具备开胸条件……忽大年破口斥骂：他妈的，不具备条件转院啊，在这儿等屎呀！院长低喃：我们尽力了，抢救就没停，也通知了军医大学，专家马上就到，如果直接转院，路上人就没了。

忽大年在儿子的哭声中冲进了抢救室，外面的人顿时听到一阵成熟男人的啜泣，那是一个丈夫对亡妻的不舍和内疚交织的倾诉，悲声呜咽，撕心裂肺，听到的人眼泪止不住地往外涌。后来，院长还把军大教授拉过来解释，这种病在国外可以上支架，人可能马上缓过来，但国内还没有开展这个业务。这简直是屁话，忽大年没听完扭头又哽咽起来：靳子呀，你骂我打我都可以，你不能这样吓唬我呀！我听你的，什么都听你的好不好？我们不干了，回黑家庄种地去好不好？

黑妞儿始终在走廊站着，几次想进去却忍住没挪步，见到那位闭上眼的女人该说些什么呢？十多年的纠缠今天是不是了结了呢？却是以这种方式了结的，这可不是她黑妞儿的愿望呀。以致后来黄老虎给办公室主任安排后事，她一句也没听进去，直到她听见里边的哭声开始减弱，想进去安慰那个男人两句，却看见他两个儿子眼仁通红冲出了抢救室，她急喊：子鹿，子鱼，干啥去？俩小子却像没听见似的，飞快地冲出了医院，消失在浓浓的夜色中了。

黑妞儿木呆呆地站在门口，看到抢救床上的靳子已经撤掉了所有管线，眼微闭，脸苍白，平静得像睡过去了。她听满仓说过，人死后灵魂便会升入天堂，留下的躯体不会感知痛苦和愉悦，自然会呈现出一种松弛安详的神态。靳子真的就这样走了吗？她为守护自己的地位忙碌了一辈子，现在终于可以松口气了，可以手持名分进入忽家祠堂了。后来忽大年被人架出去了，黑妞儿才缓步走进去，她朝靳子望了一眼，深深地鞠了一躬，似乎还想说点什么。

突然，她眼前一闪意识到什么，急转身跑出了抢救室，又跑出了医院，跑到通往家属区的马路上，很快就跑到忽大年家楼下了，尽管她早些年曾跟踪到这个楼的门前，却始终没有进去过，今天她第一次走进这个楼门，也第一次咚咚敲响门扉，但屋里没有反应，再敲仍没反应，敲得对门单元都开了门探望，她略一沉吟，又撒腿冲了出去，拼力往单身大楼跑去了。

果然，她一跑进单身大院，就看见一堆人围着起哄，只见子鹿和子鱼面对一个膀大腰圆的人，摆出了一副要决斗的架势。那人已脱掉外衣，露出"全师战训奖"的红字汗衫，大大的"奖"字处于中心，昭示此人身手超群。此刻，那人双手叉腰满脸不屑，毫不畏惧地盯着兄弟俩，嘴角挂着轻蔑的冷笑。这人身后是同样穿白汗衫的一溜人，半是嘲弄，半是起哄：李四，你不用动，叫他俩一块上，等俩人抢不动了，再往死里揍，我们给你证明，是他俩先动的手，打死了活该！

只见忽子鹿啊的一声，挥拳冲对方扑过去，那李四敏捷地朝左一闪，就把子鹿的脖子死死夹住了。忽子鱼也发疯地冲上去想揪住对方衣领，李四朝右一闪，又把子鱼的脖子夹到腋下，狗东西颇为得意地说：我说你俩不是对手，你们还不信，告诉你，老子在部队是全团擒拿格斗第一名，就你俩这小身板，十个八个也不是对手！

原来子鹿和子鱼冲出医院，就直奔单身大楼来报仇来了，有人在抢救等候时告诉他俩，那个推搡妈妈的人叫李四，君子报仇，十年不晚。可他俩从母亲身上爬起来，想到的第一件事就是报仇，杀母之仇！当他俩跑到单身大楼，没费周折就找到了正想去洗衣的转业兵。这个转业长安刚刚半年的李四，见两个毛孩子追来挑衅，想都没想就在战友们的簇拥下来到楼下，准备迎接走资派儿子的挑战。有人好心拦住俩人劝慰，好汉不吃眼前亏，赶快回去照看你爸吧。但已经长大的小伙子根本听不进去，仇人相见，分外眼红，发誓就是拼个鱼死网破，也要为母亲报仇雪恨，黑妞儿刚好赶上了最后这一幕。

黑妞儿上前与大兵面对面：你快把俩孩子放开！

李四没有松手：你是工指的头，我是工司的兵，凭什么听你的？

就凭你当过兵，就凭他俩还是个娃！黑妞儿倏然意识到周边全是大兵，看到工指头头被围竟然有些亢奋。

李四臂夹孩子后退一步，但后边的大兵却堵住了退路：怕啥呀？大老爷们，还怕一个娘儿们？

众人哄然怪叫起来，两个小子在臂下发出嗷嗷的惨叫，黑妞儿闻声突然一个箭步左右开弓，铁掌直击李四脖梗，大兵嗷嗷两声怪叫，竟然摇晃着没有倒下。周边人哗的一下散开来，惊愕地看着这位貌不惊人的女工居然有这般身手。李四当然意识到对手不可小觑，猛力将忽子鱼推开，又反手抓住忽子鹿的头发往外抻，可忽子鹿像粘到了腋下，怎么拽也拽不开，反而让大兵发出怪异的惨叫。原来，忽子鹿乘着李四松臂张口咬住了他的腰肌，牙齿钢针般扎进大兵肉里，痛得他一边嚎叫，一边猛击忽子鹿后背，却依然没有松开的迹象。

突然，他使出狠招，伸手去扳忽子鹿的脸，想抠进孩子的眼窝。黑妞儿见状上前又是啪啪两掌，一掌被李四右臂挡住了，一掌重重地击中了脖梗，大兵趔趄两下坐倒地下，但忽子鹿依然头埋在他腰间拖曳着歪倒下去，李四气得朝黑妞儿吐了一口骂道：你他妈的，拉偏架啊！

黑妞儿过去对着忽子鹿喊：子鹿，听话，你松开，小心眼睛被他抠了。子鹿这才松开牙齿后退两步，满嘴血沫染红了半边脸，李四的腰间也已血肉模糊。这时周边的人起哄似的围成了一个圈，把他们四人牢牢地围在中间，似乎插翅难逃了。黑妞儿面无惧色地说：你们赶快把他送到医院，牙咬的伤，小心破伤风。但李四手捂着腰没有动，眼里冒出复仇怒火，转业兵们更把围圈向里缩了一步，看样子双方的较量又要开始了，输赢显而易见，一个凄惨的结局在等待着。

突然，大院门外跑来一溜人影，喧闹的人群像听到命令似的让开一个豁口，几个人匆匆走进人群，人们看清是门改户领着两位解放军来了。门司令箭步站到台阶上说：来咱厂支左的田营长刚刚端起饭碗，听说单身大楼闹事，端直跑过来，大家不要怕，面对恶意挑衅，不能中了人家的诡计。

黑妞儿只听说军宣队这两天进厂，没想到是在这样一个场合见面了。她向田野伸出手：我是工指的黑妞儿，是来劝架的，被工司的人给围了。门改户煽动地对李四说：你实话实说，到底是咋回事？黑妞儿插上去说：这个人就是整死忽厂长爱人的凶手，这两个是忽大年的儿子。

那田野一步跃上台阶喊：我听说你们都是刚转业的战士，我现在命令你们，立正！向后转！向宿舍齐步走！那些转业大兵听到熟悉的口令，居然全都转过身鱼贯回楼了。

八十七

悲痛的忽大年走进了后山长安墓园，竟遭遇了难以言状的心灵折磨。

一个个长眠地下的长安人活龙活现地走了出来，在他面前笑着闹着，让他感到亲切，又感到悲伤……那卢可明的墓碑上，一张镌刻的笑脸，傻傻地张望着什么，是张望老爸老妈，还是魂牵梦绕的恋人？那毛豆豆的魂灵应该接回来了，那甜甜的笑靥，银铃般的嗓音，迎着炮火跳跃着躲闪着……月月的坟茔没有墓碑，正面两块篮球大的鹅卵石，雪白雪白地并卧一起，温润得似有清水渗出来……

是啊，靳子的墓地选在哪儿好呢？是选择山崖下，还是竹林边？忽大年恍恍惚惚地在墓园里走着，脑袋像灌满了铅，所有人都不想让他进去，短短几个月忽家两个女人都要埋在这里了，谁进来心里好受啊？可是，他还是执拗地进来了，而且走得凝重，这也是他能为靳子做的最后一件事了……

忽大年在墓园慢慢徘徊着，不由得想起了一个个离他而去的女人……突然，妹妹忽小月又活灵灵站到了面前，亭亭玉立，酒窝浅浅……这些日子常有人说，忽小月跳下烟囱就没死，仙女一样的姑娘怎么会死呢？一定有一只神秘的手给托住了，否则地上怎么不见一滴血，衣服也是整整齐齐的，告别仪式上又是那么安详，透过面纱都能看见嘴角淡淡的笑容。那些熔铜工友说得就更神了，我们给忽文书鞠躬的时候，看见棉纱下的眼皮还一眨一眨呢。尤其玄妙的是，满仓拒绝回答棺盖最后有没有钉上，若没钉上一切皆有可能了，没准下葬以后就会从墓穴里站起来，就可以回到让她笑也让她哭的长安厂了……这时，他恍恍地问妹妹：靳子的墓地选在哪儿好呀？妹妹嫣然一笑，沿着小路往深处去了，一会儿便手指一处草丛说：靳子不光是忽家媳妇，也是我的嫂子，活着的时候我们没时间拉话，现在可以好好聊聊了，等到将来你也老了，就躺到我们后头吧，我俩正好给你看家护院……

所有人见他把靳子墓地选在那儿，都嘟囔这个地方有点窄仄，忽大年似乎嘟囔了一句，这是忽小月选下的，所有人闻之一怔便不再多言了。那地儿在一面山崖的下边，在妹妹的坟茔旁边，周围栽种了两溜疏密的青竹，青翠欲滴，茂茂盛盛，透过那斑驳的竹叶，能望见长安办公楼的歇坡瓦顶，还有那根令人伤心的烟囱，平添了一分淡然和清幽。靳子是特别喜欢竹子的，窗台上就摆了三盆文竹，每天都要过去侍弄两下，嘴里还常常与之呢喃什么。

可是，令长安人大感不解的是，忽大年不让任何人帮忙挖墓穴，连俩儿子都不让靠近，自己一个人拎着铁锨镢头，刨去杂草砾石，一锨一锨的，挖开了一个深深的墓坑。突然，那俩派来的看守发现挖墓人不见了，呼叫着跑过去，只见他平平地躺在墓坑里，双手抱着头颅，两眼睁得牛大，痴望着空空的蓝天，可把人们吓坏了。

下葬那天，他推开儿子自己先下去，把墓室边角用脚跟踮实，倒进了一大筐红枣，铺了满满一层，一边铺一边说，红枣是我们的媒人，下辈子我们还要在一起，说得周边人泪眼婆娑。然而，大家悼念的时候他没有哭，下棺掩埋的时候他也没有哭，人们暗暗惊讶，打过仗的人就是心硬啊！

等到送葬的客人都走了，他说想一个人在这儿坐一会儿，子鹿子鱼体谅父亲的悲伤，悄悄退到山崖后边去了，胖瘦看守显然接到了指令，一直默默地躲在远处，山上便静得只剩松涛和叶落了。突然，忽大年放声号啕起来，悲声把山上的鸟儿都惊了，咕咕呜呜，飞起飞落……

这时黑妞儿躲在山坡树丛里，听到忽大年粗犷的悲声禁不住眼泪下来了。

这些天，她让那两个看守寸步不离跟着，不是怕他跑了，是怕老冤家悲伤过度累坏了，正好帮忙打个下手，可工会有一套处理后事的流程，俩看守根本插不上手。而且，老冤家一看见俩人身影，就气不打一处来，一会儿叫胖看守去倒垃圾，一会儿叫瘦看守去烧开水，总之不让俩人有一点点闲暇，弄得他俩动不动就跑回去叫唤：咱是看守他，不是伺候他，现在犯人把看守吃五喝六的，这是不是弄反了？

其实，这正是黑妞儿的想法，她觉得靳子不在了，老冤家正痛苦呢，自己若骚情凑上去，好像有点不地道，好像有幸灾乐祸之嫌，这可不是她黑妞儿的做派。实话实说，这些年她对夺回老大的地位已不抱希望了，而且她觉得靳子也是个善良人，枪林弹雨里跟随忽大年，是拿性命换来的情分，也是不容易呢。尤其忽大年耍张"活埋"小月，靳子居然能想到找她去解围，说明人家也没把她当敌人，从此两人相逢一笑泯恩仇了……所以，她不能让长安人看扁了，看扁了的黑妞儿，就没有胶东人的脾性了。

所以，她每天都要抽出时间听听看守的汇报，想知道后事处理成啥样了，想暗里帮助忽大年渡过这个坎。但是，看守昨天神神秘秘报告，忽大年非要自己上山挖墓穴，挖完了自己还躺了进去，拉都拉不起来，不会是想不开不想活了吧？黑妞儿一听也急了，二话没说就跑上了山坡。

当她看到忽大年挖开的穴坑，坐南朝北，见棱见角，旁边还明显留有一小块空当，心里突涌起一种酸楚的感觉。当年"活埋"小月的时候，老冤家就曾放言，要在后山上给长安人找一处归宿。唉，现在小月睡到这里了，靳子也睡到这里了，难道他自己现在也想睡到这里吗？

好像不能让他这么任性吧？黑妞儿禁不住脚起土飞，嘭嘭嘭把一溜土踢了下去，可等她踢完了，又涩涩地摇摇头，自己又跳下去，双手一捧一捧，把落土又捧回到坑沿上，当她把最后一捧土撂上去，心里不由得一酸，眼泪吧嗒砸到了墓穴里。

下葬这天，黑妞儿早早就来到了墓园坡地，她把周边落叶捡了，又把土坑抒平了，还清扫了悼念人的聚集处。但是，她始终躲在竹林深处，始终没有闪出面去，她实在不知自己该怎样面对这个场面，见了靳子的棺木说什么？见了老冤家又能说什么？

后来，当她想悄悄离开山坡的时候，突然听到了她熟悉又不熟悉的哭声，那声音是沙哑的，也是悲哀的……她明白，这个男人在向自己心爱的女人做最后的告别，她几乎想过去劝慰两句了，可脚下却像灌满了铅，一步也抬不起来，只能任由那悲怆的哭声，把自己的五脏搅得稀里哗啦……

八十八

不过，重回牛棚的忽大年突然失踪了，这让戴上总指挥帽子的黑妞儿纠结了。

这些天，那人一直在忙碌靳子的后事，当他又脚步重重地踏进牛棚，眼里已不见了平时的光泽，脸颊拥满了深深浅浅的斑块，远远走来就像个枯槁的老人。有谁说过，一个人最难承受的痛苦，就是亲人突然离去，让活着的人生不如死。这些天黑妞儿一直想帮忙料理后事，可她第一次迈进了忽大年的家门，吃惊的是屋里的摆设怎么似曾相识，有一种久违的感觉，一堆没洗的碗筷，东倒西歪的板凳，破损掉色的年画，尤其是那张被褥叠乱的床铺，散发着一种女人独有的气息，似乎对她有种本能的排斥，让她身处其中几乎感到了窒息。她想坐在忽大年身边安慰几句，可是别人进去他还能叨叨几句车轱辘话，抬眼见她来竟然一声不吭，黑妞儿只好落寞地走了，走出楼门便发誓再也不来了。

但是，当她看到忽大年回到牛棚的邋遢样儿，身子弓歪，一脸泪痕，心里又不由得生了怜悯。她让看守带他去澡堂洗洗，可人家像要被拉去枪毙一样死活不肯。黑妞儿只好进去说：洗个澡就把晦气冲了，难道你想在牛棚待一辈子？可老冤家反问：我让你给焦瞎子传的话，你传到没有？黑妞儿恍然想起来，说：我去找他了，可我看见靳子也给他塞纸条，见了我还带搭不理的。忽大年一听，竟把床板一拍道：那你为啥不早跟我说，应人事小，误人事大！黑妞儿有点委屈说：靳子都给焦瞎子嘀咕了，还用我重复说吗？忽大年愣怔一下，却提了个条件说：你把焦瞎子找来，我就去洗澡。

后来她硬着头皮把焦克己叫来了，这俩人不知为何在牛棚里吵翻了。瘦看守报告说，这俩就是一对犟驴，为个什么计划吵得天昏地暗。但是等人走后，忽大年耍了无赖，仍然不肯去洗澡，黑妞儿真想把他捆上扔进澡堂。咋的？你以为不洗澡就能把人留住？连那俩看守都过来撺掇，这人从坟场回来，一身晦气，再不洗澡，他们也不想干了。黑妞儿突然想到班里的刀把脸和小耳朵，这俩人不是在澡堂能把他摆弄舒服吗？只一声召唤，俩工友毫不含糊，领命而来，进去架起他胳膊就走。等他从澡堂出来果然容光焕发，话也多了，饭量也大了。

黑妞儿在办公室与人嚷嚷烦了，也会转到牛棚来聊聊，却总见到老冤家趴在产品箱上写什么，笔头子嚓嚓的，可一见到她，人家竟把本子合上说：写思想汇报呢。黑妞儿一听就烦，耍什么鬼心眼，明显把她当外人了。可这家伙却会调侃：你现在是总指挥，我以前也是总指挥。黑妞儿听见没吭声，你啥意思？想说咱俩现在身份扯平了，还是讥讽别人爬得快了？哼，你不要在俺面前摆谱，小心明天门改户把你拉上高台示众。如今，也不知谁想的鬼点子，让被批判的人站在撺高的炮弹箱上，站一会儿就心慌眩晕，聪明的一屁股坐下去，笨的就一头栽下去了。她想告诉忽大年，明天站不住就坐下，见他这副德行就悻悻地想走了。

你别生气啊，是月月给老伊万寄的底稿，焦瞎子转给我了。

怎么？你也变得能看懂俄文了？有本事，你念几句，俺听听？

忽大年果然捧着小本子叽里咕噜念了一通，黑妞儿当然像听天书，但她看着牛棚人焕发了精神，不由得嘿嘿笑了。

可是，快吃晚饭的时候，瘦看守惊慌失措推开门，喊叫忽大年不见了，厂房内外找遍了也不见人。黑妞儿有点错愕，忙说：忽大年有便秘的毛病，一蹲就是半个小时，看看在不在厕所。胖看守摇摇头，黑妞儿又问：在不在澡堂？现在缓过劲了，知道干净了？两人摇头说：咋可能，现在是女的洗澡时间。黑妞儿转身进了牛棚，茶杯还是温的，被子还掀开着，蘸水笔也还插在墨水瓶里，一摞稿纸却没一星字迹。黑妞儿揭起上面一页，对着亮光映照半天，也没分辨出老冤家写过什么。黑妞儿想会不会是门改户把他抓走了？可他们开批判会，没必要提前把人控制在手上，那次小粮库交锋已有约定，难道那鬼精灵今天把人偷走，明天再反诬她失信，那可就是下三滥的一套了。然而，一个大活人咋能光天化日消失了，他们来抢人不会没一点动静，是不是俩看守被他们买通了？

她叫张大谝把两个看守隔离起来分别审问。那瘦看守埋着头东拉西扯，胖看守见一屋人杀猪的表情，就竹筒倒豆子全招了。原来那刀把脸和小耳朵遇见他去食堂打饭，凑上来问想不想去瞧瞧女人的光屁股。胖看守一听心动了，刀把脸说有个地方可以一饱眼福，但是有个条件，看完了给他俩买两个肉菜，胖看守回去就对瘦看守说了，瘦看守嘻嘻说：谁替咱看守牛棚呢？胖看守直点他额头：说你笨你就笨。

下午小耳朵过来帮忙看守牛棚，刀把脸把他俩带到澡堂旁的设备间，告诉他们上边有个废弃的管道孔，等到墙头蒸汽逸出，站到炮弹箱上，抽掉一块活砖，就能看到女人肉肉的奶头和白白的屁股。俩看守听得眼都直了，不等蒸汽嘶嘶就跳上去，抽砖偷窥，水汽蒸腾，却只能看到一排淋浴头，也只能听到女人叽叽喳喳，根本看不见女人光溜溜洗澡。气得瘦看守冲着窥洞怪叫一声，跳下箱子跑回了成品库，马上发现刀把脸和小耳朵早见了，推开门忽大年也不知了去向。

黑妞儿想这个老冤家跑哪儿去了？是嫌不舒服吗？这里没打没骂没饿着，比那小粮库强多了，何况还有女人嘘寒问暖，没人为难折磨他呀，是不是他又想念靳子了，跑去给老婆烧纸去了？可那坟头在后山墓园里，两三个小时就能打来回，现在半天过去天都快黑了，一个人躲在山上不怕瘆得慌？那是不是跑回家给孩子做饭去了？可那子鹿子鱼已长成小伙子了，已学会蒸馍熬稀饭，何况那胖看守已去街坊找过，门一敲开，娃就急了，就想冲进厂里找爸爸来。

哎呀，明天门改户的工司要来牛棚提人，关押的走资派不见了，那还不闹翻天了，会说她故意把人藏了想破坏批判会，会说她当初去抢人就隐藏了阴谋，分押是假，保皇是真，流言蜚语马上就会满天飞。说不定门改户还会把她和忽大年的传说翻出来，那她就变成潜伏在群众组织里的奸细了。呵呵，能成为忽大年的同伙也挺难得的，可一个长腿的大活人能跑到哪儿去呢？

这时满仓瞅她一脸细汗，像悟到了秘密，说：我下午回熔铜车间领手套，路过开水房，看见刀把脸拎了两个铁皮壶，我纳闷表面处理车间和熔铜车间隔了三座工房，干吗舍近求远，跑到那儿去打开水，现在想想必有缘故。黑妞儿一听便说：咱们去熔铜车间找找看，实在找不到就挨个工房搜，不信找不到人了！

八十九

此时此刻，忽大年对自己能够成功脱逃有点小欣慰。

这些天，回到牛棚的忽大年像是病了，他忽然觉得自己就是个罪人，早就该进牛棚反省了，埋在太行山下的弟兄们会问，牺牲在汉江边的一七〇师战友会问，长安陵园里的工友们也会问的，这些年你都干了些啥名堂？北京老首长交代的任务完成没有？唉，也没干出啥名堂就快老了，就爱啃猪蹄、喝毛尖、坐吉普了，这可不是一个军人当初的模样哟。于是，他让黑妞儿把焦克己叫来，想再作一番沟通，无论如何要把火箭弹战术指标提上去。

那天焦克己接到字条就来到牛棚，可忽大年刚听了几句就躁了，所有指标都比美苏装备低，两人吵得一塌糊涂，差点没打起来。焦克己说他请教了顶级专家，按我国目前的工业水平，这就是最好的方案了。忽大年吹胡子瞪眼不同意，如果始终跟在别人屁股后头磨蹭，我们军队就永远是二流水平。焦克己反驳这是科学，不能感情用事。忽大年操起茶杯一扬，差点把热茶泼到人家脸上，从此人家害怕他的牛眼，再见到递来的条子死活不肯来了。

后来刀把脸和小耳朵拖他去洗澡，脱衣服，打肥皂，他瞅着两个机灵鬼心机一动，把小诡计那么一透露，两人拍着光光的胸脯发誓，这么点小事，包身上了！洗完澡泡上茶，黑妞儿又过牛棚来说话，他竟然紧张得像要迎接一场突袭大战，心里像揣头小鹿直扑通，脸上却不露声色。后来，他眼看小耳朵把俩看守领走了，刀把脸给他套上油腻工衣，戴上宽大的工帽，就悄没声地消失在嘈杂的机床之间了。

看来一不小心就成地下工作者了。

后来刀把脸东拐西拐，把他领到熔铜车间地下室，这里本是堆放机械备件的库房，空气里弥漫着一股铜末味，人进去连站的地方都没有，只能高高低低坐在备件上。忽大年掏出两张纸条，把名单念叨了两遍，两人就神神秘秘地出去了。

这两人还真有地下工作的天赋，没多久就把纸条上的人一个一个领来了。这些人本来灰头土脸的，又被领到这么个神秘的地下室，不知厂长葫芦里卖的什么药，想问又不好问。第一个叫来的是技档科长宫玉华，这位精致的女人见厂长约在如此隐蔽的地方谈话，神经本能地紧张起来，脸颊也红到了脖梗，这儿实在像男女苟且之地，两道厚厚的大铁门，喊叫多大声外边都听不见。但是紧接着她便听到焦克己钻进来喊：啥鬼地方嘛，真要开黑会呀？宫玉华失望地朝忽大年瞥了一眼：我还以为……地下党开会也不找这鬼地方。刀把脸怯问：你咋知道？宫玉华傲然一笑说：我在国民党部队潜伏了三年，只有游击队喜欢这种穷地方。小耳朵开逗说：匪军里的女兵都是大官的小……小小小……宫玉华闻声怒起，眼盯住忽大年明显在质问：一个下流坯子，你管不管呀？忽大年反而一本正经问：宫玉华，美军的火箭弹战术指标，你都能记住吧？宫科长徐娘声腔：不是我吹，过目不忘的本领，还是我当年潜伏练就的。

忽大年让小耳朵和刀把脸守在楼梯口，发现有人来及时通报。然后他摆摆手：我们今天在这儿开个会，也体会一下地下党当年的艰难。大家面面相觑，只好自找地方坐下了，内心忐忑，眼闪兴奋，当下这么恐怖的气氛，还敢召集人开什么密会，不怕被追究批斗呀？忽大年对着张工、赵工、崔工们说：今天我把长安的技术大拿都召集来，知道是啥事吗？一屋人不耐烦地嚷嚷：你就别绕圈子了，有话快说，有屁快放，回去还要写交代呢。

忽大年顿了顿说：我知道大家或多或少都受了冲击，天将降大任也，必先劳其筋骨。前些天，我反复看了情报中心翻译的资料，我们必须看到，我军现役的反坦克武器，已经比美苏落后了二十年，如果现在研制的产品，在设计上就先天落后，等到定型生产出来，不是跟国际水平越拉越远了吗？宫玉华猛然站起，头碰到屋顶的暖气管道，没喊痛反而附和道：我们收集的是美国公开发行的资料，说明人家在研的武器，比这个还要厉害呢。忽大年点头继续说：我仔细看了你们的火箭弹指标方案，我告诉你们，美军坦克的前装甲八百多毫米了，也就是说我们的火箭弹只能攻击侧翼。咳，现在讲究集团化作战，一涌过来就是几十辆上百辆坦克，哪会有侧翼给你？所以，我们不能为完成科研项目而完成呀。

开会人这些天都受到了冲击，听到厂长秘密召唤，本想发一通牢骚，围着你喊权威，追着你喊打倒，谁还有心思琢磨火箭弹方案？可听了忽大年激情澎湃的牢骚，自己的小牢骚便不想吐了，七嘴八舌提出了各自的看法。焦克己受到触动说：厂长你说吧，指标怎么定？忽大年把帽子一丢，说：我的意思，贴近美苏水平，人家能干成，我们为啥不行？焦克己沉默一下说：长安干几发试验弹没问题，只怕炸药威力不够，毁伤效果难以达标。

忽大年猛站起来，头碰到屋顶，说：你也想想，战士拼着命，把弹打出去，只给敌人坦克挠个痒痒，有啥意思？可大家没再理会，反而问题却越说越多，他以为自己从牛棚潜逃出来主持讨论，大家会给面子，没想到几乎没人附和，反而纷纷重复焦瞎子的话，当官的遇到实际问题，就忘记实事求是了。

忽大年气得不停地在料框上磕搪瓷缸子，一会儿啪一声，可大家像是没听见，该说什么照说什么，刀把脸过来给茶缸续水，他仰头便是一口，烫得一口吐到地上，差点没跳将起来。小耳朵嘻嘻说：心急吃不了热豆腐。忽大年气不打一处来骂道：你懂个屁，这是开水，不是豆腐！焦克己解嘲般对大家摆摆手说：老人家刚处理完后事，都别计较啊。

忽大年沉脸站起说：你们可能不知道，朝鲜战场，我服役的一七〇师为啥一去不返？金门海战，九千将士为啥血染海岛？说到底还是咱们装备落后，记住这个再讨论，才能议出名堂来。这时，焦克己闷声说：我们是在车间劳动，可以找茬走动两步，你老人家是从牛棚里逃出来的，不怕时间久了挨板子呀？大家闻声苦中作乐，把料框摇得咔咔响，纷纷劝他再不要久留了。

忽大年想想走到门口回头说：我还不到五十呢，老什么老人家？我提醒大家，所有研制任务交叉负责，一个进了牛棚，另一个必须顶上……这时宫玉华插嘴：当年我们做潜伏，就是单线联系，双线运行。说着她把脑后发髻优雅地紧了紧，说后边没有她的事了，也要跟随忽大年上去了。

可是，忽大年走上地下室楼梯口，刚一拉开大铁门，就见黑妞儿领着一伙人，定定地站在门外……

九十

尽管忽大年失踪一事被黑妞儿给压住了，但是她与李四的对峙却给军宣队留下了粗野的印象，那些兵娃子雄赳赳去了食堂边的门改户司令部，却叫黑妞儿自己到机关大楼来汇报，好像去成品库里的工指是深入虎穴似的。

黑妞儿趴在案上有点疲倦了，在田野的指挥棒下军宣队的倾向已非常明显，她容忍了很多的屈辱和轻蔑，尤其让黑妞儿感到郁闷的是，他们准备在前区广场召开一个两派参加的大会，发言的顺序就有深意，第一个是工司的门改户，第二个是工司的张小谝，第三个才轮到工指的黑妞儿。对这样不公允的歧视性安排，黑妞儿本来准备以头疼推托的，人家却指名道姓由她代表工指发言，气得她抓起批判稿一扔，天女散花般落了一地。

黑妞儿万万没有料到，即将到来的批判大会对她而言还是个考验。那天的会场可以用秩序井然来形容，办公楼下的台阶上摆了一排长桌是为主席台，正前方横幅是"抓革命促生产誓师大会"，会场两侧的大字报栏，刷了两排歪歪扭扭的巨幅标语，把长安人的革命情绪表现得过目难忘。

但是，门改户一上来就将矛头指向了忽大年，开始语气还算柔和，好像这个人把生产秩序搞乱了，把科研搞砸了，气得人一听着就想揪住骂娘。然而，发言人后来炫耀般停顿了一下，突然爆出一个惊天秘密：我们在保卫科档案柜里，发现了一封检举信，尽管已经过去了好多年，但忠诚的工司人按图索骥，深入胶东半岛抽丝剥茧，现已查明在抗日战争时期，忽大年就秘密投靠日本人，在乡村书写奴化标语，充当了可耻的奸细，导致大批游击队员壮烈牺牲，事实足以说明，忽大年是一个漏网的大汉奸大特务！

门改户犀利而又煽情的揭露，使在座的长安人目瞪口呆，谁能想到一个整天把扛枪打仗挂在嘴头上的一厂之长，一个为解放军生产炮弹的兵工厂厂长，居然会有这么肮脏的历史，居然双手沾满了烈士的鲜血，是可忍，孰不可忍，必须打倒在地，再踏上一脚，让他永世不得翻身！

这时，被揭露的忽大年本来在主席台左侧站着，对于面临的批判他已有思想准备，运动来了当领导的当然首当其冲要受教育。可当他听到门改户上台乱诌，气得脸上一阵白一阵青，恨不得冲上去把麦克风摔了。正当他犹豫要不要站起申辩，跑上来两个佩戴红袖章的壮汉，老鹰抓小鸡般把他拖到右侧，脖子便套上了一块打着红叉的铁牌子，只听大会播音一阵激昂的呼号：打倒大叛徒忽大年！打倒走资派忽大年！

随后的发言显然经过了精心策划，也都是门改户的模板，也都把矛头集中到了历史问题上。天哪，这张冠冕堂皇的脸面在这个上午，突然变成了一张污秽丑陋的麻纸，谁见了都要嗤之以鼻的。本来这些罪名上次游街就喊出来了，都以为是群众泄愤随便说说，加上靳子之死使得人们有些忽略，现在叫门改户振振有词揭露出来，让长安人一下看清了隐藏在黄军装里的卑劣。义愤填膺的人们看到以前趾高气扬的厂长，会藏有这么一段血淋淋的历史，像痛击邪恶似的将拳头齐刷刷伸向空中，似要把蓝天捅出个窟窿来。此时此刻，忽大年挂着铁牌子，被人架着胳膊动弹不得，挣扎了几下便失去了申辩的气力，无奈地把眼睛合上了。

本来黑妞儿刚刚坐上主席台还有些恍惚，前些天自己还在库房抽选靶试炮弹，今天就与头头脑脑平起平坐了。满满当当的人群面对着她，密密麻麻的眼睛瞅着她，连背手挠痒都不敢做，看来人要活在众目睽睽之下，也不是个舒心的差事。本来她还在拿捏自己发言的语气，但门改户一上来，就把揭批忽大年作为了促生产的举措，这让她完全没有料到，这才想起门改户曾透露过，要兵分六路调查什么，谁能想到会调查这些捕风捉影的传言？其实这个人怎么可能是大叛徒大特务？人关押在牛棚里，还想法儿布置火箭弹研发，为张条子还发了脾气，批评焦瞎子动作迟缓，小心上军事法庭，现在看他自己都是泥菩萨过河啊。不过，让黑妞儿最最不能忍受的是这家伙蔫塌塌的样子，以前不是挺刚强的吗？怎么受点委屈就像霜打了似的？

终于，主持大会的田野喊到了黑妞儿的名字。

她把头发朝后一拢，内心好像倏然平静了，一步一步走向发言席，经过那家伙身旁还忍不住瞥了一眼，瞧那可怜样儿竟使她微微心怔。老冤家实际是被两个壮汉架在那儿，鼻孔的粗喘听着瘆人，一松手就可能瘫到台上。啊，脖梗上的细铁丝坠着铁牌子，已经深深勒进脖子里了，勒出了两道细长的肉棱。

黑妞儿蓦然想起，那年黑大爷就是用这样一根铁丝，把一个到黑家大院来逼问忽大年下落的汉奸勒死的，她陡然意识到，如果这个批斗会延续到中午，可怜的脖子恐怕就要被勒断了，断了脖子的忽大年还能干什么呢？她陡然涌起一股豪壮，走过去将铁丝垫到衣领上，扭头朝主持人解释说：我今天要讲讲这个牌子，要是他脖子勒断了就不好讲了。

可是她这些温暖的举动，忽大年居然没有反应，黑妞儿心里咯噔一下，抓住麦克风，居高望去，一片广场，灰蒙一片，人们从台下一直到大门口，似乎没有哪个角落没坐人，自己车间的工友在哪个地方呢？看到熟悉的工友到台上发言，又会是什么心情呢？她想了想，终于义无反顾地开口了：

今天是抓革命促生产大会，上边有人把忽大年的历史问题提溜出来，听着挺让人气愤的，这个大汉奸在厂长位子上作威作福这么多年，都没有被人发现，也挺可怕呀……从建厂到现在，运动一个接一个，咋都让这家伙逃脱了？这家伙到底是个啥货色？今天必须跟他算总账！既然是算总账，我想先说两句，好多人可能不知道，我跟忽大年都是胶东半岛黑家庄人，我俩都在黑家大院念过书，我爹实际上是游击队的政委，他负了伤回到黑家庄，就把我家大院做了游击队的联络点，忽大年就是在我家读书习武时参加的游击队，今天有人发言提到了两件事，全都发生在黑家庄……这些事也恐怕只有我清楚了，我不说就可能憋死到坟墓里了。

一个是他在村里替日本人写标语。我要告诉大家，那两条标语是我爹领他去刷的，我爹是游击队政委，不刷，日本鬼子大扫荡过来，不见标语就要火烧村子，执行政委的命令，能算投敌叛国吗？

一个是给鬼子通风报信。当时小分队回村休整，我家大院住不下，我爹让他去村西头黑三家抄情报。谁知道我们刚一离开，黄鬼子就从村东头进来，把我家大院给包围了，我爹肚子上中了两枪，躺了半年才缓过来，十二名游击队员全部牺牲了，我俩听见枪响钻进了高粱地。可能有人会问你俩为啥不去救人？知道不？我俩只有一杆汉阳造，去了能起啥作用？

这是不是清楚了？这，绝对绝对是污蔑，是一个天大的冤案啊。

最后这句话黑妞儿重复了三遍，台下一阵嗡嗡声，没人起立呼喊，也没人赶她下台，连她自己都惊讶，第一次在这么多人面前说话，还说得这么顺溜，俺都变成我了。也许真像红向东说的，她天生就是指挥千军万马的料。这时，主持人有点结巴的声音从喇叭里传出来：你讲……你负责啊！黑妞儿看着台下没有理睬，余光瞥见忽大年似乎朝她偷睨，眼角闪烁着从没见过的温情，有惊喜，有感激，也有愧疚，让黑妞儿感到了从没有过的欣慰，好像第一次感觉到自己还有价值。

九十一

　　会后军宣队长开始查询发言的真伪，不是高度怀疑厂长是隐藏在长安的汉奸、特务吗？怎么工指的头头敢公开跳出来唱反调？如果这件事不能给群众一个明晰的交代，也许会惹出乱子来。不过，这个年轻军官内心的天平，从那天起似乎在向忽大年倾斜。他从小生长在军区大院，是一个名副其实的武器迷，对兵工人有种天然的敬意，老父亲常常板着面孔教训他：我从戴上红军的帽子就知道，要当兵就要会打仗，要去兵工厂支左，就要把干装备的人解放了！后来老父亲终于说了实话，他和忽大年是游击队时的战友，他后来入朝作战负了伤，被老乡藏进地窖才活下来。那年八号工程热火朝天，两人在省委门口邂逅了，随便找了家小酒馆喝了两瓶老白干，临别时忽大年说再见，他说你把工程搞不好，就不要再见了，现在田野似乎明白了老父亲的苦心。

　　年轻人有年轻人的干法，他匆匆敲开黄老虎办公室，人家正悬腕抄写《沁园春》，抬头见田野进门，放下毛笔就是真诚的恭维：多亏你把我从牛棚解放出来，也让我这个"牛鬼蛇神"可以舒展舒展筋骨。然后一边洗手一边说：我知道你要说什么。田野眨巴眼问：你说我想说什么？黄老虎哈哈一笑：你想了解黑妞儿发言的可信度？田野不觉一怔，又听他慢条斯理说：你别说，你找我还真找对人了，门改户说的那封信，是当年查抄一个反革命的宿舍发现的，当时就审问了这封信的来历。可那家伙狡猾透顶，咬死是在路上捡的，这次门改户查抄旧档案，又拣出了这封信，顺着信里线索去胶东做了调查。

　　黄书记的意思是……她的辩护不足为信？

　　我再告诉你，这个黑妞儿与忽大年曾是一夜夫妻。

　　怎么会是一夜夫妻？

一日夫妻百日恩啊，听她发言就知道，有很大的感情成分。

你说她想包庇忽大年？可她的动机是什么？

这不是明摆着吗？忽大年老婆去世了，诞生了一个钻石王老五。

有意思，有意思，经过这么一番交流，田野觉得忽大年很有嚼头，觉得还是先弄清楚此人历史问题，这关系到能不能"解放"出来主持长安行政业务，这关系到几乎瘫痪的运行体系能不能恢复，说到底关系到火箭弹的研制能不能走上正轨。现在，这个黄老虎倒是没有一点瑕疵，一个老八路，一个跟老父亲一个部队的战友。可此人是个老政工，没搞过一天行政工作，偌大一片工厂交给他不放心，所以他从黄老虎那里出来，就转身去了黑妞儿的指挥部。

这间所谓的指挥部，只有两张坑坑洼洼的乒乓球案子，上面一堆大字报底稿，围坐案边的人见到田野进来，哄的一声都出去了，只剩下黑妞儿站起来向他伸手，脸色却冷峻得有些奇怪。营长自己拉过木椅面对面坐下说：你昨天的发言很轰动。黑妞儿笑笑说：还有更轰动的事等你呢。田野急问：什么事？黑妞儿直言不讳：工司准备今晚去抢保卫科的武器库，里边有两个民兵连的枪支弹药。田野有点不信：武器库没有保卫？会等着他们去抢？黑妞儿笑了说：他们跟保卫科长串通好了，演一场周瑜打黄盖的双簧。田野倏地站起来说：你们两派组织没有大的矛盾冲突，没理由去抢枪支弹药啊？黑妞儿沉下脸说：不信，你今晚等着瞧吧。

我想再问你一个重要的情况。

还有比抢夺武器库更重要的？

你凭啥说忽大年是冤枉的？

凭啥？就凭我俩是一个村的。

可有人白纸黑字举报了他的问题。

谁举报的？胡诌乱说吧？

几年前从一个姓连的宿舍，搜到过一封没落款的信……

一张草纸，五行歪歪扭扭的钢笔字？

是啊，还是八号工程指挥部的信笺。

黑妞儿蹑步把房门关紧，竟然爆出一个天大的秘密，说：你知道不？那封信是我写的，你听了也别笑话，当年我从黑家庄过来找丈夫，忽大年被我堵到了办公室，狗东西睁眼不承认，我也是嘴笨，到了紧要处舌头跟不上，想写封信让他看看，想逼他回心转意。可我看到靳子人挺善的，心就软了，就放了他一马，信写好也就没送出去，谁知道见鬼了，那信咋到了组织手里？

田野吃惊地看着昔日的胶东美人问：那封信是你写的？

黑妞儿一副赴汤蹈火的样子说：不信，你们可以查我的笔迹。

田野静静地听着，手在飞快记录，最后他放下笔又说：黑指挥，现在是不是你写的，已经不重要了，关键的关键，是你在大会上说的内容能不能站住脚？

送走田野以后，黑妞儿端着茶杯进了关押忽大年的隔壁牛棚，喜滋滋地告诉老冤家，军宣队可能采信了她的发言，解放他的消息很快就会从喇叭里播出来。

可忽大年听了撇撇嘴角说：咋能解放？现在长安人看我眼里都冒火，恨不得生吞活剥了，一个血债累累的家伙，居然能爬到兵工厂一把手的位置，不知道把多少机密送给台湾主子了，枪毙都嫌轻了，只有让大家知道了真相才会明白，一切都是谎言！

其实黑妞儿也不明白，为什么不宣布为"解脱"，而要叫"解放"，人家忽大年问得也对，攻下敌人控制的地盘才叫解放，这不是反证他以前是个反动堡垒吗？其实，管它叫"解放"还是叫"解脱"，只要能出去就好。

现在这人待在牛棚尽管不出去，但有黑妞儿明里暗里关照，也没受皮肉之苦，吃的喝的管够，也没人扒住窗口喊打倒，只是那工司三天两头来提审，戴高帽，游大街，一路磕磕绊绊下来，尽是义愤填膺的唾沫和拳头，好像谁都敢走到他身边把帽子按一按，把牌子拽一拽，好像不这样就不足以表现革命气概。只有灰头土脸地回到牛棚，情绪才能平复下来，偶尔还会冒几声短促的口哨。

这多亏黑妞儿了，她真成了他的保护神了，她还情不自禁地说：等你解放了，可得好好谢谢我呀。忽大年扭头盯住胶东女的脸，似乎所有的自卑都消失了，脸颊还涌上一团若隐若现的愧疚，沦落人禁不住一把抓住黑妞儿双肩，大拇指一下嵌进了她的肩胛，痛得她一哆嗦，四目相对，嘴唇无语，这一对冤家似乎有太多太多的话要说，却又不知从哪儿说起了……

那黑妞儿呆呆立着没有一点表情，似乎她等待这一刻已等待得太久了，已经从十八岁等到四十五岁了。漫长的时间里常常做梦，梦到忽大年拉她到后山塞给她一摞手套让她织条线裤，还要染成藏蓝色的；梦到她又赤裸裸昏倒在澡堂里，是忽大年冲进去把她抱起来，竟然抱到了长安大楼的办公室……可是当黑妞儿默默地落下眼帘，那个又熟悉又陌生的男人又蓦然顿住了，扣进肩胛的拇指也从她肩上滑脱开。

只见忽大年好像一个激灵退了一步。但是，这个迟疑已经晚了，刚刚略显亲昵的动作，还是被贼眉鼠眼的看守从窗棂缝里窥见了。

黑妞儿绝对没想到，第二天晚饭后，指挥部成员突然接到通知，在成品库讨论什么重大的组织决定。黑妞儿丈二和尚摸不着头脑，保卫科的枪支当天就让田野转移了，忽大年的问题也已经说清了，没听说还有什么要紧事需要处理，干吗这么如临大敌呢？

但她一走进去，就意识到这个会议是冲她来的，每个人手上的茶杯都在冒热气，显然大家都比她来得早，显然已经议论一会儿了，见到她推门进来，张大谝首先站起来说：我越来越感到问题严重，咱们工指是革命的群众组织，如果总指挥被走资派拉拢腐蚀了，会使广大群众思想混乱，大家都应该旗帜鲜明表明态度。

会场顿时静了，连小河南都站起来说：军宣队召开两派联合大会，黑姐发发言表表态也就行了，可你咋能公开为厂长辩护，就像是预谋好的。这时满仓慢吞吞说：人在做，天在看，会上讲明真相，也是对革命负责。但他话音未落，张大谝腾地站起说：关键是不能容忍她和走资派勾勾搭搭，上次忽大年能脱离看管去召集黑会，就与黑妞儿的怂恿有关，昨晚两看守看得清清楚楚，俩人在牛棚里拉拉扯扯，要是没人啥事干不出来？

黑妞儿气得把桌子一拍：张大谝，你混蛋！胡说什么！会场顿时热闹起来，你一言，我一语，却都把矛头指向了黑妞儿，她几乎成了被批判的对象了，总指挥是工指的形象，总指挥出了问题，工指也就出了问题，总指挥作风不检点，工指也就没有战斗力，诸如此类，不一而足。后来，针对那捕风捉影，还上纲上线了，气得她都不想搭理，眼盯着脚上的墨绿胶鞋左右摆动，好像脚趾里藏着什么秘密。

她这样不屑一顾，当然激起了指挥部成员的不满，到最后表决时，满仓不知啥时不见了，其他成员居然都同意撤掉黑妞儿的职务。唉，谁稀罕干这个烂差事，当初让干就不愿意，你们硬要一致同意，现在不想让干了，又是一致同意。

黑妞儿没等宣布结果，起身把自己的搪瓷杯塞进挎包，大步流星离开了会场，从此再也没有回来，尽管她的靶场交验组与这里只有一墙之隔。

黑妞儿出去跟牛棚里的忽大年打了个招呼，告诉他自己又变成无职无衔的群众了，这可能是老天爷有意造化，你坚持下去就会柳暗花明的。忽大年还以为她跟谁闹了别扭，可黑妞儿一句话说得他无言以对：你以为我当总指挥是想过官瘾？告诉你吧，我是为了找害小月的黑手，也更是为了你！今天我不当总指挥也是为了你！忽大年懵懵懂懂呆坐床头，有点茫然地看着她，似乎咋也理不出头绪来。

她先回到了靶场试验组，想给红向东打个电话。这种可以直拨外线的电话，在基层只配备调度室和靶场组。她觉得自己还是辜负了人家的期望，上任第三天红主编就来了，要给工指的成立做一个侧记，她想都没想就拒绝了，说等以后干出名堂再宣传，可转眼工夫自己就被赶下台了。唉，当初要是不干就好了，不干也就没这些麻烦了。可是，等了好长时间，一个甜腻的女声告诉她，红主编被抽到北京的什么宣传组去了，但红主编临走留下话，让把长安工指的活动做个侧记。

呵呵，那就让主编啥时知道了叹气吧！

九十二

黑妞儿背着空空的草绿挎包，离开了战斗了十一天的指挥部，走得很急，脚步匆匆，脸上的严峻把头发都缭乱了，但走着走着嘴角便隐露出一丝自嘲来，明天上午厂前区宣传栏就会贴出告示，通告她已被解除了总指挥职务，等待她的将会是人们的疑惑和嘲讽。那个门改户、那个张大谝、那个小河南，还有那些分布在各部门的工指群众又会咋议论呢？其实她当初卷进这场风潮，多少是为了便于找到迫害小月的元凶，后来稀里糊涂被抛到了总指挥的位置上，小月的在天之灵会不会叹息呢？

唉，离开了，也就解脱了。

她本来是一个不太在乎别人议论的人，可她今天似乎想得很多，想一个人清静地走一走，想一个人找个地方坐一坐，于是她没有返回单身大楼的宿舍，而是坐到了街坊旁边一片水塘边，看着东一簇西一簇的矢车菊，看着星光掩映下的楼宇和倒映水面的树影，心里好像敞亮起来了。是啊，天上的月亮怎么看不见了？是藏进那片云朵里了吗？其实，她不是一个喜欢抛头露面的人，刚才那些慷慨激昂的指责，正好让她卸下了背负的包袱，一下子从心底感到轻松了，又可以天天在宿舍里懒懒地睡觉，与工友们一起按部就班地干活，在食堂漫不经心地吃菜嚼馍了。

满仓常说简单是生活的最好境界，也许有些道理呢，她坐到水塘边愣上，似想捕捉团团浮草上的幽然，想吸纳岸边甜腻的土腥。哦，黑家庄也有两个这般大小的池塘，里边的水绿油油的，漂浮着星星点点的草叶，偶尔会有鱼儿嗾出嘴来呼气，但很少有人能从池里钓到鱼来，是不是家乡的鱼虾潜到水底不愿跟人打交道？当年她看见忽大年为钓不到鱼恼火，就从摊贩手里买了一条，可人家面对红烧鲤鱼吃得很香，却对买鱼人不感兴趣。俗话说人生两大喜事，洞房花烛夜，金榜题名时，可他狗东西也不知着了什么魔，愣是瞅着金枝玉叶不敢上，如果上了……他们就是真正的夫妻了，他也就不会跑了，即使蓄谋跑路，也会带上她一块去投奔太行山的。

不过他千不该咬人的屁股，她也万不该扬起手掌……

黑妞儿往水塘里扔了一颗石子，月光里溅起一串串水花。她那年离别黑家庄准备来古城寻人，就往村里的水塘飞漂过一颗石子，老人们说要能溅起五个涟漪，就能预测出想念的结果，她扔出的石子溅起了三个涟漪，可她还是找到了可恨的逃婚人，只是没能让溜掉的丈夫回到身边。当初她完全可以离开这座透着古董味的城市，回到醇香的黑家庄去谋生谋男人的。然而，她没有回去，反而懵懵懂懂在这座古城住了下来，还进了长安当了检验工，似乎冥冥中她怀揣着一种说不清道不明的希冀，一天天上班下班，一天天吃饭睡觉，尽管她知道自己与忽大年重温旧梦已不可能。

但是，她怎么也忘不了那个棱角分明的脸庞……

所以，她为他做过五双棉鞋、十双鞋垫、两件线背心……听说那些凝结着黑妞儿心血的针线都被靳子塞到箱底了，但是黑妞儿有一次看见忽大年下车间检查，解开了前胸的扣子，露出了里边的蓝色线衣。哈哈，那是她拆了八双手套，织好后用靛蓝染成的。尽管那天忽大年路过检验台，没有刻意朝她打招呼，但黑妞儿那天高兴极了，吃饭饭香，睡觉觉甜，她觉得他能把线背心穿上，所有的忙碌纠结都值了。尤其半月前，他竟不怕被人看见，公然找到她千叮万嘱，万万不敢卷到运动里去，这家伙好像有先见之明？当初要是听他的话就好了。

似乎梦想就这样不经意间复活了……

水塘里的青蛙突地跳起来，扑通一声钻进水里了，把黑妞儿吓了一跳。那次去抢夺那两个走资派，似乎没人知道是黑妞儿激奋所为，当时她只觉得忽大年落到门大眼手里会遭罪。那个姓门的总感觉不地道，明明早就有了对象，还在苏联追求小月，那张可恶的大字报八成就是他的阴损作为。黑妞儿原想凭着自己的功夫，干倒俩看守十拿九稳，却没想到狗东西嗅到味道做了防备，所幸她也留了一手，最终把忽大年抢了回来，关进了办公室隔壁的牛棚里。

呵呵，有意思，明明里边关的是人，吃的是米面，喝的是热水，却要叫"牛棚"。但是她跟老冤家从此有了天天见面的机会，似乎十一天里他们见面的次数，比她进厂十年还要多，尽管他是牛棚里的人犯，尽管他心里苦闷异常，却意味着俩人平起平坐了，不用仰头朝机关大楼窗户眺望了，这可能是担任狗屁总指挥最大的收获了。

只是不知道那家伙知道了这些领不领情呀？

黑妞儿躺到了草丛里，毛茸茸的草叶抚摸着她的脖子，她望着茫茫夜空的星辰，思绪飞到南又飞到了北。小时候入夏她躺在麦垛上喜欢数星星，可一次也没有数清过。但是，这次黑妞儿走上誓师大会发言席，好像人前说话胆正了，从头到尾没有稿子也能讲了，那么平和，那么攒劲，应该把忽大年的疑点都讲清了。讲清了，那个家伙就可以解放了；讲清了，那个家伙又可以出门坐吉普了；讲清了，那个家伙又可以对她视而不见了……

的确，不知道忽大年是不是从心眼里感激她，论起来她就是他的救命恩人，不是揭发人提醒她都忘了，如果不是她领他去了黑三家，他肯定也倒在血泊里了。可这些麻缠旧事，那家伙好像忘干净了，长安这些年一次也没提起过。等到终于有人提起，却是一个令人惊悚的说法，变成了置人于死地的阴谋，她作为黑家庄的人，若不站出来以正视听，别人还以为家乡人都死光了呢。

似乎军宣队那个田野相信了她的解释，小营长答应如情况属实，可以马上"解放"老冤家。呵呵，不知道这算不算又救了他一命？不知道那"解放"了的忽厂长认不认自己？会不会还能像昨天，死死抓住她的肩膀拼命摇晃？她记得洞房花烛夜，他没有抓过自己肩膀，也没有死盯她的眼睛，好像一门心思咬自己屁股了，看来要抓住男人的心，就得抓住男人的要害。

可这家伙的要害是什么呢？是脑袋上那顶官帽吗？

黑妞儿忽然觉得这人把火箭弹看得比命重要，每次让她传递条子，都不忘叮嘱刀把脸相跟上，其实那是监视她能不能送到吧？可她总是拿鸡毛当令箭，递不出去就睡不着觉，那次她急匆匆跑进科研楼，却看见靳子也在给焦瞎子塞纸条。呵呵，心思缜密的老冤家是不是玩了个双保险？

黑妞儿苦涩地笑出声了，草丛里的青蛙一个劲儿冲她呱呱，是找不见丈夫，还是找不见相好呢？但愿明早醒来，这片池塘可以开满五颜六色的矢车菊，红的、蓝的、黄的、粉的、白的，拥拥闹闹铺到长安的大门，工友们可以踩着花瓣开始一天新的生活……

自从黑妞儿离开牛棚以后，忽大年立刻感到了失落，且不知"解放"的程序如何启动，也不清楚需要等待多久，似乎黑妞儿驻守这里，尚不感觉有多么重要，等到离开了就感觉无依无靠了。

忽大年呷了一口茶水，这个用铜壳冲压的茶杯端在手上沉甸甸的，这还是那天黑妞儿悄悄拿来的，那只纪念竣工的搪瓷杯已摔得遍体鳞伤，斟满热水都不敢碰，铜杯壁厚端上就不怕烫了。是啊，别看女人弱弱小小，内心远比男人强大，关键时刻就看出来了。现在回想，人家在黑家庄时与众不同，刻骨铭心的就是脖上的铁砂掌，时隔多年功夫依旧了得，一掌下去就把看守击倒了。当然，最为震撼的是，这个女人竟敢站在八千人面前娓娓道来，把阴谋人的阴谋一下子扯到了阳光下。

他手握铜杯转圈摩挲，心里又一肚子纳闷，这门改户从哪儿捡到的陈芝麻烂谷子？那都是二十多年前的事了，连他自己都很少回忆，现在却冷不丁公开端出来，这不是故意生事吗？其实，他在部队经历过无数审查，从没人提到这两档子旧事，现在的整法明摆着是想要他命的！唉，能知道事情来龙去脉的，好像只有躺进坟地的黑大爷了，老人家不会嫌他这么多年没回去扫墓显灵了吧？还有的就是匆匆跑来告别的黑妞儿了，她要是记恨自己的新婚之逃，坐在主席台上不作声也不会有人责难吧？那次黑大爷派他去村口刷标语，似乎没见到黑妞儿的影子，没想到鬼子进村看见亲善的字迹，真的没有放火烧村，躲在地道里的疤眼叔跳到地面就说他立功了。这些陈年老账，黑妞儿要是咽进肚里，可能就石沉大海了。

石沉大海就会诞生一个永远的冤屈了。

忽大年捏了一撮茶叶，放到舌上慢慢吮着嚼着，品尝着春叶的甘苦。他知道那次能够躲过黄狗子的偷袭，多亏黑妞儿领他去了黑三家，当时他还以为黑大爷是想撮合俩人的，跟在后边有种天然的抵触，后来听到村东头枪声大作，黑妞儿拉他钻进了高粱地，才躲过一劫。后来他把情报抄好给游击队送去了，大队长一遍一遍问，怎么十三个队员，只有你毫发未伤？他告诉大队长，有黑妞儿和黑三证明，他去村西头抄写情报躲过袭击。大队长好像不信，专门派人去黑家庄调查。想不到悠悠往事已过去二十多年，又变了味给翻出来，多亏黑妞儿仗义执言，厘清了那个血腥的夜晚，否则他就是跳进黄河也洗不清了。

洗不清就会戴上一顶可怕的帽子了。

想不到，一周后田野来到牛棚宣布：忽大年，你"解放"了。他一听顿时来了劲头，拳头重重地打到年轻军人的胸脯上。田野得意地告诉他，这次他动用了师长的力量，把一个军工厂长的问题，改成了火箭弹专家的遭遇，上报了北京的总部，没几天成司令就把电话打到师部，只有十个字：解放忽大年，已刻不容缓！

解放了的厂长不解地问：怎么就刻不容缓呢？田野眼珠子瞪起来：现在中苏关系已经降到冰点，老毛子在边境陈兵百万，光坦克就集结了五千多辆，我军恰恰缺少毁伤装甲的武器！

修橹具械，三月后成。忽大年吐了一句《孙子兵法》，他知道军情吃紧，可试验是科学，绝不能放空炮。而且他也明白，这次能解放他出山，是上级对他的信任，也是一个货真价实的考验，若三个月后依然找不到坠弹原因，就颜面扫地了。可眼下两派群众势不两立，根本尿不到一个壶里，怎样才能捏到一起忙乎呢？

忽大年首先想去北京请教，凭他的嗅觉猜测，这次自己能够解放的直接原因，是成司令压着田野的上司做出了决定，否则那两个尖锐的历史问题不可能听信黑妞儿一面之词，让他像出差一般归来，大大咧咧回到办公室，闻到书柜发散的木香，看到桌上厚厚的文件夹……

于是他抓起红机电话，马上摇通了北京总部，可是成司令却在电话里说，这次要感谢的人是省委的钱万里，你应该带上烟酒，好好去看看人家吧。

九十三

这个神秘大院还是那么幽静，静得有点匪夷所思了。忽大年又进入了那片士兵守卫的省委东院，密丛丛的绿植把一处处小院完全遮掩了，不时看到鸟儿飞起飞落，山茶花争先恐后探头窥视，让人感觉到深不可测的幽谧。不承想那钱万里居然端坐树荫下的藤椅上，默默等待着客人造访，见他手里拎着东西便是一阵责怪：来了就来了，还拿什么东西哟？

忽大年已经好久没见到钱书记了，一见到这张愈发清瘦的小脸绽放灿烂，马上想到相逢一笑泯恩仇的古句，迫不及待拿出一个废弹壳做的烟缸递上去。钱万里哈哈笑着转头对倒茶的夫人说：看来我这烟是戒不了了，又送来一件铜的，想砸都砸不烂了。白皙夫人嗔怪地对忽大年说：我家钱钱没毅力，多少人都把烟戒了，可他一看见香烟就像看见了亲儿子，我现在可提前告诉你，一会儿你把烟和烟缸都带走啊。忽大年盯着慈祥起来的书记，再看看肤色如蜡的夫人，不知该怎么回答，只能哼哼哈哈信口应付，但他从夫人对丈夫的称呼中感受到两口子的甜腻。

钱万里余光看着夫人进了屋才说：你不来，我还想叫你呢，批判你的材料我看了两遍，都是一些凭空猜测，凭一张无来由的小纸条，就想把一个老八路打倒，这也太轻率了，何况还有人证明你的清白，所以那天成司令打来电话，我明确表态忽大年没发现问题，应该马上解放，部队等装备急得上火啊。

忽大年恍然明白了，姜还是老的辣呀，明明是成司令给省上打了电话，却让我来感谢地方领导，明摆着是想促我缓和与钱万里的关系，那年为涵洞冒水事故，两人几乎红脸戗戗了半天，他后来实在憋屈跑去给成司令抱怨，才让他参加了对印反击战的保障队。不过这样也好，这些年炮弹生产线早已建成了，跟地方上也没多少联系了，现在两人都解放了，也算是德行圆满，他端起茶杯诚恳地说：钱书记，多亏你仗义执言，否则，不知道要等到啥时候重见天日呢？

钱万里点燃一根金丝猴说：有些事咱们都要理解，革命嘛，总会有这样那样的遗憾，你进牛棚才几天，钱某人在牛棚关了半年零七天，非说我是双料特务，一面给共产党当省委书记，一面给国民党当水利局长。唉，这有什么不好理解的？哪个地下工作者没有掩护身份？他把烟灰往铜烟缸里一弹，似乎很欣赏地转了个角度说：我不知道你有没有感慨，人啊折腾一回，对人生的看法就深刻一截，这次进去隔离审查，还是那些老掉牙的问题，组织上其实早有结论了，又扯出来没完没了地解释。

忽大年早也听说，钟楼墙下曾经贴出过揭发钱万里婚姻问题的大字报，似乎没几天就被新的大字报覆盖了，看来甭管多大的人物也会遇上麻烦的，他小心遣词安慰道：您也不用太在意，没人相信那些谣言，都是想给老革命脸上抹黑。

钱万里狠吸一口烟吐出来，说：完全是捕风捉影，又把我跟你嫂子的婚姻拎出来，无非是想臭我，其实你可能不知道，解放那年我就为这个挨过处分。

忽大年恍然想起来，第一次去拜访市府，在秘书室等待时就有人小声嘀咕，这个钱副市长以前在河南担任第二书记，犯了啥作风错误，连降两级安排到古城做了副市长。他当时还想，犯了错误还让他接触机密工程，千万不敢泄密了，所以他那天的汇报吞吞吐吐，然而随后的叙述更让他感慨了。

人生的路途实在难料呢，根本不会按照你的设想发展。这话钱万里一连说了三遍，我今天也摆个老资格，我钱某人是渭华起义那天入的党，本来想着就此横刀跃马了此一生的，可起义失败后我躲到乡下，组织上后来安排我进城去执行任务。那可是"白色恐怖"的年月，我知道这一走生死未卜，也担忧连累家人，就把刚结婚的媳妇送回了娘家，还给了人家十五块银元和一封休书，那段婚姻也就算画上了一个句号。

忽大年看见烟燃到根了又递上一支，心想这钱某人咋跟我一样呀。

钱万里把烟接到烟蒂上，说：我上了马车才知道是去郑州，费了好多周折才在河南国民政府里潜伏下来，尽管由职员一直干到了局长，可地下工作纪律严密，不准跟家乡任何人联系，害怕不小心暴露了。钱万里又长长呼出一口气说，我看了你的档案，你小小年纪就参加了游击队，你也吃过苦，可我的苦跟你不一样。我在郑州城一待就是十六年，整整五千八百个日夜呢，天天提心吊胆，那可不是与狼共舞，是脚踩在刀刃上赶麦场。每天回家进门就要反复思量，一天里说过的话、走过的路有没有纰漏，稍有不慎就可能惨死在敌人枪口下。当时我生怕自己一旦被捕，受不了酷刑害了组织，就在衣领上缝了两粒烈性毒药鹤顶红，每次出门都会禁不住摸一摸，会想到走出这个门就可能永别了。那种日子啊，浑身的细胞都装着警惕，睡觉都要睁着眼睛，直到现在我晚上睡着了，树叶碰到窗玻璃都能醒过来。啊，那可不是跟你吹牛，扛枪打仗靠一时激发的勇敢，拼几个回合绝不算难，难的是长时间让恐惧撕扯着，那种煎熬简直难以描述，你们带兵人是难以体会的。

忽大年认识的地下党似乎都有点矫情，感觉这个钱某人也挺优越的，见他手上烟灰又长了，便把烟缸朝前推了推。

钱万里见弹进烟缸的烟灰没有散，烟头一碰摊开了，说：后来为便于隐蔽，组织上安排来一个燕京大学毕业的女学生，让我们假扮夫妻掩护工作，五年岁月，相安无事。但是，那年省委被叛徒出卖，所有交通站都被敌人破坏了，我们本想逃出城去，发现城门洞里特务拿着照片在盘查，只好返回家藏进了夹墙，整整熬了九天九夜呀。那鬼地方只有一张床大小，天天能听到街上抓人的枪声，有一帮特务几次进来东踢西打，差点发现了我们的藏身处。可以说对我们而言，每天都是最后的时刻，连遗书都写好塞进了墙缝。后来，我俩在夹墙里朝着父母的方向跪下，郑重其事磕了三个头，从那天起假夫妻成了真夫妻。可是，生活就是这么诡谲哟，解放后组织上到我家调查，发现钱某人三九年就休了的媳妇还在家里，而且还带了一个十多岁的儿子。

啊，是这样啊？忽大年不由得想起了黑妞儿，可他跟黑妞儿没有孩子。

钱万里把烟头按在烟缸上滋了两下，说：我做梦也没想到的，那年老媳妇见我前脚离开，后脚就撕了休书，返回了老钱家那两间烂屋子。而且，她隐瞒自己已经怀上了娃娃，一个人辛辛苦苦把儿子带大，还披麻戴孝给我娘送了终。后来我钱某人反复申诉，自己当年确确实实下了休书，解放前农村离婚就是这么个做法，自己绝对没有乡下藏一房、城里娶一房的。可审查人不管三七二十一，先免了我的职，又连降两级到西安当了个副市长。后来，你嫂子咽不下这口气，跑回老家对那老媳妇说，你要死咬着钱万里不松口，你就把人给活活逼死了，我们一家就在你门前吊死，老媳妇终于承认自己把休书扔进了炉灶。后来也还是你嫂子七拐八拐，把证明给北京递上去，这才恢复了钱某人的职务。

忽大年心想，怪不得当年见钱万里整日苦大仇深的样子，说话办事特别谨慎，曾以为是旧政府的留用人员，以致为长安的业务没少跟钱大人觊觊，看来是自己莽撞了，看来只要用心去沟通，就会发现魔鬼的内心也有柔软的地方。这时，钱夫人过来给茶杯续了些水，他抬眼看着嫂夫人白玉般妖娆的面颊不由感叹，真是个美人坯子，鬓角连皱纹都没有，钱万里始终没透露夫人年龄，看上去能比丈夫年轻二十岁，上次他还以为是金屋藏娇呢，若不是头上一缕白发提醒，会以为这是一位没有瑕疵的女人，跟这样的女人一个屋檐下生活不越雷池，可是要有如磐定力了，何况……他猛想起已经步入天堂的靳子，说：嫂子也算是老革命了，你们也实在不容易呀。

钱万里慢慢摇头说：其实，以前我钱某人在河南是第二书记，恢复职务后成了第四书记，现在正酝酿进省革委会的班子，已经排到第八了，可以说至今也没恢复到刚解放时的职务。唉，这都是命，也没啥好计较的，其实我钱某人还算好的，总算是结合了，有几个老伙计现在还没有结论，也不知要挂到猴年马月了。钱万里深深吸了口烟，却不见吐出来，说：人这一辈子呀，沟沟坎坎，想躲是躲不过去的，遇上了就要会想，掉脑袋也就是碗大的疤，多大的事都会过去，这还是老父亲在我出门时叮嘱的。

忽大年把黄亮的烟缸转了个角度想，这钱书记在乡下也有一个尾巴，可人家早早甩掉了，至少眼不见心不烦，而自己就不一样了，胶东女人始终像身后的影子，不知是霉症还是祥兆？

钱万里把烟掐灭挺直身子说：知道我为啥要把你叫到小院来吗？在牛棚这半年，我想的多了，钱某人今天要向你道个歉。说着钱万里上身向前倾了倾，大概算是鞠躬了。你可能不知道，反右期间把我派到你们厂搞运动，那是在考验我的忠诚，老实说我钱某人看着右派分子猖狂，心里也是急啊，可在你们长安没找到右派的痕迹，却碰上了那个涵洞事故，偏偏又死三个人，你又是抢险总指挥，不处分你又能处分谁呢？何况，你默许了小和尚烧香磕头，这可不是共产党人的做派。不过我只给了你一个轻微处分。所谓下放劳动，也是想保护你的，想避过风头以后再说的。钱万里停顿了好一阵儿又说：知道吗？我为你没少费心思，可你一忙乱就敢闯市委会，这我就没一点办法了，正好上边来了"回头看"，一下子把你盯上了。其实，人这一辈子受点磨难也是好事，应对复杂事务就有了底气，像你后来恢复了职务，不是越干越有章法了吗？

忽大年顿时被震动了，心里一阵阵酥酥热，坐在那里不知该怎样回应，人家这么大的领导主动给他鞠躬，反而显得自己猥琐了。咳，天要下雨，河要流水，都是不可违抗的，不管以前有多大恩怨，都不应该再纠结了，连忙说：我这次能解放，多亏您了，大恩不言谢。可我没想到，您这么大的首长，也有这么多委屈，我那点事也就不算啥了。

忽大年看着钱万里把一杯茶水一口喝下，心里开始嘀咕。的确没想到堂堂省级领导的背后，居然也会发生那么多难言的磨难，看来还是那个小和尚说得有道理啊，人生来世，踏进炼狱，这不仅仅是佛教偈语，从古到今哪个人物没有经历磨难呢？所以才说磨难是一所大学，看看人家钱书记，经历了这么多磨难，变得多有涵养啊！这一个在他心里有点阴暗的形象，陡然变得高大起来，曾经留存脑海的冷漠和狡黠荡然消失了，精瘦的小脸也看着和蔼可亲起来，就连那两道歪扭的吊眉也看着柔和了，想想人家领导走过的坎坷，想想自己过去的跌宕，完全是小巫见大巫了。

钱万里这才想起问他抽不抽烟，把拆开的金丝猴推给他说：不过，谁都不愿承受磨难，只要你想干事，磨难总会纠缠你，想跑都跑不掉的。我呢，仅仅是职务受到一些影响，听说你老婆都死了，你妹妹也寻了短见，我一见你心里就格外愧疚啊。

人看来就是要会沟通的，什么事坦诚相见，多大的恩怨都能丢下的。忽大年有股热流涌上喉咙，说：钱书记，您想多了，您不欠我的，我早该到您这里来汇报了。他已不敢再看吊眉下的眼眸了，忏悔自己怎么对人家有那么多抱怨，还曾经狂躁地想端上冲锋枪扫上一梭子。是啊，厂房竣工临时退场，他诅咒过人家；协调生产供电，他骂过人家；为涵洞事故，他更对人家摔了门，这些年自己是不是愚蠢得可笑啊？

钱万里这时大度地说：咳，你们给我汇报什么？你们是中央企业，是保密单位，没事我也不会去骚扰你们的。

忽大年微微一怔转了话题：我知道，现在能解放我出来，就是为了火箭弹，可是……您说咋搞吧？两派人死活尿不到一个壶里，您是大领导了，今天您能不能给我点拨个灵丹妙药啊？

钱万里把一口烟享受地含了好久说：这个事，还真不好说，要动动脑子，最好能找到一把能将两派人都镇住的尚方宝剑。

哪里有尚方宝剑啊？忽大年起身时，还在咀嚼这句浅显而又深奥的话。钱大人当时没有正面回答，只是从门口瓜架上，摘了根两尺长的丝瓜让他带上，说是农科院的新品种。忽大年这次说什么也不肯拿了，一个劲解释现在家里没人做饭，拿回去就浪费了。钱万里可能想到他失去了妻子不由得感慨：想开了，就放下了；放下了，就轻松了；轻松了，干劲就来了。

忽大年不由得朝屋里瞥去一眼，他对这位转身进屋的美丽而顽强的夫人平添了几分敬意。记得上次来，她犹如一股清幽的晨风，黑衣黑裤，舒剑轻舞，这次怎不见练剑了？

钱万里似乎意识到他的疑问：我们多年地下工作养成了习惯，尽可能避免两人同时出现，以免露出什么破绽……

九十四

灵感像夜空划过的闪电，忽大年坐着上海轿车刚一驶离林深幽谧的大院，突然一拍大腿喊叫：好！就这么办了！司机吓得踩住刹车问：什么就这么办了？他愣怔一下诡异地笑了，天机不可泄露啊！

当忽大年表情凝重地走进办公楼，一个绝妙的想法形成了。他径直走到军宣队办公室，把这个想法与田野稍作沟通，竟然一拍即合。本来军宣队只管支左，不管生产科研，可中苏边界一触即发，上级想看到革命生产双丰收的捷报，何况营长的老爸也在期盼，谁会否定这个激动人心的动议呢？是啊，必须让长安人统统跟上他的指挥棒，谁要是对前途漠不关心我行我素，那就请他们来吧，大爷我的尚方宝剑等着呢！忽大年回到办公室，不由得为自己的绝妙想法所激动，竟然把办公桌噼里啪啦猛拍了一通，连走廊路过的黄老虎都推门进来问：怎么了？他当然没有透露，他要为绝密使命一拼到底了！

为此忽大年特意召开了一个有两派头头参加的会议，宣布工厂接受了一项"绝密任务"，若有贻误，严惩不贷！兵工人是有传统的，但见"绝密"字样的指令会无条件服从，一屋人竖着耳朵静静听着，手上的笔不停地抖动，生怕漏掉一个关键词，一场空前的大决战即将来临了。

呵呵，一个绝密任务降临了。

忽大年好像也恢复到以前状态了，头上似乎还多了一圈光环，脸上肃穆得皱纹都凝固了，讲话都带着微微颤音，语气间流露出不容协商的霸气，一见那扳过枪栓的手指敲击桌面，便感到窒息般的旋律踢踏而来。焦克已摸不清来龙去脉，听到"绝密"二字连连称是，当忽大年执意将火箭弹的战术指标提到美国水平，他也讨好地说可以分两步走，第一步正在实施，第二步马上筹备。似乎不可一世的门改户也像遇到魔力萎靡了，头脚又缩回到厂办主任的状态，听到忽大年的训斥再不反驳，只会点着头说是是是。甚至连自己在炸药销毁现场碰到黑妞儿，也变得一本正经了：非常时期，千万不敢出娄子！黑妞似乎有点心疼：这么多炸药，一把火烧了，不嫌浪费啊？忽大年居然摞下一句官话：这不是你该操的心！

只有宫玉华对绝密任务似有疑虑，三番五次跑到忽大年办公室询问：我们至今没见到军方的文件，要不要派人去北京问问哪？面对技档科长的追问，忽大年无言以对，人家担忧遗漏这样一份文件，连自己的乌纱也会丢掉的。所以，宫科长那天又进了他办公室坐下，说完她分内的情报业务，就有一搭没一搭地絮叨起来。

你跟我一样样的，也是个苦命人哪。

我跟你可不一样，我有俩娃呢。

有娃也不能防老啊，没听说……

我只关心咱的火箭弹与"简式"指标还有多少差距？

从此，一种盖有红色印签的任务书，在长安范围所向披靡了。这让忽大年感到从未有过地酣畅淋漓，他把焦克己送来的图纸，分解成数十份调度令，一份一份发下去。下一周落实情况，又一份一份报上来。天哪，火箭弹第一次试验，五发弹，三发栽了跟头。第二次试验，五发弹，两发坠入地里。

是不是发射药出了问题？他把判断告诉与会人。

焦克己首先摇了头：可能是火箭弹装药以后被人摔了。

这不可能！忽大年居然无由头地把焦克己大骂一通：你小子，是不是不想干了？想进牛棚接受教育你说呀，用不着跟我玩里格楞！

焦克己也积了一肚子怒气：怎么是我跟你玩里格楞？你是火箭弹总指挥，不问一二三乱吼啥呢？你把战术指标一下子提高那么多，能有几发中靶就是烧高香了，你咋还骂上了？我现在告诉你，你要是好伺候，我既往不咎，要是不好伺候，我就卷铺盖回家了！

忽大年想不到平时一棒子打不出个屁来的科研所长，竟敢跟他既往不咎，真想上去抽他一耳光。但他的确被"卷铺盖"三个字给震住了，这头犟驴为了绝密任务，已经吃睡在办公室了，螺丝不能再上劲拧了，再拧就可能扛不住开裂了。忽大年无奈地呵呵：焦瞎子呀，你还既往不咎呢？

忽大年看着焦克己悻悻朝外走，桌上的检测报告都没拿，想喊住却忍住了。他知道只要按照绝密指令干下去，没人能够阻拦，这是兵工厂多年来的潜规则，谁也不敢追问由头，只管干好分内业务，生怕弄出个纰漏，挨上没轻没重的板子。最让他得意的是，这个绝密指令竟然把两派群众捏合到一块了，这一年见面就吹胡子瞪眼，谁看谁都别扭，都想抡起拳头照准对方眼窝砸过去，现在聚在一个炉子边熔铜，守在一台床子旁切削，围着一张检验台验收，若不是街上乱纷纷的大字报提醒，忽大年恍惚又回到了以前激情燃烧的岁月。

也许就是这个缘由，忽大年喜欢往车间里跑，这里见不到铺天盖地的大字报，也没有无休止的辩论争吵。但是，这里的问题都很具体，需要马上点头签字，容不得推诿扯皮。这天，哈运来拉着焦克己找到他请示，能不能把劳改犯连福找回来，冲压设备怎么也达不到精度，导致弹体尾部收口不到位……这，这可是个要命的问题，他稍作沉吟就点了头。

当时，只知道连福关押在铜川煤矿，过去了才发现那地方有七八个矿，每个矿都是三四千人。后来田野通过军宣队系统查找，才反馈了意想不到的结果。那个连福居然成了矿务局难以割舍的宝贝，尽管给判了十二年徒刑，但由于他不断革新，不断减刑，减到最后留在了矿务局，还给了个工程师的待遇，人家明确不放此人。

后来，田野以"绝密任务"的名义把连福借调回来了。

忽大年是在熔铜车间门口见到连福的，这位离别长安已经五个年头的技术员，头发稀疏得可见发亮的头皮，脸色也变得黑黝黝的了，额头更拥满了弯弯曲曲的皱纹，只有眼睛还残留着昔日的光泽，整个人就像一根蔫黄瓜，见了忽大年低着头一口一个忽厂长，好像别人握着他的生杀大权呢。

不过，这家伙还是有点小能耐，他在生产线上琢磨了三天三夜，便断定火箭弹飞行失稳，不是设备精度的问题，可能与材料配比有关，如果铜的比例大了材料性软，如果铜的比例小了材料性硬，这些都会导致火箭弹飞行失稳。

忽大年觉得连福不可多得，短短几天就把问题说得头头是道，这小子如果历史上没有那个污点，可能会成为兵工行业的行家里手，自己妹妹也就不会发生那个不愿提及的遗憾了。他其实不想面对这个人，可那天他一进车间又碰了面，他本想避开客套两句，连福却耸起眉毛问：忽小月哪儿去了？我回来四五天了，也不见人，问谁，谁都不肯说，是不是她犯了啥错误，发配到边疆去了？

忽大年闻听眼泪都要涌出来了，急忙蹲下装作系鞋带想掩饰过去，但一道发亮的泪痕还是被连福看到了，只听到一声声的轰鸣：忽厂长，你快点告诉我，她现在在哪儿？她那人太单纯，处事太简单，你告诉我，她到底怎么了？这时，忽大年嗫嗫嚅嚅一个字吐不出来，眼眶泪水再也控制不住，想掩饰都不可能，只好扭过脸大步走了，空留连福站在那里痴痴发愣。

九十五

也许这些年连福对忽小月的眷恋，只有天上的月亮知道！

当年他被人抓进公安局的小牢房，在铺着草垫的地上睡了三天，有个公安扔给他一份判决书，就坐上了一辆运煤回返的大卡车，半夜到了金石凹煤矿。这座矿山居然还是个现代化大煤矿，两个竖井，矿工上下，两个斜井，溜车出煤，旁边还有个让铁丝网围住的小矿井，就是连福劳改的小煤窑。谁料那儿满山遍野飘浮着煤末子，即使在井上放风，不用一会儿，头发就粘满了煤灰。第二天，带班人扔给他一个钻镢头一个矿灯，就跟着一群犯人下到了千米深的井底。

这个小矿与大矿连通，但连通处有两个带枪的警察守着，等到巷洞深处的掌子面爆破声响，他们便要赶过去将煤块搬到溜斗车上，一个个搬得手脚都机械了，好多犯人一天下来回到监房，澡都懒得洗就睡着了。可连福害怕煤黑渗进皮肤，将来忽小月会不认识，所以他饭可以不吃，澡必须要洗，洗完了来到院子里，感觉月亮都在抚摸自己。后来，那竖井吊篮卡死不能动弹，犯人们索性吃住在煤巷里，反正睡在洞里是黑的，睡到地面也是黑的。但是连福心想，升到地面可以看见月亮，小月也一定会看到，有情人可以通过月亮传递思念。于是他钻进吊篮琢磨了一会儿，换了两个轴承里的钢珠，吊篮便可以升降了。

管连福的犯人队长是个络腮胡子，发现他有这般小能耐，便让他当了设备维修工。谁知，这竟是矿上一个公开的秘密，这维修工太让犯人们羡慕了，白天可以在井口待着，晚上可以去山上的茅屋睡觉，根本不用担心谁会趁黑逃窜。因为犯人即使释放了，也找不到这么好的差事，连福舒坦了两天，想感谢发现自己的人，便用积攒的生活费，买了一条前门烟想送给胡子队长。可队长根本没给面子，说自己现在还有工资，他的烟就抽不完，每月女儿都会给他寄上几条的。

连福也去山坡转悠了几天，发现每户人家都是撇着外地口音的女人，房子也就是个木板搭成的窝棚，有人下了班捏着两个馒头就钻了进去。这些矿工多是刑满留矿的释放犯，似乎都不感觉丢人，只等到天黑净了，就能听到女人颤厉厉的哀号，似乎给这冷寂的山脊增添了一点活力。

当时连福跟三十多个犯人，挤在半间教室大的监房里，不光翻身困难，头顶还是个臭烘烘的便池，常常夜里被人浇得一身尿屎。他实在想离开这个令人作呕的地方了，便揣了半块肥皂钻进了母女俩人的小窝棚。那个黑黝黝的女主人看见肥皂高兴坏了，早早就让女儿睡了，可是连福只期望在这里闭眼睡觉，不想撩动女人。那女人以为嫌她黑一直嘟囔，她以前住在汉水边可白净了，都是煤灰把人给染黑了，等天亮打桶水用肥皂洗净明天再来吧。可连福美滋滋地睡了好多天，把一月的肥皂都给了人家，也没有去撩动女人的意思。

后来女主人知道他刑满释放了，以为连福嫌她年龄大便说，你要不嫌小，我把闺女许给你，你也别害怕，我已经告诉女儿了，谁问就说自己十八了。这山上的人好像都知道一点法律，当天晚上女儿就被母亲教唆着钻进了他的被窝，连福看着月光里小姑娘嫩嫩的小脸，把她的小手紧紧攥住，心里有点疲软。这张小脸有点像小月，弯弯的眉毛，亮亮的眼睛，浅浅的酒窝。可那女儿竟说，她妈说了只有他钻进了她的身子，才算事情办成了。

过了几天，那母女俩见他不动声色，竟然趁他睡熟了，用麻绳把他绑到了床上，女主人非要帮女儿跟他做了成人之事。眼看小姑娘脱净衣裳爬上来，连福只好苦苦哀求，他老婆在西安兵工城里，若跟小姑娘成了婚，就把城里爱人气死了。女主人几近疯狂地哈哈大笑：你好好看看这道沟里，哪个犯人刑期到了想回去？回去要抱老婆给别人生的孩子哟！

后来，长安给他发来了返厂通知书，连福找到胡子队长千恩万谢，络腮胡这才告诉他，自己是海军学院的潜水老师，老婆已经跟他离婚了，女儿跟着母亲生活。连福没敢问他为啥从海上到了地下，只是给他深深鞠了个躬，转身又把积攒的手套和工服都扔给了母女俩，天刚亮就上了煤末飞扬的马路，他清楚听见身后一阵抽抽泣泣的呼叫，但他始终没回头，脚下也毫不犹豫。

他一路上都在憧憬，这次回厂就不用藏藏掖掖的了，那位喜欢连衣裙的小翻译还在长安等着他呢。

长安人都清楚忽小月的悲剧是想捂也捂不住的。后来连福在熔铜炉边揪住小河南，问：忽小月怎么了？她到底在哪儿？小河南吓得扭头就跑。满仓在旁边听见，拉住他就往厂房外边走，连福闷头跟着一步不丢，一直走到后区的烟囱下，昔日的和尚表情痛苦地向上指指，又朝地下指指，一句话也说不出来。连福顿时明白了，他揪住满仓的衣领问：那是为啥？到底为啥呀？！满仓冷冷地说：都是因为你！

后来和尚领着连福翻进了万寿寺那间小密室，当然没见到青铜器，但他们来到寺外，仰望着后区那根高耸的烟囱发呆，满仓这才哽咽地告诉昔日的夜校老师，忽小月最终是被一张污为美人鱼的大字报击毁了，她在一个漆黑的夜晚爬上了这座烟囱，在天露曙光的时候，像一片枯叶飘落在这块土地上……连福听着听着，脸颊突然扭曲成了榆木疙瘩，一下子仆倒在地上，双手握拳，仰天低号，就像走投无路的羔羊，身体剧烈地颤抖着，却发不出一点点声音……

这无声的哭泣有对忽小月的思念，也有不能原谅的懊悔，更有一种想挣脱什么的无奈，后来这种声音积聚起来冲上天际，划破了长安上空的云朵，轰隆一声炸裂开了。

那声音似乎没有人听见，后来听说当时只有忽大年怎么隐隐感觉有人在哭，哭声细细如丝，却又格外刺耳，他拉开办公室窗帘竖起耳朵，似乎灌进耳朵的尽是金属的撞击声。他不甘心地把苑军叫来细听，只能听到机器轰鸣声，夹杂着电瓶车驶过的颠簸声。但忽大年的耳朵里却灌满了哭号，那声音震得他坐立不安，执意让苑军到后区去看看。果然，苑军过一会儿跑回来说，是那个刚回厂的技术员和熔铜车间的和尚在抱头哭泣，两个人倒在地上，哭得死去活来，把周边的鸟儿都惊飞了，但是只是泪水哗哗，没有一点点哭声呀？

连福想知道压倒忽小月的最后一根稻草，一个劲儿问：当天发生了什么？她为什么……为什么呀！没承想，当他终于被满仓在烟囱下拉起来，那个黑妞儿竟然冷冷地站到了面前，这个女人已到车间找过他几次了，可他远远看见想过去问个究竟，人家却生气似的转过身无影而。现在，黑女人冷若冰霜，明显话里带刺：看你还挺会哭的，泪是咸的，还是甜的呀？

连福顿感意外：我……我去找过你……

黑妞儿一阵冷讽：俺咋觉得你那是啥鱼的眼泪，良心被鞭子抽了？

连福抽了口气：我在煤矿也遭过罪，现在也还是个刑满释放分子……

黑妞儿一把推开拦阻的满仓，说：俺咋看不出你遭过啥罪呢？能吃能喝能吹牛，还能跑到烟囱下掉眼泪。俺可告诉你，俺是给你留了面子，不然，俺就当你车间人的面，把你脸皮剥了。

连福有点懵懂：你要是这么恨我，我明天就回矿上去。

黑妞儿咬牙切齿：咋了咋了？你还摆上谱了！

突然，她扬起手掌，照着连福脖梗猛砍过去，满仓眼疾手快拦腰抱住，铁掌在连福的下巴扫了过去。

连福见势伸头：你打，你打吧，只要你能解恨，你把我劈死吧！

满仓松开手臂：黑姐啊，有啥慢慢说，打几巴掌解决不了问题。

黑妞儿手指颤抖：你真是个王八蛋哪，忽小月对你多好啊，哪天不念叨你几回？可你个王八蛋，人一走连封信都没有！

连福急忙辩解：黑姐，我就是心里有她，才不敢给她去信的。你想，有人老从监狱给她写信，那她还能在兵工厂里待吗？

黑妞儿微微一怔，眼睛瞅着地下思忖，道：那俺问你，你不给她写信，为啥还要把她给你的信退了？俺告诉你，就是你那"查无此人"，让忽小月绝望的！

什么？她看出是我写的"查无此人"了？连福瞪大了眼睛，黑姐呀，我在警卫室窗台看到小月的信，我是又激动又害怕，可我知道我不能害了她呀，我就把信封悄悄拆开，把我的回信装进去粘好，信封上写了"查无此人"，又偷偷放回到窗台上。你们是不知道，我们煤矿这种信每个月就是一堆，好多人害怕影响亲人不敢收，可我知道信皮上有寄信地址，无主信肯定会退回寄信人，忽小月撕开信封就能看到我的信……那回，我们胡子队长发现了这个秘密，还冲我伸了大拇指……

黑妞儿从衣兜掏出一封信摩挲，手臂竟不由自主颤抖起来，这信是她在收拾忽小月遗物时看到的，她俩洗澡时几次听忽小月说过，想不到里边会藏着连福的回信！

连福猛地上前抓住，急忙撕开边角，一下把信纸抽出来，刚一展开就捂到脸上，哇的一声放声大哭：月月啊，你咋不拆开看看呢？这里边就是我的回信啊！我……我浑，我浑啊，我是个王八蛋，我不该把回信藏到你的信封里啊！

连福哭得瘫软在地上，他没想到这些年自己期期盼盼的重逢，会成为刻骨铭心的悲怆，会成为他永远无法饶恕的罪孽，会让他一想起来就有生不如死的纠结。他以前想到过无数种悲苦离散，唯独没有想到小月会绝望地爬上烟囱……她在那高高的烟囱上，一定想过这个连福咋不给她回信呢，还把凝结了浓情的信给狠心退了。退得可耻，退得可恶，退得天衣无缝，退得毫无征兆，即使在煤矿劳改的日子他也没有这般悲凉啊！这一退小月就去了，永远地去了，他已没有机会去弥补了。

突然，他抓住满仓领口问：你说，人究竟有没有来生？如果有来生，我愿做牛做马伺候月月，让她享受公主一样的待遇，让我们一天也不分离……

九十六

那个矫造的绝密任务在大踏步地推进，兵工城的人都在啧啧感叹。

那天连续半个月的试验结束了，靶标上留下了深深浅浅的弹洞，几乎所有长安人都放下了手中的忙碌，都在为反坦克火箭弹五发五中欢欣鼓掌，忽大年坐在靶场招待所的餐厅要了一箱西凤酒，他喊来了所有的参试人喝得昏天黑地，每个人都敢抓住麦克风，放开喉咙唱一段家乡民歌。

忽大年唱罢沂蒙小调，突然趴在饭桌上哭了，都说人醉爱哭，实际是自己想哭了。那孩子般嘤嘤的哭声，把田野搞得兴趣索然，以为老厂长是为历史问题没下结论而伤感，便举着酒杯过去，拍拍他肩膀劝慰：你也是枪林弹雨冲过来的，不值得为点破事烦恼，你放心吧，你的问题包在我身上，用不了多久就能解决。可忽大年并没有被田野所感动，手臂趴在剩菜盘上，半边脸贴着桌沿，汤汤水水顺着他胳膊肘流进了袖子。

焦克己过去推推他说：行了吧，今天应该高兴才是，你关在牛棚给我偷下指令时，哪能想到会有今天？你该给科研所每个人敬上一杯酒，可你才喝了几杯呀，就醉成这个熊样子了，不怕人说你借酒浇愁啊？忽大年听罢再不出声了，但他还是趴在剩菜上不起来，像是真的醉过去了。哈运来悄悄给田野说：男儿有泪不轻弹，他想哭就叫他哭吧，你想想，他身边俩女人都不在了，谁想起来不难受啊？

谁知忽大年听到这话，把桌布朝里一拥，倒了满满一茶杯酒，说：这杯酒我敬靳子和月月了，她俩为火箭弹没少操心，光靳子为我传递指令就不下三四次，跟解放前地下工作一样啊！月月当年翻译的那些资料，也解决了不少问题啊！后来，大家都喝得东倒西歪，有人笑，有人哭，他这才被已顶替妹妹上班、当了靶场试验工的子鹿给架出去了，一直睡到第二天日上竿头。

回到长安以后，工厂在俱乐部召开了一个盛大的文艺晚会，庆祝绝密任务取得圆满胜利。想不到两派群众都编排了文艺节目，大合唱、小合唱、舞蹈、曲艺，从傍晚一直演到半夜，把大家心里压抑的情绪都释放了。尤其那个"三句半"，把长安人从生产第一发炮弹到完成火箭弹科研，鼓铙镲锣，诙谐幽默，让参与过这个过程的人格外兴奋。忽大年在台下看得高兴，让那四个人早晨上班时，又站在宣传栏下表演了一番，就像当年杀敌的战斗动员，激情便情不自禁澎湃起来了。

但是，那天忽大年午饭后在办公室呡了口茶水，田野急急地过来敲门，门改户示意厂长还在休息，可田野不由分说推门进去就说：刚刚接到了北京电话，长安伪造绝密任务，总部可能要追究责任。

忽大年嚼着茶叶末：怎么？我们排除万难，把科研任务完成了，不表扬还要打板子？但他发完了牢骚，感觉上级能来问责，肯定是知道了内情，俩人默默地你看看我，我看看你，愁得几将红疤挠破，依然一筹莫展。

眼看第一批火箭弹装箱上车，要求日夜兼程运往沈阳军区，田野终于想出了一个主意，看见忽大年准备进秦岭山里寻选备用靶场，紧跑几步到吉普车前说：我看你还是去押运吧，先离开一段时间，我守着长安看看动向。

你尽胡说。忽大年头摇得像拨浪鼓，我堂堂厂长怎么好去押运？

你是火箭弹总指挥，去前线考察武器效能理所当然。营长被自己的神思妙想所激奋，说：到时候你人在中苏前线，调查组也只能干瞪眼。

那你就替我抓紧进山去，一定要找到备用靶场。忽大年觉得去押运有点道理，却又放心不下眼下，你说吧，试验靶道都需要啥条件？

你放心吧，我把一个营的战士撒进秦岭，还怕找不到一两条靶道？田野有点小得意，说：等你回来，我们就开工剪彩！

不过，忽大年即使坐上开往哈尔滨的军列，也没对矫造有丝毫反悔，长安两派人整天想着咋能压死对方，若不戴上绝密帽子，谁把科研当回事了？恐怕到现在部队也拿不到火箭弹，战士们靠什么在乌苏里江畔跟老毛子坦克抗衡呢？

由于任务特殊，列车只挂了两节货厢和一节卧铺，风驰电掣般向着冰雪大地狂奔，中途加水都没超过五分钟。忽大年遥望着铁路边积雪覆盖的麦田、茅屋、山坡，心里别有一番滋味涌上来，那首领袖描绘漫天风雪的诗词多有气魄啊，看看现在这两派头头为谁进革委会都快打破头了，一个个声言若进不了厂级班子，就整体退出管理机构，这不是赤裸裸的威胁吗？他能在如此复杂的背景下，想出这么一个妙招应该表扬才对呀？但现在却没人愿听你讲道理了，算是一丑压百俊了。

这次出征不仅仅是押运，还有实战效能考核任务，所以忽大年临走把连福叫上了，他听说这小子知道小月没看到他的回信，居然恼得拿脑袋猛撞墙，直把一块墙皮撞没了，千万不敢把人撞傻了呀。忽大年还把子鹿也带上了，这倒不是他怕遇上麻烦找个帮手，而是为让儿子见识火箭弹的威力，让他懂得自己职业的价值。这小家伙能够进厂是他姑姑拿命换来的，可他还不知足，还一个劲嚷嚷要跟同学去上山下乡，胡说自己穿上工服就变成了革命的逃兵。其实，是金子在哪儿都会发光的。

然而，这趟旅途忽大年倒真像是一名逃兵了，人家调查组来了解"绝密任务"的缘由，他却悄没声地躲开了。似乎躲在这节卧铺车厢上还挺舒服的，这是军方特意为他们安排的，可他心里一直忐忑，躲了和尚能躲得了庙吗？这件事是他和年轻的营长一起策划的，他不在场就可能把所有责任都推到田野身上了，人家才三十二岁，不能让年轻人为此背上个处分。当然，即使推到他身上也不害怕，他也是为了火箭弹，又不是为给自己脸上贴金。想到这里，忽大年抓住上铺栏杆伸了个懒腰。噢，车窗外远远近近全染白了，越往黑土地深处行驶，天气越来越冷，雪也会越来越大，皑皑白雪会把大地上的美丽和丑恶都给掩盖住，让人产生一个又一个纯洁的幻想。

忽大年稍感不安的是，这次赴乌苏里江执行公务，没有给黑妞儿打个招呼，按说他走上几步就到黑妞儿的交验组了，或者是下班到单身大楼把她叫下来，把自己可能消失一段时间的原委交代清楚。但是，他担心这样会使已经开始传扬的故事平添刺激，徒增一些不必要的麻烦，便犹豫再三放弃了。然而，等到军列车轮一动，他就感觉自己错了，至少应该给人家打个电话，告诉她今后一月的行踪方向。

其实他那天在下班路上，看见黑妞儿在前边人群里忽隐忽现，手拎着塑料网兜，腰肢扭摆脚下带风，真可谓风韵犹存呢。他本想紧走几步嘱托几句，可他感觉周边眼睛都在偷睨，便把欲望压抑住了。那天傍晚，他像年轻人一样在单身大楼外徘徊，他知道黑妞儿有星期五洗澡的习惯，傍晚她会披着一头散发走回来。但是，没料到他却在那里等到了连福，那几天黄老虎几乎天天来找他商量，对这个刑满释放的劳教分子如何处理？是让他官复原职，还是把他放置编外人员？忽大年真想给他一拳头：咱不是请人家回来的吗？

连福塌缩的瘦脸竟如利刃般猛刺一句：那是你妹妹呀，你咋能见死不救？

这话让忽大年大为光火，说：你凭啥说我见死不救？

连福不屑地撇撇歪嘴说：她是个翻译，你咋把她整到熔铜炉去了？

忽大年不知如何回答：你是真不懂，还是假不懂？人家那是整她，也是整我！

看着连福一步一顿地进了单身大楼，堵住黑妞儿说话的心情顿时消弭了，恍惚觉得自己现在去和一位女工搭讪，天上会有人发脾气。唉，天上那个人善良得一塌糊涂，见谁都是不笑不说话，再有什么烦心事都不会往脸上搁的。只有胶东女人给他送东西她受不了，整夜整夜地嘟囔，囔得他耳朵都快磨出茧了。其实她是误会了，十多年里黑妞儿就没给他说过一句温存话，他也没给黑妞儿表达过一丝暧昧。现在，在天之灵知道黑妞儿为了他奋不顾身，还会像以前那样奋不顾身吗？

忽大年望着车窗外匆匆旋移的山岗，不知道密密的树丛里藏着多少虎狼豹子，靳子原来一直囔囔想买张狐皮做件背心的，她的胃一到冬天就不舒服，裹上狐皮能好些吗？他已经想好了，这次回去一定要到她的坟前，烧炷香问问她的意见，只要靳子不反对，他就不管别人有什么看法了。

这时，忽子鹿到车厢来给父亲倒水，看着儿子宽宽展展的身板，他心里是满满的舒坦。儿子进厂以后，开始还闹腾干个车铣刨磨，对靶场工作没有一点感觉，每星期去山里打靶，也就是把弹药装进炮膛，一拉炮栓，炮弹一飞，工作就算完成了，好像听着还挺有趣，实际上偌大的靶场就没几个人，寂寞的空气缠得人都找不到北了。但是，那天靶场来了一大群军官观摩实弹试验，领头的首长是个干巴老头，他把拐杖往地上一杵说：今天团长以下的，一人打一发，我要看看是不是一学就会！

谁知话音落下一阵沉闷。忽子鹿二话没说，扛上发射筒，蹲到了靶位上，瞄准远处靶标一扣扳机，火箭弹击中了靶标右下角。老首长笑吟吟问他想不想当兵，想当兵明天就跟他走。穿上绿军装可是儿子睡不醒的梦，但儿子第二天早早去给老首长回话，我妈不在了，我不能离开我爸。别人把这句话告诉了忽大年，让这个四十多岁的汉子泪盈满面。

九十七

军列在哈尔滨附近一个小站缓缓停了，两排荷枪实弹的战士围上来。

没想到有那么多部队首长跑来迎接，领头的就是当年八二三炮战接收长安弹药的扈水生，这个干练的教导员已成长为边疆军区后勤部长了，彼此寒暄了两句就上了北京吉普，在一条曲曲弯弯的碎石路上行驶了四个钟头，终于看到一排干打垒的营房，远远像一个个白色蒙古包，面对呼啸的狂风不屈不挠。

扈水生把一个身披呢子大衣的军人拉过来介绍，这是他们华军长。没等忽大年点头，华军长上来就拍打他肩膀：老兄咋这么慢哪，成司令早就来了电话，火箭弹马上就到，一个"马上"就是整整两天两夜啊。忽大年苦苦一笑没解释，列车在路上就没停，但他知晓华军长在八路军时是副参谋长，属于纸上谈兵的角色，但人家在雪域高原打出了威风，率领一团战士神奇穿插贝利小道，立了个令人咋舌的一等功，又调过来守卫乌苏里江了。彼此都有过部队的经历，说话就不用客套了，这批反坦克火箭弹雪中送炭，但是从军长到部长都没有释然的表情，反而一个劲儿忧心，现在气温零下三十度，我们战士是在雪地里与苏军装甲周旋啊！

吉普车又进山涧转了好久，终于来到一面高墙围住的山坳里，进进出出的军人像怀揣了秘密使命，各走各路，目不斜视，烘托得气氛异常严峻。忽大年注意到，参谋部好像跟八路军时没有多大变化，一面墙的地图，红红绿绿的箭头，一张长条桌子，十多把木椅子，似乎只多了一块大沙盘。

当年的副参谋长已成了响当当的军长了，自己要是还待在部队能扛上什么衔呢？他听到扈水生介绍，老毛子欺侮我们缺少破甲武器，他们巡逻队缩进装甲车，动不动就会窜过来骚扰，早先他们背枪拿棍砍砸渔民，后来变本加厉端枪对着战士，现在干脆撕掉了伪装，直接把钢铁装甲开上了我们宝岛。忽大年提醒道：我们这批火箭弹，就是反坦克火箭弹。

晚上两人在指挥所对酌，华军长把一碗酒倒进肚里说：我告诉你个事，上礼拜我们一个连长带领一班战士上岛巡逻，老毛子大概从瞭望塔上看见了，冲过来十几个手持冲锋枪的士兵，为首一个瘸腿少尉听见我们勒令他们退回去，居然用枪管在雪地上画了一条江一个岛，然后写上几个数字，意思是说一八六八年这个岛就归他们管辖了，这不是扯淡吗？我们连长在雪地上打了个叉说，珍宝岛一八六八年还没形成，还是中国江岸的一部分！

忽大年透露自己以前是一七〇师的政委，说：老毛子这么霸道？有没有王法啊？两军对垒勇者胜！华军长端起酒碗，说：我知道你是老政委，面对当前兵势，有何高见？忽大年有些尴尬地笑笑说：哎呀，败军之将，何言其勇？

这时，扈水生把忽大年拉到沙盘跟前：今天，军长出面也是有事，不瞒你说，我们想缩短培训环节，请你们直接给战士们进行火箭弹培训，保证不出半月，这种火箭弹就在部队普及了。忽大年这才明白，华军长为啥这般热情，培训军械本是后勤部的任务，现在叫生产企业来教练，显然是火烧眉毛了。

第二天，部队抽来了一百多名战士，大家钻进一个巨大的帐篷，只在讲台边生了个汽油桶改装的火炉，战士们冻得直跺脚，开始咚咚声杂乱，后来步调一致了，咚咚咚地动山摇。但等焦克己开口，帐篷里又鸦雀无声了，感动得焦瞎子走到战士们中间说：穿甲火箭弹的奥妙，在于弹头上有个铜帽，击中装甲的瞬间，会吸附在铁甲上，跟进的电子射束会熔穿钢板，钻进坦克内部爆炸，战士们一听激动得嗷嗷叫，这下看他老毛子的装甲敢不敢嚣张了。

可没料到，随后两个老兵的示范竟然出了大麻烦。

当时战士们全站到一面雪坡上，目不转睛盯着演示方向，生怕漏掉哪个要领。这时，一个老兵肩扛火箭筒蹲到地上，瞄准百米外一辆报废的汽车，一声"发射"，火箭像横飞的流星冲向目标，轰的一声，汽车粉身碎骨爆燃起来，战士们一阵欢呼。又一个老兵瞄准一辆靶车，又是一声"发射"，火箭又飞向目标，靶车又在战士们的欢呼声中爆燃起来……但是，大家一回头，发现射手仰倒在地上了。焦克己慌忙跑过去，老兵双手捂着右眼连声哎哟，等救护医生赶过来，眼眶已成了熊猫样，血色的泪从眼角汩汩涌出来。

妈的，咋回事？等忽大年快步赶过去，老兵上了救护车疾驰而去，他知道这是火箭弹后坐力超标造成的。可他妈的见鬼了，火箭弹咋能有这么大的后坐力？忽大年瞅谁都不顺眼，差点把焦克己一把掀到雪堆里。

然而，就在他们紧张分析火箭弹故障时，忽大年接到了田野从西安打来的长途电话，说调查组已到长安，人家就没有商量余地，要求他们立即返厂接受调查。忽大年告诉他火箭弹试射发生事故，这时候咋能丢下问题自己跑回去？但是，刚过了一小时田野又转达调查组的态度：人家更加坚决了，看样子不回来不行。气得忽大年双手抓住话筒狂吼：这到底是谁的意思？

长安人没想到会在演示时发生如此难堪的事故。

可这是前线，不具备事故分析条件，大家只能靠经验判断。忽大年知道任何埋怨都可能使问题雪上加霜，晚上扈水生拉他去吃饭，他只喝了一口稀饭就来到雪地里，冷风把裸露的脸打得生疼，似乎只有带哨的狂风能让他冷静下来。于是他迎着风雪，听焦瞎子分析了事故原因，估计近来工厂管理松弛，全弹装配混进了尚未退火的后封盖，导致后坐力增大酿成了事故。

忽大年拿着分析报告，深夜找到华军长解释：这应该是个别现象，不会大面积发生。可是军长沉下脸说：我们盼星星盼月亮，却盼来了低劣的火箭弹，我是该谢你呢，还是该骂你？你看吧，本来我想今晚正式请你喝一杯，酒我都拿来了，这酒还能喝吗？看来我们是空欢喜一场啊。忽大年略一沉吟：这样吧，明天再做一次实弹观摩！

这可是破天荒的事情，由长安人上靶位演示，这就意味着这次的成功与失败都将载入史册，可能会像当年加农炮威震金门，让诗人记者不断在报纸上渲染，也可能打靶失误成为工厂的耻辱，遇到什么波折就会拎出来恶心人。焦克己听到这个抉择一脸不悦：咱随行人都是技术口的，让谁端发射筒打靶都是问题。

忽大年没有回答科研所长的忧虑，转身来到招待所一间屋外敲门，却没等应声就推开进去了。忽子鹿见父亲突然进来一骨碌爬起来，不好意思地扯了扯身上的毛衣。

他摆摆手让儿子坐下，自己也在窗边椅子坐下。噢，这件蓝底红格的毛衣是靳子用了一个夏天织成的，她织得很耐心，织一片就套到儿子身上试，稍不合适就拆开重织。今年入冬儿子穿到身上，好多人都以为是在商店买的，每每被问得要抿嘴哭出来，母亲已经永远离他去了，毛衣却温暖地留下来了。

子鹿见忽大年坐下没有吭声，盘腿坐在床头笑笑说：老爸这么严肃呀，真够吓人的，昨晚我们几个年轻人实在憋不住，出去喝了点哈尔滨啤酒，味道醇，不醉人。父亲眼光柔和下来：我才不管你那点屁事。然后定定看着儿子的圆脸蛋，又不吭声了。

子鹿歪头端详父亲问：咋了？找我有事吧？忽大年不由得一怔：你说我找你干啥？子鹿拍拍脑袋说：是不是想叫我明天当射手，让当兵的瞧瞧咱长安人的风采？忽大年尚未跟任何人提及此事，不可能有人给儿子通风报信，他怎可能有这般敏锐的嗅觉？也许冥冥中有一种思维的潜流，他未置可否：你说，你行不行嘛？子鹿腾地站起说：咱厂这次来了九个人，除了我是靶场试验工，其余的都是摇笔杆的，论打靶也只有我上了。

常言道，父母在，儿不长。可忽大年感觉儿子已经长大了，他为了母亲敢跟膀大腰圆的大兵拼命，这就是儿子成熟的标志。所以，他后来见到儿子没有一句责怪，反而安慰说：再长几年，他就不是你的对手了。的确，儿子失去了母亲该是多大的打击，要承受多么悲怆的痛苦，但是料理后事那几天，儿子守在他身旁寸步不离，像大人一样嘘寒问暖，夜夜跟他头挨头睡在一起，白天出门又肩靠肩走在一起。甚至，还和监控老爸的两名看守混熟了，一进家门就给人家端茶倒水。看他们爱吃辣子，还去自由市场买了一斤干辣椒，切得细细碎碎，泼了一勺花生油，小家伙眼睛都蜇红了，一吃饭就端到俩人面前，把两个看守感动得直说，这娃真懂事，其实小家伙是怕老爸被看守欺侮呀。

而且，等他从牛棚回到家惊异地发现，以前两个儿子邋里邋遢的，鞋脱得东一只西一只，臭袜子塞得满床下都是，一本本连环画垃圾似的乱堆胡撇，可是自从母亲走后，屋里出奇地整洁。晚上如果他回家晚了，俩儿子会一直坐在昏黄的灯下等着，桌上永远搁着他偏口的一瓶酱黄瓜和一块锅盔馍。这次子鹿本可以不来的，是他自己找到焦克己要参加考察，想给老爸路上解解闷。父亲微笑着欣赏着儿子的鼻子，那鼻子像他妈妈的，挺挺的，直直的，把凛然正气全凝聚到鼻梁上了，好像从母亲离世那天起，儿子就一下子长大了……

九十八

又是那面白雪皑皑的山坡，又是那架肩式火箭发射架，又是那些观摩过事故的士兵，大家谁也不知道今天的试验会怎样进行，也不知道哪个不怕死的老兵会充当又一个倒霉鬼。

扈水生站上观摩台介绍，今天，将由兵工厂的专家亲自给大家演示。话音一落，忽子鹿便身着蓝色工装雄赳赳走出队列，当兵的看见忽子鹿像个没长大的孩子掩嘴笑了，脸颊红红的，眼睛亮亮的，一笑一颦在竭力掩饰稚气，哪里像什么火箭弹专家哟？是首长为尽快把反坦克武器推广开来，找了个愣头青来鼓励大家的吧？长安人当然明白当兵们的怀疑，忽子鹿居然老练地请出了两位观摩战士，随机抽取了三发火箭弹。

忽大年为儿子突然增加的环节感到欣慰，看来这小子把战士们的心理摸透了。但是，作为父亲还是有些忐忑，现在的实弹演示，是建立在昨天事故是偶然的判断上的，所以这就像是一场赌博了，谁也不能保证今天的打靶会不会重蹈覆辙。而且，忽大年知道这是在边防前线，江岸战斗已经打响，这种武器上上下下都在注视，但愿儿子能够成功，能够毫发无损走下靶位，这将是龙江之行最大的收获了。

忽大年使劲地捏了捏下巴，居然没感到一点疼痛。他实际上一夜没睡，始终在估量天亮以后的打靶，这肩负着长安人巨大责任的靶试，不是在安安静静的靶场，是在离枪炮对峙只有七十公里的战场。可儿子淡定地拎着火箭筒走去了，走得很轻松，像小时候去上学，脚掌一颠一颠的，自信满满地上去了，这小子到底有多少底气呢？啊，啊，菩萨保佑，菩萨保佑啊！他忽然想到了满仓挂在嘴边的偈语，真个可笑，一个学了多少遍唯物论的人，这时候怎么想起菩萨了？

不过，都说菩萨是会保佑人的，也许射手的母亲现在就跟菩萨在一起，满仓说过靳子是个大好人，一定会被接引到极乐世界的，也许她现在就在天上看着儿子的演示，也许就在为儿子祈祷念经。不过，靳子从不相信那些玄虚的说法，她只相信自己丈夫，她倒下的那一刻向他瞥了一眼，那一眼是多么深沉啊！像是求助，又像是托付？噢，一定是想告诫他，一定要把儿子好好养大。其实，儿子已经长大了，何况她也当过兵，应该知道战场就是命令，谁让咱儿子是长安人呢？

忽子鹿把火箭弹卡到发射筒上。猛地，发令声出，火箭飞出，一下摧毁了废弃的拖拉机，山坡上骤然响起一片掌声。刚间隔一会儿，又一发火箭弹飞向一辆模拟装甲，山坡上又响起了哗哗掌声……

这时，焦克己悄悄告诉后勤部长：这射手不错吧？这还是我们厂长的公子呢。扈水生一听转身拉住忽大年问：这射手是您儿子？

是啊，我家老大。

那太危险了，出故障咋办？

再出故障，我就把弹拉回去。

可他是你儿子呀？

他首先是一名试验工！

但是，扈水生没有理睬，硬让几个战士将发射筒抢了过去，说什么也不让忽子鹿再打了，声言这个责任他负不起，再打要请示司令同意。子鹿涨红着脸喊，剩最后一发了，不会有问题的！

但是后勤部长说破天也不让步，这时焦克己从人堆里愣愣地走出来：算了，算了，还是我来打吧，掰扯来掰扯去，战士们该咋想嘛？

忽大年一脸愕然：你打？你打过火箭弹？

焦克己连哼两声：我啥弹没打过？

说着，焦克己过去从战士手中夺过发射筒，驼着背走到靶位上，抓起地上的火箭弹塞进弹筒，示意准备完毕，眯眼瞄向了远处又一辆废弃拖拉机。

山坳里顿时静了，静得所有人的呼吸都变成了同样的频率，不知天上将会降下灾难还是幸运。终于，焦克己一扣扳机，火箭弹倏地飞出去了，但是却打在了靶标后边的山坡上，打得长安人和观摩战士目瞪口呆。

这时，扈水生飞跑到了靶位上，面对着战士们说：今天示范，三发两中，也算合格。但是，大家要清楚今天观摩的目的，是考核火箭弹会不会重复昨天的事故，不用再说了，三发弹没有一发故障，所以完全合格。其实，火箭弹会不会出问题是兵工厂的事，能不能击中目标是射手的水平！

战士们啪啪啪整齐地鼓起掌，实弹演训有条不紊地开始了。忽大年拍了拍后勤部长的脊背说：不知道火箭弹上了战场怎么样？扈水生诱惑地问：怎么样？要不要向前走上几十里，听听乌苏里江上的炮声？忽大年当然想去验证火箭弹在战场上的威力了，可黄老虎和田野先后来电催促，调查组见不到问题的始作俑者，决不肯善罢甘休呀！

可是，晚上忽大年去给华军长告别时，不由得惊诧指挥部来了一批海军官兵。

每个人都拎着一个大皮箱，神神秘秘，不声不吭，好像潜艇要开进冰封的乌苏里江了。他知道，守卫在这里的都是边防部队，如果把海军也拉上来，就说明战事规模扩大到多兵种了。而且，那连福发现海军的领头人，竟是他在井下挖煤的胡子队长，竟一脸兴奋地跑过去拉住人家问：队长啊，你回部队了？你的络腮胡呢？队长摸摸脸颊：你刚走，我也接到了通知，就回海军学院了。连福问：那这些海军都是你的学生吧？队长没吭声。连福又问：咋你们海军也来参战了？队长依然没吭声。

这个突然的情况，让忽大年感到了肩上的重量，长安人都拥过来想知晓怎么海军也来了。这时，扈水生看出长安人的疑惑跑来说：我告诉你们一个好消息，火箭弹不负众望，一送到边防线，就打趴了一辆苏军坦克，现在北京下了死命令，要不惜代价把坦克抢回去。你知道，老毛子的坦克比咱们的先进，拿到这辆坦克，绝对会提高我们的坦克水平。

这道理我懂，是不是还有一个坏消息？忽大年严肃极了。

是这样，苏军发现了我们的意图，一个劲儿打炮，愣把冰面炸开，坦克沉入江底了。扈水生一脸沮丧，我们只好请来海军帮忙，可是潜水员下去挂上钢缆，两台大卡车开足马力，水下的铁家伙纹丝不动，所以，想请你们长安人也给想想办法啊。

忽子鹿插上说：两台卡车拖不动，不会上四台呀？

扈水生摇头说：坦克没有那么多挂钢缆的地方。

大家不由得沉默了，似乎都有想法，却都怕想法幼稚。这时，连福躲在人后闷闷地发了声：拽坦克不能使猛劲，可以做两个绞盘试一试。

什么绞盘？部队哪来绞盘？忽大年让连福在雪地上画了个示意图，扈水生蹿进了指挥部，一会儿工夫军区就传下话，同意做两个绞盘试一试，还指命长安派个技术员去哈尔滨监制。

毫无疑问，监制人必然是提议者连福了。是的，这回一定下的是绝密任务，三天以后，两个粗壮的绞轴，像地桩一样扎进乌苏里江畔，几根胳膊粗的绞杠插进了轴套，宛如两个四条腿的怪兽，卧在白雪皑皑的树林里，从中伸出两条粗粗的钢缆，像两条细长的黑蛇伸进了江水里。

忽大年是被扈水生悄悄叫上车的，后勤部长发现连福特别执拗，一到哈尔滨就强调，绞杠必须达到什么强度，后来不管时间多紧迫，又要把电缆一尺一尺拉开检测，部长担心使用过程再遇麻烦，便想拉上厂长以便与这个连福好沟通。

这忽大年从卡车上一跳下来，就察觉到两军对峙的江岸静得可怕，静得只有风雪的呼吸，天地间一片白色恐怖，大雪掩盖了战斗的痕迹，也掩盖了悠久的阴谋，但他知道茫茫雾凇下，是双方战士警惕的眼睛，还有随时准备射击的高仰炮口。

很快潜水员便背着氧气瓶，披着掩饰的白被单，爬到江边便沉下去了。可是刚刚完成钢缆铺设，苏军炮弹就炸到江岸上，掀起了几丈高的雪柱。不等炮声停歇，树林里几十个身强力壮的战士，抵住绞杠推磨般转起来，很快钢缆绷直了，发出咯吱咯吱的声响，江水里的坦克移动了。突然，左边绞盘猛地一松，战士们差点闪了个跟头，钢缆居然被一阵炮火炸断了。

可怕的是，炸断的钢缆像一条抖动的长蛇，一头弹到了连福身上，人被猛一下扫进了雪窝，疼得他不由得扯着嗓子惨叫，忽大年急忙和战士把他抬到救护车下。然而，钢缆另一头打中了浮出水面的潜水员，人一下子栽进了水里，战士们手忙脚乱把人拽上岸，又抬到树林深处，卸下了氧气瓶和面罩。那潜水员脸色竟紫得像茄子，连眼球都变成了紫色，几个军医拼命按胸挤压，也不见有丝毫反应。

连福趴在救护车旁的担架上，发现击中的水鬼竟然是胡子队长，他一下从担架上扑过去呼喊：队长！队长！呀呀，咋是你呀！是我做的绞盘害了你啊，你一定要活下去啊！我还想去青岛看你呢！忽大年扑过去一把将他拦腰抱住，可连福依旧跺着脚呼喊，喊得树冠上的冰花都震下来，也喊得忽大年的鼻涕一串串流下来，蹭到了连福的脊背上。忽大年劝他赶快上车看伤去，可连福说钢缆弹到了屁股，只一点皮肉伤，怎么也不肯离开战地，救护车只好把队长拉走了。

等到天麻麻昏了，我军在另一侧佯攻炮击，几个潜水员又穿着水鬼装束，拖着钢缆沉下江去了。很快钢缆绞直了，水鬼们钻出水面，一块圆圆的家伙顶着长鼻子，从浊浊的江水里绞出来，绞进了江岸密密的树林。忽大年纳闷，这坦克咋这么小，拖到跟前才发现是炮塔，潜水员误将钢缆挂到了坦克炮塔上。

在战士们喝水休息的空当，水鬼们又潜下江去了，两条钢缆显然挂住了坦克底盘，战士们抱住绞杠发力，气喘吁吁，步伐混乱。忽大年一看，跑到两个绞盘中间，双手握成喇叭狂吼：大家撑住劲，听我号令，我喊一声，走一步！我喊两声，走两步！

这真是一个奇迹了，茫茫的冰天雪地，几十个战士在一个老兵的号令下，钢缆一寸一寸绞了上来。尽管现在是三月了，却依然寒风刺骨，但战士们推得满头大汗。终于，江岸水面隆起一圈圈波浪，一个水怪般的庞然大物冒了出来，一直绞进了浓密的树林里。不过，大家都抑制住兴奋没有声张，生怕惊动对岸引来轰炸，一旦炸到坦克就前功尽弃了。

似乎也没费什么工夫，两辆卡车载上坦克便融进了蒙蒙夜色，一个天大的秘密就这样被灰暗的风雪裹走了，走得竟然没有一点点声响，连车辙都没有留下来……

很快，对岸发现了计谋，炮火密集地打过来，树林里一下子亮如白昼，积雪从树上跌下来，把立下功勋的绞盘炸得东倒西歪，倒像是送行的礼炮了。这时扈水生匆匆跑过来，把忽大年推进雪窝掩体说：华军长来了电话，今儿不管回去多晚，都要请你喝顿大酒。忽大年摆摆手：要请，就请那个连福吧！

可是那个连福竟然不见了，找了半天才发现他蹲在一棵雪松下，垂着头，缩着胸，在一根接一根地抽烟，烟蒂已在雪地上插成了一个月芽形……

晚上，他们夜半回到指挥所，长安人见面兴奋地击掌拥抱，可华军长却没有露面，改由扈水生为他们饯行。连福居然来晚了，他仍在关心胡子队长，一上桌就问受伤的水鬼咋样了。扈水生说：有两个水鬼受了伤，你问哪一个？连福这才想到，至今他都不知道胡子队长的名字。扈水生说：有个年龄大的水鬼好像牺牲了。什么是"好像"啊？连福嘟囔了一句，低下头再不说话了。然而，昔日的教导员终于认出连福就是当年的押运人，说：这次多亏你了，两个绞盘真是攒劲，还是长安人厉害啊，八二三炮战就多亏你们了，把老蒋部队整个打蒙了。

这话，让忽大年不由得想起了连福和月月的那次押运。那次押运好像就是妹妹厄运的开始，一个接一个灾祸就像张开血盆大口的怪兽，想吞噬那个纯洁的精灵。当然，连福是不可能跟后勤部长絮叨这些的，尽管人家在拼命回忆那次接收军列的点点滴滴，想竭力显示自己与长安人的渊源悠久，却不知这恰恰是长安人最怕触及的疤痕。

扈水生后来问：你小子十年不见，咋老成这样了？

连福苦涩一笑：命吧，苦命人呗！

扈水生又问：你爱人长得好漂亮，现在干啥呢？

连福低沉地说：她现在在天上。

扈水生微微一怔：那是……怎么了？

连福一声叹息：死了，她死了。

焦克己想岔开话题让吃菜，可扈水生执拗地问：咋就死了？

连福沉吟一下：跳烟囱死了……

这话所有人都听见了，扈水生伸出的舌头僵在那里，焦克己长长地呼出一口气，满桌人只顾埋头吃饭，只剩嚼菜的吧唧声，再没人去碰酒碗了，也没人议论糙米的味道。后来，还是忽大年打破了沉默：你们也看了战场实况录像，我发现，咱们火箭弹的最佳毁伤距离，只有一二百米，这就意味着战士的攻击，要以生命为代价，比《简氏防务》披露的美式火箭弹，应该还有不小差距！

但是，仍然没有人应话……

九十九

似乎一个诡异的幽灵，也随着列车悄悄抵近了夜幕下的古城。

当忽大年乘坐的列车徐徐驶入车站，天空猛然滚过几声闷雷，但雨没有落下来，路灯下一群神情凝重的年轻人追随着车厢跟跑，恰好把长安人下车的出口围住了。列车民警先下去与他们握手交接，大家目光齐刷刷盯住了软卧车厢，但所有的车厢门都没有开，乘客们扛着行李不停地敲打车窗。当忽大年终于被忽子鹿搀扶着走下列车，站台上那些年轻人哗啦一下围上去，把他簇拥上一辆北京吉普车。本来能把车辆开上站台，是一种特殊待遇，今天却让人感觉如临大敌，不就是矫造了个命令吗？至于这样兴师动众吗？

当他们的吉普在路过韩信坟冢时，蚕豆大的雨点砸下来，砸得车篷砰砰如鼓，忽大年透过车窗看见路边拥着一堆人，正在砌垒一块黑色石碑，他让车子慢一点，司机习惯地把车子停住了，他看到石碑上写着"秦庄襄王墓"。呵呵，这真是笑话了，这么多年老百姓咋称之为韩信坟呢？这个阴差阳错，是不是昭示那个倒霉的大汉将军阴魂不散呢？如果这个冢真是秦庄襄王的陵丘，那块地方就是一片王土了，两千多年前他生下一个儿子，统一了率土之滨，确是应该称颂祭奠的。忽大年想下车去看看，司机扭头瞅瞅乘车人没理会，反而一脚油门下去，加速朝工厂驶去了。

毫无疑问，忽大年又被关押了，但这次被关与上次有很大不同，上次他住的牛棚在黑妞儿办公室隔壁，时不时地会有些温馨的关照，吃饭可以自己去食堂打理，晚上看守还可以陪他在厂房转悠。而这次关押在机加车间地下室，身边守着两个从保卫科抽来的职业看守，一天三餐牢饭般把铁盒塞进来，吃完再递出去。晚上睡觉还不准熄灯，亮得人头晕眼花，他们还不时地通过瞭望孔窥视，两个眼珠就像两只小灯泡。忽大年完全不知为什么要把他关押起来，他现在还是长安的一把手，就为那个绝密任务至于关押人吗？

不是催我回来协助调查吗？怎么三天了不见人？忽大年向终于出现的田野发问。

我都不知道该怎么问你。田野欲言又止。

这就是你把我哄回来的原因？忽大年怒不可遏。

忽厂长，你可能摊上大事了。田野眼闪忧虑。

我有什么事？我把火箭弹计划说成绝密任务，难道还犯法了？你们到中苏边境看看去，咱长安火箭弹立了大功！忽大年抓起水杯蹾到桌上，溅起一片水花。

你千万要冷静，想好了再回答……田野肚里有话。

多大的事让这个兵蛋子吞吞吐吐？忽大年很快便明白了，北京根本没人下来调查，是一个从没听闻的诡异名字粘上他了。而且真他妈的邪门，这军宣队选定的调查组长，居然是技档科长宫玉华。

这个冰美人似乎对这个任务有种特殊的嗜好，把地下工作的警惕都使了出来。在一个阴霾笼罩的下午，严肃地坐到了忽大年对面，发出了一个又一个犀利的质询。忽大年一听一愣神，脊梁骨不住地冒虚汗，天气本来不热，一块馊味的毛巾却被他的汗水浸透了。天哪，忽大年终于厘清了头绪，这些人不是因为矫造绝密任务扣押他的，是有人揭发他参加了国民党的地下特务组织——梅花党，而那个绝密任务正好与梅花党的暴动计划相吻合。咳，咳，咳，国际玩笑嘛！

忽大年开始不相信长安会有这么一个可怕的组织，这个厂的人他大都熟悉，十多年经历了多少次清理，也从没发现有什么大问题，是不是那个安保出身的黄老虎神经衰弱臆想出来吓人的？但随着宫玉华的质问越来越具体，参加的批判会越来越多，听到的细节越来越逼真，他自己居然也开始相信这个梅花党不是臆造，当然只有他一个是冤枉的例外。他们以东北支援内地的技术人为核心，最大的头目是总工程师哈运来，而哈运来又受沈阳总部一个工人技师领导，经过哈胖子经年累月的苦心运作，东北人基本上都发展为成员了，几乎全厂每个重要岗位都由他们的人控制了。

揭发出来的细节让人无话可说，这些梅花党成员组织严密，每人都藏有一枚梅花状的胸章，遇有行动亮出胸章就能确认是自己人，骨干成员每月在哈家开一次秘密会议，参加会议的人如果见他家窗台上摆有一盆兰花，就可以敲门进去，如果晾了一件衬衣就是改期的暗号。果然在密集的抄家过程，又发现许多成员还保存着穿戴国民党军服的照片，印有青天白日的委任状，而且几乎家家都私存了大量的药品，从急救纱布到跌打膏药，从维生素到胃舒平，林林总总，应有尽有，都是预备一旦发生战事应急用的。

他妈的，这个老奸巨猾的哈运来，胆敢把黑手伸到长安厂，真是胆大包天！忽大年反复告诉调查组长，他不是从东北调来的，他是由部队派来做工程的，本来想着项目落成就能回部队去，组织上却让他就地转业了，一个根红苗壮的军转干部，怎么可能鼓动属下加入梅花党？

但宫玉华的话好像非常遥远：我们已经掌握了你的主要问题，在你任长安一把手的十二年间，你唯梅花党成员马首是瞻，你必须向组织坦白交代，你在这个组织里担任什么职务？你把火箭弹伪造成绝密任务的真实意图是什么？梅花党想用这批火箭弹实施什么阴谋？后来忽大年才明白，这个宫科长因为监管人事档案，两派头目都害怕自己老底被人揭穿，所以谁都不敢惹她，她提起这些质问不紧不慢，但忽大年还是感到一句比一句惊乍。

不过，他尽管额头汗珠一溜溜往下滚，语气始终强硬不变：我可从没听说过什么梅花党，长安就是这么一个现状，技术骨干基本上是从东北过来的，工人都是从关中农村招来的，领导层大多是部队转业来的，你说说看，技术上的问题，我不找这些东北棒子，我能找谁？我是一名老八路老党员，我没有理由把国民党打跑了，又偷偷去投靠他们。可宫美人冷笑说：我可以告诉你，现在不要说老八路了，披着老红军外衣的特务也不少！

一百

灾难真实地罩到一个老八路的头上了。

在所有人离开以后，忽大年陷入了深深的忧虑，从筹建工厂时横七竖八的脚手架，到东北人拖家带口走出西安车站的狼狈，从八号工程竣工时哈运来们趾高气扬的脸色，到调度会上车间主任你来我往的推诿，从庆功会上哄抢大烩菜时的敏捷，到批判会上苞米糁子的味道……的确，这座地处大西北的兵工厂已经形成了浓郁的东北氛围，机关大楼里流行的是东北话，连街坊的孩子不管籍贯何方，都操持着一口浓浓的东北腔，难道这些都是梅花党营造的吗？还是不知不觉间自然形成的？好像早就有人叨叨过，筹建期是八路军掌权，投产后是东北人拿印。

怎么会形成这样一种局面？忽大年把留存的东北人记忆——掠过，胸口不禁一阵又一阵发紧，似乎每个部门的负责人都来自东北。现在，情况似乎越来越清楚了，他们有的在老厂就加入了梅花党，有的在大西北崭露头角被吸收进去，少数非东北籍的头头脑脑也是他们的围猎对象，几乎形成了一个覆盖全厂的地下组织。天哪，这座顶着共和国帽子的长安机械厂，好像已经被梅花党操控了，而他堂堂一厂之长至今还蒙在鼓里，倒也被构陷成梅花党成员了。

可笑，他竟然只是一个普通成员，哈运来竟然是最高首长，可那个哈胖子是辽宁鸡西人，他要构建这样一个庞大组织该有多大的能量？这家伙表面上唯唯诺诺胆小怕事，每次分析生产技术故障，总喜欢先把自己撇干净。那次调查涵洞塌方才发现，明明是他让涵洞外移的，可在文档里竟然找不到他的签字，当宫玉华眨巴着冰冰的眼仁，嘴里又一次发出质疑，他的头发都竖了起来。

现已查明，涵洞塌方就是梅花党的第一次行动。

这人也太狡猾，我从没想过他是梅花党的头目。

我们已经掌握，你在牛棚多次通过秘线，给焦克己转达密令。

我那是着急，总部给咱长安下了军令状。

焦克己已经承认，他说醋熘老陕话，就是晚上要开会，开口东北腔，就是平安无事。

天哪，焦克己居然还是梅花党骨干成员，这让忽大年不寒而栗。那个焦瞎子别看戴着瓶底厚的眼镜，表面上少言寡语，却有点语言天赋，到西安没几天就学会了老陕方言，时不时冒出几句作作秀。如果他是梅花党的骨干问题就大了，他掌握着几乎所有的军品科研计划，若顺着这条渠道透露给了台湾的老蒋，那对我军就是一个潜在威胁。啊，怪不得这家伙对研制火箭弹那么上心，全厂劈成两派都辩论休闲去了，唯有他一天到晚闷在配料室，弄得灰头土脸的，几次把洗完澡回家的女工吓得冲到马路上。

是的，一定是那几张纸条出了问题，宫玉华把两张小纸片很专业地甩了甩。当时他有意将纸条裁得很小，半个巴掌大，字也写得很小，像一颗颗大米粒，太像不朽的地下工作了，但现在这就是确凿的证据啊。忽大年越想头越大，真没想到自己会卷入这桩特务案里，直卷得心神不宁坐立不安。

开始，他并不相信宫玉华的话，后来田野也到地下室规劝：现已查明梅花党的最终计划，是用长安火箭弹轰击后区弹药库，引起炮弹连锁爆炸，以破坏我军提升打击能力的计划。临走田野还感慨地说：你还挺仗义，没有乱咬，那几个东北人咬得一塌糊涂。是啊，我咬谁呢？咬什么呢？长安咋会隐藏着这么个由东北人勾结而成的组织呢？可他是地地道道的胶东人，调查组干吗把他扯进来呀？

倏地，一个面色阴郁的沈阳人闪进脑海，这张清瘦变形的脸一定是梅花党成员？没有他，妹妹怎可能混上军列？没有他，妹妹怎么会去熔铜车间搬大料？没有他，妹妹怎么会摊上抄写大字报的差事？没有他，妹妹又怎么会深夜爬上百米烟囱？但是，忽大年也不好再埋怨什么了，他完全是因了妹妹的缘故，才把那家伙重新放到设备科的。这家伙似乎还保留着很多诡异的嗜好，非要搬回单身大楼一层把头的宿舍，说自己一开始就在那里住，只有躺在那里睡觉才踏实。

天哪，这个沈阳人是不是把那间宿舍当成梅花党的据点了，是不是里边就藏着梅花党的什么秘密？否则他怎么会对那间宿舍情有独钟呢？忽大年思忖是不是应该把连福的这些疑点说出来，让他们格外关注一下，也许能发现新的线索，也好把梅花党一网打尽。可这个举动，妹妹的在天之灵能答应吗？她活着的时候自己没尽到哥哥的责任，现在她已经去了天堂也不得安宁吗？

好像经过一年多缜密的调查，忽大年听到"梅花党"三个字笑不出来了。那梅花党竟然发展了那么多人，发现的问题令人瞠目结舌。那天工厂召开清理队伍大会，哈运来头戴梅花党大头目的高帽子，忽大年头戴梅花党小头目的高帽子，几个副职也紧随其后，戴着形形色色的高帽子，随着那高音喇叭一阵阵怒吼，点一个名，揪一个人，扣一个高帽，一会儿工夫中层以上干部，几乎都被点名押到了台上，都戴上了梅花党的高帽子。忽大年恍惚觉得有点滑稽，犹如乡下过年走村串巷的社火队伍，看来台湾的残渣余孽一天都没闲着，没费吹灰之力就占领了武器生产部门。

而且，他们的组织结构那样完备，他们的行动计划那样周详，让人听多了感到滑稽，也感到困惑。那天首先上台揭批忽大年的是张小谝，他看来做了详细准备，一个设问接一个设问，甚至怀疑忽大年企图去发展省委的钱万里，否则他那天怎么能在书记家里坐那么长时间，一小时二十七分钟，关键的是他从钱万里家一出来就实施了绝密任务，那个钱万里有可能是梅花党发展的最高级别人物。

随之几个彪形壮汉将忽大年和哈运来押到台前，他马上感到气憋头晕要昏过去。这就是喷气式吧，两只胳膊被两个大兵压着，头不由自主向前伸着，似能感觉到台下义愤填膺，却只能看到自己被茶水溅污的裤腿。这个姿势，人重心前倾，血往头顶直冲，如果押的人手一松，必然一个前冲栽下，栽下去，头就撞到碎石地上了，生命就可能夭折了。

突然，忽大年有个异样的感觉，拼力抬头瞥见了两张青春稚嫩的脸蛋，两双乌亮痛苦的眼睛。这时台上批判什么，广播打倒什么，他已经听不见了，这些日子俩儿子很少露面，他也不愿儿子过来受到刺激。但今天儿子全都看到了，昔日在大庭广众趾高气扬的父亲，现在被戴上高帽押在台上，那俩没有经历过磨难的小心脏该承受多大的压力啊？他想，这两个没了母亲的可怜孩子，千万不要惹事了，现在若冲上来就把事闹大了，上次为母亲去跟大兵拼命多鲁莽啊，要不是黑妞儿及时赶过去，不知会吃多大亏呢。然而，那子鹿居然冲他伸出拳头一挥，拉起弟弟就从人丛里跑掉了。

他们跑到哪儿去了呢？该不是到墓地给妈妈诉说可怜去吧？

一百零一

当又一个冬天来临的时候，寒冷猛烈地攫住了忽大年脆弱的喉头。怎么没有送棉衣来呢？怎么忘了老爸还在地下室牛棚吗？原来，儿子对父亲是走资派都能理解，毕竟当了多年的长安掌门人，对于日伪时期的疑点也不害怕，将来回到黑家庄总能说清楚，但儿子对父亲居然会参加反动的梅花党无法容忍，年轻人后来跑到母亲坟前发誓，再也不管忽大年叫爸爸了。

开始，忽大年被关进地下室以后，军宣队通知家属去送换洗的衬衣，兄弟俩还推推搡搡结伴把衣服送过来，后来竟然不想露面了。天凉了，小雪了，儿子竟然把棉衣棉裤打个卷，往门口一丢扭身就走，他还想叫住叮嘱几句的，可两个背影匆匆一闪，再也没有回头。他妈的，难道为个梅花党，连父子情谊都不要了吗？俩儿子现在可是他的精神寄托，将来的岁月都将压在儿子身上，区区莫须有的罪名就能让父子反目吗？

于是他想了个办法，一会儿说他胃痛，叫子鹿烤些干馍片送来，一会儿说后背瘙痒，叫子鱼把家里的挠挠乐拿来。可第二天看守清晰地告诉他，两个人都通知到了，都说太忙没有空。后来他又捎话去，让儿子把换下的衣服拿去洗了，儿子竟然没理会，他又写了条子去，让儿子炒点辣酱来，儿子居然还是没理会，他便写了一封信告诉儿子，他现在生活的全部希望就是儿子了。可两个混蛋竟然传回一张条子，上面写了一句话：谁让你参加梅花党？

俩儿子把自己的名字签得很丑很大，把问号描了好多遍，他见到那张牙舞爪的字迹都快气晕过去了，后来才知道调查组告诉忽子鹿，你父亲的问题已经查实定性，这次以押运火箭弹的名义，进入边境敏感地区，就是企图传递情报。忽子鹿一听就蒙了，回想一路上父亲的所作所为，也似乎觉得疑点重重，堂堂厂长为啥要亲自押送军列？又为啥执意突进到冲突前沿？哥哥与弟弟稍一沟通，两人禁不住抱头痛哭。

也不知过了多久，也许审查组看忽大年顽固不化，只好祭出了撒手锏，让黄老虎跑来做他的工作，忽大年见面劈头就说：老虎啊，你也够狠的，这么长时间不露面？别人不知道你还不知道？咱们打死了多少国民党？人家能要咱加入梅花党？可黄老虎一脸无奈说：老首长呀，我也不信呀，可哈运来他们的交代，整整装了六个麻袋，前后左右把你证死了。

咋还把我证死了？

你辜负了组织上的培养……

这么说我永无出头之日了？

你呀，就别再耍弄孙子障眼法了……

出其不意，攻其不备？

顽抗到底，死路一条！

死路一条？老鹰眼竟敢这么放肆？哪里还有一点点战友情谊？只见人家趾高气扬地晃着肩膀走了，那一耸一耸的姿态让忽大年直感到厌恶，这些年两人明里暗里没少较劲，可始终没有撕破脸皮，孬好是摸爬滚打的战友，今天这家伙好一副张狂的嘴脸，像是要把他往死里逼呢！

似乎邪恶遇见善良便冒出杀气来。忽大年闭上眼叹口气，他突然觉得人活着也没啥意思，连亲生儿子都要离他而去，连妹妹爬上烟囱也不愿跟他倾诉，连自己领进队伍的老部下都煞有介事……那自己在人世间已厮混四十八年了，有必要继续装模作样招摇过市吗？他像一下子掉进了一个深深的冰窖，冻得浑身发抖，又不停地往下坠，似乎坠向了一个黝黑的深渊……

忽然，他想到了黄老虎提到的那个恐怖的字眼，那个字眼他以前从没留意过，自己经历的哪一场战斗不死人啊？人这一辈子把死亡看多了就会麻木，他要是因此闭上眼睛将会是一个难堪的结局……但是今天，忽大年盯着地下室屋顶的暖气管道，忍不住激奋起来，他妈的，干脆一了一百了算了，这个世界看样子也没啥留恋了，正好丢给这帮混蛋一个结结实实的难看！

噢，去他妈的，菩萨应该知道他没有参加过梅花党，也没有接受过哈运来的领导，怎么就没人出来说句话呢？那年大家嫌万寿寺搁在长安厂区怪异，都嚷嚷要拆了建座新库房，只有他见了满仓起了恻隐之心，那大慈大悲的菩萨，若能知道他还为佛祖做过功德，大概就不会为难他了，会不费周折把他接引到天国去的……

是啊，我忽大年经历过多少枪林弹雨，经历了多少生死洗礼，现在怎么面对上苍踌躇了呢？他第一次触摸死人是刚刚参加游击队，他们去攻打一个炮楼，一阵呼呼啪啪的枪响之后，冲进只剩下一个鬼子五个黄狗子的炮楼，正准备跃上楼顶白刃搏斗，突然有个黄狗子掉转枪口把鬼子放翻了，等他冲上去枪声已经停歇，他不敢看歪倒在地的鬼子，闭着眼从死人身上摘下步枪和弹夹，手忙脚乱跑了出来。事后队长问他那个鬼子是啥军衔，他挠了半天脑门也没想起来。

绝不能关键时刻让人看扁了，要让这帮家伙知道忽大年是个不可辱没的汉子！他蓦地想把贴身线裤脱下来，心想这条线裤完全可以担此大任，会成为他结束人生旅途的功臣。噢，那靳子长眠的坟冢，是在长安墓园的一个犄角，好像是恍惚中尕小月拉他选定的，自己还刻意在旁边留了一块地方，不用给谁交代就会把他俩葬在一起，两人可以携手眺望遥远的黑家庄，也可以依偎着看到长安每天的变化。

其实哪里黄土不埋人啊？父母至今都不知埋在哪儿了，黑大爷就埋在村头的自留地里。其实埋在哪里不一样？当年筹建长安时挖了多少古墓，层层叠叠的，数也数不清，不管生前多么显赫富贵，也不管多么邋遢贫穷，在土里都锈成了一块块土疙瘩了，附在上面的魂灵也不知去哪儿游荡了，连子孙后代也不见过来悼念了。甚至，还有那墓冢位置都有搞错的，街坊旁边那个韩信坟，老百姓不知叫了多少年，一朝更改也就烟消云散了。

不过，那可怜的韩信是有了叛异之心，才被大汉朝挥刃斩首的，他忽大年难道不够忠心吗？唉，想那么多又是何必呢？好像人倒霉都是身边的小人作祟？为了这座恢宏的长安机械厂，他骂过训过好多人，甚至还摔碎过杯子，那些挨过骂的人能理解吗？那年他冒险拆卸那枚臭弹，发现引信失效是门改户的疏忽，大骂吊儿郎当耽误了金门炮战，你个王八蛋拿命也抵不过！这可把姓门的吓得屁滚尿流，鬼精灵在众人面前把脸丢尽了。如今，遇上这样一场轰轰烈烈的运动，人家绝对会趁机报仇的！

忽大年捧着线裤突然想发笑，似乎看到那些家伙获知他撒手人寰，悔恨莫及，顿足捶胸。是啊，如果上次在中印边境追击时，他有幸被印军子弹击中，也就不会遭遇后边的罪孽了。那位毛豆豆是被流弹打死的，也就举行了一个两百多人的追悼会，毛豆豆只是个助理技术员，在部队充其量就是个小排长，而他忽大年在部队就是正师级军衔，悼念仪式肯定要隆重许多的。

唉，这次跑到乌苏里江畔，尽管闻见了硝烟，也听到了炮响，却是躲在冰雪覆盖的树林里，坦克拖走以后苏军炮弹才轰轰落下，如果炮击提前十分钟，他就会一头栽倒在绞盘旁，栽倒的忽大年应该给个烈士待遇吧？

噢，忽大年倏然想起了那个老伊万，那人要是知道他援建的工厂，参与了与苏联军队的对峙，会不会气得把帽子一把摔了？当然，若是自己能拎上火箭筒，与战士一起埋伏在河岸树丛里，亲手测试火箭弹性能，也许自己会跟苏军坦克同归于尽，那么，这帮调查梅花党的人一定会大失所望，而军方却会搜集他的光荣事迹，从此他便可以光光堂堂躺在界碑后边，永远为国家站岗放哨了。

忽大年一边苦笑，一边望着屋顶暖气管。人啊人，若想走上这条路，灵魂和肉体就分离了，就是一个不折不扣的懦夫了，他乃一介铁血军人，咋冒出这些个乱七八糟的想法，是不是意志消退了呢？而且消退到这般畏缩呢？突然，隐隐约约传来一个熟悉的声音，一声高一声低，带着浓浓的胶东大葱味。

让我进去看看吧？

你想进去看谁呀？

老忽啊，忽大年啊。

你又不是家属，连他儿子都不来。

我俩是老乡，胶东黑家庄的。

一个庄的也不行，必须是直系亲属。

那……我俩拜过堂，算不算亲属？

你说什么？拜过什么堂？

就是拜过结婚大堂啊！

你胡说啥呀？他老婆去年才死！

忽大年在地下室听得真切，声音是从通风口传过来的，是黑妞儿在外和谁争执呢，这人怎么这时候跑来了？应该承认，对这个女人他的确有点亏欠，惹得人家奔五了还没成家，这辈子老姑娘的帽子怕是卸不掉了。显然，门卫阻止了黑妞儿的请求，在楼外吵吵了几句，又渐渐归于平静了。

但是，忽大年心头蓦然升腾起一股暖意，慢慢地从心底弥漫开来，沿着密如蛛网的血脉传遍了全身。他一把扔掉线裤，踮着脚站到床上，头贴近屋顶通风口，想再听听胶东女人的声音，可是那声音渐行渐远了，远得只能听见树叶摩擦的哗哗了。这次，从黑龙江回来也算是"凯旋"，可是跟上次从西藏回来完全不一样，好多人迎面过来都装作不认识，大概担忧感染上梅花党的毒菌。看来只有胶东老乡是个例外，居然敢冒"感染"的风险，想跑进地下室来探望，还敢承认自己跟关押人拜过堂，这不是在向世人宣告两人关系暧昧吗？

哈哈，按说他俩的拜堂仪式还是挺正规的，面对的祖宗牌位，一拜天地、二拜高堂，夫妻对拜的时候，她脸上红帕快掉了，掉下来一定出洋相，谁知人家抬手扶住红帕，头才深深弯下，把一个尴尬不经意间掩饰了，当时忽大年就想这女人还挺机灵的。可晚上面对面坐在烛光里，自己总在注视那只粉白的手，也不知后来怎么上的炕，怎么就昏头想起了以前的赌注，还真把人家屁股扳住咬了一口，人家的铁砂掌当然要扬起来了。咳，他若当即昏倒在洞房，第二天庄里人可能就笑疯了，但她只虚晃了一下，却把自己的昂扬吓得一缩再缩，把人丢在黑家大院了。

现在看来，当初是该留到黑家庄，还是一拍屁股溜走呢？如果不溜走，他俩还在黑家庄过日子，一定儿孙满堂了，一定守着那个黑家大院，在收拾高粱垛，在地里忙农活，干累了就着莴笋，喝上一口老白干，那日子会滋润得神仙一样。的确，这个黑妞儿还真像一条汉子，竟敢只身出走千里寻夫，竟敢公然宣告门改户的发言子虚乌有……

是啊，磨难的来临正是考验自己生存能力的时候！忽大年一下子从床上跳到地下，抓起扔掉的线裤拼命摇头，摇得眼都花花了……他感觉自己好丢人啊，还号称正师级厂长呢，还扛过枪打过仗呢，遇上一点点委屈坎坷，就变成了这么一副德行，不由得落下了两行浑浊的眼泪，吃惊刚刚怎会生发那么丢人的想法……

一百零二

似乎是冥冥中的希冀让人重新振作起来了。忽大年那天猛地挺直了身子，把脸使劲揉了揉，把拥皱的衣服拉了拉，在小小斗室走了个来回，好像黑妞儿的声音犹如一剂特效中药，给他身体细胞注入了一种活力，整个人一下子舒缓过来了。他想，那黑妞儿今天能来看他，明天……明天也会来呢？

也真是想什么，什么就来了。第二天早饭以后，他又隐约听到了胶东大葱味的声音，悠悠荡荡，由远及近，像哼哼的沂蒙小调，又像是呼唤什么。忽大年像被针扎了，一下子跳到床板上，对着出风口大声呼喊：黑子，黑子！其实他从没这么叫过黑妞儿，但他担忧直喊名字会暴露，万一给人家引来灾祸，岂不是竹篮打水，也让那个隐隐的愿望掉进深渊。果然，一个凶凶的看守听见喊叫开门探问，他诓说心里憋屈想出口气。

等那看守关上门，管道里便静下了，静得让他感到心慌了。忽大年想了想计上心来，将胳膊伸进出风口狂敲起来，这样胳膊堵着管道，下边声小，上边声大。终于上边的黑妞儿好像听到了，从管道上头传来的声音真真切切：是胶东老乡吗？他拼命回应敲打，对方一定听着困惑说：是你老忽，你就敲三下；不是老忽，你就敲两下。

忽大年咚咚咚敲了三下，又呜里哇啦喊了两声。于是，两人开始了一场瞎子与哑巴般的对话，一个喊，一个敲。黑妞儿说你想开点，他敲了三下。黑妞儿问你冷不冷，他敲了两下。但是，敲着敲着也就乱了，一会儿两下，一会儿三下，一句话要折腾半天。显然，有人对在工房外磨蹭的黑妞儿产生了怀疑，一个男人的驱赶声传下来，让他不得不停止了敲打。

原来，这个出风口是为战备需要设计的，一来是为遇到空袭时向下输送空气，以避免人多憋闷；二来是防止地下室入口被毁，借助管道可以向下投放食物；三来为了战时隐蔽，设计了逆风回路，下边能听到上边的说话，上边却听不到下边回应。终于傍晚时分，一个纸团倏地从出风口滚下来，他捡起来打开一看，竟然是黑妞儿柴火棒般的字迹：你是不是让我去找老眼镜？是，你就敲三下；不是，你就敲两下。忽大年忍不住笑了，这黑妞儿可真是他的贵人啊！他一个鲤鱼打挺跳起来，胳膊伸进出风口连敲三下，后来他听到黑妞儿咳嗽了两声走了。从此他与黑妞儿建立了一种奇妙的对话暗语，管道便成了两人沟通的桥梁，也把压在他胸中的孤苦驱散不少。

好像过去了一些天，出风口突然又掉下来一个纸团，上面竟然是二代火箭弹制导数据。这让忽大年兴奋得手舞足蹈，一连几天在地下室高唱《八路军进行曲》，唱得雄赳赳气昂昂的，让那些看守们盯着他直琢磨，这忽厂长关在地下室不见阳光，是不是精神上出问题了？其实他们哪里知道，研制二代火箭弹是他珍宝岛之行的一个收获，他当时就发现长安的火箭弹尽管威力尚可，但打击距离只有三五百米，战士往往会付出生命的代价，可美国佬和老毛子都用上五千米的制导火箭弹了。所以，在那次批斗会上，他悄悄拉住焦克己下了命令，马上开始二代火箭弹的研制。后来他以为人处困顿，泥菩萨过河，不会有什么结果，没想到老焦眼瞎心亮堂，居然真把研制方案做出来了，这恰如天上掉下来的馅饼啊！

从此，那个圆圆的出风口便成了忽大年梦想所在了，一天里不知要朝那里张望多少回，只要哪天看到有纸团掉下来，便会一把抓到手上，先趴到门上听听动静，背过身打开一看，然后一步跳到床上，胳膊狠狠地伸进出风口，要么咚咚敲两下，要么咚咚咚敲三下。后来，他渐渐体会到上面要是有咳嗽声，那便是黑妞儿，上面要是没人回应，那必是焦眼镜了。

从此他与地面的联络迎来了又一个寒暑，但是当炎热又从出风口涌进来，他惊诧地听到了焦克己不加遮掩的声音，好像是对提升二代火箭弹的射程有牢骚。这让忽大年一下子恼火了，禁不住对着出风口一阵狂吼：战士们冒着敌人炮火，把火箭弹射出去，要是打不到坦克就掉下去，要这些破玩意有屁用啊！焦克己可能估摸到他一定会恼，竟然附在进风口上喊：是发射药不过关，我有啥办法嘛？忽大年一听火急火燎喊：发射药不达标，你快去找叶油子呀！

显然，他的吼声被看守听到了，人家一把拉开门冲进来，一步跳到床板上，对着出风口琢磨了一会儿，诡异般嘿嘿笑了笑——他们的秘密还是被人发现了。

在一个细雨蒙蒙的阴天，他被人押上了一辆吉普车，他知道车子驶向了城外，一路上的树木好像重逢般地朝他点着头，一个半小时以后，人被关进了匪夷所思的北郊弹药库。这个弹药库建在渭河边上，足足有一千亩地，里边隔上一百多米，便是一个高高的土围子，里边隐有一个独立的弹药库。长安厂装配好的弹药，部队验收合格后，要先拉到这个库房存放，使用时再运到部队逐步消耗。现在，他一个人关在篮球场大的库房里，一边放着空空的弹药箱，整整塞了半个空间，另一边是十几张行军床和几张桌子，显然里边关过不少人，可现在只有他一个人，空旷得令人恐惧了。

这儿的看管似乎比地下室松弛许多，他不但可以随时步出库房，到外边打兔子捕麻雀，还可以找上一只烂筐，挖一堆名目繁多的野菜。但是围绕着库区的大墙，是全天候守卫的冷峻士兵，一个个手端着步枪，站在高高的岗楼上观察，一到夜幕降临便有大灯亮起，将墙里墙外照得一片雪亮。可是，他气恼得站在库区放肆喊叫，士兵们谁都不会吭声，但他若想靠近大墙，便会听到拉枪栓的哗啦声。这让他不由得想起了太行山里游击放哨，想起对印反击战的冲锋，更多地会想到珍宝岛上坦克的轰鸣，那情形清晰得就像是刚刚发生似的。

当然，忽大年对这些小兵蛋子手中的步枪并不惧怕，真正让他有些烦恼的是，自己远离了长安厂区，听不到胶东大葱味的甜蜜呼叫了，也就无法知晓二代弹的动态了。这让他滋生了一种难以顺畅呼吸的郁闷，烦躁和虚落直把他蹂躏得坐立不安，一会儿他把石子扔到土包上，一会儿又呜里哇啦乱喊乱叫。然而，不管他怎么闹腾都没有人过来询问，好像他在这里就是一个影子，好像他根本不存在似的。

这天，他气鼓鼓地吃了半饭盒米饭，感觉喉咙眼灌满了沙子，不由得狠咳了一声，却依旧拥堵难耐，禁不住狂躁地抓住桌上的茶杯，朝那远远的铁门砸了过去，可是手臂刚一扬起，他突然感到脑袋炸裂开来，痛得他张口啊了一声，一股浓腥从喉咙眼涌上来，吃进去的午饭一下子全吐了，人也重重地栽倒在床上，又滚到了地上……

一百零三

黑妞儿得知忽大年昏迷已经是半月以后了。她接到了一个电话，马上放下正在抽验的炮弹，工作服也未脱，就三步并两步跑到职工医院，径直蹿到了住院楼上，一个病房一个病房找起来，终于看到急救室外几张熟悉的面孔。果然看到忽大年在里边躺着，从门缝看到两只胳膊都挂着吊瓶，鼻孔还插着氧气管，眉毛无力地卧在眼眶上，脸色呈现出从未有过的苍白。黑妞儿看见公务员苑军急问：忽厂长咋病了？有危险吗？苑军告诉她：那天忽厂长午睡起来，可能想去大便，突然就昏倒了，多亏宫科长去北郊库找他谈话，发现了，马上送到医院抢救，医生诊断是脑梗，已经脱离了生命危险，可是人现在还不清醒。

黑妞儿有点埋怨：这么大的事，你怎么不告诉俺？苑军小声道：你不知道这几天忙坏了，派谁来陪护都不愿意，你说他这人病成这样，还架子不倒，一会儿把针管拔了，一会儿把氧气拔了，吃药得两人往嘴里灌，就连子鹿子鱼赶来，在床边喊叫他都不睁眼。医生说他应该能睁眼，可他就是不配合，护士都换了三拨，陪床也换了六个，可他老人家就这样躺着，不吃也不喝，这样咋行啊？估计忽厂长这些日子尽生气了，不想看见长安任何人。尤其调查组来人，本来眼睛还眯个缝，见了他们马上就闭严实了，怎么喊都不应，医院怕这样下去会饿出毛病，上午把黄书记叫来请示咋办，要不要转院治疗？黄书记让把你叫过来，看看厂长的老乡有没有办法？

看来谁还想到她了，她觉得苑军这人不错，本来门改户已经给他安排了电工实习，回来可以分配到维修车间去，可忽大年觉得用得顺手硬是没答应，这阵儿还真派上用场了。然而，黑妞儿一听是黄老虎叫她来伺候忽大年，心里蓦地涌起一股异样，这是怀疑她跟厂长有勾搭呢，还是觉得她人善心细呢？可等黑妞儿站到病床边，看着老冤家病入膏肓的样子，心里顿生怜悯，管他怎么想呢，反正这家伙需要人伺候，赖好也有过夫妻情缘，此时不帮何时帮啊？她俯下身对着老冤家耳朵喊：大夫说你没有大毛病，该吃吃，该喝喝，不要寻死觅活的，把人都快吓死了！

黑妞儿拿起水杯用勺子舀了往他嘴里喂，想不到忽大年牙关开了缝，水一勺一勺灌进去了，停了一会儿又喂，牙齿竟然也张开了。苑军站在床铺对面伸出大拇指，转身去打水了。黑妞儿掏出手绢擦去他嘴角的水沫，用浓重的胶东话说：你这人哪，都这个岁数了，还学会耍脾气了，你不吃不喝吓唬谁呀，等你死了，人家照吃照喝，只有俺和你俩儿子难受，你干吗非要折磨自家人，让人家看笑话？你也不想想，你那俩儿子还没娶媳妇呢，你丢下他俩走了，结婚典礼他们给谁鞠躬，给谁敬酒哇？俺这人虽说跟你拜过堂，可俺没有沾上光，咱黑家庄人都骂你是陈世美，俺给他们都解释一千遍了，你现在有家室了，又有儿子了，俺跟你没办法破镜重圆了。现在，应该不会有人再埋怨你了，你醒来咱们一块回黑家庄转转去，去看看你老叔老婶咋样了？黑妞儿叨叨着，把半杯水顺利地喂进了老冤家嘴里，喝完嘴唇似乎抿了抿。黑妞儿笑了说：你这家伙还挺有心计的，知道现在需要老大了，就把老大叫来伺候你了，你也不问问我愿不愿意？那床上人听到这话，居然像个孩子噘起了嘴，但他的眼皮始终闭着，始终没有张开缝隙。

黑妞儿见状便让苑军把水放下说：你们都回吧，这里有俺呢。苑军却故意对着病床说：忽厂长，我们去吃口饭，换件衣服，晚上再过来陪你？忽大年像没听见，没一点点反应。黑妞儿说：老忽啊，你这么重的坯子，人家小苑一小时给你翻一次身，衣服都湿透了，回去吃口饭洗个澡，你要同意眼皮就眨一眨？果然忽大年眼皮动了两下，苑军和几个陪护欢天喜地去了。黑妞儿嘿嘿笑了说：你还挺会挑人的，你咋不叫那老宫女侍弄你呢？哼，要不是我亲眼看见，打死我都不信，人都关进牛棚了，还有心思找女人钻地下室？你是不是就好这一口哇？害臊不？说着黑妞儿把他鼻子刮了一下，他竟然噘起了嘴。

那天钱万里也赶来摸着他的额头说：老忽啊，你睁开眼起来吧，成司令让我给你捎个话，人这一辈子就得经受点磨难，你看历史上的名将良臣，哪个不是沟沟坎坎的？群众冲你吼几句，咋就趴下不起来呢？可他居然没给一点面子，五官纹丝不动的。鬼知道这个人心里在想什么？

令人惊奇的是忽大年居然知道吃饭了，喂口稀饭面条，汤匙一碰唇，嘴巴一张，喉咙一咕噜就咽进去了，而且吃饱了就咬住牙关，再怎么喂都不肯松口。当然喂饭时，黑妞儿必须不停地絮叨，从东说到西，从前说到后，好像胶东女人说得随意，胶东男人听得入迷。

那苑军也模仿着黑妞儿样儿，给厂长喂过几次饭，也是一边喂一边说，厂里成立了革委会，一把手主任的位置一直空着，说是等他醒来坐的，黄老虎、哈运来，包括小营长，七七八八都是副主任。可是，他似乎在听又似乎没听，咽下几口稀饭，再怎么劝也不肯松口了，最后还得喊叫黑妞儿过来帮忙。

黑妞儿一上手就完全变了状态，喂什么，咽什么，说什么，听什么，好像一对携手多年的伴侣，其中的默契是别人体会不到的。而且，晚上睡觉黑妞儿若回宿舍换衣服，遇上熟人聊上一会儿，胶东人就会把屎尿拉得满床都是，人站在走廊就能闻到一股臭烘烘的味道，便得来一番大清洗。苑军看到黑妞儿这样忙碌下去，人瘦得都脱了形，如果把她累趴下了，恐怕找遍全厂也不会有第二人胜任了。于是他把广播站弹箱般的录音机扛过来，黑妞儿在床边用胶东土话一絮叨就按键，等她回去洗澡休息了，就把她的话放出来。谁知这方法刚开始还管用，他喝了水，喂了面条，后来又咬住牙关不进饭菜了，只好又把胶东女叫回来，才恢复了驯服样儿。

这个忽大年也不知道是病成植物人了，还是心里清清楚楚的，原来是三天擦洗一回身子，自从黑妞儿加入陪护每天都要擦洗，身下垫上雨布，一百五十多斤的身坯，洗一遍也够累的。可是每每擦洗有外人进来帮忙，他就哼哼唧唧，人一走便安静得像一头睡熟的公猪，任凭黑妞儿把他翻过来扳过去，没一点点反感的样儿，看来人的心灵间是有暗渠通达的，两个存有感情纠葛的人是存在心灵感应的。

也许真的是这样，有一天忽大年洗过澡，嘴里不停地嘟嘟囔囔，发出一阵谁也听不懂的音节，苑军把医生喊来看究竟是怎么了。医生惊奇地说：这可能是病人将要苏醒的前兆，好消息，好消息啊！后来黑妞儿趴在他身边听了一会儿说：他好像在叫田野呢，好像有啥事要说呢。苑军一听扭头就往办公大楼跑，下班时分田野笑吟吟赶过来，他见病房站了很多人张口就说：我说老首长能醒过来吧。

果然，田野靠近忽大年身边，看着老首长清灰塌陷的脸颊轻叫几声，他居然听话似的停止了嘟囔。田野听医生说少则半月，多则二三月，人就可能恢复意识，便口不停歇地说：老首长啊忽厂长，你得快点醒过来，长安革委会的班子马上就批下来了，你还是一把手，我们一干人还给你当副手，咱长安这么多人，这么多工作，都等着你主事呢。

田野说到这儿扭头对医生说：你们看，忽厂长眼角流泪了。他掏手绢擦了接着说：我知道，咱长安是你带着大家一砖一瓦垒起来的，咱长安的一二二榴弹，金门炮战打出了威风，蒋介石到现在也没敢反攻大陆。对印反击战你又去了前线，报上把你的事迹吹得神乎其神，我知道这恰恰是你的特长啊。这次，你又带着长安火箭弹上了珍宝岛，打趴了好几辆装甲车，还抢回来一辆老毛子的坦克，尽管这一次上边没宣传，可我一直想给你老人家庆功洗尘呢。可你一下火车就被当成梅花党关进地下室了。黑妞儿发现只要田野一提到火箭弹，老冤家的右手食指就会点头，她连忙朝田野示意，田野看见惊喜地说：你呀大富大贵，赶快醒过来吧，醒过来一河滩事等你拍板呢。

田野絮絮叨叨的话，让病床上的忽大年安静了三天。

三天后他嘴里又开始嘟囔，这次是黑妞儿先听到的，她觉得他是在喊瞎子，可是把苑军叫进来听，他又不说了，等外人一出去，他又开始瞎子长瞎子短地叫。在长安只有忽大年敢把焦克己叫瞎子，难道老冤家在叫老焦？这焦克己也是个迷怔人呢，你跟他讲吃讲穿讲斗争，他脸上都没反应，可只要说到火箭弹，打开话匣子没个完。他好像挺怕忽大年的，那天她找到他说忽大年在地下室找他，人家一听就利利索索写了张纸条交给了黑妞儿，可他又好像不怕忽大年，全长安只有他敢跟厂长炝蹦子，一说噌了脖子就梗得直愣愣的。现在，忽大年又在病房喊他了，是去叫还是不去呢？那家伙也是个东北人，都在传长安的东北人都是梅花党，所以她想了想没敢去张罗。但是忽大年听见黑妞儿进门就嘟囔，嘟囔得黑妞儿心烦意乱的，终于她耐不住催命似的声唤，跑出医院跑进长安楼。

后来黑妞儿回到病房，把这两天寻找焦克己的经过说了：老忽啊，你就别再念叨瞎子了，那瞎子东游西逛就找不见人，后来我跑到他上班的科研所，没进办公室就听见走廊里人来人往，没承想保卫科正抄他办公桌呢，说他是梅花党的上校联络员，人已经潜逃不见了，都担心他是不是把工厂机密也带走了。

说到这里，黑妞儿发现植物人眼角涌出两颗很大的泪珠，鼻子微微翕动了两下，也不知想说什么。黑妞儿用衣袖抹去泪痕，听到他长长地吐了一口气，后来气息竟越来越急，越来越粗，胸脯也开始剧烈地起伏，脸颊也扭成了痛苦状。医生们马上拥进来，判断可能出现了二次脑梗，等到乱七八糟的药物推进粗粗的血管，他才慢慢地安静下来。

黑妞儿蹲在地上嘤嘤地哭了，她觉得不该给他讲工厂乱七八糟的事了。

一百零四

在以后的岁月里，忽大年就这样在病床上安安静静地躺着，成了医学上的植物人，可他曾有过两次睁眼的经历，医生连连惊呼出现了奇迹。

第一次睁开眼睛，是他听到黄老虎领着一帮人到他床前宣布，梅花党一案经过公安系统缜密侦查，是一起彻头彻尾的冤假错案，所有涉案人员和情节都是刑讯逼供的结果。忽大年闻声慢慢睁开眼皮，一眨不眨地盯着天花板，看不出是欣慰还是忧伤，似乎还像以前一样深邃明亮，像是看透了过去的肮脏，又像发现了什么秘密。

黄老虎一板一眼地说：这混蛋的梅花党案，是沈阳一家老牌兵工厂一个老技师屈打成招，把自己的通信录说成了联络图，把小本上所有人都说成了梅花党的成员，哈运来就是其中之一。而哈运来又被刑讯逼供，编造了所有东北来人都参加了梅花党的奇诡情节。后来这些人的供词越来越多，也越来越离奇，最后竟然诡称准备使用火箭弹攻打省委大院，并把这个恐怖行动称为绝密计划，正好与你提的绝密任务相吻合。最后，还是红向东想起他父亲说过，国民党曾悬赏一万大洋要你的脑袋，咋可能反过来去拉拢你？他把这个疑惑告诉了田野，小伙子闷头憋了两天，躲在宿舍写了一份报告，直接报告给了北京总部，上边派人调查后证明，这个横跨三省八市的梅花党案，是一个莫须有的假案，所有涉案人员一律平反昭雪，你忽大年是长安宣布平反的第一人。

黄老虎把文件念完递给身后的门改户，看着老首长苍白无色的脸颊，听着他沉睡不醒的呼吸，也不知是怜悯还是懊悔，情绪终是控制不住，眼泪吧嗒吧嗒下来了，毕竟在忽大年身边，鞍前马后忙乎了二十多年，虽不能说肝胆相照，也是知根知底的。尽管这些年自己也耍过小心眼，也想崭露头角光宗耀祖，可那都是私字一闪念，现在说出来也不怕人笑话了：不瞒你说呀，我那点花花肠子，你也清清楚楚，我也就是想坐上吉普回老家兜兜风，给右邻左舍显显眼，让老娘心里乐和乐和。不过，我向毛主席保证，关键时刻我还是护着你老首长的，当年是我把那张纸条压下来，才避免了反右时节外生枝。只有这次，上头虎视眈眈追查梅花党，我咋就迷怔了，怎么就相信了那些鬼话？记得那次攻打太原，你不是抽过我吗？你今儿个起来再抽我两巴掌吧？黄老虎越说越愧疚，话匣子也止不住了：唉，枪林弹雨的岁月，没让首长伤过一根毫毛，偏偏和平年月把老首长闹到了这地步，还是我没有伺候好啊！

所有人都被黄老虎感动了，只有黑妞儿一脸轻蔑，捶腿翻身该干什么还干什么。

这时田野趴到病床边摸摸病人额头说：忽厂长，我爸说你要是站不起来，就不让我回家了……其实，也不是我想把你从黑龙江骗回来，梅花党牵扯的是军工系统，是部队牵头查的，我咋敢不配合呢？我也告诉你一个秘密啊，我特爱听你发脾气，骂人都带着山东大葱味，你就坐起来骂我两句吧，骂我两句，我就舒服了，否则我将来回到部队心都不安宁。门改户连忙上前圆场说：你也不用内疚了，要不是你把材料递上去，梅花党的案子现在还翻不过来呢，当初说得跟真的似的，接头暗号，秘密开会，有鼻子有眼的，我都相信了，现在真相大白了，你绝对是头功，老厂长哪会埋怨你呀？

等到所有的人都走了，黑妞儿冲着忽大年说：今天，你的案子平反了应该高兴，医生说你现在已经有了自主意识，就是说你能听见俺说话了，那你就好好听着，赶快起来别躺了，起来以后别忘了是俺伺候你一年多，又是屎又是尿，连一个褥疮都没出，谁的功劳啊，绝对是俺黑妞儿的！嘿嘿，你不是爱咬人吗？有本事你起来再咬俺一口呀，想咬屁股俺趴下让你咬哇，哈哈，俺看你也没这个能耐了。忽大年似乎听到了，嘴又噘了起来，尽管眼珠不动，眼皮不眨，但细心的黑妞儿发觉眼睫毛在微微抖动，眼帘间露出了一道细细的光斑，亮得像藏了多少故事似的。

第二次睁开眼睛，是忽大年听到哈运来汇报，火箭弹已经定成连级标配了。这段日子哈运来完全是为了赎罪，隔上一段时间，就来给床上人像模像样地汇报工作，也不管人家听还是不听：忽厂长，等你病好了，咱们好好聊聊，你赶快睁开眼站起来，你要有个三长两短，我这辈子就欠下命债了。黑妞儿见他没反应，便用胶东话重复一遍，植物人似乎听到了，眼皮眨动两下，又慢慢睁开了一条亮缝，病房里一阵矜持的欣喜，看来老厂长苏醒有望啊。哈运来觉得是他的汇报起了效果，便每天赶来恭恭敬敬站在床前，汇报五分钟生产科研，每次病人好像都能听见，眼睫毛也会微微眨动，手指头还会微微"点头"。哈运来一看见手指头抖就说：老厂长，我可是给你汇报了，你同意了啊！

这天哈运来临出门又折回来说：我知道你是因为我落下的病，其实他们不让我吃饭，大灯泡子烤人，我都能承受，就是他们不让我回家我受不了，也不是我离不了老婆，是我家姑娘小娟子离不了我，那小娟子跟那田营长演了一回小节目，就迷怔上人家了。可咱知道自己是审查对象，不能害了人家，死活没敢松口，这就让她犯癔症了，一天到晚不吃不喝，整天嚷嚷要找田野排节目，只有我把饭端过去才肯扒拉两口，如果她整天见不到我人，还不饿死了？所以我怕咱姑娘出事，也不知道自己都说了些啥，你呀大人大量，快点起来吧，你就别再生气了。

过了几天，哈运来又跑来用那苞米糁子腔说：忽厂长，有件事我必须给你汇报，总部已正式下文，要求我们瞄准国际水平，开发二代反坦克火箭弹，第二代，明白吧？咱们第一代火箭弹要跑到敌人眼皮底下打，常常要以战士生命为代价，二代火箭弹可以五公里外打了就跑，可现在几个弹厂都较着劲想上呢，多亏你让焦瞎子提前做了预先研究，可咱们也不能掉以轻心哪，你赶快起来吧，去北京跑一跑，听说管事的还是你的老首长。忽大年听着眼睛突然睁开了一道缝，怔怔地盯着天花板，像是在思考什么⋯⋯

忽大年真正的好转，发生在一个阳光明媚的中午。

那天黄老虎和田野又来看望，他们对昏迷人絮叨了好多奇闻逸事，特别告诉他北京这几天出了大事，紫禁城里的四个人被打倒了，老百姓都上街游行了。田野还不停地说，让他个兵娃子主持革委会工作实在有难度，一屋开会人都是自己父辈。可他一直闭着眼，始终没有反应，后来黄老虎索性把凳子拉到床前，坐下拉起话来：

老政委啊，每次你让我把咱们师失败的过程讲清楚，我是身上有疤一碰就淌血啊。可我今天告诉你，咱们师不该渡过鸭绿江就马不停蹄追着敌人打了，都以为大鼻子不经打，没等交手就往回窜逃，谁知道人家那就是一个阴谋。当时我还提醒咱师长，美国鬼子不像在逃跑，倒像是引诱志愿军上钩呢，一路上没见人家丢盔卸甲扔辎重。可你那老搭档满脑子胜利受奖的盘算，扭头就喊，加快追击速度，好好在朝鲜露个脸。但是追了一天半，司令部下达了停止追击的命令，要我们掩护友邻部队的伤员后撤。可是，追击容易，想撤就难了，后撤的路马上就让美国佬的飞机给封住了，炸弹像下饺子倒在后撤的路上。没办法，战士们只能背水一战了，一个个趴在急急忙忙挖开的壕沟里，越打心里越毛，谁都不知道该往哪儿突破。后来师长把我拉住交代，如果明天再见不到炒面的影子，全师一万多号官兵就只能啃树皮了，让我催促后勤部队赶快把给养运上来。

这时，黑妞儿突然惊叫一声，忽大年的眼睫毛颤动起来，大家相视点头，兴奋顿时挂到了脸上。

但是老政委啊，等我把后勤车队带到汉江边，就看见天上过来黑压压一大群飞机，炸弹几乎把江岸翻了个遍，我坐卡车躲进树林才没被炸着，可我们拉的不是弹药，是战士的命啊。我催促司机从浮桥上冲过去，可抬眼就见美军坦克不知从哪儿钻出来，堵在了通往浮桥的路上，我这才明白，咱们架的浮桥，美国佬故意没炸，是想留给他们自己用的。我也看清了，就凭我们那几支枪想冲开钢铁屏障绝无可能，那些装甲老结实了，一排一排压过去，很快就把咱们师割成了三块。你最器重的那个小娄团长，带着八个机枪手，冲到坦克前边一阵狂扫，子弹打在铁甲上叭叭叭乱飞，人家连理都不理，等我们把子弹打光了，打头的一辆坦克还嚣张地探出头，伸出了一个指头……

后来汉江北岸的天都打红了，子弹像爆炒豆子，炮弹一拨拨倒下来，硝烟都能把人呛昏了。看样子车队是走不动了，我发疯似的催促车队不要掉头，战士们已经饿肚皮了，拼死也要送过去。可满脸胡楂的卡车队长对我一阵狂吼：现在就是孙悟空也冲不过去，桥被鬼子坦克堵着，要卡车从河里游过去？就是过去了，你知道哪块阵地是鬼子，哪块阵地是你们师？我们俩正喊叫得起劲，美军轰炸机突然又撂下一长串炸弹，卡车不见了，卡车队长也不见了，狗日的，一块弹片偏偏扎进了我的肚子。唉，等我醒来睁开眼，一群护士正在撕剪我的裤子，我就像一只被宰的羊羔绑住了四肢，也不知道他妈的打没打麻药，划开肚子就开始翻腾那块狗日的弹片。我不知道啥时候又昏过去了，等耳边响起伤员的哎哟睁开眼，身旁一个头上手臂缠满绷带的小伙子递来水壶问我，你是一七〇师的？听说你们师就跑回来你一个？

黑妞儿忽然惊叫一声，忽大年眼角湿润了，左眼有颗泪珠滚过脸颊，大家你看我，我看你，都感觉有奇迹要发生。

黄老虎摇着忽大年的胳膊哭了，说：想不通啊，一万多人就跑回来我一个啊？师长、政委、参谋长、团长、营长……都牺牲了？我都想把伤口剻开不活了，我活着就成了人们嘲笑的靶子了，我活着还有啥劲呢？可等我再次醒过来，就躺在回国的闷罐车上了，以后再也没听到轰轰的枪炮声。可我一闭上眼睛就能听见师长的吼叫和卡车队长的暴吵，我几乎快疯了，想转业到内地去，想彻底躲开魔魔般的一七〇师，没想到我会被分配到八号工程指挥部，更没想到会在这里遇见你……说实话，你是我这辈子最不愿见的人，见了你我说什么呀？你的一七〇师没了，只有我还活着……

黄老虎的眼泪滴滴答答，全掉到老首长胳膊上了。这个惨烈的过程，以前他有过断断续续的透露，但从没像今天说得彻底，这显然是一块又厚又硬、一揭就流血的伤疤啊！记得忽大年第一次听讲，我一拳打到万寿寺墙上，墙皮哗啦啦直往下落，拳头便血肉模糊了，只听老政委压着嗓子感慨：他妈的，还是咱装备不如人哪！今天这一席话又把一屋人听得泪眼婆娑，都在注视床上人脸部变化，却不知该怎样去劝慰了。

然而，这个已经有些遥远的悲壮故事，确凿给了忽大年强烈的刺激，他好像也在期待这个讲述，嘴巴微微张开了，小拇指不停地抖动，眼角居然一直在泪泪流泪，眼皮像是被泪水冲开了缝隙，透出了一缕极亮的光斑。黑妞儿过去使劲摇晃他的肩膀，说：一屋人围着你转，你也好意思躺着，你也给个面子，睁开眼说声谢谢呀！

这时，子鱼和子鹿拎着两瓶蜜桃罐头进了病房，听见楼外马路上人声鼎沸打开窗户，看到长长的游行队伍，呼着口号，扭着秧歌，欢欣鼓舞地庆祝摧毁了"四人帮"的胜利。黑妞儿嫌吵让把窗户关上，没想到忽大年这时眼睛忽然睁开了，而且睁得很大，连眼白都露出来了，医生听到消息兴奋地跑过来问：是不是听见外边有人在游行？

忽大年嘴唇翕动：听到了……

医生笑问：你听到了什么？

忽大年嘴唇微动：一七〇师回来了……

医生茫然不解：什么回来了？

那天，长安人也结队进城跑到钟楼转回来，还没等看到工厂大门，忽大年醒来的消息就在游行队伍传开了，等焦克己一帮老东北急急赶到医院，他已经可以流利地说话了。等钱万里匆匆跑来探视，他已经定定地站到地上走路了。后来医生们把他的病案整理了一米多高，都想复制这个医学奇迹，可医生们的说法莫衷一是。终于，有个老教授钻进病房琢磨了半天说：是那个女人，那口浓重的胶东口音，把他从死亡线上拉了回来……

第六章

一百零五

忽大年神奇地苏醒过来，又开始气昂昂地发号施令了。

本来儿子在苍翠的秦岭脚下找了个农家小院，想让父亲住上几个月，好好休整休整的。那儿的草木泛有一种醉人的绿，一层层向上漫涌，一片片秋菊又云朵般沿溪而下，引得一群群绿翅鸟络绎逐飞，使得深邃的峰峦多了几分妩媚，似乎人只要走进这里，心就自然静了，就会搜寻曾在这里吟诗作画的古人来。但是，忽大年像被拽来的，进门坐下喝了一杯明前仙毫，还没品咂出茗香，就突然拍拍屁股要回长安了。

忽大年似乎又有了什么奇异的想法？近来长安人惊诧不断，苏醒后的忽大年居然能知晓昏迷期间发生的事，不但知晓一个又一个领袖接踵辞世，还知晓工业学大庆如火如荼，更对二代反坦克火箭弹的研制了如指掌，居然不听汇报就对战术指标摆了摆手……人们看着他事无巨细滔滔不绝，心房突突突直跳，难道此人的魂灵一直在工厂上空徘徊？

而且人们发现，病愈后的忽大年性格也发生了变化，变得温和平顺了，不管遇上多大麻烦，再不见把军帽抓起，牛眼瞪大，桌子拍炸，一副战场归来的将军架势，反而什么事都好商量了，什么事都要放进脑子转两天再拍板了。然而，他从山脚下的农家小院急火火跑回来，进门就把田野叫过来，又瞪起眼珠子质问：你不是说，派一营战士进山找靶场吗？咋从没见你来汇报哇？

这都是忽大年生病以前的交代，老人家怎么还没忘记呢？

田野嘟嘟囔囔地说：现在的靶场轰隆轰隆打了十多年，也没见什么影响试验的隐患，有必要开辟新靶场吗？可忽大年忧心忡忡地说：我那天在农舍喝茶，遇到考古院的张大师喜形于色，说是在靶道前方的河谷里，发现了一块摩崖石刻，竟然是唐代书法家柳公权的墨迹，记载了商於古道的兴隆，还记载了诗人们隐居和过驿的情形，所以那帮文物人视为国宝，说话声都带着颤音，估计上头很快就会下令规避，到时候咱们没地方做试验可就抓瞎了！

但是，大家开会讨论像听他讲故事，没人感觉问题迫在眉睫，这个靶场已使用十多年了，射进去的炮弹也有上千发了，也没炸出什么稀罕玩意，咋能想说停就停了呢？再说，即使现在开始筹建新靶场，申请经费也来不及了，预算计划都是前一年申报，第二年才批准实施。所以在办公会上，资金就成了议论的中心，一向喜欢吹胡子瞪眼的厂长，竟然对着财务科长乞笑起来，是不是借用一下生产资金，区区三百来万，明年我想办法给你补上？可是黄老虎慢悠悠打了横炮：军工计划，有如法令，买酱油的钱，不能买醋啊！

他妈的，买酱油的钱，为啥不能买醋？当年在秦岭峪口选择老靶场时，他曾被那故纸堆里翻出来的故事弄得晕头转向，便有意避开了什么王维的辋川，也没听说还有韩愈住过的什么驿站，可一直有人在山沟里寻找什么遗迹，他还派人悄悄去打听过几次，实在害怕搜寻出个蛛丝马迹，会折腾得天翻地覆的。可现在人家终于找到了石刻，就是找到了神仙们生活的依据，靶场居然是古代繁华的驿道，那些考古人必然会把整条川道挖掘开的，到时候二代火箭弹去哪儿试验？影响了试验进度，谁又能负责呢？然而，黄老虎毕竟点到了腰眼上，忽大年的头马上涨大了，以前他也认为，计划会让社会有条不紊地发展，可在长安摔打的这些年，他发现计划应付不了生产万象，可谁都怕越雷池一步被扣上帽子。所以，忽大年看见老鹰眼又眯缝起来，不由得涌起一股邪气来，这小子老毛病又犯了，又想跟他较劲了？

忽大年第一次在自己主持的会上，没有就讨论的问题拍板。

然而第二天清晨，忽大年将军般双手叉腰，迎着上班的人流，一把将黄老虎拉出来，像什么事也没发生似的，把老部下一直拉到宣传栏前，让他抓紧组织一场长征主题的劳动竞赛，各个单位以红旗标示，谁前谁后一目了然。

呵呵，这个偶然的创意，竟让长安人感到了新鲜，也把若隐若现的两派情绪聚拢起来了。大家上下班途经那里，都会朝自己单位的小红旗望上一眼，都期望与己挂钩的旗帜能一往无前，翻过雪山，走过草地，攻克腊子口，抵达宝塔山。从此，长安人的激情便被完全引燃了。

那是一个蒙蒙的早晨，气呼呼的牛二栏蹲在宣传栏下，看见宣传部长欧阳林过来，毫不客气地拦住去路，嚷叫声顿时把匆匆上班人逗笑了。

你们是迷上谁家媳妇睁不开眼呀？我们上周就夺取了大渡河，怎么现在还停在六盘山？

瞧你婆娘那熊样子，只有你当宝贝吧？你们夺取大渡河，已经过了半夜零点，产量就只能算到下一月了。

那是一个红红的傍晚，文绉绉的焦瞎子在宣传栏前琢磨了半天，也终于等到了移动红旗的欧阳林，一阵阵胡搅蛮缠，且把下班人给惊住了。

我们已经攻克了腊子口，可以一鼓作气到达宝塔山，怎么旗手叫你家婆娘抱住了后腰？咋老是原地踏步呢？

焦瞎子，你想回家抱老婆想疯了吧？告诉你，完成了定型试验，才可以到宝塔山下休整，才可以回家看老婆奶子上有多少牙印子！

看到大家积极性被调动起来了，工房里的笑声多了起来，使忽大年郁闷的心境平添了一丝慰藉，也许是为大家理解他的思路，也许是为吹散盘踞心头的愁绪，他随后召开了一次全体干部大会，大讲特讲现代战争的特点，最后讲得衬衣都湿透了，抓起毛巾连头带脸擦了一把，说：我建议大家去看看刚开放的秦始皇兵马俑，后来居上的秦国为什么能统一六国，说一千，道一万，是秦国的剑比六国长两寸，同志们啊，想不到吧？两寸定天下！我们为什么要把二代火箭弹抓上去？因为二代弹增加了制导系统，也就是单兵携带的导弹，我敢肯定，精确制导将是兵器发展的方向，如果我们不能掌握这门技术，敌人的导弹就会落到我们头上；如果我们掌握了这门技术，和平鸽就会在我们头顶飞翔……

这个报告热气腾腾，又紧贴战争前沿，兄弟厂都想请他去讲授，可是忽大年一听就摆摆手拒绝了。然而，当人们还陶醉在激奋之中，忽大年把财务科长和靶场主任叫过来面授机宜：

事不宜迟，先斩后奏！

好像老天爷也加入了考古队伍，没多久报纸上便传来消息，在靶道末端又发现一块摩崖石刻，两方内容相互印证，名家撰文，名家书写，堪称三绝碑矣。

这件事很快惊动了北京，一纸红头文件翻山越岭，命令靶场立即停止试验！焦克己那天进山打靶归来，在办公楼下拦住忽大年，像检视怪物似的，一连围着他转了两圈说：忽大厂长，你神了，神了！

其实，在停止试验的红头文件露脸之前，在秦岭深处一条荒无人烟的沟壑里，已经拥进了许许多多忙碌的人，开进了十辆坦克般的推土机，推平了三座大土包，炸碎了八块大石头，又盖起了龟样的水泥掩体，垒起了一个可住百人的土坯大院，最后扛来了一大堆形形色色的仪器，给寂静的山涧平添了一股神秘的活力。

无论如何评估，这都是长安厂长忽大年最为沉重的一次抉择！

只是通向靶场的道路还没修好，轰轰的弹药冲击声就在山涧响起来，似与筑路的爆破声遥相呼应，把悠闲的鸟儿吓得总在上空盘旋，也把老林里懒惰的动物吓得无影无踪了。反正只要试验能进行，什么顾虑都不惧怕的，这是他多年以来的体会。

终于，二代火箭弹进入了威力试验，山涧尽头竖起了三个钢筋水泥的靶标，如能顺利完成这个试验，以后就没有威胁性命的危险试验了，剩下的飞控试验就可以用沙弹来替代了，也就不用把弦绷得那么紧了。一个期盼已久的胜利，似乎可以冲散和抵消任何麻烦，就像战场上能够打胜仗，什么小小不言的毛病都可以忽略不计的！

那天，听到总指挥发出第一声指令，一个姓丁的射手站到了靶位上，底气十足地应了一声：到！靶场顿时安静下来，子鹿跑上去递了个瞄准用的橡胶垫圈，这无疑是他吸取龙江教训制作的，却惹得人家不耐烦地摆了摆手。

但忽大年对儿子的举动很欣慰，这子鹿的确让忽大年有点骄傲，前些天来了工农兵大学生推荐通知，俩儿子居然在工厂的选拔考试中都入围了，他晚上回到家摊开话题谁先去，俩儿子一听哭得稀里哗啦的，一个劲儿说妈妈不在了，说破天也要守在爸爸身边。忽大年感动得热泪盈眶，反复说这次不能再让了，你妈说过俩儿将来都要上大学。后来子鹿挠挠头说：那我俩抓阄吧，随手便写了两个纸团扔到饭桌上。子鱼捏住一个一打开，只见一个"上"字。其实，忽大年心里明白，两个纸团都是"上"，如今子鹿愈发地有模有样了。

这时，丁射手果断地扣动了扳机，火箭弹如火蛇突进，把方方正正的钢筋垛子击了个粉碎。焦克己乐颠颠跑近靶标，厚眼镜推到脑门，贴近破碎的靶标，头也不回对着步话机报告：漂亮，照这个劲头打下去，三个月就可以完成定型试验，肯定可以回家过元旦了。忽大年却毫不客气喊：少啰嗦，第二发准备！

虎头虎脑的丁射手一摆手回答：准备完毕！待人们从靶标处散开，又一枚火箭弹迅如箭镞，飞速地冲向了水泥垛。然而，就在离靶标六十米处，优美的曲线猛地抖了一下，弹头猛栽到地下，弹进一片洼地去了。

见状，所有人都愣怔了。焦克己气得直拍大腿：咋整的，麻烦了！撒腿就往落弹处跑去。可落弹处竟然是一片泥淖，站到洼边远远瞅见乌黑的弹体，犹如天外来客，又像拱出地壳的大萝卜，赌气般插在地里。焦克己回头看看忽大年，又瞅瞅沮丧的射手说：可能制导出了问题，弹道偏离了方向，可能引信也有问题，弹头栽地都没有炸？

正说着，丁射手蹚水过去，想去抱露出地面的弹体。

忽大年气急冒火边跑边吼：小心，不敢动！

厂长过去一把推开射手，围着弹屁股左右端详没有吭声。这时，焦克己拎着防弹衣和钢盔从掩体里出来，似乎想复制厂长当年的英勇。可是，忽大年却泛起一种不祥的预感，心口怦怦，手臂瑟瑟，也许就是人们常说的第六感觉吧。焦克己故意打岔问：你是想请示一下上级？忽大年回头一瞥：请示个屁！现在，我就是上级！焦克己忧虑地说：这个弹不拆开，故障就找不出来，定型试验怕就打到明年春分了。这话的确让忽大年一阵犹豫，耽误了计划也是要命的，可他最后挠挠红疤说：拉上警戒，明天再说！

傍晚时分，雪上加霜，山坳修路的生产队竟然也传来了事故快报，忽大年手攥帽子都快捏出水了，他根本没心思听取情况，只叫驻守厂区的黄老虎赶紧过去看看，就地做个了断处理。然而半晚钟声刚落，人们刚钻进靶场招待所的被窝，猛听到窗外一声轰响，声浪狠狠地撞到窗玻璃上，发出了咔啦咔啦的嘶裂声，随后寂静便吞噬了旷野，静得都有点恐怖了。刚过一小会儿，就听见一阵杂乱的脚步由远及近，一个卫兵猛敲开忽大年房门，大喊：故障弹炸了！天亮以后，人们围着那个炸成锥形的大土坑，倒吸了一口气，好险啊。丁射手跑过去一看，惊得舌头都抽不回去了，如果昨天贸然拆解，一定成为弹上之鬼了。

焦克己这时拉住丁射手说：你以后应该管忽厂长叫干爹了。大家矜持地笑了，可忽大年却没有一丝笑容……

一百零六

似乎祸不单行就是一个颠扑不破的规律。忽大年做梦也想不到，当他带着沮丧的试验队回到长安，立刻召开了故障原因分析会，可火箭弹坠地的问题，好像随着那一声轰响永远成了谜，似乎可以推测出十多个原因。而那个修路爆炸事故又毫不掩饰地叠加到会议的天花板上，压得人快喘不过气了。难道长安真的遇上了多事之秋？忽大年心绪烦杂，都不知啥时黄老虎坐到了旁边，一副讨债归来一无所获的样子。

我已经去了沣峪大队……

怎么样？事故处理复杂吗？

死了一个人，伤了一个人……

按上限抚恤，尽快处理吧。

问题可比想象的复杂……

为什么？

农民开山的材料，不是土炸药。

那是什么？

是军用炸药！

忽大年心里蓦地一沉，毫无疑问军用炸药是绝对不能流落民间的，这沣峪大队是从哪儿搞到的军用炸药呢？会不会跟长安有什么瓜葛呀？不管怎么说，问题的背后一定隐藏着暗通款曲，搞不好会是一个刑事案子，至少会牵扯出几个责任人来，一旦上纲上线就是违法乱纪了。他不由得一扭头，竟与黄老虎的鹰眼奇怪地对上了，尽管只暧昧地对视了一下，却深深地印到了他的脑海里，前胸马上渗出了细汗……

乌云笼罩的故障分析会开了一整天，各种意见莫衷一是，把主持人搞得头昏脑涨，瞅着桌上的记录本直想一把给撕了。临到散会，他把黄老虎胳膊肘碰了一下，两人又对视一下笑了笑。这个老部下，新靶场已经开工半年了，道路也快修通了，刚才竟附在他耳边说：就怕事故扯出挪用资金的问题来，那渭河厂的叶京生才挪用了一百万，就……他妈的，这是啥意思？这些话开工之前，你咋不说

437

呢？他从黄老虎阴鸷的眼神里发现，靶场事故已不是处理个工伤那么简单了，好多事情在下边悄悄运行不觉得是问题，一旦放到阳光下便会引来尖叫的。

忽大年沉沉地避开锋芒问：你知道，我为啥叫你去处理事故吗？黄老虎老辣地摇摇头说：让我帮你去擦屁股呗！忽大年暗忖此人是钻进自己肚里了，说：沣峪大队是为修建靶场出的事故，就事论事，内部处理吧？黄老虎眯起眼说：可是……忽大年不容分说：没有可是，这件事由你全权处理！

然而，忽大年回到办公室心绪麻乱，把电话拿起又放下，一直磨蹭到下班，才从抽屉翻出几双线手套，匆匆往单身大楼去了。其实，当他听说农民使用了军用炸药，心里就开始嘀咕了，这个鬼精的老部下话里有话，如今新选定的靶场新址，距离老靶场不远，宽有一里，长有六里，似乎是老天爷专为二代火箭弹预备的。可这地方仍属于沣峪大队，为了保障试验任务，忽大年要求先修靶道，后修行车道。现在，靶道工程已经竣工，事故出在一段陡峭的山路上。只是生产队怎能搞到军用炸药呢？

他有一种不祥的预感，如果沣峪大队真用的是军用炸药，那绝不会是从装配线流出去的，每天装配多少弹，用去多少药，都是个死数，最大的可能是从销毁弹药里流出去的。问题是，负责销毁的人恰恰是黑妞儿啊！记得黑妞儿曾经嘟囔过，这些废旧炸药送给生产队，人家还会念你好呢，一点火炸轰了多浪费啊？当时自己摆了摆手说：这可不是你操的心。黑妞儿居然歪嘴嘲笑说：你呀，身体病愈了，脑子咋还生锈了。他当时再没吭声，那可能被认为是默许了，这个胶东女人太有可能擅作主张了。

忽大年对黑妞儿的担心提到了嗓子眼，如今他经历了亲人的生生死死，愈发感觉黑妞儿在心里的分量，已达到不能发生差池的地步了。所以，他已不怕什么嬉笑和阴嘲，径直跑上了女单身楼，重重地敲开门，不等同宿舍人出去，就坐到了黑妞儿的床沿上。但他一见到胶东老乡，又怕把问题说重了把人吓着，便咽了口唾沫风轻云淡地说：天气马上冷了，要进山做试验，给老乡织条线裤呗。

黑妞儿一听呵呵笑了：你还真是出息了，俺伺候你吃，伺候你睡，累得腰都弯了，你还不放过俺哪？忽大年环顾两边架子床：只要我抓住了，就不会放手了，你呀干脆搬到我那儿住吧？黑妞儿嘻嘻笑笑应道：哎哟，你说得轻巧。咋的？是想破镜重圆，还是想娶新媳妇？忽大年挠挠头疤说：哪来那么多讲究，咱俩都这岁数了！黑妞儿却严肃了，道：如果是破镜重圆，俺是你大老婆，靳子是你小老

438

婆；如果是娶新媳妇，那你得八抬大轿，至少把黑家庄的父老乡亲请来，把厂里的好人请来。忽大年皱皱眉问：请那么多人干啥？黑妞儿又鬼精地撇嘴笑了说：这你都不懂？通知大家伙，这俩人明铺明盖了呗。

忽大年转而吞吞吐吐说：如果有人问，你就说沣峪的炸药，是我同意的……

黑妞儿一脸狐疑地问：什么是你同意的？你说什么呀？

忽大年感到沮丧地说：反正……反正有事，你就往我身上赖……

黑妞儿点他鼻子说：你个猪脑子啊，如果那样说，别人都会想，俺以前为你历史问题的证明，一样都说的是假话！

忽大年一下子愣怔了，感觉胶东女人不仅手掌厉害，脑子也够缜密的，只好顿了顿说：我怕有人揪住靶场事故，会扯个没完没了……

哎，那怕个啥呀？不让咱干了，咱回黑家庄种地去。

两人你来我往，饿饿了半天，忽大年到了也没敢把炸药流失的疑问说透彻，因为他感觉黑妞儿要是承认了，自己将处于两难境地，这几年他从妹妹的遭遇中悟出一个体会，身边亲友遇上麻缠还是不说透的好，有时候说透了反而不好办，你若不闻不问，似有违公心；你若随心管束，必会伤害亲情；彼此心照不宣，悄悄在肚里藏掖着，可能才是对亲人最好的保护！何况，瞅着黑妞儿眼睛清澈亮莹，一脸的镇定无邪，哪像藏着什么问题呀，自己应该相信人家才是呀！只是，这个老乡以前笑嚷着要搬过来，要来当家做主人，他觉得还是领了结婚证再搬的好，以免让人背后戳弄闲话，可他现在主动去请人家过来，人家却扭扭捏捏打开岔了，难道她知道了什么故意退缩了？

她知道了什么呢？忽大年挠挠头起身下了楼，他想还是要在黄老虎身上做工作，要跟黄老虎把事挑明了，这个事故不要深究不休了，此人尽管曾经想跟黑妞儿黏糊没有成，那也不至于记仇吧？不至于在这上面做啥文章吧？但是，他走着走着突然浑身发热，汗水竟在衬衣里汹涌起来，自从出院以后总是这样，稍一紧张人就冒虚汗，连开会讲话都会大汗淋漓，讲上一会儿就能湿透了，今天他把衣扣全都解开来，让凉风吹了吹，又感觉毛骨悚然，便又合衣扣上了。

噢，这应是他第二次敲黄老虎的家门了，上一次有一个女人陪着，这一次是为了一个女人。可是敲了敲没人应声，他头上竟然又往下掉起汗珠来。这个老鹰眼的毛病他是知道的，一下班就宅在家里，即使俱乐部放电影也不去看的，现在正是饭点他能去哪儿呢？

忽大年蹲下身从钥匙孔朝里窥探。呵呵，灯泡亮亮的，地上有双鞋，一只正着，一只歪着，显然黄老虎在家里，可他再敲再叫，门扉就是没动静。这个老鹰眼又在琢磨啥呢？是啊，这次自己能够大病痊愈，医生说是黑妞儿的功劳，但他明白最终刺激他站起来的，还是黄老虎那番揪心揪肺的告白。当然他也有纳闷，老鹰眼不是做梦都想爬上一把手的宝座吗？如果他始终在床上躺着，上级可能就把长安的大印交给他了，难道共同经历的血火洗礼，拂亮了老部下心头的阴霾吗？

于是他苦苦一笑摇摇头想走了，可这时门改户哼着小曲进了楼门，抬头见到厂长有些尴尬。忽大年不由得心里生气，你个办公室主任，知道长安厂谁是大小王吗？但他一张嘴，舌头却拐到了一边：那个以前跟你一个宿舍的满仓，是不是失踪了呀？

其实此时此刻，那黄老虎就在家里床上躺着呢。

他还真是神机妙算，平时回家就把收音机打开，声音开得很大，满楼道都能听到，今天他开了一会儿就关上了，却没来得及关掉走廊灯，就有人当当敲门了。从那毫不犹豫的节奏上判断，来者必是忽大年，但他不想去开门，开了门能说什么呢？

现在长安人都说他仁义，始终不忘老首长的恩情。其实，他之所以三番五次去病房呼唤忽大年，除了看着老首长坍塌的脸颊心生怜悯，再是听田野说上级已准备给长安派个一把手来。哎呀，如此结果，竹篮打水，就不如让忽大年骑在头上作威作福了，毕竟知根知底没有危机感。可此人一坐上宝座就摆开谱了，一副居高临下的样子，处理伤亡事故纯粹是行政业务，竟以命令的口吻让他去调查，好像忘了他是主持党务的副书记了。

昨天那火箭弹事故分析会还没开始，他就坐车跑到了沣峪大队。

那个大队生活在一片恢宏的古代遗址上，世世代代也没把石崖上若隐若现的痕迹当宝贝，现在山呼海啸价值连城了，似也看不到宝物能给百姓带来什么实惠，沣峪人已经为长安贡献了一条靶道，十多年轰隆轰隆的打炮声，已把村民们赶到山梁后边去了，而一条新靶道又选择在人世代耕作的川道上，可人家听说这是国防急需的工程，二话没说又把地方给让出来了。

等他匆匆忙忙赶到事故现场，一伙山民正在清理炸塌的巨石，气氛的确有点压抑。他听了伤情汇报，便拉住罗村长说：怎么会发生这般事故？像是炮眼没有掌握好，以后长安可以派个技术员，帮你们开山炸石。村长却连连摇头：自制的土炸药，不值当你来。他惊奇地问：你们还能自制炸药呀？村长说：太简单了，化肥、锯末、木炭一拌就成了。村长说着把他领进了丧夫的山民家里，送上五尺孝布，燃过三支香，随之便被拉进了另一院的土屋里，窗下是一张土炕，炕上一层厚厚的棕色粉末，他掬起一捧不禁愕然：闹半天，土炸药这么简单呀？

然而，黄老虎扭头看到地角有个面粉袋，敞开的线缝残留着一道黄末子。哎呀，这嫩黄的颜色太有冲击力了，他过去伸手捏了捏，放到鼻下闻了闻，便恍然意识到，靶场的销毁炸药可能流失了，否则一炮咋能炸下那么大一块山崖？

他马上赶到修路现场，有个村民讨好地说，你们长安炸药劲太大了，一点火地动山摇。他一听就明白了，撂下村长直奔会议室报告了情况，可人家忽大主任装模作样，不停地翻阅手上一沓资料，弄得他反倒没脾气了。不过，他对老首长也太过了解，此人吃过晚饭才会用心考量，一旦反应过来必会再来找他的，这个事故就是一个臭屎坨子，这回可是屁股坐到屎坨上了，想擦干净也不容易啊！

他心里明白，若是个单纯的工伤事故还好办，提高一点抚恤标准，多做几次安慰，事情就会过去的。不过，不知忽大年有没有想到，只要上级听到风声，对事故展开调查，抽丝剥茧，顺藤摸瓜，绝对会爆出一个大冷门来：修建新靶场有计划吗？建设资金哪里来的？那天，又开会讨论靶场筹建项目，财务科长竟然放胆忽悠，准备动用工厂自有资金。呵呵，谁信嘛？尽管自己负责党务，可泡在长安二十多年，有多少自有资金他还是知道的，看样子老首长的脑瓜是发热了，热得都让人感觉烫手了。

所以，装聋作哑，拒之门外，乃三十六计之上策也。

一百零七

看到忽大年表面风火的样子，那个缩了头的门改户有点发蒙。他一见到那个微驼的身影心就发怵，尽管他还挂着革委会副主任的头衔，却依然不丢办公室主任的差事，动不动就敲开厂长办公室报告：你讲的那个满仓，已经失踪三个月了，怎么找也找不到人，邻近村子找了没见，秦岭山下找了也没见，小河南还发动单身找了几十个有香火的寺庙，和尚们都说没见过什么姓满的，你说要不要报案哪？

忽大年心里烦躁本不想管这些闲事的，实在是心心系之的黑妞儿总是唠叨，满仓是不是断了尘缘了？如今他已做了寻找，就可以说清楚了，人是擅自离厂的，不能埋怨他没尽到责任。可黑妞儿一听摇头说：咳，他们笨找不到，你也找不到哇？也是啊，这个小和尚进厂快二十年了，都当上熔铜班长了，却依然对佛经念念不忘，那年车间组织大雁塔春游，有人起哄谁能背诵两句佛经，午饭奖励两个茶叶蛋，满仓转身给佛陀磕了三个头，跪着背诵了《金刚经》，连看管功德箱的和尚都惊了，连说此人可以进庙当住持，难道他又佛心萌动重操旧业去了？

忽大年觉得当年是他收留了无处投奔的小和尚，也是他把小和尚招进了长安厂，又是他把满仓调到了口粮最高的熔铜炉，不信穿上袈裟就能把世间悲苦忘掉，嘟囔几句佛经就能把饥饿从肚子赶走。礼拜天，忽大年突发奇想，带着小河南直奔城南兴善寺，开门的和尚看见一辆吉普车停到山门外，惊奇地问他找什么人。一个老和尚气喘吁吁过来解释，他们已经好多年不收挂单和尚了。他们嗷嗷两声，又驱车来到沣河边的草堂寺，又一位老和尚说得更可怜，这年头没有出家证明，哪个庙也不敢擅自接纳居士的。

他俩开车转了一天也没见影儿，可黑妞儿的话却总在耳边嗡嗡：我为啥要把小月那管钢笔给满仓？是小月总说长安男人那么多，只有满仓是个善良人。她这话里包含的意思可就多了，也让忽大年想起来就纠结，那次他去靶场检查，黑妞儿竟笑眯眯地调侃：满仓说了，人生在世，积德行善。他也调侃道：你忘了我以前是带兵人啊？黑妞儿却深不可测地笑了：下半辈子，回头是岸。忽大年顿添伤感：人的命，天注定。黑妞儿却笑得灿烂：怕啥，有我呢。其实忽大年进庙寻人，也是为了开释心胸，似乎黑妞儿这些话让苦闷中的忽大年稍感安慰。

可他一回到办公室，坠弹事故和修路事故便云遮雾绕地灌进来，即便打开所有窗户，新鲜空气也涌不进来，他就像钻进了水草茂盛的深潭，四肢都快被缠死了，想喘口气都感到难了。所以，他只能忘乎所以地忙碌着，从早到晚不停地安排着事情，也似乎只有这样子，时间才会快一点，才能让他心里感到舒坦些。

终于，火箭弹制导试验取得了突破，居然要登军队简报了，这让他在郁闷中升腾起一点小小的亢奋，忽大年舒心地吸进一大口烟，吐出了一个个圈圈来。他有种预感，这篇报道应该是一场及时雨，可能减缓对军用炸药流失的追究，说不定领导轻描淡写叨叨两句，事情就可能悄没声地过去了。建厂之初，他超计划招工的问题，后来也挺令人头疼的，不光上纲上线了，还反映到了总部，可总部领导惜才如命，看他们干得风风火火，设备就位了，产品投产了，就把他叫去轻描淡写地批评了两句，大会上又严肃地喊了两声，便把所有的追究和责难搁下了，那件事说起来也是个不小的问题呢。所以，老天保佑啊！

然而，夜半时分编辑打来电话，稿子暂时搁下了。

这个"暂时搁下"，让忽大年沮丧得一夜未眠，天刚麻麻亮，他就急急地钻进了办公室，本想站到窗前把思路梳理清楚的，可上班号刚一停，黄老虎就神神秘秘推开门又反手掩上，看着老部下异样的举动，让他感觉昨夜的报道夭折，可能与更大的问题关联，必须先下手把事情按住，不能让人牵着牛鼻子往黑里走，所以他不等对方开口就出声了：

处理事故，要快刀斩乱麻啊。

还处理啥呀，麻烦大了……

自己的工程，自己的炸药，怕个啥嘛？

咱长安是公有制，沣峪是集体所有制……

什么？咋个烂屁事，还跟所有制扯上了？

公有的炸药转入集体的沣峪，问题说多大有多大。

你说吧，有多大？

等同于盗窃……

我说老鹰眼啊，你吓唬谁呢？

黄老虎闻声还陡然嘴硬了，说：忽厂长，你对我有恩我清楚，可我鞍前马后二三十年了，也够意思吧？你那些事哪个不是我操的心？不过，今天我可不是来跟你讨论事故的，我是来给你报告一个紧急情况，咱那个门改户早上叫公安抓走了……

什么什么？沣峪那些炸药是门改户偷的呀？

好像不是炸药的事，好像牵扯到一起文物失窃案。

天哪，怎么麻烦事一个接一个哟，这长安是西安城响当当的军工厂，公安从没进厂公开抓过人，这一下人们的思想就乱了。何况人家敢抓一个，就敢抓两个，抓三个……忽大年脑门倏地渗出一层汗，真他妈的屋漏偏逢连阴雨，这公安咋还盯上咱长安厂了？一个工厂一下涌上这么多烂事，以后还咋样管理呀？

一百零八

抓捕发生在早晨上班的路上，忽大年居然没有一点点察觉。

那个门改户像往常一样晃晃悠悠走进厂大门，传达室突然冲出一伙年轻人拦住问：你是门改户吧？还没等他答应，一个反剪，双手拽后，一副锃亮的铐子变戏法似的锁住了手腕，痛得他哎哟一声，可没等他喊出二声来，整个人就像一捆麦垛，被扔进了车窗竖着铁栏的面包车里。所有看到这一幕的人都惊呆了，谁这么胆大？敢给门大眼上铐子？该不是两派争斗的余孽沉渣泛起了？

随后人们才明白，门改户在寻找满仓的过程中，发现连福躲在高楼村马厩里仿制青铜器，猜想里边会藏有什么诀窍，便蹲着拿树枝捅透了土墙接缝，看到一帮女工在翻沙制模，铸红的青铜器都扔在土墙下。突然，窥视的小洞被一块白亮亮的东西挡住了，这是什么呀？他盯住细瞅，一阵嗞嗞声传出来，竟然是个女工在墙下撒尿，他想拿树枝把屁股戏一下，猛然间两个肩膀却被俩女工给摁住了。

长辫女说：你想看女人屁股，回家扒你老婆裤子看去，小心把老娘惹急了，把你老二揪下来压到模子里。短辫女却惊叫：这不是门主任吗？长得这么帅，咋这么下贱呀？说着还在他脸上拧了一把。俩女人把他推到墙角，非要把裆下扯出来见太阳。门改户挣劲蹲下抱膝哭腔：大姐呀，我真的不是故意的。短辫女发了善心：算了，饶他了，这人是领导的跟屁虫，我在长安做临时工见过。

长辫女怪异地呵呵走了，门改户趁机拉住短辫女问：铸好的成品，为啥要埋进土里，还要浇上一泡尿？短辫女浪浪地攥住他食指说：要仿得像呀，要咬出锈呀。门改户急问：浇点硫酸，不就出锈了吗？短辫女刮刮他鼻子说：那种锈，太绿，太假。门改户想想又问：那为啥要浇女人尿？男人尿不行吗？短辫女神秘地笑了：这个……你得去问连师傅。后来门改户扯住女工衣袖问：你们是仿制，真的不是更值钱？短辫女野野地笑了：咋？你借我个种，我就告诉你。

后来门改户急急地走到村口牌坊下，竟然被一个黑帽人追上了，问他是不是家里藏有真货。门改户拿树枝在地上画了个图形，人家发现他是个外行故意说，这是古代人用的尿壶，不值钱。但门改户从对方贪婪的眼神里，知道这东西一定是个宝，一口咬住，不能低于八千元，几个回合下来，黑帽人伸出大拇指点了点。

下午，他把一只青铜卣壶拎到玉米地，黑帽人一会儿对着太阳看，一会儿遮着太阳看，最后问他壶沿上怎么有锉刀磨痕？门改户眨眨大眼说，他拿到手上就是这样。黑帽人一个劲嘟囔，可惜了，可惜了。门改户问怎么个可惜了，黑帽人说，磨掉的是铭文，青铜器上有没有铭文，价码可就差大了。门改户一听大眼眯成了条线，一脸懊悔至极的样子。他以前听连福说过，青铜上刻的都是祖宗名号，他怕谁家后人看见追究，就拿锉刀打磨掉了。后来，黑帽人说这个卣壶有锉伤，不知是新货还是老货，非要找人鉴定了再付款。门改户与之争执半天，看着实在拗不过，只好蹲在燥热的玉米地里等候起来，当然发财的美梦也就开始酝酿了。

可他不知道去找的鉴定人是连福，对方一看见那只提梁卣壶，就知道有人出手了当年的老货，斑驳的铜锈不但让他看到了两千多年的风烟，更勾起了鉴定人满腔愤慨，这批青铜器应该是三件，还有一个鼎和一个觚，拿到了这一件，就一定能找到另两件，这件已经伤损了，绝不能让人全给糟蹋了。于是他抱起卣壶，转身跑到村主任家报了警。

忽大年知道姓门的家伙对月月有些切齿的传说，对他也有过明里暗里的辱没，如今盗卖文物自投罗网，多少有点幸灾乐祸，便对满面愁容的黄老虎说：你是老保卫了，由你全权处理吧。可是没过两天，那个混蛋竟然从派出所传出话来，有重大机密要给革委会主任交代，公安判断案情可能有意想不到的突破，反复央求忽大年过去做个配合。

当忽大年走进公安派出所，见到戴着手铐的办公室主任，一个曾经的形象便顿时坍塌了，低头缩脖，满眼贼光，心想人这一辈子，走正道得一辈子小心，走邪道就是一闪念。他竟滋生了一丝怜悯，逼着看守把铐子给摘了，感动得门改户眼泪止不住地流，一股脑倾诉了身上藏匿的一个秘密。

原来，这个混蛋也够窝囊的，当年他是顶着姐姐名字进的长安，可他从此便背上了包袱。姐姐每月会按时带孩子进门，生生要拿走一半工资，婚后媳妇稍吐埋怨，姐姐便哭天抹泪地喊叫，要把身份换回去。门改户害怕工厂追究，一直强忍着凑合下来，可姐姐一家五口人，他一家四口人，九张嘴要吃饭，月月捉襟见肘。所以，他曾想恋上忽小月找个靠山，也曾想在后区开荒弥补家用，更企图走上领导岗位占到便宜……

忽大年终于从那絮叨里听明白了，这个精灵鬼是在盘算，盗卖文物，获利五千，咋说也是一笔巨款，肯定是要判刑了，判了刑自然要开除公职，他想能不能让姐姐恢复身份进厂上班？这，真是个异想天开的想法，忽大年终于反应过来，禁不住冷冷一笑。可门大眼竟没理会，竟然移步上前小声说：

我知道你现在心烦，沣峪大队的事故，一旦下来调查，肯定会引出靶场违建问题，上头一旦知道，事情就闹大了。

咋就闹大了？

你真的不明白？那会影响到你的官帽子，还会影响到黑妞儿，那沣峪大队的炸药，肯定是她倒卖出去的。

你咋还能肯定？

不瞒你说，我给沣峪大队卖过一饭盒炸药，村长说那东西好用，让我想办法多搞点，你想，还没等我搞到手，他们就炸了，那炸药会是谁卖的？肯定是黑妞儿啊，只有她有这个条件。

你想嫁祸于人？

不不，我想我是破罐子了，我可以把卖炸药的事揽到我身上，事故就一下简单了，也就不会有人追究了，让我姐进厂也就能说过去了。你好，我好，大家也好。

忽大年听到这话鄙夷地说：闹半天，你想跟我做一笔交易，想得不错啊！哈哈哈！朗朗的笑声如雷滚，冷峻中带着嘲讽。突然忽大年笑声戛止：你他妈的，知道你在跟谁说话吗？门改户闻声抬头，脸上一阵抽搐，扑通一声跪下了，惊得旁边两个看守箭步上前，狠狠按住了他的肩膀，鼻涕泪水立刻流下一大摊。

忽大年一扭身甩袖子走了，听到背后咚咚的磕头声也没回头……

门改户在监狱关了半年，刑满释放那天步出铁门有点茫然。他当然想马上见到亲人，却拐进高楼村转了很久，直到天色朦胧才脱下线背心，跟一个乞丐换了顶黑檐帽，猥猥琐琐地溜进了长安街坊里。

那帽檐显然压得太低了，以至引起了路人侧目，脚下也有些跟跄，直到闪进了熟悉的楼门，听到姐姐斥责孩子声，才砰砰敲响了门板。姐姐拉开门见弟弟突然回家，竟吃惊地问：你咋回来了？未等回应又说：越狱潜逃，罪加一等啊。激得门改户真想骂人，你还知道个越狱潜逃？你弟弟是受够了狱头欺侮，坐足了刑期，才脱了号服的。可他刚刚坐定想端水杯，就听见咚咚的敲门声，未及回头就见连福身披风衣进来了。

门改户立刻意识到，此人是来追讨孽债的，毕竟自己与忽小月有过太多的纠葛，尽管没人追问那份美人鱼的大字报是谁所为，但人在做，天在看，何况自己成了劳改释放犯，人家不论怎样痛打落水狗，都会引来哗哗的掌声，以至那些遥远的龃龉，也集合着涌上了脑门，直搅得他心惊肉跳了。

他姐姐见状，把五个孩子赶进了小屋，拉过一只板凳让连福坐下，可还没等开口说话，那个一直嚷嚷离婚的兰花就扑了进来，抱住门改户就是一阵撕心裂肺的哀号，只听那女人哭够了说：这半年，人不人，鬼不鬼，罪都遭够了。门改户自觉惭愧，擦去兰花泪痕，女人竟然抬头问：你回来了，还能再当主任吗？门改户苦苦一笑：还当主任呢？只要判了刑，哪怕判一天，肯定就开除了。女人沉吟一下，从衣兜掏出一张纸说：这套房子，已转到我名下了，下个月我要结婚，请你看在以前的情分上，早点把房子腾了吧！门改户一听愣怔了，不知该怎样回答。姐姐闻声恼了，一把揪住她衣领骂道：你要个屁房子，这房子是我门改户的，不是我弟的，我不签字，谁也拿不走！可那兰花也黑脸说：那我就告他冒名顶替，你俩一个也别想在长安混下去！

站在角落里的连福显然没料到，进门会看到如此难堪的一幕，始终木木地站着没搭腔，后来吵得声高了，才悲悯地呼出一口气，从怀里掏出一沓钱撒到床上。一屋人看看散乱的钞票，又看看撒钱人，不知为何慷慨，门改户扑身把钱抱到怀里，现在人是释放了，工作却丢了，即使回到乡下，也没土地可耕了，正煎熬以后日子咋过呢，猛见到一堆钞票，简直就是老天爷的恩赐啊！

扑通一声，他双膝跪地磕了三个响头，双手捧着钱忏悔道：连福啊，我对不起你，也对不起忽小月，今天我都给你坦白了，在苏联的那封检举信是我写的，宣传栏上的大字报也是我贴的，可以说是我害死了忽小月，我不配拿你这些钱哪！但是，连福听罢，一撇嘴扭身走了，走到门口也不回头，却一字一顿地说：我也要告诉你，我不找你事，老天爷也要找你事，那三件青铜器上，有周公永宝的铭文，可你个混蛋都给磨掉了，你这是对周公的大不敬，也就是大逆不道。今天我来，也就要让你明白，你盗卖文物，是我告发的！

报应，是报应啊！门改户闻声一屁股瘫坐到地上，眼睛直愣愣看着空空的门框呆住了，手捧的钞票落到了地上。姐姐摇头说：他干吗要告你啊？不会吧？你进了牢房，还是他给借了五百块钱，日子才好容易挺过来。门改户听着更恨得脑袋直往床头撞，姐姐慌忙抱住，脸上已是血肉模糊了。这时，那些钞票猛然被兰花抢走了，她竟然毫不客气地说：这些钱我给你娃攒着。说着拔腿便走，姐姐扑上去抓住她脖领骂：你个不要脸的货，要不是你在我摊上换衣穿，哪个男人会日你尻子？骂着骂着，两个女人便扭打起来，都死揪住对方头发，两颗头像粘到了一起，地上头发一绺一绺的。

这天晚上，悔恨难当的门改户步子沉重地出去了，一直走到长安厂大门，远远看着大门里熟悉的办公楼，好像胆怯警卫手上的钢枪没敢过去。其实，是巨大的落差和对前途的虚茫，让以前浮在人上的释放犯手足无措了。而且他从小就听乡亲说过周公是个大王，是道观里的大神，自己冒犯了大神，那以后还能有好啊？后来，他一直走到了古城墙下，沿着一条踏出的小道踽踽徘徊，显然思绪纷杂悔恨交加，眼眶的泪水似已流尽，看上去空洞而又恐惧。当夜色黑透，他抱起一块石头缠到腰上，咕咚一声，跳入了冰冷的护城河。

多年以后人们清理淤道，发现了一具白骨森森的沉河人尸体，却始终没能查明这个人的名字。

一百零九

那天傍晚，忽大年从派出所回到长安，本想去车间冲个澡的，却没走几步又回到了办公室。那个想跟他做交易的邋遢样却总在眼前晃悠，竟晃得他心烦意乱起来。是啊，人戴上铐子一切都完了，不说牢狱里的皮肉之苦，精神也会被摧残得失去人形的。而且，那遗失炸药的问题，门改户一定会为立功而揭发，也一定会引起公安的注意，说不定会盯住谁上手段。当然他对黑妞儿心里有数，当年农村打土豪分田地，她分管浮财，没多拿过一分钱，这才赢得村民信任，当上了妇女队长。黑妞儿不可能去偷卖废炸药，但是若将那废旧炸药送给人家，也是个不小的问题！

忽大年躺在床上翻来覆去睡不着，直到夜半才有了困意，可那桌上电话又狂躁地响起来，他实在懒得去接，可那铃声一遍一遍地闹，他只好挺起身抓到手上，一听那妖妖的声音就知道是那个烦人的宫科长：

咋了？也不看看几点了？

我有要事报告。

找到订阅美国《简氏防务》的渠道了？

我今天咋听见两人嘀咕，有个女的倒卖炸药？

女的？什么女的？

我想，你把人家门主任送进了局子，人家也想给老娘找个莫须有？

这……你可不敢胡说，我跟你可没啥关系！

这个老宫女自打他出院上班，看他的眼神就软了，那天竟暧昧地对他说：能不能帮我把还喘气的参谋长养老送终？他装作没听见扭头走了。不过，这宫科长反映的情况也挺烦人的，忽大年那天从军报编辑吞吞吐吐的语气中，已经察觉到炸药流失问题可能暴露了，否则人家为啥说，有些政策层面的问题还需讨论？这明显是有人透露了什么，现在连那老宫女都知道了，事情恐怕就瞒不住了，以后的日子恐怕也就难过了。想到这，他想给黄老虎拨电话，让他快刀斩乱麻把事故处理了，免得夜长梦多节外生枝。

可电话转盘一遍遍咔啦，却始终没人接听，这个老狐狸一定是把线给拔了，否则他那保卫出身的神经，铃响一声就会一跃而起抓到手上。忽大年恼怒得大汗淋漓，直想抓起茶盒杯子一个个摔了，可他知道现在入夜了，任何躁动都会引来保卫人奋不顾身，只好撕下桌上报纸，揉成一团摔到地下，又揉一团又摔到地下，一会儿满地都是纸团了。

不过这些日子，他在报纸上发现了一个词："改革"。

这个词以前可从没在报上出现过，好像现在出现的频率也不高，也没在标题上招摇过，但是却很有冲击力，尽管藏在密密麻麻的铅字里，目光略略一扫就能蹦出来，晃得人眼花，晃得人心跳，于无声处听惊雷啊！他上次去拜访成司令，听见老人家也杵着拐杖在品味这个词，不知道老人家是讨厌还是喜欢，直把地板杵得咚咚响。开始他对这个词也不怎么喜欢，觉得还是将新生事物称作"革新"的好，"改革"便意味着要将旧事物彻底砸烂，今天的共和国可是自己参与建设的，岂不是又要开始一场革命了？

但是，在这个夜深人静的时候，他看着满地的纸团，感觉管理工厂的确该有一场改革了，什么事情都计划得丁丁卯卯，不准越雷池一步，那还怎么迸发活力呢？就像当年在战场上冲锋陷阵，指挥员只管下达攻击任务，甭管战士们是扔手榴弹喋血，还是端机关枪突进，总会把红旗插上敌人城头的，那才是大将风度啊！

也许只有黄老虎知道忽大年生发了危机感，似乎在做人生最后的铺排。

这些日子老鹰眼待在办公室不愿出去，见到什么都不感兴趣，连公务员在窗台放了盆秋菊都让搬走了，他以自己特有的嗅觉判断，长安机械厂将会爆发一场地震。这个震中可能来自长安大楼，也许这个命大福大的胶东人又能安度劫波，也许这个工厂就要改朝换代了，由姓忽变成什么姓了，却不知自己能否在麻乱的纠缠中独善其身，以前两次送到嘴边的肉不是都跑掉了吗？

令人心烦的是问题越来越集中了，昨天他那从没响过的保密电话嘟嘟起来，这声音太陌生了，他迟疑了一下才抓起来，是北京总部的一个王参谋打来的，要长安回答两个问题，一个是军用炸药流失的问题，一个是新建靶场的问题。人家毫不隐晦地将两个问题一线穿了，小参谋似乎没有追责的意思，但语气沉稳不愿多谈，明显背后隐含着重大因由。最后他小心地问了一句：你们会派人下来调查吗？小参谋没有回答就把电话挂了。

黄老虎放下电话心房狂跳，他知道这两个问题都很讨厌，第一个问题已经暴露，电话过问再正常不过了，第二个问题他只在心里嘀咕过，上级就英明地知道了。是啊，上级真就像神一样的存在，下边有什么风吹草动一清二楚，而这两个问题毫无悬念地指向了一把手，上级只要下来调查，不费吹灰之力就能查个小葱拌豆腐。

只是，这么敏感的问题王参谋为何要打给他呢？是不是包含了某种信任的成分，或是某种考验的味道呢？看来这个材料是一定要报的，而且一定要快。但是他又担心上边就没有这个意思，那他就是自作多情了。任何不计后果的轻举妄动，都可能把忽大年给惹下了，惹下了一把手就麻烦大了，官大一级压死人的，人家到上边鼓捣两下，自己还会有好果子吃吗？古人为啥云，三思而后行？

黄老虎想了又想一夜未眠，第二天还是把田野拉上，推开了老首长办公室的门，他坦率地告诫忽大年注意：王参谋询问的两个问题，可能触碰了法令红线。可忽大主任一副不以为然的样子：那边修路缺少炸药，这边炸药却要销毁，那边修建靶场缺少资金，这边资金趴着睡觉，这绝对是一种浪费呀。

黄老虎眨巴眼说：尽管事出有因，可法令不相信眼泪。

忽大年歪头逼视：什么眼泪？你见我掉过眼泪吗？

唉，他这是故意打岔嘛，老首长近来好像跟什么较上劲了，即使那炸药遗失问题不会直接找上你，从中引出的三百多万的工程也不是个小问题……而这都是为公家的事情，至于拿自己的政治生命去押赌吗？现在这些七七八八的问题，可都是老首长自己埋下的雷子。看样子一定是被人点了捻子，那捻子正在嗞嗞地向上燃烧，烧进雷芯就会听到一声爆响，爆响之后一切就大白于天下了……

将来不管怎样处罚，责任人恐怕在一把手位置上坐不住了，那个渭河厂的叶京生才挪用了一百万就摘了帽子，忽大年至少挪用了三百万，不收拾他又能收拾谁呢？庆幸的是这两个问题，当初他就态度明确，国家计划，不可逾越！这倒不是他先知先觉，实在是被自己经历的事情搞怕了。当然，昨夜风静月朗，黄老虎也对自己做了告诫，绝不能让人看出衣服里包裹的心思，一旦让人看穿了，让人背后戳戳点点，即使上了位子也会掉价，也会成为人生失败的记录的，那就划不着了。

不过，当他看到忽大年一头汗一身水的样子，多少生发了恻隐之心。老首长的身体是大不如前了，可人家对二代火箭弹有种特别嗜好，不知是何时下的功夫，居然把制导技术讲得通俗透顶。其实，只有他黄老虎明白，老首长如今的行事风格，表面上似乎温和了，内心却比当兵时还急躁呢。这，是不是命运对他做了什么暗示？大病初愈，半天上班，谁也不会提意见的，可他好像拼上命了，要把一年的事几天里干完，这倒让黄老虎多少有些怜悯，毕竟两人风风雨雨几十年了。

可是，他和田野站在那儿讲了半天，首长大人居然没有让他俩坐下的意思，黄老虎只好嘿嘿笑笑岔开话题，说：你不是跟考古院的张大师有交情吗？他们举办了一个"盛世吉金"的青铜器专题展，里边就有连福发现的三件青铜重器，听说他们还把门改户磨掉的铭文修复了，发现是周公用过的礼器，社会上挺轰动的，你也去看看放松放松吧。忽大年抬抬眼皮：盛世吉金……盛世吉金是啥意思？你又不是不了解，我就对火箭弹感兴趣，别的一窍不通啊。黄老虎见话不投机，眨眼示意营长跟上补充，田野便直奔主题：忽厂长，你大病一场，出院就没休息，明天进山试验，就不用去了。

忽大年诧异一笑：我那病就是急出来的，待在家里头，反倒会加重。

田野小心提醒：试验不能掉以轻心，身体也不能掉以轻心。

忽大年把桌子猛一拍：气可鼓，不可泄也！

黄老虎只好坦白说：忽厂长，实话说了吧，我俩认为王参谋的电话，话里有话，你去北京主动做个汇报，也就是主动作个检讨，免得让人折腾出啥事来。

忽大年手挠额疤：你们说我去检讨什么？我找谁去检讨？

俩人异口同声：叶厂长的事你知道不？

这话好像把忽大年说动了，只见他戴上帽子在办公室来回踱步。其实，早些天大家就知道了，渭河厂长叶京生挪用资金犯了错误。听说，去年生产任务重，炸药供给不及，只好三班连轴转，这在机械厂司空见惯，却是火工生产的大忌，他担忧工人吃不消出事故，紧急挪用了一百万生产资金，改造了火药成形生产线，没承想很快让上级发现了，认定这是破坏国家计划，一定要给个处分。叶京生本来还理直气壮，自己又没把钱装进腰包，有啥可害怕的？后来一听事态严重立刻蔫了，到处找领导哭鼻子作检讨。然而最后的处分，还是一撸到底了。忽大年开始有点不相信，想给叶油子打个电话探探虚实，也顺便安慰几句，可渭河总机话务员一听找叶京生就说，叶厂长已经被免职了，电话已经拆了。他妈的，叶油子挪了一百万就这么处分，他动用了三百万是不是要戴手铐脚镣了？那天忽大年放下电话怅然若失，半天没有挪动脚步，连自己安排的会议都迟到了。

现在，老部下定定地看着老首长一句话也说不下去了。好多事情的确通融与否不一样，但去一趟北京又能怎样呢？谁会给你担这个沉呀？谁都会说你怎能犯这么低级的错误？最后，三个人静默了许久，眼睛都斜睨着对方，谁也不肯言声，那样子忽大厂长今天像是听进去了。

然而，第二天试验车队重新在办公楼前整装待发，准备向秦岭山里进军，只听哈运来一声"出发"，试验车、保障车、指挥车鱼贯驶出了工厂大门，向着被绿植遮盖的莽莽秦岭缓缓驶去。突然，黄老虎站在台阶上惊诧地张大了嘴巴，他看见忽大年乘坐的吉普从车库里驶了出来，很快便越过车队跑到了最前面……

一百一十

试验车队进山以后，速度还是慢下来了。现在已是深秋了，山坡上尽管落了厚厚一层枯叶，仍有一簇簇粉的黄的碎花顽强地张扬着，汽车一闪而过会看到花瓣在微风里频频点头。忽大年叫不上花的名字，只知道有一种可以吃的绿草叫荙荙菜，老树根下的白蘑菇可当下酒菜，似乎人们总说西北高原尘土飞扬，其实这里的绿荫比胶东还浓厚呢。

这次火箭弹定型试验，计划两个半月，应是一次集大成的考验，长安人都有点兴奋，这当是军方对这款产品的最后检阅，但忽大年却有些莫名的懊恼和沉重，他有一种预感，总部是一定会派人下来调查靶场问题的，调查的结果将难以预料，因此，他必须赶在调查之前，把二代火箭弹定型试验完成了，那将是他给自己的一个交代啊！

所以满目葱茏的景象，并没能让他心绪静好，那吉普车一开进干打垒的大院，他便走进几乎专属他的小套间，在床沿上坐了一下就起身来到院子。靶场主任尚仁义殷勤地上前问：晚上想吃点啥？准备了野兔野鸡，还有两只穿山甲，但是没人会做。他随口打发说：你们去问问黑妞儿吧，她做饭有一手。尚仁义眨眨眼：听说她手上有功夫，做饭也可以呀？这时，忽大年瞥见田野远远地从沟里走过来，心里忽地涌起一股烦躁，转身回房拉开小屋后门，上了荆棘丛生的山间小径。

山坳里一群鸟儿看见人来乍飞盘旋，忽大年盯着嫩黄的翅膀，不知道鸟儿叫什么名字。他知道田野一定是来催促他进京去的，好像只要他坐上东去的列车什么事都可以摆平，那个黄老虎这次也似乎挺仁义，三番五次说要把事态控制在萌芽状态。其实，天要下雨，娘要嫁人，谁能阻拦得了呢？黄老虎昨天还开玩笑说他是个老"运动员"了，遇上什么麻烦都会逢凶化吉，话说得人心里暖洋洋的。看来人与人之间的确需要敞开交流，任何卑微的人都有高尚的闪光，任何卓越的人也都有阴暗的纠结，只是人心始终被那一身皮囊包裹着，谁也不愿把隐秘推到阳光下，以致心灵交流只能是个美好的愿望，遮遮掩掩反倒成了生活的常态。

不过，这次进山打靶不能叫人再去撒网捕鸟了，这么漂亮的黄翅鸟儿吃掉太可惜了，和平共处，自然舒适，好像自己这辈子从没对山野风光产生过眷恋，也许掌权的日子剩下不多了，心里竟然生发出丝丝善良来？当然，他心里明白，这次的问题与以前完全不一样，以前多是自己无意犯忌惹下的麻烦，这次挪用生产资金却是执意拍板。

呵呵，现在来看，迁建靶场的决策完全没有错，那尚仁义逢人就说，靶场人应该给他磕三个响头，两月前一场百年不遇的暴雨，冲下来一股罕见的泥石流，不光把老靶场冲毁了，还把国宝石刻也给埋了，想想都是一个后怕哟，如果靶场不挪地方，二代火箭弹的定型试验就一定泡汤了。可是，那些来找麻烦的人是不会管这些的，只会搜罗问题比照条条框框，然后拿出个处理意见来。

昨晚上家里好生热闹，来了好几拨人，都在劝说他不要去靶场了，那么冷的天气，那么简陋的瓦房，小心再把身体折腾出毛病来。大家的好意他当然领了，可他还是执拗地进山参试来了。孙夫子两千多年前就告诫，静则安，动则危，这道理他也懂，现在自己进京找谁检讨去，谁都会躲得远远的，何况他现在特别厌烦张口求人，什么事厚着脸皮央求人，人家应允了把事情办了，心里瞬间落个舒坦；人家若束之高阁，他会久久郁闷、耿耿于怀的。

靶场大院后门外竟是一片乱石滩，大大小小的石头镶嵌在虚土里，忽大年看到洼地里的销毁场已接近完工，尚未堆积过期的炮弹，远远看见黑妞儿忙碌着什么，蓝帽蓝衣蓝裤，是在侍弄一块巴掌大的菜地，好像种的是小白菜，露出了指头长的叶芽，还有簇簇大葱也冒出了绿尖尖。

是的，如今的黑妞儿已不再年轻了，不能总在这深山老林里忙碌了。他突然想起门改户那天的鬼话，这小子凭啥断定是黑妞儿倒卖的炸药呢？近来他一直想找老乡好好聊聊，实在想亲耳听到黑妞儿斩钉截铁的话，门改户是胡说八道！那话才能让他悬起的心放下来，可这人一直猫在靶场不回长安，居然是在这儿侍弄菜地呢。

于是他慢慢走了过去，黑妞儿似也看见他了，扬了扬手上的毛巾，好像有准备似的，从包里掏出一件织好的红线裤。

这颜色？我能穿吗？

你忘了？人要老来俏。

呵呵，今天可是你骚情？

咋了？俺骚情又咋了？

人老了，脸皮就厚了。

你觉得咱俩老了吗？

俩人好像在深山老林里才能找到感觉，说着山上的桑叶可以养蚕，地上的野菊可以入药，又说到销毁的炸药威力如何，可他仍没敢直问沣峪事故的炸药来源，这个若黑妞儿承认了，自己反而不好办了。后来，黑妞儿发现他的状态不佳，问他怎么有点魂不守舍，他只好提起那个心中挥之不去的纠结……

咱俩回去就把结婚证领了吧？

领啥证啊？现在去领证，日子咋填哪？

哪天领，填哪天嘛。

那可不行。

咋不行？

填到现在，俺就真成老二了。

算我求你了，别再纠缠这些了……我心烦着呢。

你心烦，你跑来干啥呀？

那你真能跟我回胶东种地去？

嗯……俺就盼着那一天哪！

忽大年苦涩地笑笑，也许彼此心照不宣，他才好说话好呵护呢。于是返回靶场大院吃罢晚饭，好像精神又抖擞起来，又开始听取试验准备，且把细枝末节都安排停当了。那田野最后见人散尽，悄悄附在他耳边说：今天黄老虎来了三次电话，内容只有一个，说上边正在酝酿什么调查。忽大年一听心就烦了，说：来就来吧，脑袋掉了，也不过碗大的疤。但是他略一沉吟咬住了牙根，他知道这件事如果认真追究，自己恐怕要像叶京生一样，被人一把撸了，被人撸了的忽大年，已到了这个年龄，就没有东山再起的可能了。所以，他忍不住拉住田野说：如果这次二代火箭弹能完成定型，就标志着我军单兵装备有了制导功能，长安机械厂以后就要忙活几年了，回头你把生产准备一一排出来，切记要往最坏处想，往最好处努力，这可是我一辈子的体会啊。田野怔怔地停顿了一会儿，说：你这话，咋像临别赠言哪？忽大年长长吸了一口气，再也没有说话……

第二天清晨，东方刚刚露出鱼肚白，忽大年突然在睡梦中睁开了眼睛，发出了一声长长的嚎啸，那声音像从风箱里挤出来的，由低而高，压抑而憋屈，又像雄狮发怒，由粗而细，沙哑而悠长，竟把土坯墙壁震得哗哗响，也震得所有人在睡梦中睁大了眼眸。

且不等那嚎啸停住，人们便麻溜地钻出被窝，全都跑到院子里张望，然后便开始整理试验行装，很快便看到厂长微驼着背站到了靶位上，毫不含糊地发出了一个又一个指令……

一百一十一

黑妞儿在睡梦中被老冤家的嚎啸惊醒了，她一骨碌坐起来，竖着耳朵听着听着……那声音似在向天发问，又像在向什么人倾吐，无疑是在发泄心中郁结的块垒……她望着披着晨曦步出大院的背影，心里竟然慌慌起来，竟然一直跟在忽大年身后走走停停，等看到水泥掩体透出的灯光，才心烦意乱回到宿舍重重地倒下来。

这一段时间，黑妞儿一直在做一个梦，只要晚上一钻进被窝，就要闭上眼享受梦境的演绎，这似乎已成了她入睡的催眠曲了。而这个睡前的幻觉又常常像施了魔法，与睡着的梦境衔接起来，早晨起床也不知是她的心念还是她的梦了，反正梦得她心花怒放，让她一天里精神抖擞，瞅见黄澄澄的弹壳也能嘿嘿笑出声来，好几次她都想把这个梦告诉老冤家，但是话到嘴边又迟疑了……她想，这不应该是个梦境，而是一个很快就能实现的期待。

她想，那一天应该是一个阳光明媚的日子，她要穿上一件的确良碎花上衣，藏蓝的咔叽布裤子，脚蹬商场橱窗展出的黑皮鞋，脸上抹一层厚厚的雪花膏，假装随意地靠在忽大年身边，一人手里拎一只帆布旅行袋，大步走进那个魂牵梦绕的黑家庄。然后，两人要走得很慢很慢，见到长辈要点上一支金丝猴，见到晚辈要给上一颗水果糖，见到同辈要把早年出逃的老冤家拉到人前，大家都来瞧瞧吧，这就是当年入赘黑家的男人，现在夫妻双双把家还了。

然后，她要领着男人在黑大爷坟前美美地哭上一回，要哭得九曲回肠，把这些年的艰辛和磨难都哭出来，要让黑大爷知道他当年操办的婚礼没白费功夫，忽大年今天就来给他磕头了。然后，她要在黑柱儿哥把持的黑家大院摆上几桌酒席，一定要有肥肉有母鸡有白酒，把叔叔婶婶背过来，把村里见过的没见过的长辈都请来，把跟她一起唠家常的姐妹们也都请来，从傍晚一直喝到月上梢头，要喝得天昏地暗，最好能有几个瘫倒地上让人背回去。总之，要让村里人知道尽管她在黑家大院守了十多年活寡，在西安的日子却幸福得一塌糊涂了。

但是，她从忽大年清晨那一声嚎啸里感觉到，老冤家犹如困在铁笼里的雄狮，憋屈极了，可怜极了，甚至流露出了一缕绝望。这……这可不是他忽大年的性格呀，当年挨了一掌还一脸胆气呢，现在怎么荡然无存了？她最近总在思忖，那天夜色都罩严实了，忽大年竟敢急头子绊脑跑进女单身楼，敲开她的宿舍门，眼珠子一瞪，把同舍的姑娘都吓跑了。

咳，她当时实在搞不明白，这究竟能有多大问题？偷了就偷了，建了就建了，都是公家的事情，至于这样魂不守舍吗？后来她跑到靶场开了两分菜地，她想只要自己不在人前晃悠，就不会有人惦记，就可以保护老冤家了。可是现在，黑妞儿倒在靶场床上陡然明白过来，沣峪大队偷了销毁的炸药，又毁了一条人命，人家一定会顺着炸药的线索，发现未批先建的靶场，那些乱七八糟的问题就全抖搂出来了。唉，忽大年啊忽大年，你心眼咋变得这么多呀？是担忧头上的乌纱帽被摘了，还是怀疑流失的炸药会毁了自己前程呢？

黑妞儿现在冷静回想两月前的那次销毁，好像是有那么点蹊跷呢。

那天是在老靶场的深处，装满炸药的炮弹箱堆成了一个弧形，一根导火索抖抖擞擞爬上了山顶，似乎跟当年伏击战没什么两样，好像敌人就躲在哪个角落。突然，急促的铁哨响了，导火索精灵般从上而下，钻进了炮弹箱，一瞬间爆炸了，山摇地动，黄土弥漫。待那烟雾散去，木箱变成了土堆，连一星木渣都没留下。可是在回程途中，一个叫冷娃的沣峪人，竟然拉着一辆架子车，竟然还朝她憨憨地笑了笑，这人费牛劲把架子车拉上山干什么？好像那傻笑里隐含着诡异的味道？她完全可以过去盘问明白的，但是她神差鬼使地朝人家回了个傻笑，这……这真是蠢到家了！

黑妞儿呆望着窗外的野桑树，心里的懊恼在肚里汹涌起来，如果是自己的疏忽造成了老冤家心中的块垒，那么这个块垒就太鬼魅了，竟然在老冤家肚里兴风作浪起来，也搅得她坐立不安了。黑妞儿等试验队的人去了靶道，抓起院里一辆自行车，像一头疯狂的毛驴，跌跌撞撞骑向了秦岭峪口的小村庄。

当时，罗村长正蹲在门口吃捞面，看见她飞似的驶来，吸溜一口把半碗面吸进肚里。黑妞儿顾不得擦汗，把自行车往墙根一摆便问：冷娃是不是在销毁现场扛了几箱炸药？村长未置可否：咋了？事故经过，我都给公社报过了。黑妞儿气哼哼：报过了就行了？罗村长纳闷问：那不行还咋了？还要吃人哪？黑妞儿说：这里头事情复杂，我一两句也说不清楚。罗村长却低声说：你不要怕，我们尽管是农民，心里可亮堂呢，不是你睁只眼闭只眼，那两箱炸药咋能藏得住？前几天你们厂来人问，我压根没提你一个字。

黑妞儿急忙问：这么说，真是你们偷……拿了炸药？罗村长不屑地说：啥是个偷？农村人见不得糟蹋东西……黑妞儿拦住话头：你别一口一个农村人，我也是农村人，就说你们是咋拿的？罗村长嘿嘿一笑：你看，你们每次吹哨子，人都往山圪塝里躲，躲消停了才上去点捻子，冷娃就是趁那个空当子，把炸药藏到旁边山窝窝里，等到炸药轰隆一声销毁了，他跑过去扛上架子车就拉回来了。

黑妞儿气恼地说：说来说去还是我粗心了。罗村长把辣子碗舔了半圈说：你放心，打死我，我都不会。黑妞儿沉下脸说：可你已经说了，炸死了一个人，弄得满城风雨的。罗村长瞪大眼睛：死了人，不报可不行，人家媳妇要补贴呢。黑妞儿摇头说：可你这一报……她无奈地叹口气：你们现在到底还剩多少炸药了？罗村长眼皮一眨：还剩下一半么，后晌怕就用完了。

啥啥？你们还敢用啊？

今天一用，靶场路就通了。

黑妞儿一听急了，拉上罗村长就往工地跑，一边跑一边说：这可是军用炸药，跟你们的土炸药不一样，小心再出个事，就麻达透了……村长听明白了，慌忙喊冷娃开来一辆手扶拖拉机，人未坐稳就在山间路上狂奔起来。黑妞儿心想，这些日子，她常常找茬把忽大年"撑"得不亦乐乎，多少是想撒个娇，玩个小别扭，补偿一下青涩的梦想，咱这辈子没给老冤家帮上忙，可也不能给人家添乱哪！

所以，她盼手扶机能快点，千万千万不敢再出事了，再出事就把老冤家推进火坑了。唉，这都是自己给老冤家挖了个火坑呀，自己要亲手断送人家的前程了，本来还梦想携手回乡光宗耀祖呢，这下子是不是都要泡汤了？她大声告诉村长，炸药失效，威力难控，要是再死一个人，可就不是写份检讨那么简单了，会抓人戴铐子蹲监狱的。罗村长一听急得脸冒冷汗，一路上再不逗趣说话了。

临近工地，他们弃车匆匆爬上山腰，远远便看见几个山民在崖下施放导火索，杂乱的索线藤条似的从山石间爬出来，像巨大的蜘蛛网汇集到一个山民脚下。黑妞儿知道，这种引爆方式威力集中，山崖可能在瞬间崩塌掉。她急得脑子嗡的一下，一边呼喊别点火，一边纵身跳下山崖，连滚带爬朝坳底跑去了。

但是，黑妞儿的喊声被林涛鸟语吞没了，发令哨不但没有停歇，反而变成了急促的短音，似把山峦都激得活泛起来，转眼间导火索便点燃了，满山都是鼠审般的吱吱声，人们都慌慌地躲到背靠爆点的土崖后边去了。

黑妞儿一下跳到山崖边，猛推一把吹哨人喊：快往上跑！

可是，她的喊声刚一出口，就被一阵轰隆声淹没了……

等到黑妞儿醒来，隐约听见罗村长在喊：摸一下，都摸一下，看看这三个倒霉鬼还有气没有？有人在她脖梗摸了摸喊：有气呢。罗村长喊：有气就往城里送，没气就放下！黑妞儿感觉她是被人背下山的，走到半山腰，有人喊一个没气了，到了山下有人又喊，又一个没气了。

黑妞儿感觉脑袋像被炸开了，不时有黏黏的液体流到嘴里，她使劲睁开眼睛，竟然像钻进了太阳一片血红，连罗村长的脸庞也变成了红色。她低声告诫罗村长：这件事千万不要给长安报告了，也不要给公社报告了……罗村长哭哑回应：好吧，好吧，我的黑奶奶哟，你千万不敢闭眼睛，千万要挺住啊！

手扶机在山路上又嘟嘟起来，黑妞儿脑袋沉沉的，只挺了一会儿，眼皮便像绳子拽住合上了……她感觉自己的头被一双手托着，身子被两个山民抱在膝盖上，车子几近疯狂地向山外冲去，摇得人身子都快散成零件了……但是，罗村长浓郁的秦岭话，却不停地在她脑隙间冲撞：你把黑组长头扶好，小心甭把头窝住，人没炸死，叫你给窝死咧！

有人喊叫要不要把头包扎一下，血咋不停地流呢？只听罗村长唉了一声：这个黑组长呀，也够可怜的，听说还是个老八路呢，年轻时肯定还是个美人坯子，可怜一辈子就一个人，你说她咋看不上咱秦岭人啊？唉，不管咋说，要是人能救活，就是个万幸。要是死了，一定要找个合适男人，配个阴婚合葬了，人活着恓惶，死了可不敢孤单……

一百一十二

好像山坳里那声悲怆的爆炸，真被长安人给瞒下了。

这天上午，试验队打完了第九个单元，田野端着望远镜，望着弹痕累累的靶标告诉大家，他的战友在总部兵器专家组名单上，发现了厂长的名号。这么说，忽大年已得到了顶层认可，实践出英才，真真一个颠扑不破的真理。而且，名单上标明的头衔是"厂长"，这就说明撤销革委会的文件也已经下来了。

然而，忽大年对这些虚头巴脑的恭维没有理睬，十个头衔，也不抵一个可能砸下来的罪名。等他检查完最后一个单元的试验准备，急急地回到靶场大院，准备对后续试验重新做个梳理，根据他多年的经验，前边的试验越顺畅，后边越可能出问题，千万不敢大意哟！

突然，田野猛然推开了房门，好像还有个熟悉的影子在门外闪了一下。忽大年笑了问：你是不是心里不踏实？放心吧，我心里有数呢！田野懊丧地说：我不担心试验，是担心你呀，看来你今晚得回去了，黄老虎专门派苑军来催促，老厂长赶紧回去参加接待，北京对长安出现的问题格外重视，准备提交到什么会议上去讨论，现在已经成立了一个调研组，以经济专家人员为主，省上也成立了一个调研组，以安全专家为主，刚才又来通知两组并一组，已经在进厂的路上了。

忽大年闻听，心绪不由得又烦乱起来，什么调研呀，那就是来茬找问题的。显然那个破坏计划的罪名，就像一把剑在头顶上悬着，似乎一旦落下来，尽管不会身首异处，也会让他遗臭长安的。他鼻子不由得哼了一声说：咋的？咱长安机械厂的问题，还要提交到北京的会议上讨论？有那么严重吗？他妈的，谁把事情捅上去的？田野吞吞吐吐：会不会是……是……忽大年冷哼一声：不管它，什么计划是铁、计划是钢，那么多的条条框框，还不把工厂给整死了？也应该让北京知道这些情况！

来了，来了，终于来了……

真可谓山雨欲来风满楼啊！

忽大年被试验接近成功鼓荡起来的愉悦，被田野的提醒搞得七零八落，又被将要到来的调查弄得荡然无存了，他知道等待他的会是什么结果，那叶京生就是个活生生的例子，可他实在不愿以这种苦窘方式结束自己的兵工生涯，他几乎想喊想叫想骂人了……可是骂谁呢？他站起来扔掉刚刚点燃的烟蒂，这些年来，他为了长安厂，几乎奉献了身家性命，可自己却总也踏不到点上！他已经发现这些天的报纸，时不时会讨论企业改革，可话里话外多是务虚，应该网开一面让工厂突围出去呀！

忽大年闷闷地走到靶场大院门外，一屁股坐到土塄上茫然四顾，心想来人就来人吧，现在只能兵来将挡水来土掩了，谁让咱撞到枪口上了呢？突然，他起身冷峻地对田野说：这样吧，最后一个科目，提前到今天下午进行！田野诧异：今天下午打？打几发呀？他毫不客气地下了指令：全部都给我打了！田野宽释地说：试验成功在望，也不在乎这两天吧？忽大年稍一沉吟亮明了心思：这可能是我主持的最后一次试验了，我要站到对面山坡上，看着抗干扰试验打完最后一发，打完了，我就从那儿直接回西安去了！田野还想劝说什么，但见他脸色严峻得铁打一般，便扭身去准备了。

你要告诉大家，我就在山上看着……

放心吧，保证完成最后的试验！

忽大年等田野离开便朝靶道后边的山坡走去了，他没料到这里过去是一面陡峭的山崖，没有可以直达的路径，一溜可供攀爬的脚窝，像在嘲笑他渐渐臃肿的身板，忽大年抓住藤条只上了一个脚窝，就被匆匆赶来的忽子鹿拉住了，儿子坚决不让他爬山冒险，万一摔下来怎么办？忽大年只好摆摆手说：你别管我，我想清闲一会儿，一个人走一走。说着，便走上了一条少有人踩的羊肠小道，似乎想从后山绕到坡顶去，且走了几步屡屡回头，确认儿子没有跟在后边，才不紧不慢地朝大山深处走去了。

这条小道居然沉进了山坳，曲曲折折地弯向了顶端，两边山坡长着一大片铁色的野酸枣，稀疏的秋菊夹杂其间，露出了一簇又一簇的鹅黄，一片片或红或绿的枫叶你牵我拉，把路人一路导引前行。这儿似乎是个休闲的好去处，如果能在这儿辟出一块地方，是可以常年隐居住下的，不但可以避开那些揪心的烦恼，也可为工厂守护靶场，将来遇到哪个型号试验，可以给大伙炖盆大烩菜，熬一锅大米稀饭。

似乎越往山坡上走，树还越密了，忽大年已经有好多年没有在这般小路上走过了，感觉又回到了游击队时的岁月，步伐也变得轻盈快捷了。他终于绕到了后山腰，不由得停住了脚步。

忽大年发现邻近坡道绿叶葱葱，簇拥着一院孤单单的瓦房，斜斜的坡顶阳光下熠熠闪光，似乎生发出些许神秘来。这户山居与靶场隔了一道山梁，将来他要是能在这儿盖院房子，平日里也是可以相邻照应的。他想着便走过去了，走到跟前才发现，灰墙灰瓦的小小院落，竟然是一处玲珑的小庙，门楣上居然是一块熟悉的匾额：

万寿寺。

这里静得风幽树响，的确是个绝妙的修行处。那座圈在厂区的万寿寺，传说是唐朝的皇家道场，而这处山峦间的袖珍庙宇，应是为山乡百姓祈福所建的。忽大年对这个同名的小庙产生了兴趣，上去抓住门板铁环轻轻一敲，一个十来岁的小沙弥探出头，也不问话就把山门打开了。

这个光光的小脑袋，亮亮的小眼仁，似乎跟万寿寺调皮捣蛋的小和尚有点像。但这处小庙太小了，不像万寿寺那么敞亮雍华，里边只有三间瓦房，犹如农家茅舍，门后草棚是个灶台，炉上烧着一壶水，小沙弥正在濯洗一把野菜。正中应是大雄宝殿，能看到一尊释佛慈眉善目，身上漆皮却多有脱落，膝下有两棵盆栽的菩提树，几片绿叶似在轻轻播撒安宁。供案上有个古老的青铜香炉，插着三支几快燃尽的佛香。忽大年走近供案，惊异地看到香炉后边有块黄绸，上面竟然供奉着一支黑管钢笔，两道金色的箍子，晃着扑扑烁烁的光泽，似乎在哪儿见过的？

小沙弥示意，地上有个蒲团可以跪下磕头，他捏起钢笔问：这是为城里人超度的吧？小沙弥没吭声，忽大年环顾左右，一览无余，准备走了。最后的打靶试验一定在紧锣密鼓地进行，今天的太阳暖暖的亮亮的，正好考验火箭弹的抗干扰性能，大家若看不见他在山坡上，是一定会感到扫兴的。

可是他转过身，一个青衣长衫的和尚，背对山门，欲走未走，似犹豫要不要进来迎接唐突的造访。忽大年顿时警觉起来，深山老林里的和尚可绝不敢小觑，有些就是早年藏匿下来的特务，解放后找不到反攻的机会便落发为僧了。所以，他也迟疑地站住了，定定地看着和尚背影，思忖当初寻找靶道怎没发现这个小庙？如果这是一个嫌疑人，翻过山梁观察军事试验，岂不是一个天大的漏洞？

这时，那和尚一定感觉到刺入脊背的目光，慢慢转身，四眸相撞，忽大年不禁脱口而出：满仓？好你个满仓！今天的满仓一身灰布袈裟，一头短短的黑发，一丝久违的矜持，四周似一下子静了，连鸟儿也停止了鸣啭，树林也停止了风咽，静得有点森森然了。

满仓啊？忽大年惊讶万分。

释满仓。和尚竟然要纠正。

忽大年有点意外，手点和尚的额头说：满仓啊，你怎么在这儿呀？知道大家在找你吗？满仓摇头：我留了话的。忽大年声躁起来：你说得轻巧，我把你救出寺庙招进厂，已经二十年了，你咋又想出家了？那个小沙弥见俩人认识，匆忙跑到灶台倒了杯水递上。忽大年看到那个搪瓷缸，还是当年八号工程竣工的纪念，红字依然鲜艳，瓷面却快脱净了。

我已经剃度皈依，就不回去了。满仓眯上眼睛。

你是遇到啥难事了？非要跑进深山老林？忽大年陡生怜爱。

似乎没见和尚唇动，却有声音在嗡嗡：不瞒厂长，小月姐的死，对我心灵有冲击，我一想起来就窝火，我把她的钢笔供在佛案上，我要一辈子为她超度。

你呀快别说佛话了，赶紧回厂吧，二代火箭弹下午要打最后一个单元，你咋能在这荒山上待得住？忽大年拍了拍和尚肩膀。

其实不瞒你说，我自从知道长安是干炮弹的，心里就开始煎熬了，人生忙碌，德善为先，只有除却业障，才能轮回解脱！满仓的声音蒙蒙的。

咦？干炮弹咋了？干炮弹光荣啊！你个臭小子，不是念念不忘佛祖吗？你好好想想，靠念佛，能把日本鬼子赶走？靠念佛，能把蒋介石赶到海岛上去？靠念佛，美国鬼子愿意跟咱在朝鲜划下三八线？我看你是脑子进水了，白干了十多年！忽大年惊诧面前的熔铜工思维怪异。

可我心里总是有个坎，咋都过不去。和尚又低下头了。

你迈个屁坎！我告诉你，朝鲜战场，我军打赢了，可我们一七〇师一万多号人，打得没回来几个，这都因为啥？就是因为装备太差，一人一杆枪，一袋子弹，还得自己背炒面，可美国鬼子是飞机、坦克、大炮。但是我要告诉你，我的战友没一个孬种，打得汉江都染红了，听说有几个战士让燃烧弹击中，浑身起火却冲着战友喊，兄弟也给我来一枪吧。我一想到这些，心里就钻心地痛啊！本来我也应该去朝鲜的，可派我到西安建设八号工程，装备要是上不去，我愧对躺在地下的战友啊！

青衣和尚惊呆了，没想到叱咤风云的厂长，内心竟藏着这么深的纠结，光头深深垂下来，声音却依然执拗：可是……咱厂的研制、生产都是为了杀人哪，这和佛家的普度众生，有天大的差别呀。

什么什么？混账逻辑？忽大年双手掐住了满仓肩膀：普度众生，说得多好？你看到的火箭是杀人，我看到的火箭是和平。我告诉你，只有把装备搞上去，才能制衡敌人，阻止战争，那才是真正的普度众生！

可我觉得……我们是在作孽呢。和尚抱胸垂下头。

混蛋！尽管满仓的声音像蚊蝇嗡嗡，忽大年还是听见了，他禁不住挥手就是一拳，但是拳头落下的瞬间却戛然停住了，犹如一尊准备跃起冲锋的雕像，凝在那里了。

阿弥陀佛……满仓手在厂长眼前晃晃，又指按脖梗试试，忙不迭地把人平放地上。满仓急告小沙弥，这个人怕是老毛病犯了，你赶快跑到前山坳，叫试验队的医生来抢救，小沙弥兔子般蹿进树丛不见。满仓转身跑出山门，薅了一把什么草茎塞进嘴里边走边嚼，然后俯身掰开忽大年牙关，将草汁嘴对嘴吐进了厂长口腔。

天哪，也不知是不是草药的作用，忽大年很快舒缓了，直觉得满嘴麻苦，眼皮眨动几下，脸肌便松弛了。只听满仓跪在旁边，磕头如捣蒜一般：老厂长，你千万别生我气了，我永远记着你的大恩大德，要不是你收留，我哪能穿上工衣，吃上皇粮？你别看我现在在庙里修行，可我天天都在为你祈福。

不知长安的掌门人是不是命大福大，反正没等医生上来，他竟然推一把和尚挺挺地站了起来，依然目光如炬，形如立松，当然浑身已大汗淋漓，里外的衣服都湿透了，像经历了一场艰难的肉搏战……

一百一十三

靶道里的人全都看见了，一个老兵在山顶上铁塔般站着。

太阳钻进了薄薄的云层，似乎给忽大年披上了暖暖的戎装，他双手拄着一根枯枝，腰板挺拔，矍铄焕然，定定地端立在高耸的山梁上，注视着伸向远方的靶道，就像站在指挥壕里，手拿望远镜注视着冲锋陷阵的战士，就像站在办公楼的窗前，注视着赶来上班的长安人……

忽子鹿跑到忽大年身后有点焦急，不停地去摸老爸的额头，还让小沙弥去庙里搬来一个蒲团，可老父亲猛一扬手，差点给儿子推了个跟头，说什么也不肯坐下来。眼前这个靶场开工时，忽大年就发现了这个"奥妙"，尽管站到山顶听不清靶场的号令，却能看到远处一道山梁上的竹林，那苍茫的浓绿或有一抹翠色，在峰峦间像玉石一般闪闪发亮。他知道，那片竹林下边就是自己两个亲爱的女人，她们的魂灵好像还在长安萦绕，一想起她们自己就浑身发烫，汗水就会湿了前胸后背，心里就有疚痛噬咬不停。

他感觉，今天也许是他最后的时刻了，上边既然来人调查研究，便不会善罢甘休的，一旦处分就不会让他再来靶场吆五喝六了。可他清楚自己是一个老兵，要昂首站立在前沿阵地，像当年指挥战士们攻城夺寨，指挥火箭弹试验完成最后的击发，也只有完成了这最后的打靶，才可以向靳子向小月送去一丝告慰，也让她们原谅自己曾经的莽撞。

果然，他恍惚看到两位年轻的女人拉着彩带，从山坳里跳跃着走出来，那会是谁呢……他终于看清楚了，一个是靳子，穿了一身军装，一个是忽小月，穿了一身连衣裙……她们拉着彩带，一会儿走在山间树林中，一会儿又隐进了绿绿的苍翠里……看来她们也在为今天的成功做准备呢，准备和大家一同庆祝这个隆重的时刻……忽大年激动地睁着大眼，手指着那个方向，嘴里呜噜呜噜的，似乎谁也听不清。但是他自己知道他在呼唤她们，一块庆祝即将到来的捷报……突然，一条火龙从沟底蹿出，迎着红红的太阳，箭镞般钻进了远处一个钢铁目标，似乎击穿了千年的寂静，惊飞了一群群嫩黄翅膀的飞鸟……

突然，又一条火龙蹿了出去，冲破了电磁屏障，向着钢铁靶标飞去，浓绿的靶道没有丝毫嘈杂，只有击中靶标的轰鸣……

今天，长安人的心始终提在嗓子眼，纠结每一枚火箭弹上仓击发，纠结每一枚火箭弹的飞行轨迹。最后，试验进行了整整一个下午，三个科目，九发九中，不论是打太阳仰角，还是施放强磁干扰，没有出现一点点遗憾，长安人期待已久的时刻到了！

靶道两侧的试验人全都竖着耳朵，一听到最后一发的报靶声，忘乎所以地雀跃起来，刹那间人们的性别都模糊了，熟悉的不熟悉的，张开双臂就拥抱起来，弄得好些人嘴角笑意盈盈，脸颊却泪水涟涟。有人双手卷成话筒，对着空寂的长天，发出了一声释怀的长啸，于是所有人都这样"啊"起来，浩浩声浪把长长的沟壑都覆盖了，好像是告诉山梁上的忽大年，二代火箭弹成功了！

突然，大家沿着沟底靶道狂奔起来，满眼的黄叶枯枝扑棱棱迎过来，大家争抢着想与火箭弹击穿的钢靶合个影，有点像当年攻下敌人城池的疯狂。田野顿时来了情绪，当场打开了十多瓶西凤酒，咕嘟嘟倒进了一个个茶杯里，能喝的不能喝的，手一端就仰起脖子，直喝得满山遍野弥漫着浓烈的酒香。

忽大年在山梁上向山下摇了摇手，沉郁的心底终于涌起些许得意，他倚靠着一棵虬乱的老桑树，似乎笑眯眯地望着手舞足蹈的长安人，看来建设新靶场的决策是正确的，那个老靶场已被泥石流截断了，已快漫积成堰塞湖了。如果没有那个冒险而又鲁莽的决定，今天的欢呼几乎就是一个可笑的幻想了。

对于这一天的到来，忽大年是有过预见的，只是没想到会这么快，好多事情拖下去常常会节外生枝，常常会弄得人措手不及。今天上午，他忽然想给黑妞儿打个电话，等定型试验完成了，你就凑着喜气搬到家里来吧，鬓角头发都白了，就不要那么讲究了。可是，没打招呼回厂的黑妞儿居然没在交验组，也没在那单身宿舍。哎哟，这个女人该不是又想出了什么幺蛾子？后来他让话务员接通了工厂调度室，调度长应该知道工厂已经发生和正在发生的事情……可是……电话接通了，调度长呜噜呜噜说黑妞儿处理什么事故去了？她能处理什么事故？忽大年放下电话，胸腔突然像塞满了稻草，有种虚落落的焦虑强烈地涌上来……

当忽大年迷怔的时候，一伙年轻人端着茶缸从陡陡的崖面冲上了山梁，立刻把他给围住了，有人递上一个盛酒的搪瓷缸，他凑到嘴边轻抿了一下，马上引来一片哗哗的掌声，一股阳刚之气扑面而来，你碰一下，我碰一下，喝酒跟喝水似的。哎呀，现在的年轻人谈恋爱也都这样难缠吧？黑妞儿跟他们长年吃住在一起，是不是也想玩个浪漫呢？

想不到，那哈运来也气喘吁吁跑上来了，远远就喊：今天，你就放下厂长架子，与民同乐，找点年轻的感觉吧。忽大年看着老部下说：年轻的感觉是找不回来了，我已经交班了。哈运来咣地狠碰一下茶缸，眼皮暧昧地一眨巴：你是不是想续弦清闲去呀？我正愁着给你老人家婚礼送点啥呢？呵呵，这个老部下走南闯北几十年，倒是蛮率真的。

这时，耳畔传来了黑妞儿似的喊叫：快，快找把椅子来！忽大年站在那里身子有点晃，感觉汗水泉涌似的把衣服洇湿了，禁不住抿住嘴叹了口气，明天……明天可以拉上黑妞儿，把纠结了多少年的结婚证领了，只是领了也不敢拿回黑家庄张扬的，既不能说破镜重圆，也不能说新婚燕尔……他感觉黑妞儿对这一天还是充满期待的，尽管她张口闭口老大老二的，其实俩人只要手挽手在村里那么一走，一切的一切都会烟消云散的……

哎哟，你就别折腾了，我给你认个错行不？

你是真的认错了？那你说你当年该不该撇下我？

那忽子鹿看见父亲有些落寞，问：老爸，你又想我妈了吧？回去我们到墓园烧些纸，把好消息也告诉我妈吧？父亲眼角涌出一颗很大的泪珠，儿子抬袖擦去故意岔话说：老爸，今天是咱厂定型的第几个型号？忽大年看着那孝顺的眼睛有点愧疚，也没有应话，只是让儿子赶快通知尚仁义，马上给北京起草电文！

这时，从崖面上来的人越来越多了，忽大年被大家簇拥着，好像自己也年轻了很多，好像都在为即将来临的"告别"干杯。是啊，人生悾偬，岁月蹉跎，等到免职了退休了，一定要在山坡上建一院瓦房，围上篱笆，养些鸡狗，闻着花香，听着鸟语，吃着自己种植的小麦黄豆，脱离纷纷扰扰的烦恼，那会是多么惬意啊，当年打鬼子轰老蒋不就是为了这一天吗？

然而，这时田野神色凝重地跑上来低语：忽厂长，你快走吧，再晚山路黑了就不好走了，人家大老远来了，一把手总不露面，怕是要生误会啊。忽大年苦涩地笑了，其实想撸头上的乌纱就赶紧撸吧，将来无官一身轻，回到黑家庄与乡亲们叙叙旧，不是也挺优哉游哉吗？他举起搪瓷杯冲着大家示意：来吧，我们都把这酒喝了！喝了！只见他一饮而尽，马上赢来一阵掌声，可他又扭头对田野说：其实你看看我的简历，就知道我有没有怕过事！田野悲悯至极：谁说你怕事呀，就是怕你不怕事呀。

忽大年不置可否又对大家说：今天，我还要做一个重要的决定。大家一听马上静了下来，他举起一个搪瓷缸子说：我要给每个长安人发一个搪瓷杯，作为二代火箭弹试验成功的纪念。大家一听哄的一声笑了，厂长也太骚皮了，谁现在还稀罕茶杯呀？说着，他想把手中杯子扔到空中去，可一扬手没扔出多远，就骨碌碌滚进草丛了……

他眼前又陡然恍惚起来，身上又出了一层热汗……噢，自己怎么变得弱不禁风了？是不是真的要躺进长安墓园了？噢，那些躺在汉江边的战友听到他要归去的消息，会不会赶到秦岭脚下为他拉歌壮行呢？忽大年抓住枯枝重重地杵在地上，当初开建墓园的时候他可没想过这个，只觉得应该给长眠的长安人营造一个归宿，现在好像那个决策是怀有私心的。其实啊其实，他啥时候怕过死呀？不说是从死人堆里爬出来的，也是身经百战见过无数生死的，解放以后倒是可以享享清福了，可以领着媳妇回胶东老家过日子了，却马不停蹄在西安建起了长安机械厂，以后的岁月尽管没有了弹雨横飞，却丝毫不比扛枪打仗轻松呢……

忽子鹿上前把老爸搀住了，可忽大年不想让儿子搀扶，好像一搀扶就承认自己要败阵退场了。呵呵，记得苏联那个钢铁作家说过，一个人不能回首往事的时候，因为碌碌无为而懊悔……现在墓园石壁上两位战斗中牺牲的英雄，是不是目光充盈着欣慰呢？以后我们的英雄扛上火箭弹，就不用拿身体去炸碉堡了，也不用拿身体去堵枪眼了，现在自己是不是也可以吹吹牛了？我忽大年这辈子日夜兼程没敢偷懒，八千长安人都可以给我证明的！

似乎整个靶场的人都蜂拥跑上山梁了，大家找来一把藤椅，铺了一床棉被，人挨人围住，簇抬着忽大年朝山路走去了，好似胜利归来的英雄。这时，火红的太阳从云层里晃出了半个脸，柔柔地抚摸着山峦清水，也抚摸着山坡上的人，连那满沟的野草也吐露出了嫩芽……忽大年感觉面前光影婆娑，睁眼看去，光亮斑驳，小沙弥举着一枝挂满青叶的菩提，想为他遮挡刺眼的阳光。

子鹿小声规劝：小和尚，小心壶水烧干了。

小沙弥蹦跳着：师父说了，这个人就是佛。

大家听见哄的一声欢呼起来，忽大年突然感觉右手心有点发痒，痒得都有点疼了。当年在北京怀仁堂里，那位江南人话语铿锵，将来等项目成功了，要奖励大家一枚共和国勋章的。可是，当年的项目早就成功了，令人惧怕的洋枪洋炮也早已销声匿迹了，取而代之的是长安生产的制导弹药，却始终不见有勋章发下来，如果能有个亮闪闪别到胸前就光宗耀祖了，就会把黑家庄地下的祖宗们全唤醒了，忽家的子孙绝没给他们丢脸哟！是的，当年老伊万就特别在意这个的，他曾经答应以长安的名义给人家颁一个的，可直到撤离西安也没能兑现，现在两国依旧吵得剑拔弩张，不知道什么时候才可以弥补？不知为什么，他忽然想到那枚勋章应该像一只小小白鸽，洁白透亮，柔和优雅，飞翔的姿态又是那么潇洒。

哎哟，那一对小白鸽怎么飞落到眼前了，忽大年斜靠在藤椅上，好像他一伸手就可以抓住……小家伙好像是从北边的翠竹林里飞来的，北边的北边就是灰蒙蒙的老古城，就是热火朝天的长安厂，这一次小家伙离得这么近，浑身羽毛如同白绸，没有一丝杂乱，也没有一点尘埃，簇拥着毛茸茸的小脑袋，也簇拥着眼眶上一圈鲜嫩嫩的红线，似乎欣赏地与他的眼睛对视着……

2017 年 3 月 7 日至 2017 年 7 月 19 日完成草稿；

经过十多次修改于 2021 年 4 月 16 日定稿。

后　记

　　我想创作一部长篇小说的念头由来已久了。记得我在三十多年前出版了短篇小说集，心里那是一个欣喜，可看到文友们都在创作大部头，心里便萌发了创作长篇小说的念头，为此曾专程请教过文坛大家，就长篇的结构、人物、语言做过探讨，还阅读了一批国内外的工业题材小说，后来我躲到一家工厂招待所，拉拉杂杂写了一两万字，但繁重的行政工作还是让我放弃了创作。

　　当我的工作又一次与企业有了直接关联，创作长篇的想法竟强烈起来。我想，我的视角应该聚焦在相对熟悉的军工企业。因为我从小生活在一个负有盛名的军工大院里，在这座军工厂里参加了工作，又参与过军工企业的管理，后来我尽管离开了难以割舍的军工领域，但我依旧对军工人一往情深，依旧和一帮工友保持着热络的联系，几乎年年都要与他们在一起喝喝酒聊聊天，那些看似乏味的酸甜苦辣，那些听着不很入耳的粗俗玩笑，那些有些夸张的过五关斩六将，让我心里很受用也很过瘾，军工情结已深深地渗透到我的血液里了。

　　军工人有着与普通人一样的欢喜和烦恼，需要着普通人一样的柴米油盐，他们跟共和国一样经历了种种磨难，即使个人蒙受了难以承受的屈辱，即使心爱的事业跌入了低谷，他们对党和人民的忠诚始终不变。我清楚地记得，在一个兵器试验场，参试的反坦克导弹发生故障，一位年近花甲的工程师毅然上去拆卸了令人胆寒的弹头引信，只为能保证试验按节点进行。而让我为之动容的，不仅仅是工程师的果敢，还有他腰间系着的一条红腰带。我永远也不会忘记，在一个重点装备定型成功的晚上，一位大校操起麦克风忘情地喊道，今天我们可以说不——激动得在场人禁不住热泪长流！

军事工业从来都是尖端科技的首选之技，是大国重器的诞生之地，我国几代军工人以高度的历史责任感和爱国主义情怀，默默无闻地劳作着拼搏着，形成了艰苦奋斗、攻坚克难、精益求精、勇于奉献的军工精神，为共和国的历史增添了浓墨重彩的一章，是共和国名副其实的脊梁！但是，由于众所周知的原因，他们的生活总是笼罩着一层神秘的面纱，在文学艺术的舞台上几乎看不到军工人的形象，其实他们是一个个有血有肉的人，他们与普通人一样有痛苦也有悲伤，他们也与共和国一样，沐浴过建设的热浪，经历过前进的磨难，也获得过成功的喝彩。可以说，正是军工人忘我地奉献，我国的国防事业才能不断突飞猛进，我军才能成为当今世界一支不可轻视的正义之师！

所以，把军工人呈现到文学舞台上是我始终的梦想！

为了寻找从生活中走来的艺术形象，我翻阅了我的父母和数十位老军工的档案，那厚厚的牛皮纸袋，浸润着老军工的汗水和泪迹，装着他们的人生，也装着他们的灵魂，几乎每一个人都是一部长篇，那已经远行的我的父母、我的师傅、我的领导，又微笑着向我走来，活生生地出现在我的视野里，让我禁不住想跪下了；我翻阅了几部军工企业的厂志，那波澜壮阔的轨迹，那艰苦卓绝的努力，那给共和国带来激情和荣耀的故事，像画卷一样在我面前徐徐展开，让我沉浸在激情燃烧的岁月而不能自拔；我还借阅了解放后的《人民日报》和《陕西日报》，两人多高的合订本，一页一页地翻过去，就像在阅读一部生动的共和国的发展史，其中的体会便融进了人物的背景，让作品中的人物在那般氛围里开始了自己的生活；还有部队的朋友提供了共和国经历的几次战争的资料，让我从中感受到极大的震撼，也让我深刻理解了军工与战士、军工与战争、军工与国家的关系，让我不得不陷入了多重思考。我想，这是文学不该忘记的"角落"啊！

于是，在二〇一七年一个春光明媚的日子，我开始在工余动笔创作了，为此我还拎上了手提包，装上了笔和本子，只要有空闲就掏出来划拉几下，时间就这样积累起来，文字也这样开始延展，当年初秋便完成了二十多万字的初稿，之后的每一次修改有增有减，最后形成了今天的样子。我将第一个五年计划作为了故事的开头，因为我国现代意义上的军工力量是从那个时期开始的，这也与我国现代工业的发展相同步，一直写到改革开放大幕启动的一九七八年。故事是在一个完整的计划经济的体制过程里进行的，这个时期的人物有着特定的语境和行为，几乎人人都渴望成为时代的建设者，而我国正是积累了这样一个宏大的基础，才催生了翻天覆地的改革开放。

那么，如何展开这些复杂而富有激情的故事呢？

我在阅读我国工业题材的小说时，感觉这类作品喜欢沉浸在"方案"之中。解放后的作品习惯反映技术方案的先进与落后，后来的作品习惯反映改革方案的正确与否，当然这类作品也的确诞生了经典。但我想，我这部长篇不应拘泥于方案之争，而应抓住人物在工厂大院里的命运来铺排，所以我将人物置入巨大的工业齿轮中去咬合去博弈，以便释放人物内在的性格。也就是说想努力反映军工人的灵魂轨迹，而没有仅仅将工厂作为一个背景，以使工厂大墙里的喜怒哀乐具有更为深刻的时代烙印。这是我的思考之一。

我通过阅读我国以往的工业题材小说，感觉把国家意志化身为一种僵硬的形象很难让读者信服。因此，我在创作中注意将国家意志渗透到具体工作中，以再现政治因素在主人公成长过程的作用，显然忽大年的英雄之举正是党多年培养的结果，而江南人深沉的托付，成司令关键时刻的援手，武文萍半城停电、保障长安的决策，钱万里推心置腹的交谈……也都体现的是党的领导和国家意志，蕴含着那个时代的特征。政治可以严肃冷峻，也可以春风化雨，我努力将这个特征熔化到事件的肌理里，表现在具体的工作进程中，使作品人物在那个浓郁的时代背景下，一步一步完成人格塑造站立起来。这是我的思考之二。

我通过阅读经典作品得到一个启示，一个开放的结尾似乎更有力量。我没有为主人公设置一个光明的尾巴，似乎为主人公设计了一个悲怆的结局，其实是将人物放置到大潮将至的氛围中，让人物更真实更纠结，也让读者对改革开放更期待。作品结尾其实蕴含了一个"光明的焦虑"。从一般意义上讲，工业领域的改革开放，与农村大不相同，呈现了更深刻更复杂的状态，基本上是由国家逐级选择试点，自上而下渐次开始的。所以，主人公屡次冲击计划体制的窠臼，正是工业领域改革的先声，但军工单位的改革本身滞后，作为主人公，作为军工企业的负责人，在改革开放呼声初起之时，当难以知晓国家层面在酝酿体制革命，面对上级下来的调研，必然会按计划经济的框框来估量，内心也就必然会产生痛苦和焦虑，所以在这样一个历史背景下，主人公命运的走向实际上是可以预期的。这是我的思考之三。

我在阅读当今文学作品时，感觉文学之所以能够在信息爆炸的时代延续，而没有被其它的艺术形式所取代，其中一个重要的因素是，文学可以充分展示人物的心理活动，而其它如影视之类的艺术，却难以生动精准地刻画人物的思维。所以我在小说的叙述过程，没有采用"上帝之手"，而是从一个个人物的视角来展开故事，试图让读者在不经意间走进人物的内心世界，沿着人物的思想张力去感受个性的情感脉络，也使人们对这些已有模糊的形象有更深切的理解，对那个时代的风华有更真切的感受。这是我的思考之四。

当然，我的上述思考都是一厢情愿，我对自己能否驾驭这般题材，心里始终是忐忑的，因此我在写完初稿后，开始了一遍一遍的修改，如今有记载的已有十五六稿之多了，都不好意思说写了多少根笔，积累了多厚的底稿。而且每次完稿搁笔后，我都要送给不同的人去阅读，大家看得认真无比，得到的意见都是良言，几乎都在以后的修改中得到了体现，也使得这部小说逐渐丰实起来，一个个人物也生发了灵性，这才让我敢把书稿投给出版社和杂志社了。所以，我要向所有的审读者致以深深的谢意。

这部作品的名字，我先后更换过几次，之所以定名为《长安》，是因为故事主要发生在古称长安的西安，主人公生活在长安机械厂，恰与军工人的职业情怀相一致，寓意一切都为了长治久安，这也是军工人的心底祝愿。

最后，我想说的是我要感谢文学。文学是时代的产物，当今时代波澜壮阔。正是文学之梦的始终烛照，让我在纷繁的前行中得以宁静，得以反思，得以找到自己心灵的书屋，也促使自己能够不断地在生活中有所领悟，有所激励，从而让自己能够静下心来，书写英雄史，塑造军工人，完成一个心底的夙愿，以报答我的老爸老妈、我的领导和我的工友们，也期望读者朋友能够从主人公身上找到今日中国崛起的秘密！

2021 年 7 月 12 日夜于新城

图书在版编目（CIP）数据

长安 / 阿莹著 .—北京：作家出版社，2021.6（2023.4 重印）

ISBN 978-7-5212-1423-9

Ⅰ . ①长…　Ⅱ . ①阿…　Ⅲ . ①长篇小说—中国—当代　Ⅳ . ① I247.5

中国版本图书馆 CIP 数据核字（2021）第 076479 号

长安

作　　　者：阿　莹

责任编辑：田一秀

装帧设计：孙惟静

出版发行：作家出版社有限公司

社　　　址：北京农展馆南里 10 号　　　邮　　　编：100125

电话传真：86-10-65067186（发行中心及邮购部）

　　　　　86-10-65004079（总编室）

E-mail:zuojia @ zuojia.net.cn

http://www.zuojiachubanshe.com

印　　　刷：唐山嘉德印刷有限公司

成品尺寸：170×240

字　　　数：500 千

印　　　张：30

版　　　次：2021 年 7 月第 1 版

印　　　次：2023 年 4 月第 7 次印刷

ISBN 978-7-5212-1423-9

定　　　价：68.00 元